Weihnachtsgeschichten

Walt Disney Lustiges Taschenbuch

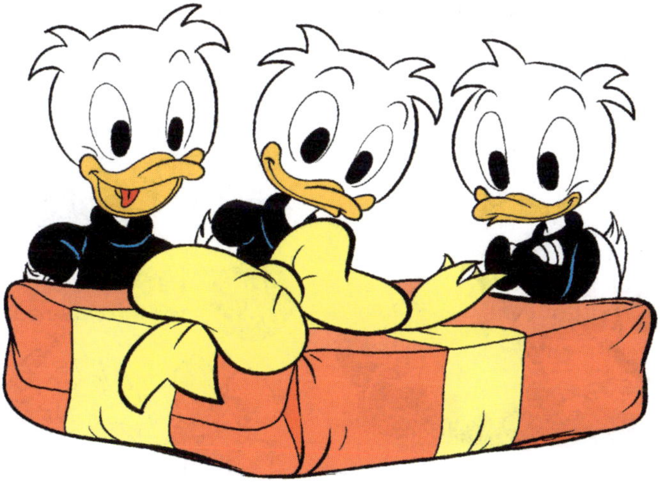

COMIC COLLECTION

EGMONT

Inhalt

„Lustiges Taschenbuch Hardcover Edition: Weihnachtsgeschichten – Band 10“

Ursprünglich erschienen als „Lustiges Taschenbuch Weihnachten 21 – Sonderband“

Erschienen in der
Egmont Comic Collection
verlegt durch Egmont Verlagsgesellschaften mbH,
Ritterstr. 26, 10969 Berlin

1. Auflage
Verantwortlicher Redakteur: Fabian Gross
Gestaltung: Wolfgang Berger
Koordination: Angelika Schönhuber
Printed in the EU
ISBN 978-3-7704-0647-0

www.egmont-shop.de
www.egmont-comic-collection.de
www.lustiges-taschenbuch.de
@egmont_comic_collection

story house
EGMONT

Dieser Titel enthält negative Darstellungen und/oder eine nicht korrekte Behandlung von Menschen und Kulturen. Diese Stereotype waren damals falsch und sind es noch heute. Anstatt diese Inhalte zu entfernen, ist es uns wichtig, ihre schädlichen Auswirkungen aufzuzeigen, aus ihnen zu lernen und Unterhaltungen anzuregen, die es ermöglichen, eine integrativere gemeinsame Zukunft ohne Diskriminierung zu schaffen. Disney hat es sich zum Ziel gesetzt, Geschichten mit inspirierenden und zukunftsweisenden Botschaften zu erzählen, in denen die große Vielfalt der Menschen rund um den Globus berücksichtigt wird und niemand diskriminiert wird.
Um mehr darüber zu erfahren, wie sich Geschichten auf die Gesellschaft ausgewirkt haben, gehe auf: www.Disney.com/StoriesMatter

Die Egmont Verlagsgesellschaften gehören als Teil der Egmont-Gruppe zur **Egmont Foundation** – einer gemeinnützigen Stiftung, deren Ziel es ist, die sozialen, kulturellen und gesundheitlichen Lebensumstände von Kindern und Jugendlichen zu verbessern. Weitere ausführliche Informationen zur Egmont Foundation unter **www.egmont.com**

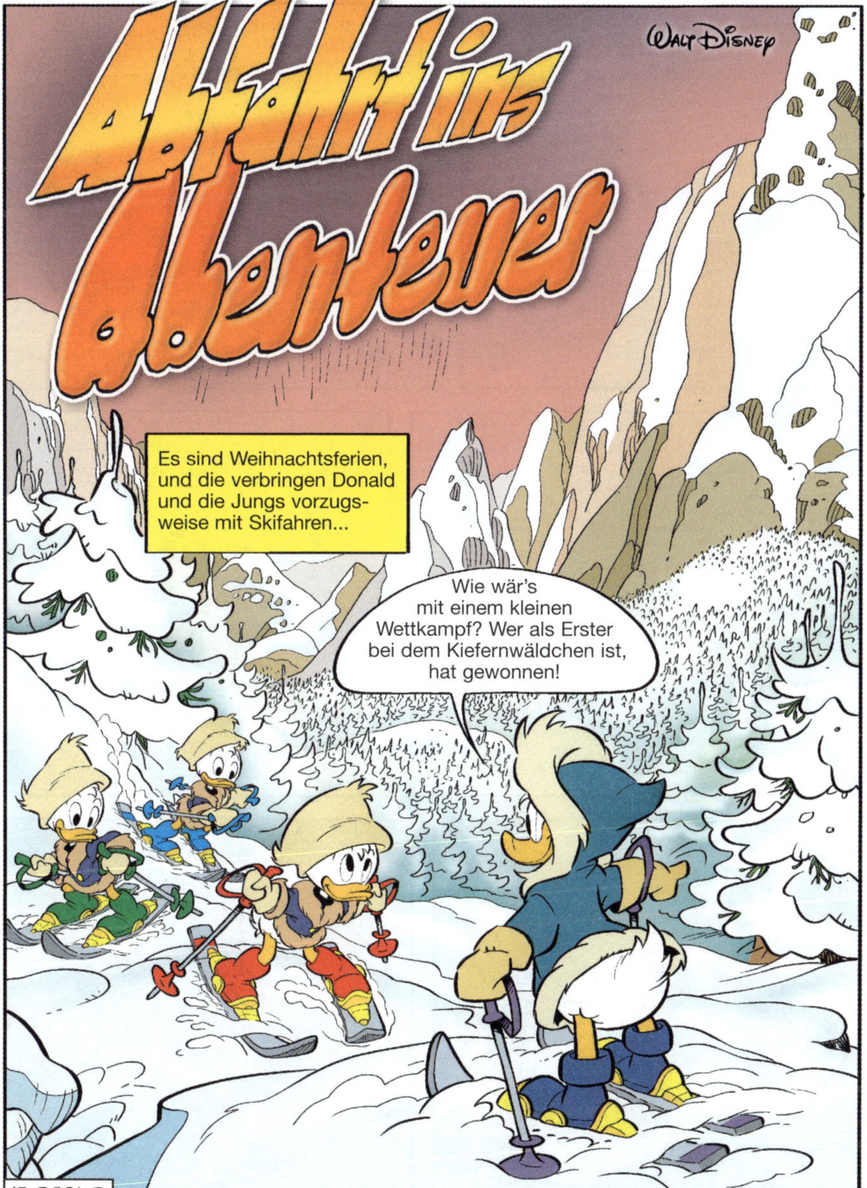

Carlo Panaro (Story), **Roberto Marini** (Zeichnungen)

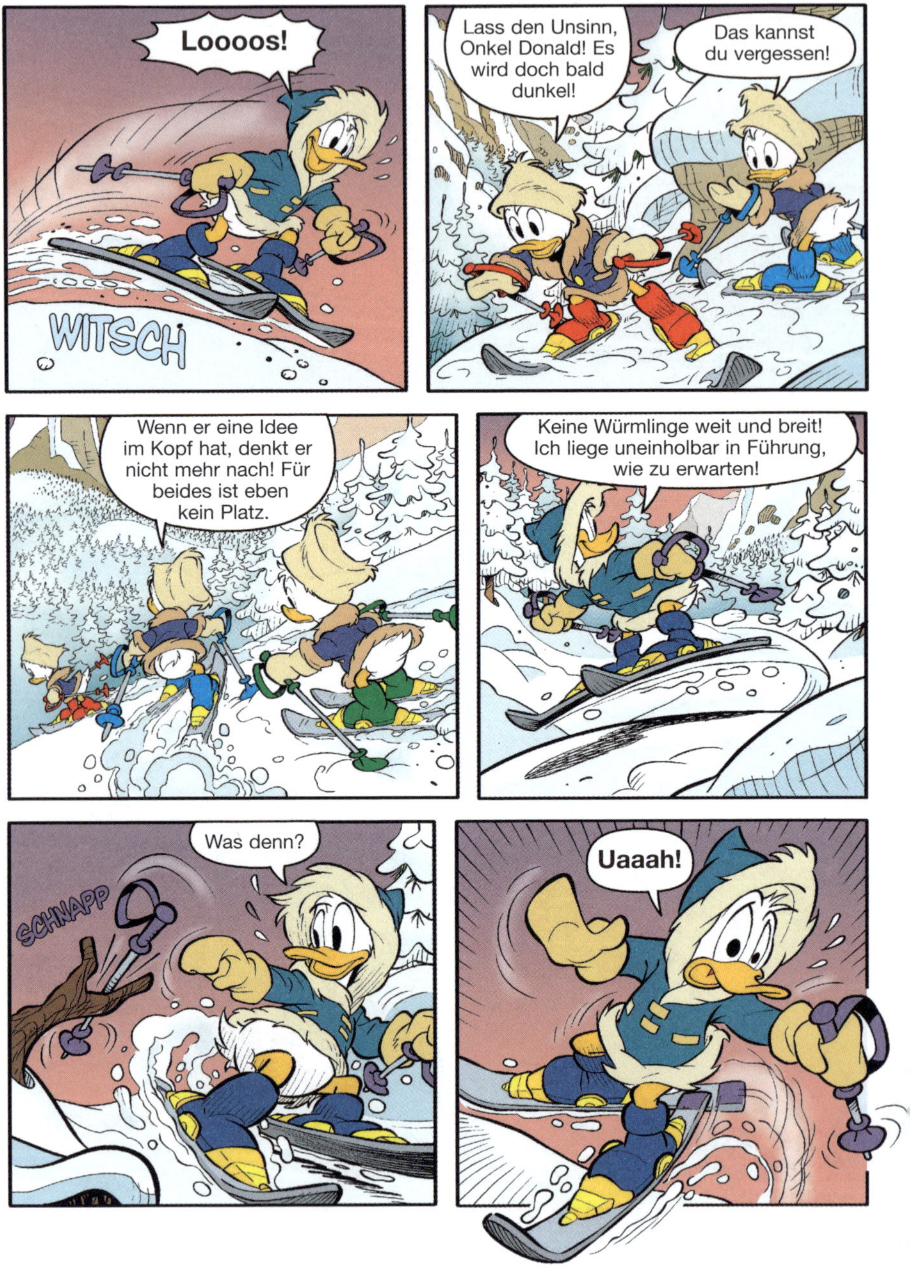
Looooos!
WITSCH
Lass den Unsinn, Onkel Donald! Es wird doch bald dunkel!
Das kannst du vergessen!
Wenn er eine Idee im Kopf hat, denkt er nicht mehr nach! Für beides ist eben kein Platz.
Keine Würmlinge weit und breit! Ich liege uneinholbar in Führung, wie zu erwarten!
Was denn?
SCHNAPP
Uaaah!

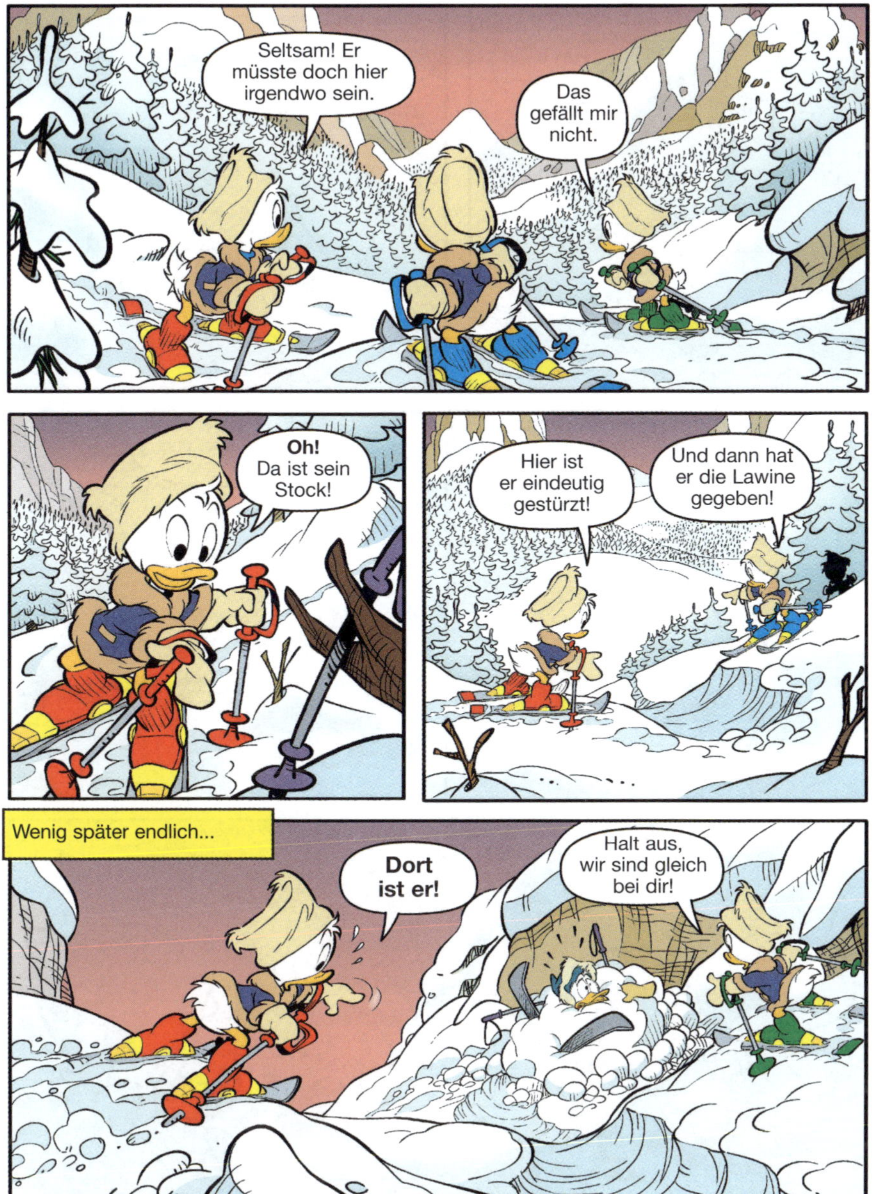
Seltsam! Er müsste doch hier irgendwo sein.
Das gefällt mir nicht.
Oh! Da ist sein Stock!
Hier ist er eindeutig gestürzt!
Und dann hat er die Lawine gegeben!
Wenig später endlich...
Dort ist er!
Halt aus, wir sind gleich bei dir!

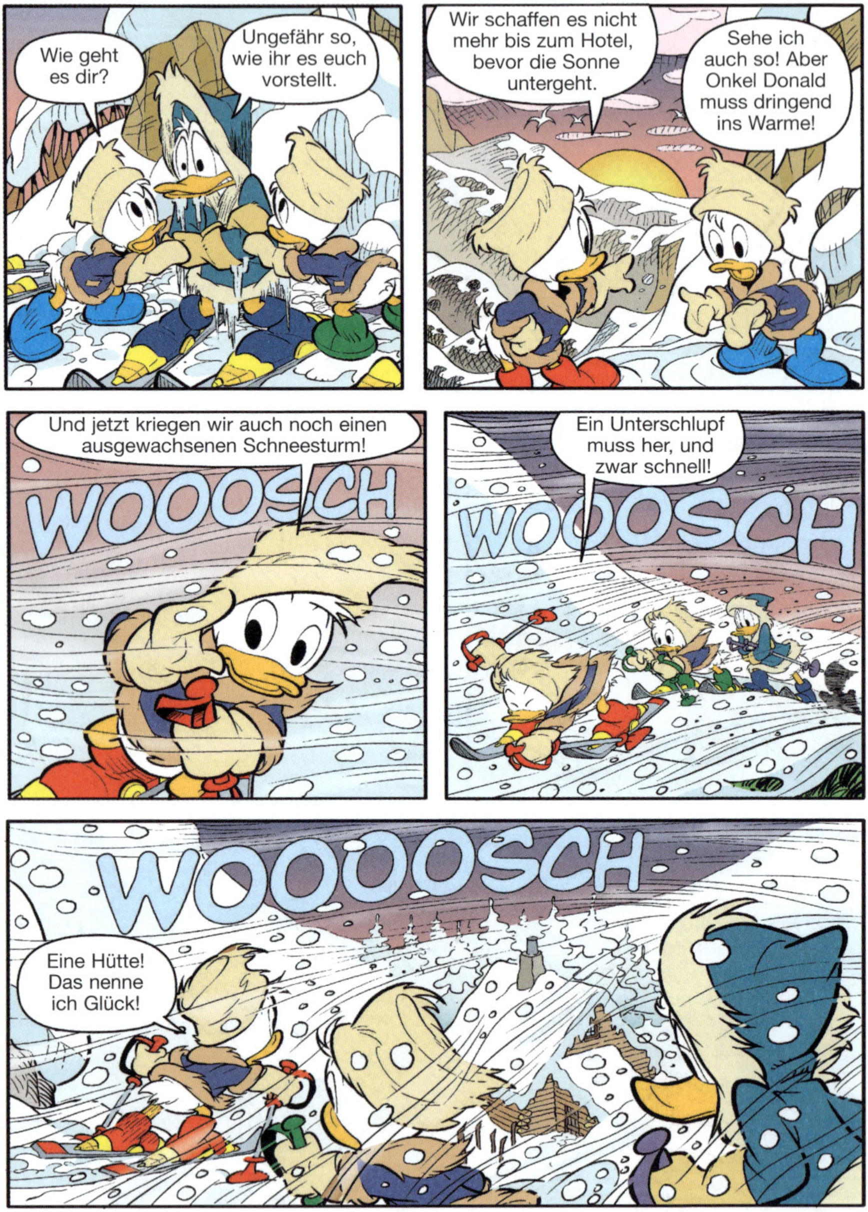
Wie geht es dir?
Ungefähr so, wie ihr es euch vorstellt.
Wir schaffen es nicht mehr bis zum Hotel, bevor die Sonne untergeht.
Sehe ich auch so! Aber Onkel Donald muss dringend ins Warme!
Und jetzt kriegen wir auch noch einen ausgewachsenen Schneesturm!
WOOOSCH
Ein Unterschlupf muss her, und zwar schnell!
WOOOSCH
WOOOOSCH
Eine Hütte! Das nenne ich Glück!

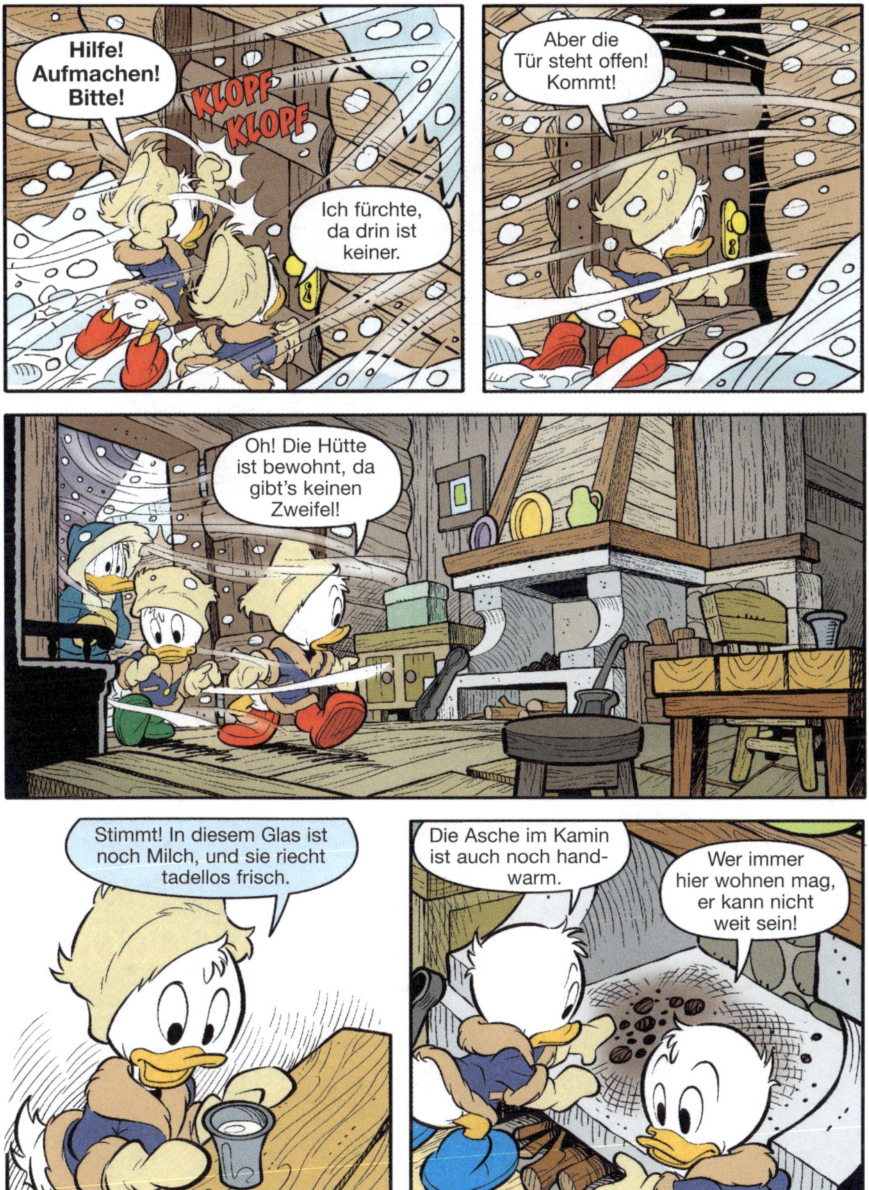

Hilfe! Aufmachen! Bitte!
KLOPF KLOPF
Ich fürchte, da drin ist keiner.
Aber die Tür steht offen! Kommt!
Oh! Die Hütte ist bewohnt, da gibt's keinen Zweifel!
Stimmt! In diesem Glas ist noch Milch, und sie riecht tadellos frisch.
Die Asche im Kamin ist auch noch handwarm.
Wer immer hier wohnen mag, er kann nicht weit sein!

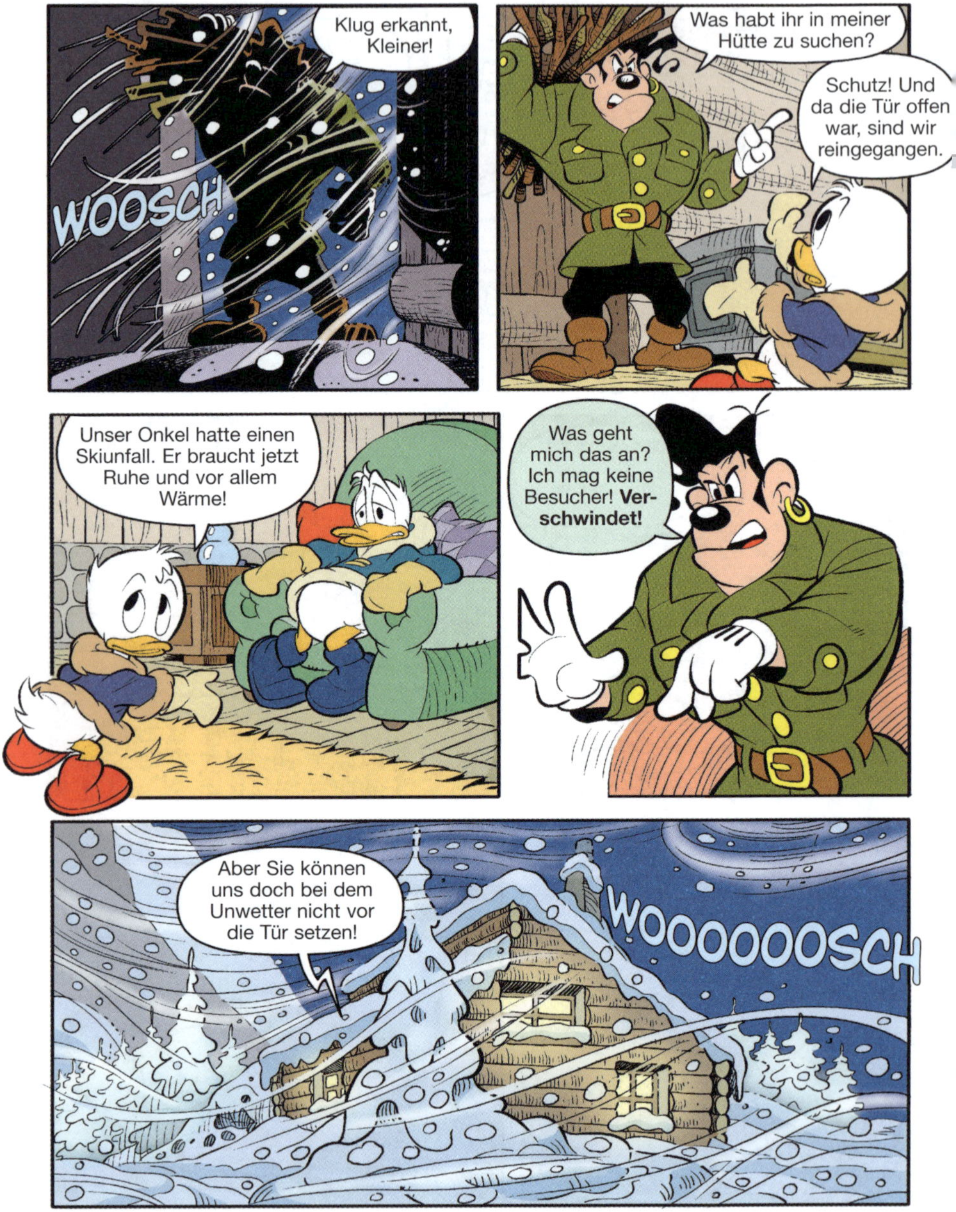
Klug erkannt, Kleiner!
WOOSCH
Was habt ihr in meiner Hütte zu suchen?
Schutz! Und da die Tür offen war, sind wir reingegangen.
Unser Onkel hatte einen Skiunfall. Er braucht jetzt Ruhe und vor allem Wärme!
Was geht mich das an? Ich mag keine Besucher! **Verschwindet!**
Aber Sie können uns doch bei dem Unwetter nicht vor die Tür setzen!
WOOOOOOOSCH

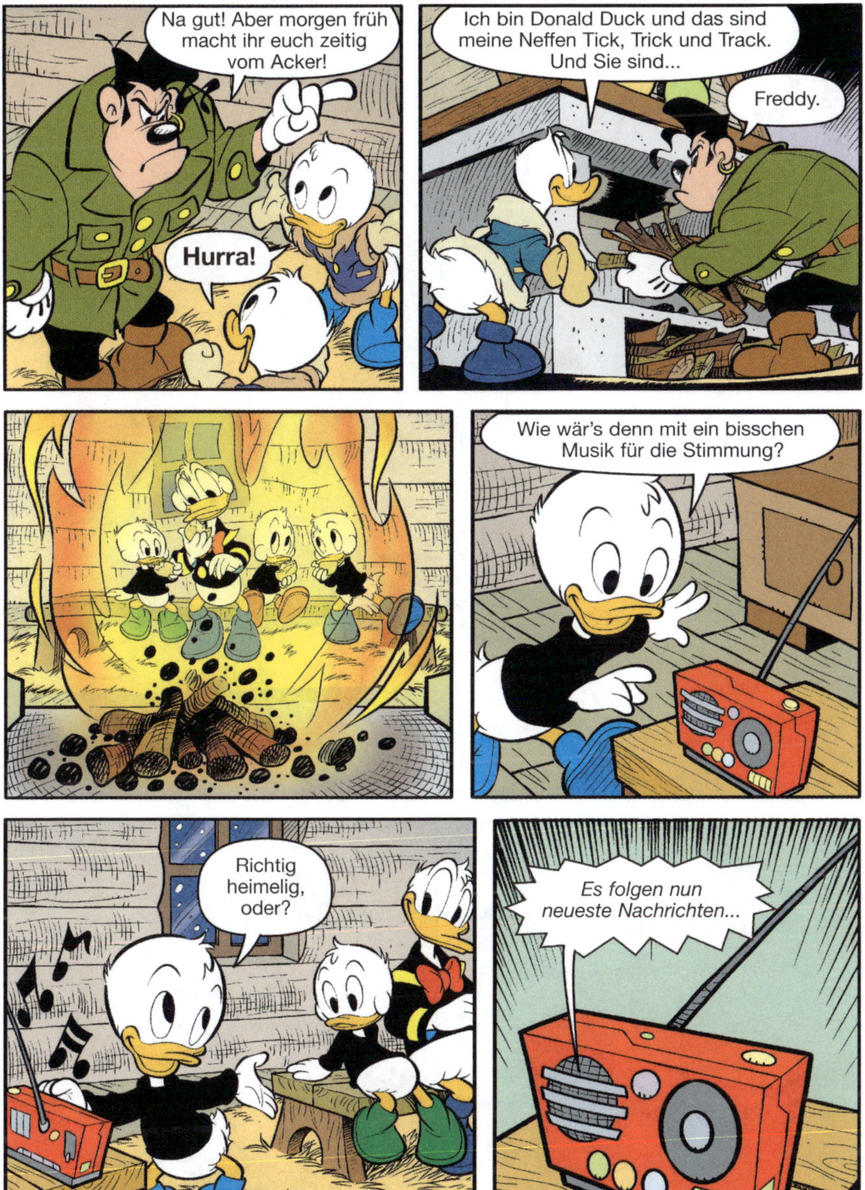
Na gut! Aber morgen früh macht ihr euch zeitig vom Acker!
Hurra!
Ich bin Donald Duck und das sind meine Neffen Tick, Trick und Track. Und Sie sind...
Freddy.
Wie wär's denn mit ein bisschen Musik für die Stimmung?
Richtig heimelig, oder?
Es folgen nun neueste Nachrichten...

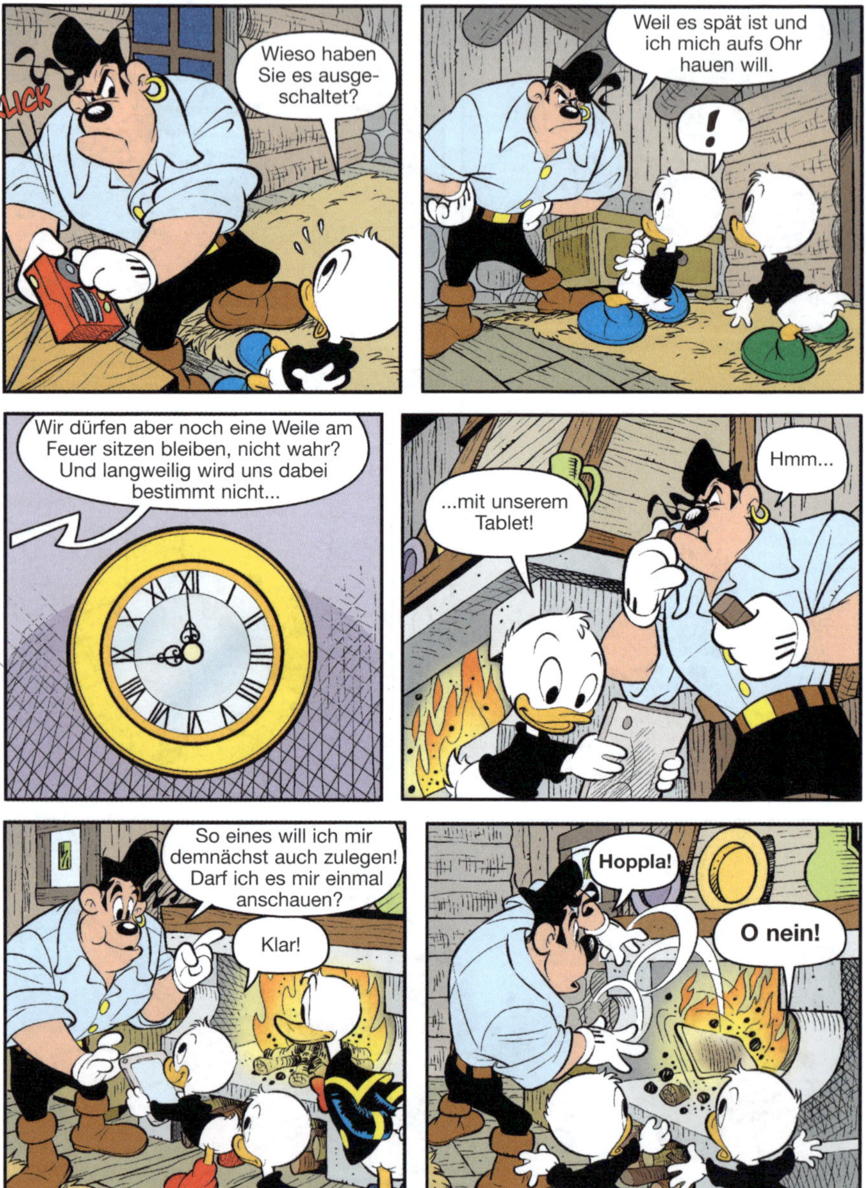
KLICK
Wieso haben Sie es ausgeschaltet?
Weil es spät ist und ich mich aufs Ohr hauen will.
!
Wir dürfen aber noch eine Weile am Feuer sitzen bleiben, nicht wahr? Und langweilig wird uns dabei bestimmt nicht...
...mit unserem Tablet!
Hmm...
So eines will ich mir demnächst auch zulegen! Darf ich es mir einmal anschauen?
Klar!
Hoppla!
O nein!

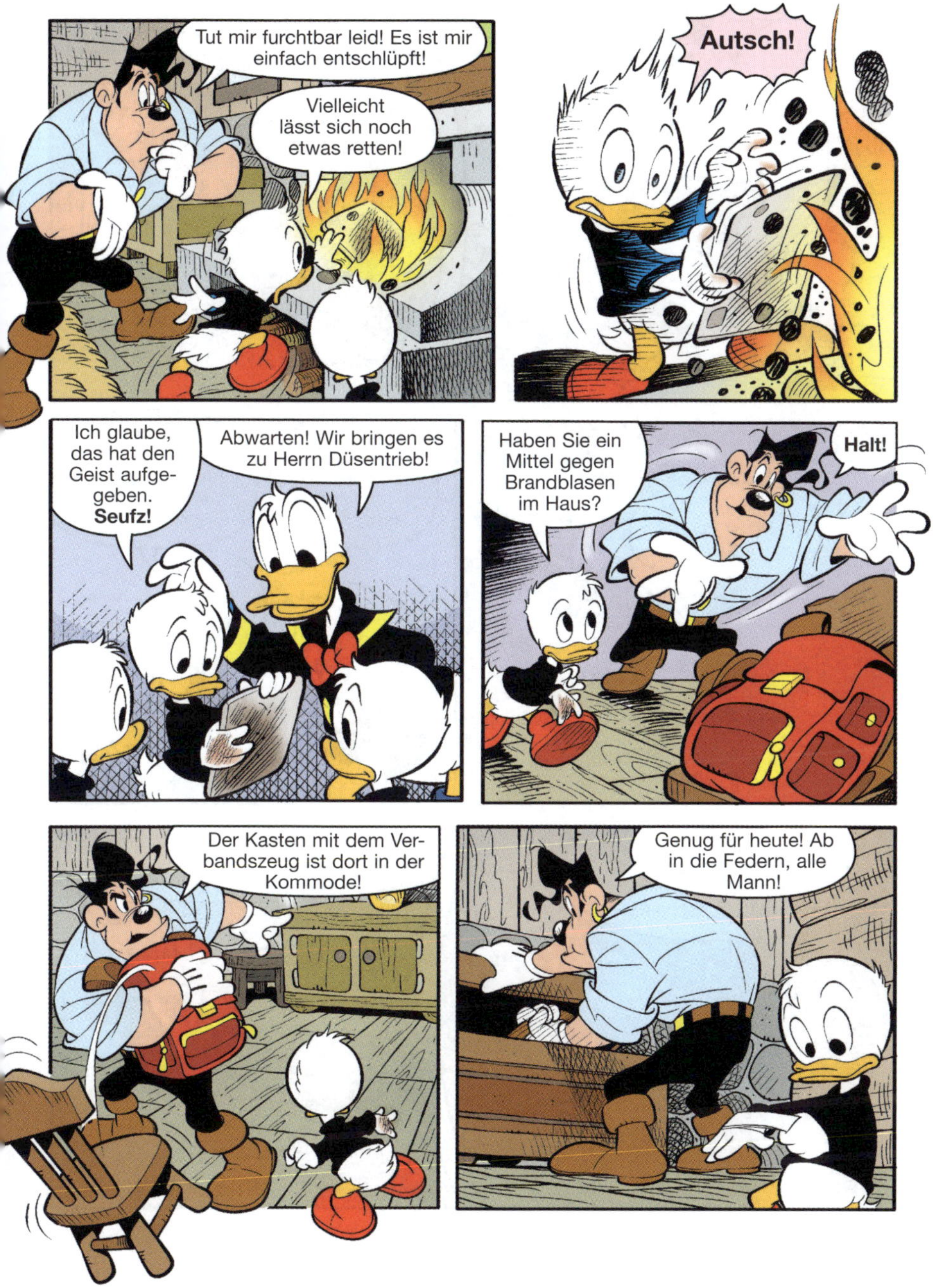
Tut mir furchtbar leid! Es ist mir einfach entschlüpft!
Vielleicht lässt sich noch etwas retten!
Autsch!
Ich glaube, das hat den Geist aufgegeben. **Seufz!**
Abwarten! Wir bringen es zu Herrn Düsentrieb!
Haben Sie ein Mittel gegen Brandblasen im Haus?
Halt!
Der Kasten mit dem Verbandszeug ist dort in der Kommode!
Genug für heute! Ab in die Federn, alle Mann!

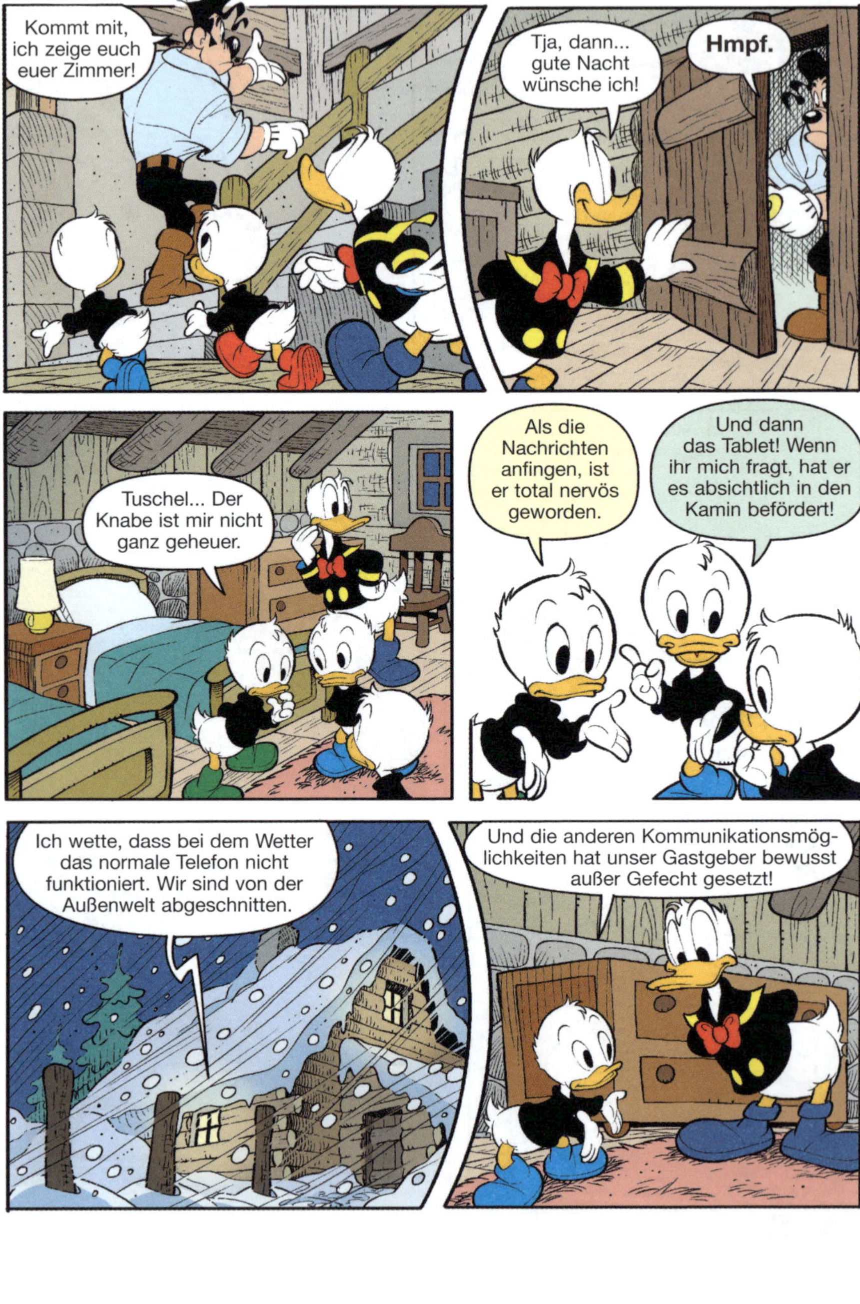
Kommt mit, ich zeige euch euer Zimmer!
Tja, dann... gute Nacht wünsche ich!
Hmpf.
Tuschel... Der Knabe ist mir nicht ganz geheuer.
Als die Nachrichten anfingen, ist er total nervös geworden.
Und dann das Tablet! Wenn ihr mich fragt, hat er es absichtlich in den Kamin befördert!
Ich wette, dass bei dem Wetter das normale Telefon nicht funktioniert. Wir sind von der Außenwelt abgeschnitten.
Und die anderen Kommunikationsmöglichkeiten hat unser Gastgeber bewusst außer Gefecht gesetzt!

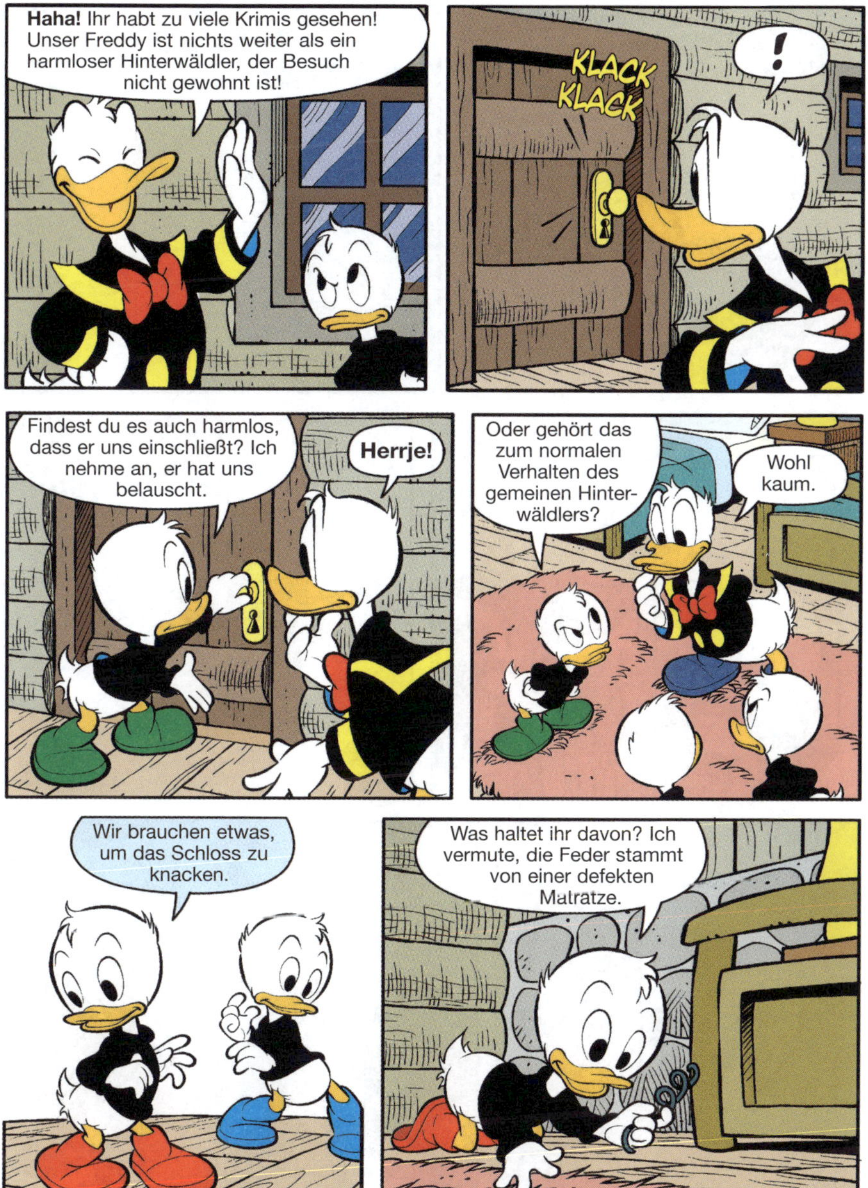
Haha! Ihr habt zu viele Krimis gesehen! Unser Freddy ist nichts weiter als ein harmloser Hinterwäldler, der Besuch nicht gewohnt ist!
KLACK KLACK
!
Findest du es auch harmlos, dass er uns einschließt? Ich nehme an, er hat uns belauscht.
Herrje!
Oder gehört das zum normalen Verhalten des gemeinen Hinterwäldlers?
Wohl kaum.
Wir brauchen etwas, um das Schloss zu knacken.
Was haltet ihr davon? Ich vermute, die Feder stammt von einer defekten Matratze.

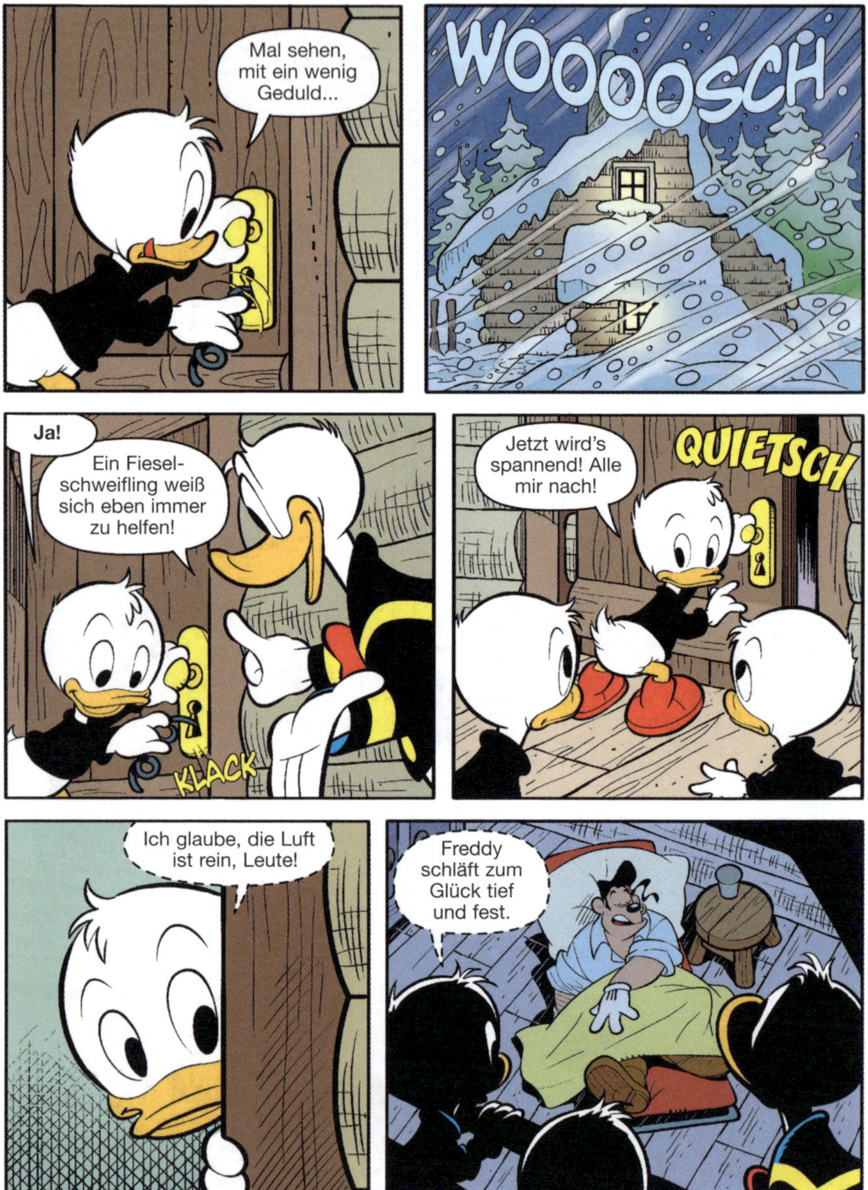
Mal sehen, mit ein wenig Geduld...
WOOOOSCH
Ja!
Ein Fiesel-schweifling weiß sich eben immer zu helfen!
KLACK
Jetzt wird's spannend! Alle mir nach!
QUIETSCH
Ich glaube, die Luft ist rein, Leute!
Freddy schläft zum Glück tief und fest.

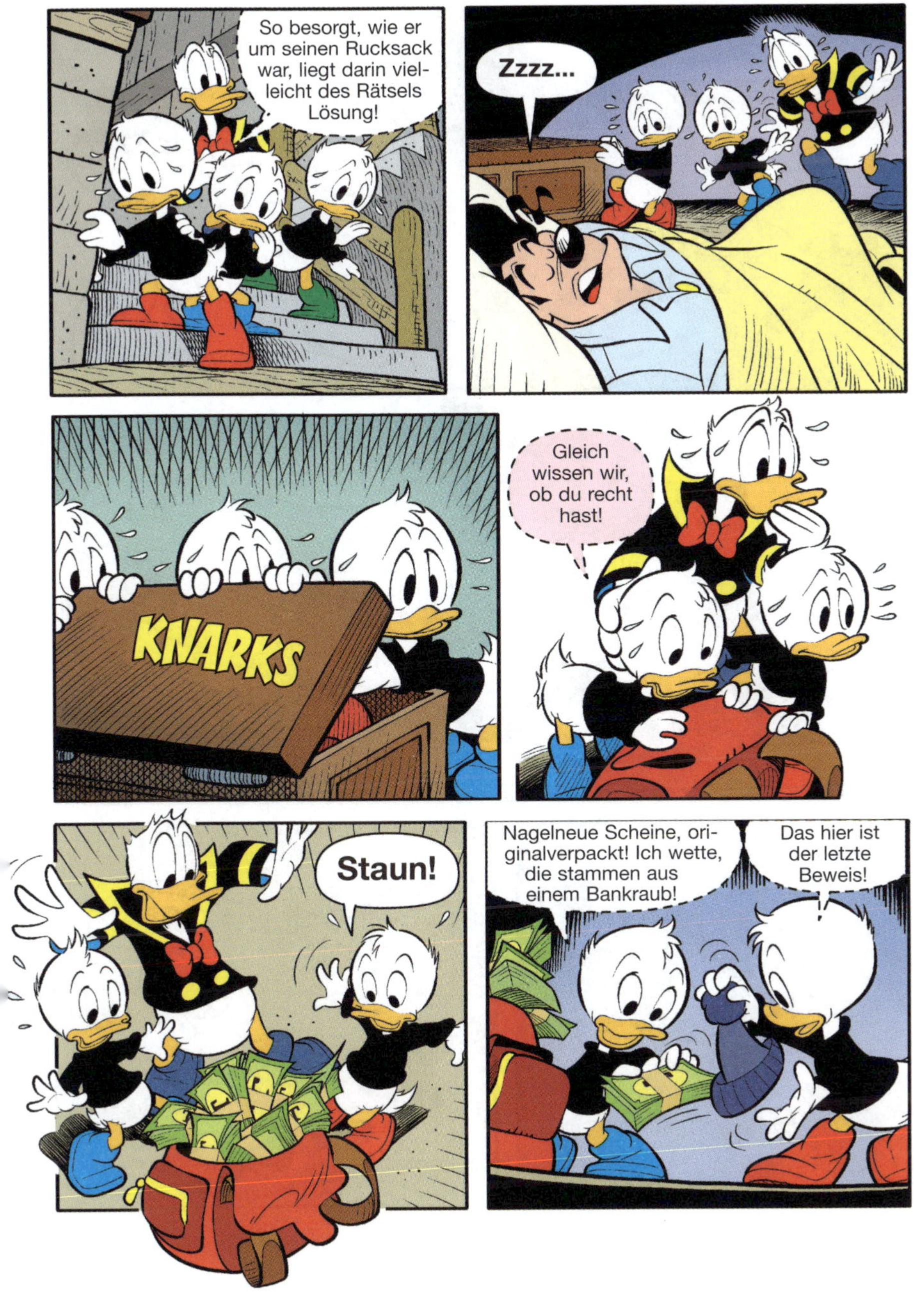
So besorgt, wie er um seinen Rucksack war, liegt darin vielleicht des Rätsels Lösung!
Zzzz...
KNARKS
Gleich wissen wir, ob du recht hast!
Staun!
Nagelneue Scheine, originalverpackt! Ich wette, die stammen aus einem Bankraub!
Das hier ist der letzte Beweis!

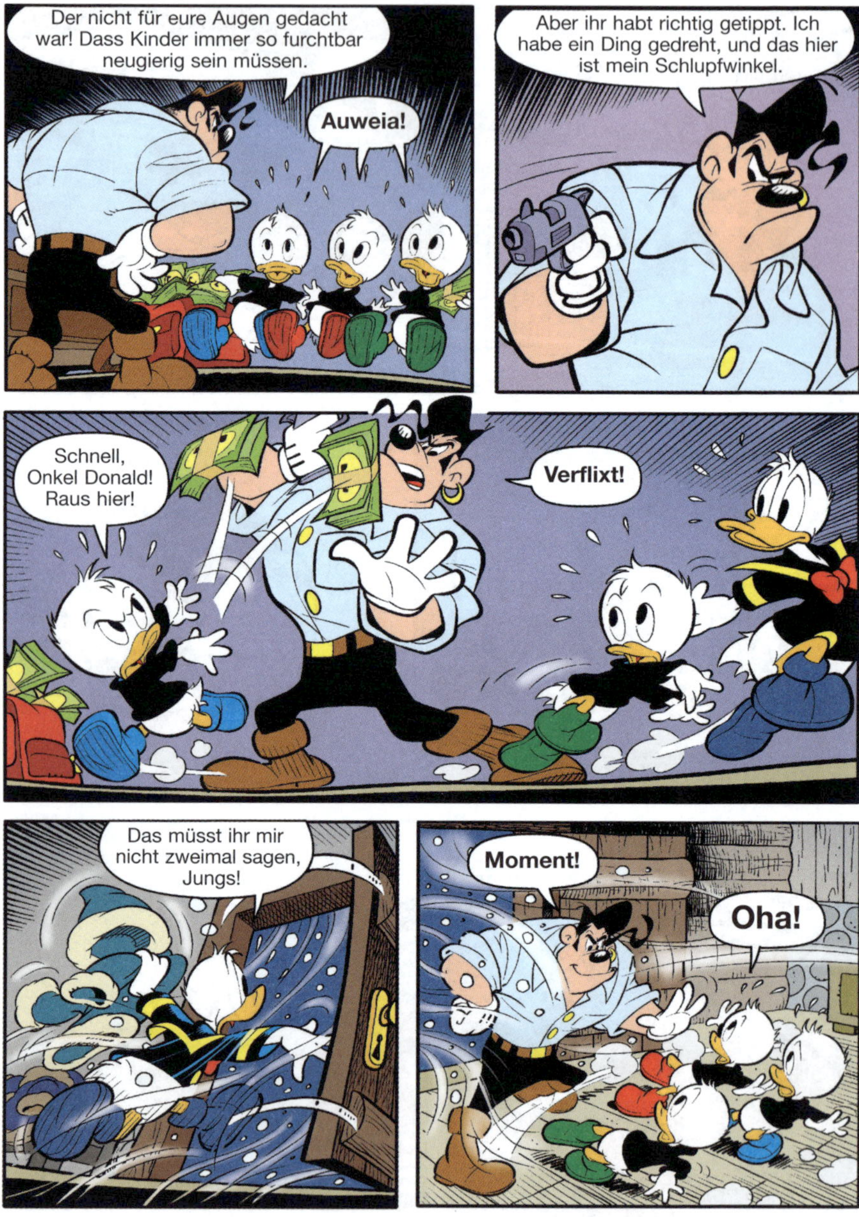
Der nicht für eure Augen gedacht war! Dass Kinder immer so furchtbar neugierig sein müssen.
Auweia!
Aber ihr habt richtig getippt. Ich habe ein Ding gedreht, und das hier ist mein Schlupfwinkel.
Schnell, Onkel Donald! Raus hier!
Verflixt!
Das müsst ihr mir nicht zweimal sagen, Jungs!
Moment!
Oha!

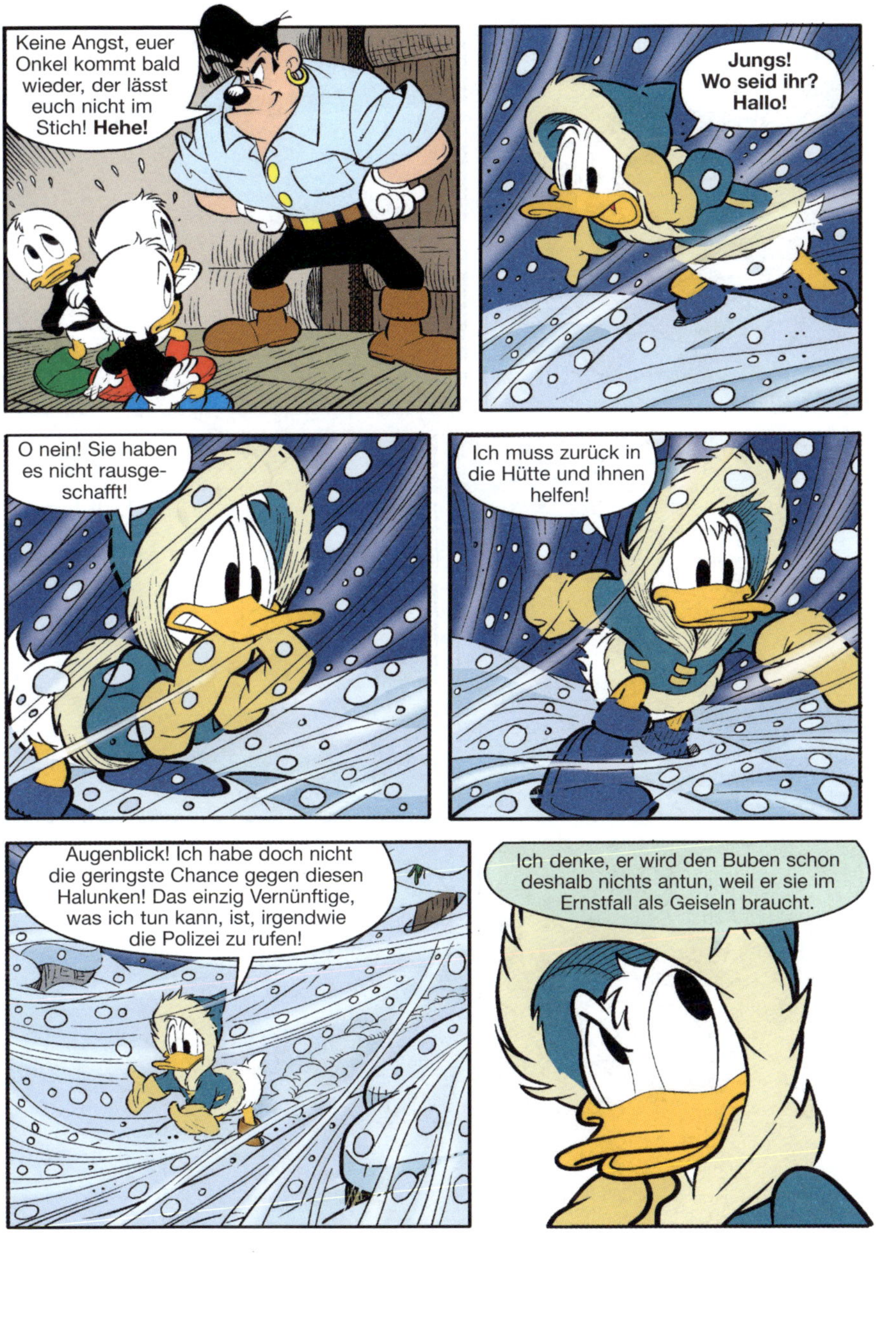
Keine Angst, euer Onkel kommt bald wieder, der lässt euch nicht im Stich! **Hehe!**
Jungs! Wo seid ihr? Hallo!
O nein! Sie haben es nicht rausgeschafft!
Ich muss zurück in die Hütte und ihnen helfen!
Augenblick! Ich habe doch nicht die geringste Chance gegen diesen Halunken! Das einzig Vernünftige, was ich tun kann, ist, irgendwie die Polizei zu rufen!
Ich denke, er wird den Buben schon deshalb nichts antun, weil er sie im Ernstfall als Geiseln braucht.

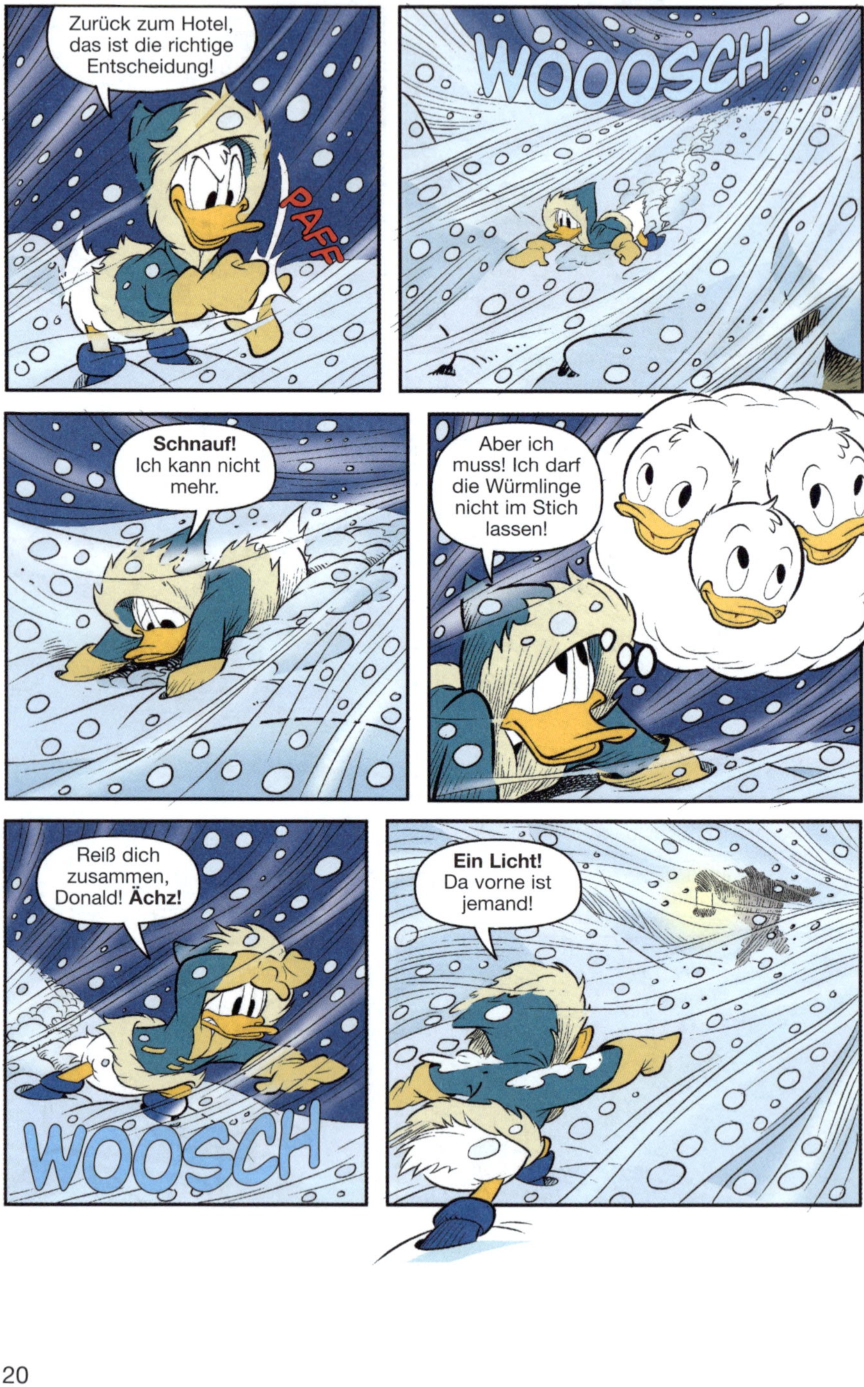
Zurück zum Hotel, das ist die richtige Entscheidung!
PAFF
WOOOSCH
Schnauf! Ich kann nicht mehr.
Aber ich muss! Ich darf die Würmlinge nicht im Stich lassen!
Reiß dich zusammen, Donald! **Ächz!**
WOOSCH
Ein Licht! Da vorne ist jemand!

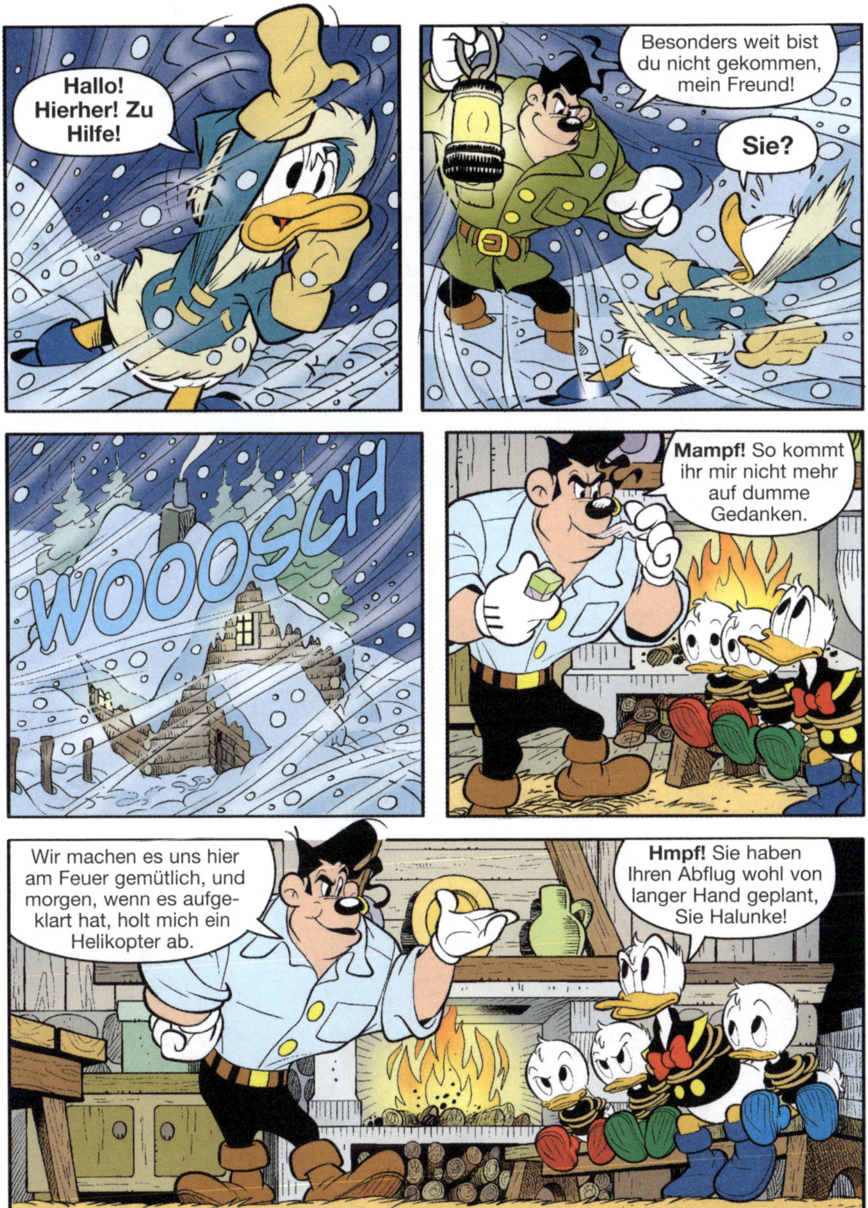
Hallo! Hierher! Zu Hilfe!
Besonders weit bist du nicht gekommen, mein Freund!
Sie?
WOOOSCH
Mampf! So kommt ihr mir nicht mehr auf dumme Gedanken.
Wir machen es uns hier am Feuer gemütlich, und morgen, wenn es aufgeklart hat, holt mich ein Helikopter ab.
Hmpf! Sie haben Ihren Abflug wohl von langer Hand geplant, Sie Halunke!

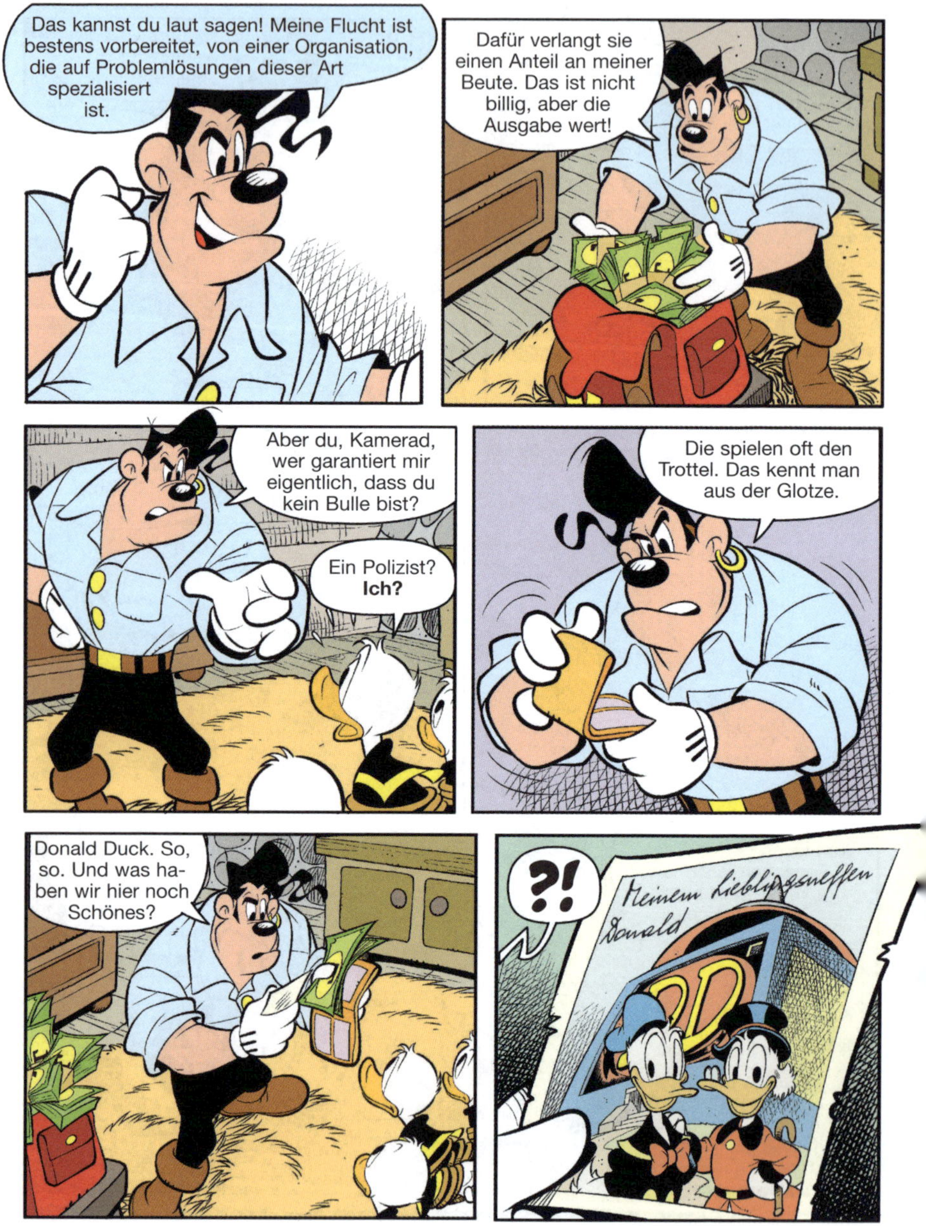
Das kannst du laut sagen! Meine Flucht ist bestens vorbereitet, von einer Organisation, die auf Problemlösungen dieser Art spezialisiert ist.
Dafür verlangt sie einen Anteil an meiner Beute. Das ist nicht billig, aber die Ausgabe wert!
Aber du, Kamerad, wer garantiert mir eigentlich, dass du kein Bulle bist?
Ein Polizist? **Ich?**
Die spielen oft den Trottel. Das kennt man aus der Glotze.
Donald Duck. So, so. Und was haben wir hier noch Schönes?
?!
Meinem Lieblingsneffen Donald

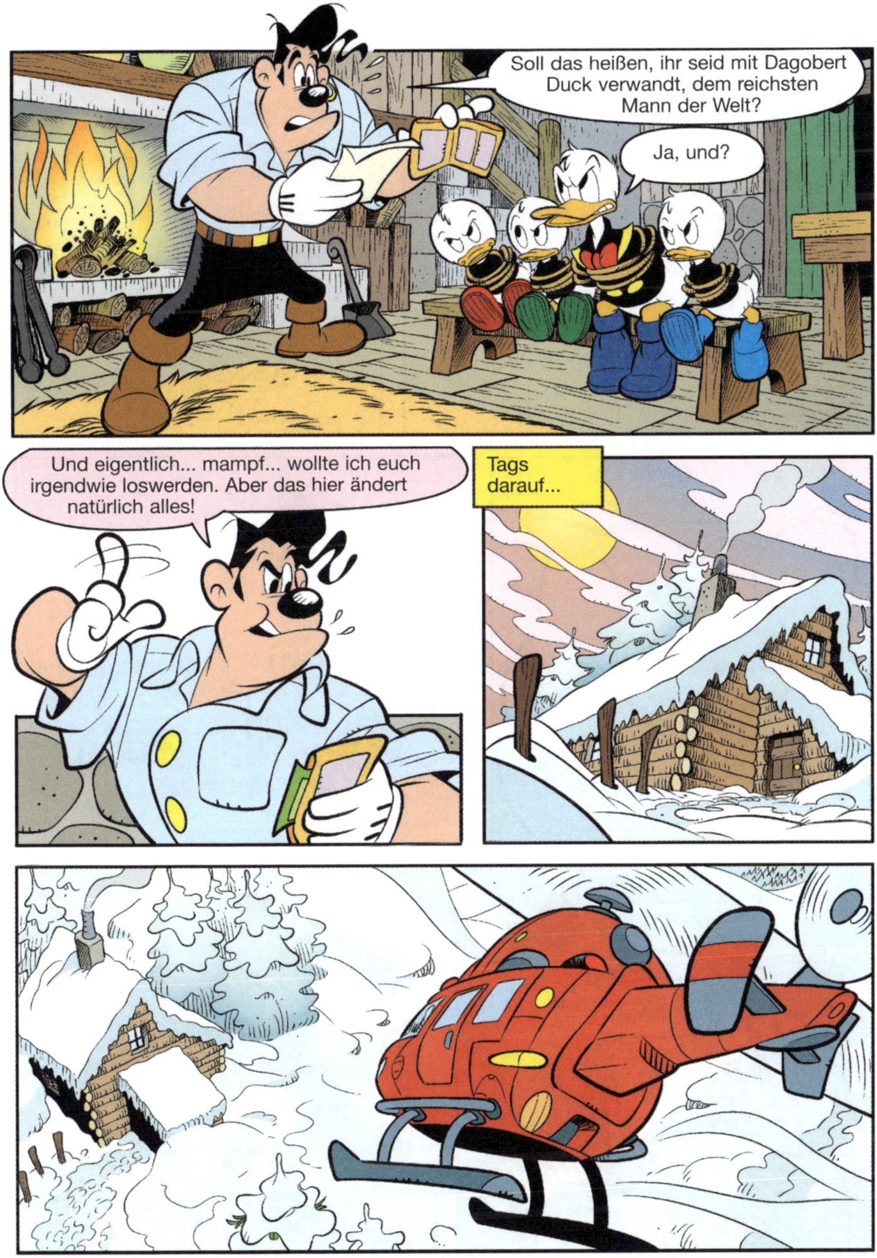
Soll das heißen, ihr seid mit Dagobert Duck verwandt, dem reichsten Mann der Welt?
Ja, und?
Und eigentlich... mampf... wollte ich euch irgendwie loswerden. Aber das hier ändert natürlich alles!
Tags darauf...

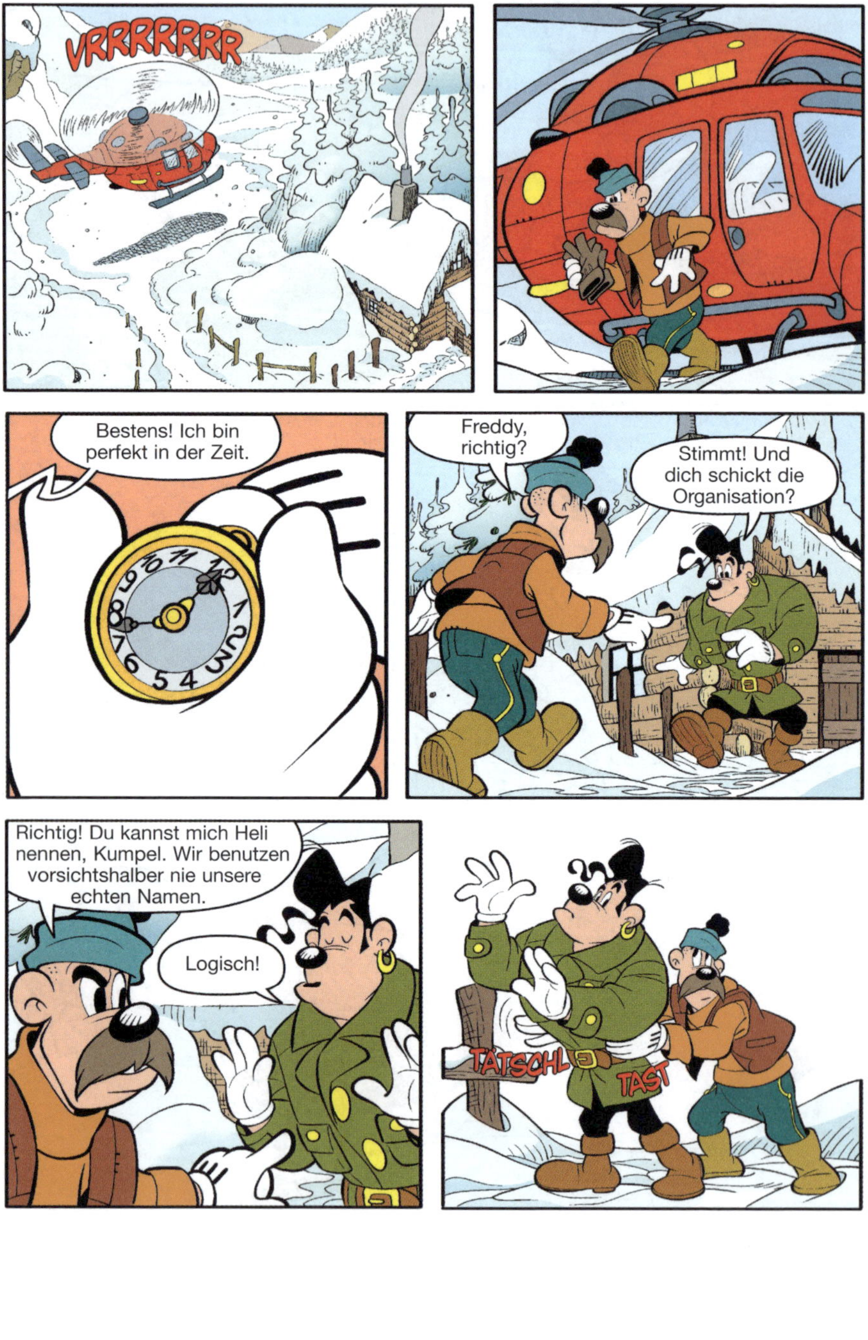
VRRRRRRR
Bestens! Ich bin perfekt in der Zeit.
Freddy, richtig?
Stimmt! Und dich schickt die Organisation?
Richtig! Du kannst mich Heli nennen, Kumpel. Wir benutzen vorsichtshalber nie unsere echten Namen.
Logisch!
TÄTSCHL
TAST

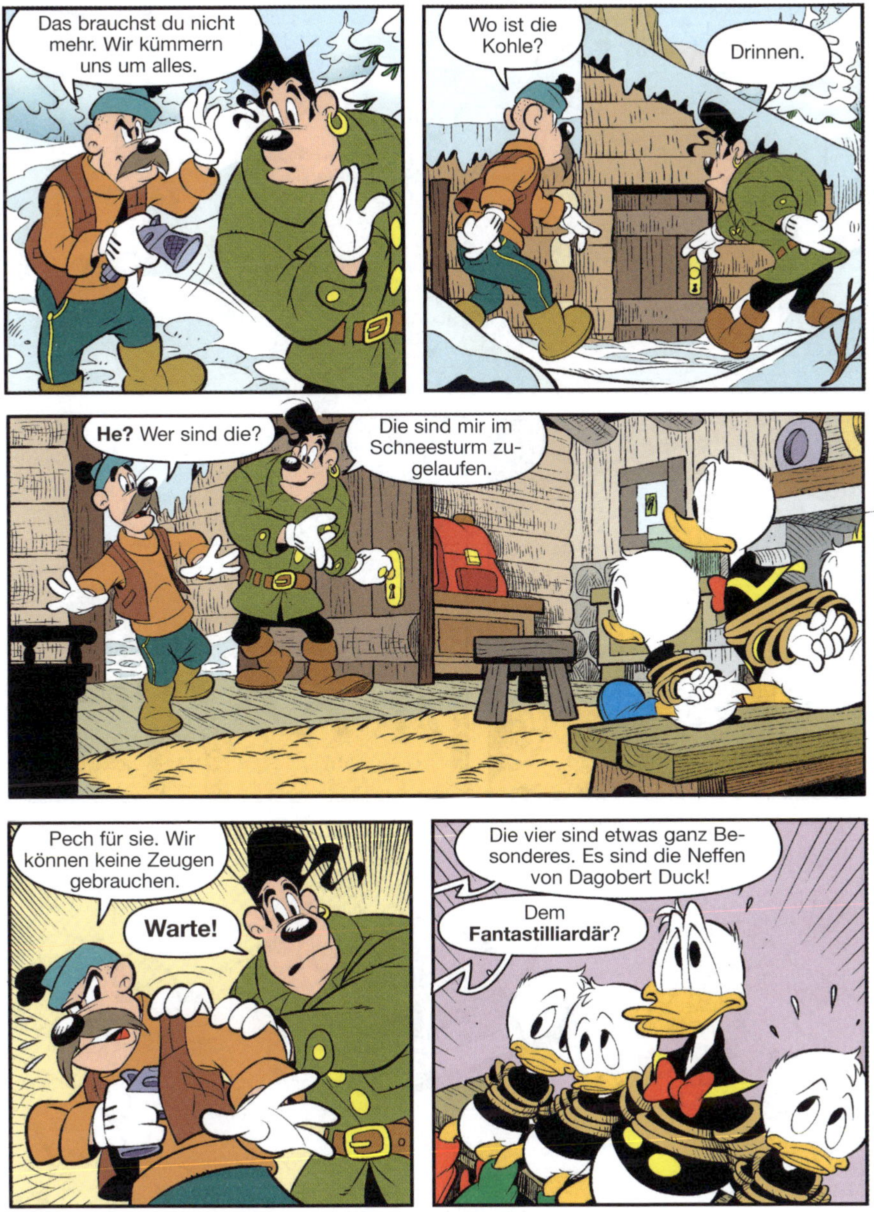
Das brauchst du nicht mehr. Wir kümmern uns um alles.
Wo ist die Kohle?
Drinnen.
He? Wer sind die?
Die sind mir im Schneesturm zugelaufen.
Pech für sie. Wir können keine Zeugen gebrauchen.
Warte!
Die vier sind etwas ganz Besonderes. Es sind die Neffen von Dagobert Duck!
Dem **Fantastilliardär**?

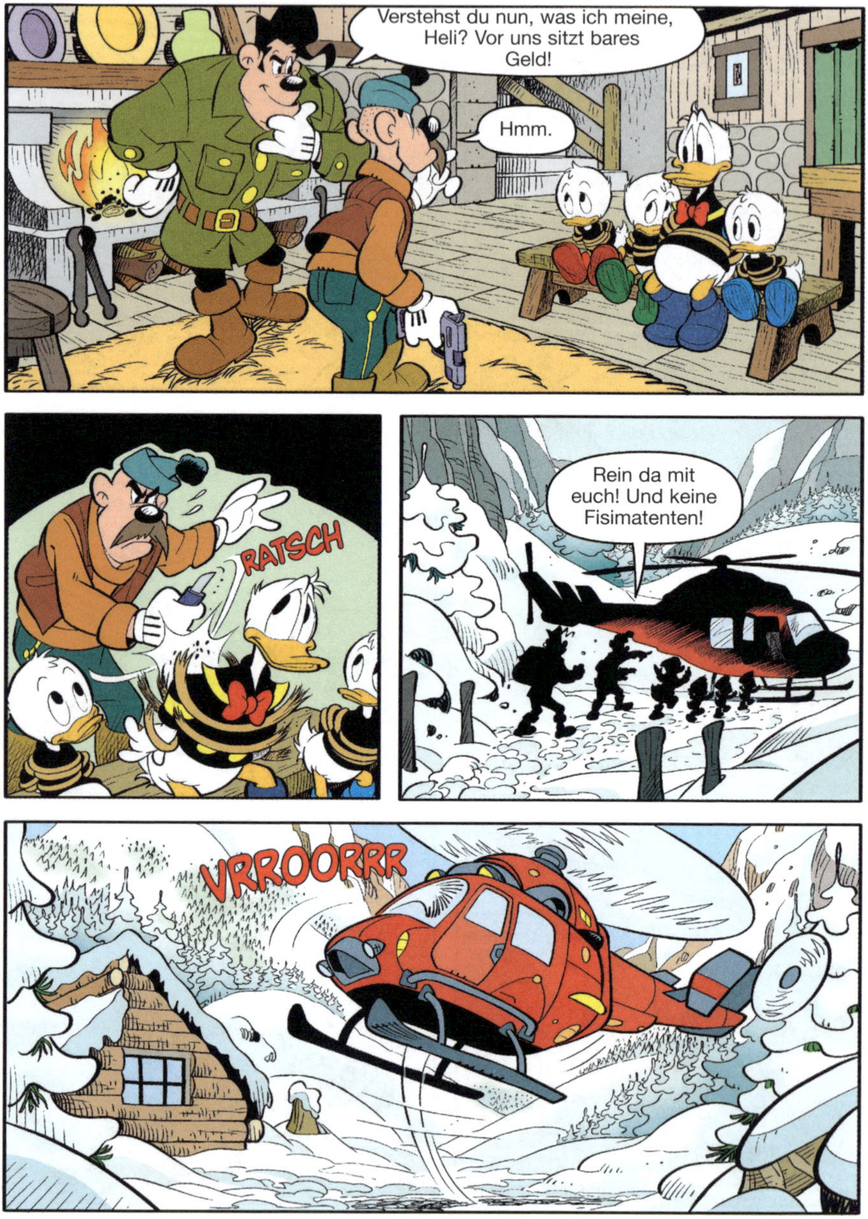
Verstehst du nun, was ich meine, Heli? Vor uns sitzt bares Geld!
Hmm.
RATSCH
Rein da mit euch! Und keine Fisimatenten!
VRROORRR

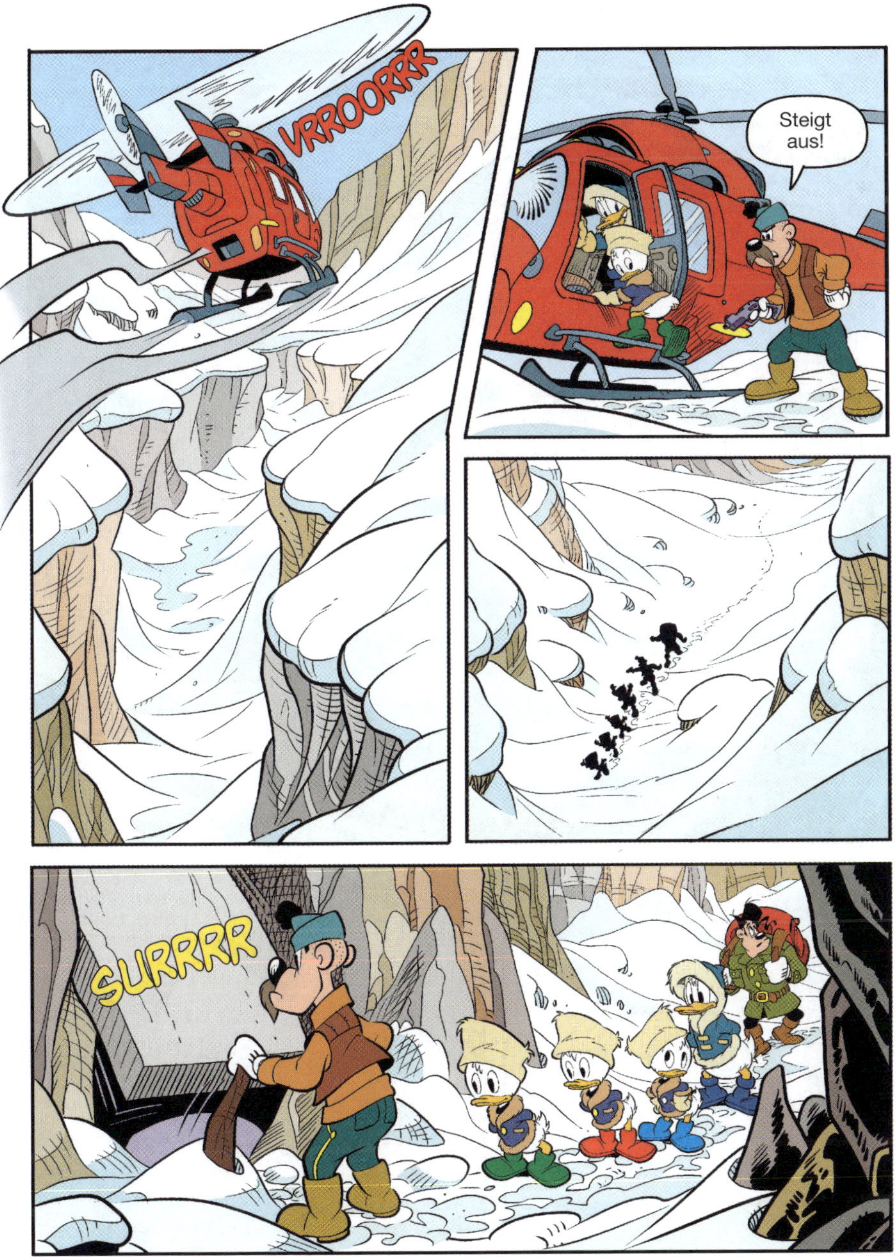
VRROORRR
Steigt aus!
SURRRR

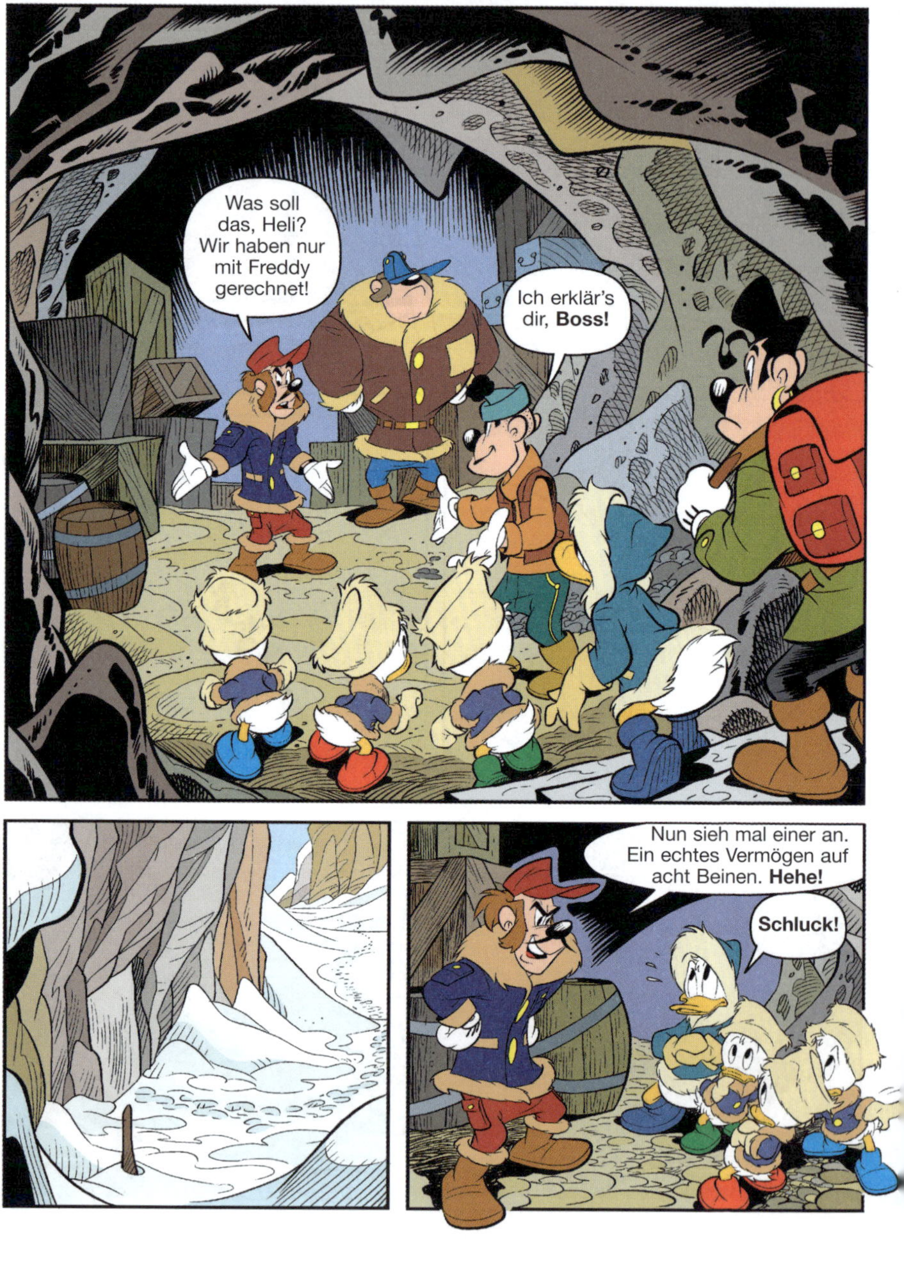
Was soll das, Heli? Wir haben nur mit Freddy gerechnet!
Ich erklär's dir, **Boss!**
Nun sieh mal einer an. Ein echtes Vermögen auf acht Beinen. **Hehe!**
Schluck!

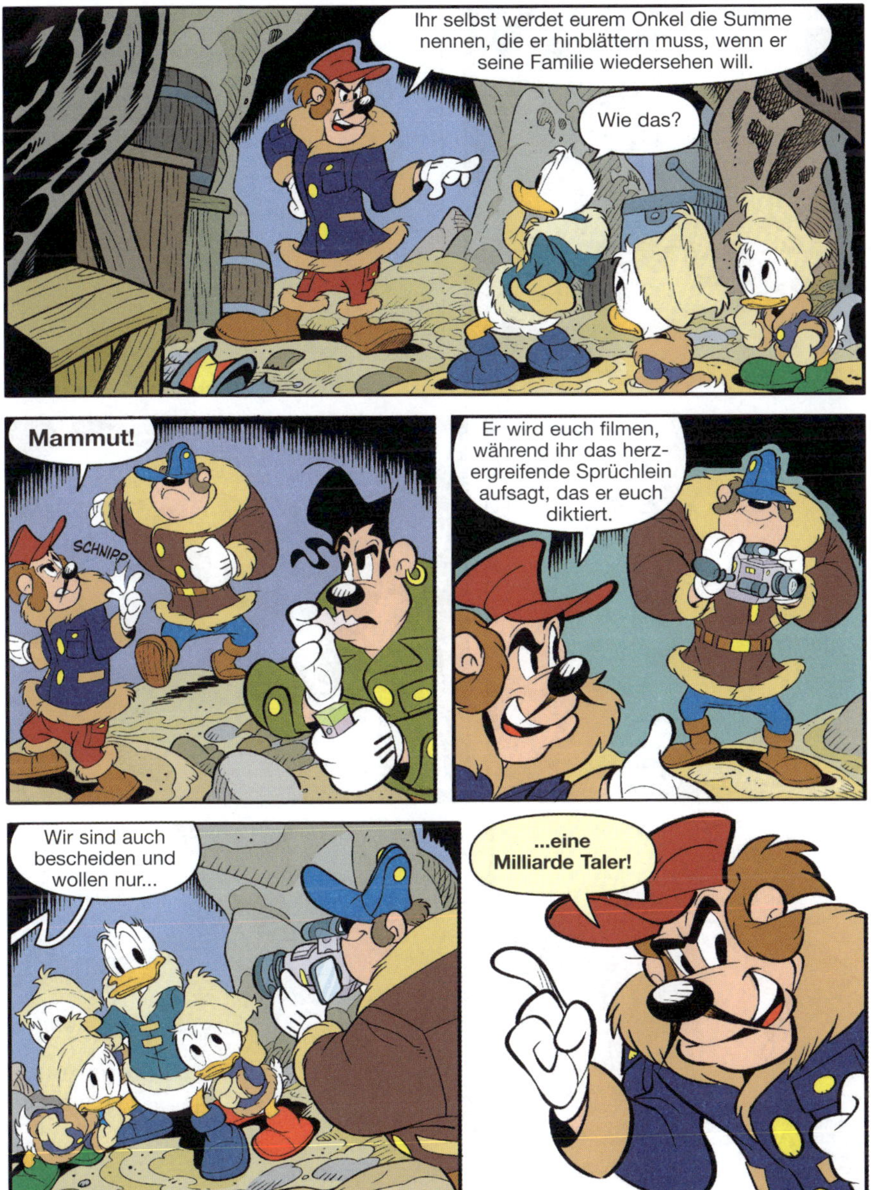
Ihr selbst werdet eurem Onkel die Summe nennen, die er hinblättern muss, wenn er seine Familie wiedersehen will.
Wie das?
Mammut!
SCHNIPP
Er wird euch filmen, während ihr das herzergreifende Sprüchlein aufsagt, das er euch diktiert.
Wir sind auch bescheiden und wollen nur...
...eine Milliarde Taler!

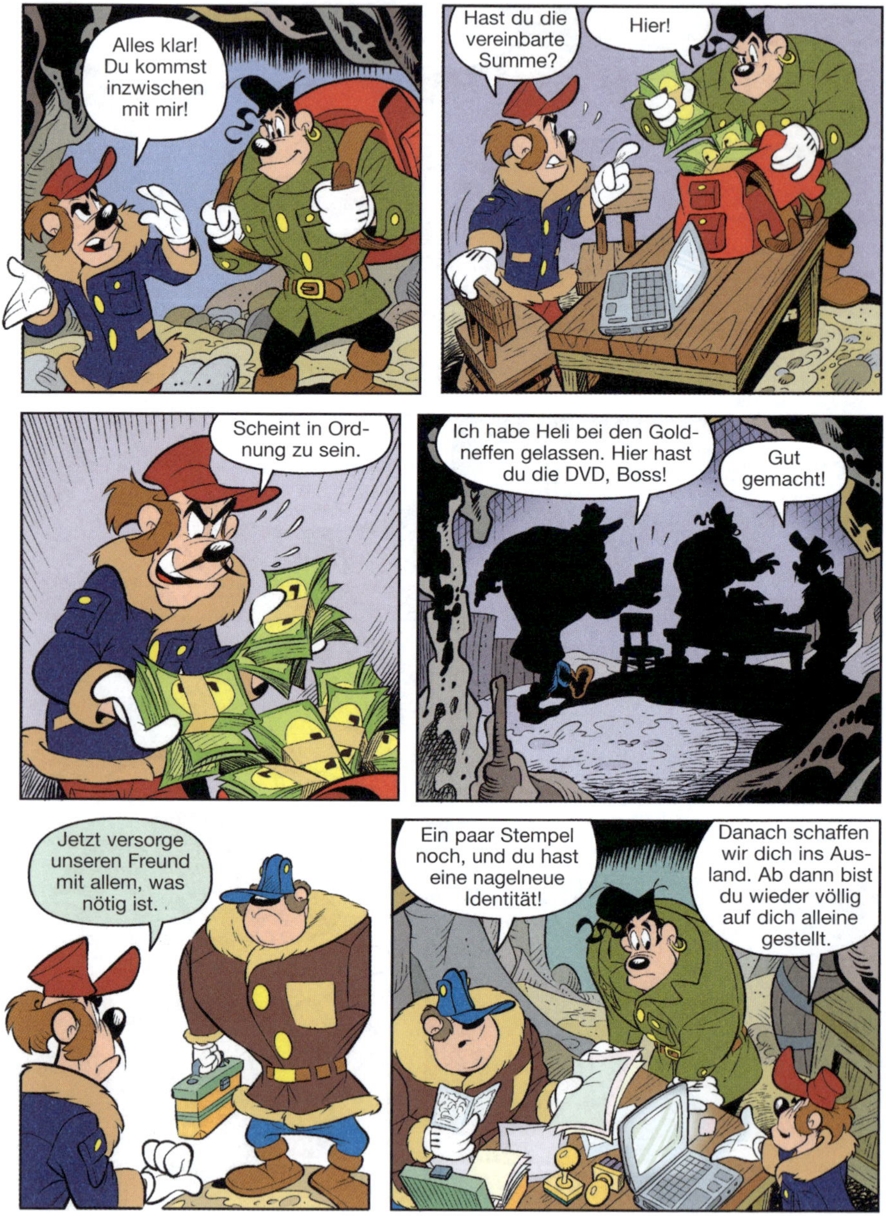
Alles klar! Du kommst inzwischen mit mir!
Hast du die vereinbarte Summe?
Hier!
Scheint in Ordnung zu sein.
Ich habe Heli bei den Goldneffen gelassen. Hier hast du die DVD, Boss!
Gut gemacht!
Jetzt versorge unseren Freund mit allem, was nötig ist.
Ein paar Stempel noch, und du hast eine nagelneue Identität!
Danach schaffen wir dich ins Ausland. Ab dann bist du wieder völlig auf dich alleine gestellt.

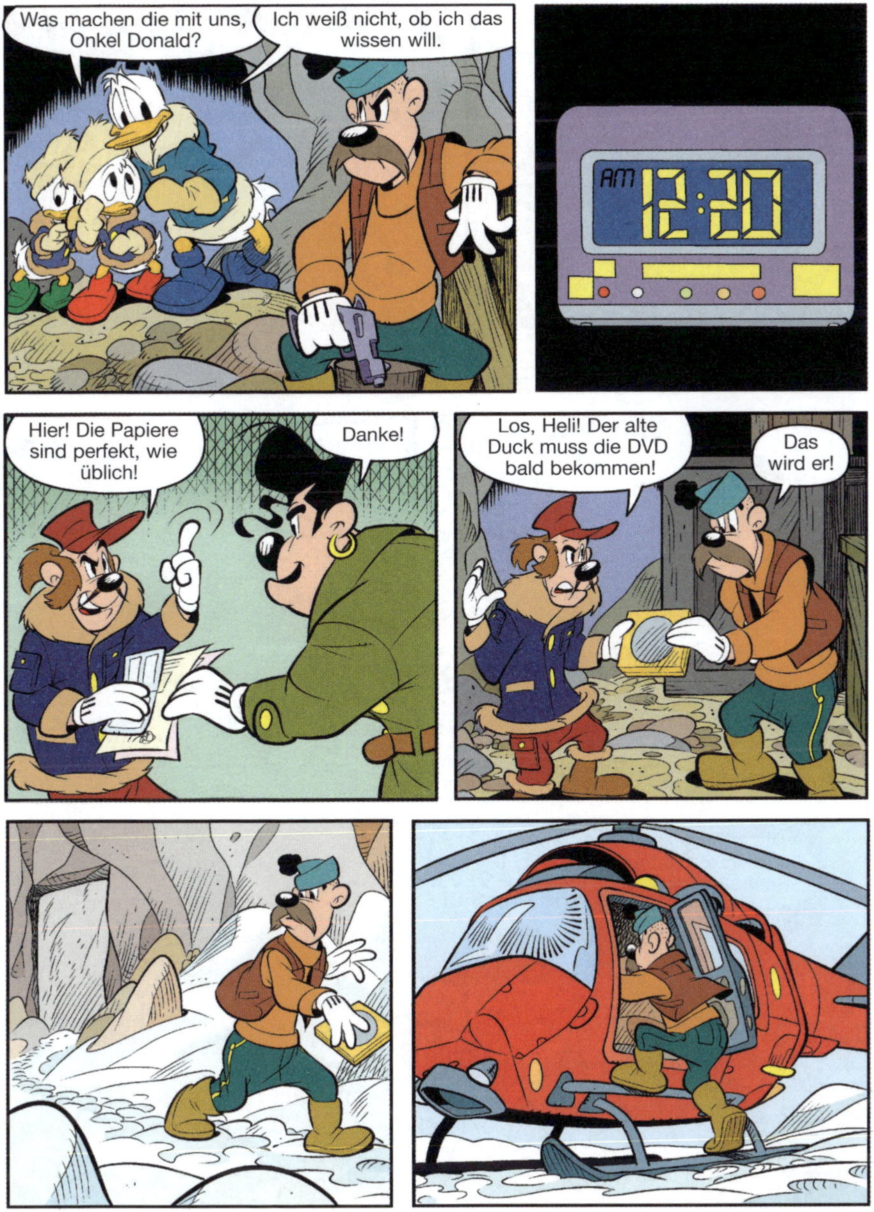

Was machen die mit uns, Onkel Donald?
Ich weiß nicht, ob ich das wissen will.
AM 12:20
Hier! Die Papiere sind perfekt, wie üblich!
Danke!
Los, Heli! Der alte Duck muss die DVD bald bekommen!
Das wird er!

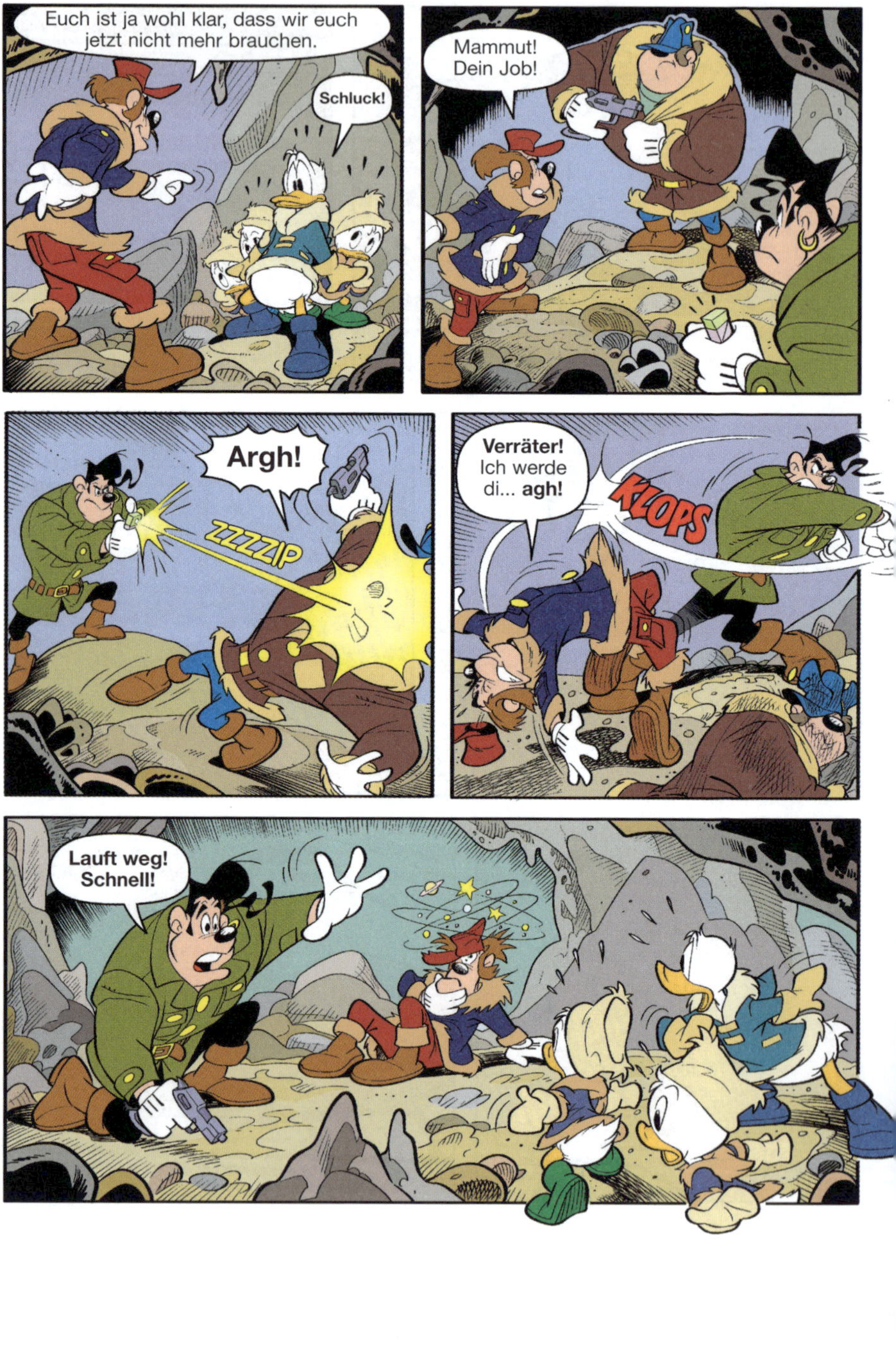
Euch ist ja wohl klar, dass wir euch jetzt nicht mehr brauchen.
Schluck!
Mammut! Dein Job!
Argh!
ZZZZIP
Verräter! Ich werde di... agh!
KLOPS
Lauft weg! Schnell!

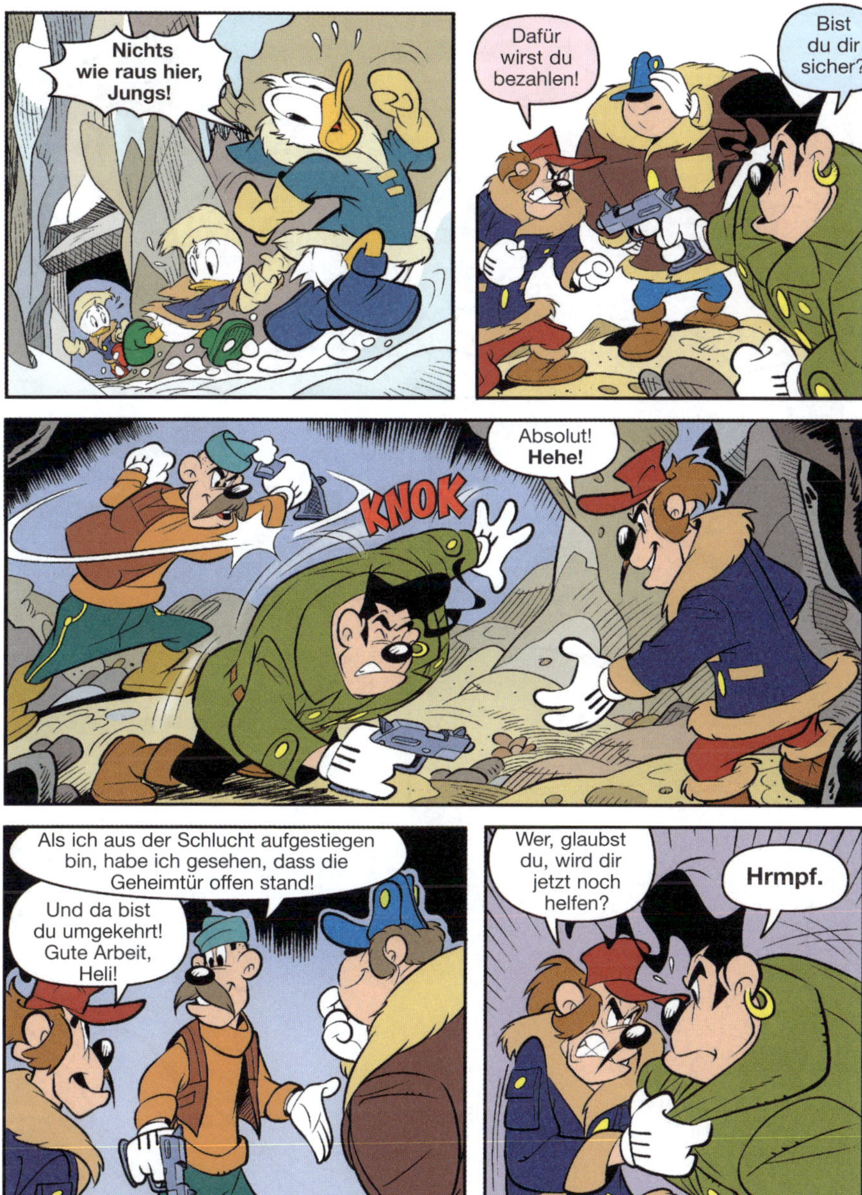
Nichts wie raus hier, Jungs!
Dafür wirst du bezahlen!
Bist du dir sicher?
Absolut! **Hehe!**
KNOK
Als ich aus der Schlucht aufgestiegen bin, habe ich gesehen, dass die Geheimtür offen stand!
Und da bist du umgekehrt! Gute Arbeit, Heli!
Wer, glaubst du, wird dir jetzt noch helfen?
Hrmpf.

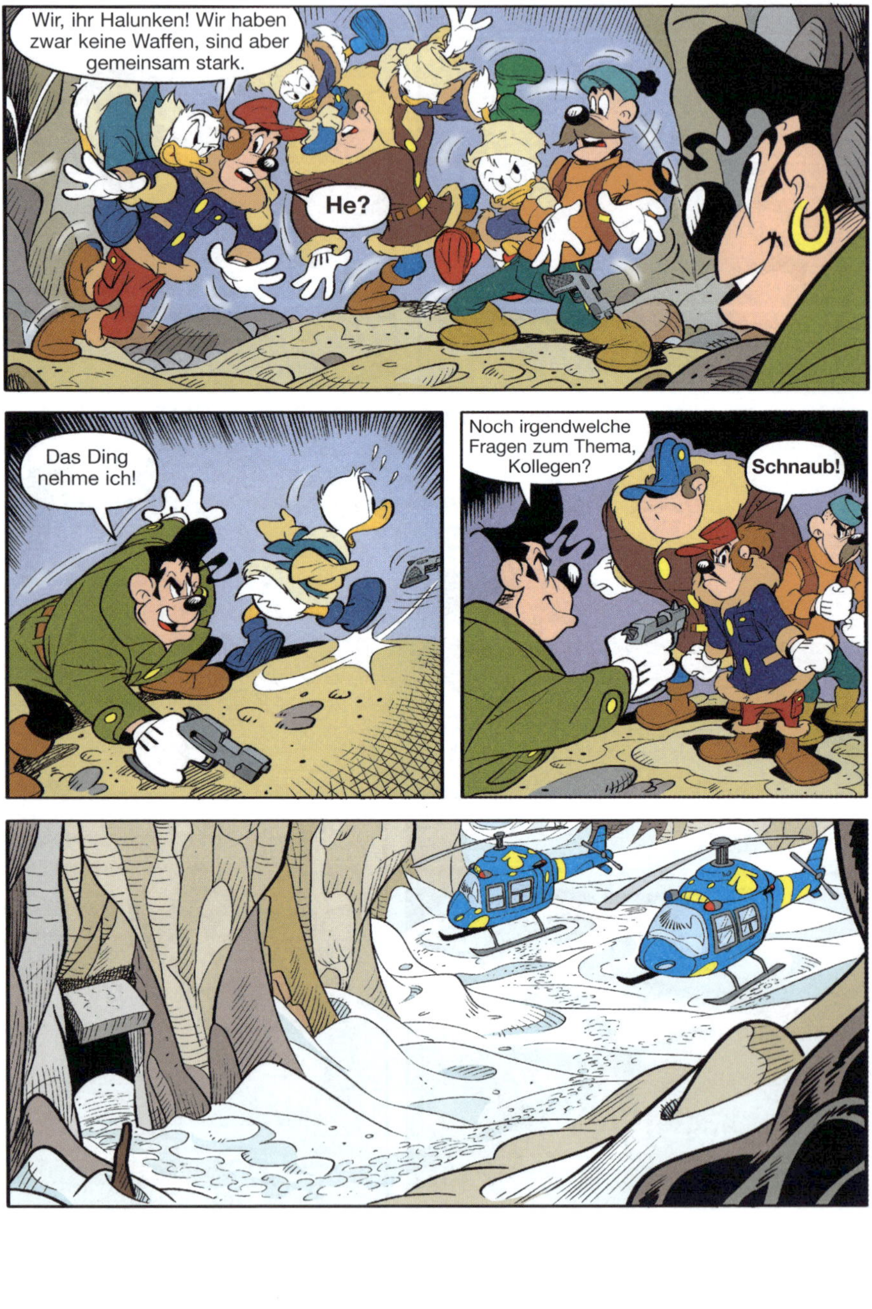
Wir, ihr Halunken! Wir haben zwar keine Waffen, sind aber gemeinsam stark.
He?
Das Ding nehme ich!
Noch irgendwelche Fragen zum Thema, Kollegen?
Schnaub!

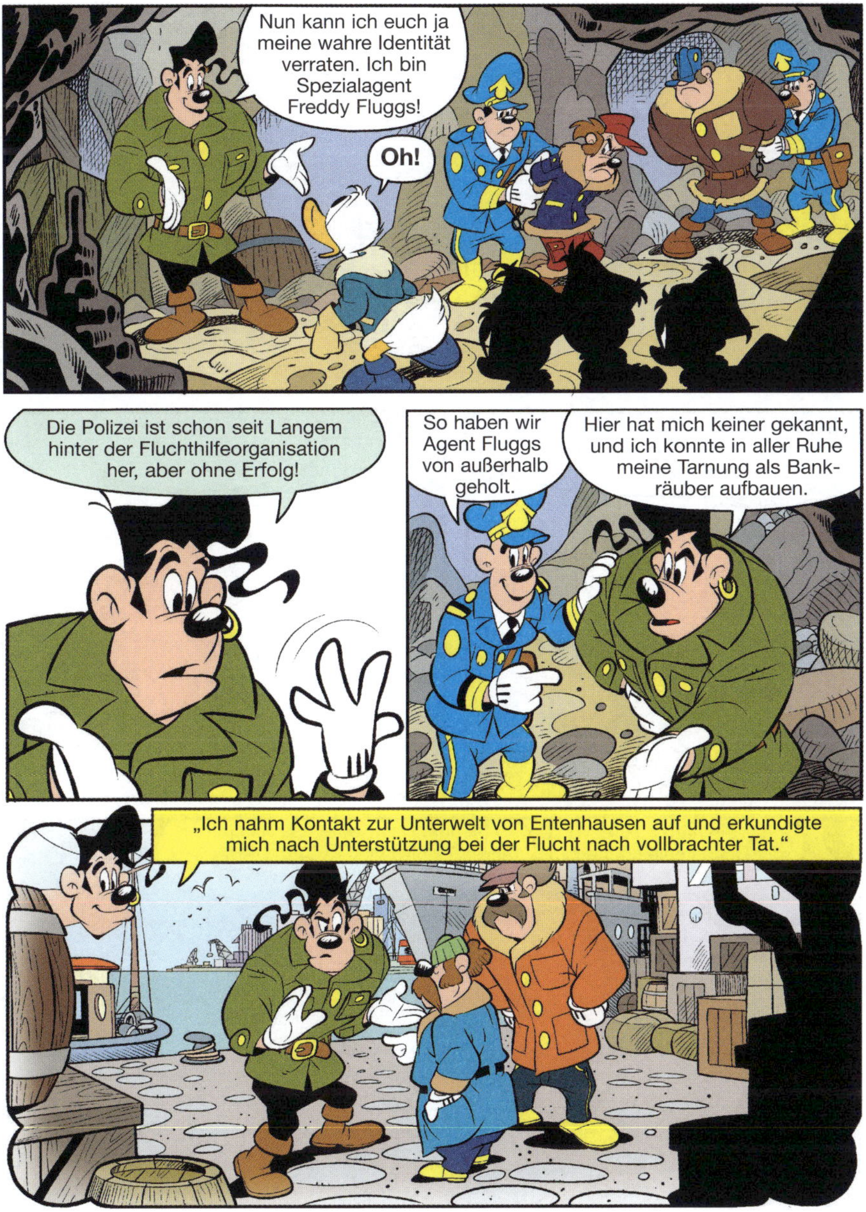
Nun kann ich euch ja meine wahre Identität verraten. Ich bin Spezialagent Freddy Fluggs!
Oh!
Die Polizei ist schon seit Langem hinter der Fluchthilfeorganisation her, aber ohne Erfolg!
So haben wir Agent Fluggs von außerhalb geholt.
Hier hat mich keiner gekannt, und ich konnte in aller Ruhe meine Tarnung als Bankräuber aufbauen.
„Ich nahm Kontakt zur Unterwelt von Entenhausen auf und erkundigte mich nach Unterstützung bei der Flucht nach vollbrachter Tat.“

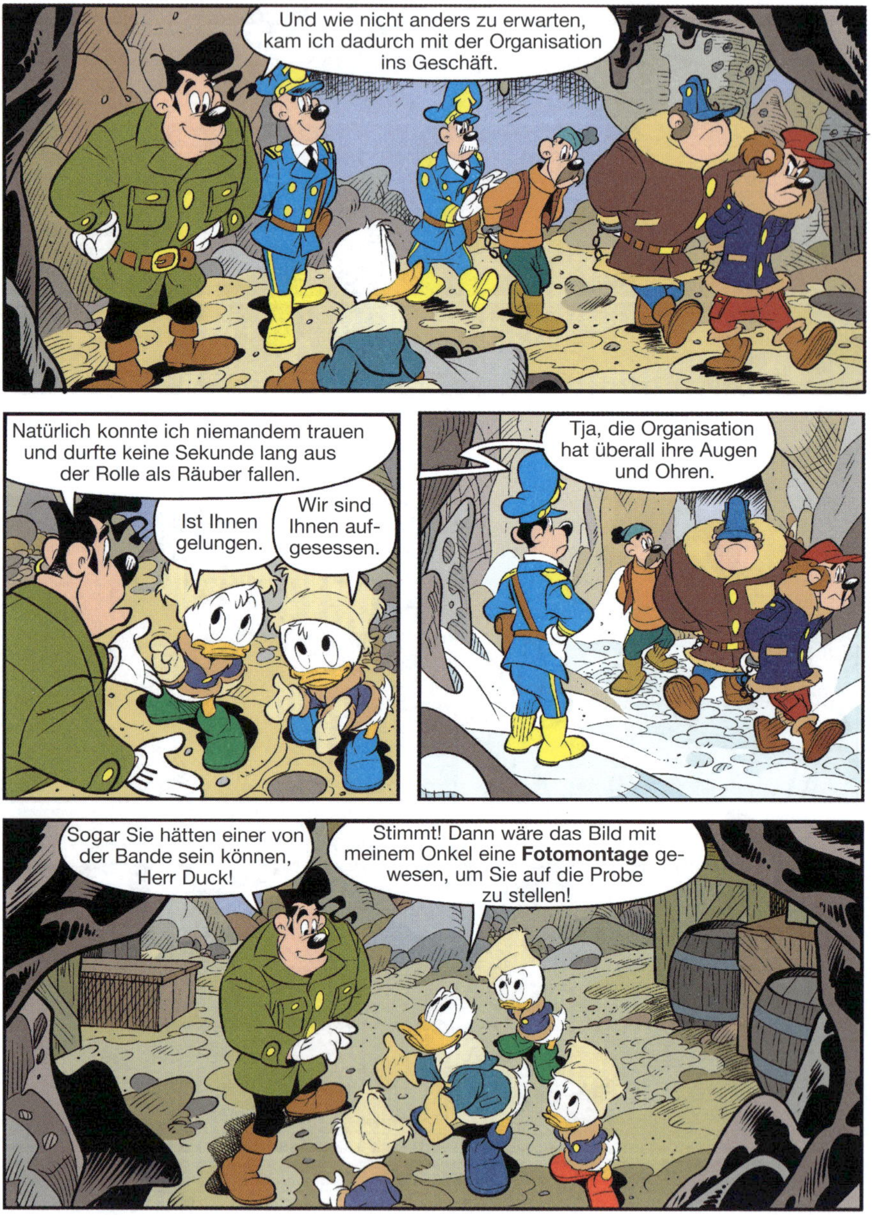
Und wie nicht anders zu erwarten, kam ich dadurch mit der Organisation ins Geschäft.
Natürlich konnte ich niemandem trauen und durfte keine Sekunde lang aus der Rolle als Räuber fallen.
Ist Ihnen gelungen.
Wir sind Ihnen aufgesessen.
Tja, die Organisation hat überall ihre Augen und Ohren.
Sogar Sie hätten einer von der Bande sein können, Herr Duck!
Stimmt! Dann wäre das Bild mit meinem Onkel eine **Fotomontage** gewesen, um Sie auf die Probe zu stellen!

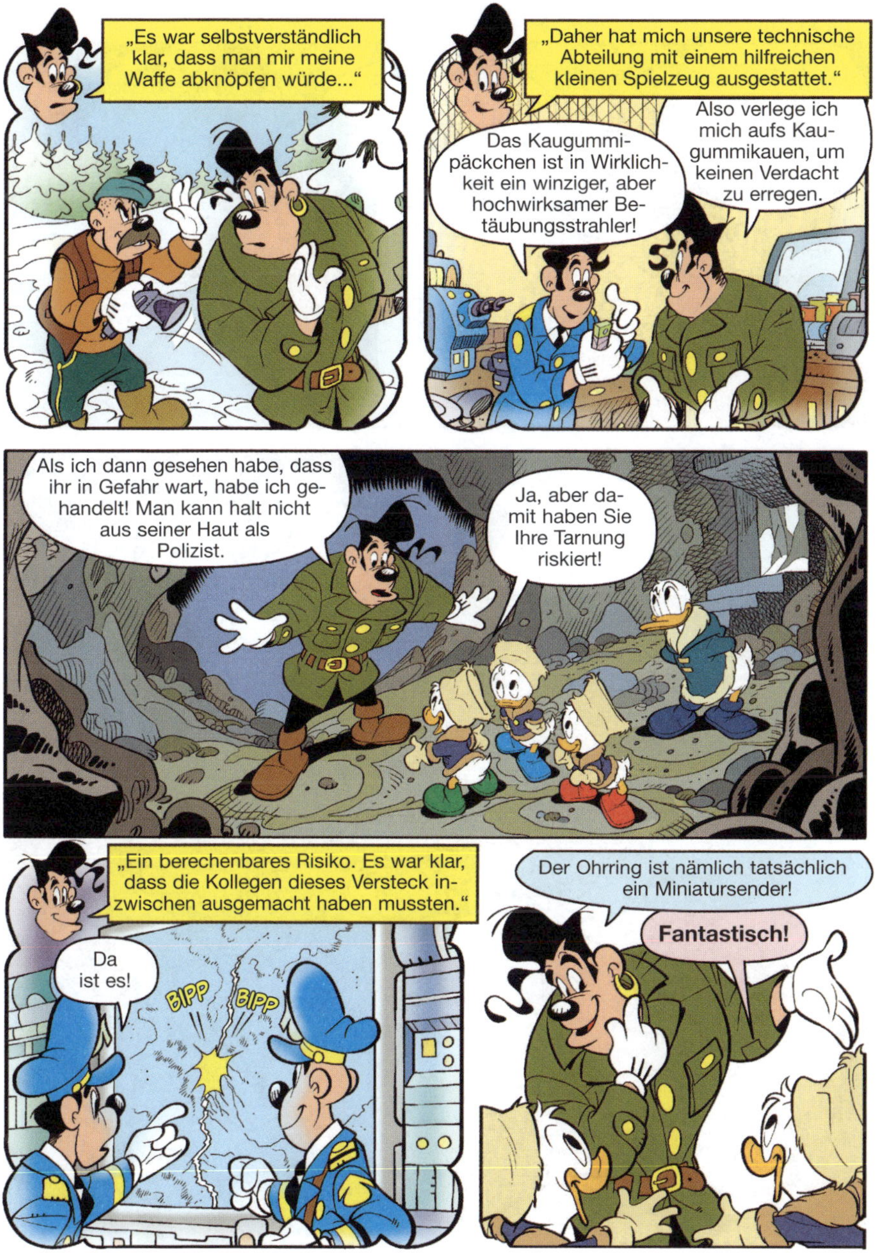
„Es war selbstverständlich klar, dass man mir meine Waffe abknöpfen würde..."
„Daher hat mich unsere technische Abteilung mit einem hilfreichen kleinen Spielzeug ausgestattet."
Das Kaugummipäckchen ist in Wirklichkeit ein winziger, aber hochwirksamer Betäubungsstrahler!
Also verlege ich mich aufs Kaugummikauen, um keinen Verdacht zu erregen.
Als ich dann gesehen habe, dass ihr in Gefahr wart, habe ich gehandelt! Man kann halt nicht aus seiner Haut als Polizist.
Ja, aber damit haben Sie Ihre Tarnung riskiert!
„Ein berechenbares Risiko. Es war klar, dass die Kollegen dieses Versteck inzwischen ausgemacht haben mussten."
Da ist es!
BIPP BIPP
Der Ohrring ist nämlich tatsächlich ein Miniatursender!
Fantastisch!

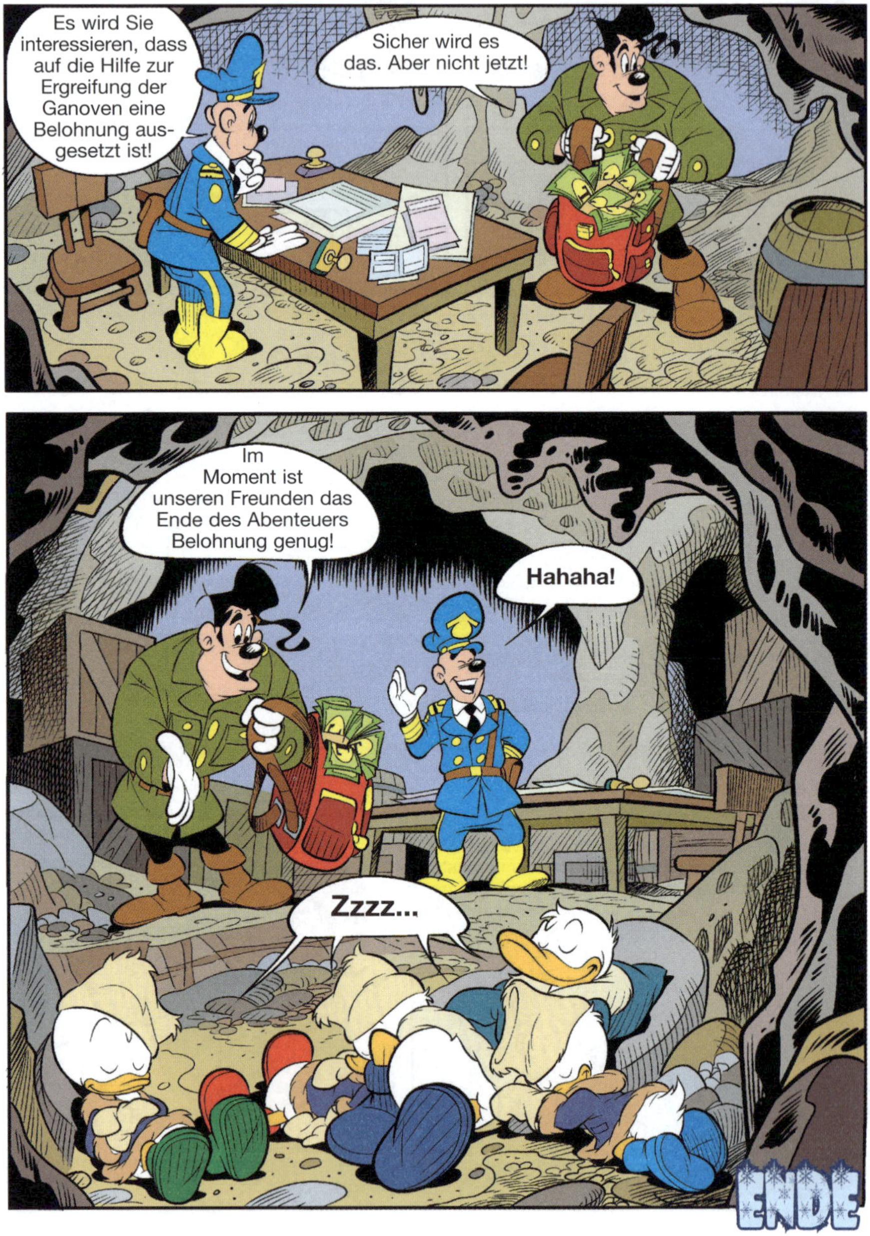
Es wird Sie interessieren, dass auf die Hilfe zur Ergreifung der Ganoven eine Belohnung ausgesetzt ist!
Sicher wird es das. Aber nicht jetzt!
Im Moment ist unseren Freunden das Ende des Abenteuers Belohnung genug!
Hahaha!
Zzzz...
ENDE

Mission Traumgeschenk

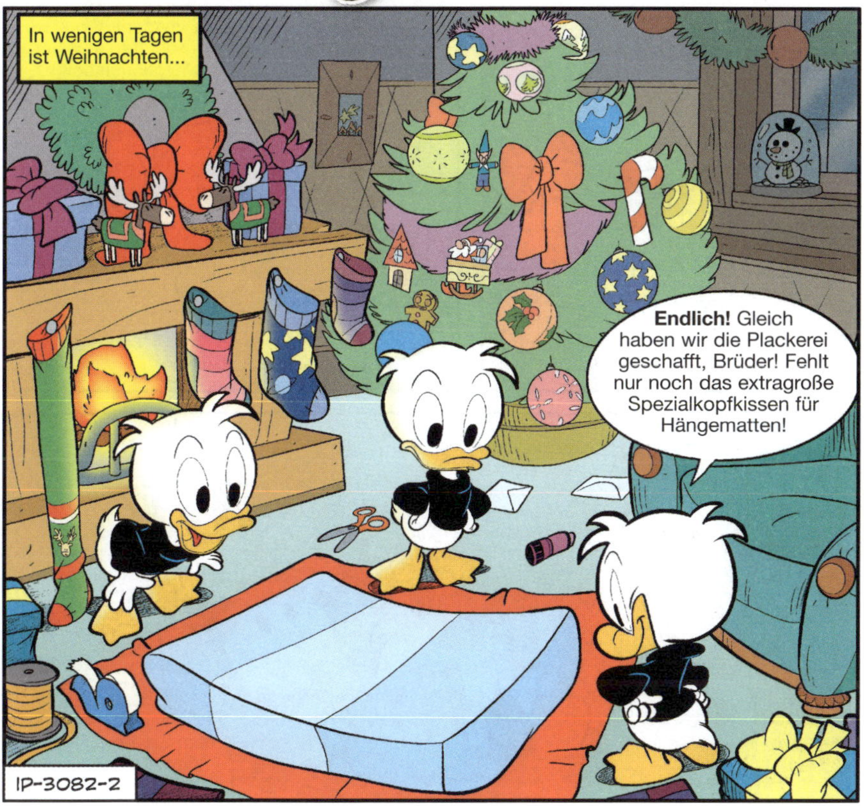

Matteo Venerus (Story), **Antonello Dalena** (Zeichnungen)

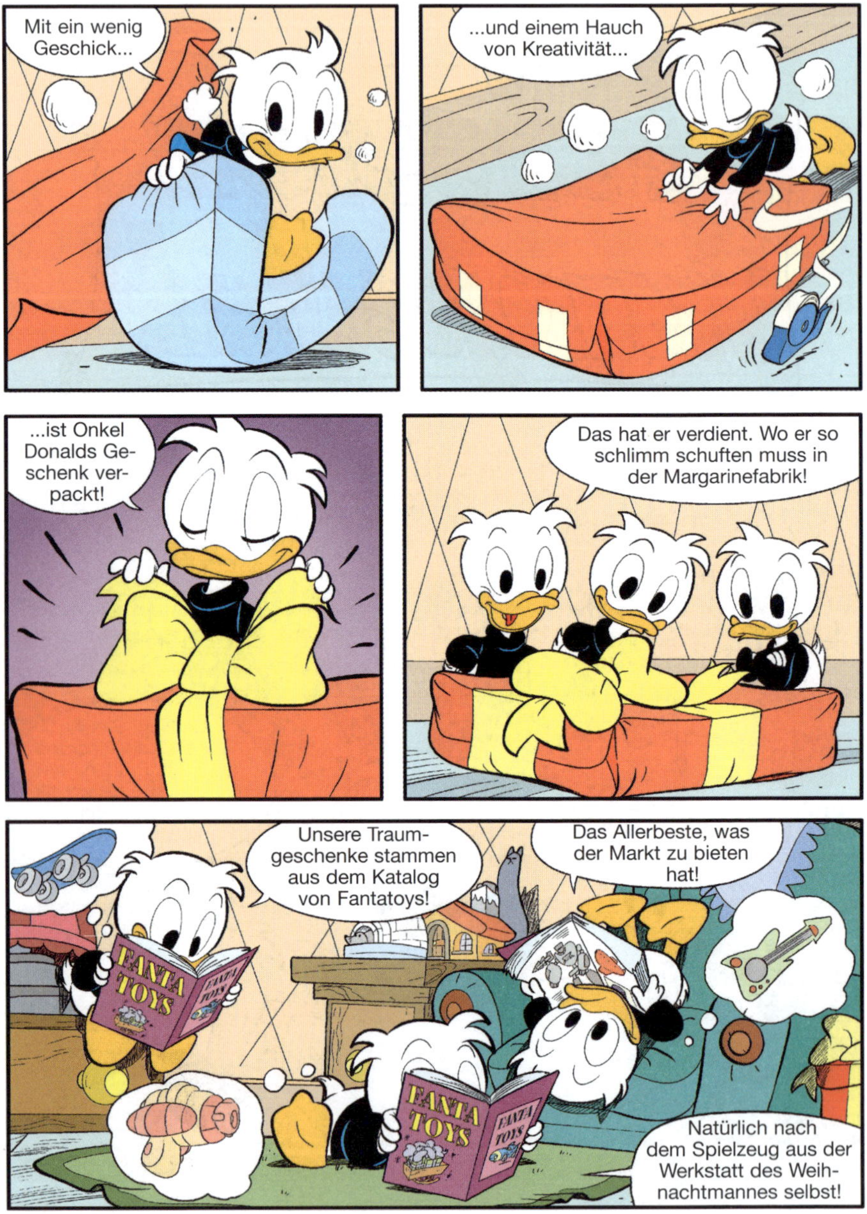
Mit ein wenig Geschick...
...und einem Hauch von Kreativität...
...ist Onkel Donalds Geschenk verpackt!
Das hat er verdient. Wo er so schlimm schuften muss in der Margarinefabrik!
Unsere Traumgeschenke stammen aus dem Katalog von Fantatoys!
Das Allerbeste, was der Markt zu bieten hat!
Natürlich nach dem Spielzeug aus der Werkstatt des Weihnachtmannes selbst!
FANTA TOYS

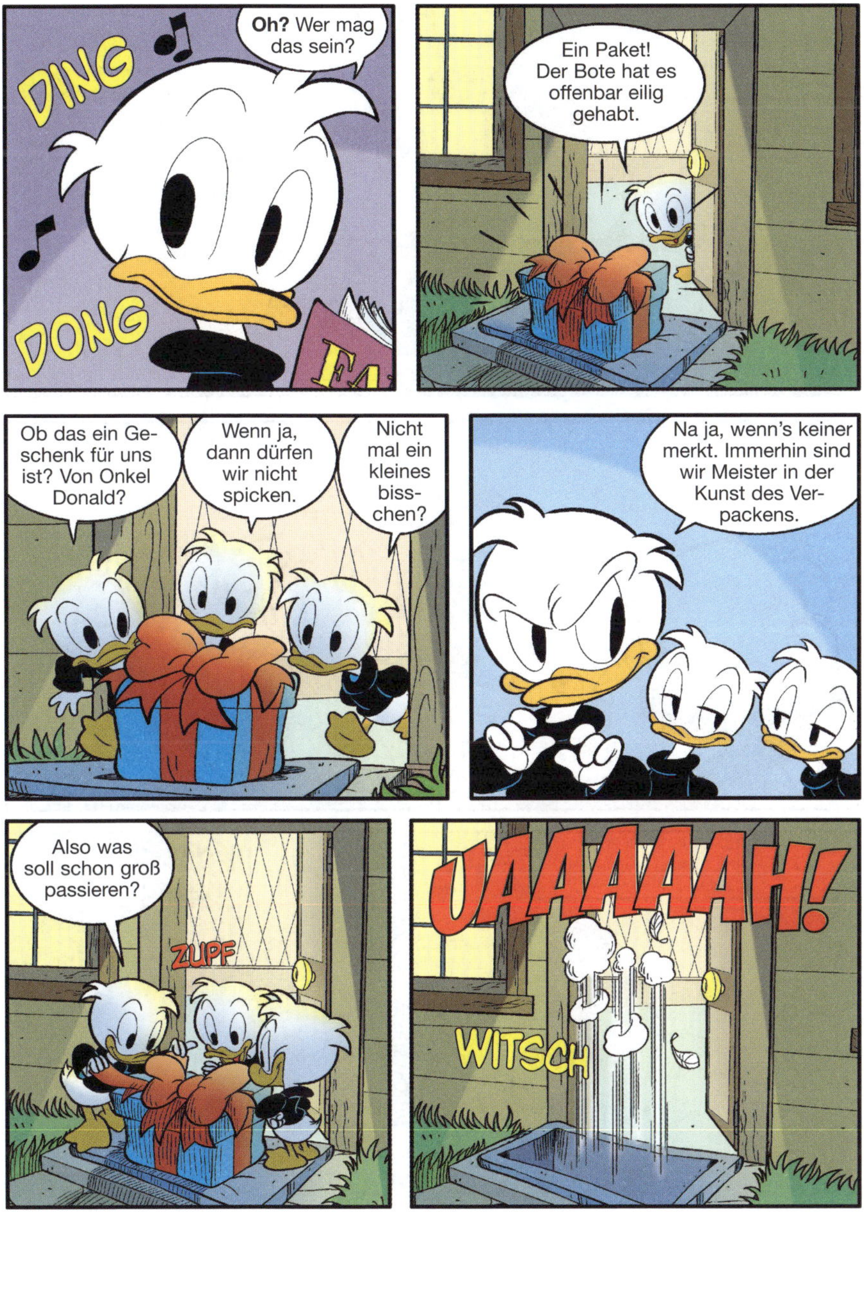
DING
DONG
Oh? Wer mag das sein?
Ein Paket! Der Bote hat es offenbar eilig gehabt.
Ob das ein Geschenk für uns ist? Von Onkel Donald?
Wenn ja, dann dürfen wir nicht spicken.
Nicht mal ein kleines bisschen?
Na ja, wenn's keiner merkt. Immerhin sind wir Meister in der Kunst des Verpackens.
Also was soll schon groß passieren?
ZUPF
UAAAAAH!
WITSCH

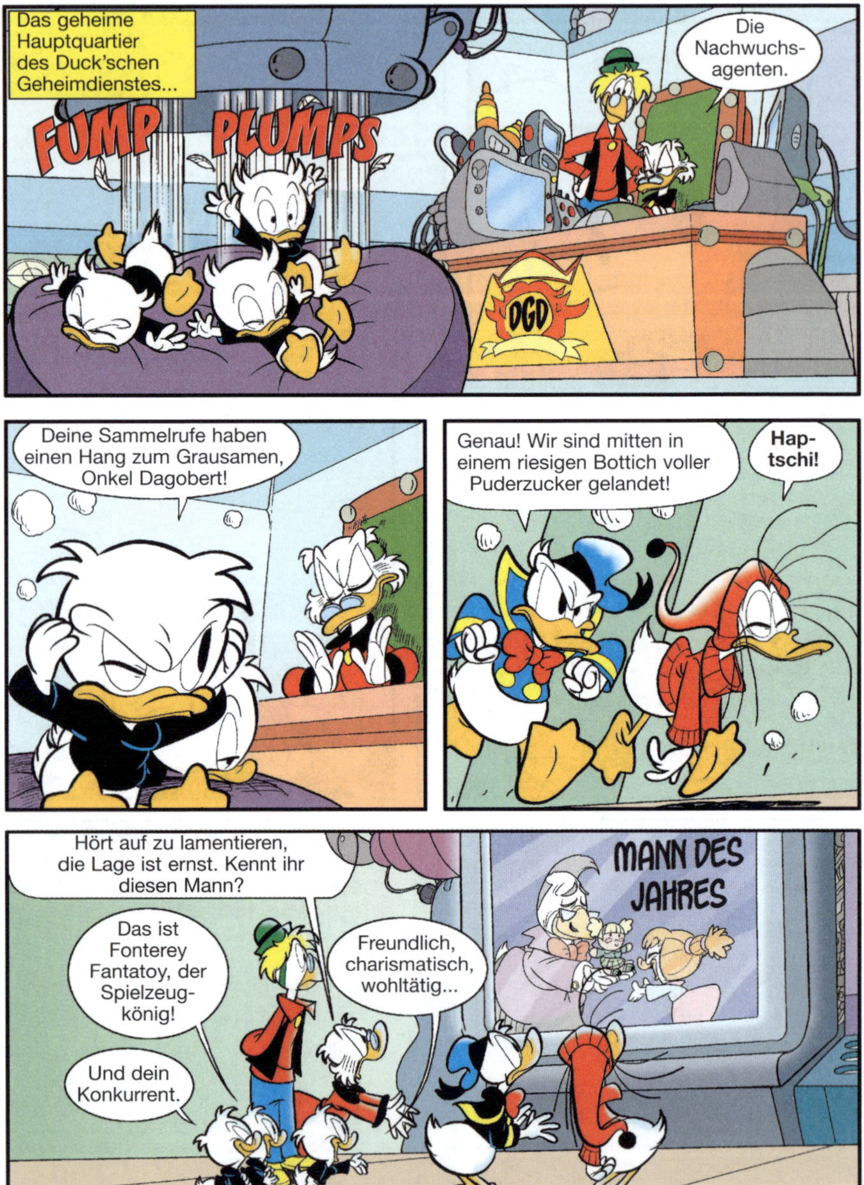
Das geheime Hauptquartier des Duck'schen Geheimdienstes...
FUMP
PLUMPS
Die Nachwuchs-agenten.
DGD
Deine Sammelrufe haben einen Hang zum Grausamen, Onkel Dagobert!
Genau! Wir sind mitten in einem riesigen Bottich voller Puderzucker gelandet!
Hap-tschi!
Hört auf zu lamentieren, die Lage ist ernst. Kennt ihr diesen Mann?
MANN DES JAHRES
Das ist Fonterey Fantatoy, der Spielzeug-könig!
Freundlich, charismatisch, wohltätig...
Und dein Konkurrent.

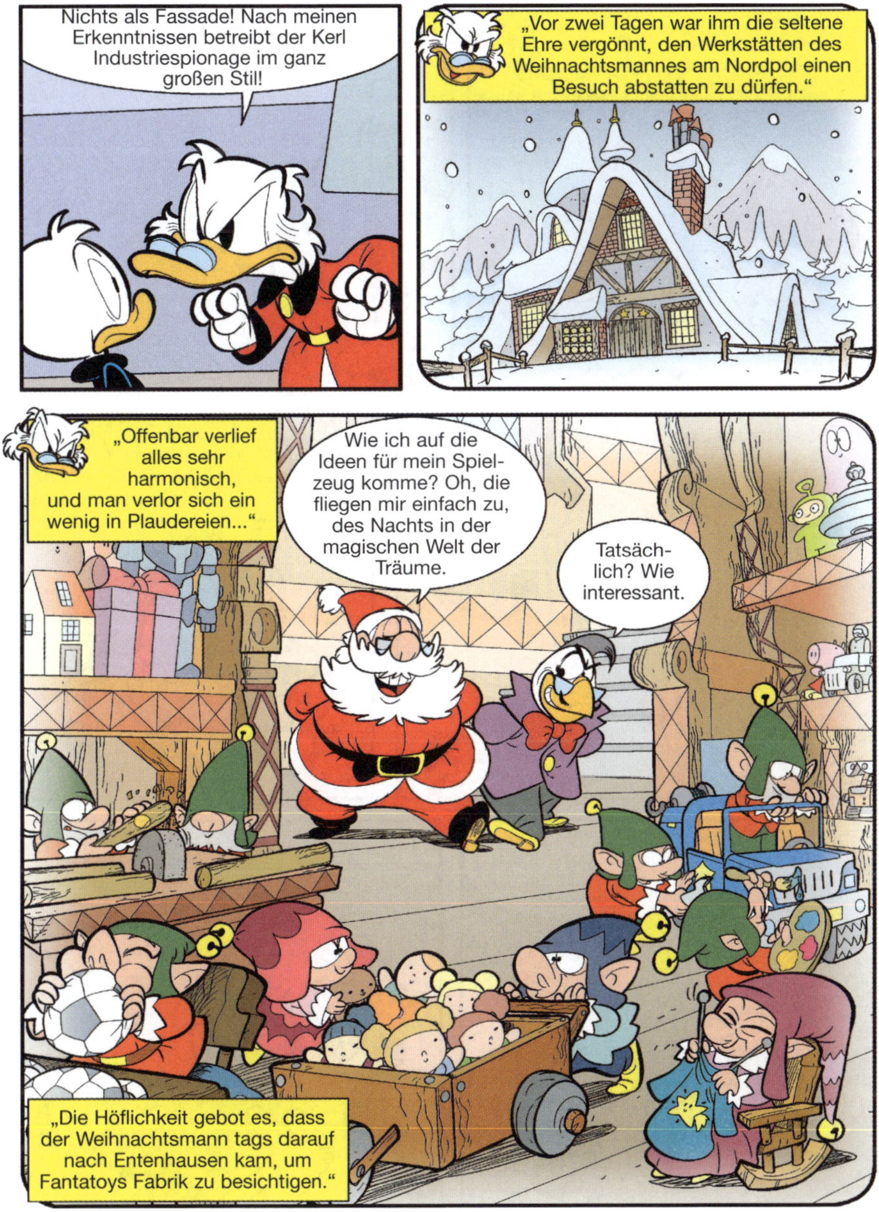
Nichts als Fassade! Nach meinen Erkenntnissen betreibt der Kerl Industriespionage im ganz großen Stil!
„Vor zwei Tagen war ihm die seltene Ehre vergönnt, den Werkstätten des Weihnachtsmannes am Nordpol einen Besuch abstatten zu dürfen."
„Offenbar verlief alles sehr harmonisch, und man verlor sich ein wenig in Plaudereien..."
Wie ich auf die Ideen für mein Spielzeug komme? Oh, die fliegen mir einfach zu, des Nachts in der magischen Welt der Träume.
Tatsächlich? Wie interessant.
„Die Höflichkeit gebot es, dass der Weihnachtsmann tags darauf nach Entenhausen kam, um Fantatoys Fabrik zu besichtigen."

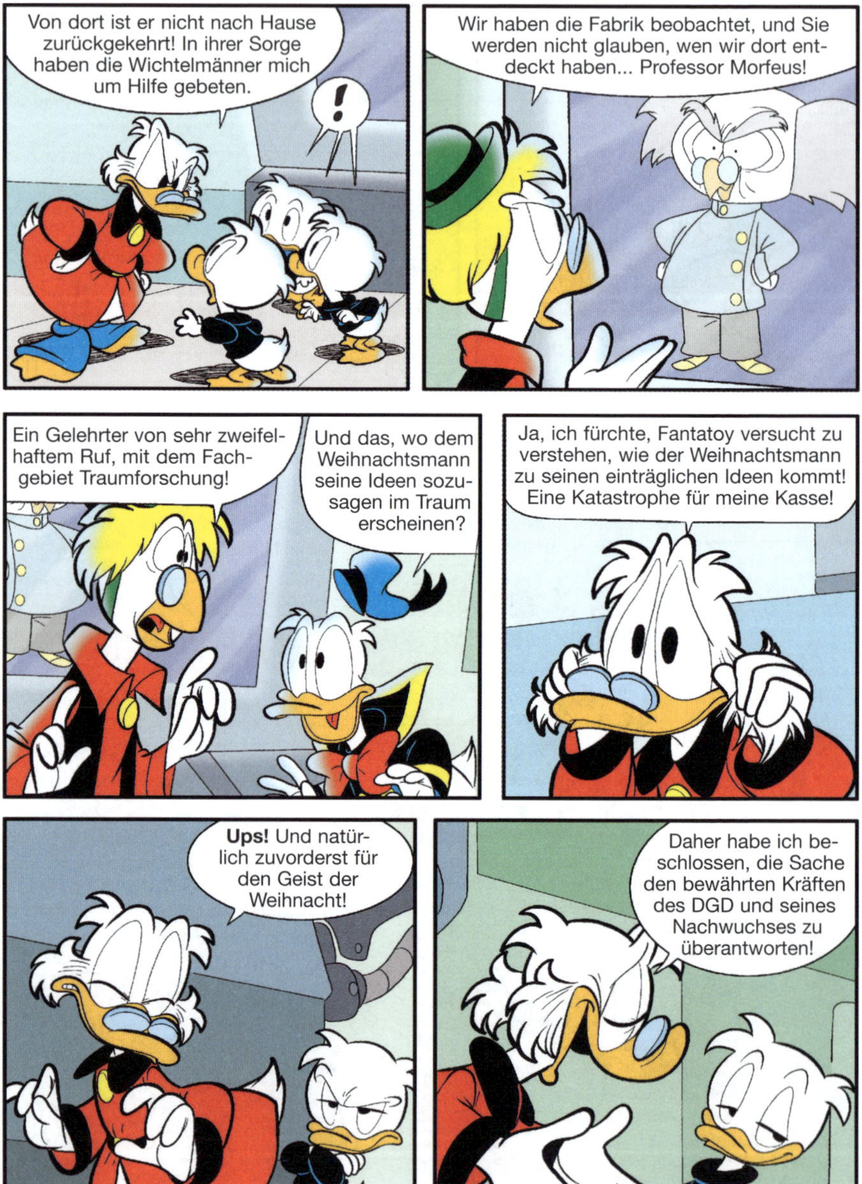
Von dort ist er nicht nach Hause zurückgekehrt! In ihrer Sorge haben die Wichtelmänner mich um Hilfe gebeten.
!
Wir haben die Fabrik beobachtet, und Sie werden nicht glauben, wen wir dort entdeckt haben... Professor Morfeus!
Ein Gelehrter von sehr zweifelhaftem Ruf, mit dem Fachgebiet Traumforschung!
Und das, wo dem Weihnachtsmann seine Ideen sozusagen im Traum erscheinen?
Ja, ich fürchte, Fantatoy versucht zu verstehen, wie der Weihnachtsmann zu seinen einträglichen Ideen kommt! Eine Katastrophe für meine Kasse!
Ups! Und natürlich zuvorderst für den Geist der Weihnacht!
Daher habe ich beschlossen, die Sache den bewährten Kräften des DGD und seines Nachwuchses zu überantworten!

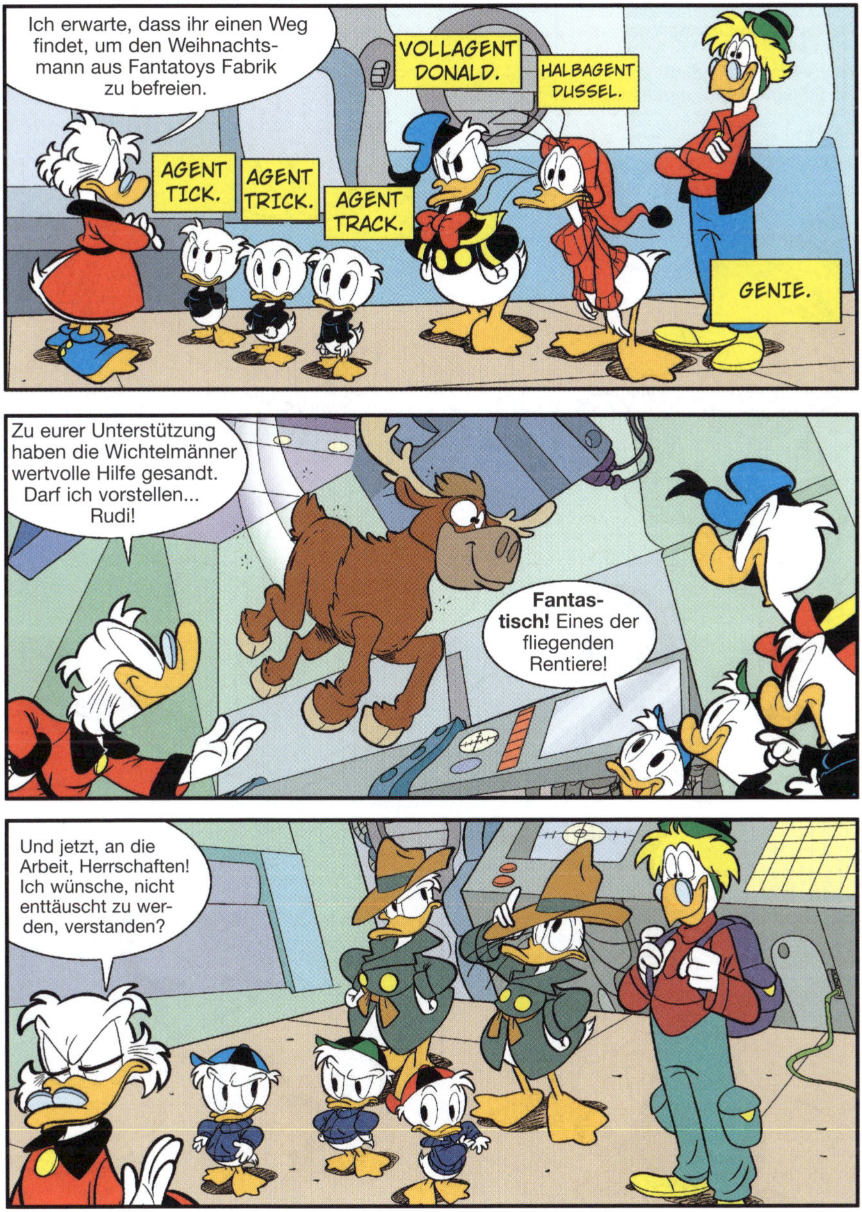
Ich erwarte, dass ihr einen Weg findet, um den Weihnachtsmann aus Fantatoys Fabrik zu befreien.
VOLLAGENT DONALD.
HALBAGENT DUSSEL.
AGENT TICK.
AGENT TRICK.
AGENT TRACK.
GENIE.
Zu eurer Unterstützung haben die Wichtelmänner wertvolle Hilfe gesandt. Darf ich vorstellen... Rudi!
Fantastisch! Eines der fliegenden Rentiere!
Und jetzt, an die Arbeit, Herrschaften! Ich wünsche, nicht enttäuscht zu werden, verstanden?

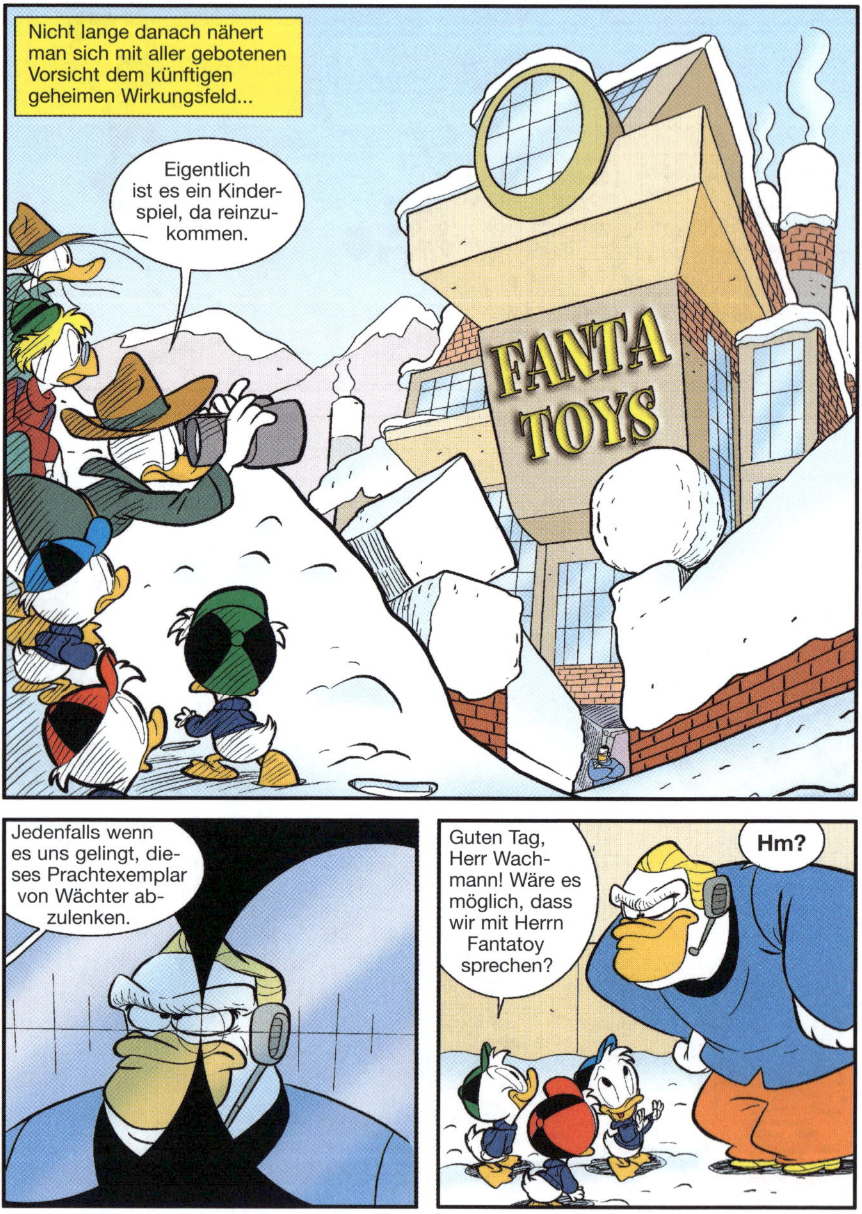
Nicht lange danach nähert man sich mit aller gebotenen Vorsicht dem künftigen geheimen Wirkungsfeld...
Eigentlich ist es ein Kinderspiel, da reinzukommen.
FANTA TOYS
Jedenfalls wenn es uns gelingt, dieses Prachtexemplar von Wächter abzulenken.
Guten Tag, Herr Wachmann! Wäre es möglich, dass wir mit Herrn Fantatoy sprechen?
Hm?

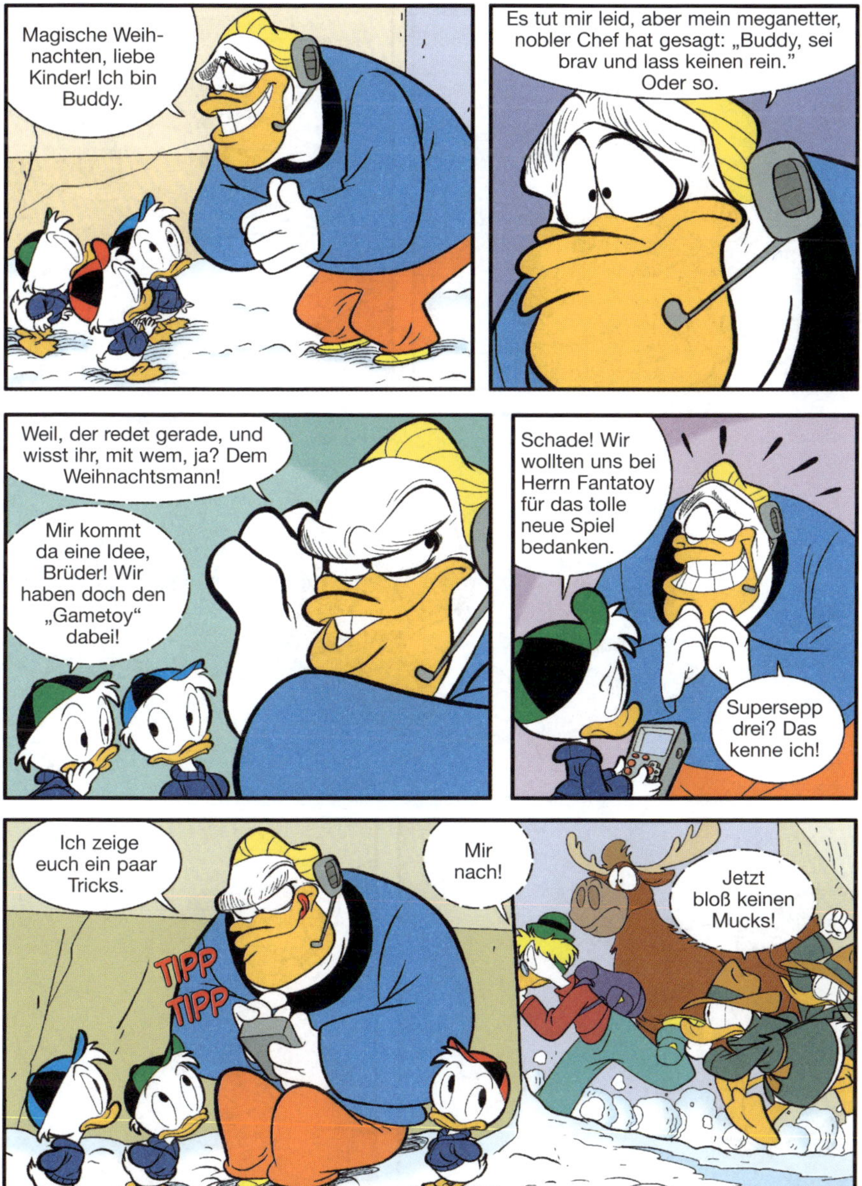
Magische Weihnachten, liebe Kinder! Ich bin Buddy.
Es tut mir leid, aber mein meganetter, nobler Chef hat gesagt: „Buddy, sei brav und lass keinen rein." Oder so.
Weil, der redet gerade, und wisst ihr, mit wem, ja? Dem Weihnachtsmann!
Mir kommt da eine Idee, Brüder! Wir haben doch den „Gametoy" dabei!
Schade! Wir wollten uns bei Herrn Fantatoy für das tolle neue Spiel bedanken.
Supersepp drei? Das kenne ich!
Ich zeige euch ein paar Tricks.
TIPP TIPP
Mir nach!
Jetzt bloß keinen Mucks!

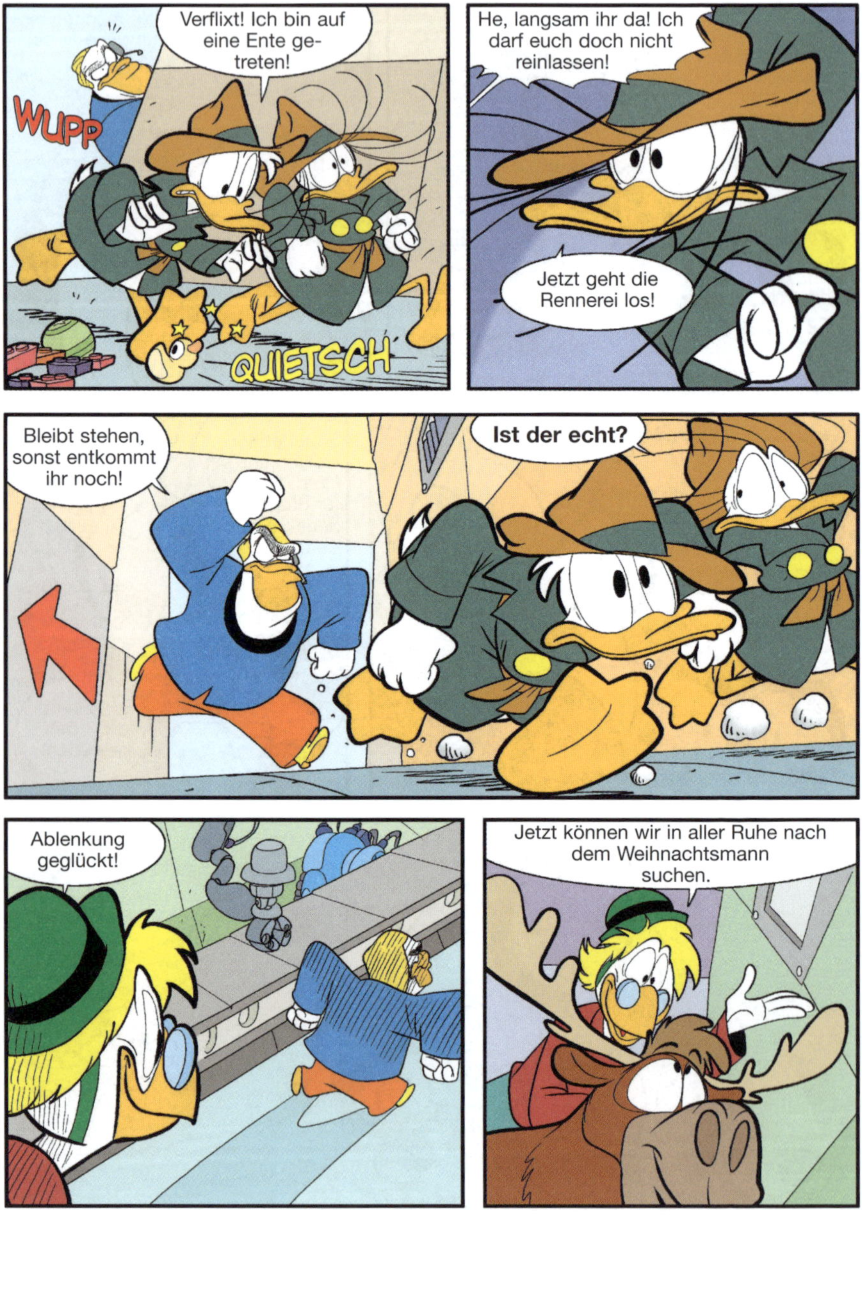
Verflixt! Ich bin auf eine Ente getreten!
WUPP
QUIETSCH
He, langsam ihr da! Ich darf euch doch nicht reinlassen!
Jetzt geht die Rennerei los!
Bleibt stehen, sonst entkommt ihr noch!
Ist der echt?
Ablenkung geglückt!
Jetzt können wir in aller Ruhe nach dem Weihnachtsmann suchen.

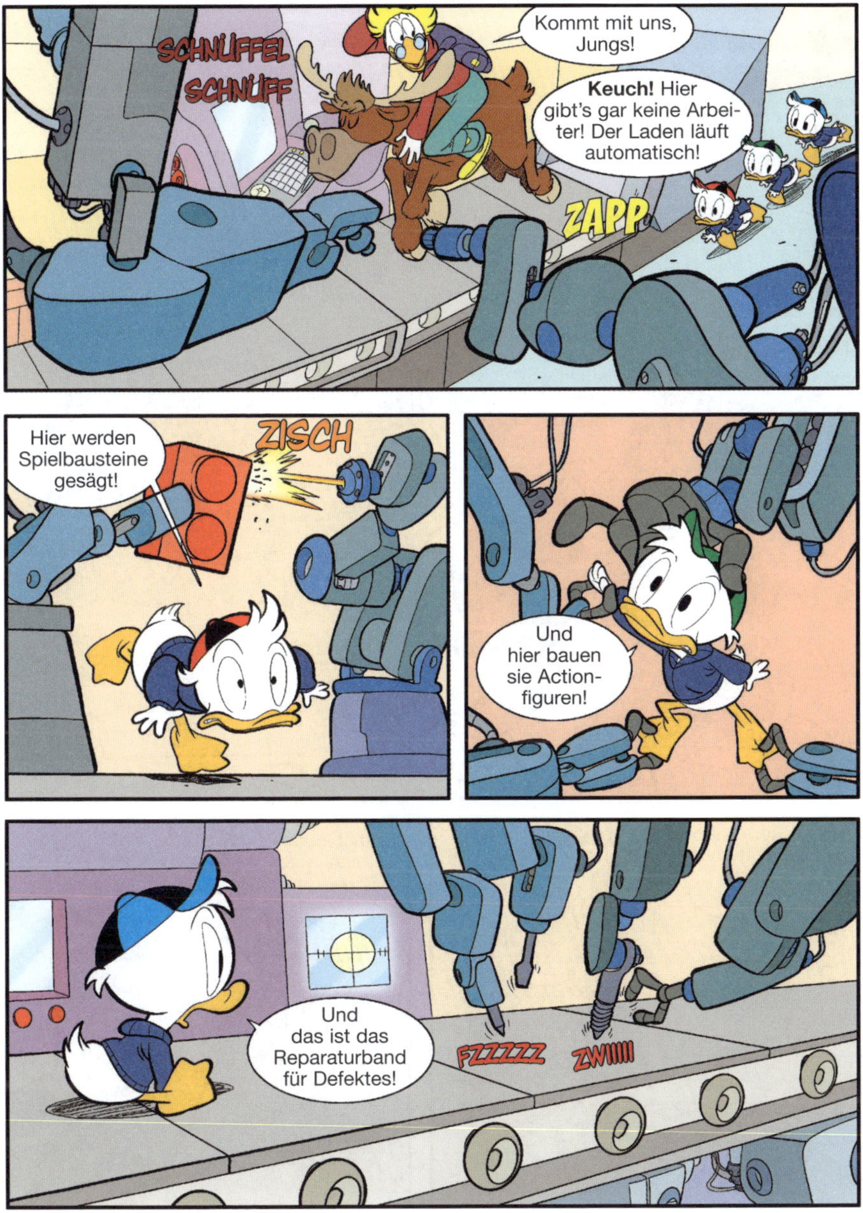
SCHNÜFFEL
SCHNÜFF
Kommt mit uns, Jungs!
Keuch! Hier gibt's gar keine Arbeiter! Der Laden läuft automatisch!
ZAPP
Hier werden Spielbausteine gesägt!
ZISCH
Und hier bauen sie Actionfiguren!
Und das ist das Reparaturband für Defektes!
FZZZZZ
ZWIIIII

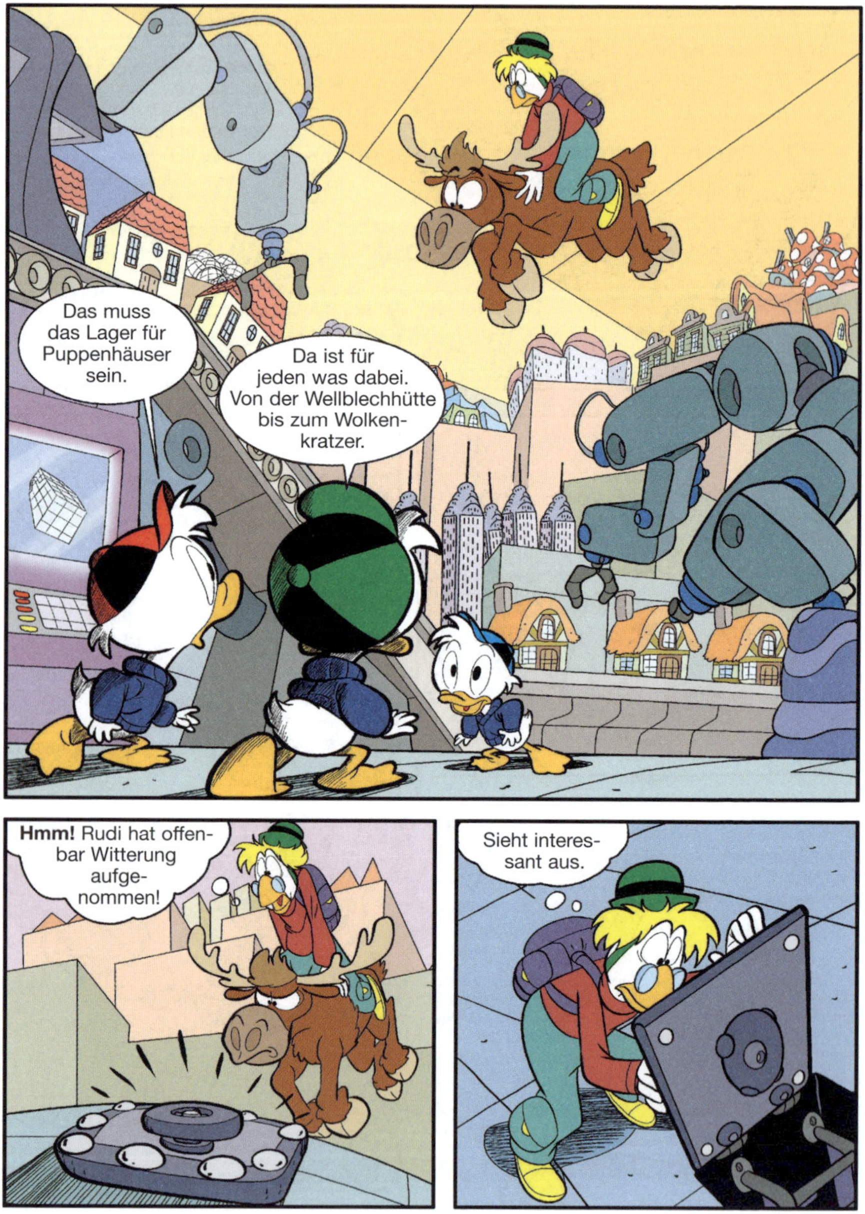
Das muss das Lager für Puppenhäuser sein.
Da ist für jeden was dabei. Von der Wellblechhütte bis zum Wolkenkratzer.
Hmm! Rudi hat offenbar Witterung aufgenommen!
Sieht interessant aus.

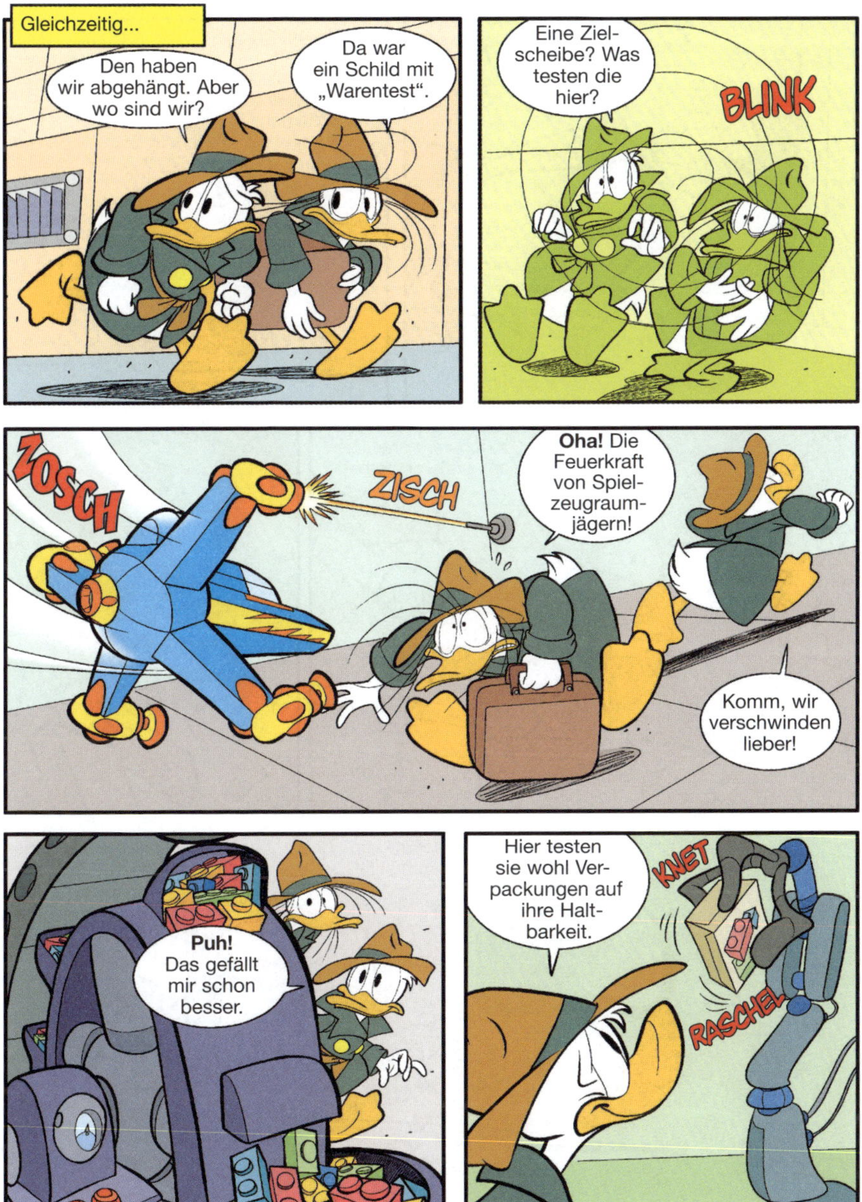
Gleichzeitig...
Den haben wir abgehängt. Aber wo sind wir?
Da war ein Schild mit „Warentest“.
Eine Zielscheibe? Was testen die hier?
BLINK
ZOSCH
ZISCH
Oha! Die Feuerkraft von Spielzeugraumjägern!
Komm, wir verschwinden lieber!
Puh! Das gefällt mir schon besser.
Hier testen sie wohl Verpackungen auf ihre Haltbarkeit.
KNET
RASCHEL

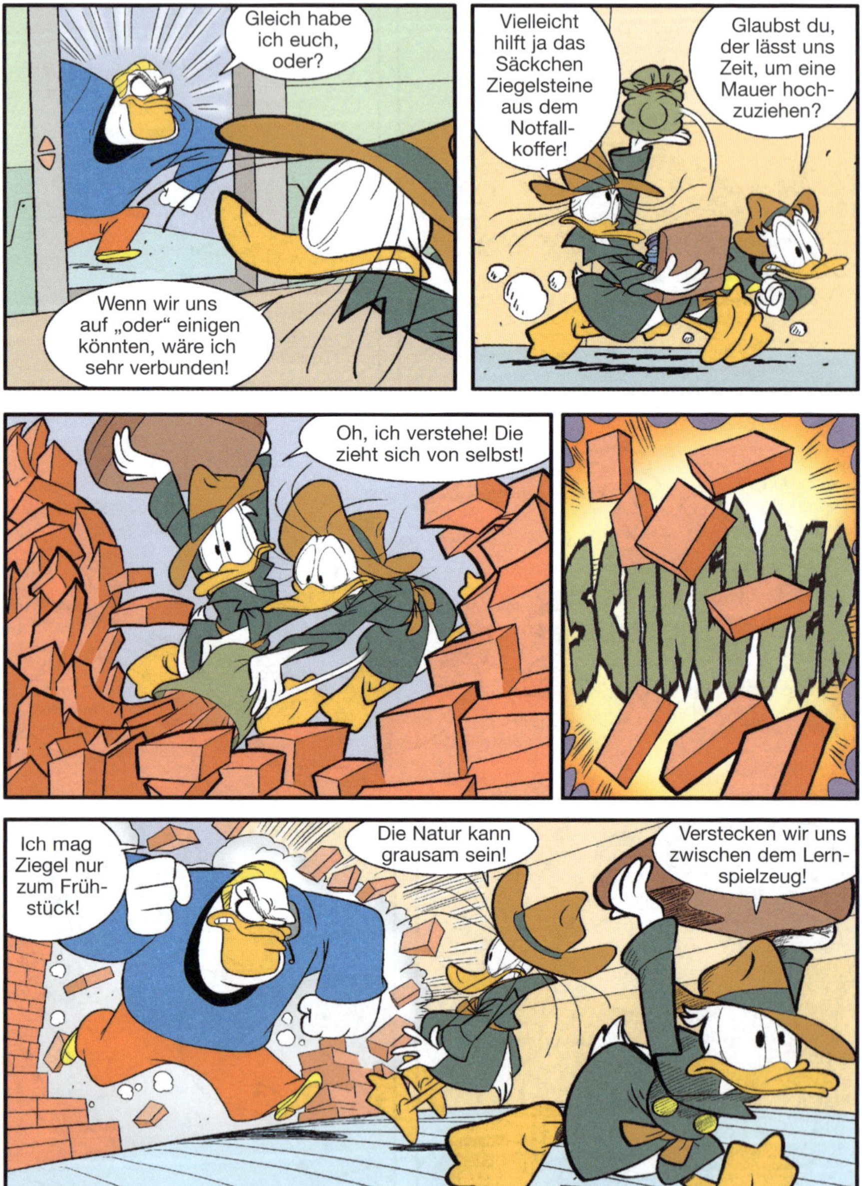
Gleich habe ich euch, oder?
Wenn wir uns auf „oder“ einigen könnten, wäre ich sehr verbunden!
Vielleicht hilft ja das Säckchen Ziegelsteine aus dem Notfallkoffer!
Glaubst du, der lässt uns Zeit, um eine Mauer hochzuziehen?
Oh, ich verstehe! Die zieht sich von selbst!
Ich mag Ziegel nur zum Frühstück!
Die Natur kann grausam sein!
Verstecken wir uns zwischen dem Lernspielzeug!

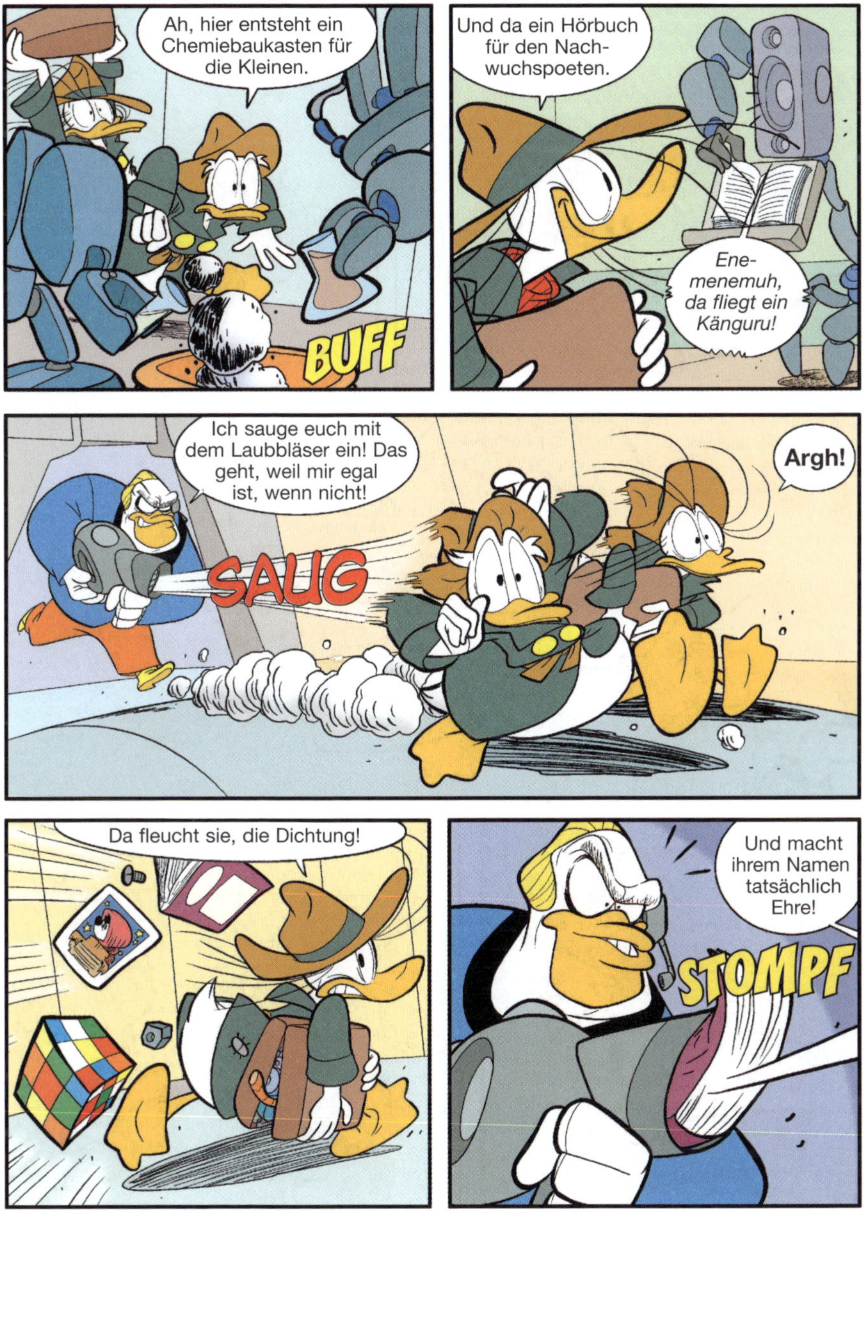
Ah, hier entsteht ein Chemiebaukasten für die Kleinen.
BUFF
Und da ein Hörbuch für den Nachwuchspoeten.
Enemenemuh, da fliegt ein Känguru!
Ich sauge euch mit dem Laubbläser ein! Das geht, weil mir egal ist, wenn nicht!
SAUG
Argh!
Da fleucht sie, die Dichtung!
Und macht ihrem Namen tatsächlich Ehre!
STOMPF

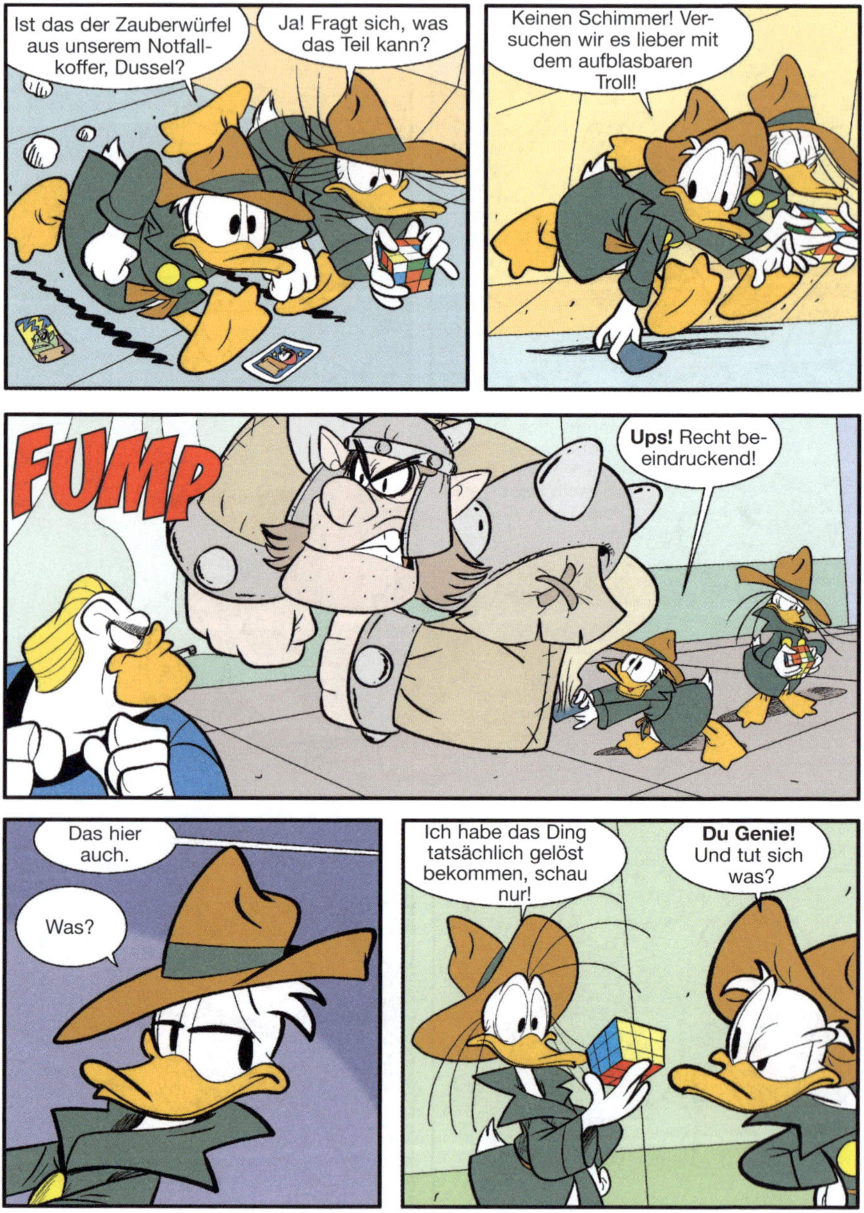

Ist das der Zauberwürfel aus unserem Notfallkoffer, Dussel?
Ja! Fragt sich, was das Teil kann?
Keinen Schimmer! Versuchen wir es lieber mit dem aufblasbaren Troll!
FUMP
Ups! Recht beeindruckend!
Das hier auch.
Was?
Ich habe das Ding tatsächlich gelöst bekommen, schau nur!
Du Genie! Und tut sich was?

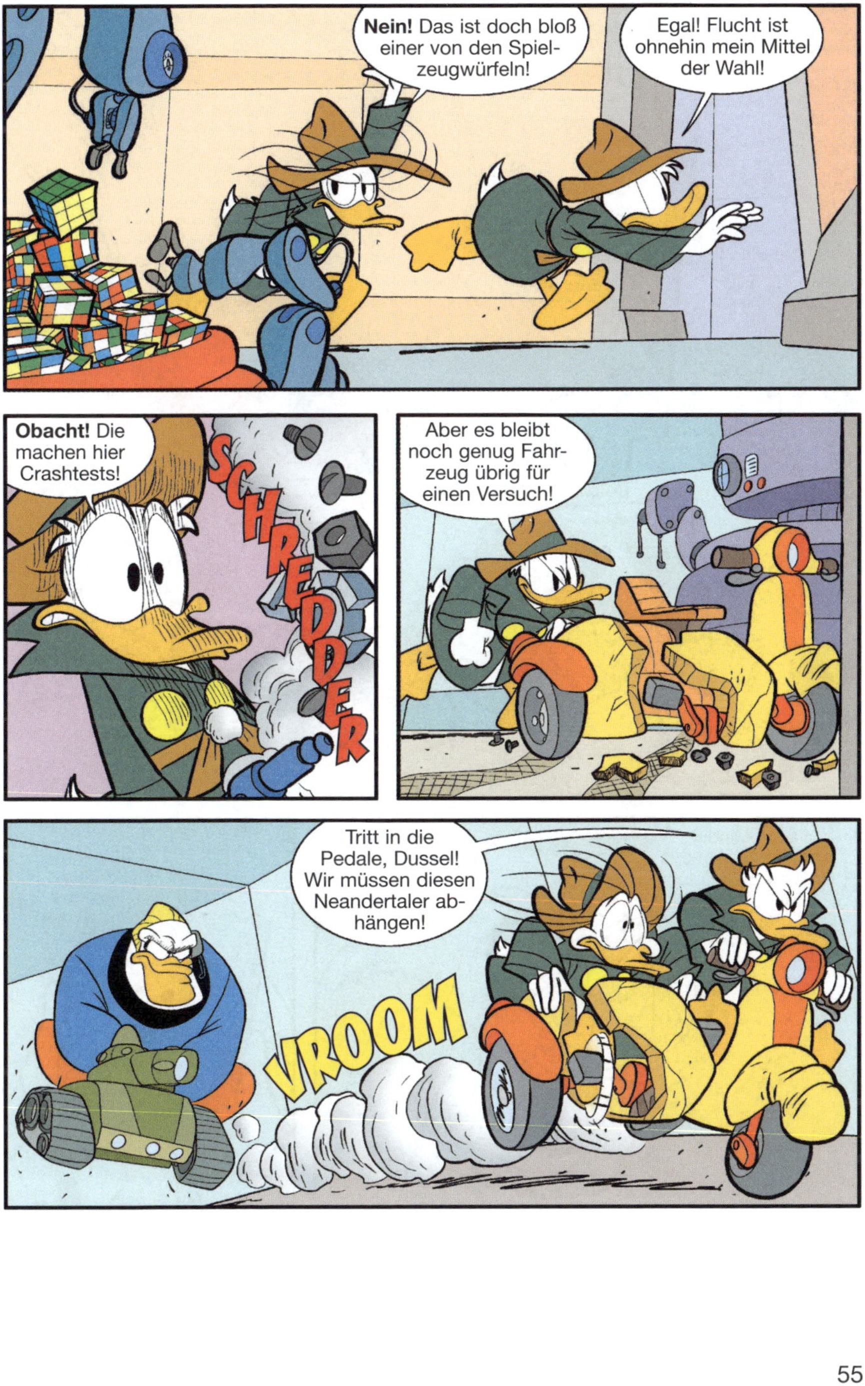

Nein! Das ist doch bloß einer von den Spielzeugwürfeln!
Egal! Flucht ist ohnehin mein Mittel der Wahl!
Obacht! Die machen hier Crashtests!
SCHREDDER
Aber es bleibt noch genug Fahrzeug übrig für einen Versuch!
Tritt in die Pedale, Dussel! Wir müssen diesen Neandertaler abhängen!
VROOM

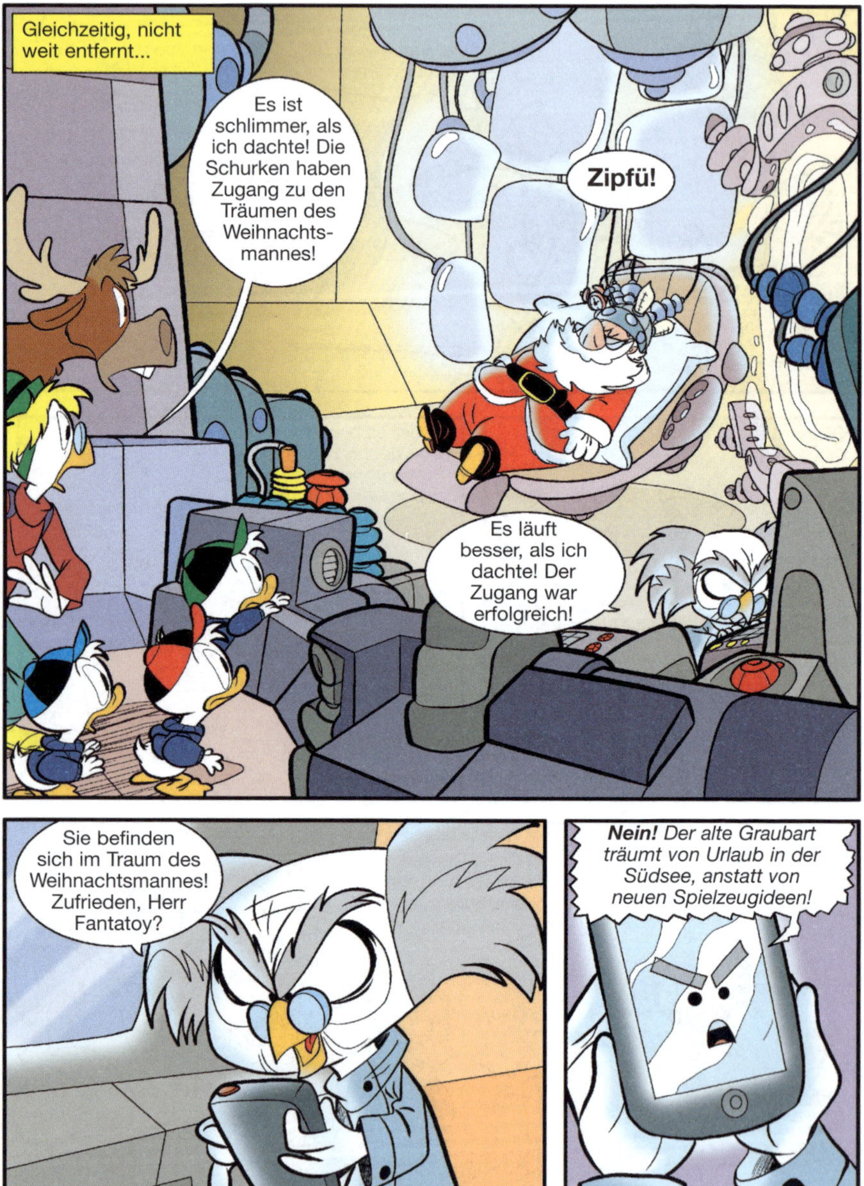
Gleichzeitig, nicht weit entfernt...
Es ist schlimmer, als ich dachte! Die Schurken haben Zugang zu den Träumen des Weihnachtsmannes!
Zipfü!
Es läuft besser, als ich dachte! Der Zugang war erfolgreich!
Sie befinden sich im Traum des Weihnachtsmannes! Zufrieden, Herr Fantatoy?
Nein! Der alte Graubart träumt von Urlaub in der Südsee, anstatt von neuen Spielzeugideen!

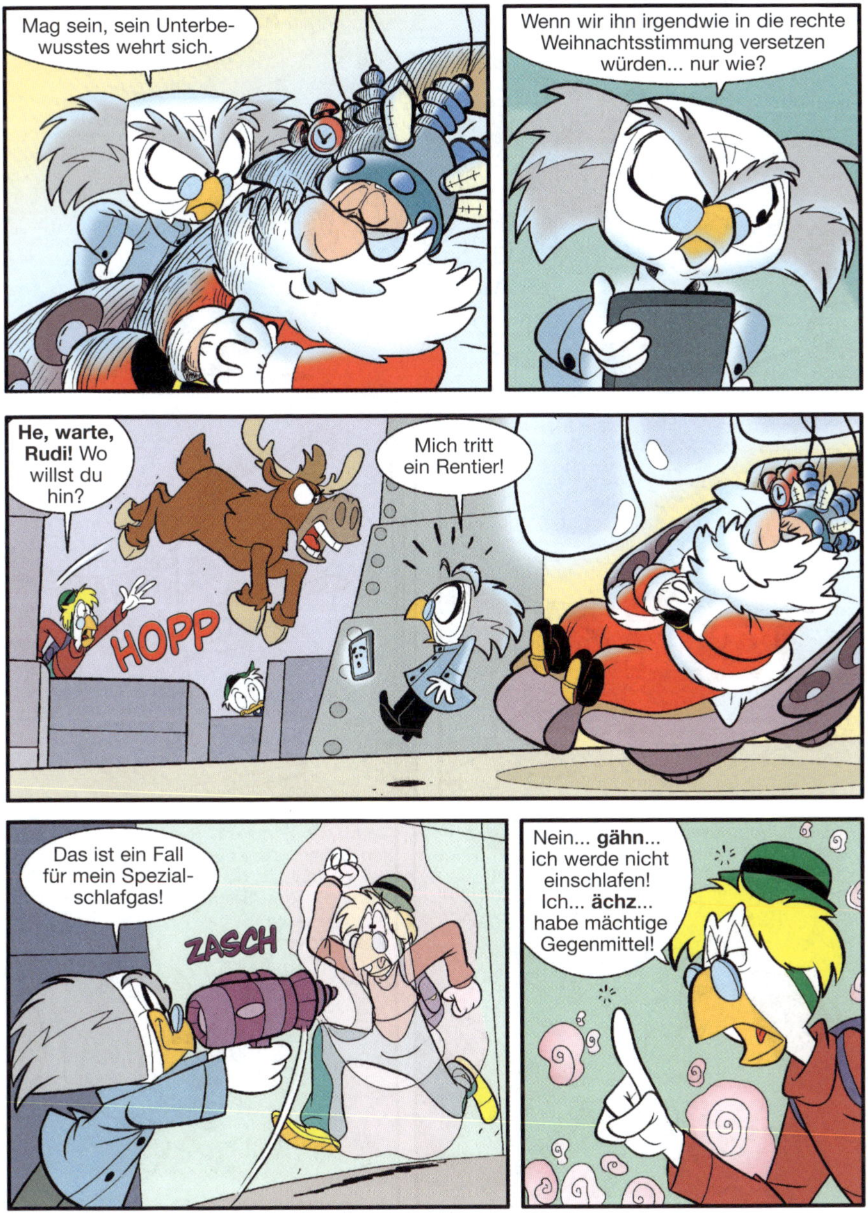
Mag sein, sein Unterbewusstes wehrt sich.
Wenn wir ihn irgendwie in die rechte Weihnachtsstimmung versetzen würden... nur wie?
He, warte, Rudi! Wo willst du hin?
HOPP
Mich tritt ein Rentier!
Das ist ein Fall für mein Spezialschlafgas!
ZASCH
Nein... **gähn**... ich werde nicht einschlafen! Ich... **ächz**... habe mächtige Gegenmittel!

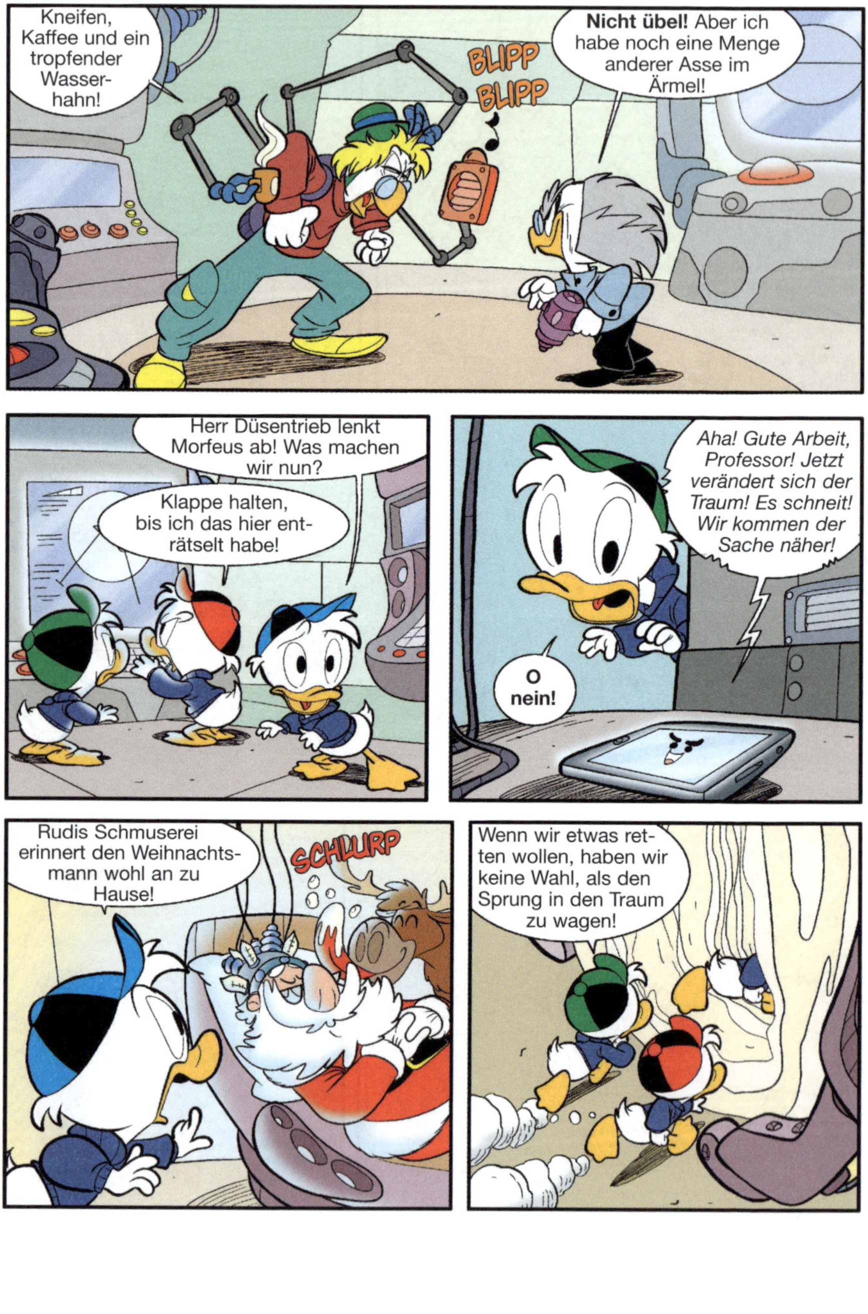
Kneifen, Kaffee und ein tropfender Wasser-hahn!
BLIPP BLIPP
Nicht übel! Aber ich habe noch eine Menge anderer Asse im Ärmel!
Herr Düsentrieb lenkt Morfeus ab! Was machen wir nun?
Klappe halten, bis ich das hier enträtselt habe!
Aha! Gute Arbeit, Professor! Jetzt verändert sich der Traum! Es schneit! Wir kommen der Sache näher!
O nein!
Rudis Schmuserei erinnert den Weihnachtsmann wohl an zu Hause!
SCHLURP
Wenn wir etwas retten wollen, haben wir keine Wahl, als den Sprung in den Traum zu wagen!

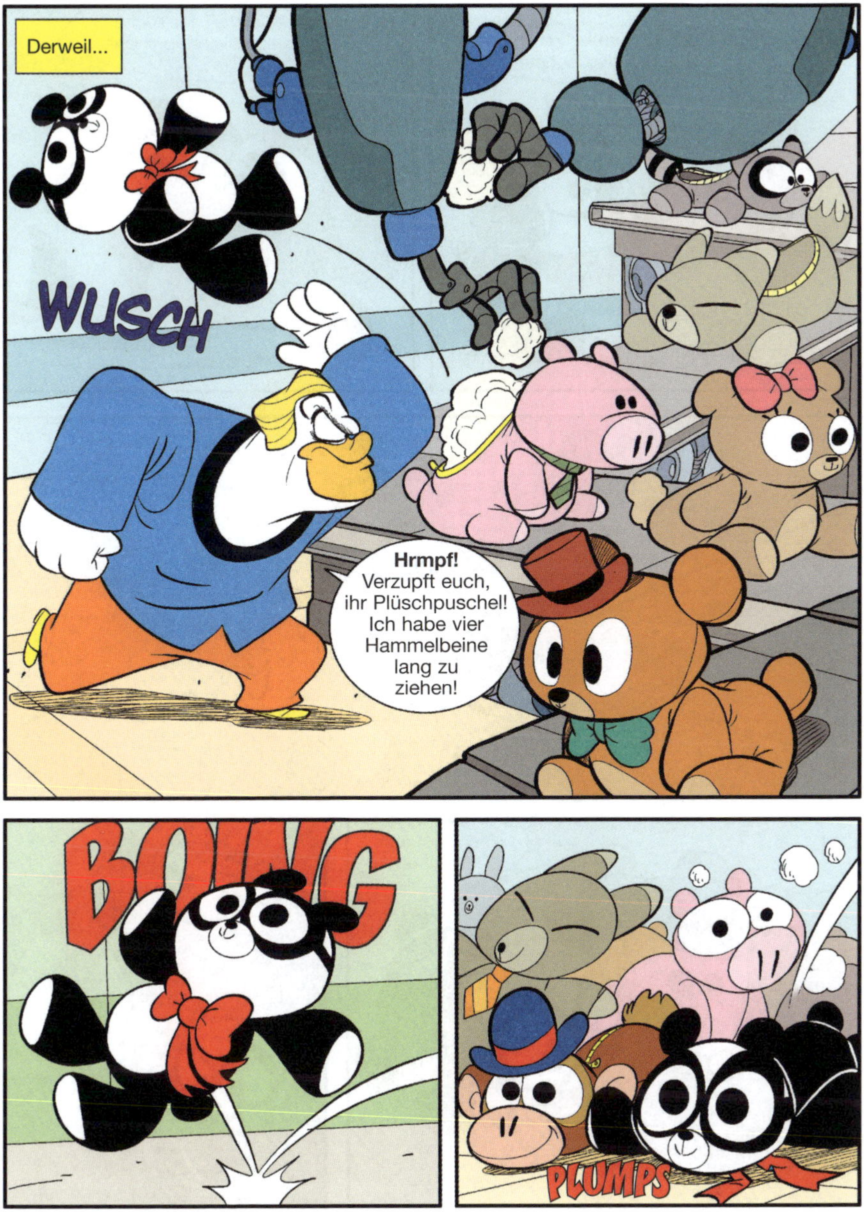
Derweil...
WUSCH
Hrmpf! Verzupft euch, ihr Plüschpuschel! Ich habe vier Hammelbeine lang zu ziehen!
BOING
PLUMPS

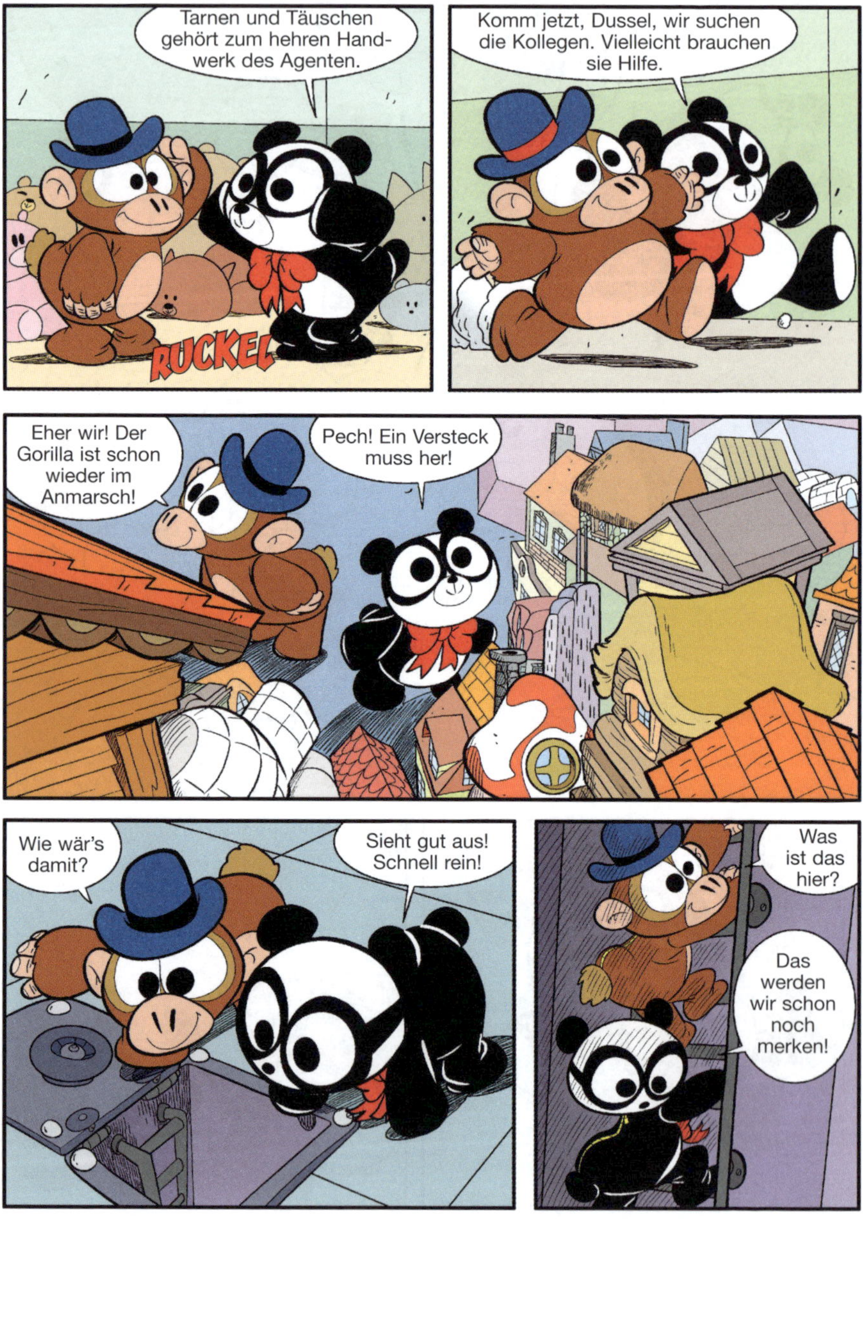
Tarnen und Täuschen gehört zum hehren Handwerk des Agenten.
RUCKEL
Komm jetzt, Dussel, wir suchen die Kollegen. Vielleicht brauchen sie Hilfe.
Eher wir! Der Gorilla ist schon wieder im Anmarsch!
Pech! Ein Versteck muss her!
Wie wär's damit?
Sieht gut aus! Schnell rein!
Was ist das hier?
Das werden wir schon noch merken!

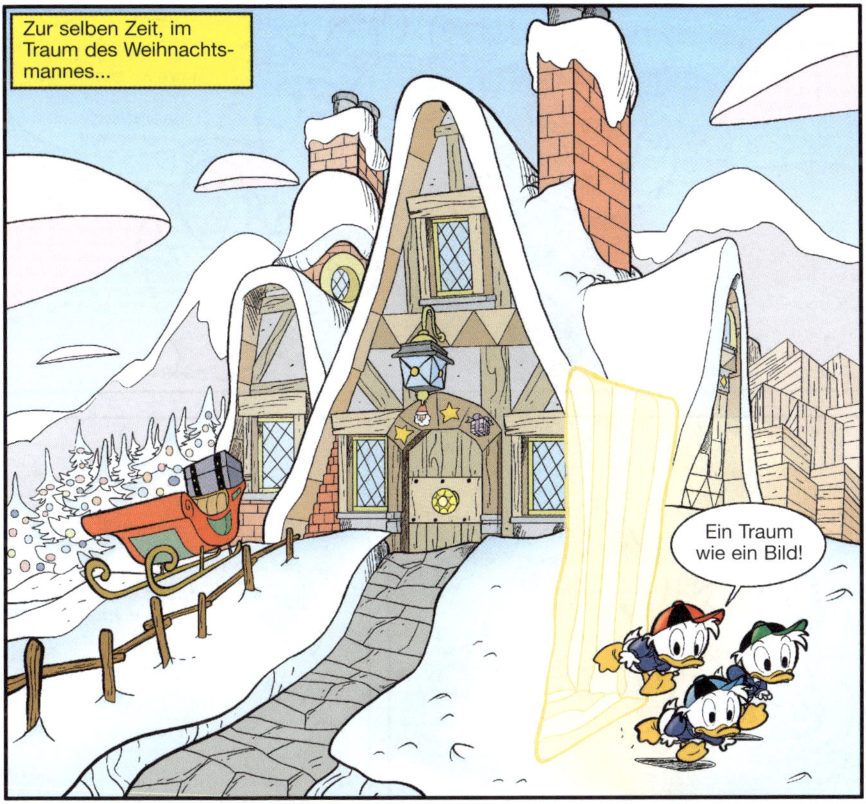
Zur selben Zeit, im Traum des Weihnachtsmannes...
Ein Traum wie ein Bild!

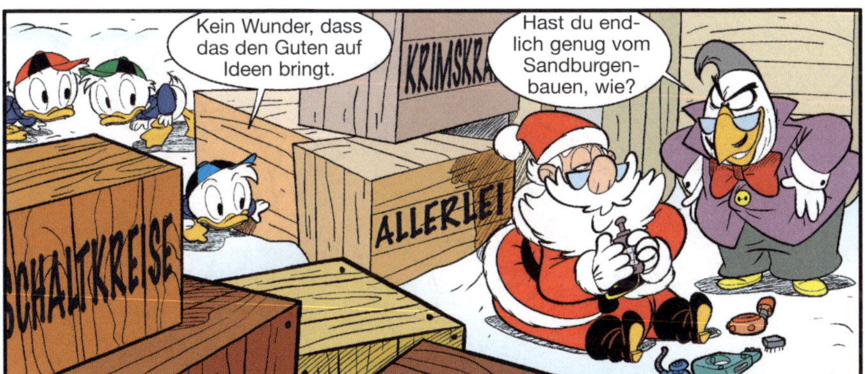
Kein Wunder, dass das den Guten auf Ideen bringt.
Hast du endlich genug vom Sandburgenbauen, wie?
SCHALTKREISE
ALLERLEI

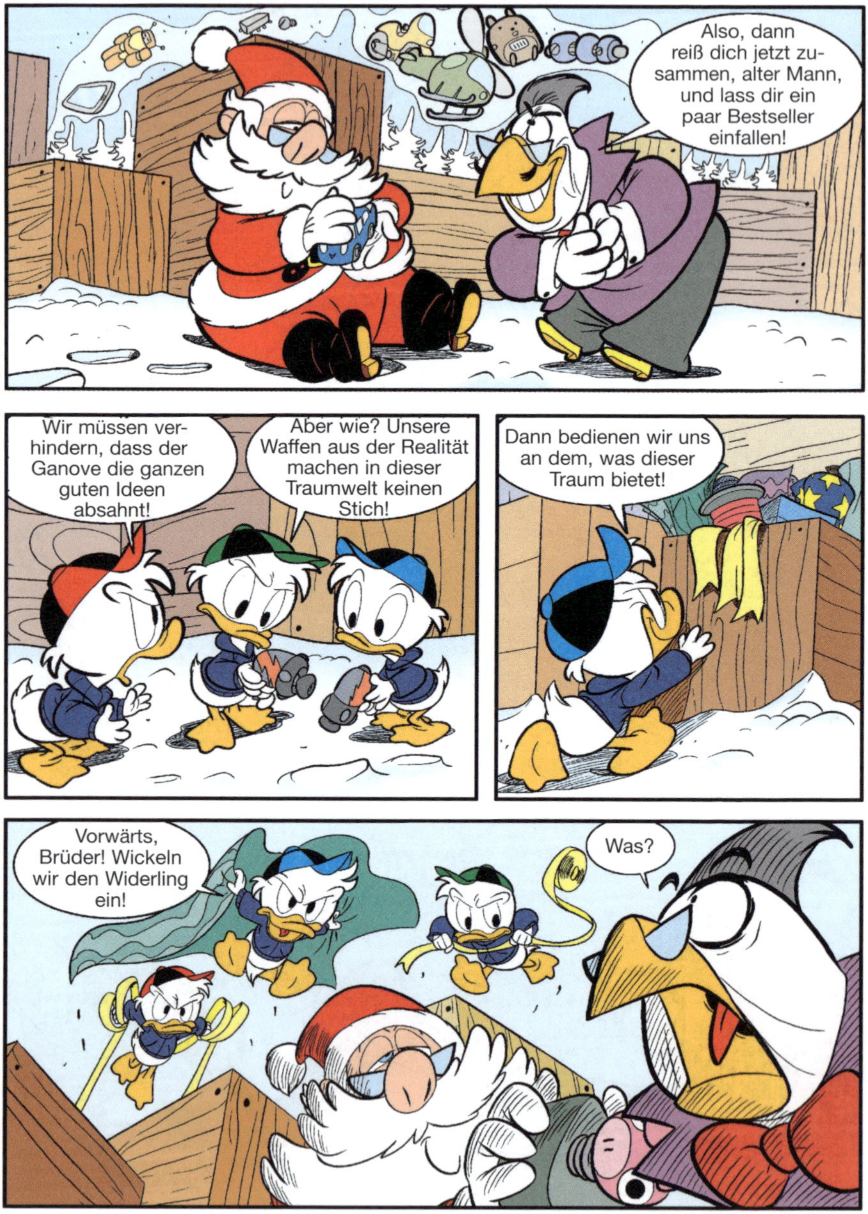
Also, dann reiß dich jetzt zusammen, alter Mann, und lass dir ein paar Bestseller einfallen!
Wir müssen verhindern, dass der Ganove die ganzen guten Ideen absahnt!
Aber wie? Unsere Waffen aus der Realität machen in dieser Traumwelt keinen Stich!
Dann bedienen wir uns an dem, was dieser Traum bietet!
Vorwärts, Brüder! Wickeln wir den Widerling ein!
Was?

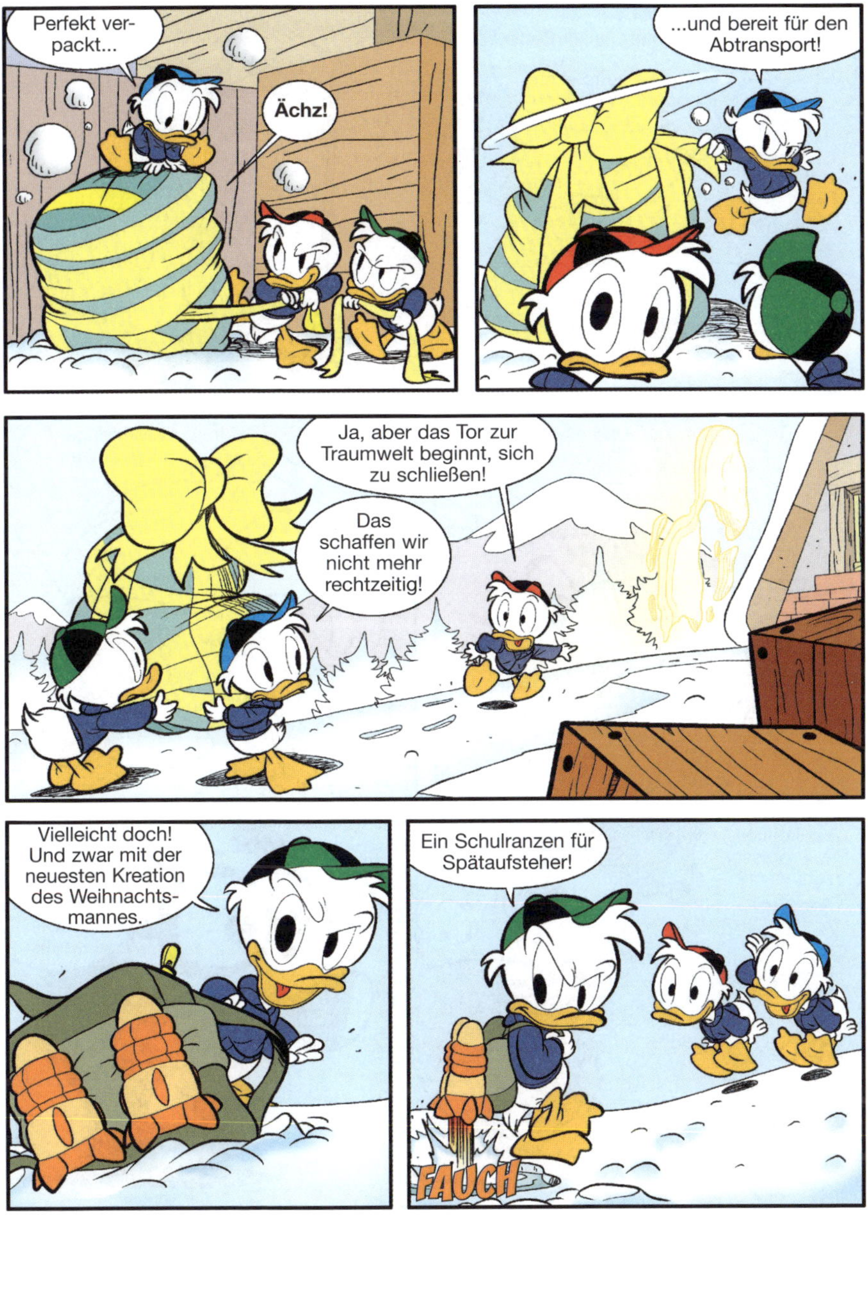
Perfekt verpackt...
Ächz!
...und bereit für den Abtransport!
Ja, aber das Tor zur Traumwelt beginnt, sich zu schließen!
Das schaffen wir nicht mehr rechtzeitig!
Vielleicht doch! Und zwar mit der neuesten Kreation des Weihnachtsmannes.
Ein Schulranzen für Spätaufsteher!
FAUCH

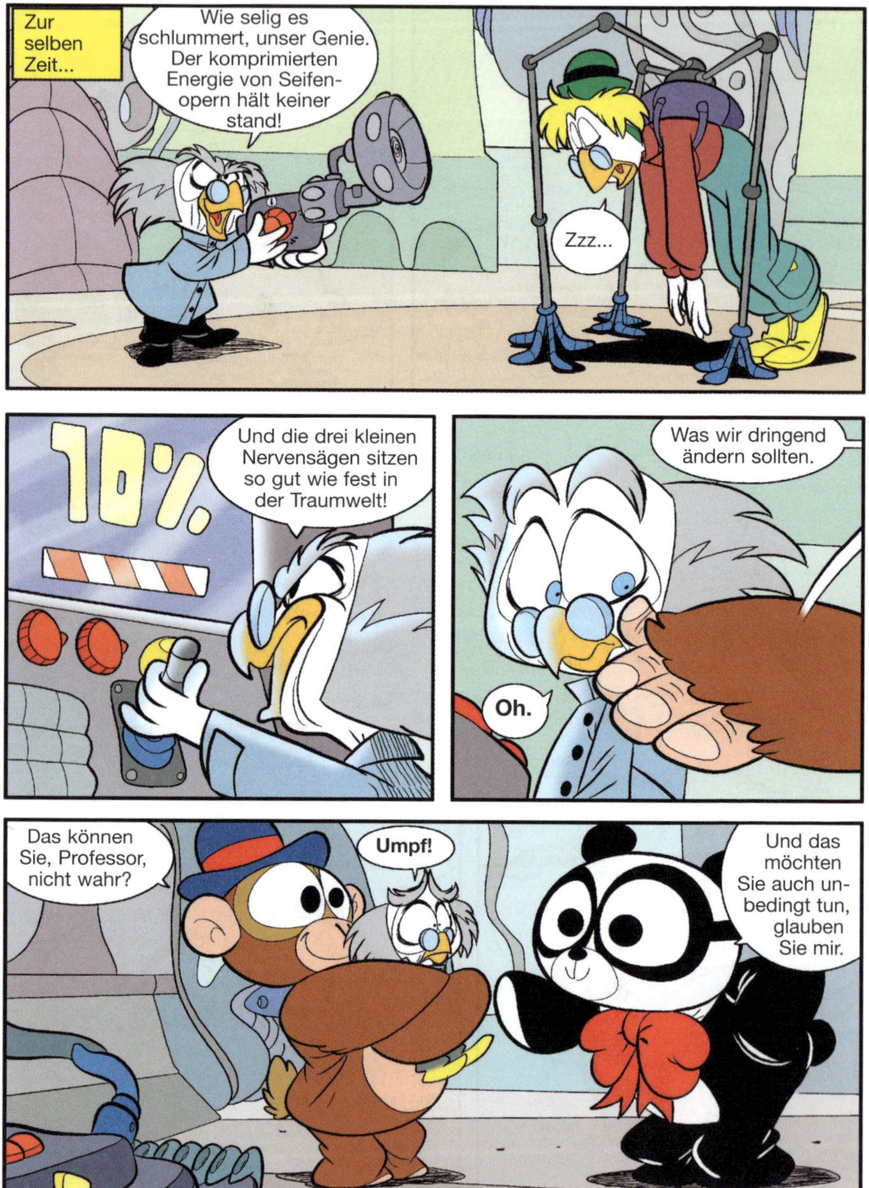
Zur selben Zeit...
Wie selig es schlummert, unser Genie. Der komprimierten Energie von Seifen-opern hält keiner stand!
Zzz...
Und die drei kleinen Nervensägen sitzen so gut wie fest in der Traumwelt!
10%
Was wir dringend ändern sollten.
Oh.
Das können Sie, Professor, nicht wahr?
Umpf!
Und das möchten Sie auch un-bedingt tun, glauben Sie mir.

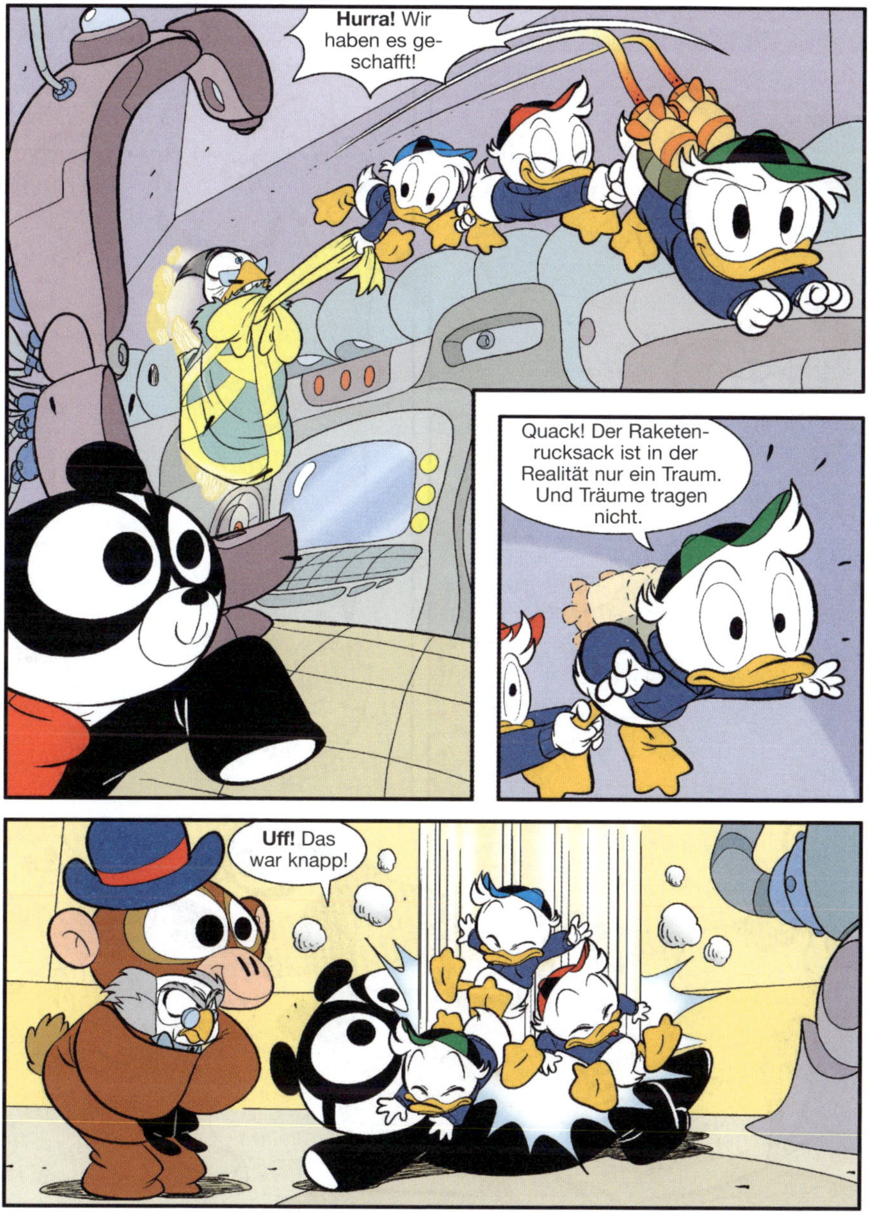
Hurra! Wir haben es geschafft!
Quack! Der Raketenrucksack ist in der Realität nur ein Traum. Und Träume tragen nicht.
Uff! Das war knapp!

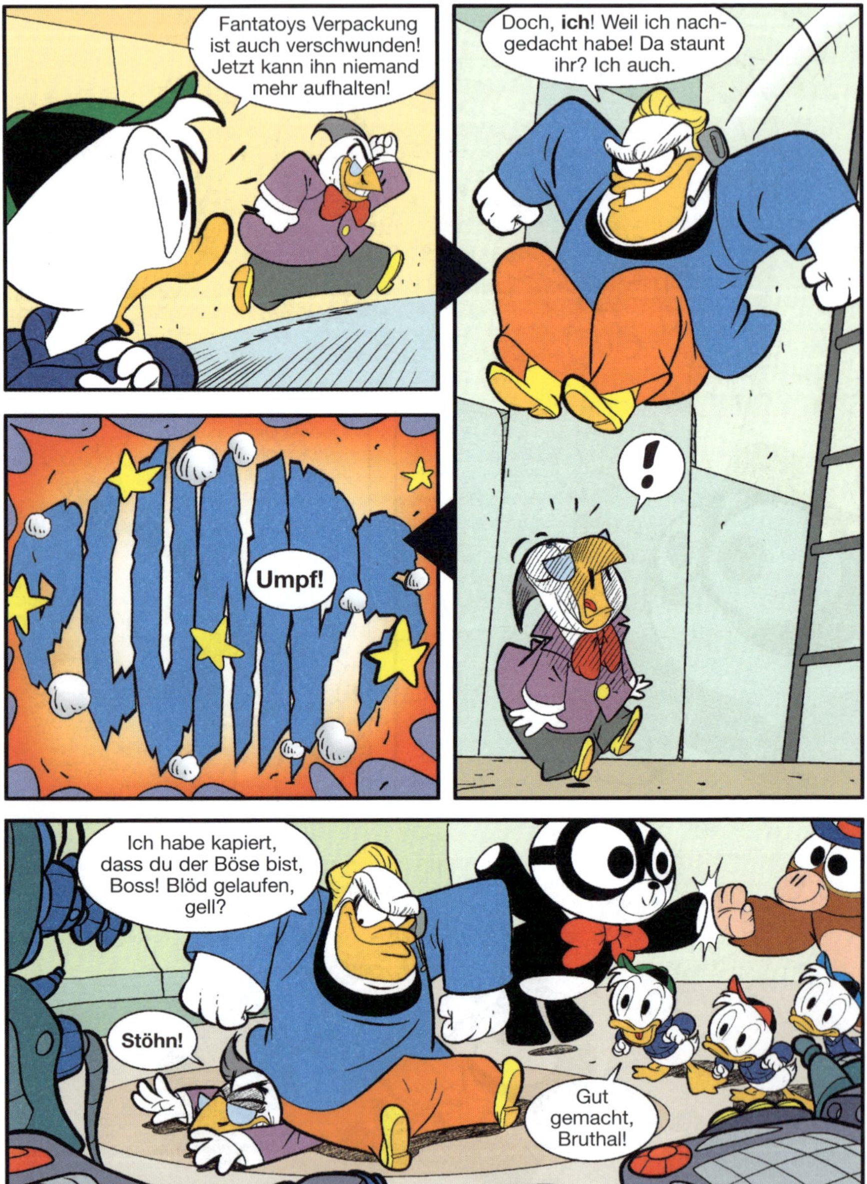
Fantatoys Verpackung ist auch verschwunden! Jetzt kann ihn niemand mehr aufhalten!
Doch, **ich**! Weil ich nachgedacht habe! Da staunt ihr? Ich auch.
!
Umpf!
Ich habe kapiert, dass du der Böse bist, Boss! Blöd gelaufen, gell?
Stöhn!
Gut gemacht, Bruthal!

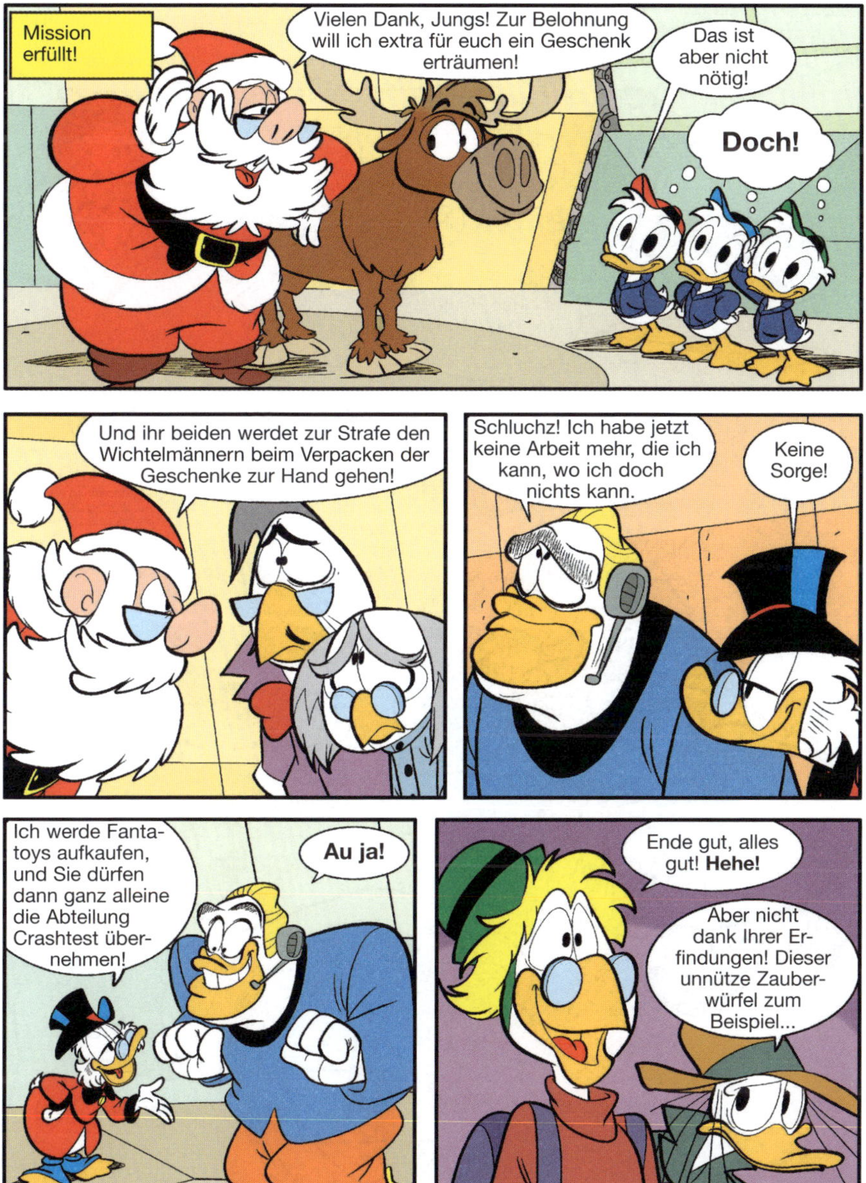
Mission erfüllt!
Vielen Dank, Jungs! Zur Belohnung will ich extra für euch ein Geschenk erträumen!
Das ist aber nicht nötig!
Doch!
Und ihr beiden werdet zur Strafe den Wichtelmännern beim Verpacken der Geschenke zur Hand gehen!
Schluchz! Ich habe jetzt keine Arbeit mehr, die ich kann, wo ich doch nichts kann.
Keine Sorge!
Ich werde Fantatoys aufkaufen, und Sie dürfen dann ganz alleine die Abteilung Crashtest übernehmen!
Au ja!
Ende gut, alles gut! **Hehe!**
Aber nicht dank Ihrer Erfindungen! Dieser unnütze Zauberwürfel zum Beispiel...

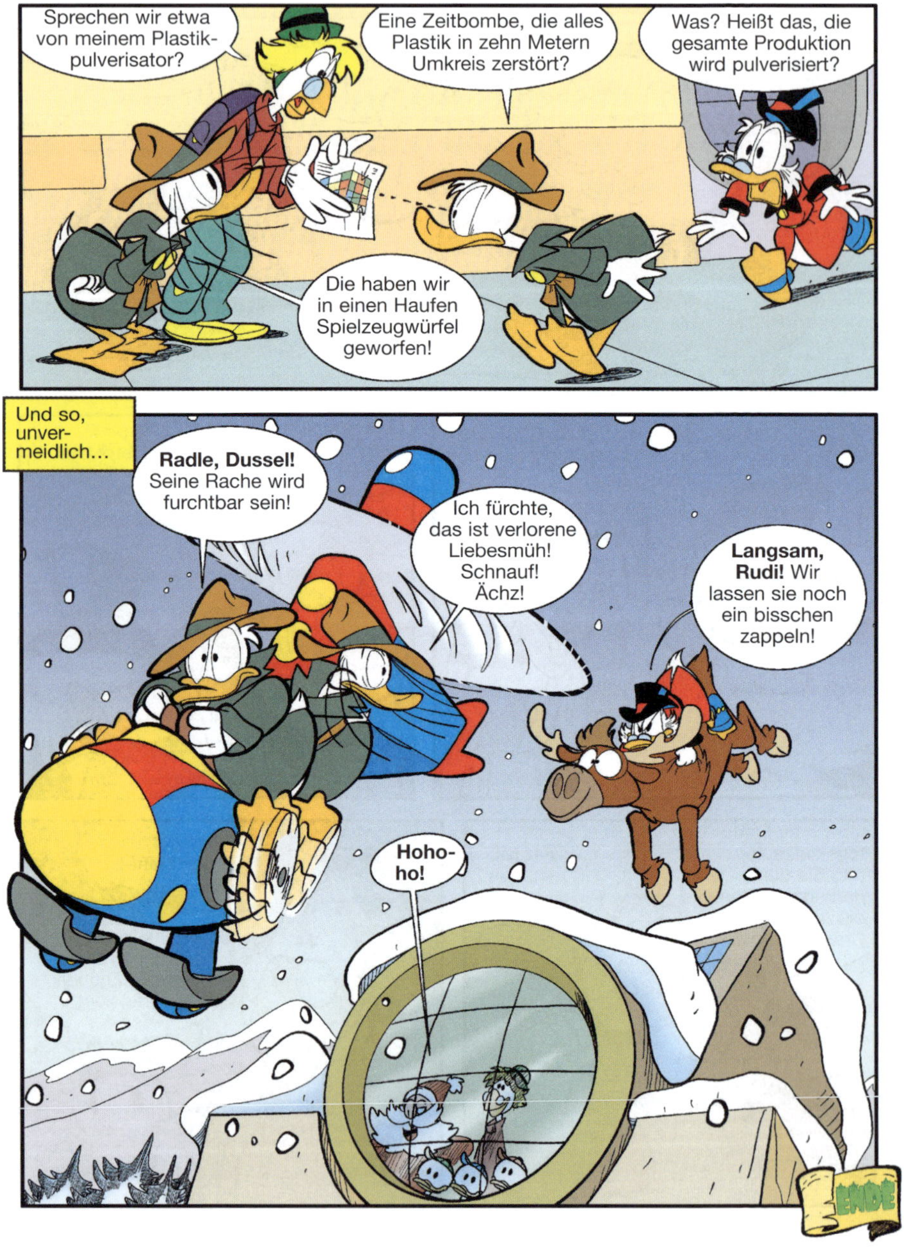
Sprechen wir etwa von meinem Plastikpulverisator?
Eine Zeitbombe, die alles Plastik in zehn Metern Umkreis zerstört?
Was? Heißt das, die gesamte Produktion wird pulverisiert?
Die haben wir in einen Haufen Spielzeugwürfel geworfen!
Und so, unvermeidlich…
Radle, Dussel! Seine Rache wird furchtbar sein!
Ich fürchte, das ist verlorene Liebesmüh! Schnauf! Ächz!
Langsam, Rudi! Wir lassen sie noch ein bisschen zappeln!
Hoho-ho!
ENDE

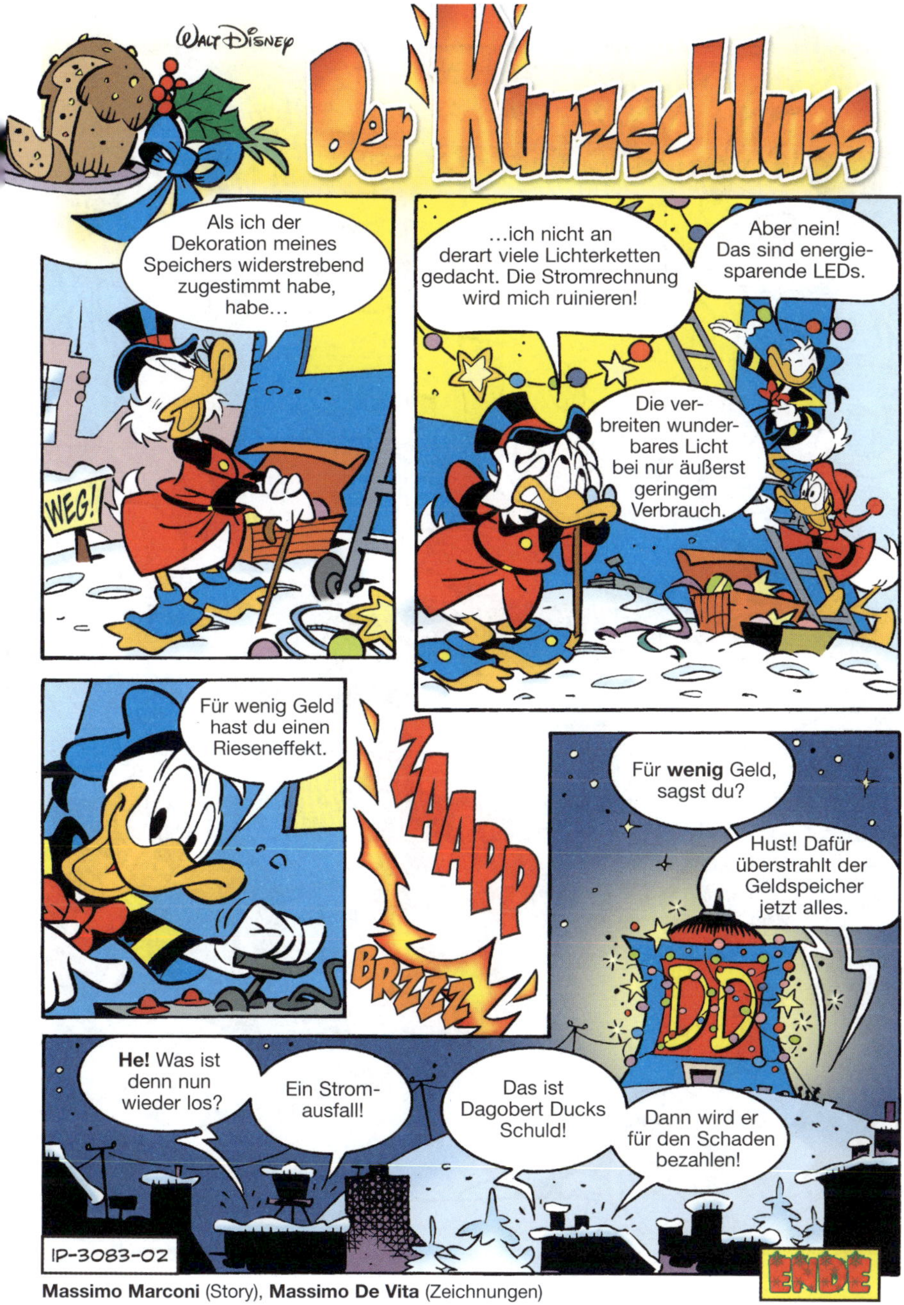

Massimo Marconi (Story), **Massimo De Vita** (Zeichnungen)

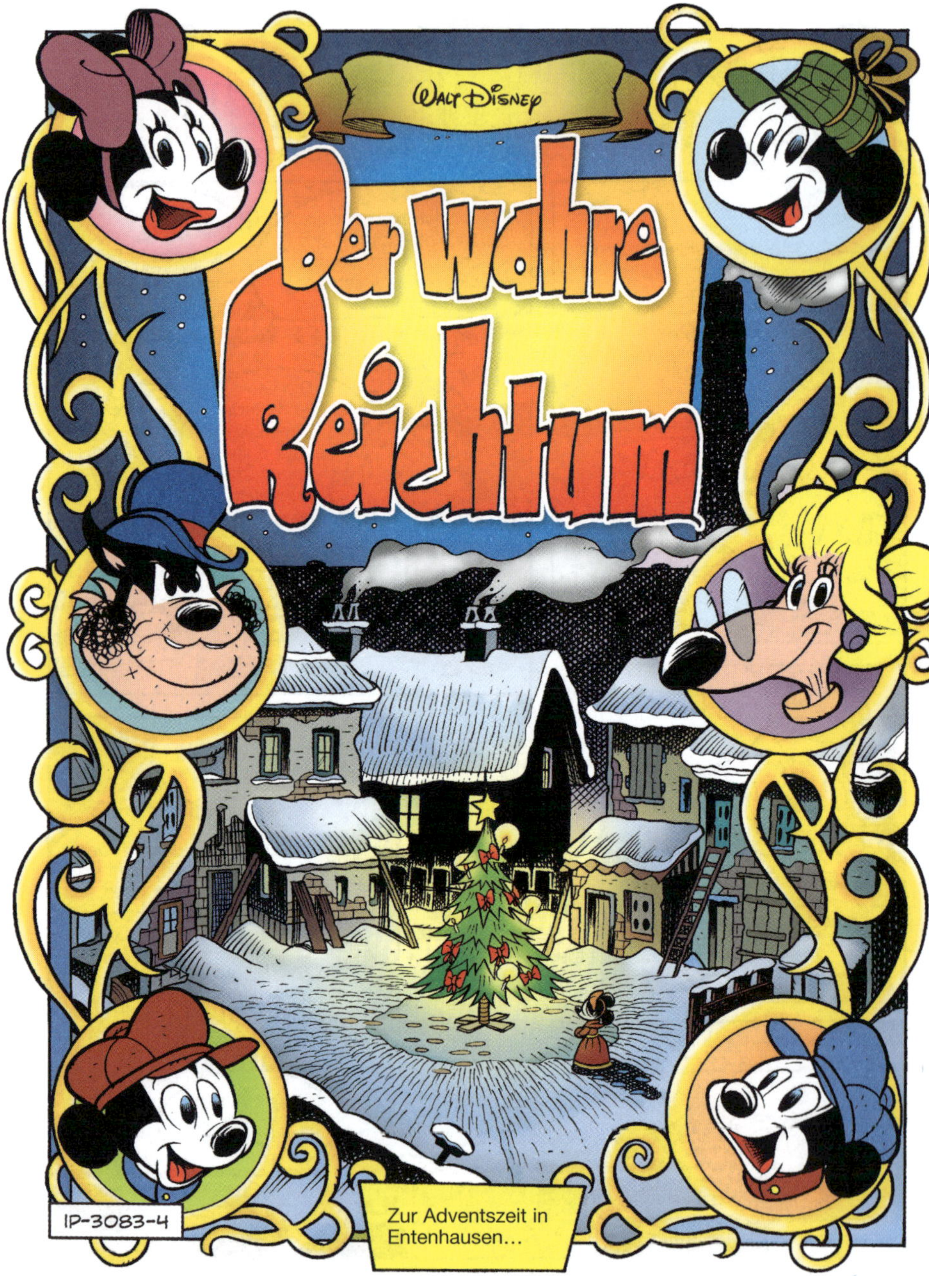

Matteo Venerus (Story), **Donald Soffritti** (Zeichnungen)

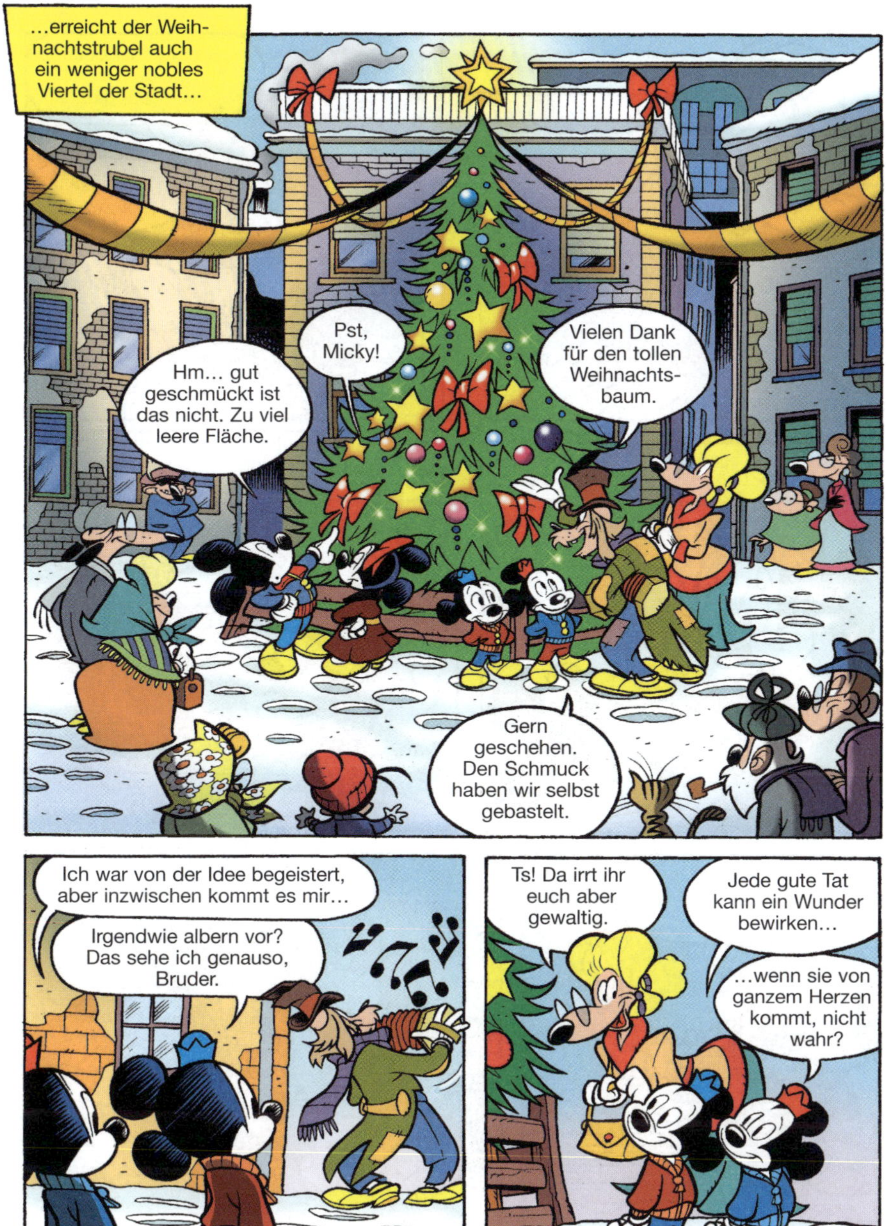
...erreicht der Weihnachtstrubel auch ein weniger nobles Viertel der Stadt...
Hm... gut geschmückt ist das nicht. Zu viel leere Fläche.
Pst, Micky!
Vielen Dank für den tollen Weihnachtsbaum.
Gern geschehen. Den Schmuck haben wir selbst gebastelt.
Ich war von der Idee begeistert, aber inzwischen kommt es mir...
Irgendwie albern vor? Das sehe ich genauso, Bruder.
Ts! Da irrt ihr euch aber gewaltig.
Jede gute Tat kann ein Wunder bewirken...
...wenn sie von ganzem Herzen kommt, nicht wahr?

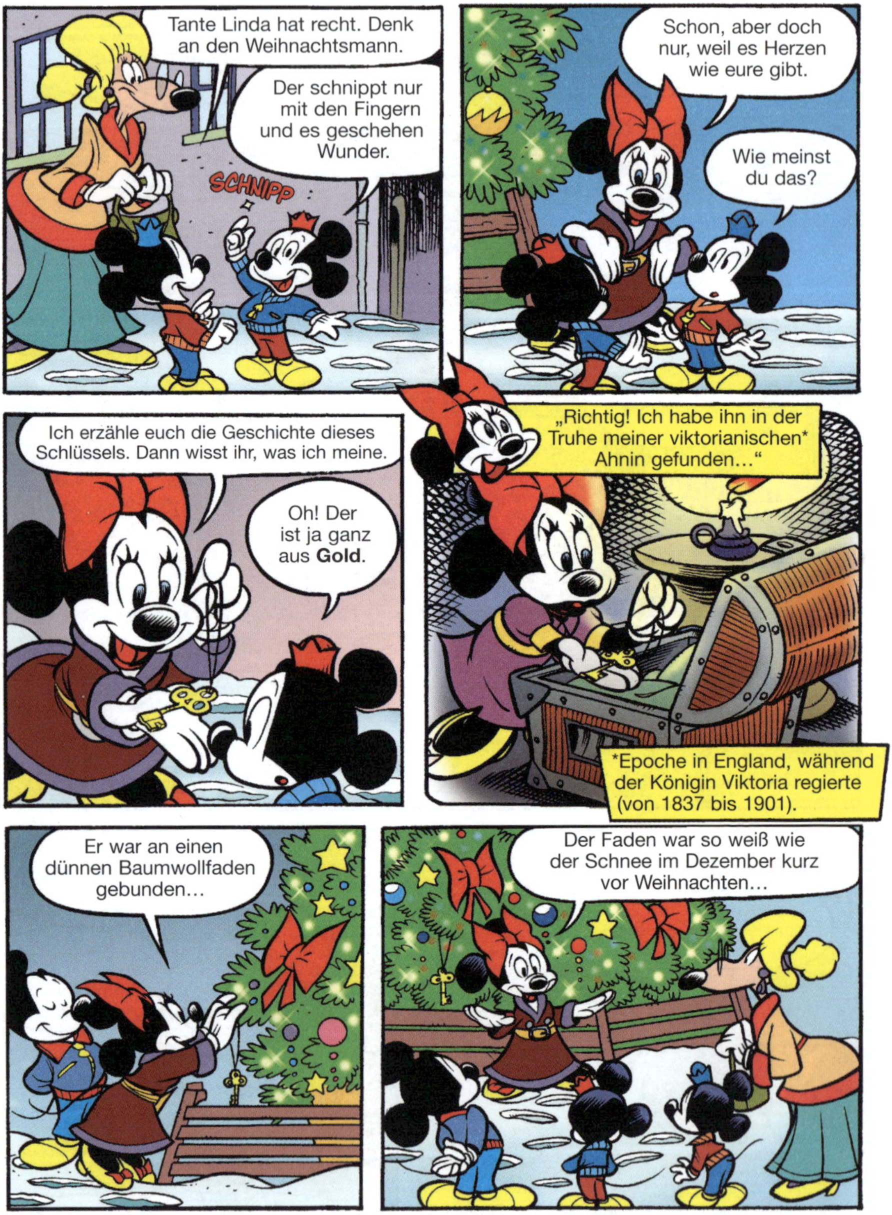

Tante Linda hat recht. Denk an den Weihnachtsmann.
Der schnippt nur mit den Fingern und es geschehen Wunder.
SCHNIPP
Schon, aber doch nur, weil es Herzen wie eure gibt.
Wie meinst du das?
Ich erzähle euch die Geschichte dieses Schlüssels. Dann wisst ihr, was ich meine.
Oh! Der ist ja ganz aus **Gold**.
„Richtig! Ich habe ihn in der Truhe meiner viktorianischen* Ahnin gefunden…“
*Epoche in England, während der Königin Viktoria regierte (von 1837 bis 1901).
Er war an einen dünnen Baumwollfaden gebunden…
Der Faden war so weiß wie der Schnee im Dezember kurz vor Weihnachten…

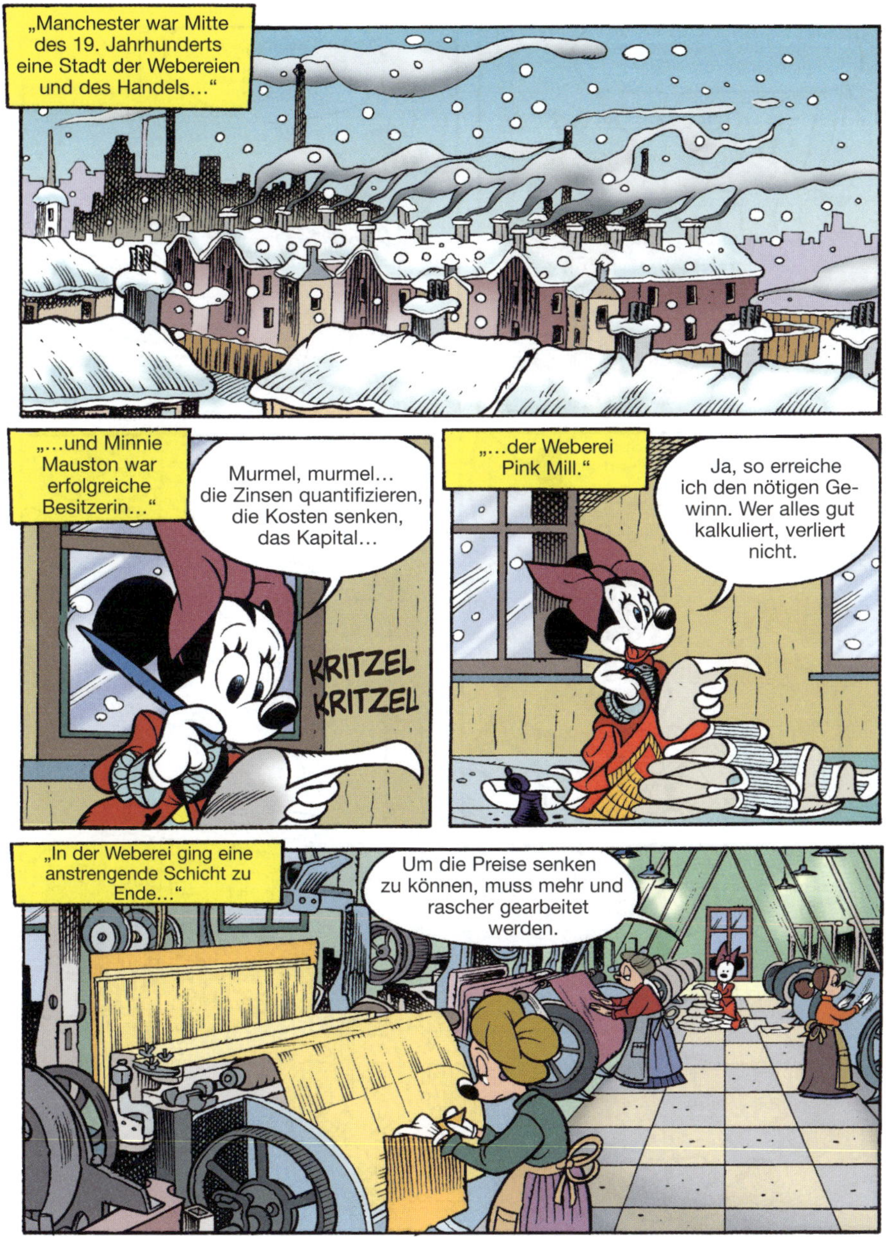
„Manchester war Mitte des 19. Jahrhunderts eine Stadt der Webereien und des Handels…“
„…und Minnie Mauston war erfolgreiche Besitzerin…“
Murmel, murmel… die Zinsen quantifizieren, die Kosten senken, das Kapital…
KRITZEL KRITZEL
„…der Weberei Pink Mill.“
Ja, so erreiche ich den nötigen Gewinn. Wer alles gut kalkuliert, verliert nicht.
„In der Weberei ging eine anstrengende Schicht zu Ende…“
Um die Preise senken zu können, muss mehr und rascher gearbeitet werden.

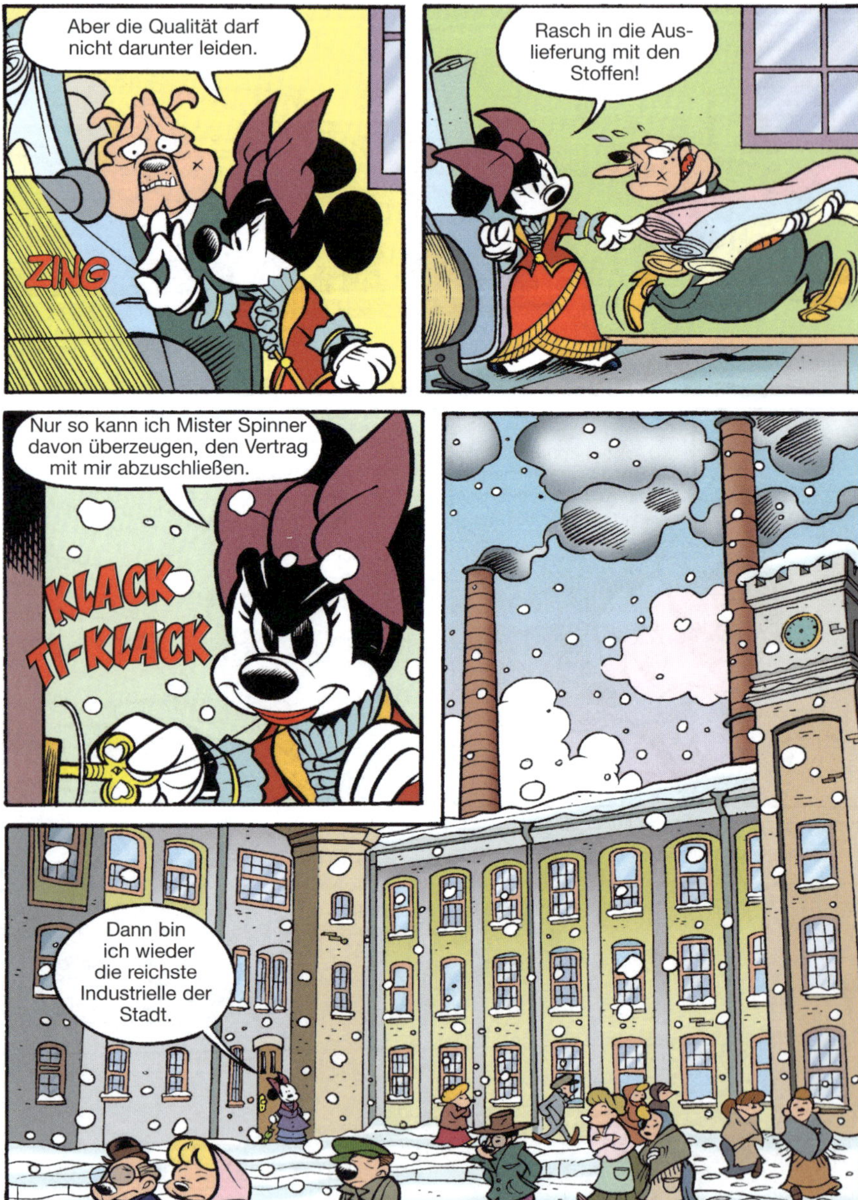
Aber die Qualität darf nicht darunter leiden.
ZING
Rasch in die Auslieferung mit den Stoffen!
Nur so kann ich Mister Spinner davon überzeugen, den Vertrag mit mir abzuschließen.
KLACK
TI-KLACK
Dann bin ich wieder die reichste Industrielle der Stadt.

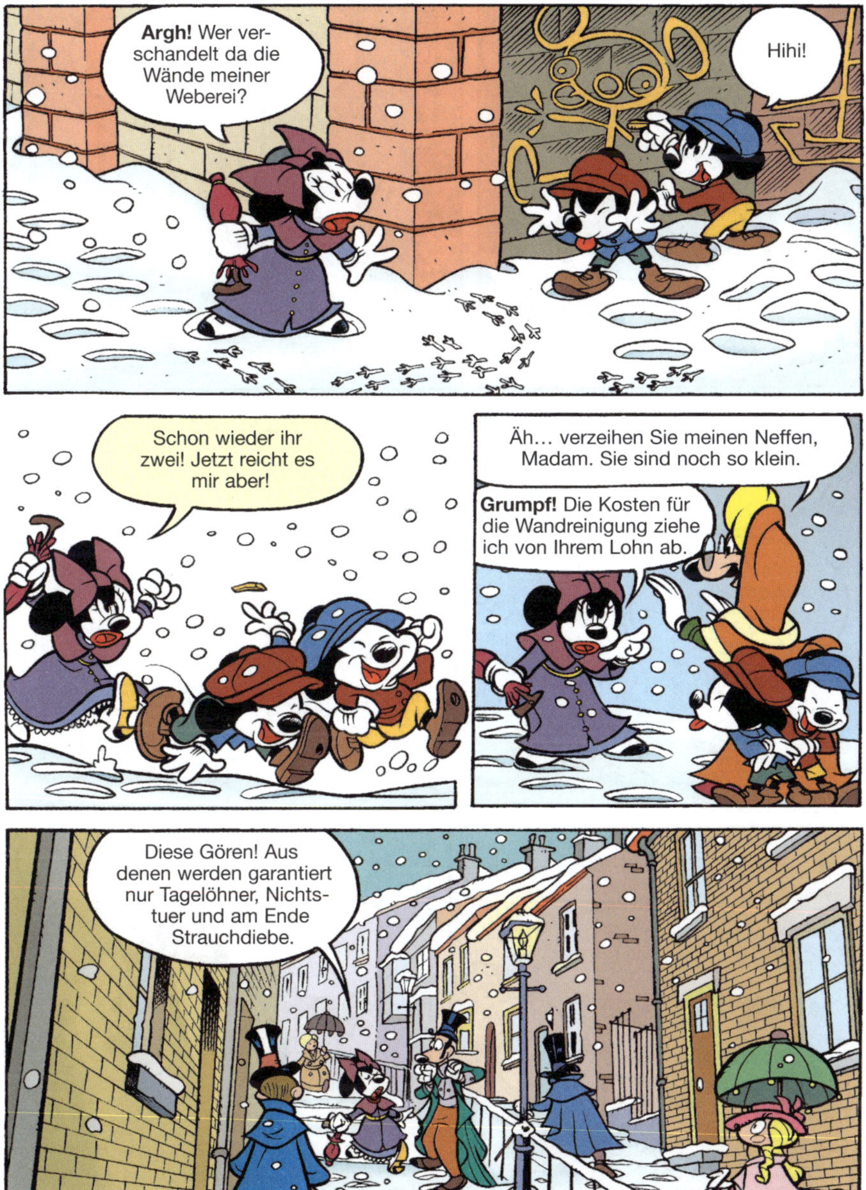
Argh! Wer verschandelt da die Wände meiner Weberei?
Hihi!
Schon wieder ihr zwei! Jetzt reicht es mir aber!
Äh… verzeihen Sie meinen Neffen, Madam. Sie sind noch so klein.
Grumpf! Die Kosten für die Wandreinigung ziehe ich von Ihrem Lohn ab.
Diese Gören! Aus denen werden garantiert nur Tagelöhner, Nichtstuer und am Ende Strauchdiebe.

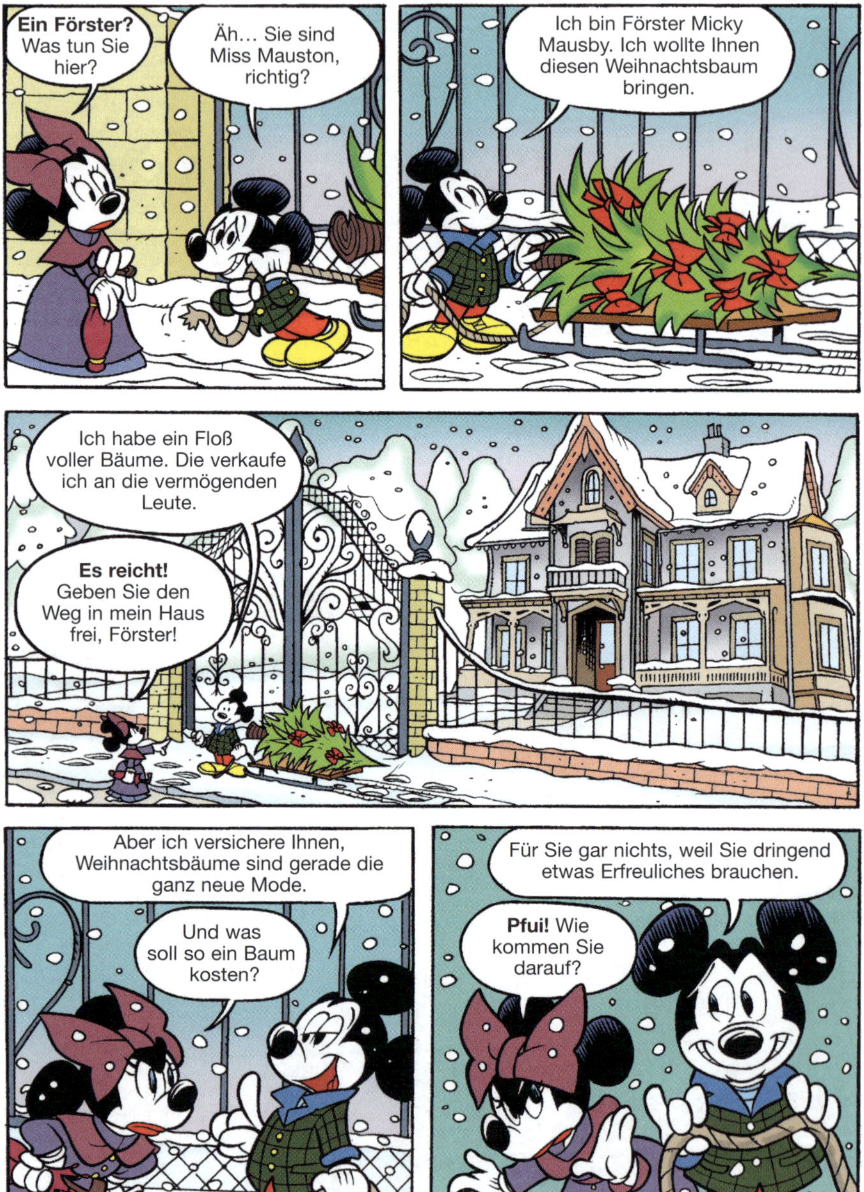
Ein Förster? Was tun Sie hier?
Äh… Sie sind Miss Mauston, richtig?
Ich bin Förster Micky Mausby. Ich wollte Ihnen diesen Weihnachtsbaum bringen.
Ich habe ein Floß voller Bäume. Die verkaufe ich an die vermögenden Leute.
Es reicht! Geben Sie den Weg in mein Haus frei, Förster!
Aber ich versichere Ihnen, Weihnachtsbäume sind gerade die ganz neue Mode.
Und was soll so ein Baum kosten?
Für Sie gar nichts, weil Sie dringend etwas Erfreuliches brauchen.
Pfui! Wie kommen Sie darauf?

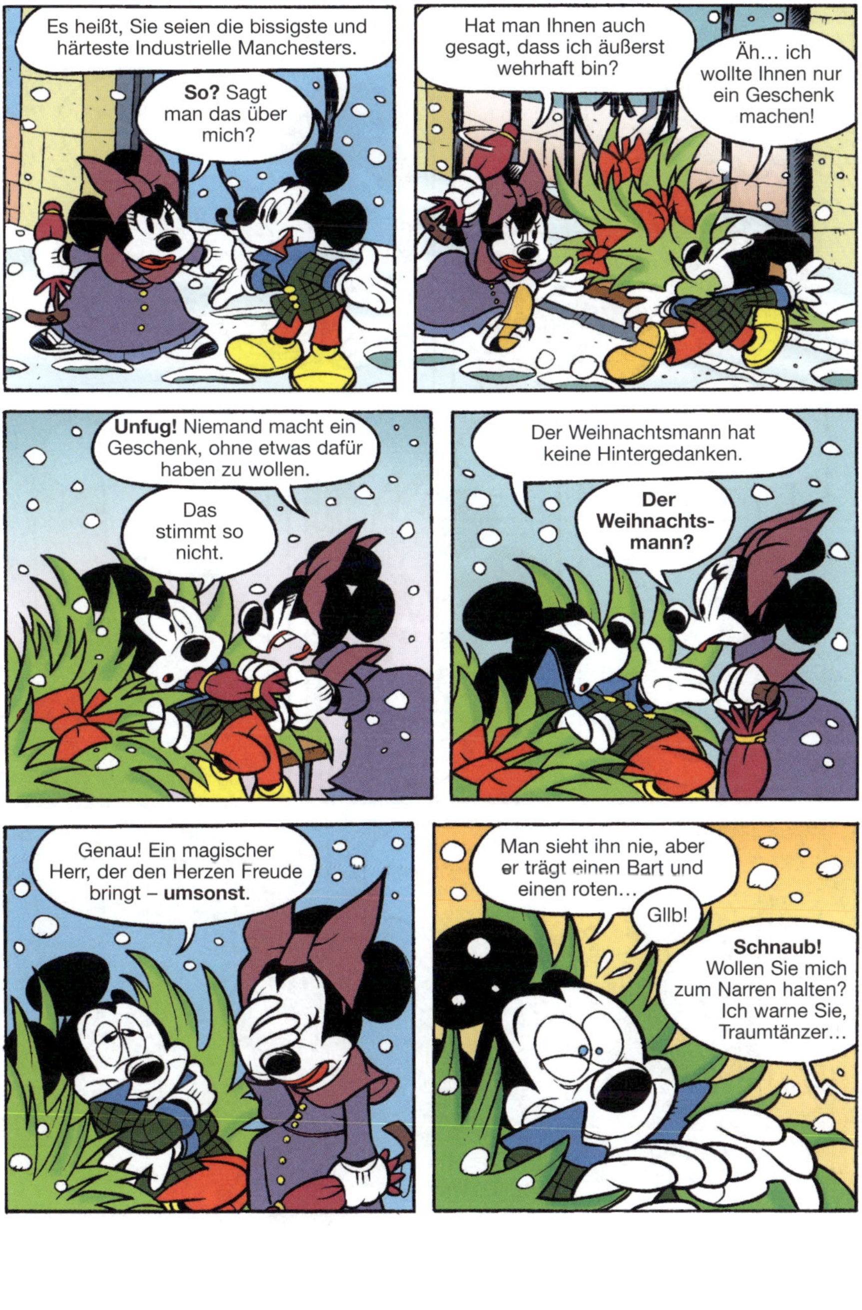
Es heißt, Sie seien die bissigste und härteste Industrielle Manchesters.
So? Sagt man das über mich?
Hat man Ihnen auch gesagt, dass ich äußerst wehrhaft bin?
Äh… ich wollte Ihnen nur ein Geschenk machen!
Unfug! Niemand macht ein Geschenk, ohne etwas dafür haben zu wollen.
Das stimmt so nicht.
Der Weihnachtsmann hat keine Hintergedanken.
Der Weihnachts-mann?
Genau! Ein magischer Herr, der den Herzen Freude bringt – **umsonst.**
Man sieht ihn nie, aber er trägt einen Bart und einen roten…
Gllb!
Schnaub! Wollen Sie mich zum Narren halten? Ich warne Sie, Traumtänzer…

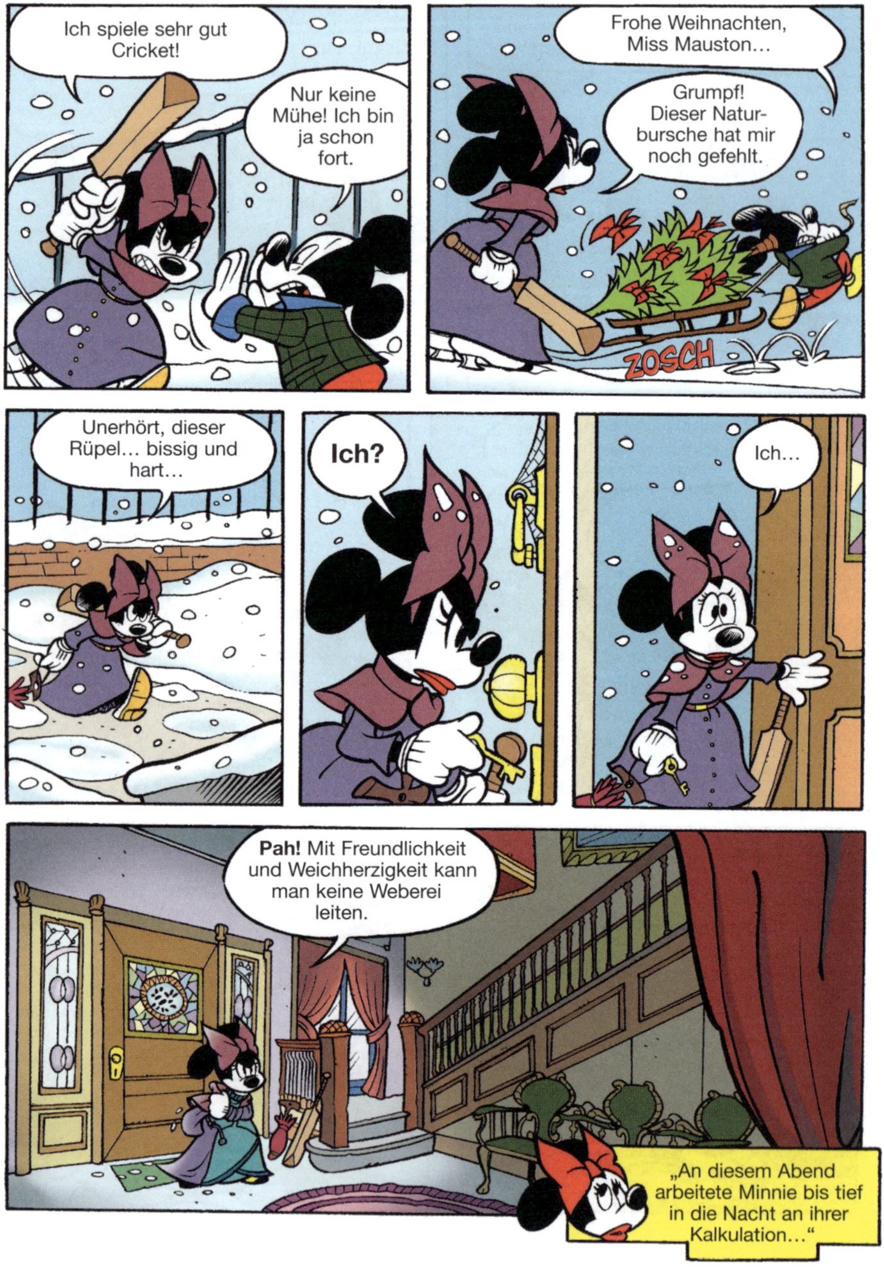

Ich spiele sehr gut Cricket!
Nur keine Mühe! Ich bin ja schon fort.
Frohe Weihnachten, Miss Mauston...
Grumpf! Dieser Naturbursche hat mir noch gefehlt.
ZOSCH
Unerhört, dieser Rüpel... bissig und hart...
Ich?
Ich...
Pah! Mit Freundlichkeit und Weichherzigkeit kann man keine Weberei leiten.
„An diesem Abend arbeitete Minnie bis tief in die Nacht an ihrer Kalkulation..."

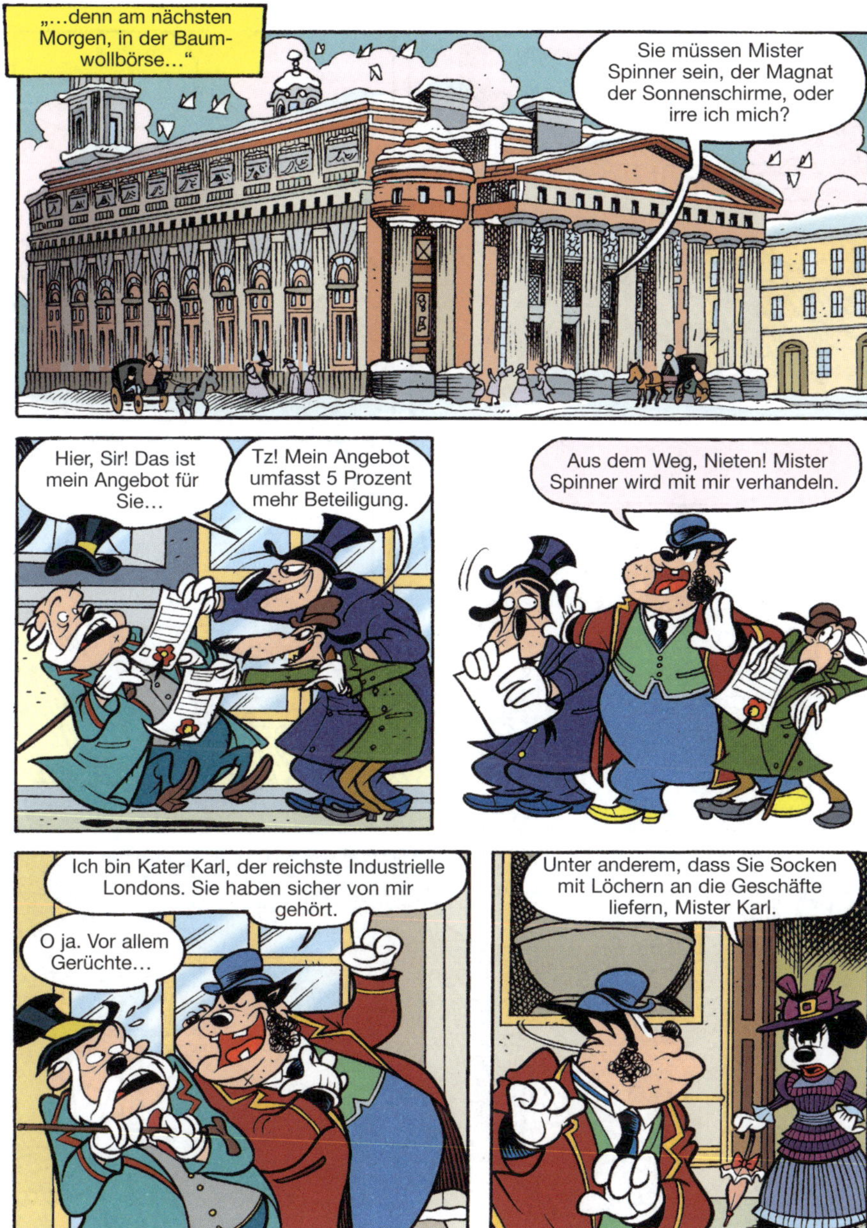
„...denn am nächsten Morgen, in der Baumwollbörse...“
Sie müssen Mister Spinner sein, der Magnat der Sonnenschirme, oder irre ich mich?
Hier, Sir! Das ist mein Angebot für Sie...
Tz! Mein Angebot umfasst 5 Prozent mehr Beteiligung.
Aus dem Weg, Nieten! Mister Spinner wird mit mir verhandeln.
Ich bin Kater Karl, der reichste Industrielle Londons. Sie haben sicher von mir gehört.
O ja. Vor allem Gerüchte...
Unter anderem, dass Sie Socken mit Löchern an die Geschäfte liefern, Mister Karl.

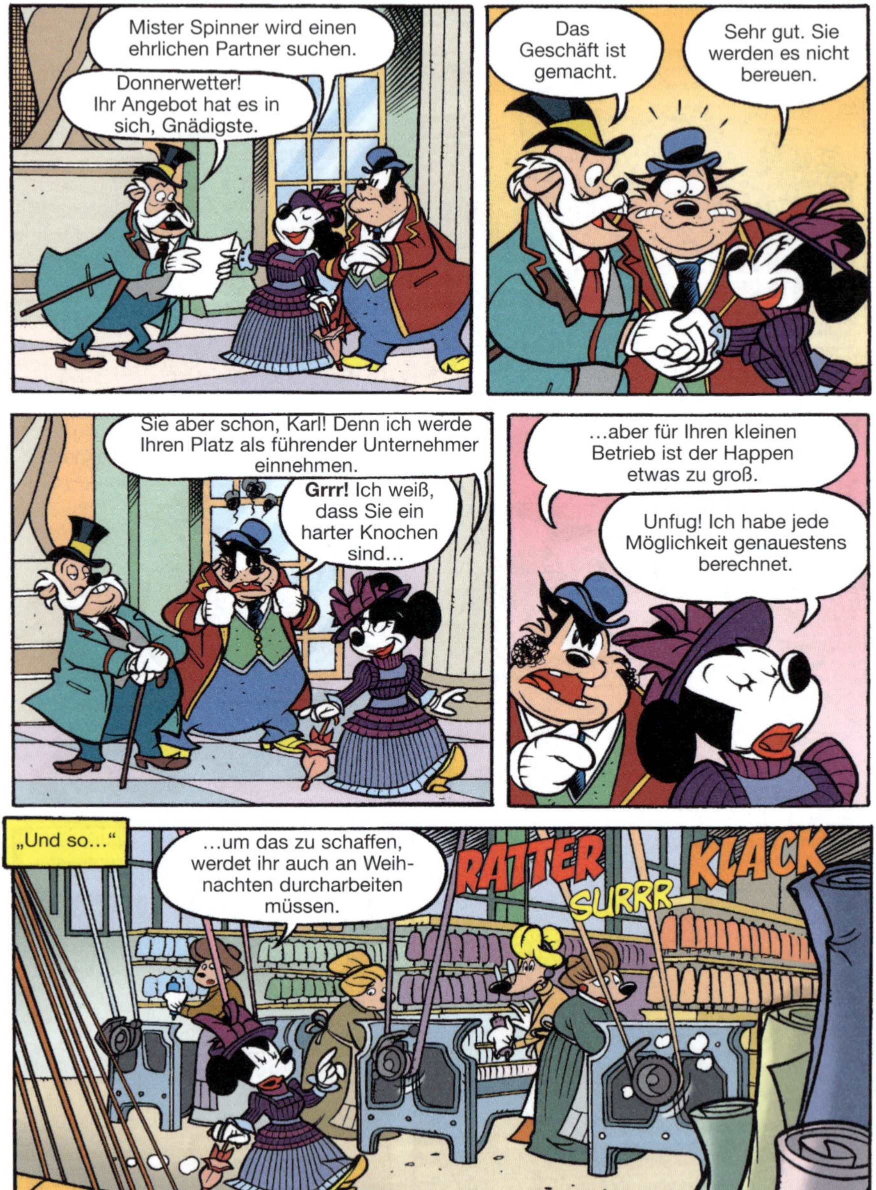
Mister Spinner wird einen ehrlichen Partner suchen.
Donnerwetter! Ihr Angebot hat es in sich, Gnädigste.
Das Geschäft ist gemacht.
Sehr gut. Sie werden es nicht bereuen.
Sie aber schon, Karl! Denn ich werde Ihren Platz als führender Unternehmer einnehmen.
Grrr! Ich weiß, dass Sie ein harter Knochen sind…
…aber für Ihren kleinen Betrieb ist der Happen etwas zu groß.
Unfug! Ich habe jede Möglichkeit genauestens berechnet.
„Und so…“
…um das zu schaffen, werdet ihr auch an Weihnachten durcharbeiten müssen.
RATTER
SURRR
KLACK

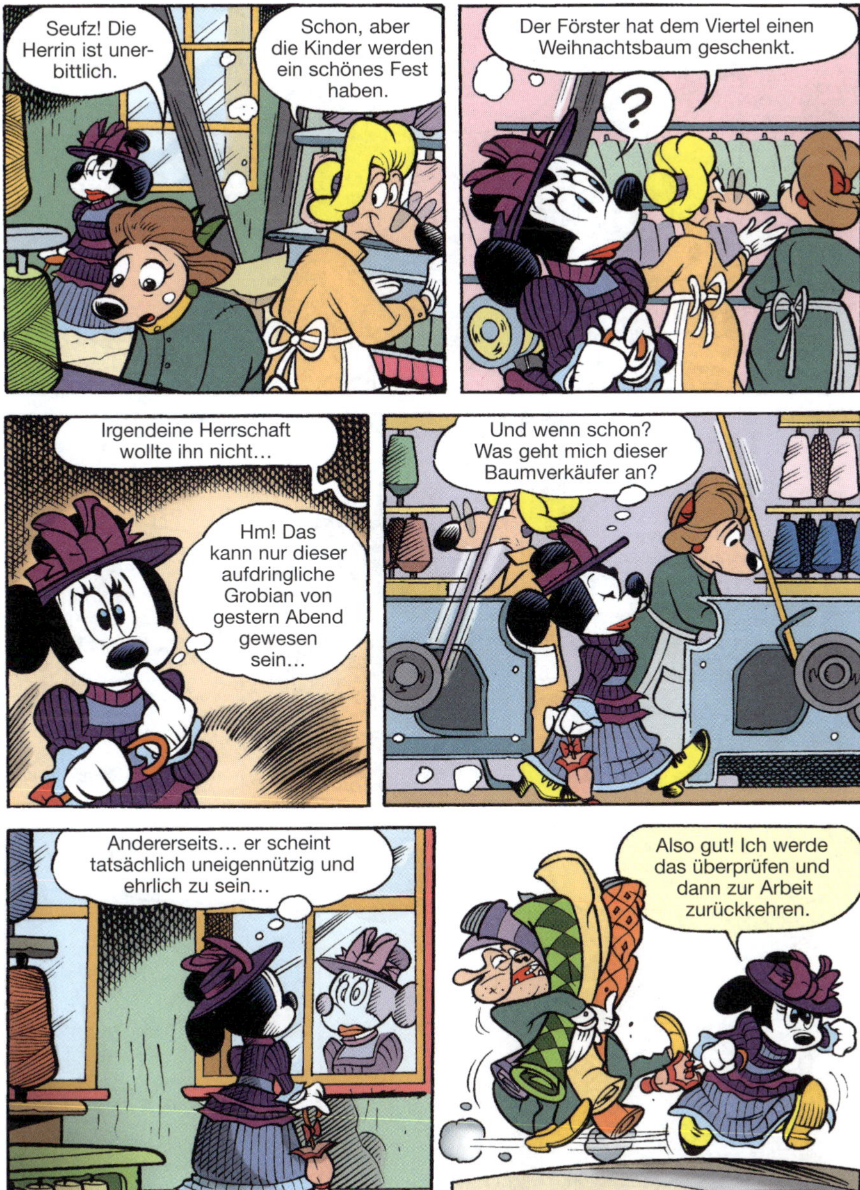
Seufz! Die Herrin ist unerbittlich.
Schon, aber die Kinder werden ein schönes Fest haben.
Der Förster hat dem Viertel einen Weihnachtsbaum geschenkt.
?
Irgendeine Herrschaft wollte ihn nicht…
Hm! Das kann nur dieser aufdringliche Grobian von gestern Abend gewesen sein…
Und wenn schon? Was geht mich dieser Baumverkäufer an?
Andererseits… er scheint tatsächlich uneigennützig und ehrlich zu sein…
Also gut! Ich werde das überprüfen und dann zur Arbeit zurückkehren.

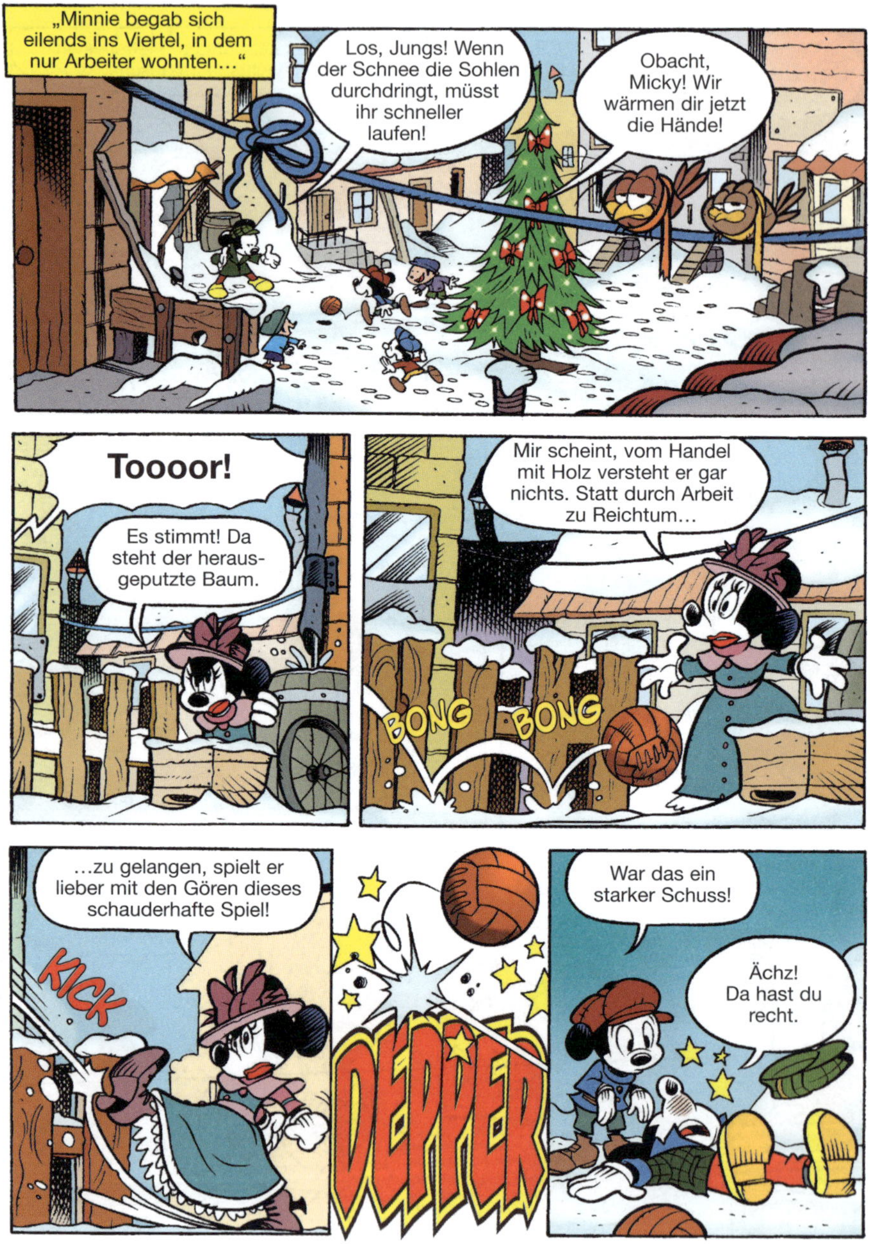
„Minnie begab sich eilends ins Viertel, in dem nur Arbeiter wohnten…“
Los, Jungs! Wenn der Schnee die Sohlen durchdringt, müsst ihr schneller laufen!
Obacht, Micky! Wir wärmen dir jetzt die Hände!
Toooor!
Es stimmt! Da steht der heraus-geputzte Baum.
Mir scheint, vom Handel mit Holz versteht er gar nichts. Statt durch Arbeit zu Reichtum…
BONG
BONG
…zu gelangen, spielt er lieber mit den Gören dieses schauderhafte Spiel!
KICK
DEPPER
War das ein starker Schuss!
Ächz! Da hast du recht.

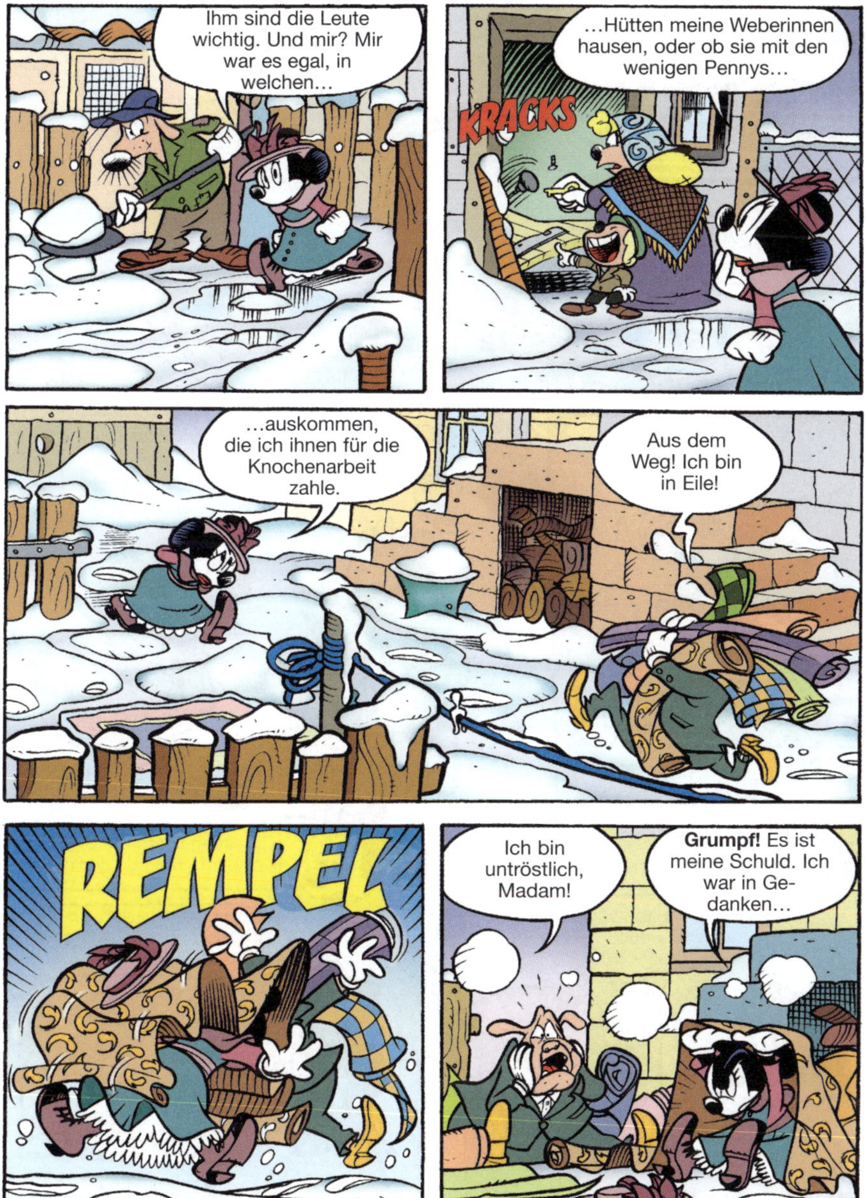
Ihm sind die Leute wichtig. Und mir? Mir war es egal, in welchen...
KRACKS
...Hütten meine Weberinnen hausen, oder ob sie mit den wenigen Pennys...
...auskommen, die ich ihnen für die Knochenarbeit zahle.
Aus dem Weg! Ich bin in Eile!
REMPEL
Ich bin untröstlich, Madam!
Grumpf! Es ist meine Schuld. Ich war in Gedanken...

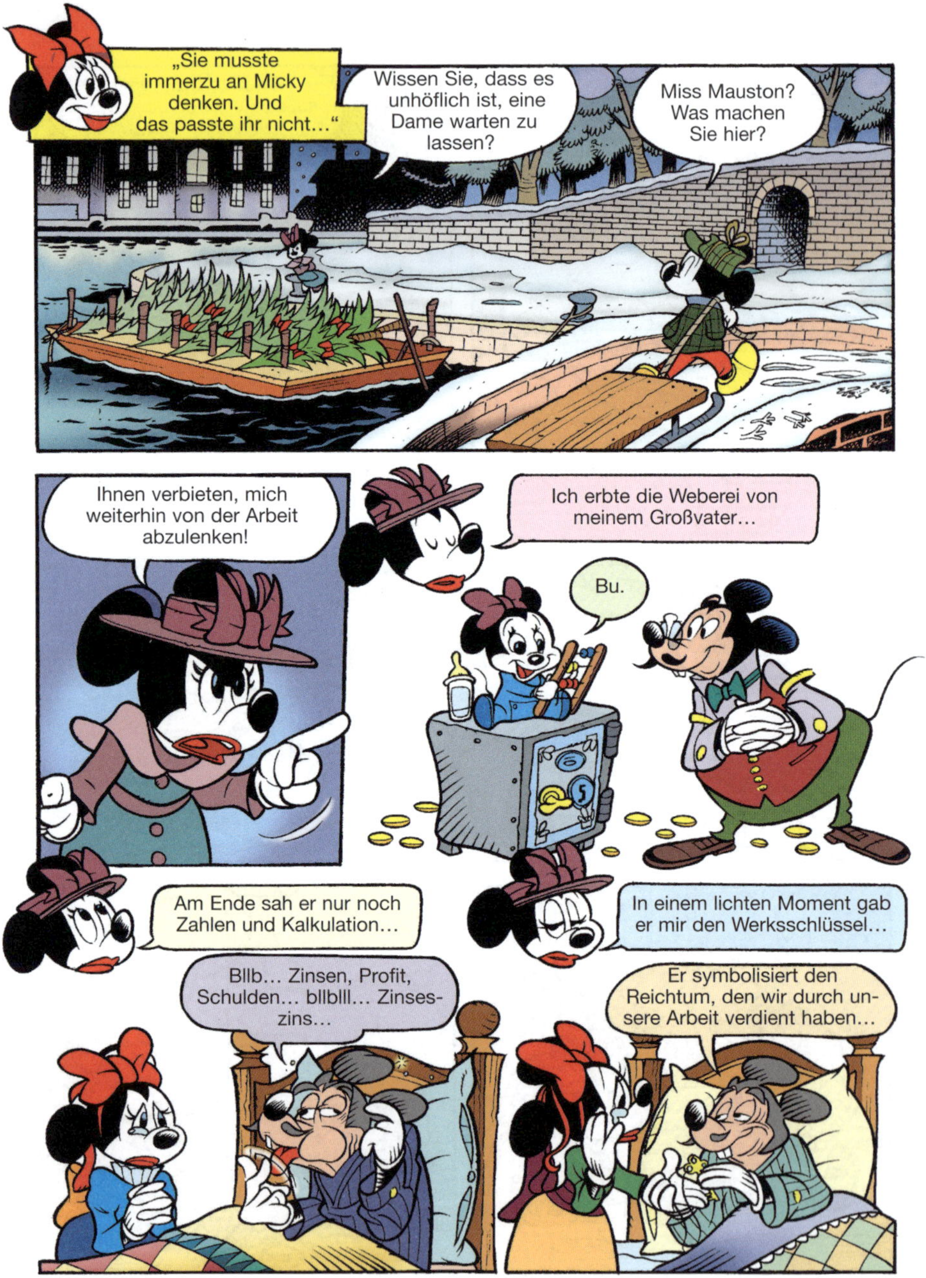
„Sie musste immerzu an Micky denken. Und das passte ihr nicht…“
Wissen Sie, dass es unhöflich ist, eine Dame warten zu lassen?
Miss Mauston? Was machen Sie hier?
Ihnen verbieten, mich weiterhin von der Arbeit abzulenken!
Ich erbte die Weberei von meinem Großvater…
Bu.
Am Ende sah er nur noch Zahlen und Kalkulation…
In einem lichten Moment gab er mir den Werksschlüssel…
Bllb… Zinsen, Profit, Schulden… bllblll… Zinseszins…
Er symbolisiert den Reichtum, den wir durch unsere Arbeit verdient haben…

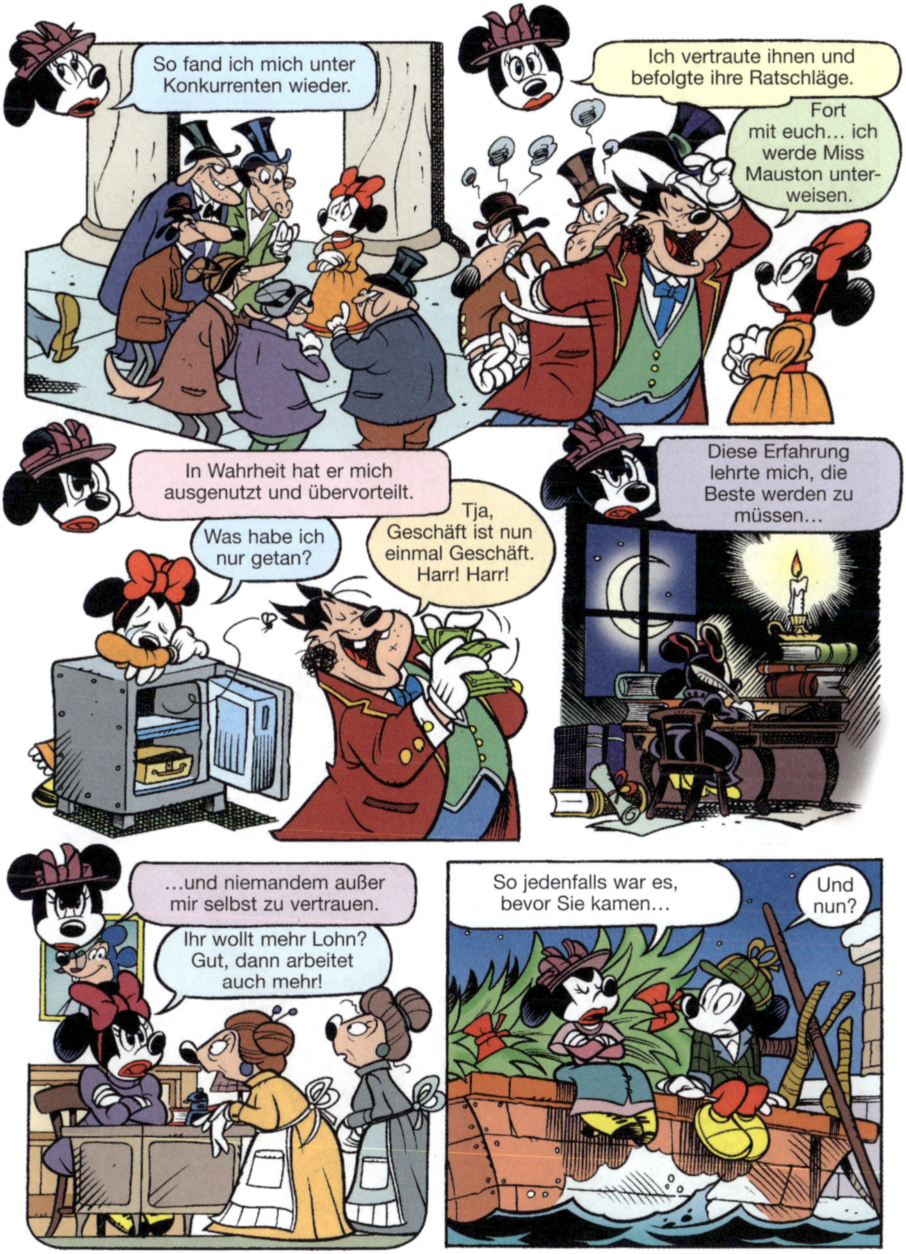

So fand ich mich unter Konkurrenten wieder.
Ich vertraute ihnen und befolgte ihre Ratschläge.
Fort mit euch… ich werde Miss Mauston unterweisen.
In Wahrheit hat er mich ausgenutzt und übervorteilt.
Was habe ich nur getan?
Tja, Geschäft ist nun einmal Geschäft. Harr! Harr!
Diese Erfahrung lehrte mich, die Beste werden zu müssen…
…und niemandem außer mir selbst zu vertrauen.
Ihr wollt mehr Lohn? Gut, dann arbeitet auch mehr!
So jedenfalls war es, bevor Sie kamen…
Und nun?

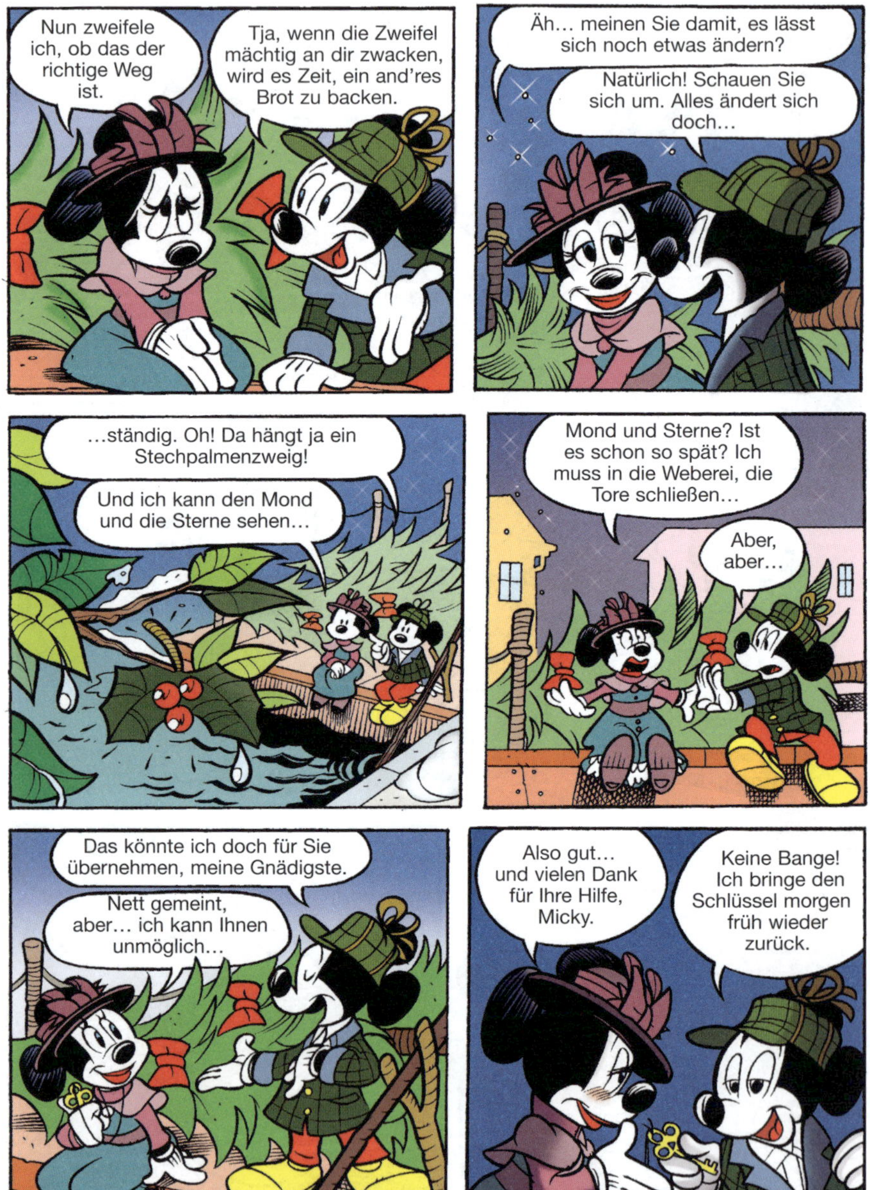
Nun zweifele ich, ob das der richtige Weg ist.
Tja, wenn die Zweifel mächtig an dir zwacken, wird es Zeit, ein and'res Brot zu backen.
Äh… meinen Sie damit, es lässt sich noch etwas ändern?
Natürlich! Schauen Sie sich um. Alles ändert sich doch…
…ständig. Oh! Da hängt ja ein Stechpalmenzweig!
Und ich kann den Mond und die Sterne sehen…
Mond und Sterne? Ist es schon so spät? Ich muss in die Weberei, die Tore schließen…
Aber, aber…
Das könnte ich doch für Sie übernehmen, meine Gnädigste.
Nett gemeint, aber… ich kann Ihnen unmöglich…
Also gut… und vielen Dank für Ihre Hilfe, Micky.
Keine Bange! Ich bringe den Schlüssel morgen früh wieder zurück.

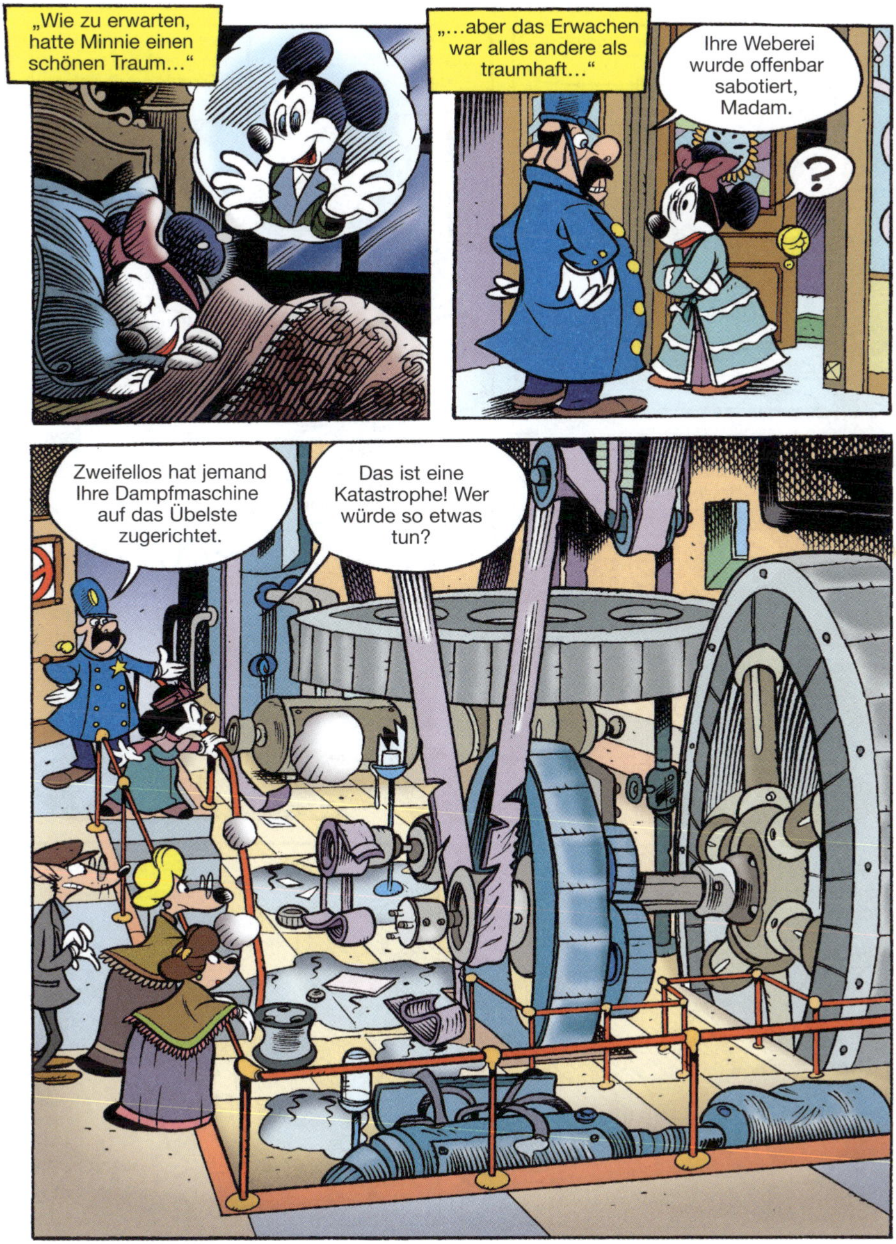
„Wie zu erwarten, hatte Minnie einen schönen Traum…“
„…aber das Erwachen war alles andere als traumhaft…“
Ihre Weberei wurde offenbar sabotiert, Madam.
?
Zweifellos hat jemand Ihre Dampfmaschine auf das Übelste zugerichtet.
Das ist eine Katastrophe! Wer würde so etwas tun?

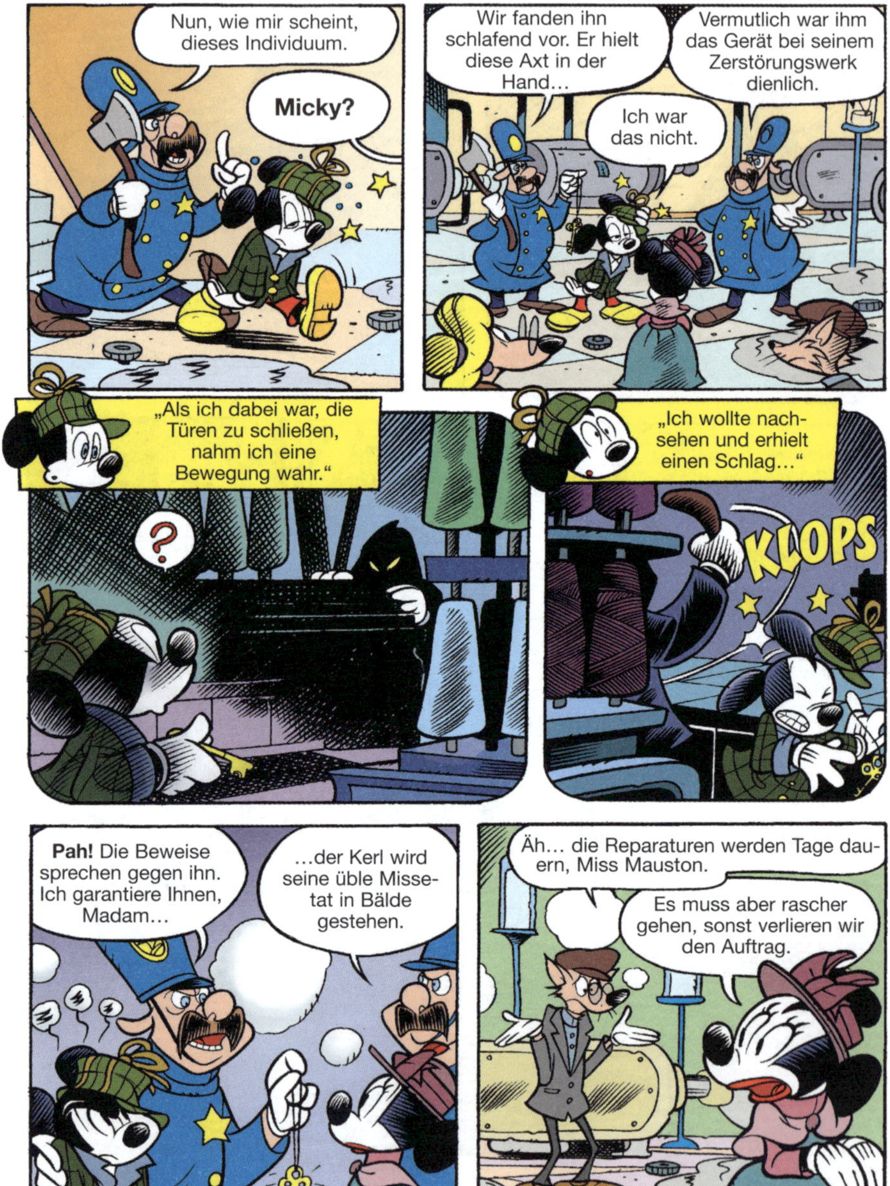
Nun, wie mir scheint, dieses Individuum.
Micky?
Wir fanden ihn schlafend vor. Er hielt diese Axt in der Hand…
Ich war das nicht.
Vermutlich war ihm das Gerät bei seinem Zerstörungswerk dienlich.
„Als ich dabei war, die Türen zu schließen, nahm ich eine Bewegung wahr."
?
„Ich wollte nachsehen und erhielt einen Schlag…"
KLOPS
Pah! Die Beweise sprechen gegen ihn. Ich garantiere Ihnen, Madam…
…der Kerl wird seine üble Missetat in Bälde gestehen.
Äh… die Reparaturen werden Tage dauern, Miss Mauston.
Es muss aber rascher gehen, sonst verlieren wir den Auftrag.

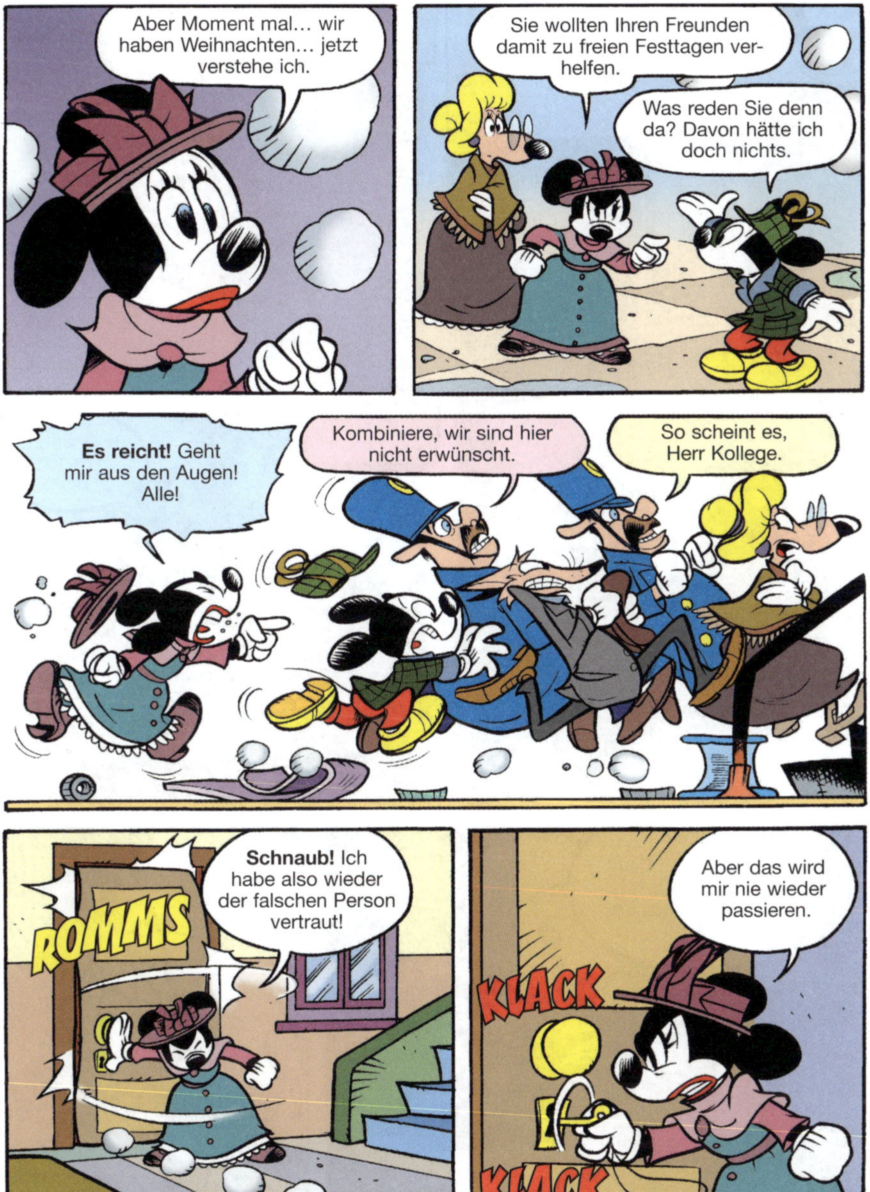
Aber Moment mal… wir haben Weihnachten… jetzt verstehe ich.
Sie wollten Ihren Freunden damit zu freien Festtagen verhelfen.
Was reden Sie denn da? Davon hätte ich doch nichts.
Es reicht! Geht mir aus den Augen! Alle!
Kombiniere, wir sind hier nicht erwünscht.
So scheint es, Herr Kollege.
ROMMS
Schnaub! Ich habe also wieder der falschen Person vertraut!
Aber das wird mir nie wieder passieren.
KLACK
KLACK

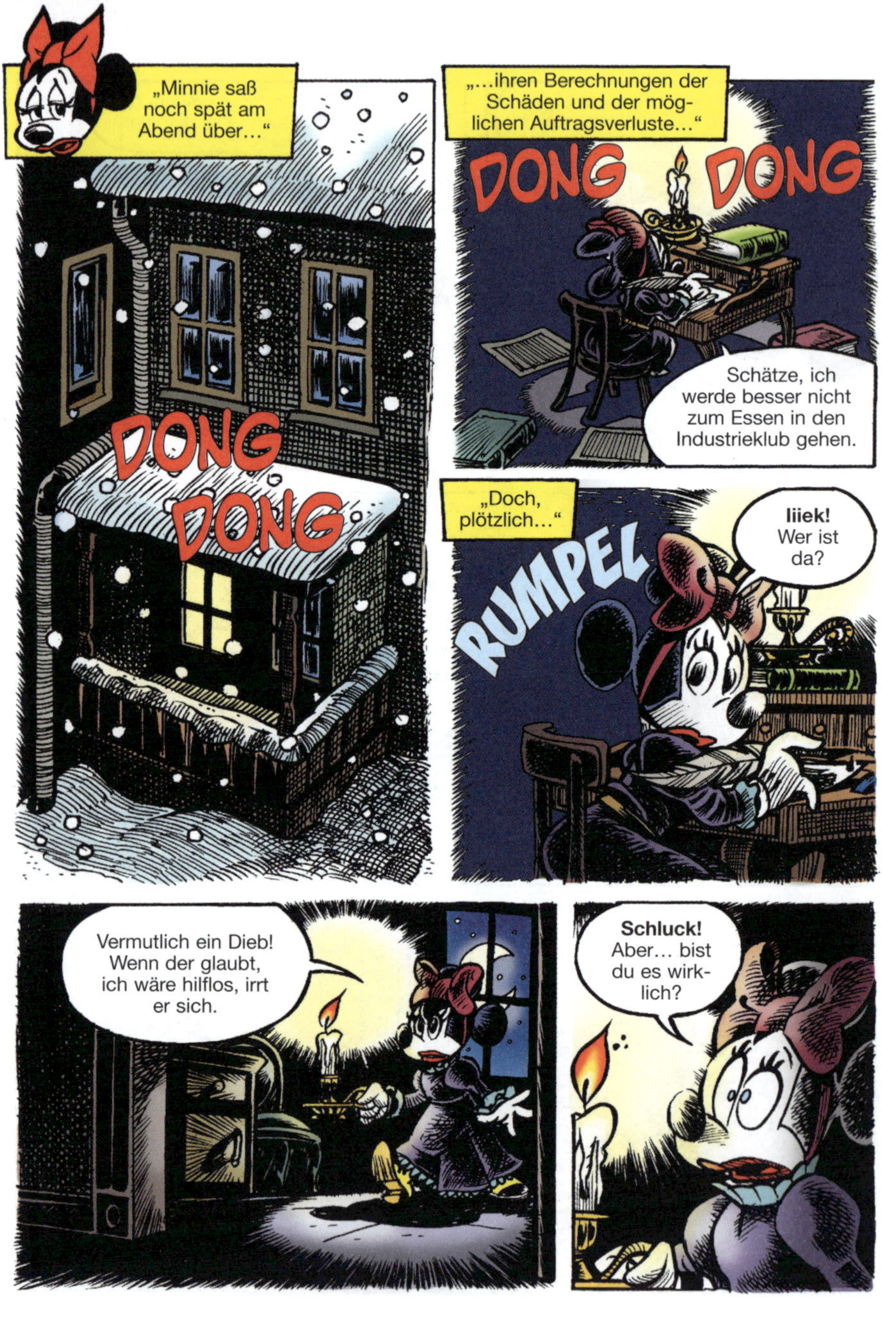
„Minnie saß noch spät am Abend über…“
DONG DONG
„…ihren Berechnungen der Schäden und der möglichen Auftragsverluste…“
DONG DONG
Schätze, ich werde besser nicht zum Essen in den Industrieklub gehen.
„Doch, plötzlich…“
RUMPEL
Iiiek! Wer ist da?
Vermutlich ein Dieb! Wenn der glaubt, ich wäre hilflos, irrt er sich.
Schluck! Aber… bist du es wirklich?

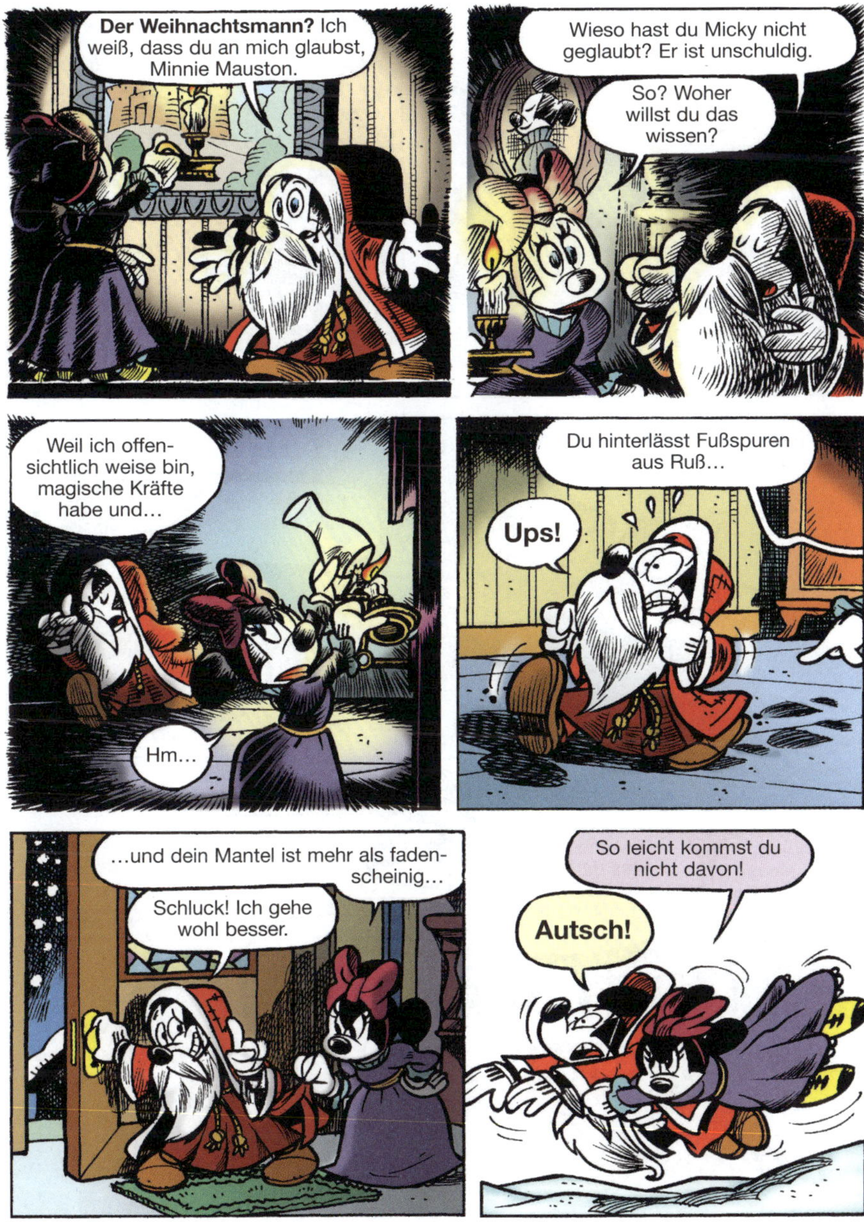

Der Weihnachtsmann? Ich weiß, dass du an mich glaubst, Minnie Mauston.
Wieso hast du Micky nicht geglaubt? Er ist unschuldig.
So? Woher willst du das wissen?
Weil ich offensichtlich weise bin, magische Kräfte habe und…
Hm…
Du hinterlässt Fußspuren aus Ruß…
Ups!
…und dein Mantel ist mehr als fadenscheinig…
Schluck! Ich gehe wohl besser.
So leicht kommst du nicht davon!
Autsch!

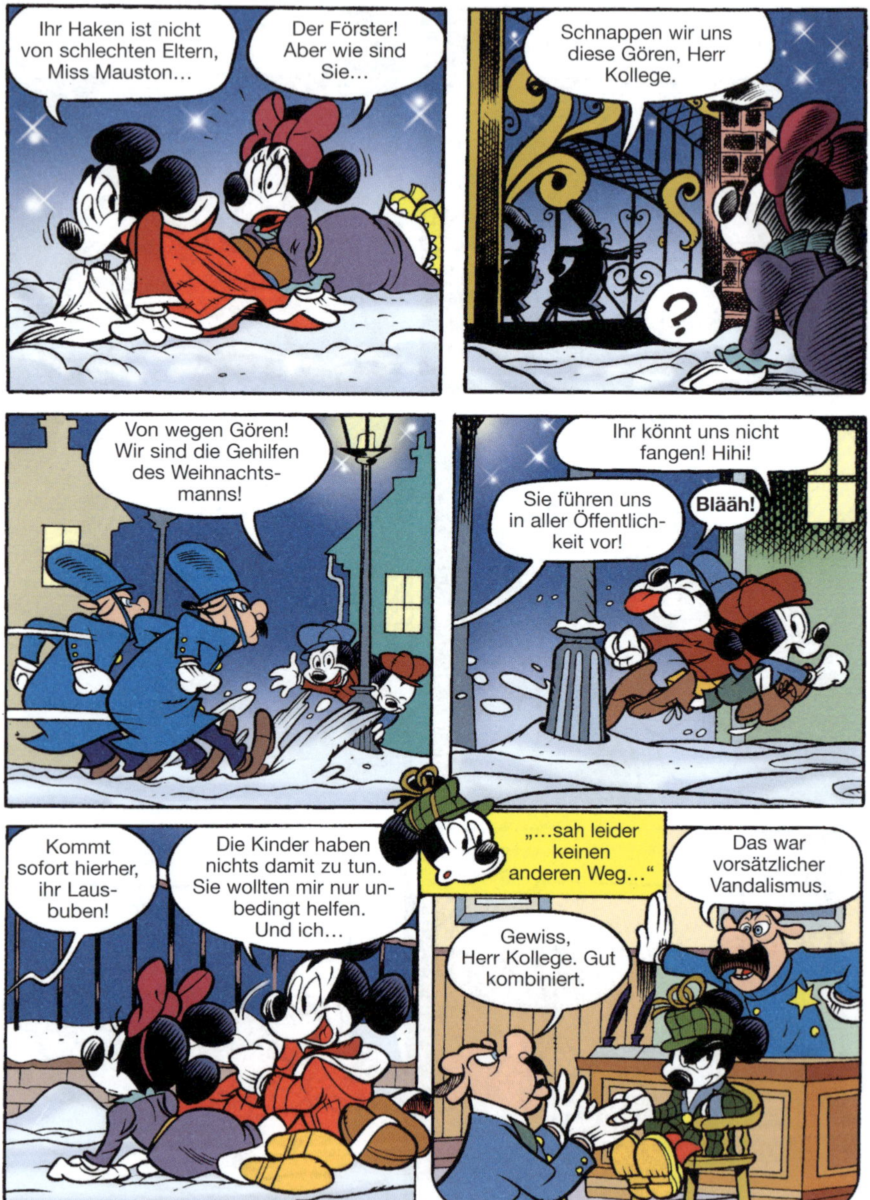
Ihr Haken ist nicht von schlechten Eltern, Miss Mauston…
Der Förster! Aber wie sind Sie…
Schnappen wir uns diese Gören, Herr Kollege.
?
Von wegen Gören! Wir sind die Gehilfen des Weihnachtsmanns!
Ihr könnt uns nicht fangen! Hihi!
Sie führen uns in aller Öffentlichkeit vor!
Bläääh!
Kommt sofort hierher, ihr Lausbuben!
Die Kinder haben nichts damit zu tun. Sie wollten mir nur unbedingt helfen. Und ich…
„…sah leider keinen anderen Weg…“
Das war vorsätzlicher Vandalismus.
Gewiss, Herr Kollege. Gut kombiniert.

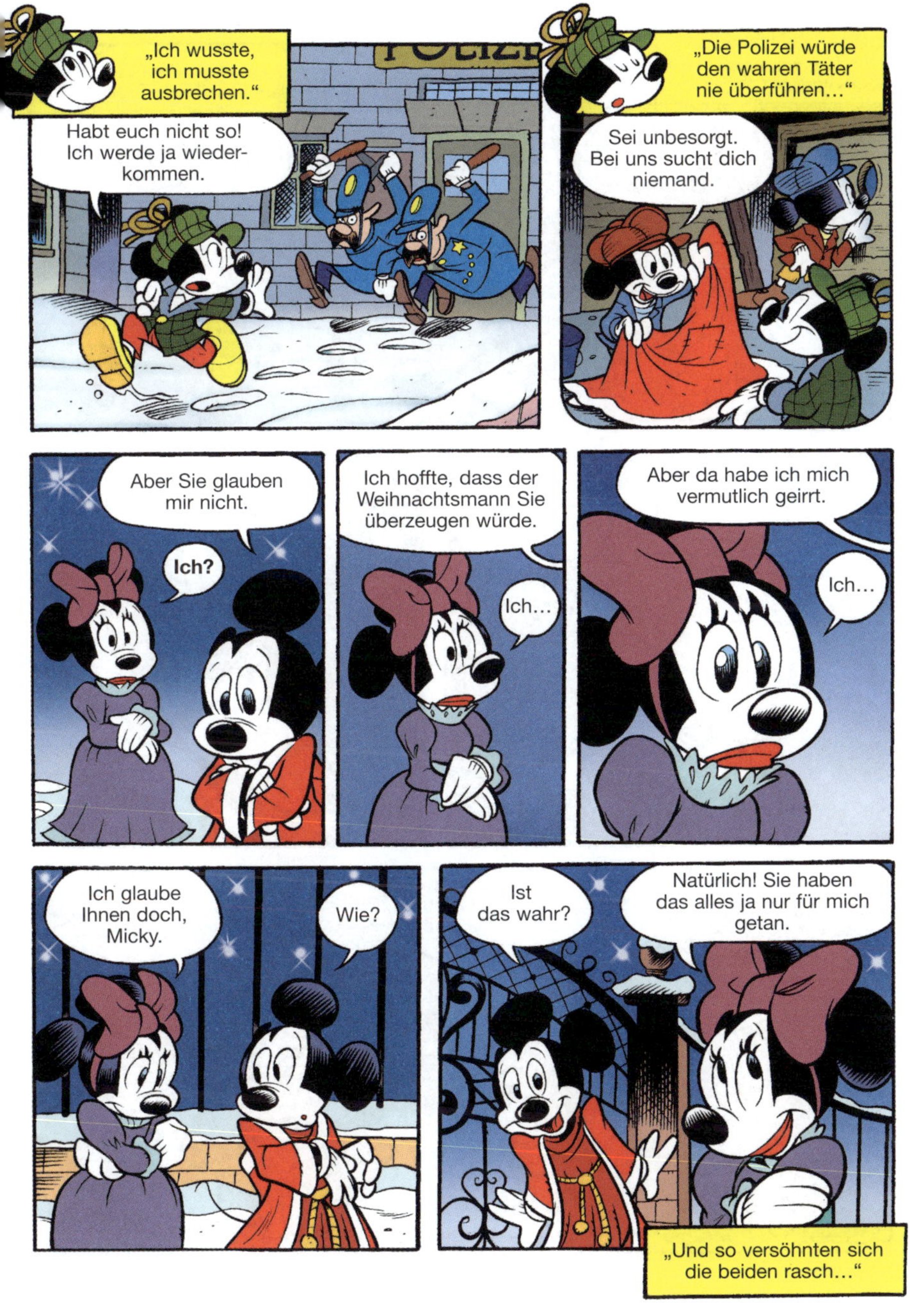
„Ich wusste, ich musste ausbrechen.“
Habt euch nicht so! Ich werde ja wiederkommen.
„Die Polizei würde den wahren Täter nie überführen…“
Sei unbesorgt. Bei uns sucht dich niemand.
Aber Sie glauben mir nicht.
Ich?
Ich hoffte, dass der Weihnachtsmann Sie überzeugen würde.
Ich…
Aber da habe ich mich vermutlich geirrt.
Ich…
Ich glaube Ihnen doch, Micky.
Wie?
Ist das wahr?
Natürlich! Sie haben das alles ja nur für mich getan.
„Und so versöhnten sich die beiden rasch…“

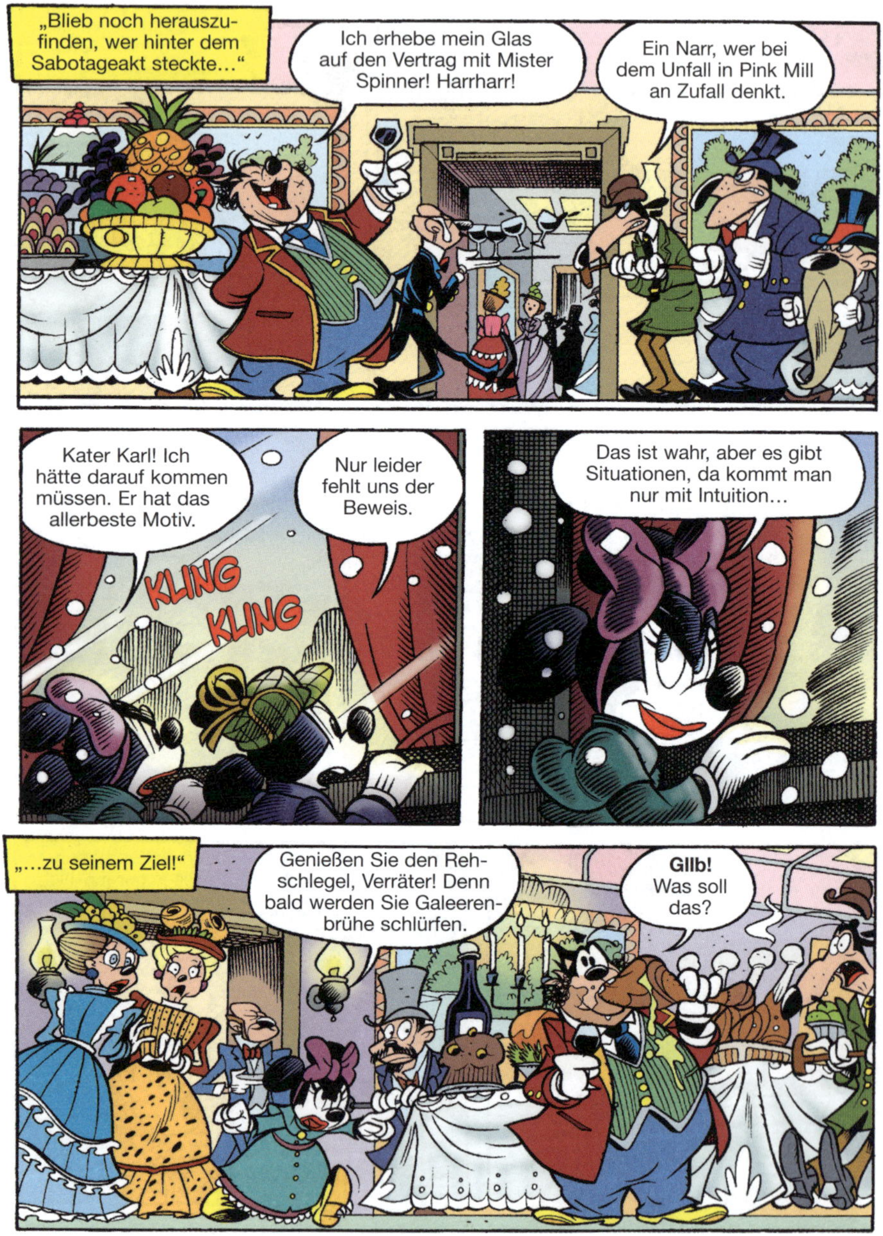
„Blieb noch herauszufinden, wer hinter dem Sabotageakt steckte…“
Ich erhebe mein Glas auf den Vertrag mit Mister Spinner! Harrharr!
Ein Narr, wer bei dem Unfall in Pink Mill an Zufall denkt.
Kater Karl! Ich hätte darauf kommen müssen. Er hat das allerbeste Motiv.
KLING
KLING
Nur leider fehlt uns der Beweis.
Das ist wahr, aber es gibt Situationen, da kommt man nur mit Intuition…
„…zu seinem Ziel!“
Genießen Sie den Rehschlegel, Verräter! Denn bald werden Sie Galeerenbrühe schlürfen.
Gllb! Was soll das?

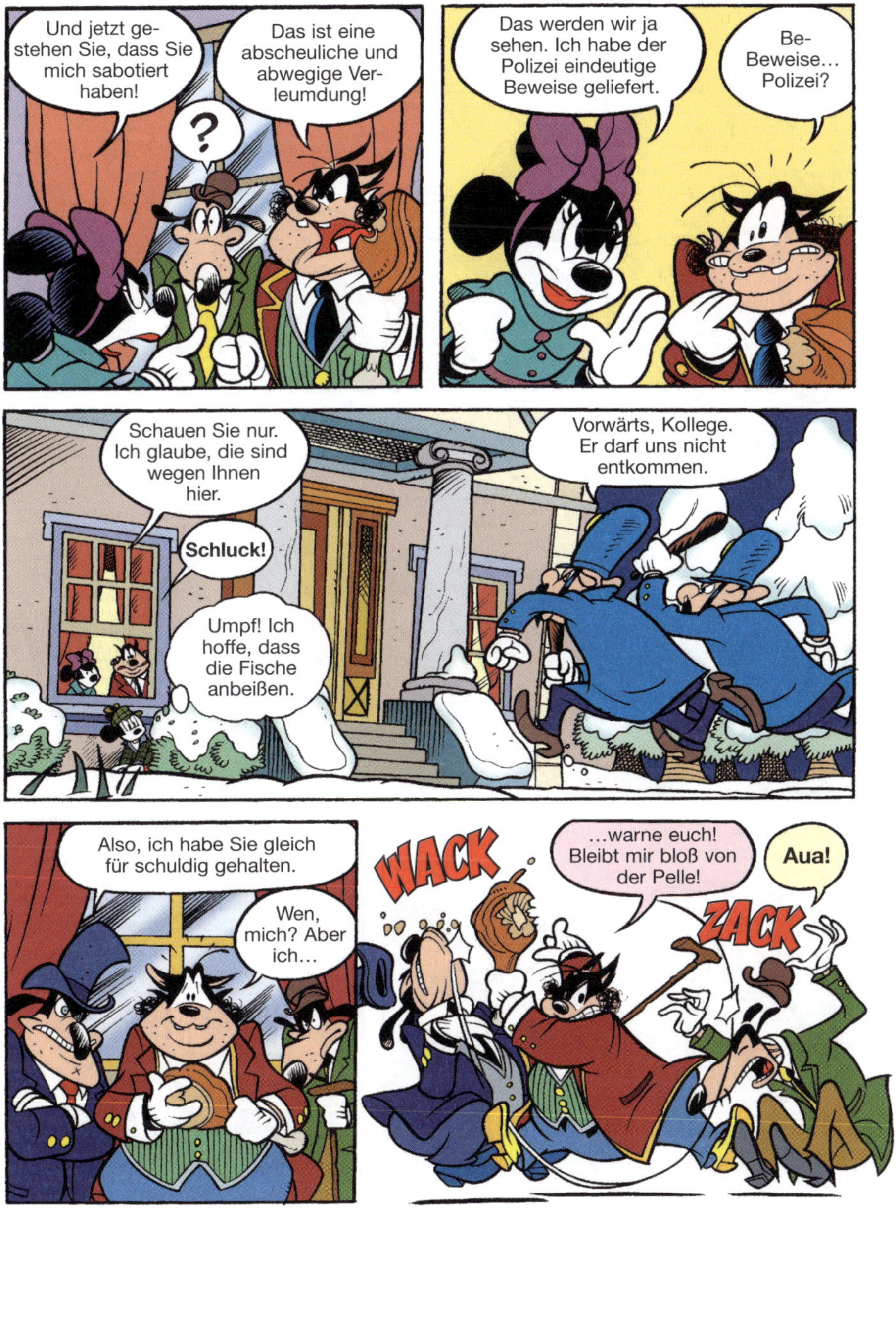
Und jetzt gestehen Sie, dass Sie mich sabotiert haben!
?
Das ist eine abscheuliche und abwegige Verleumdung!
Das werden wir ja sehen. Ich habe der Polizei eindeutige Beweise geliefert.
Be- Beweise… Polizei?
Schauen Sie nur. Ich glaube, die sind wegen Ihnen hier.
Schluck!
Umpf! Ich hoffe, dass die Fische anbeißen.
Vorwärts, Kollege. Er darf uns nicht entkommen.
Also, ich habe Sie gleich für schuldig gehalten.
Wen, mich? Aber ich…
WACK
…warne euch! Bleibt mir bloß von der Pelle!
ZACK
Aua!

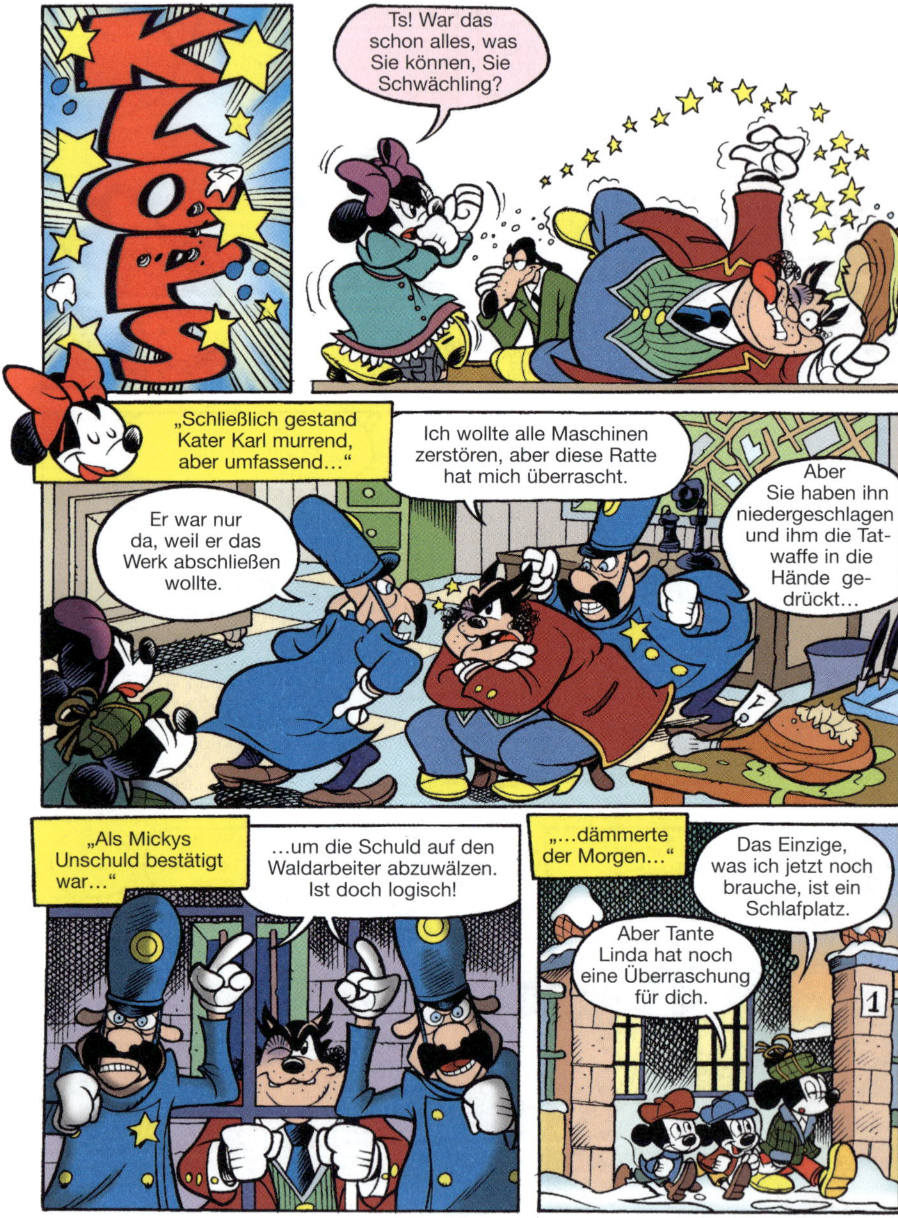
KLOPS
Ts! War das schon alles, was Sie können, Sie Schwächling?
„Schließlich gestand Kater Karl murrend, aber umfassend…“
Ich wollte alle Maschinen zerstören, aber diese Ratte hat mich überrascht.
Er war nur da, weil er das Werk abschließen wollte.
Aber Sie haben ihn niedergeschlagen und ihm die Tatwaffe in die Hände gedrückt…
„Als Mickys Unschuld bestätigt war…“
…um die Schuld auf den Waldarbeiter abzuwälzen. Ist doch logisch!
„…dämmerte der Morgen…“
Das Einzige, was ich jetzt noch brauche, ist ein Schlafplatz.
Aber Tante Linda hat noch eine Überraschung für dich.
1

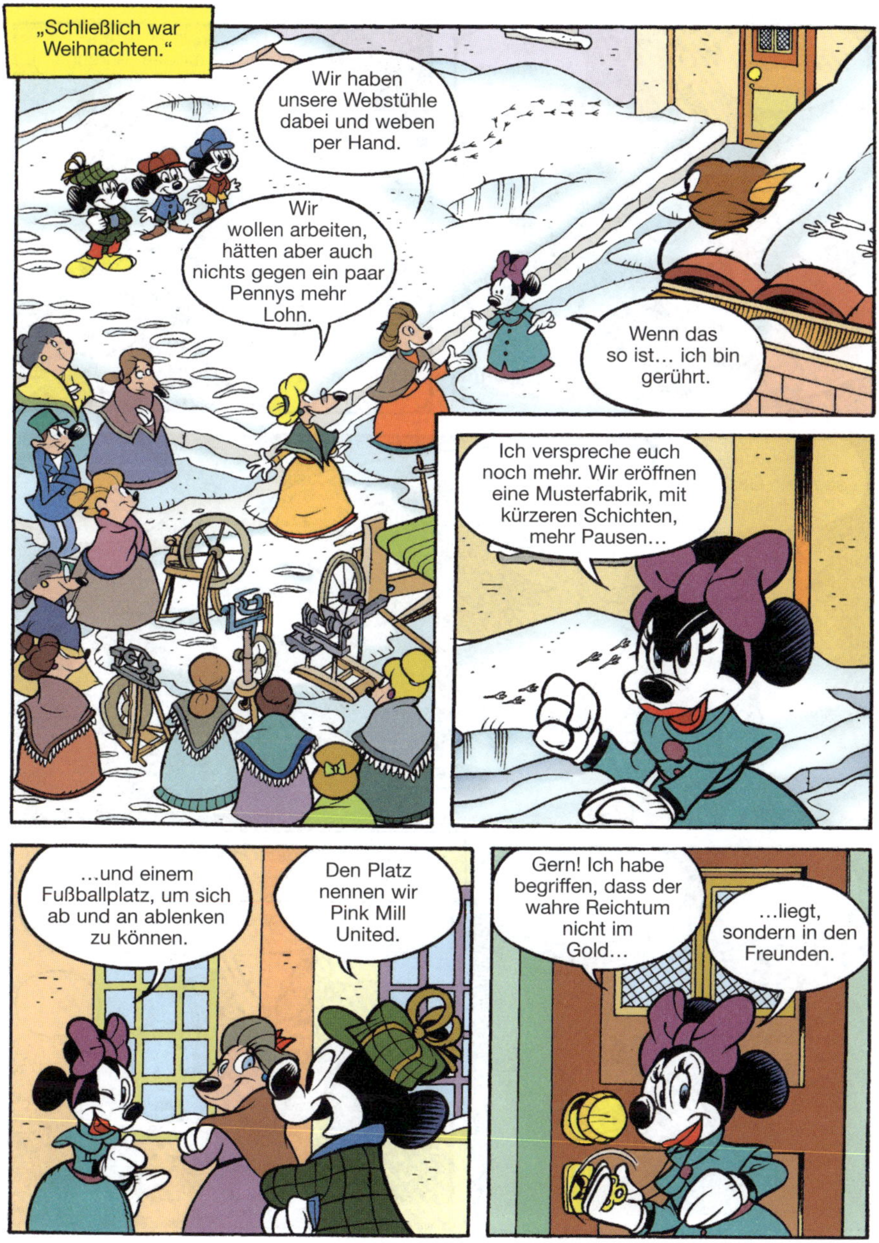
„Schließlich war Weihnachten."
Wir haben unsere Webstühle dabei und weben per Hand.
Wir wollen arbeiten, hätten aber auch nichts gegen ein paar Pennys mehr Lohn.
Wenn das so ist… ich bin gerührt.
Ich verspreche euch noch mehr. Wir eröffnen eine Musterfabrik, mit kürzeren Schichten, mehr Pausen…
…und einem Fußballplatz, um sich ab und an ablenken zu können.
Den Platz nennen wir Pink Mill United.
Gern! Ich habe begriffen, dass der wahre Reichtum nicht im Gold…
…liegt, sondern in den Freunden.

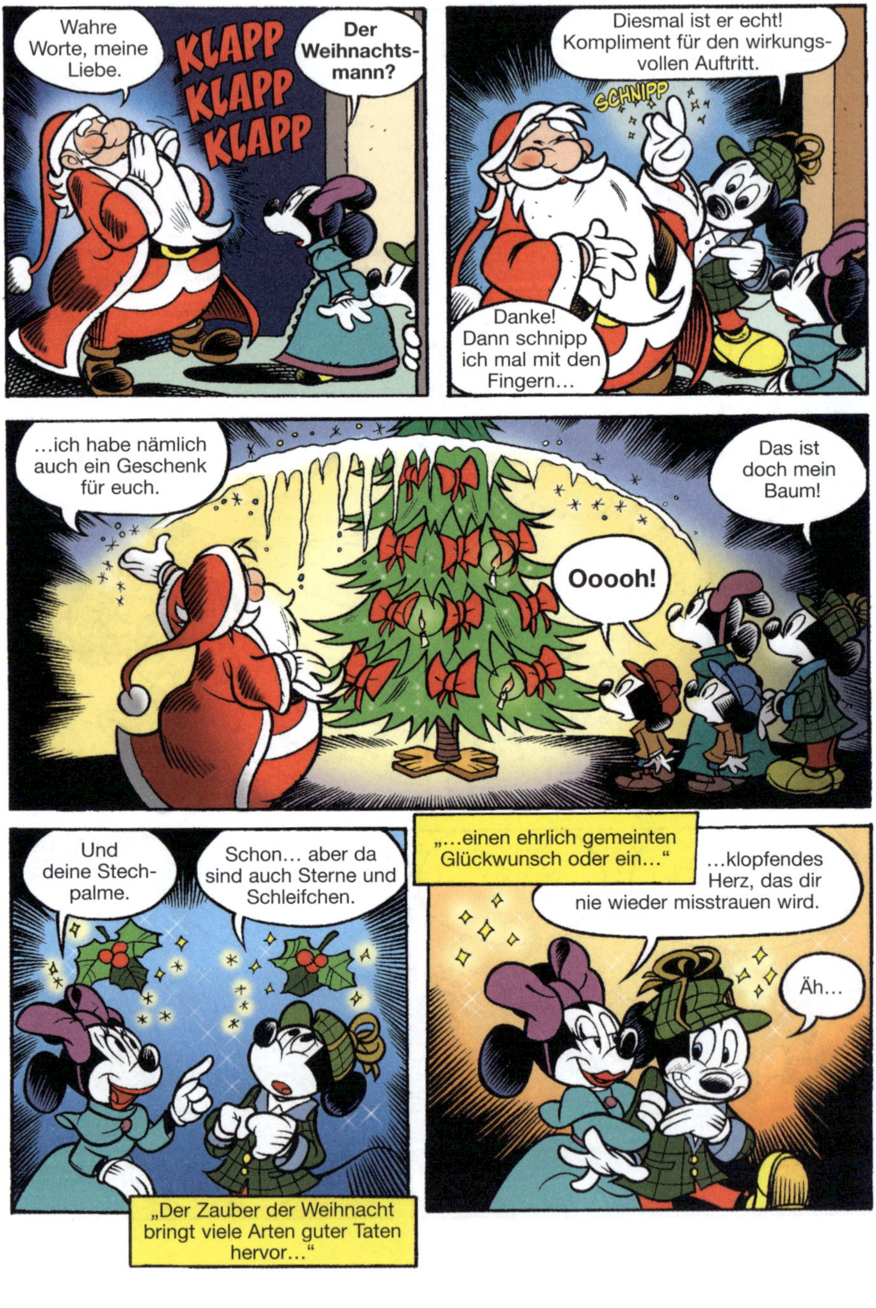

Wahre Worte, meine Liebe.
KLAPP KLAPP KLAPP
Der Weihnachtsmann?
Diesmal ist er echt! Kompliment für den wirkungsvollen Auftritt.
SCHNIPP
Danke! Dann schnipp ich mal mit den Fingern…
…ich habe nämlich auch ein Geschenk für euch.
Das ist doch mein Baum!
Ooooh!
Und deine Stechpalme.
Schon… aber da sind auch Sterne und Schleifchen.
„Der Zauber der Weihnacht bringt viele Arten guter Taten hervor…“
„…einen ehrlich gemeinten Glückwunsch oder ein…“
…klopfendes Herz, das dir nie wieder misstrauen wird.
Äh…

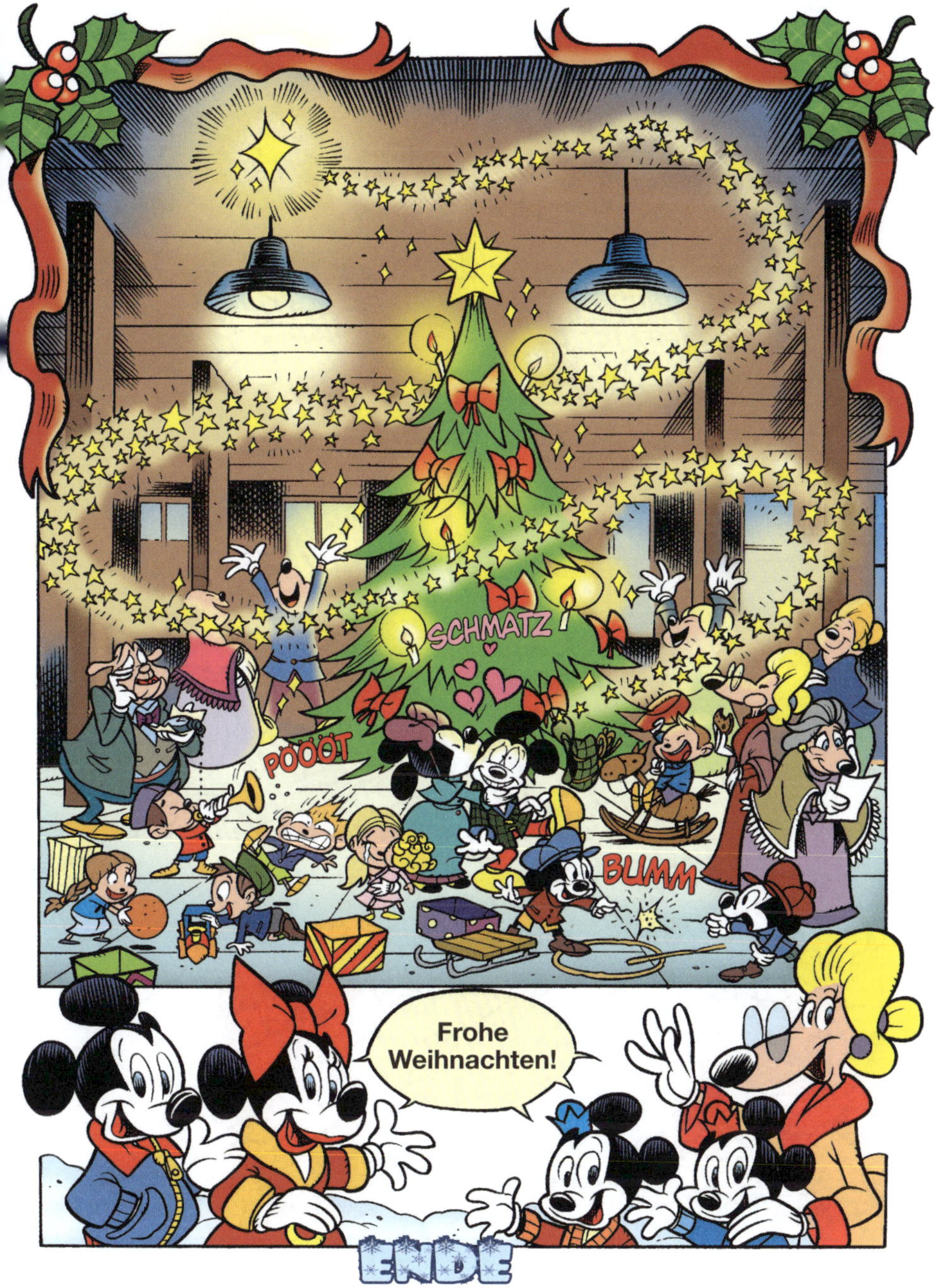
SCHMATZ
PÖÖÖT
BUMM
Frohe Weihnachten!
ENDE

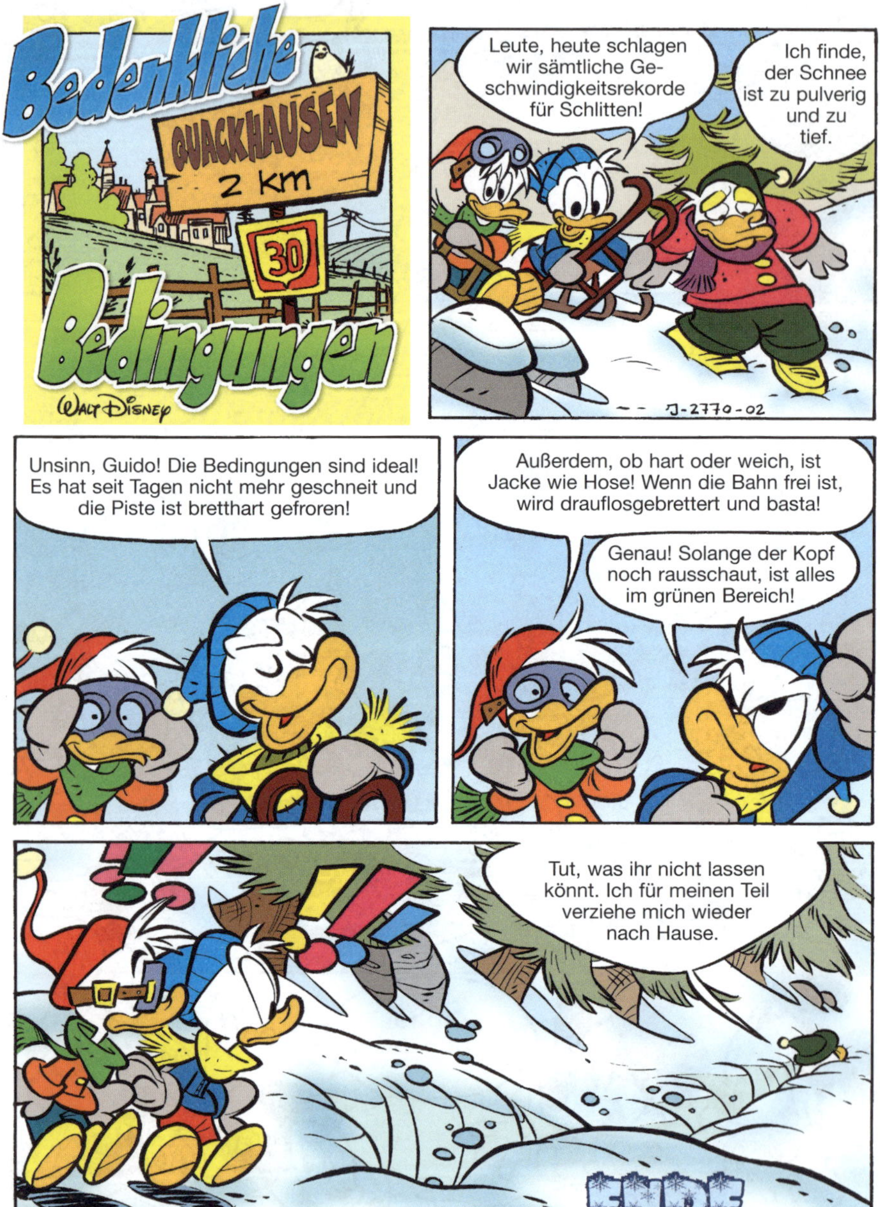

Nicola Tosolini (Story & Zeichnungen)

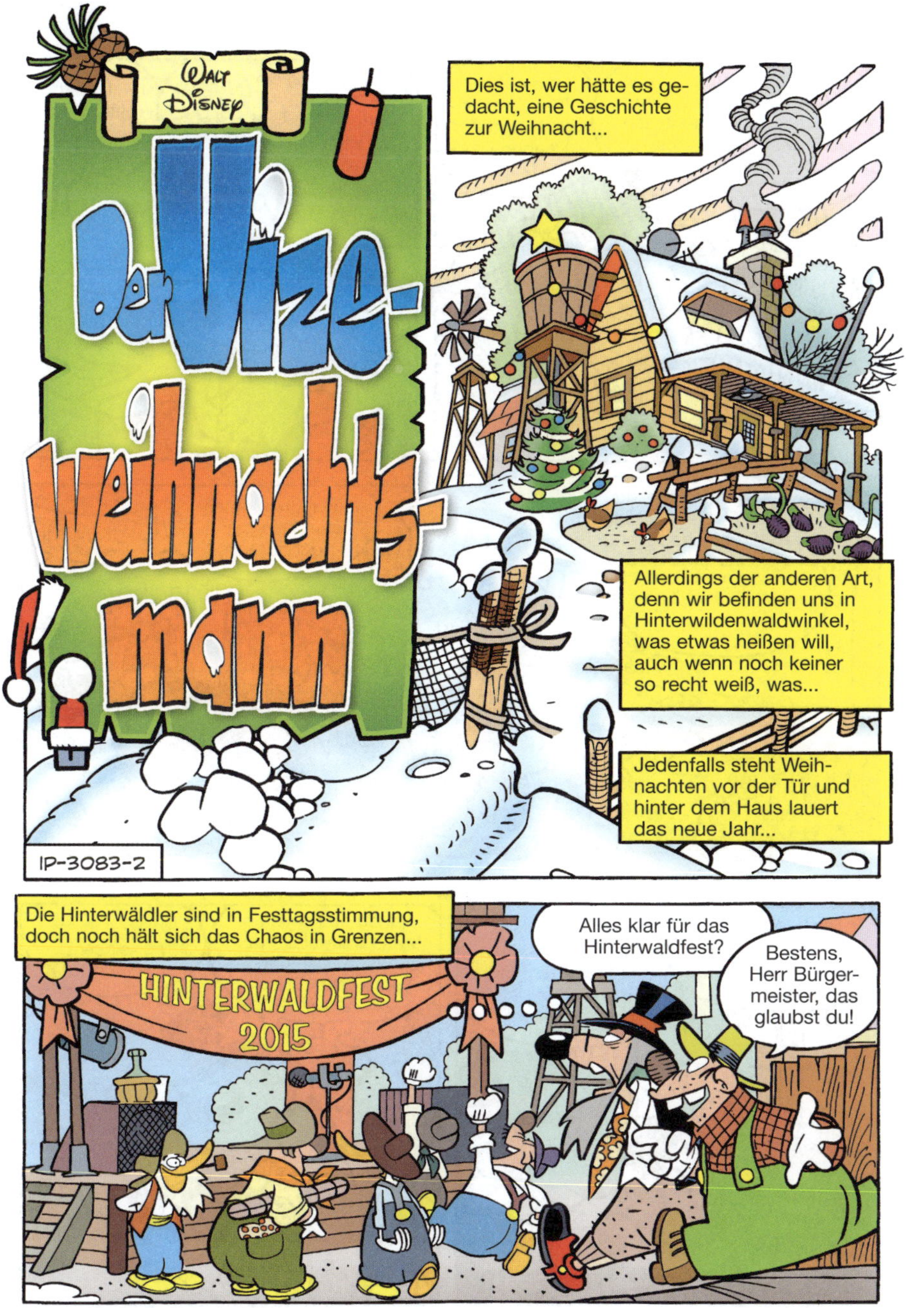

Fausto Vitaliano (Story), **Corrado Mastantuono** (Zeichnungen)

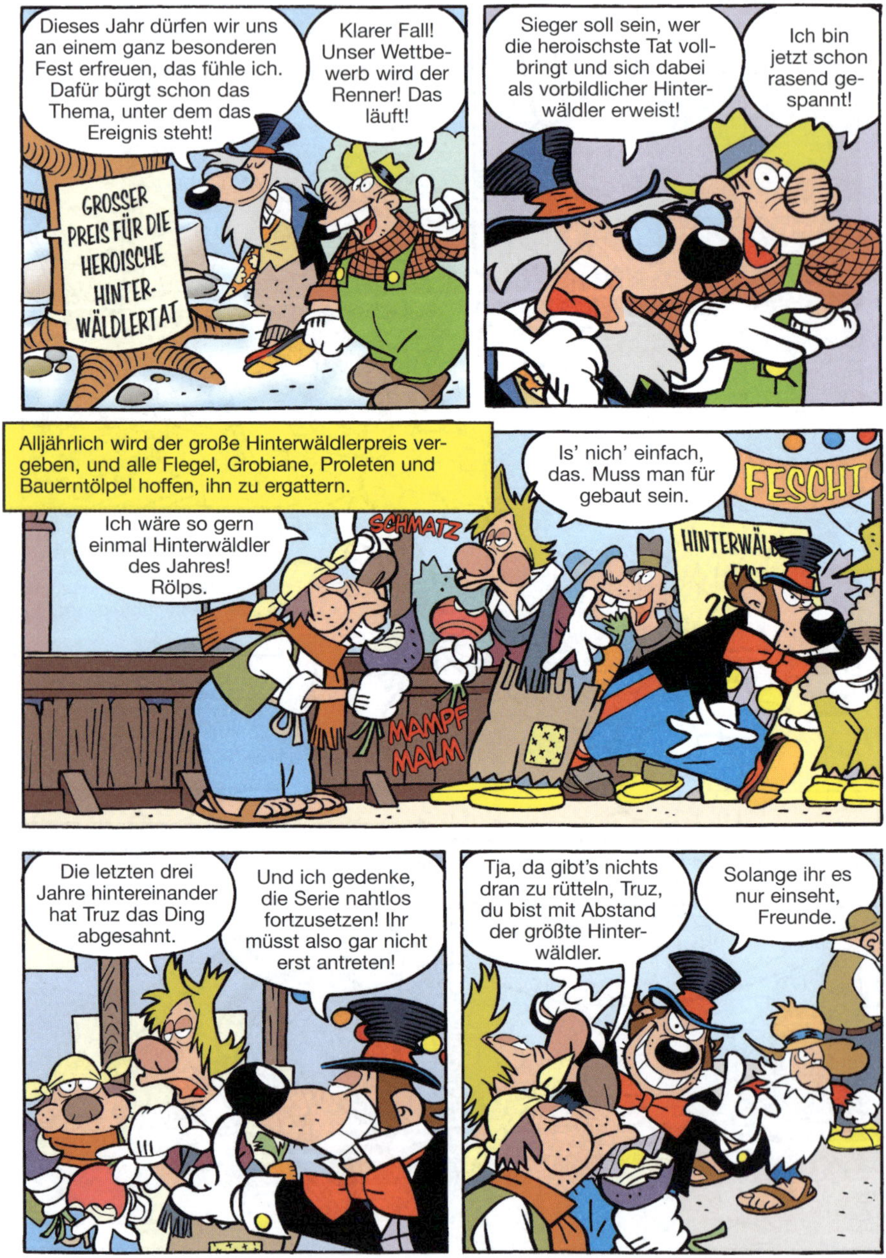
Dieses Jahr dürfen wir uns an einem ganz besonderen Fest erfreuen, das fühle ich. Dafür bürgt schon das Thema, unter dem das Ereignis steht!
GROSSER PREIS FÜR DIE HEROISCHE HINTERWÄLDLERTAT
Klarer Fall! Unser Wettbewerb wird der Renner! Das läuft!
Sieger soll sein, wer die heroischste Tat vollbringt und sich dabei als vorbildlicher Hinterwäldler erweist!
Ich bin jetzt schon rasend gespannt!
Alljährlich wird der große Hinterwäldlerpreis vergeben, und alle Flegel, Grobiane, Proleten und Bauerntölpel hoffen, ihn zu ergattern.
Ich wäre so gern einmal Hinterwäldler des Jahres! Rölps.
SCHMATZ
MAMPF
MALM
Is' nich' einfach, das. Muss man für gebaut sein.
FESCHT
Die letzten drei Jahre hintereinander hat Truz das Ding abgesahnt.
Und ich gedenke, die Serie nahtlos fortzusetzen! Ihr müsst also gar nicht erst antreten!
Tja, da gibt's nichts dran zu rütteln, Truz, du bist mit Abstand der größte Hinterwäldler.
Solange ihr es nur einseht, Freunde.

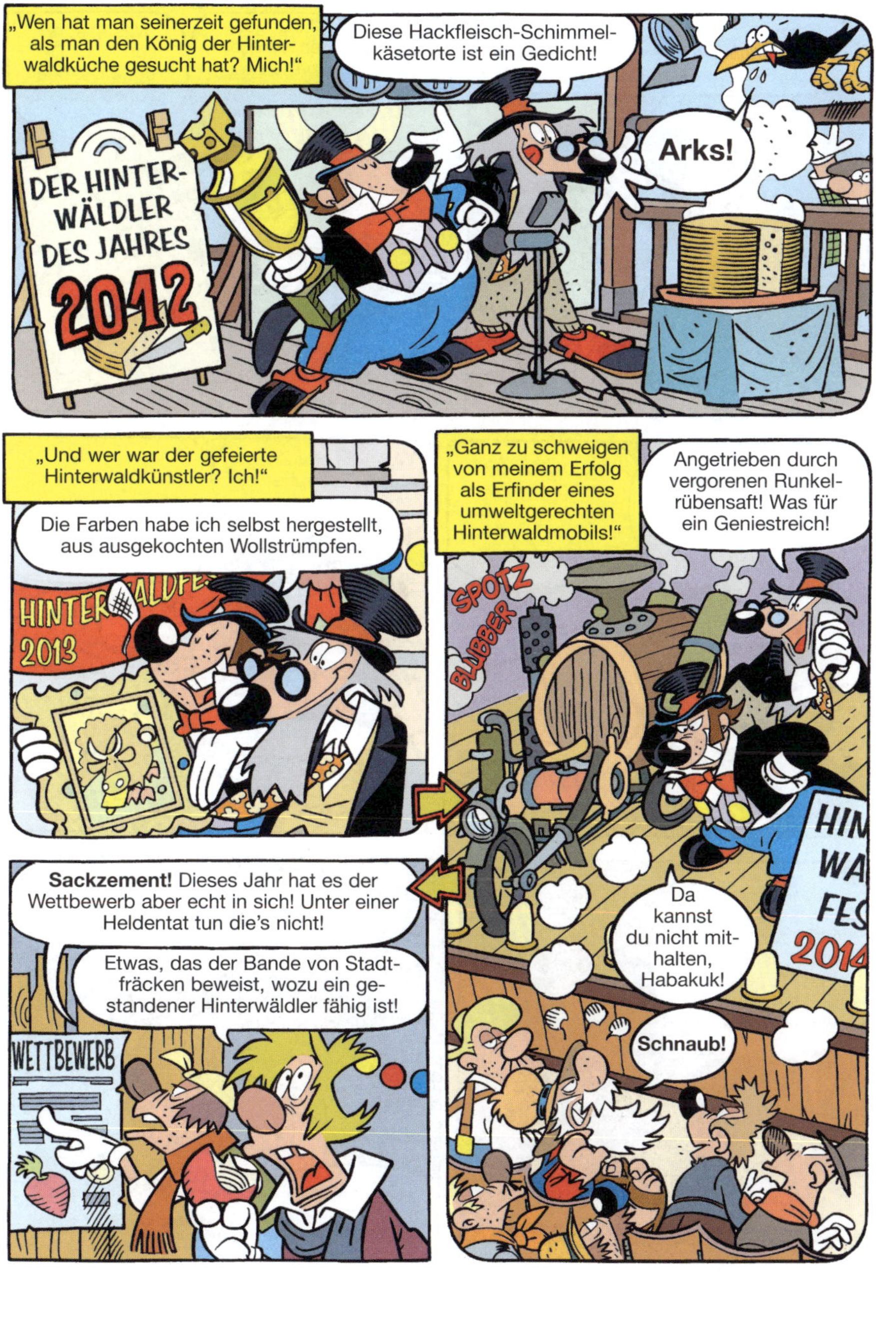
„Wen hat man seinerzeit gefunden, als man den König der Hinterwaldküche gesucht hat? Mich!“
Diese Hackfleisch-Schimmelkäsetorte ist ein Gedicht!
DER HINTERWÄLDLER DES JAHRES 2012
Arks!
„Und wer war der gefeierte Hinterwaldkünstler? Ich!“
Die Farben habe ich selbst hergestellt, aus ausgekochten Wollstrümpfen.
2013
„Ganz zu schweigen von meinem Erfolg als Erfinder eines umweltgerechten Hinterwaldmobils!“
Angetrieben durch vergorenen Runkelrübensaft! Was für ein Geniestreich!
SPOTZ
BLUBBER
Da kannst du nicht mithalten, Habakuk!
Schnaub!
Sackzement! Dieses Jahr hat es der Wettbewerb aber echt in sich! Unter einer Heldentat tun die's nicht!
Etwas, das der Bande von Stadtfräcken beweist, wozu ein gestandener Hinterwäldler fähig ist!
WETTBEWERB

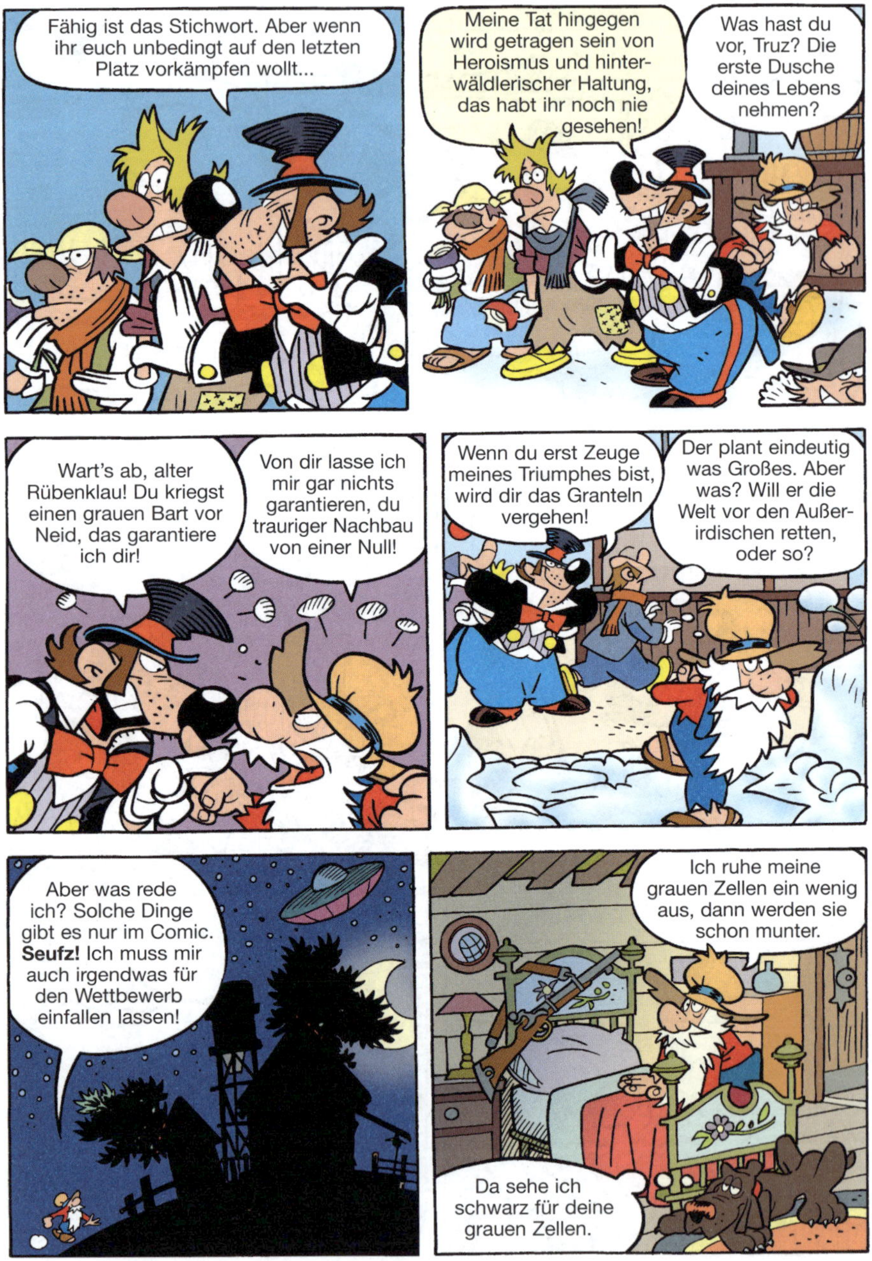
Fähig ist das Stichwort. Aber wenn ihr euch unbedingt auf den letzten Platz vorkämpfen wollt...
Meine Tat hingegen wird getragen sein von Heroismus und hinterwäldlerischer Haltung, das habt ihr noch nie gesehen!
Was hast du vor, Truz? Die erste Dusche deines Lebens nehmen?
Wart's ab, alter Rübenklau! Du kriegst einen grauen Bart vor Neid, das garantiere ich dir!
Von dir lasse ich mir gar nichts garantieren, du trauriger Nachbau von einer Null!
Wenn du erst Zeuge meines Triumphes bist, wird dir das Granteln vergehen!
Der plant eindeutig was Großes. Aber was? Will er die Welt vor den Außerirdischen retten, oder so?
Aber was rede ich? Solche Dinge gibt es nur im Comic. **Seufz!** Ich muss mir auch irgendwas für den Wettbewerb einfallen lassen!
Ich ruhe meine grauen Zellen ein wenig aus, dann werden sie schon munter.
Da sehe ich schwarz für deine grauen Zellen.

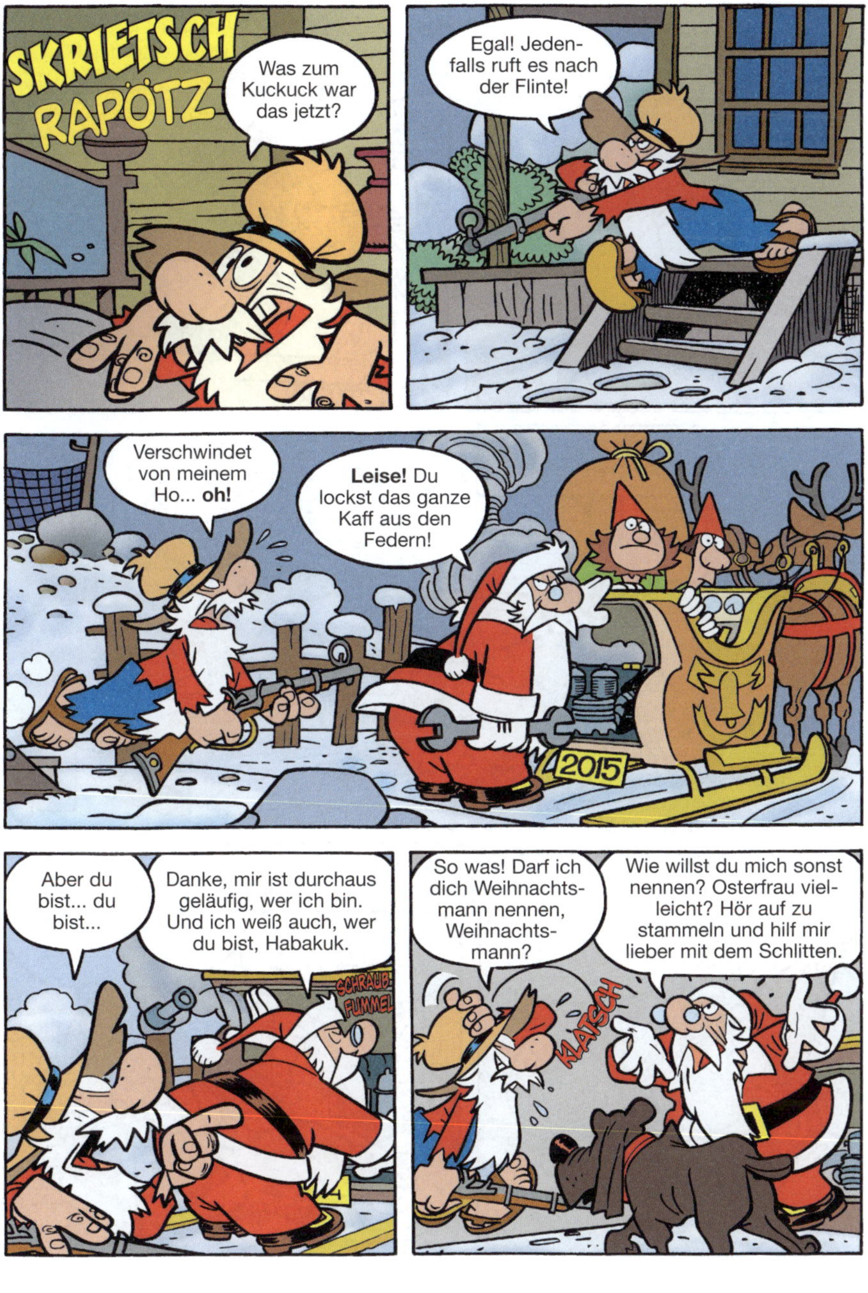
SKRIETSCH
RAPÖTZ
Was zum Kuckuck war das jetzt?
Egal! Jedenfalls ruft es nach der Flinte!
Verschwindet von meinem Ho... **oh!**
Leise! Du lockst das ganze Kaff aus den Federn!
2015
Aber du bist... du bist...
Danke, mir ist durchaus geläufig, wer ich bin. Und ich weiß auch, wer du bist, Habakuk.
SCHRAUB-FUMMEL
So was! Darf ich dich Weihnachtsmann nennen, Weihnachtsmann?
KLATSCH
Wie willst du mich sonst nennen? Osterfrau vielleicht? Hör auf zu stammeln und hilf mir lieber mit dem Schlitten.

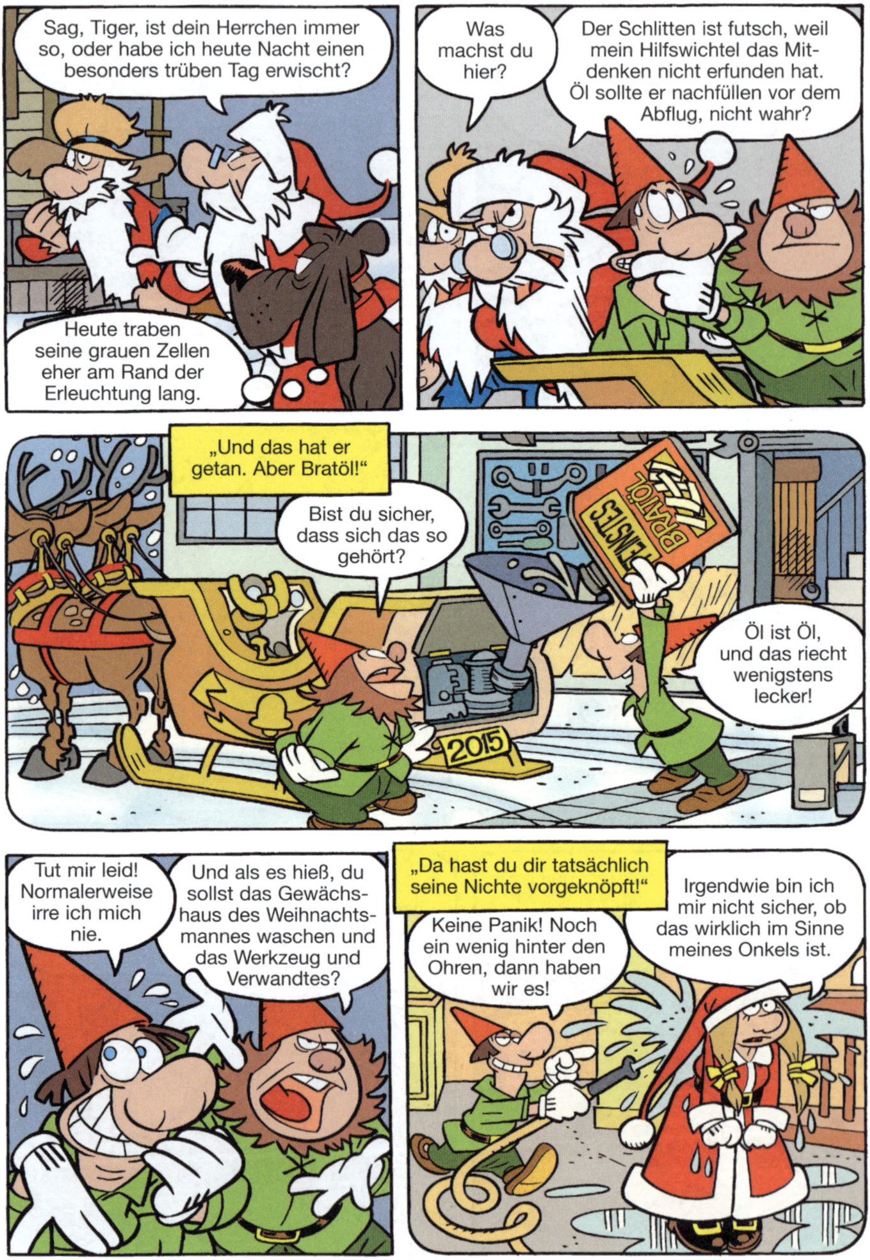
Sag, Tiger, ist dein Herrchen immer so, oder habe ich heute Nacht einen besonders trüben Tag erwischt?
Heute traben seine grauen Zellen eher am Rand der Erleuchtung lang.
Was machst du hier?
Der Schlitten ist futsch, weil mein Hilfswichtel das Mitdenken nicht erfunden hat. Öl sollte er nachfüllen vor dem Abflug, nicht wahr?
„Und das hat er getan. Aber Bratöl!"
Bist du sicher, dass sich das so gehört?
SENSES BRATÖL
Öl ist Öl, und das riecht wenigstens lecker!
2015
Tut mir leid! Normalerweise irre ich mich nie.
Und als es hieß, du sollst das Gewächshaus des Weihnachtsmannes waschen und das Werkzeug und Verwandtes?
„Da hast du dir tatsächlich seine Nichte vorgeknöpft!"
Keine Panik! Noch ein wenig hinter den Ohren, dann haben wir es!
Irgendwie bin ich mir nicht sicher, ob das wirklich im Sinne meines Onkels ist.

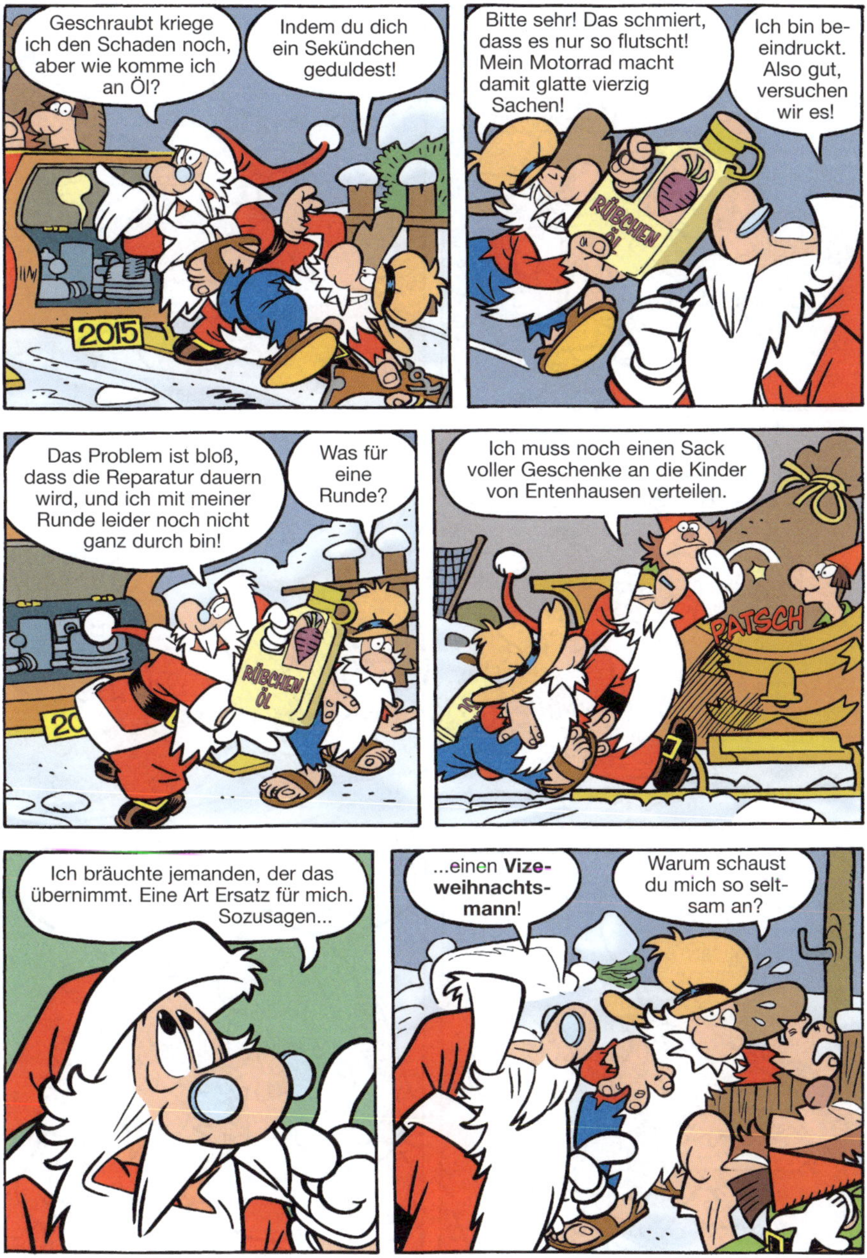

Geschraubt kriege ich den Schaden noch, aber wie komme ich an Öl?
Indem du dich ein Sekündchen geduldest!
2015
Bitte sehr! Das schmiert, dass es nur so flutscht! Mein Motorrad macht damit glatte vierzig Sachen!
Ich bin beeindruckt. Also gut, versuchen wir es!
RÜBCHEN ÖL
Das Problem ist bloß, dass die Reparatur dauern wird, und ich mit meiner Runde leider noch nicht ganz durch bin!
Was für eine Runde?
RÜBCHEN ÖL
Ich muss noch einen Sack voller Geschenke an die Kinder von Entenhausen verteilen.
PATSCH
Ich bräuchte jemanden, der das übernimmt. Eine Art Ersatz für mich. Sozusagen...
...einen **Vizeweihnachtsmann**!
Warum schaust du mich so seltsam an?

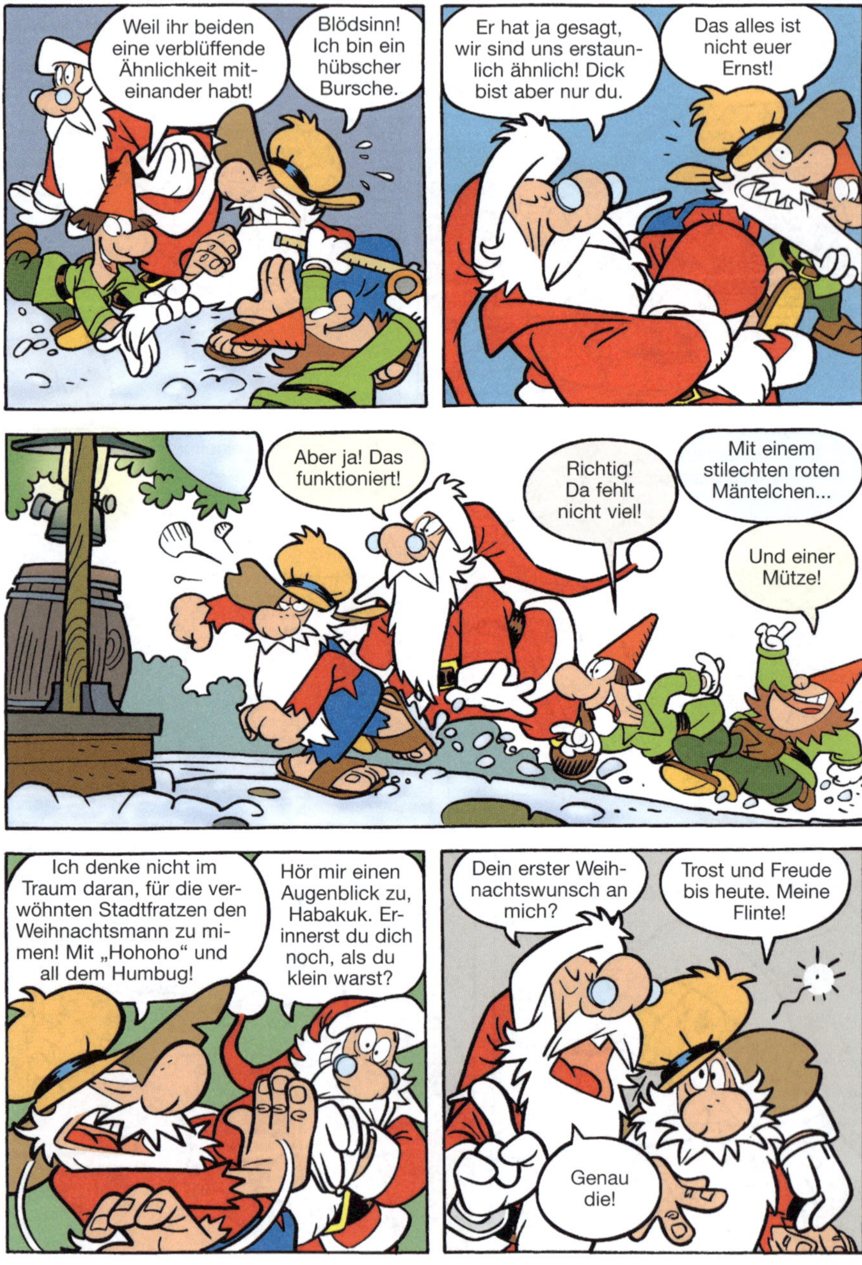

Weil ihr beiden eine verblüffende Ähnlichkeit miteinander habt!
Blödsinn! Ich bin ein hübscher Bursche.
Er hat ja gesagt, wir sind uns erstaunlich ähnlich! Dick bist aber nur du.
Das alles ist nicht euer Ernst!
Aber ja! Das funktioniert!
Richtig! Da fehlt nicht viel!
Mit einem stilechten roten Mäntelchen...
Und einer Mütze!
Ich denke nicht im Traum daran, für die verwöhnten Stadtfratzen den Weihnachtsmann zu mimen! Mit „Hohoho“ und all dem Humbug!
Hör mir einen Augenblick zu, Habakuk. Erinnerst du dich noch, als du klein warst?
Dein erster Weihnachtswunsch an mich?
Trost und Freude bis heute. Meine Flinte!
Genau die!

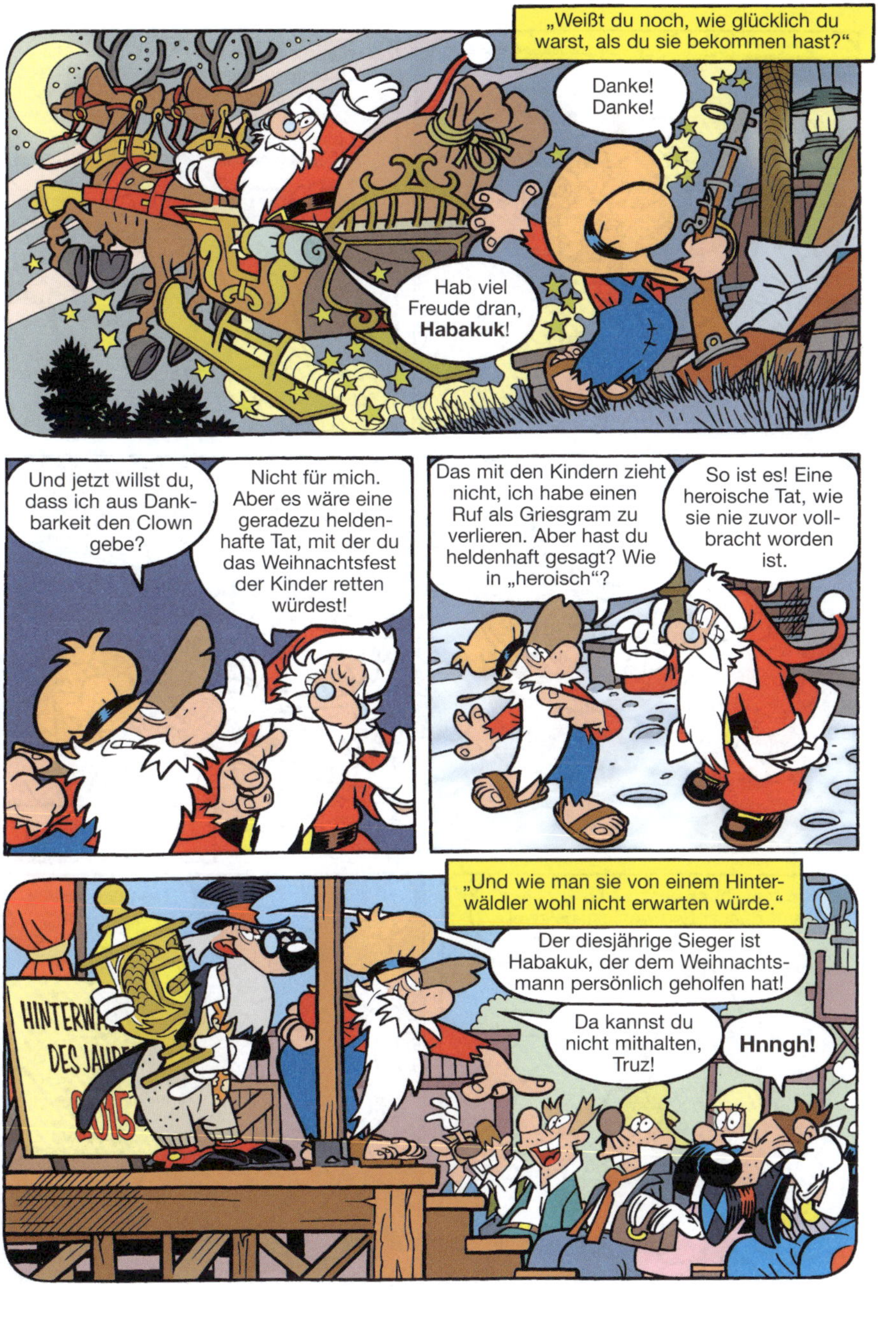
„Weißt du noch, wie glücklich du warst, als du sie bekommen hast?“
Danke! Danke!
Hab viel Freude dran, **Habakuk**!
Und jetzt willst du, dass ich aus Dankbarkeit den Clown gebe?
Nicht für mich. Aber es wäre eine geradezu heldenhafte Tat, mit der du das Weihnachtsfest der Kinder retten würdest!
Das mit den Kindern zieht nicht, ich habe einen Ruf als Griesgram zu verlieren. Aber hast du heldenhaft gesagt? Wie in „heroisch“?
So ist es! Eine heroische Tat, wie sie nie zuvor vollbracht worden ist.
„Und wie man sie von einem Hinterwäldler wohl nicht erwarten würde.“
Der diesjährige Sieger ist Habakuk, der dem Weihnachtsmann persönlich geholfen hat!
Da kannst du nicht mithalten, Truz!
Hnngh!
HINTERW… DES JAH… 2015

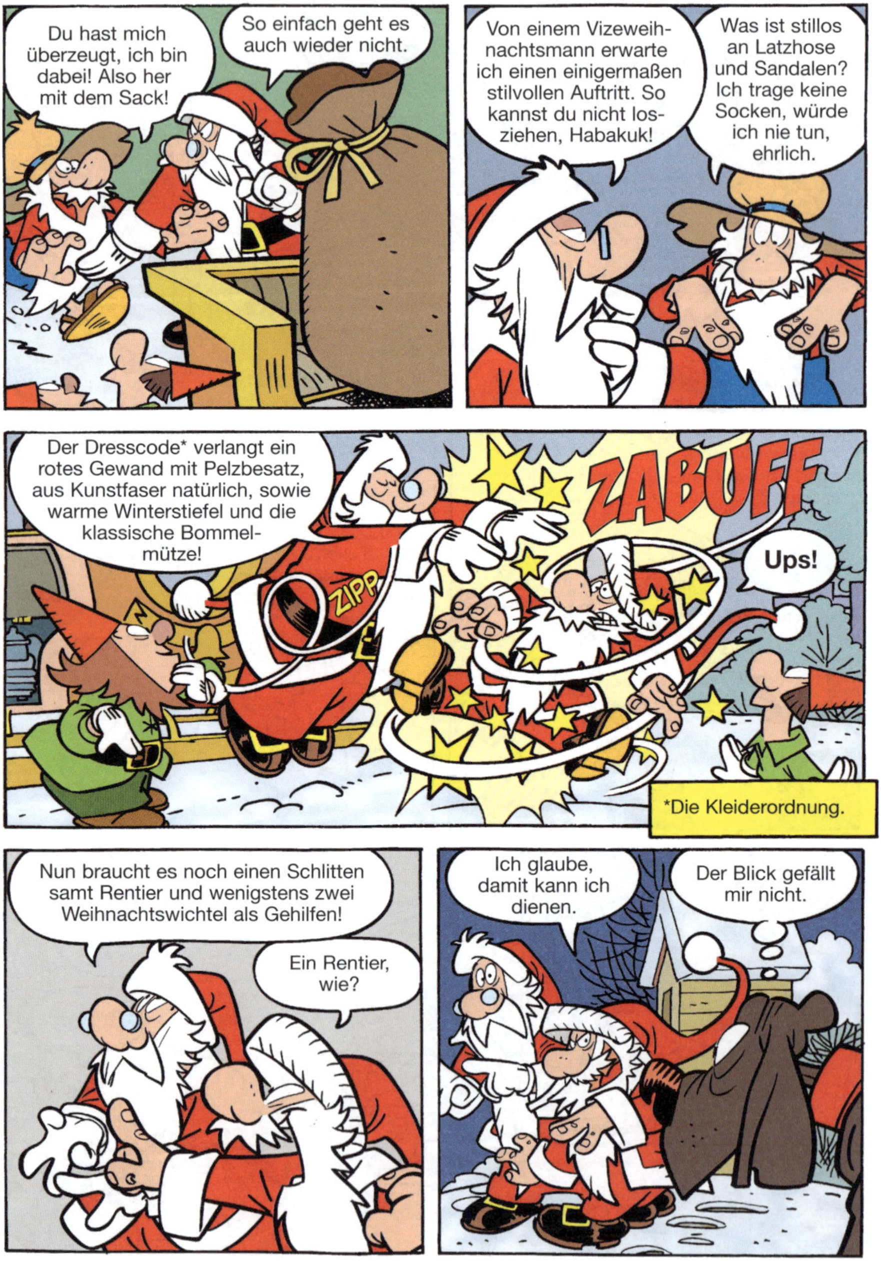
Du hast mich überzeugt, ich bin dabei! Also her mit dem Sack!
So einfach geht es auch wieder nicht.
Von einem Vizeweihnachtsmann erwarte ich einen einigermaßen stilvollen Auftritt. So kannst du nicht losziehen, Habakuk!
Was ist stillos an Latzhose und Sandalen? Ich trage keine Socken, würde ich nie tun, ehrlich.
Der Dresscode* verlangt ein rotes Gewand mit Pelzbesatz, aus Kunstfaser natürlich, sowie warme Winterstiefel und die klassische Bommelmütze!
ZIPP
ZABUFF
Ups!
*Die Kleiderordnung.
Nun braucht es noch einen Schlitten samt Rentier und wenigstens zwei Weihnachtswichtel als Gehilfen!
Ein Rentier, wie?
Ich glaube, damit kann ich dienen.
Der Blick gefällt mir nicht.

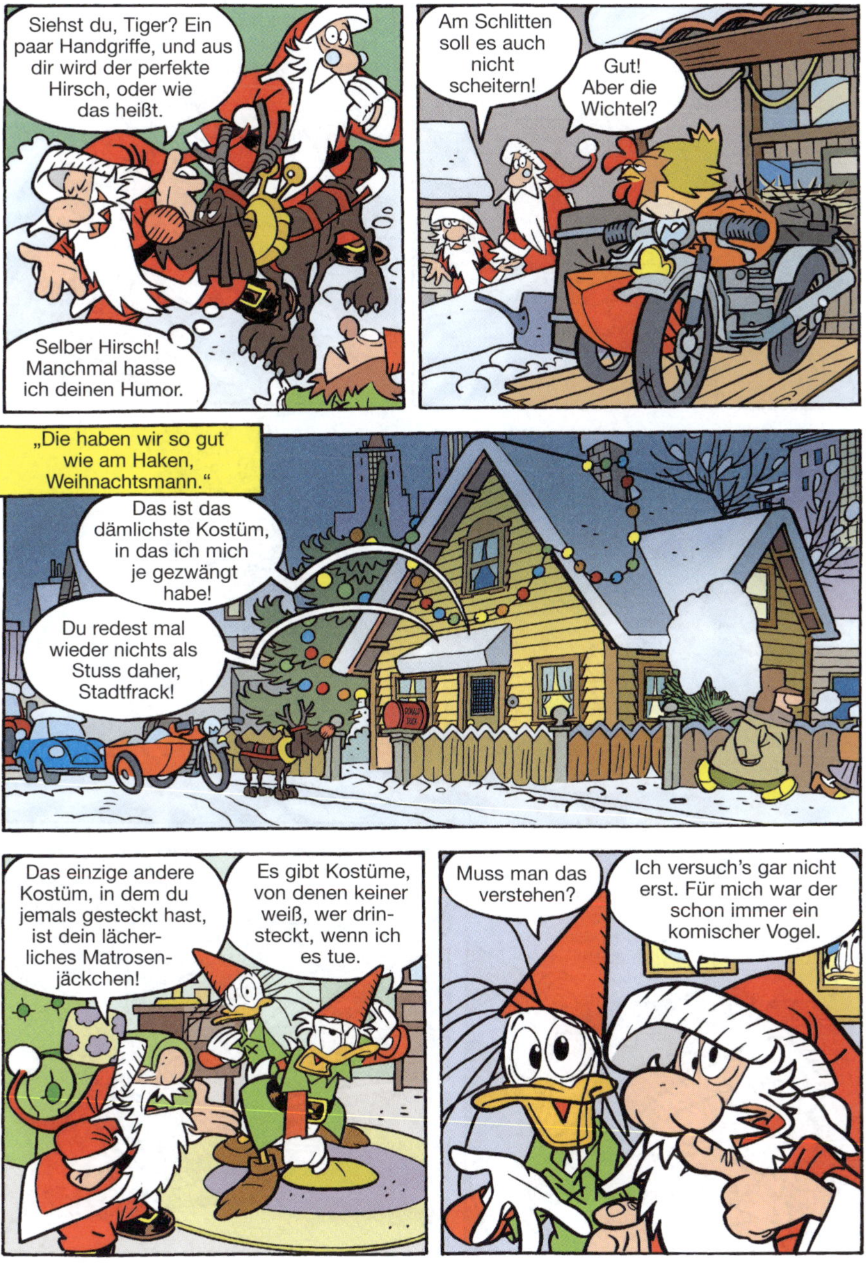
Siehst du, Tiger? Ein paar Handgriffe, und aus dir wird der perfekte Hirsch, oder wie das heißt.
Selber Hirsch! Manchmal hasse ich deinen Humor.
Am Schlitten soll es auch nicht scheitern!
Gut! Aber die Wichtel?
„Die haben wir so gut wie am Haken, Weihnachtsmann."
Das ist das dämlichste Kostüm, in das ich mich je gezwängt habe!
Du redest mal wieder nichts als Stuss daher, Stadtfrack!
Das einzige andere Kostüm, in dem du jemals gesteckt hast, ist dein lächerliches Matrosenjäckchen!
Es gibt Kostüme, von denen keiner weiß, wer drinsteckt, wenn ich es tue.
Muss man das verstehen?
Ich versuch's gar nicht erst. Für mich war der schon immer ein komischer Vogel.

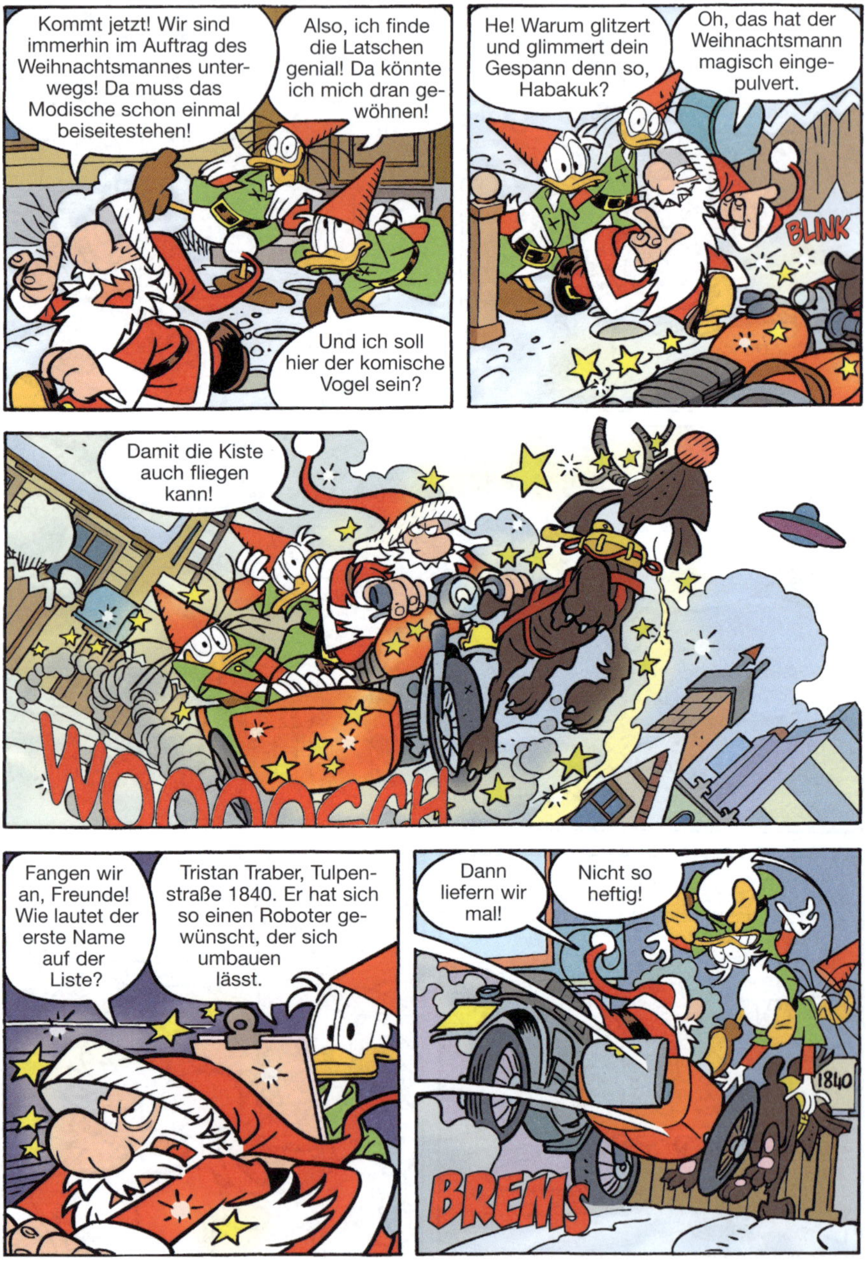
Kommt jetzt! Wir sind immerhin im Auftrag des Weihnachtsmannes unterwegs! Da muss das Modische schon einmal beiseitestehen!
Also, ich finde die Latschen genial! Da könnte ich mich dran gewöhnen!
Und ich soll hier der komische Vogel sein?
He! Warum glitzert und glimmert dein Gespann denn so, Habakuk?
Oh, das hat der Weihnachtsmann magisch eingepulvert.
BLINK
Damit die Kiste auch fliegen kann!
WOOOOSCH
Fangen wir an, Freunde! Wie lautet der erste Name auf der Liste?
Tristan Traber, Tulpenstraße 1840. Er hat sich so einen Roboter gewünscht, der sich umbauen lässt.
Dann liefern wir mal!
Nicht so heftig!
1840
BREMS

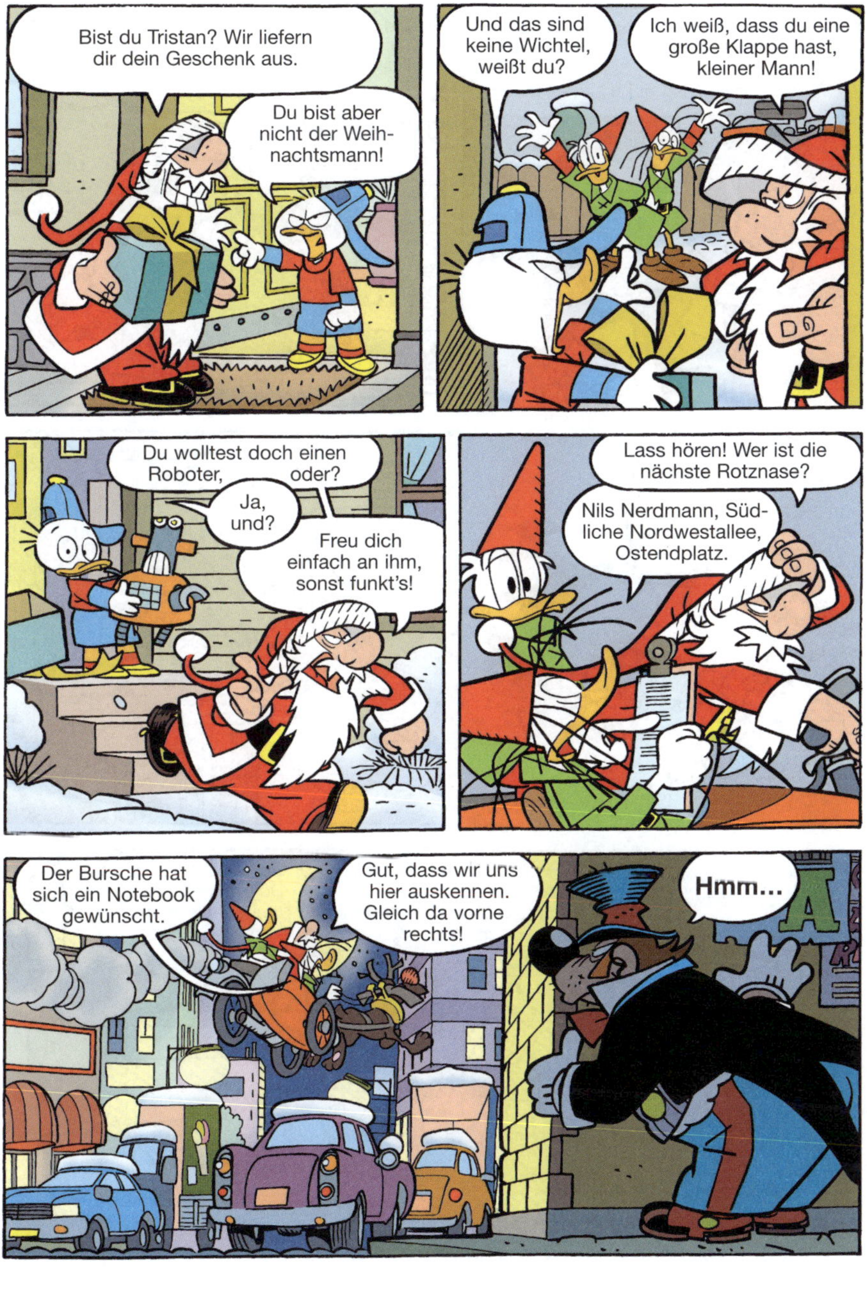
Bist du Tristan? Wir liefern dir dein Geschenk aus.
Du bist aber nicht der Weihnachtsmann!
Und das sind keine Wichtel, weißt du?
Ich weiß, dass du eine große Klappe hast, kleiner Mann!
Du wolltest doch einen Roboter, oder?
Ja, und?
Freu dich einfach an ihm, sonst funkt's!
Lass hören! Wer ist die nächste Rotznase?
Nils Nerdmann, Südliche Nordwestallee, Ostendplatz.
Der Bursche hat sich ein Notebook gewünscht.
Gut, dass wir uns hier auskennen. Gleich da vorne rechts!
Hmm...

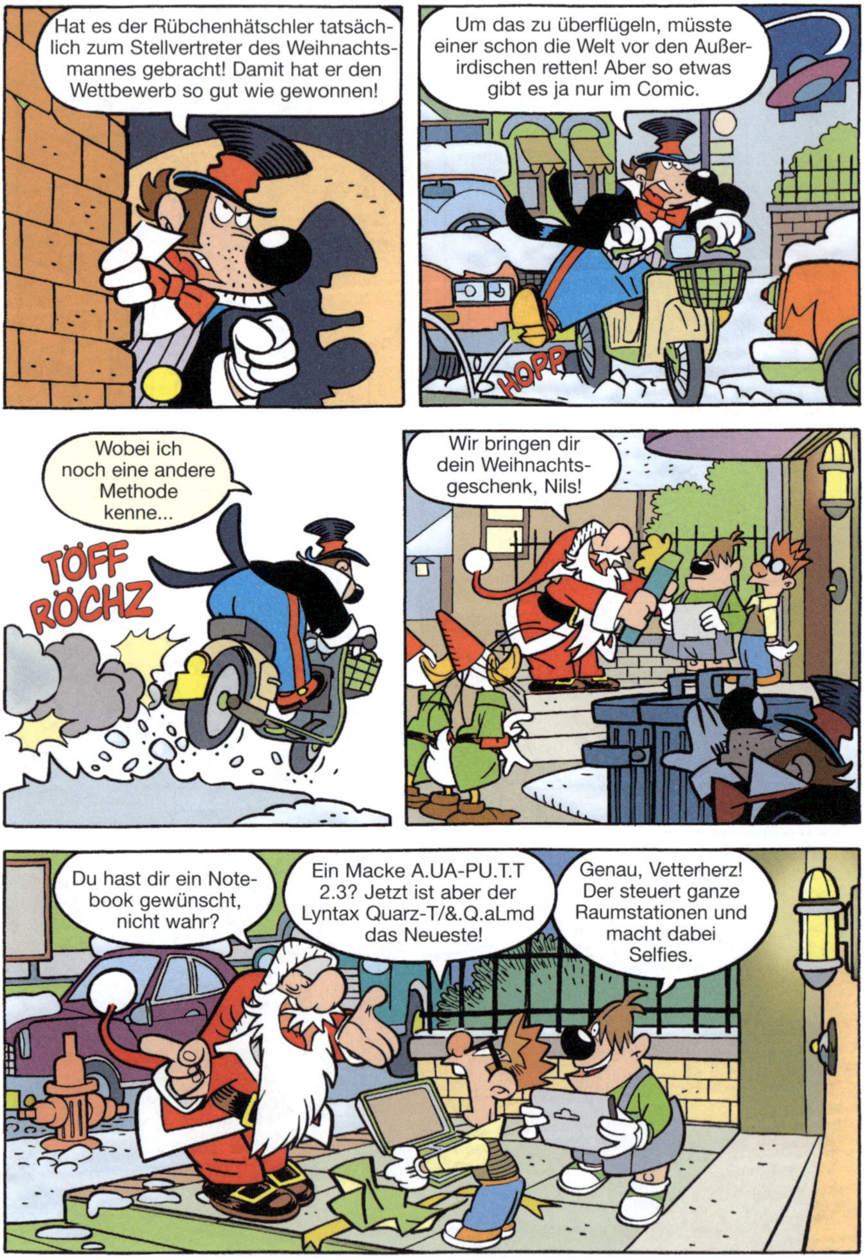
Hat es der Rübchenhätschler tatsächlich zum Stellvertreter des Weihnachtsmannes gebracht! Damit hat er den Wettbewerb so gut wie gewonnen!
Um das zu überflügeln, müsste einer schon die Welt vor den Außerirdischen retten! Aber so etwas gibt es ja nur im Comic.
HOPP
Wobei ich noch eine andere Methode kenne...
TÖFF
RÖCHZ
Wir bringen dir dein Weihnachtsgeschenk, Nils!
Du hast dir ein Notebook gewünscht, nicht wahr?
Ein Macke A.UA-PU.T.T 2.3? Jetzt ist aber der Lyntax Quarz-T/&.Q.aLmd das Neueste!
Genau, Vetterherz! Der steuert ganze Raumstationen und macht dabei Selfies.

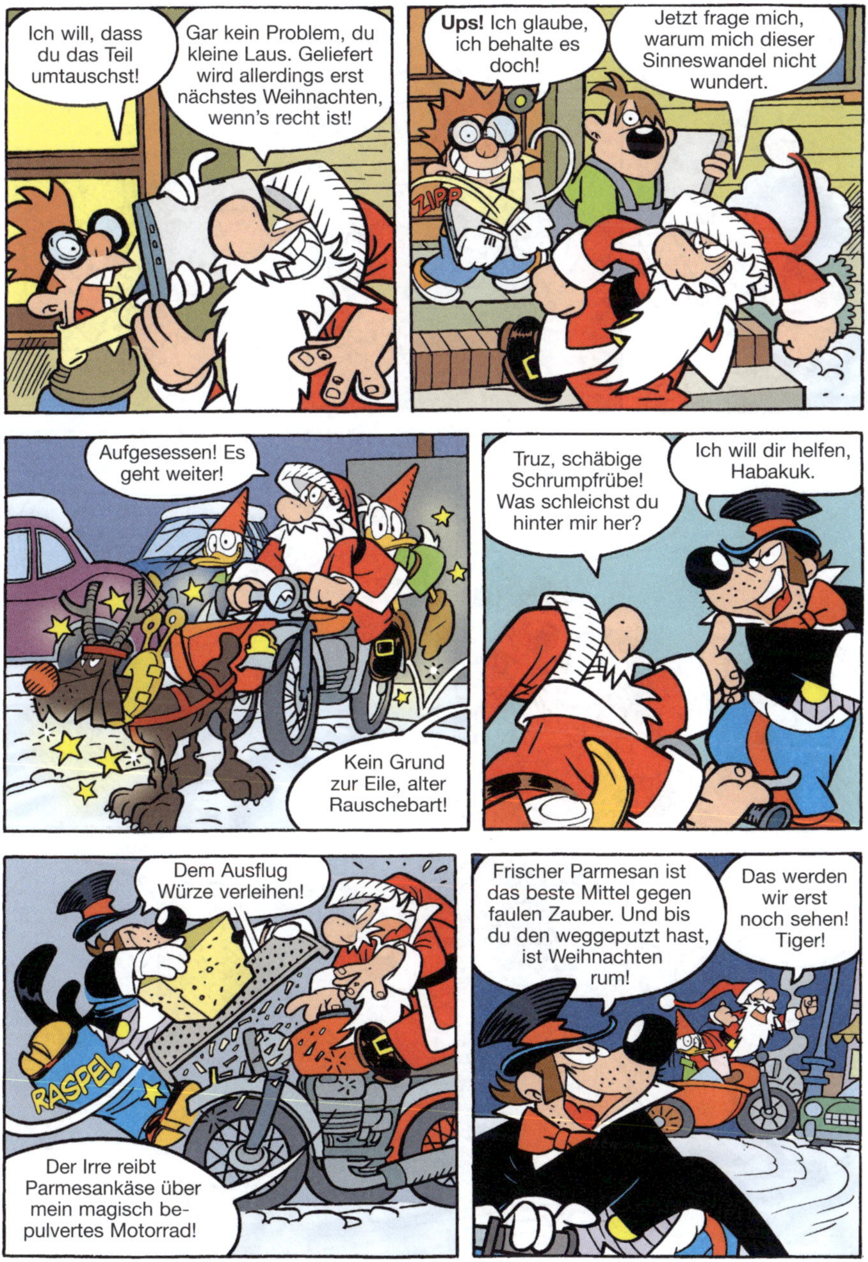

Ich will, dass du das Teil umtauschst!
Gar kein Problem, du kleine Laus. Geliefert wird allerdings erst nächstes Weihnachten, wenn's recht ist!
Ups! Ich glaube, ich behalte es doch!
ZIPP
Jetzt frage mich, warum mich dieser Sinneswandel nicht wundert.
Aufgesessen! Es geht weiter!
Kein Grund zur Eile, alter Rauschebart!
Truz, schäbige Schrumpfrübe! Was schleichst du hinter mir her?
Ich will dir helfen, Habakuk.
Dem Ausflug Würze verleihen!
RASPEL
Der Irre reibt Parmesankäse über mein magisch bepulvertes Motorrad!
Frischer Parmesan ist das beste Mittel gegen faulen Zauber. Und bis du den weggeputzt hast, ist Weihnachten rum!
Das werden wir erst noch sehen! Tiger!

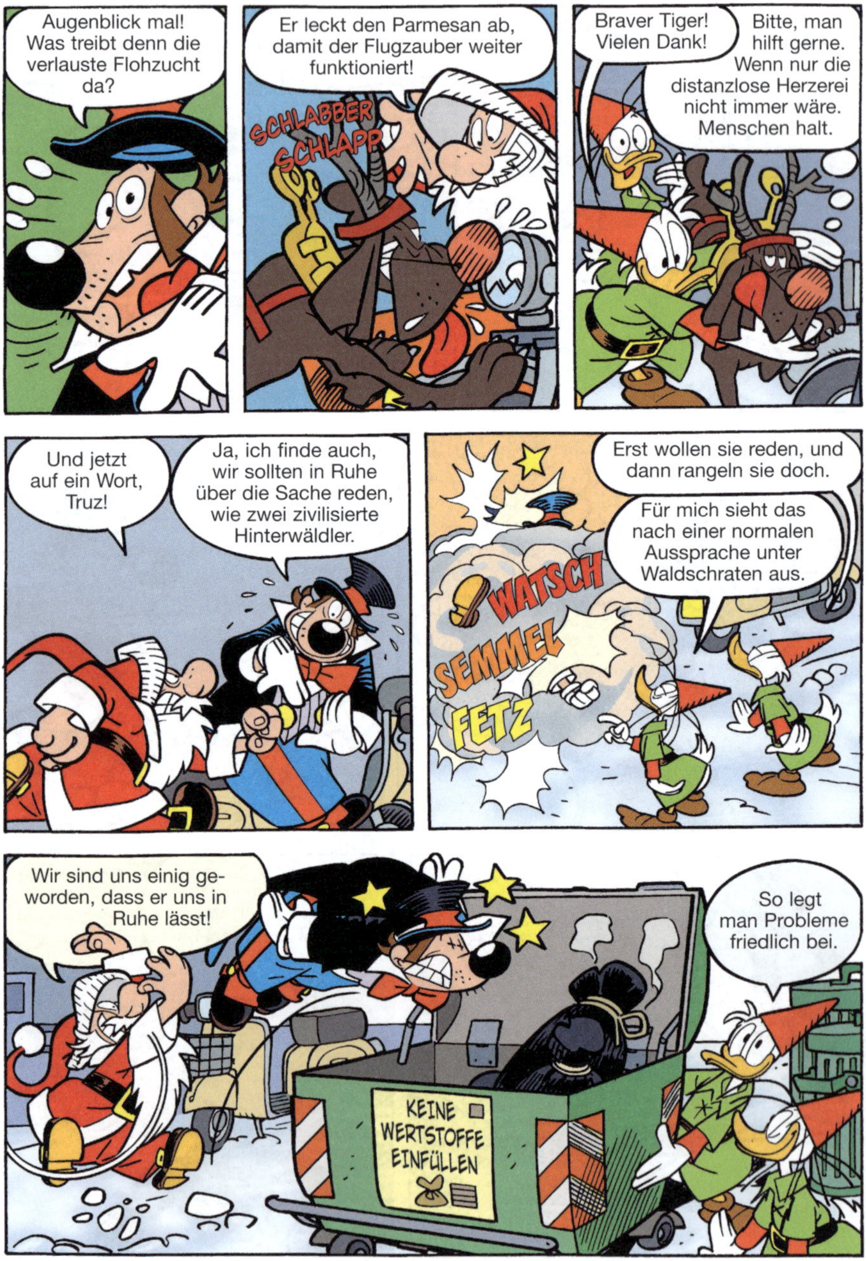
Augenblick mal! Was treibt denn die verlauste Flohzucht da?
Er leckt den Parmesan ab, damit der Flugzauber weiter funktioniert!
SCHLABBER
SCHLAPP
Braver Tiger! Vielen Dank!
Bitte, man hilft gerne. Wenn nur die distanzlose Herzerei nicht immer wäre. Menschen halt.
Und jetzt auf ein Wort, Truz!
Ja, ich finde auch, wir sollten in Ruhe über die Sache reden, wie zwei zivilisierte Hinterwäldler.
Erst wollen sie reden, und dann rangeln sie doch.
Für mich sieht das nach einer normalen Aussprache unter Waldschraten aus.
WATSCH
SEMMEL
FETZ
Wir sind uns einig geworden, dass er uns in Ruhe lässt!
So legt man Probleme friedlich bei.
KEINE WERTSTOFFE EINFÜLLEN

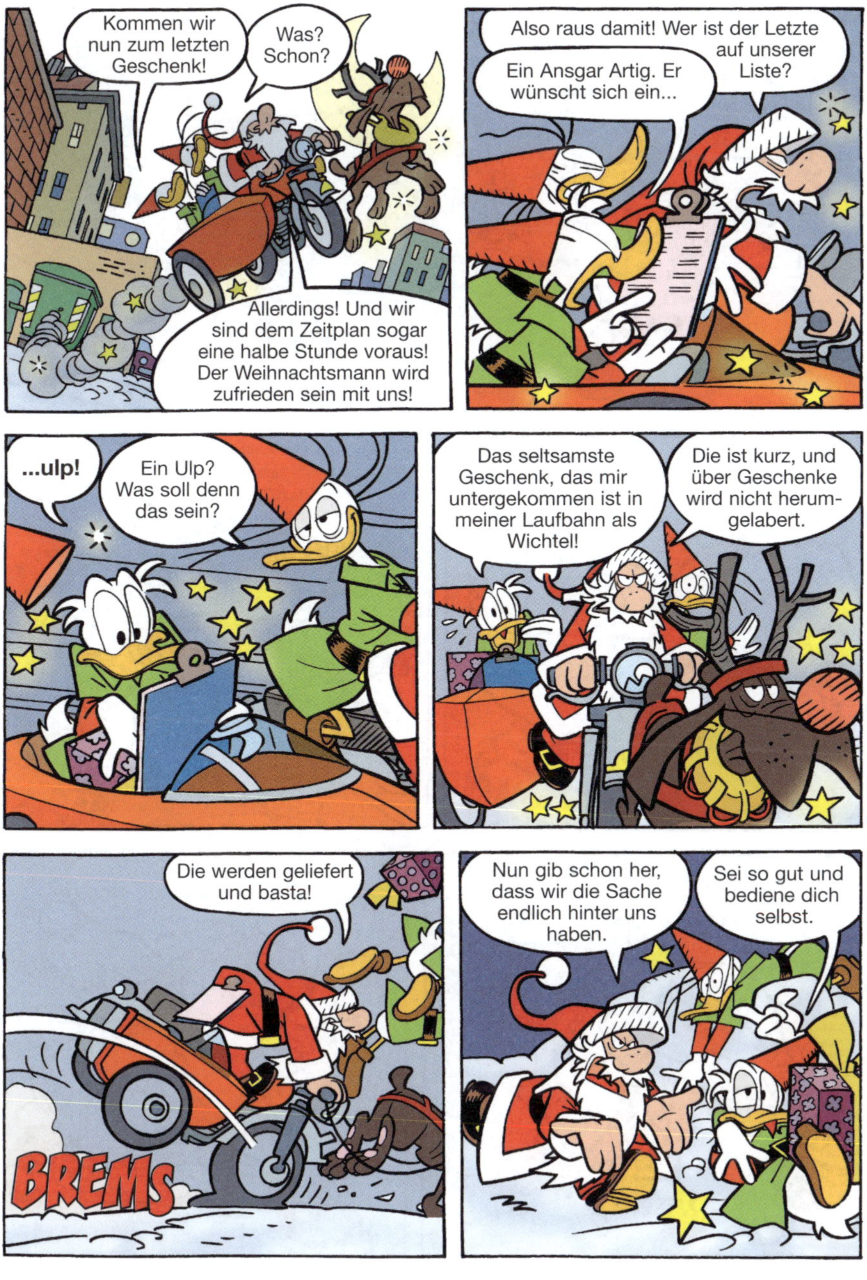
Kommen wir nun zum letzten Geschenk!
Was? Schon?
Allerdings! Und wir sind dem Zeitplan sogar eine halbe Stunde voraus! Der Weihnachtsmann wird zufrieden sein mit uns!
Also raus damit! Wer ist der Letzte auf unserer Liste?
Ein Ansgar Artig. Er wünscht sich ein...
...ulp!
Ein Ulp? Was soll denn das sein?
Das seltsamste Geschenk, das mir untergekommen ist in meiner Laufbahn als Wichtel!
Die ist kurz, und über Geschenke wird nicht herumgelabert.
Die werden geliefert und basta!
BREMS
Nun gib schon her, dass wir die Sache endlich hinter uns haben.
Sei so gut und bediene dich selbst.

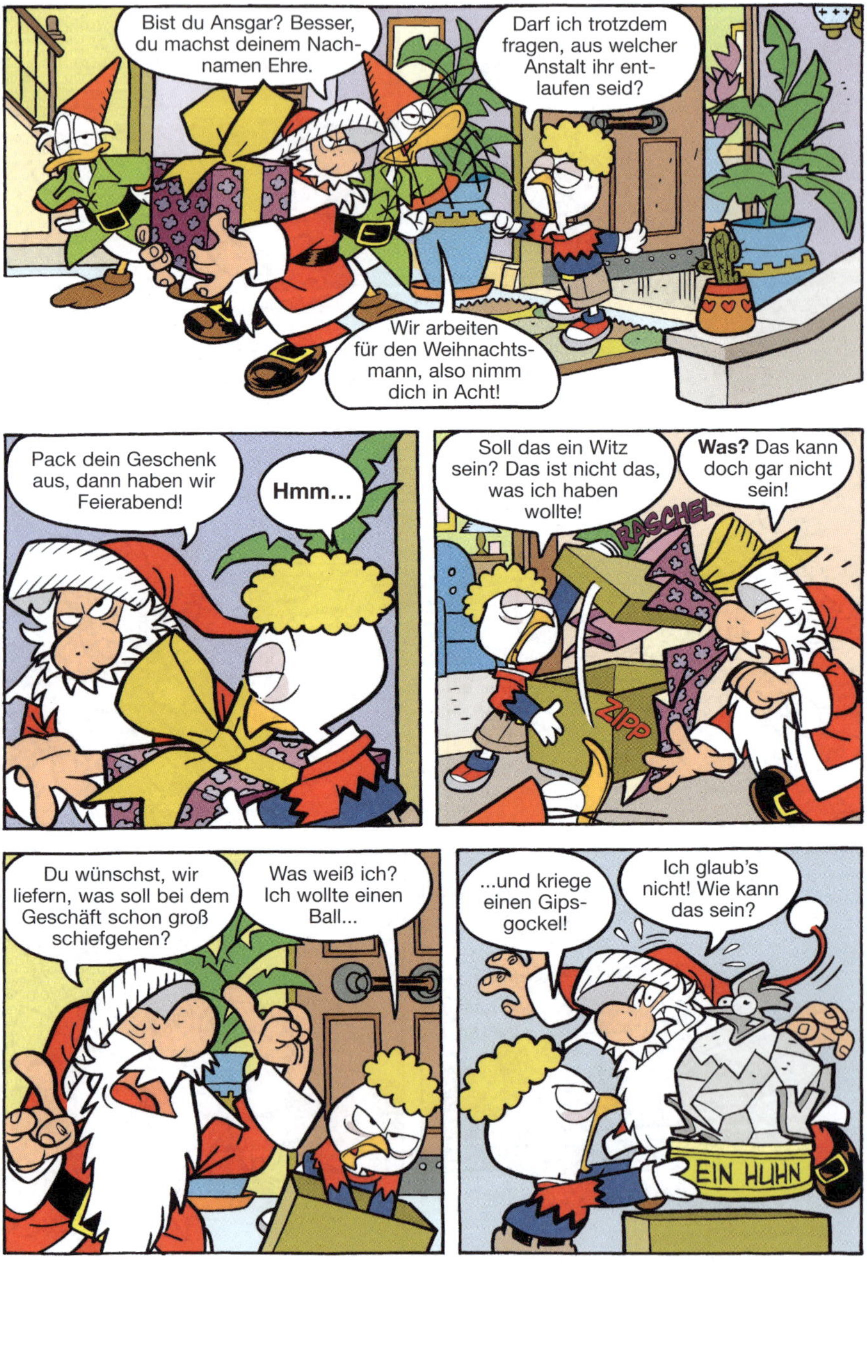
Bist du Ansgar? Besser, du machst deinem Nachnamen Ehre.
Darf ich trotzdem fragen, aus welcher Anstalt ihr entlaufen seid?
Wir arbeiten für den Weihnachtsmann, also nimm dich in Acht!
Pack dein Geschenk aus, dann haben wir Feierabend!
Hmm...
Soll das ein Witz sein? Das ist nicht das, was ich haben wollte!
Was? Das kann doch gar nicht sein!
RASCHEL
ZIPP
Du wünschst, wir liefern, was soll bei dem Geschäft schon groß schiefgehen?
Was weiß ich? Ich wollte einen Ball...
...und kriege einen Gipsgockel!
Ich glaub's nicht! Wie kann das sein?
EIN HUHN

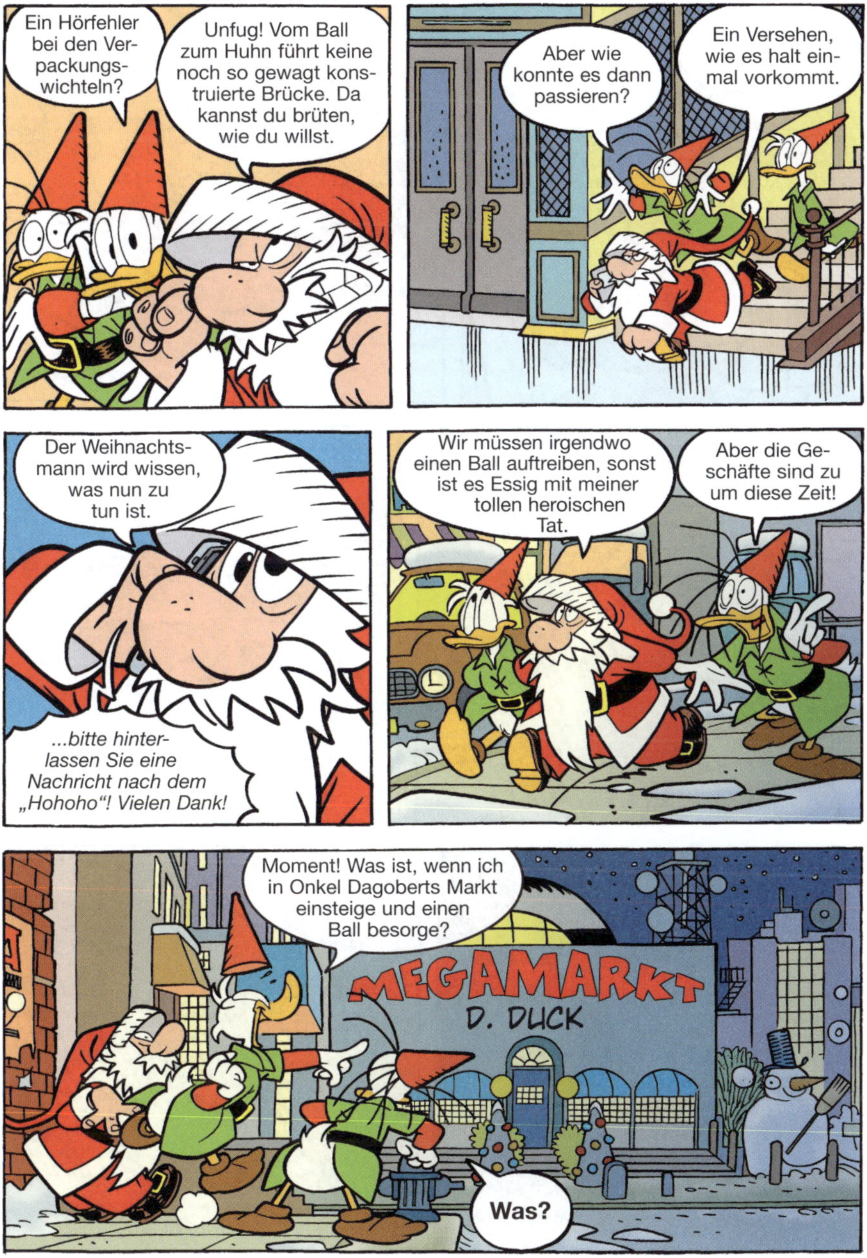
Ein Hörfehler bei den Verpackungswichteln?
Unfug! Vom Ball zum Huhn führt keine noch so gewagt konstruierte Brücke. Da kannst du brüten, wie du willst.
Aber wie konnte es dann passieren?
Ein Versehen, wie es halt einmal vorkommt.
Der Weihnachtsmann wird wissen, was nun zu tun ist.
...bitte hinterlassen Sie eine Nachricht nach dem „Hohoho"! Vielen Dank!
Wir müssen irgendwo einen Ball auftreiben, sonst ist es Essig mit meiner tollen heroischen Tat.
Aber die Geschäfte sind zu um diese Zeit!
Moment! Was ist, wenn ich in Onkel Dagoberts Markt einsteige und einen Ball besorge?
MEGAMARKT
D. DUCK
Was?

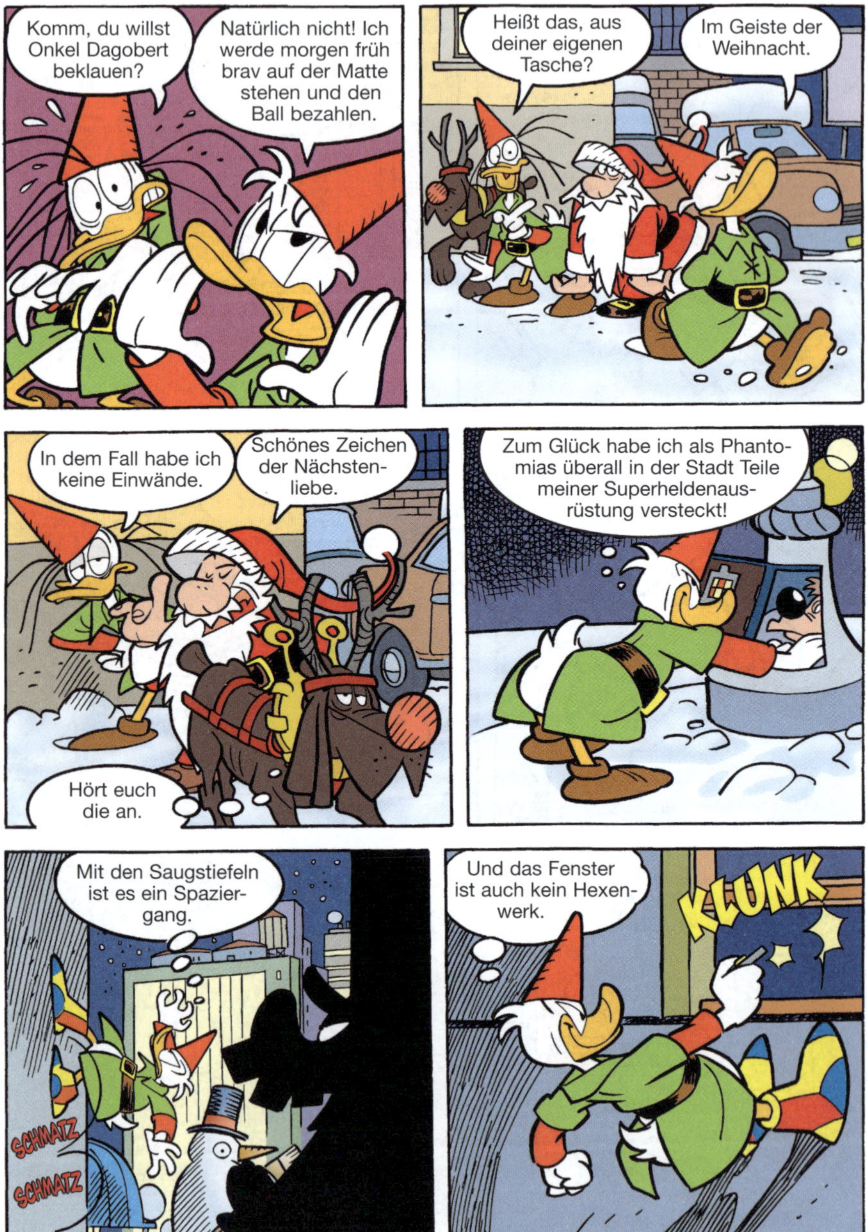
Komm, du willst Onkel Dagobert beklauen?
Natürlich nicht! Ich werde morgen früh brav auf der Matte stehen und den Ball bezahlen.
Heißt das, aus deiner eigenen Tasche?
Im Geiste der Weihnacht.
In dem Fall habe ich keine Einwände.
Schönes Zeichen der Nächstenliebe.
Hört euch die an.
Zum Glück habe ich als Phantomias überall in der Stadt Teile meiner Superheldenausrüstung versteckt!
Mit den Saugstiefeln ist es ein Spaziergang.
SCHMATZ
SCHMATZ
Und das Fenster ist auch kein Hexenwerk.
KLUNK

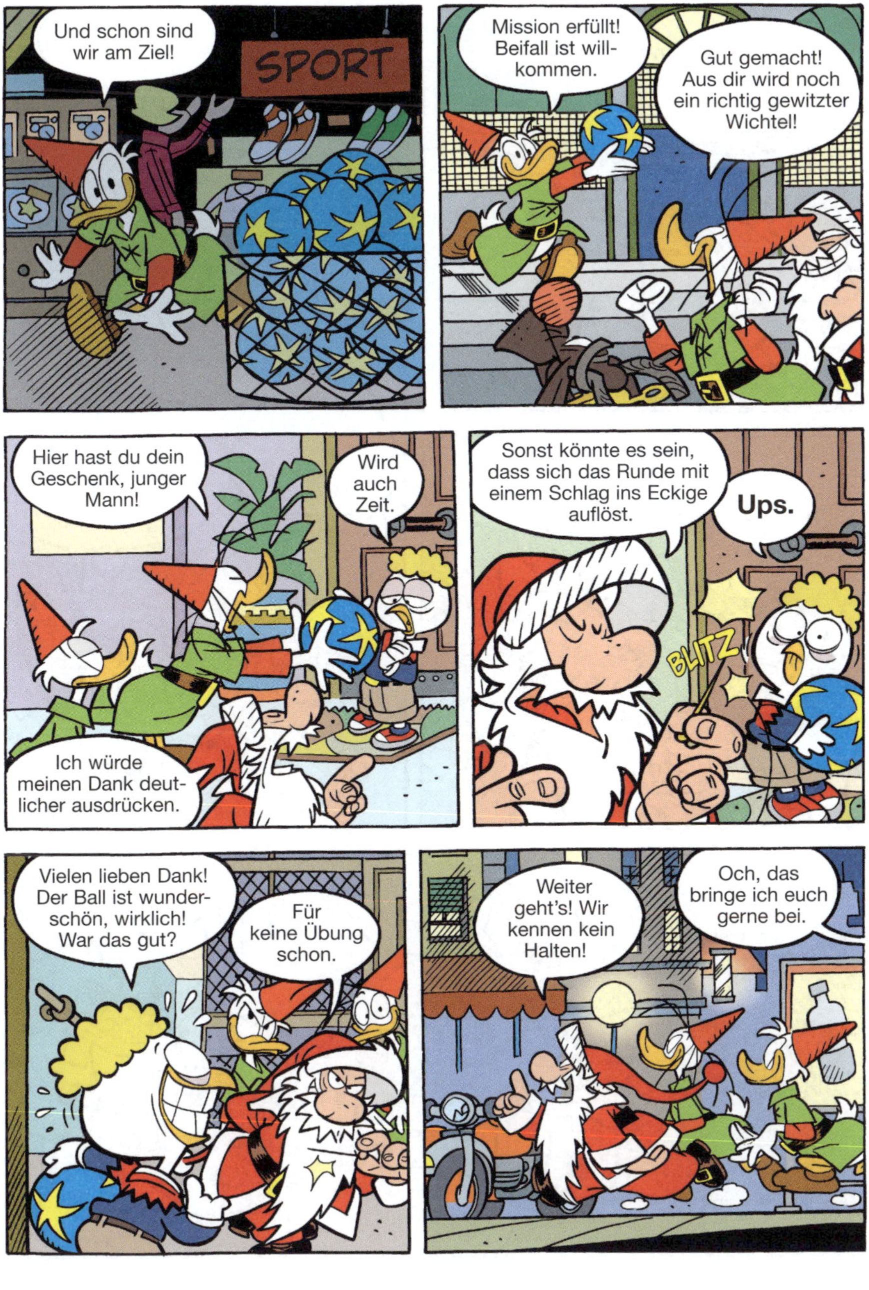
Und schon sind wir am Ziel!
SPORT
Mission erfüllt! Beifall ist willkommen.
Gut gemacht! Aus dir wird noch ein richtig gewitzter Wichtel!
Hier hast du dein Geschenk, junger Mann!
Wird auch Zeit.
Ich würde meinen Dank deutlicher ausdrücken.
Sonst könnte es sein, dass sich das Runde mit einem Schlag ins Eckige auflöst.
Ups.
BLITZ
Vielen lieben Dank! Der Ball ist wunderschön, wirklich! War das gut?
Für keine Übung schon.
Weiter geht's! Wir kennen kein Halten!
Och, das bringe ich euch gerne bei.

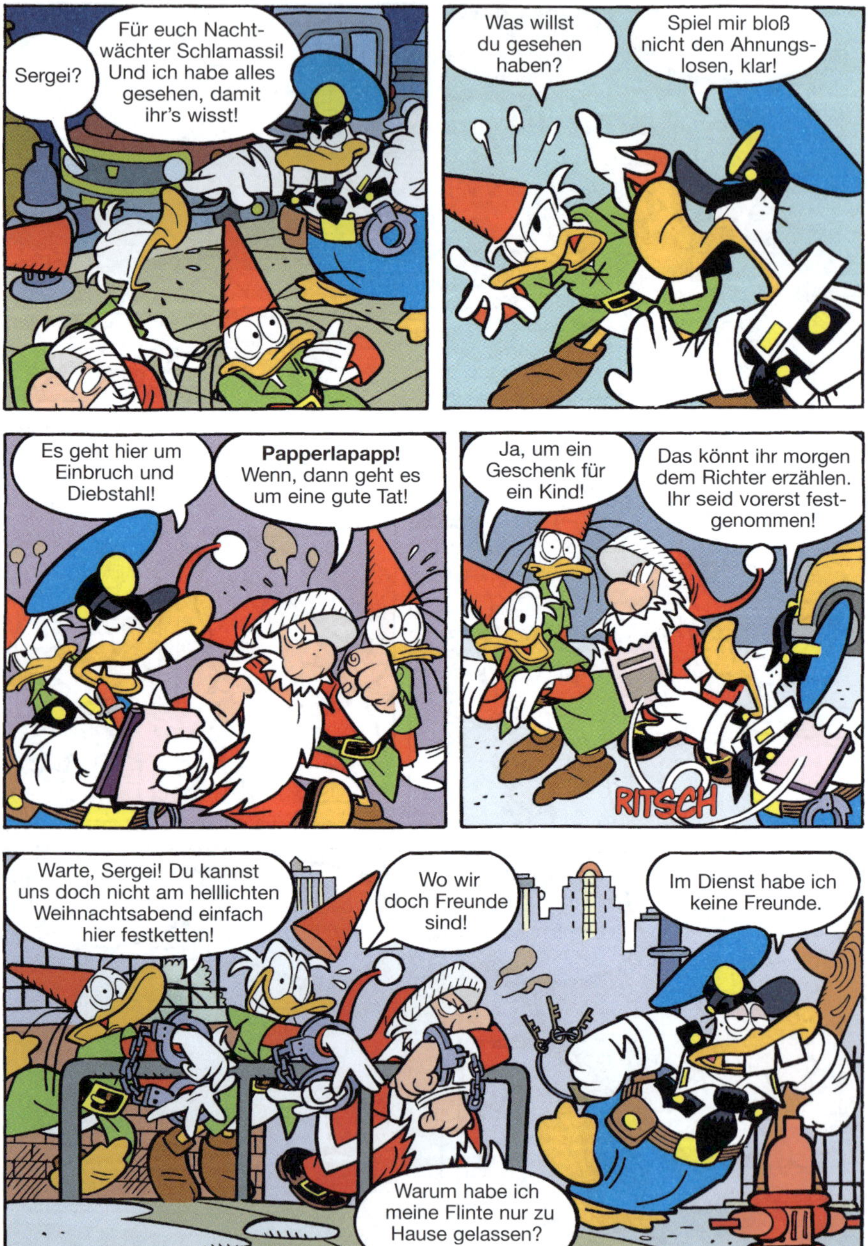

Sergei?
Für euch Nachtwächter Schlamassi! Und ich habe alles gesehen, damit ihr's wisst!
Was willst du gesehen haben?
Spiel mir bloß nicht den Ahnungslosen, klar!
Es geht hier um Einbruch und Diebstahl!
Papperlapapp! Wenn, dann geht es um eine gute Tat!
Ja, um ein Geschenk für ein Kind!
Das könnt ihr morgen dem Richter erzählen. Ihr seid vorerst festgenommen!
RITSCH
Warte, Sergei! Du kannst uns doch nicht am helllichten Weihnachtsabend einfach hier festketten!
Wo wir doch Freunde sind!
Im Dienst habe ich keine Freunde.
Warum habe ich meine Flinte nur zu Hause gelassen?

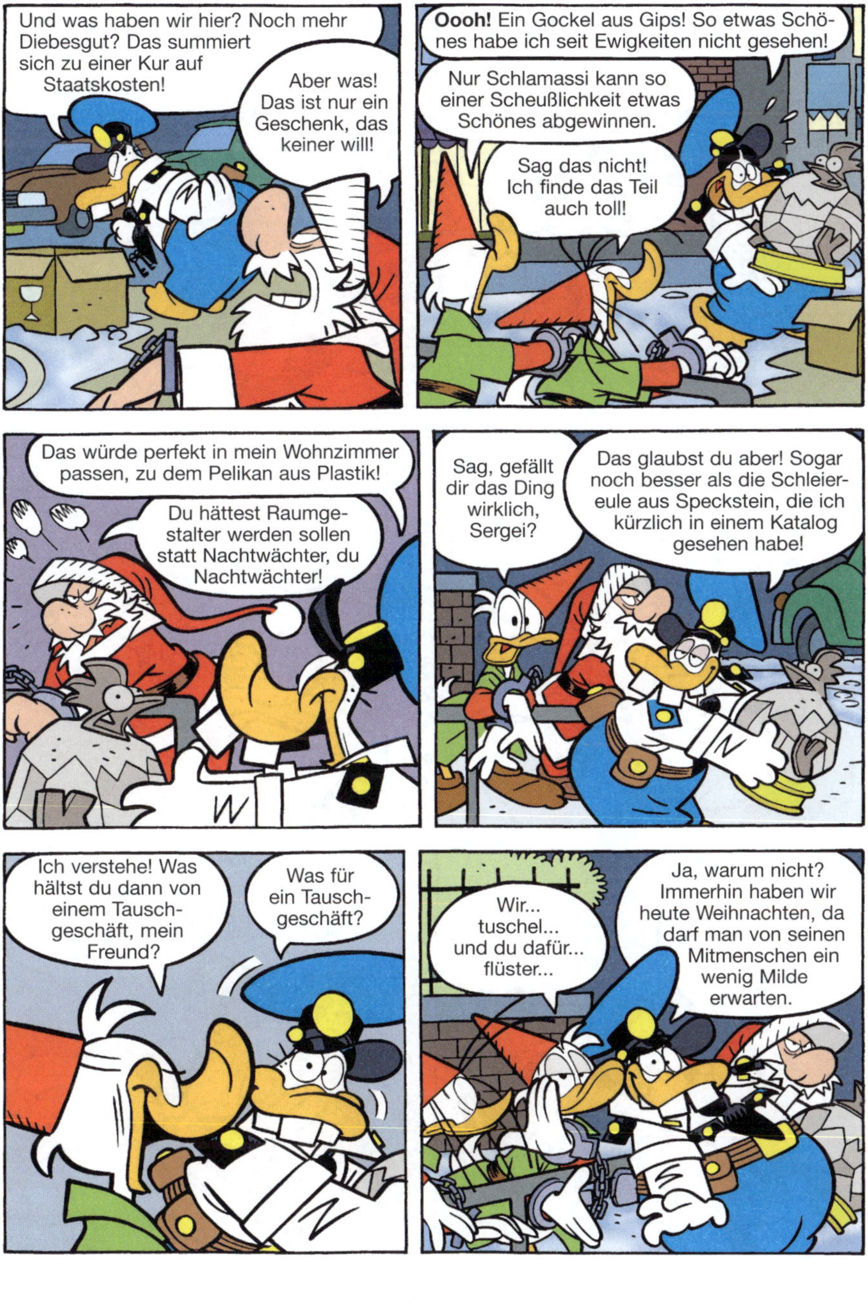
Und was haben wir hier? Noch mehr Diebesgut? Das summiert sich zu einer Kur auf Staatskosten!
Aber was! Das ist nur ein Geschenk, das keiner will!
Oooh! Ein Gockel aus Gips! So etwas Schönes habe ich seit Ewigkeiten nicht gesehen!
Nur Schlamassi kann so einer Scheußlichkeit etwas Schönes abgewinnen.
Sag das nicht! Ich finde das Teil auch toll!
Das würde perfekt in mein Wohnzimmer passen, zu dem Pelikan aus Plastik!
Du hättest Raumgestalter werden sollen statt Nachtwächter, du Nachtwächter!
Sag, gefällt dir das Ding wirklich, Sergei?
Das glaubst du aber! Sogar noch besser als die Schleiereule aus Speckstein, die ich kürzlich in einem Katalog gesehen habe!
Ich verstehe! Was hältst du dann von einem Tauschgeschäft, mein Freund?
Was für ein Tauschgeschäft?
Wir... tuschel... und du dafür... flüster...
Ja, warum nicht? Immerhin haben wir heute Weihnachten, da darf man von seinen Mitmenschen ein wenig Milde erwarten.

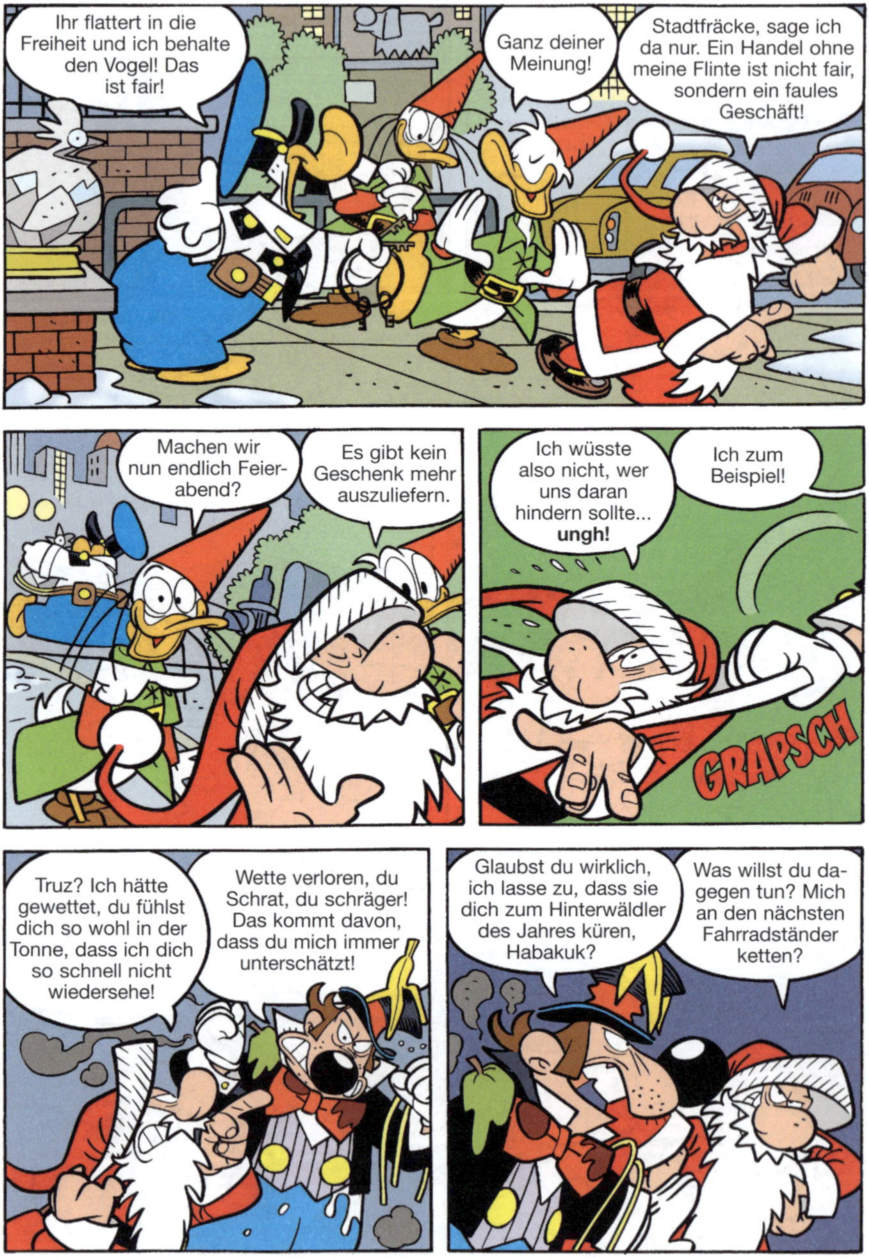
Ihr flattert in die Freiheit und ich behalte den Vogel! Das ist fair!
Ganz deiner Meinung!
Stadtfräcke, sage ich da nur. Ein Handel ohne meine Flinte ist nicht fair, sondern ein faules Geschäft!
Machen wir nun endlich Feierabend?
Es gibt kein Geschenk mehr auszuliefern.
Ich wüsste also nicht, wer uns daran hindern sollte... **ungh!**
Ich zum Beispiel!
GRAPSCH
Truz? Ich hätte gewettet, du fühlst dich so wohl in der Tonne, dass ich dich so schnell nicht wiedersehe!
Wette verloren, du Schrat, du schräger! Das kommt davon, dass du mich immer unterschätzt!
Glaubst du wirklich, ich lasse zu, dass sie dich zum Hinterwäldler des Jahres küren, Habakuk?
Was willst du dagegen tun? Mich an den nächsten Fahrradständer ketten?

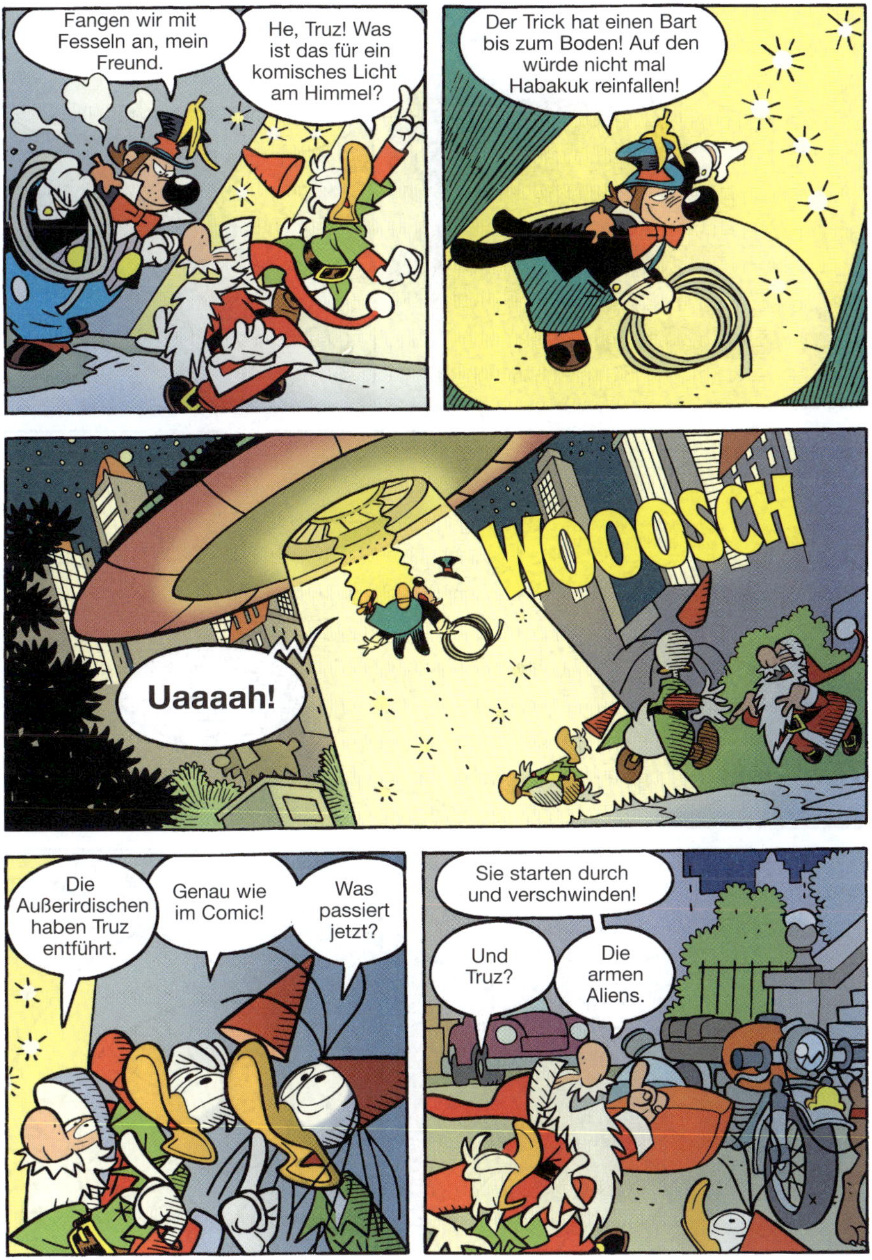
Fangen wir mit Fesseln an, mein Freund.
He, Truz! Was ist das für ein komisches Licht am Himmel?
Der Trick hat einen Bart bis zum Boden! Auf den würde nicht mal Habakuk reinfallen!
WOOOSCH
Uaaaah!
Die Außerirdischen haben Truz entführt.
Genau wie im Comic!
Was passiert jetzt?
Sie starten durch und verschwinden!
Und Truz?
Die armen Aliens.

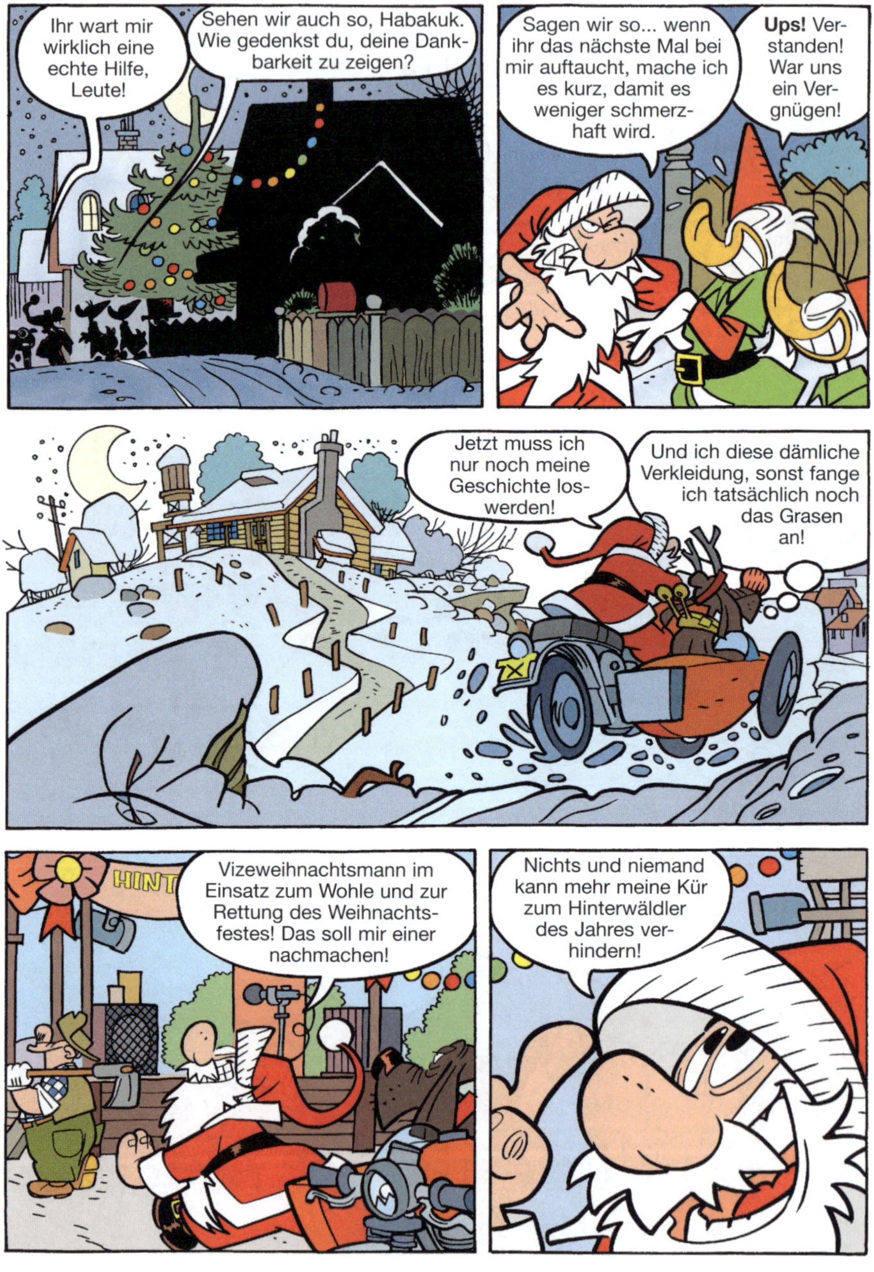

Ihr wart mir wirklich eine echte Hilfe, Leute!
Sehen wir auch so, Habakuk. Wie gedenkst du, deine Dankbarkeit zu zeigen?
Sagen wir so... wenn ihr das nächste Mal bei mir auftaucht, mache ich es kurz, damit es weniger schmerzhaft wird.
Ups! Verstanden! War uns ein Vergnügen!
Jetzt muss ich nur noch meine Geschichte loswerden!
Und ich diese dämliche Verkleidung, sonst fange ich tatsächlich noch das Grasen an!
Vizeweihnachtsmann im Einsatz zum Wohle und zur Rettung des Weihnachtsfestes! Das soll mir einer nachmachen!
Nichts und niemand kann mehr meine Kür zum Hinterwäldler des Jahres verhindern!

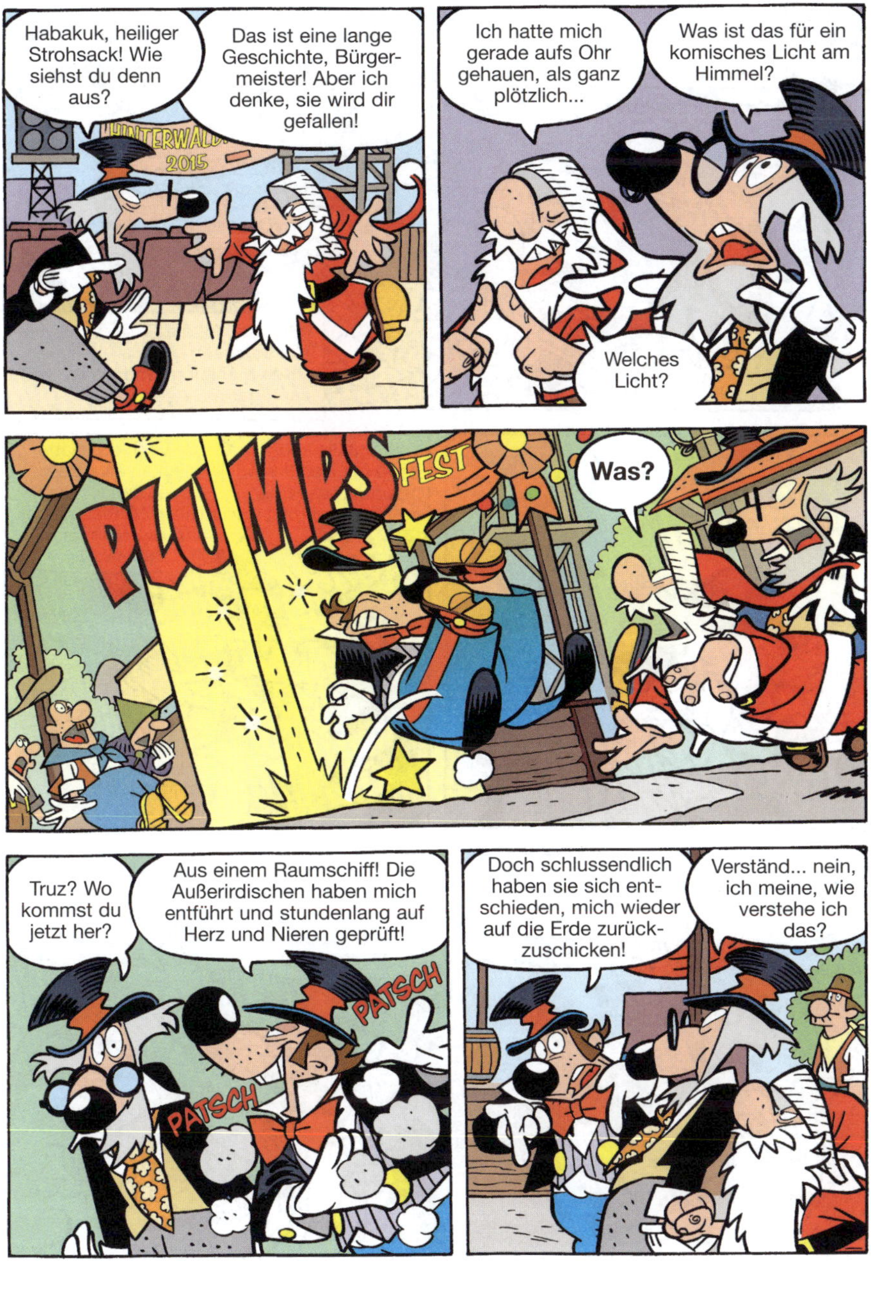
Habakuk, heiliger Strohsack! Wie siehst du denn aus?
Das ist eine lange Geschichte, Bürger-meister! Aber ich denke, sie wird dir gefallen!
HINTERWALD
2015
Ich hatte mich gerade aufs Ohr gehauen, als ganz plötzlich...
Was ist das für ein komisches Licht am Himmel?
Welches Licht?
PLUMPS
FEST
Was?
Truz? Wo kommst du jetzt her?
Aus einem Raumschiff! Die Außerirdischen haben mich entführt und stundenlang auf Herz und Nieren geprüft!
PATSCH
PATSCH
Doch schlussendlich haben sie sich ent-schieden, mich wieder auf die Erde zurück-zuschicken!
Verständ... nein, ich meine, wie verstehe ich das?

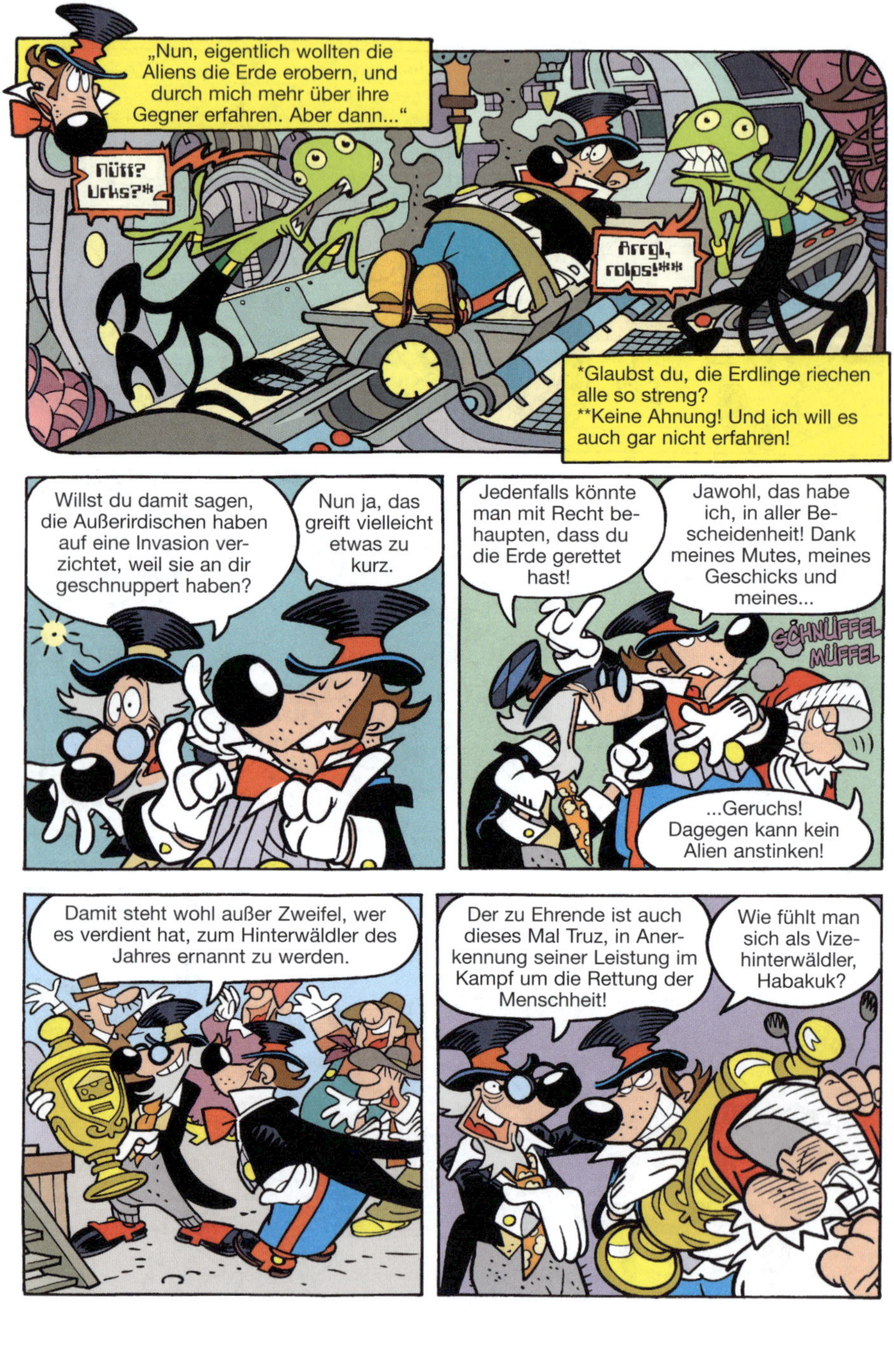
„Nun, eigentlich wollten die Aliens die Erde erobern, und durch mich mehr über ihre Gegner erfahren. Aber dann…“
Nüff? Urks?*
Arrgl, rolps!**
*Glaubst du, die Erdlinge riechen alle so streng?
**Keine Ahnung! Und ich will es auch gar nicht erfahren!
Willst du damit sagen, die Außerirdischen haben auf eine Invasion verzichtet, weil sie an dir geschnuppert haben?
Nun ja, das greift vielleicht etwas zu kurz.
Jedenfalls könnte man mit Recht behaupten, dass du die Erde gerettet hast!
Jawohl, das habe ich, in aller Bescheidenheit! Dank meines Mutes, meines Geschicks und meines…
SCHNÜFFEL MÜFFEL
…Geruchs! Dagegen kann kein Alien anstinken!
Damit steht wohl außer Zweifel, wer es verdient hat, zum Hinterwäldler des Jahres ernannt zu werden.
Der zu Ehrende ist auch dieses Mal Truz, in Anerkennung seiner Leistung im Kampf um die Rettung der Menschheit!
Wie fühlt man sich als Vizehinterwäldler, Habakuk?

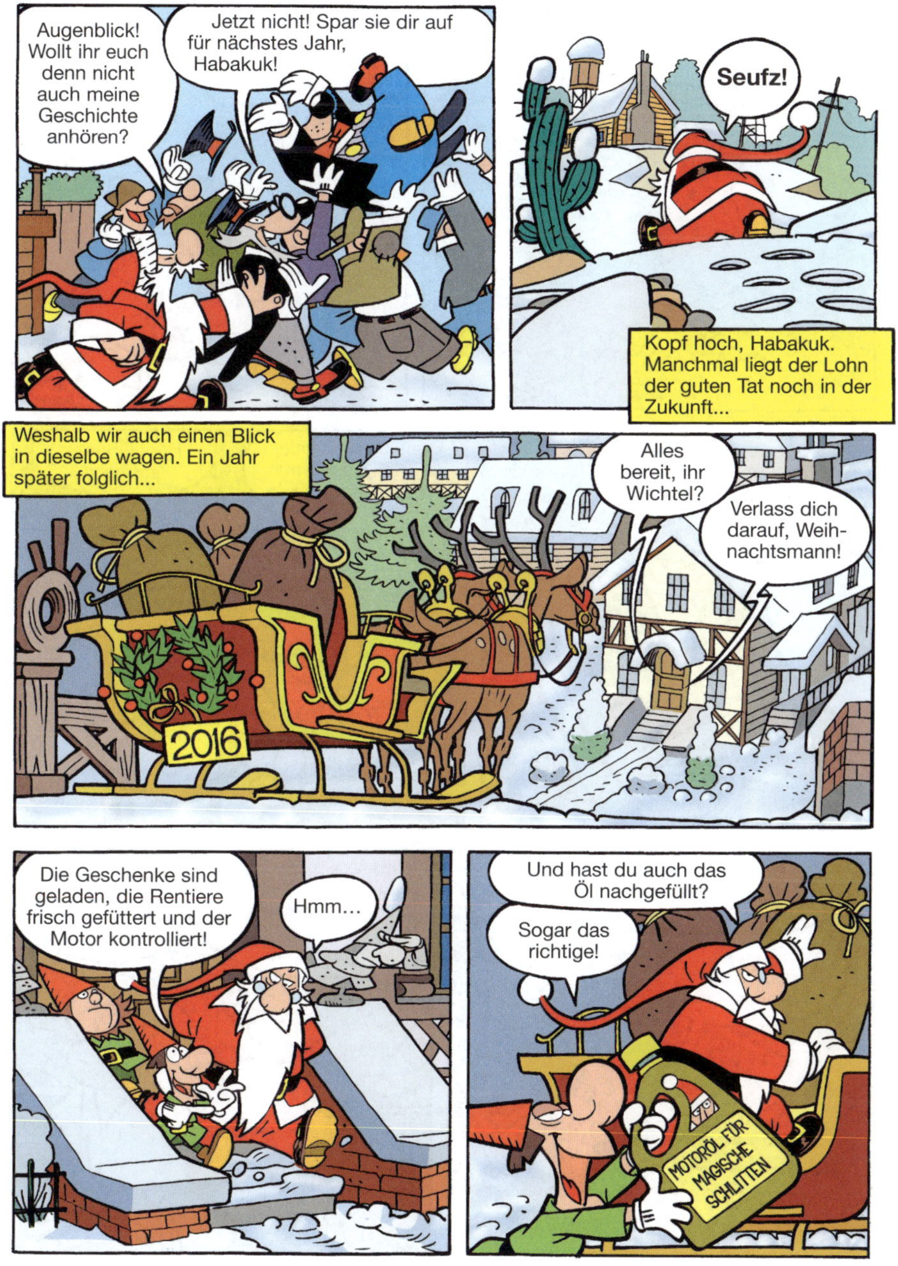
Augenblick! Wollt ihr euch denn nicht auch meine Geschichte anhören?
Jetzt nicht! Spar sie dir auf für nächstes Jahr, Habakuk!
Seufz!
Kopf hoch, Habakuk. Manchmal liegt der Lohn der guten Tat noch in der Zukunft...
Weshalb wir auch einen Blick in dieselbe wagen. Ein Jahr später folglich...
2016
Alles bereit, ihr Wichtel?
Verlass dich darauf, Weihnachtsmann!
Die Geschenke sind geladen, die Rentiere frisch gefüttert und der Motor kontrolliert!
Hmm...
Und hast du auch das Öl nachgefüllt?
Sogar das richtige!
MOTORÖL FÜR MAGISCHE SCHLITTEN

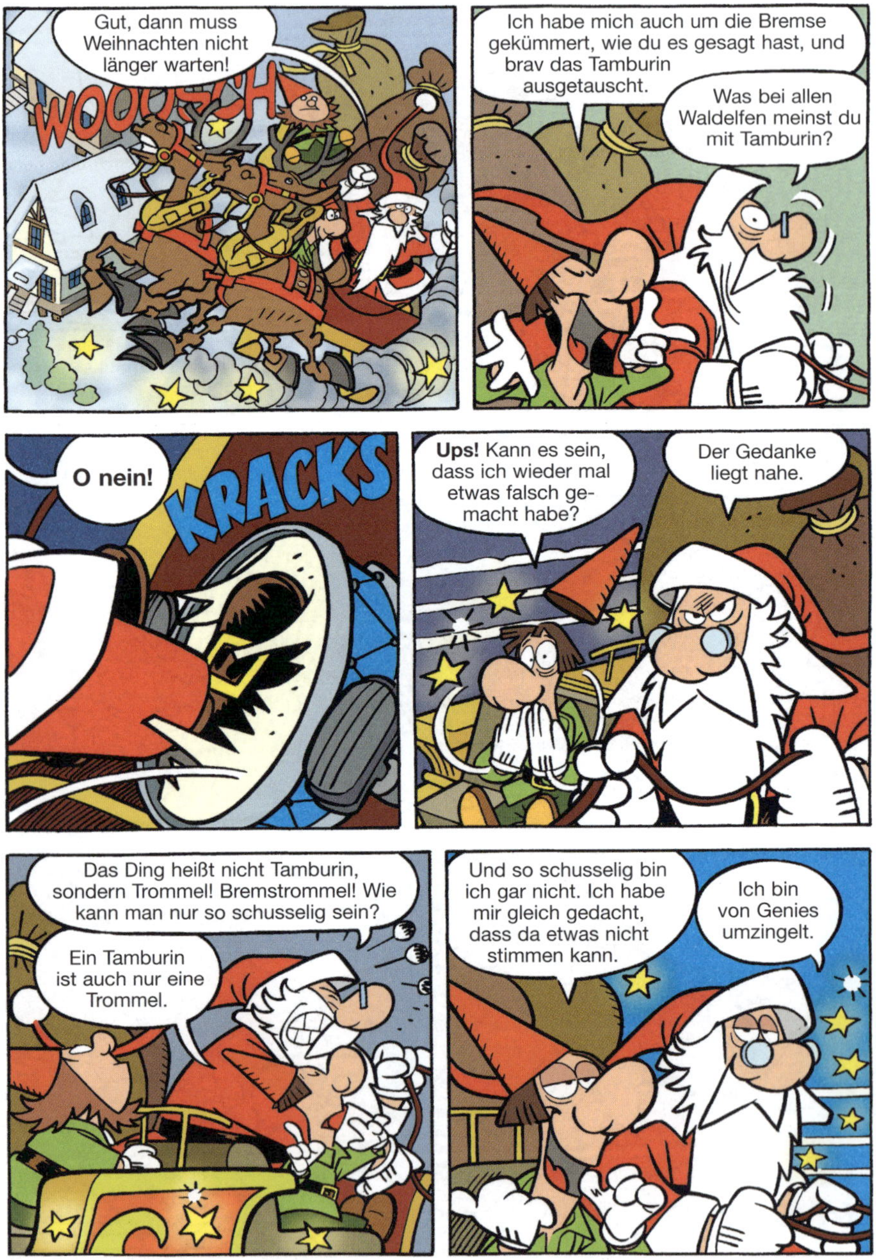

Gut, dann muss Weihnachten nicht länger warten!
WOOOSCH
Ich habe mich auch um die Bremse gekümmert, wie du es gesagt hast, und brav das Tamburin ausgetauscht.
Was bei allen Waldelfen meinst du mit Tamburin?
O nein!
KRACKS
Ups! Kann es sein, dass ich wieder mal etwas falsch gemacht habe?
Der Gedanke liegt nahe.
Das Ding heißt nicht Tamburin, sondern Trommel! Bremstrommel! Wie kann man nur so schusselig sein?
Ein Tamburin ist auch nur eine Trommel.
Und so schusselig bin ich gar nicht. Ich habe mir gleich gedacht, dass da etwas nicht stimmen kann.
Ich bin von Genies umzingelt.

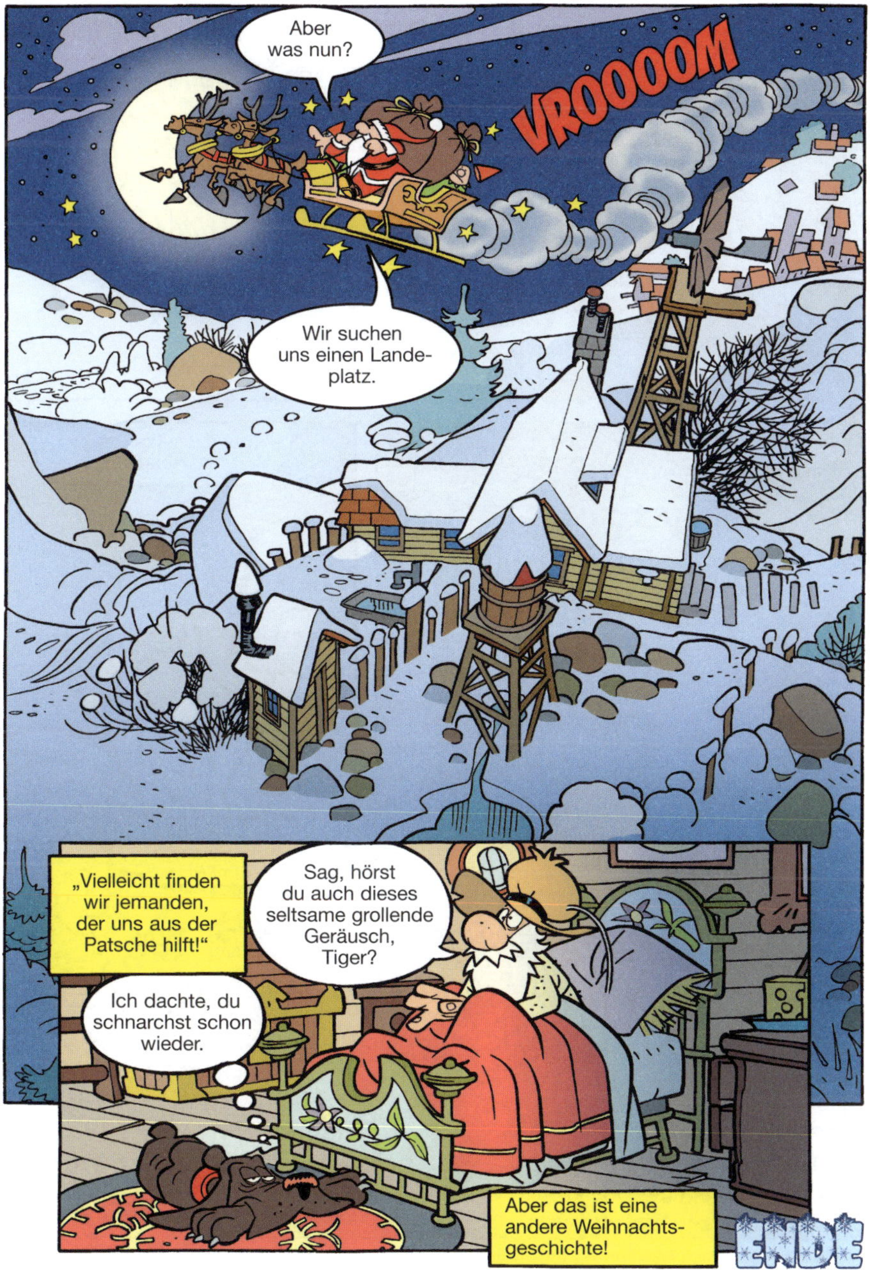

Aber was nun?
VROOOOM
Wir suchen uns einen Landeplatz.
„Vielleicht finden wir jemanden, der uns aus der Patsche hilft!“
Sag, hörst du auch dieses seltsame grollende Geräusch, Tiger?
Ich dachte, du schnarchst schon wieder.
Aber das ist eine andere Weihnachtsgeschichte!
ENDE

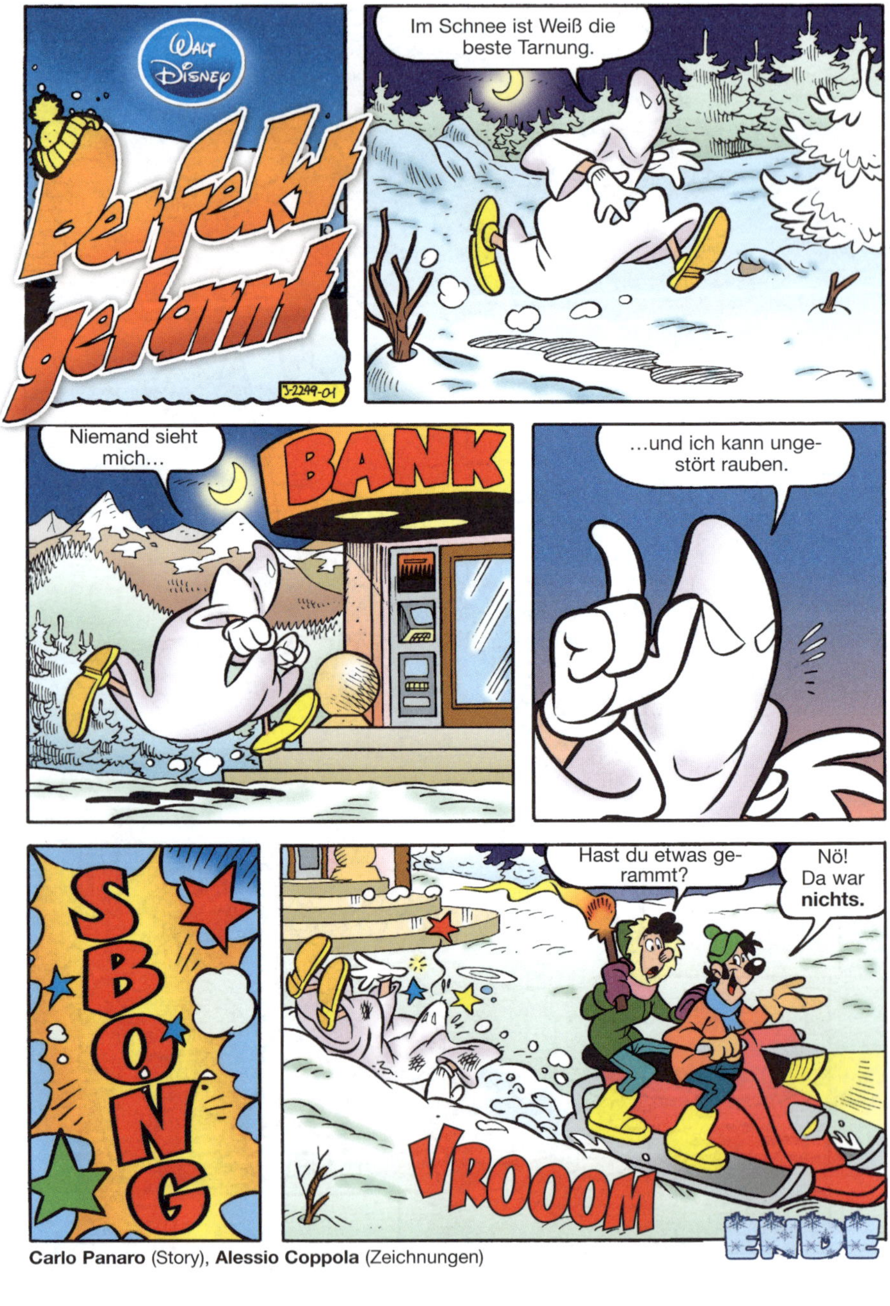

Carlo Panaro (Story), **Alessio Coppola** (Zeichnungen)

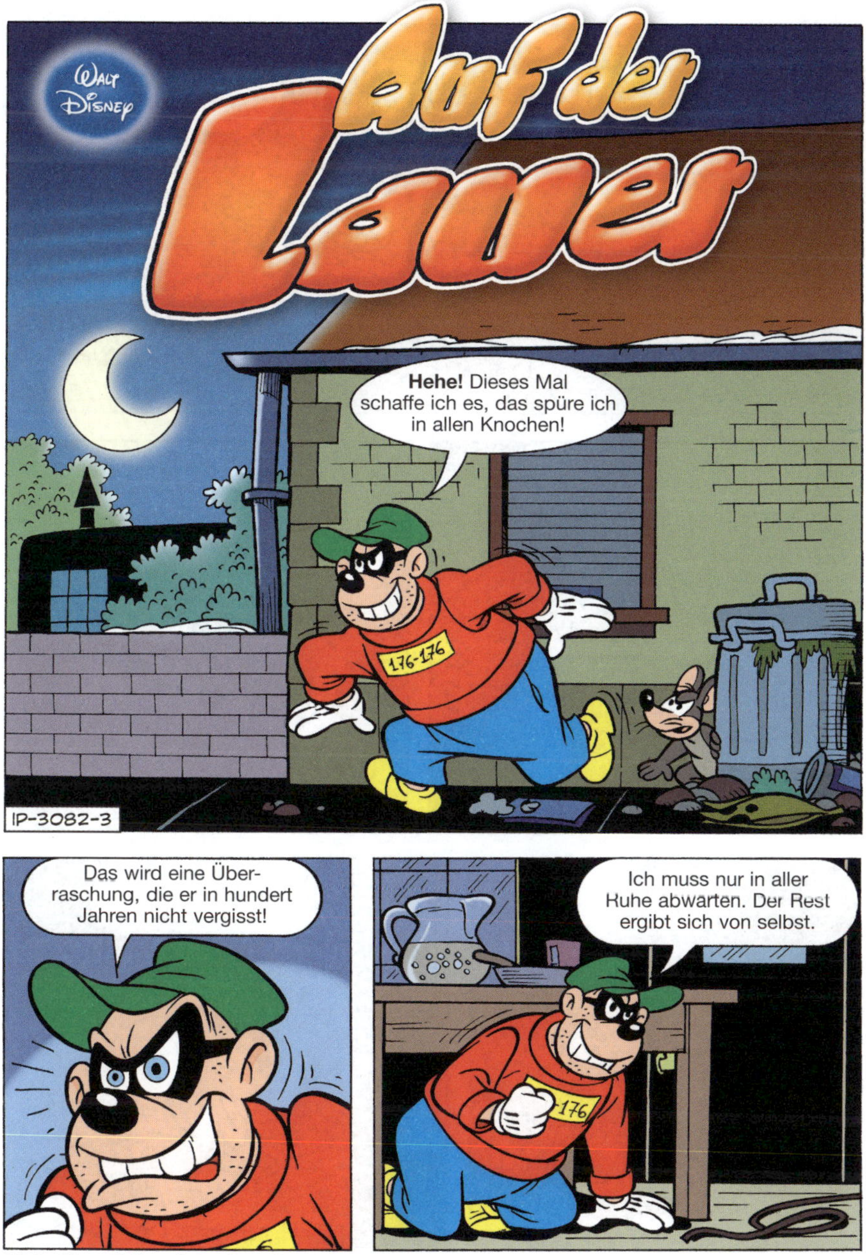

Silvia Gianatti (Story), **Luciano Gatto** (Zeichnungen)

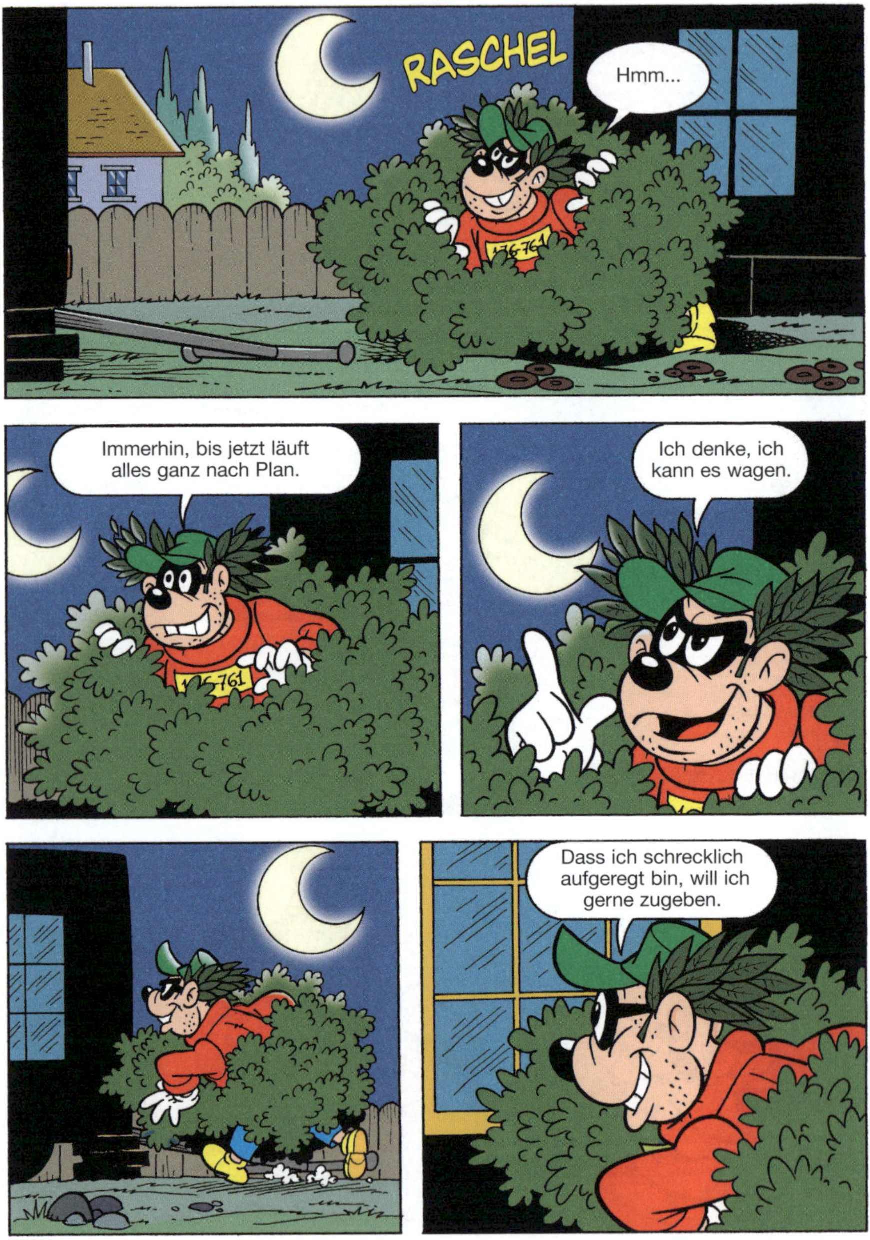
RASCHEL
Hmm...
Immerhin, bis jetzt läuft alles ganz nach Plan.
Ich denke, ich kann es wagen.
Dass ich schrecklich aufgeregt bin, will ich gerne zugeben.

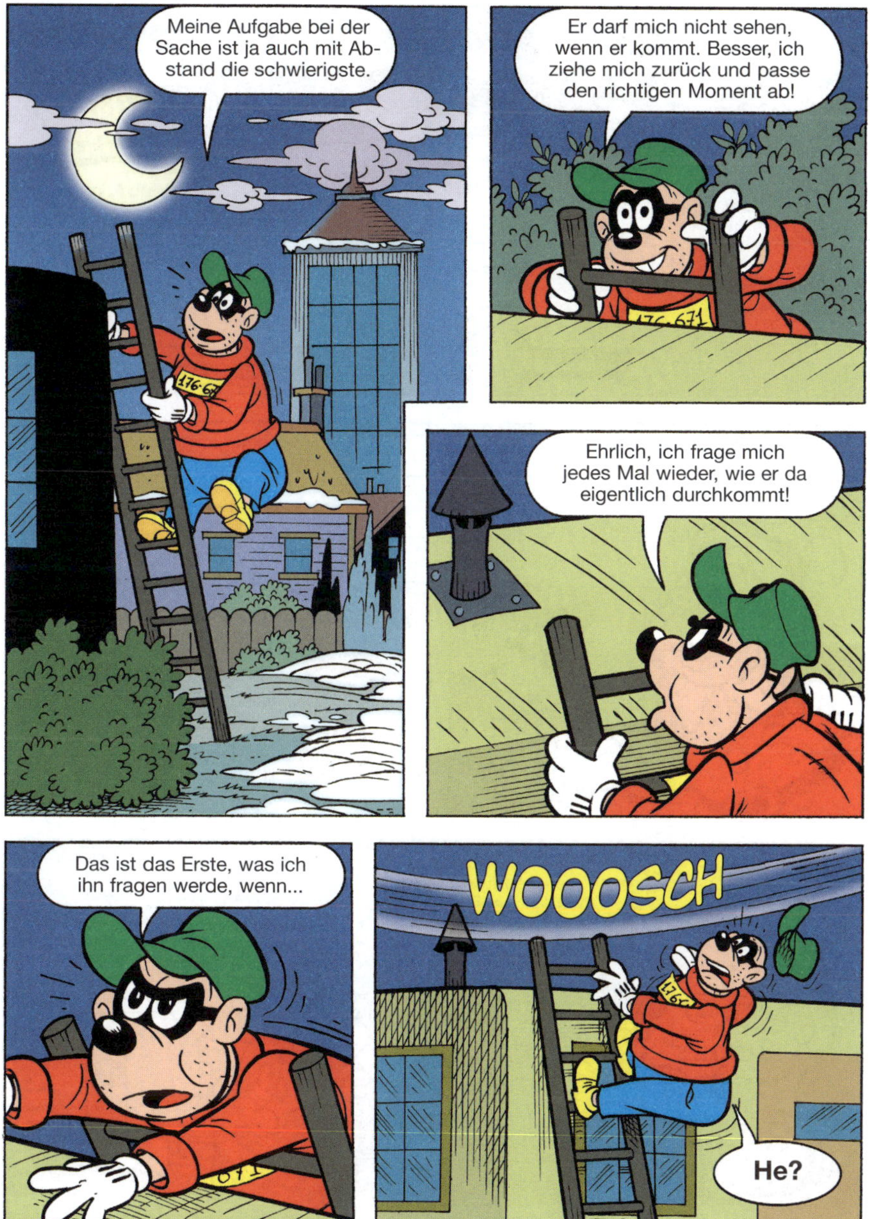
Meine Aufgabe bei der Sache ist ja auch mit Abstand die schwierigste.
Er darf mich nicht sehen, wenn er kommt. Besser, ich ziehe mich zurück und passe den richtigen Moment ab!
Ehrlich, ich frage mich jedes Mal wieder, wie er da eigentlich durchkommt!
Das ist das Erste, was ich ihn fragen werde, wenn...
WOOOSCH
He?

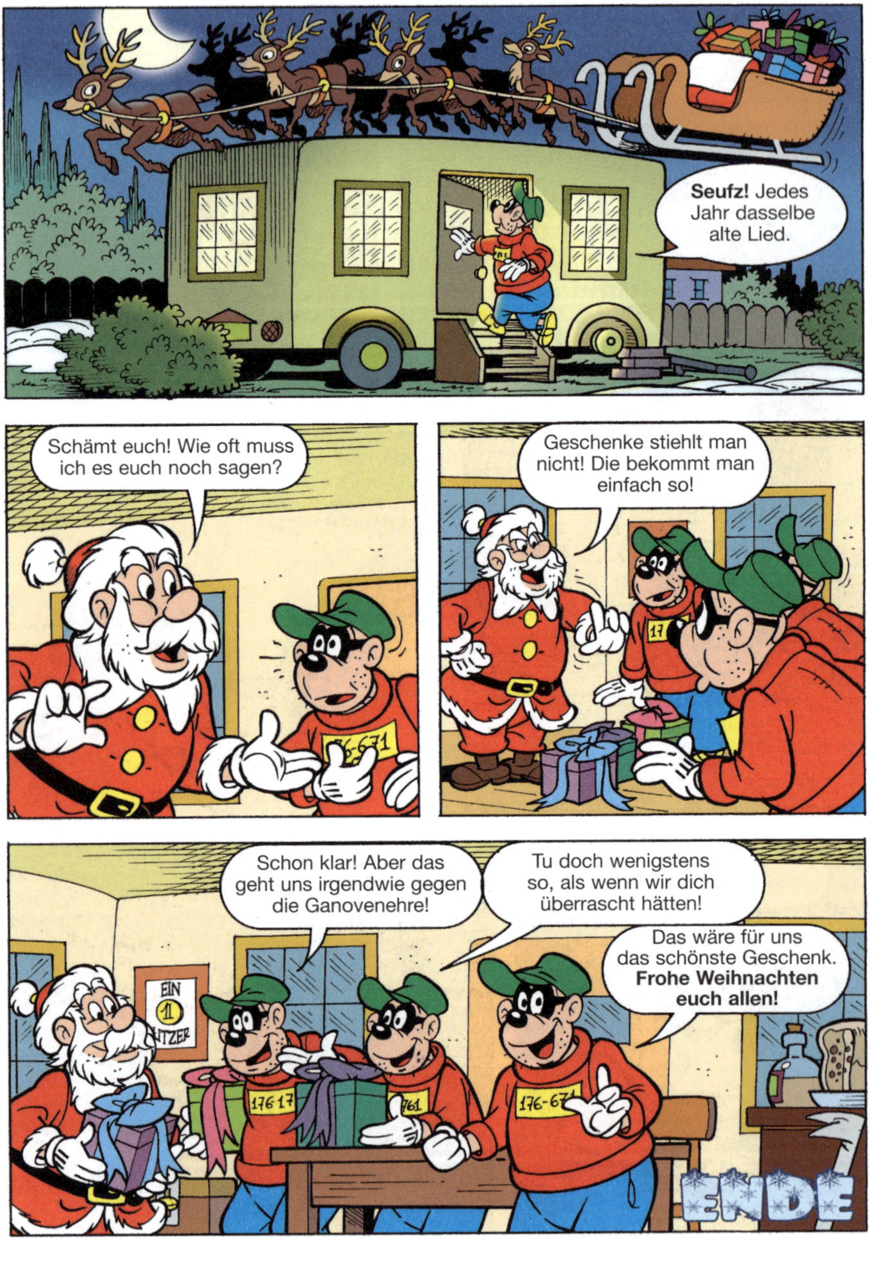
Seufz! Jedes Jahr dasselbe alte Lied.
Schämt euch! Wie oft muss ich es euch noch sagen?
Geschenke stiehlt man nicht! Die bekommt man einfach so!
Schon klar! Aber das geht uns irgendwie gegen die Ganovenehre!
Tu doch wenigstens so, als wenn wir dich überrascht hätten!
Das wäre für uns das schönste Geschenk. **Frohe Weihnachten euch allen!**
ENDE

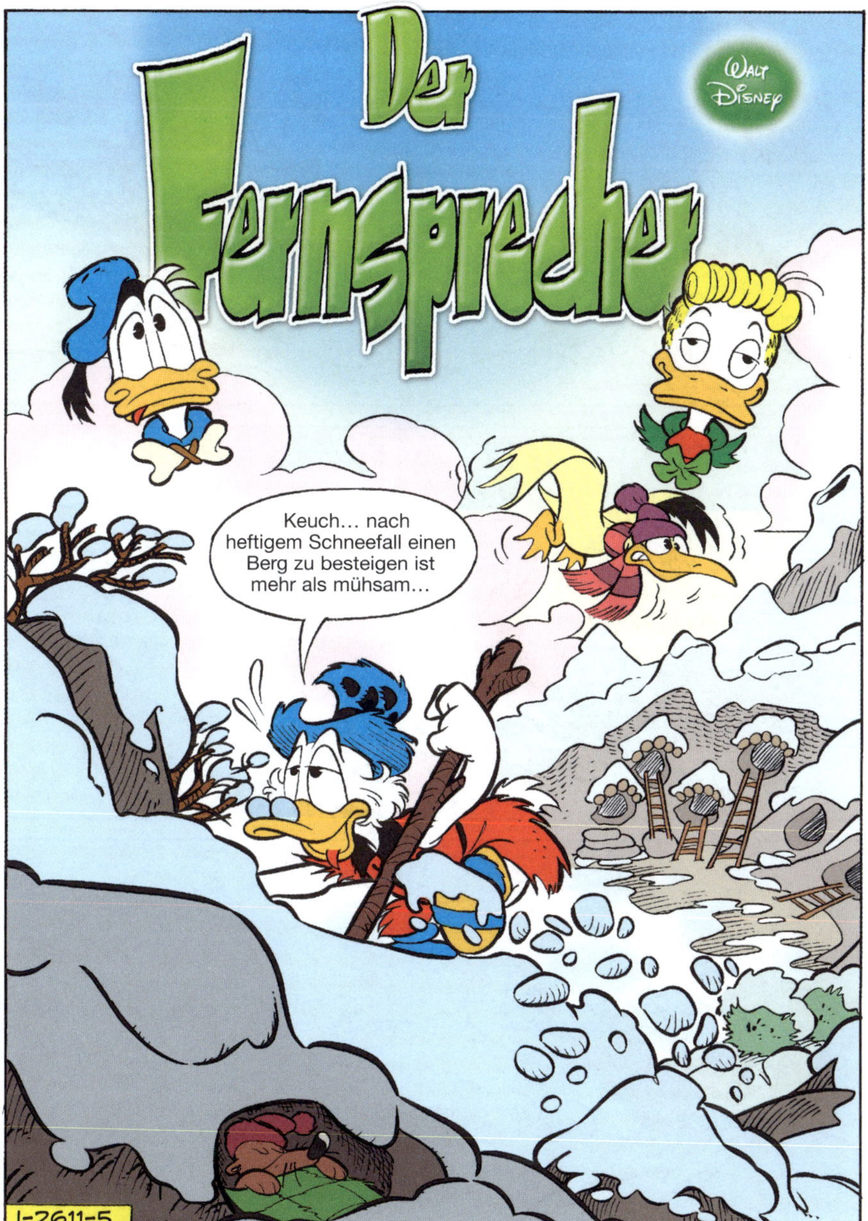

Carlo Gentina (Story), **Carlo Limido** (Zeichnungen)

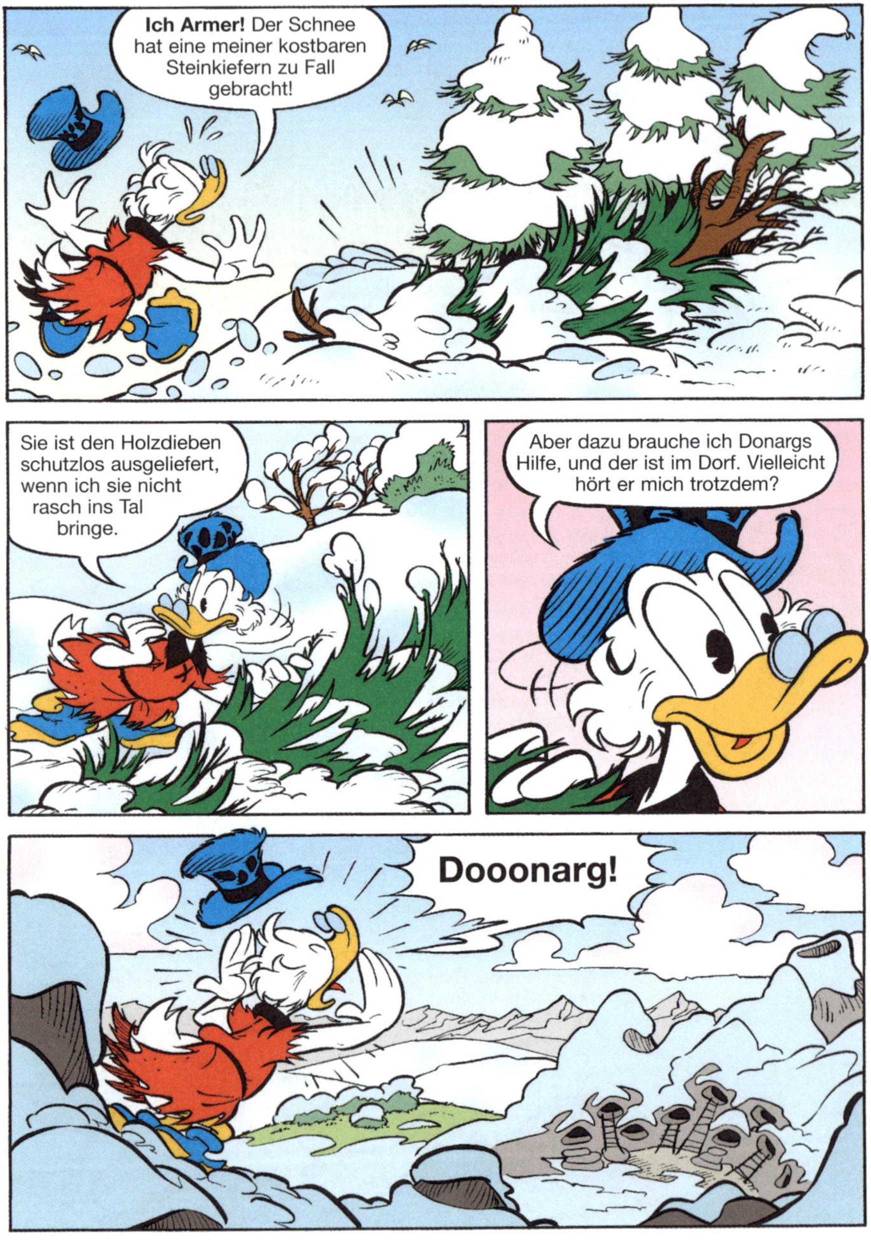
Ich Armer! Der Schnee hat eine meiner kostbaren Steinkiefern zu Fall gebracht!
Sie ist den Holzdieben schutzlos ausgeliefert, wenn ich sie nicht rasch ins Tal bringe.
Aber dazu brauche ich Donargs Hilfe, und der ist im Dorf. Vielleicht hört er mich trotzdem?
Dooonarg!

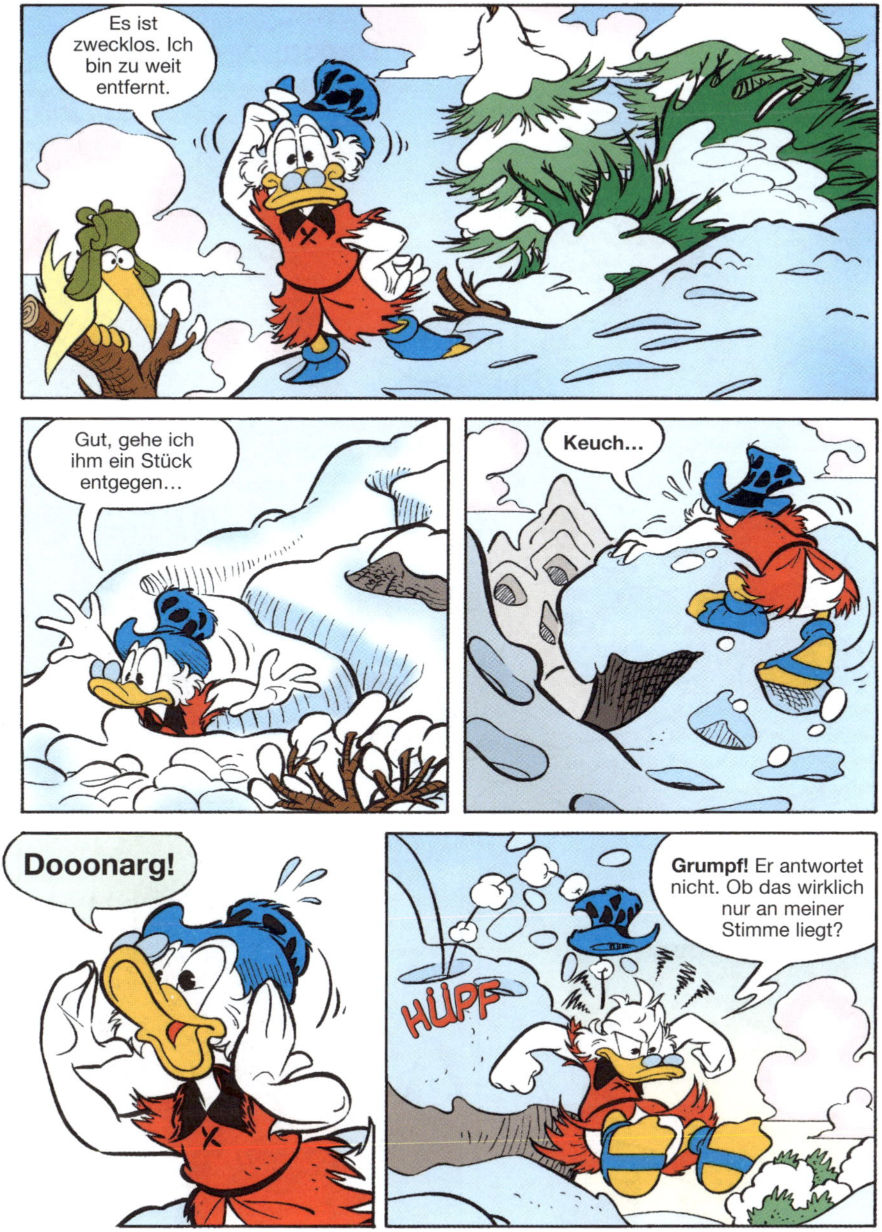

Es ist zwecklos. Ich bin zu weit entfernt.
Gut, gehe ich ihm ein Stück entgegen…
Keuch…
Dooonarg!
HÜPF
Grumpf! Er antwortet nicht. Ob das wirklich nur an meiner Stimme liegt?

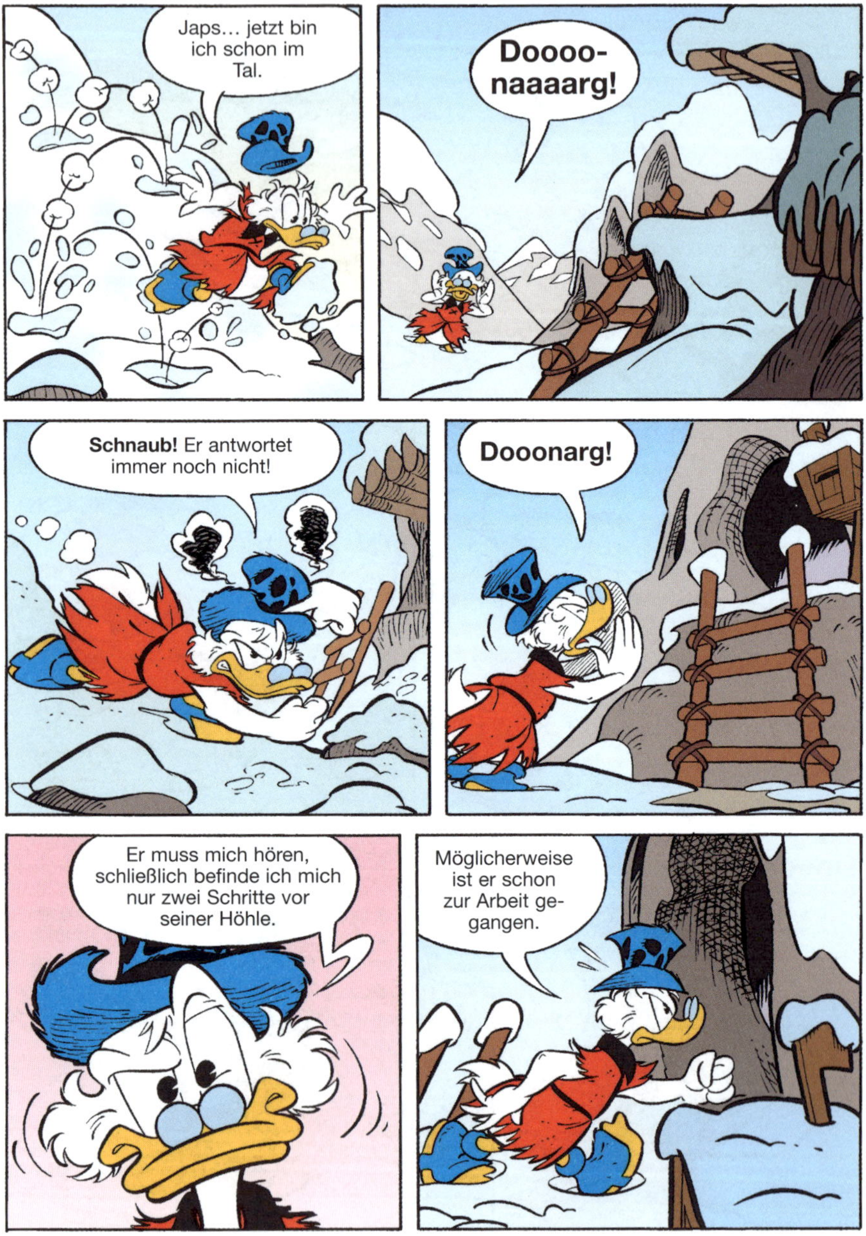
Japs... jetzt bin ich schon im Tal.
Doooo-naaaarg!
Schnaub! Er antwortet immer noch nicht!
Dooonarg!
Er muss mich hören, schließlich befinde ich mich nur zwei Schritte vor seiner Höhle.
Möglicherweise ist er schon zur Arbeit gegangen.

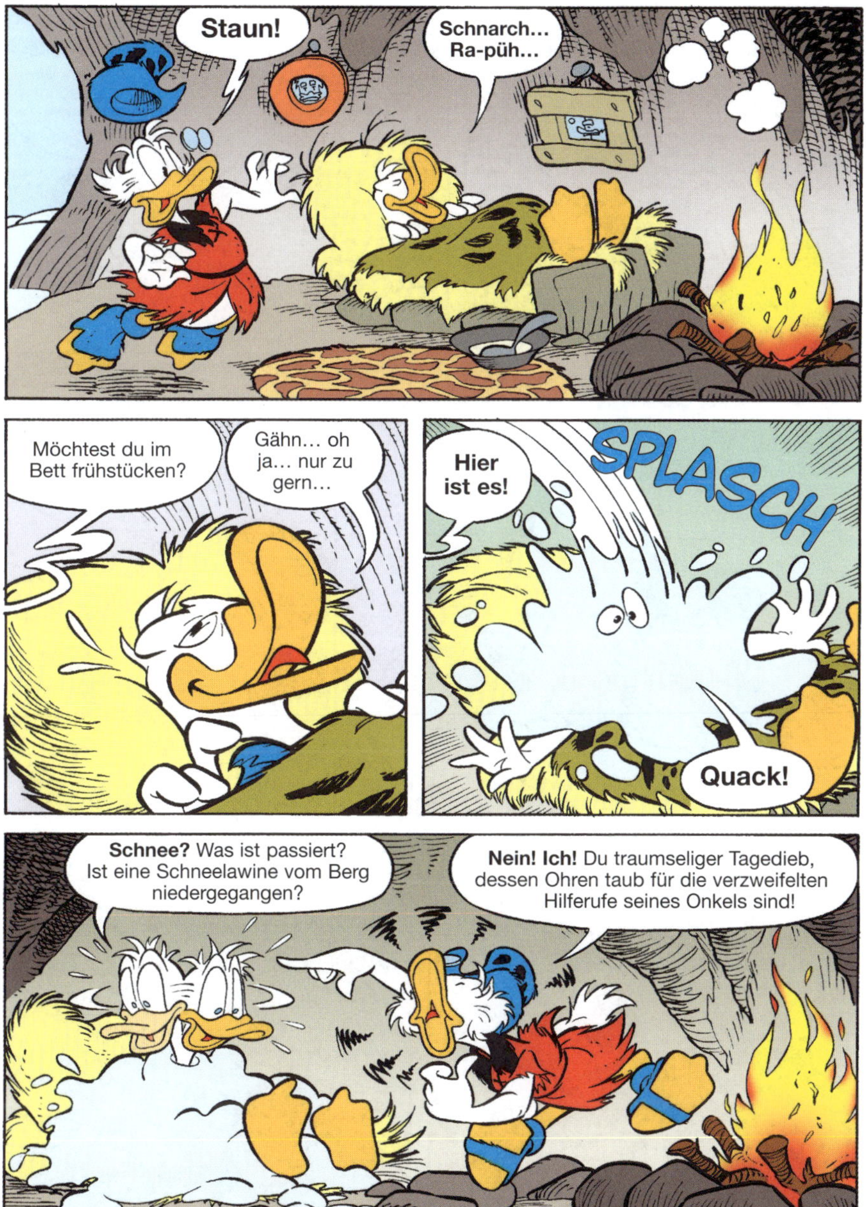
Staun!
Schnarch... Ra-püh...
Möchtest du im Bett frühstücken?
Gähn... oh ja... nur zu gern...
Hier ist es!
SPLASCH
Quack!
Schnee? Was ist passiert? Ist eine Schneelawine vom Berg niedergegangen?
Nein! Ich! Du traumseliger Tagedieb, dessen Ohren taub für die verzweifelten Hilferufe seines Onkels sind!

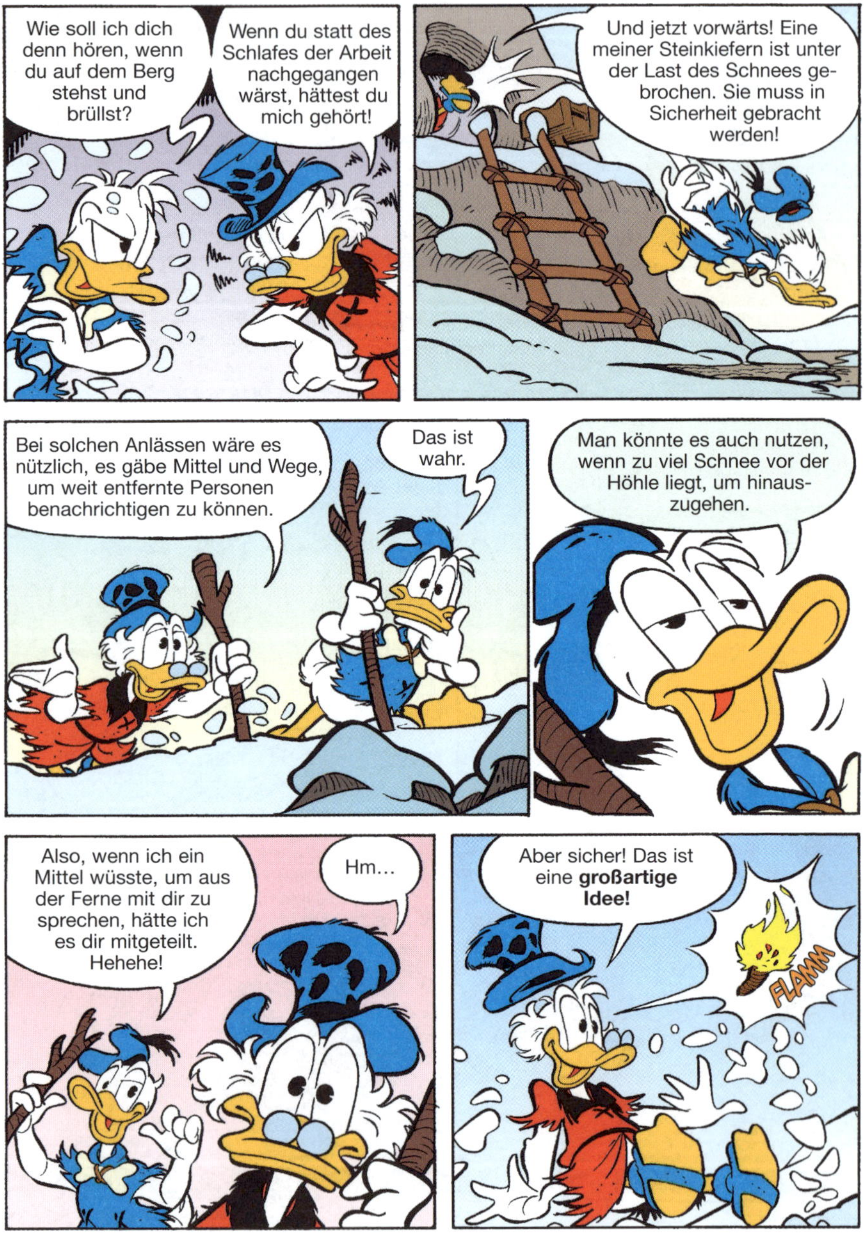

Wie soll ich dich denn hören, wenn du auf dem Berg stehst und brüllst?
Wenn du statt des Schlafes der Arbeit nachgegangen wärst, hättest du mich gehört!
Und jetzt vorwärts! Eine meiner Steinkiefern ist unter der Last des Schnees gebrochen. Sie muss in Sicherheit gebracht werden!
Bei solchen Anlässen wäre es nützlich, es gäbe Mittel und Wege, um weit entfernte Personen benachrichtigen zu können.
Das ist wahr.
Man könnte es auch nutzen, wenn zu viel Schnee vor der Höhle liegt, um hinauszugehen.
Also, wenn ich ein Mittel wüsste, um aus der Ferne mit dir zu sprechen, hätte ich es dir mitgeteilt. Hehehe!
Hm…
Aber sicher! Das ist eine **großartige Idee!**
FLAMM

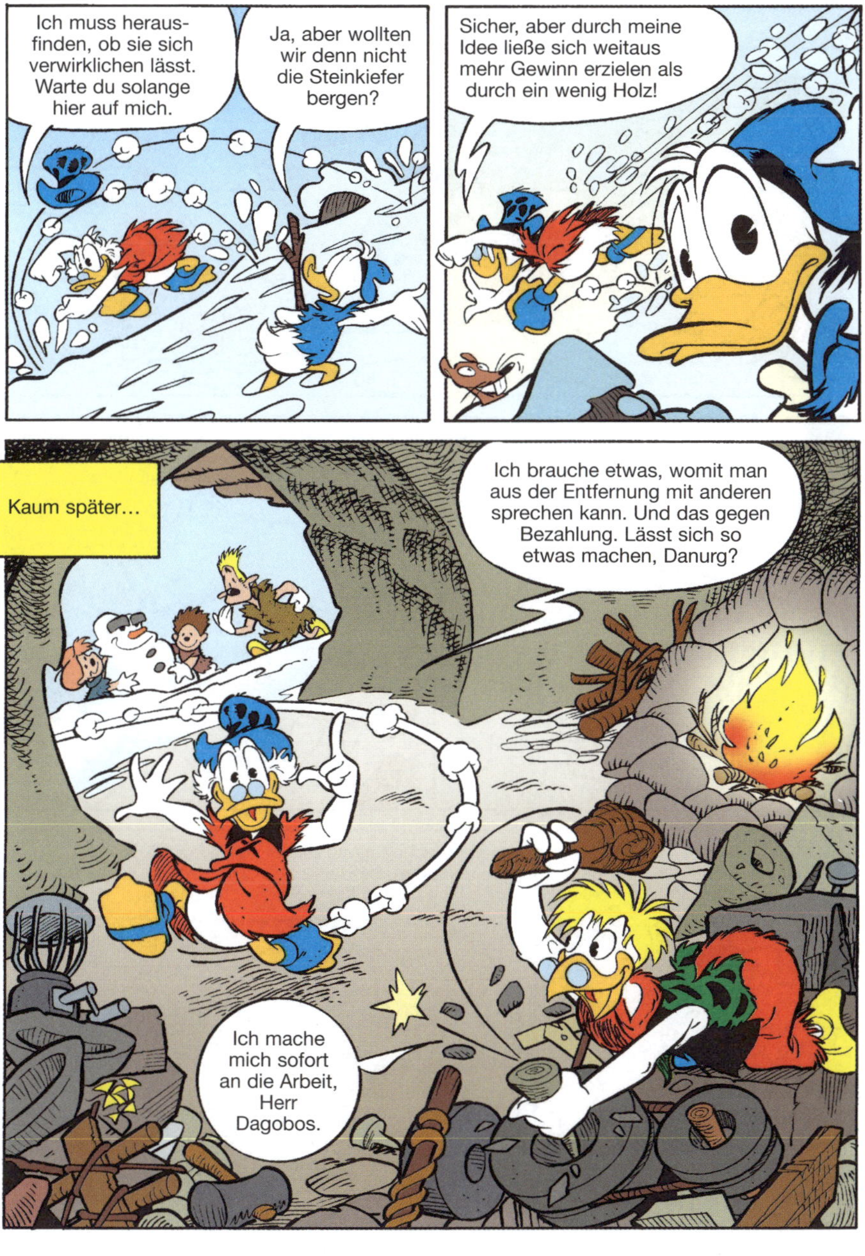
Ich muss herausfinden, ob sie sich verwirklichen lässt. Warte du solange hier auf mich.
Ja, aber wollten wir denn nicht die Steinkiefer bergen?
Sicher, aber durch meine Idee ließe sich weitaus mehr Gewinn erzielen als durch ein wenig Holz!
Kaum später…
Ich brauche etwas, womit man aus der Entfernung mit anderen sprechen kann. Und das gegen Bezahlung. Lässt sich so etwas machen, Danurg?
Ich mache mich sofort an die Arbeit, Herr Dagobos.

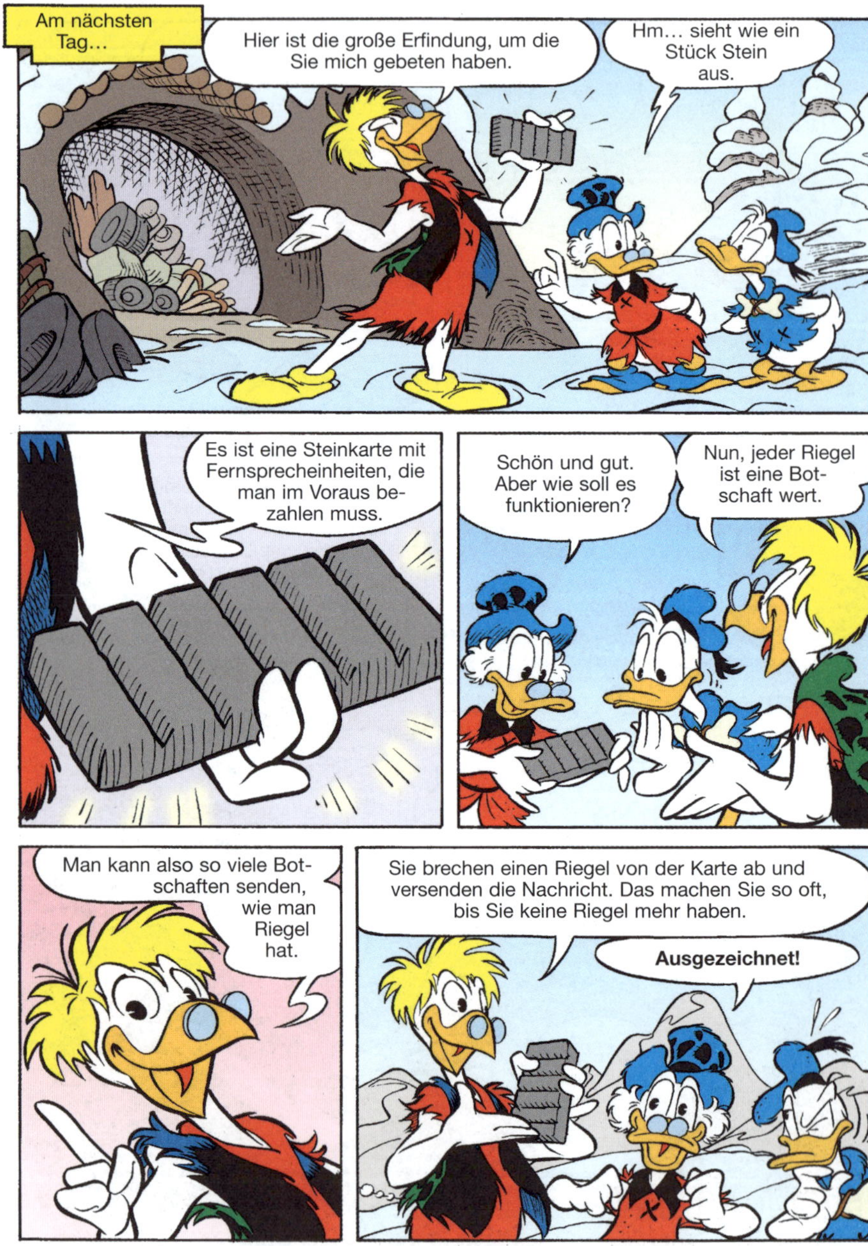
Am nächsten Tag…
Hier ist die große Erfindung, um die Sie mich gebeten haben.
Hm… sieht wie ein Stück Stein aus.
Es ist eine Steinkarte mit Fernsprecheinheiten, die man im Voraus bezahlen muss.
Schön und gut. Aber wie soll es funktionieren?
Nun, jeder Riegel ist eine Botschaft wert.
Man kann also so viele Botschaften senden, wie man Riegel hat.
Sie brechen einen Riegel von der Karte ab und versenden die Nachricht. Das machen Sie so oft, bis Sie keine Riegel mehr haben.
Ausgezeichnet!

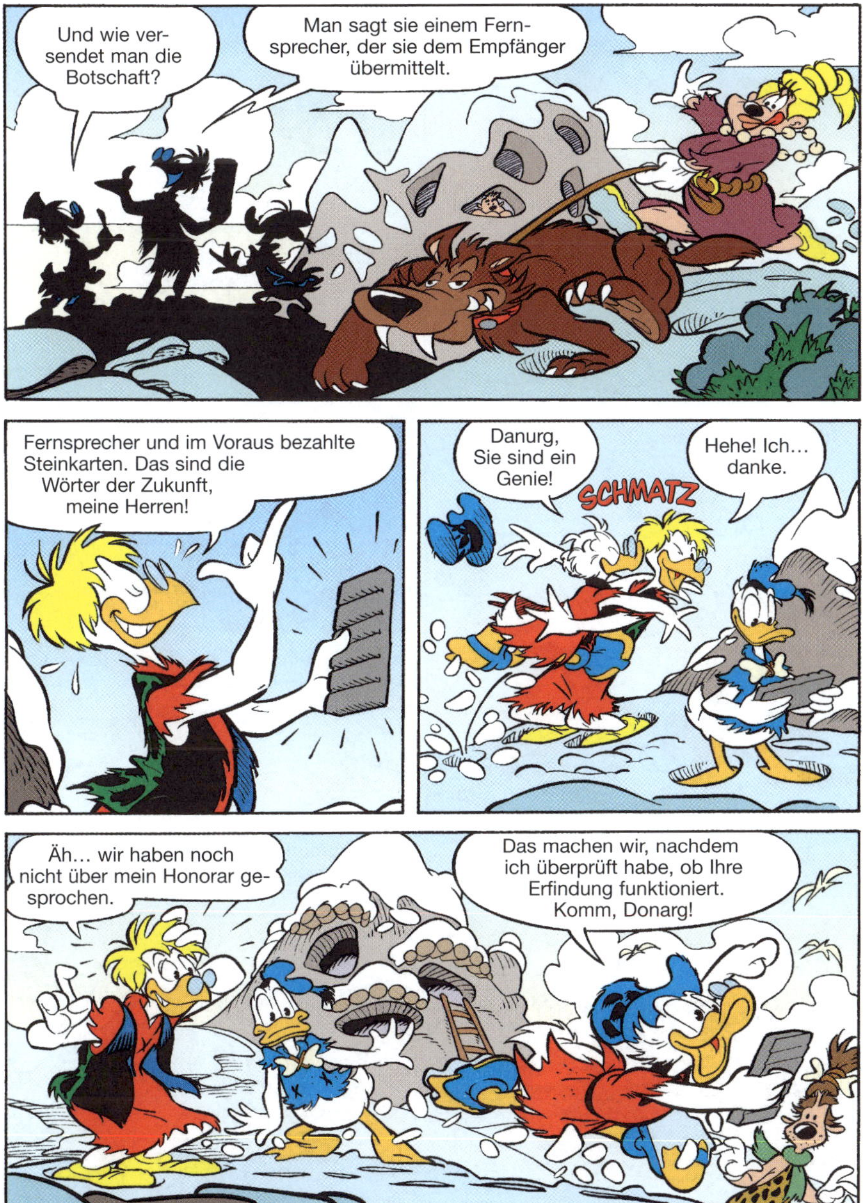

Und wie versendet man die Botschaft?
Man sagt sie einem Fernsprecher, der sie dem Empfänger übermittelt.
Fernsprecher und im Voraus bezahlte Steinkarten. Das sind die Wörter der Zukunft, meine Herren!
Danurg, Sie sind ein Genie!
SCHMATZ
Hehe! Ich… danke.
Äh… wir haben noch nicht über mein Honorar gesprochen.
Das machen wir, nachdem ich überprüft habe, ob Ihre Erfindung funktioniert. Komm, Donarg!

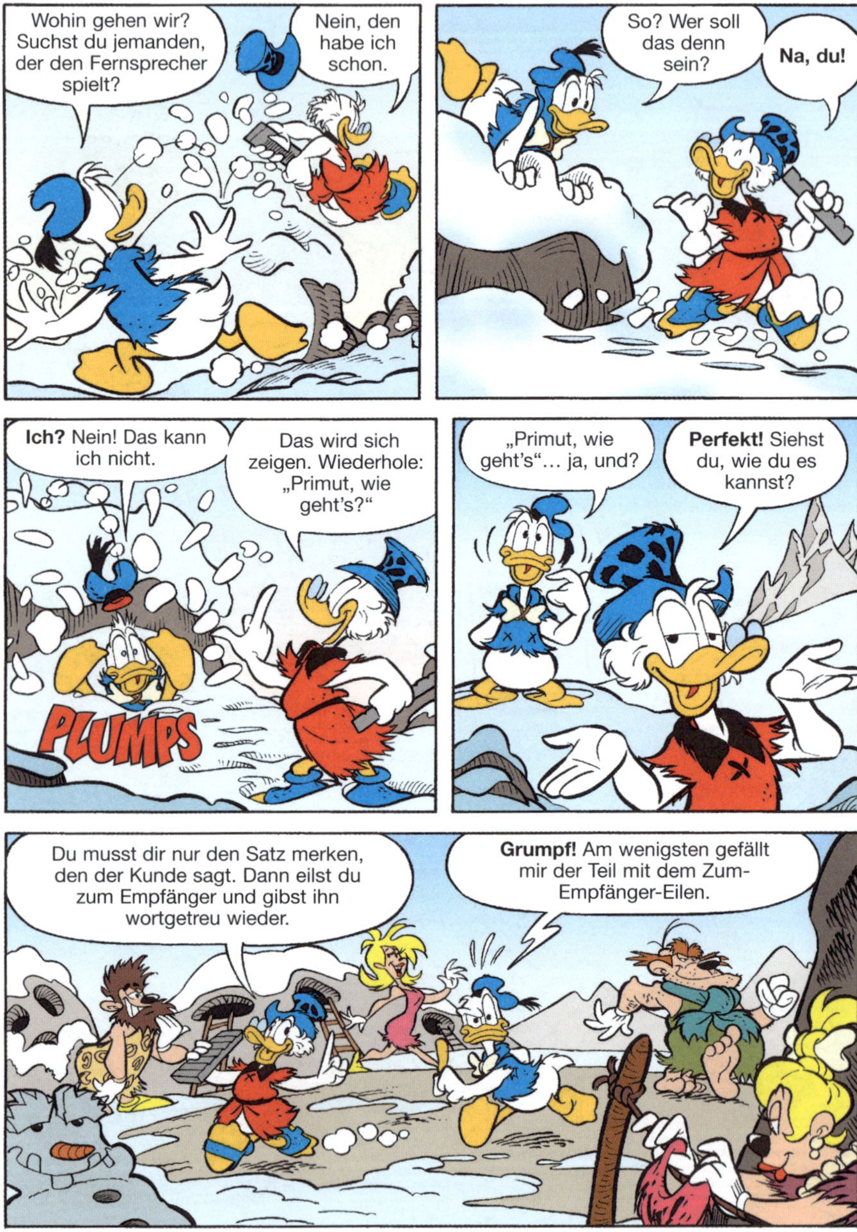
Wohin gehen wir? Suchst du jemanden, der den Fernsprecher spielt?
Nein, den habe ich schon.
So? Wer soll das denn sein?
Na, du!
Ich? Nein! Das kann ich nicht.
Das wird sich zeigen. Wiederhole: „Primut, wie geht's?“
PLUMPS
„Primut, wie geht's“… ja, und?
Perfekt! Siehst du, wie du es kannst?
Du musst dir nur den Satz merken, den der Kunde sagt. Dann eilst du zum Empfänger und gibst ihn wortgetreu wieder.
Grumpf! Am wenigsten gefällt mir der Teil mit dem Zum-Empfänger-Eilen.

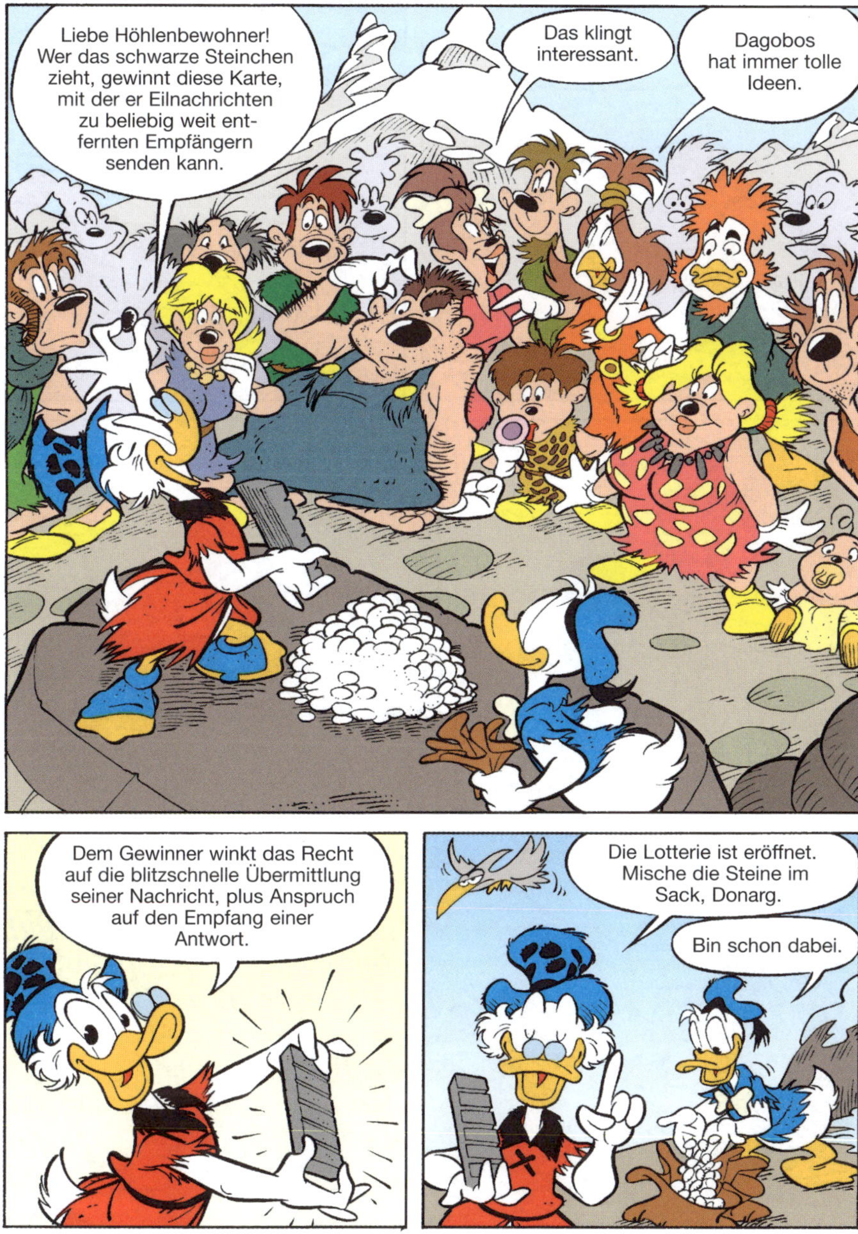
Liebe Höhlenbewohner! Wer das schwarze Steinchen zieht, gewinnt diese Karte, mit der er Eilnachrichten zu beliebig weit entfernten Empfängern senden kann.
Das klingt interessant.
Dagobos hat immer tolle Ideen.
Dem Gewinner winkt das Recht auf die blitzschnelle Übermittlung seiner Nachricht, plus Anspruch auf den Empfang einer Antwort.
Die Lotterie ist eröffnet. Mische die Steine im Sack, Donarg.
Bin schon dabei.

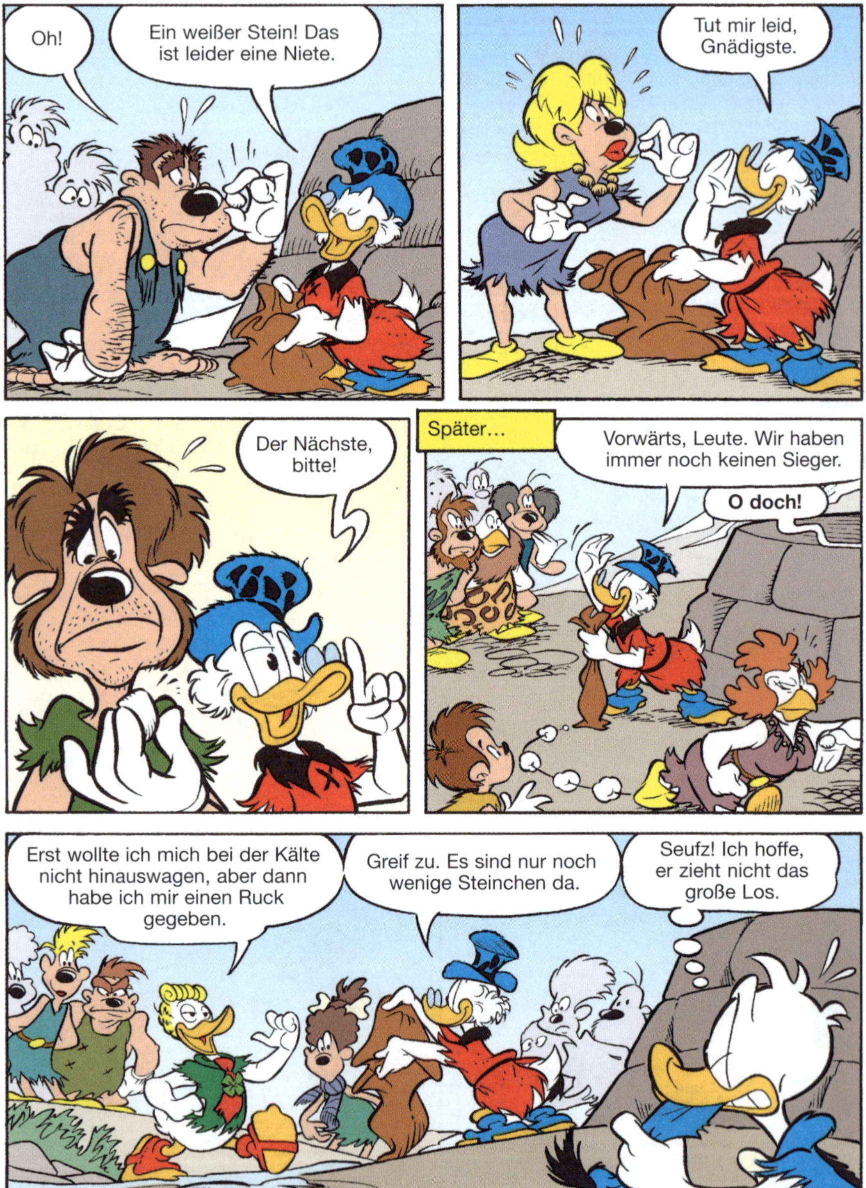
Oh!
Ein weißer Stein! Das ist leider eine Niete.
Tut mir leid, Gnädigste.
Der Nächste, bitte!
Später…
Vorwärts, Leute. Wir haben immer noch keinen Sieger.
O doch!
Erst wollte ich mich bei der Kälte nicht hinauswagen, aber dann habe ich mir einen Ruck gegeben.
Greif zu. Es sind nur noch wenige Steinchen da.
Seufz! Ich hoffe, er zieht nicht das große Los.

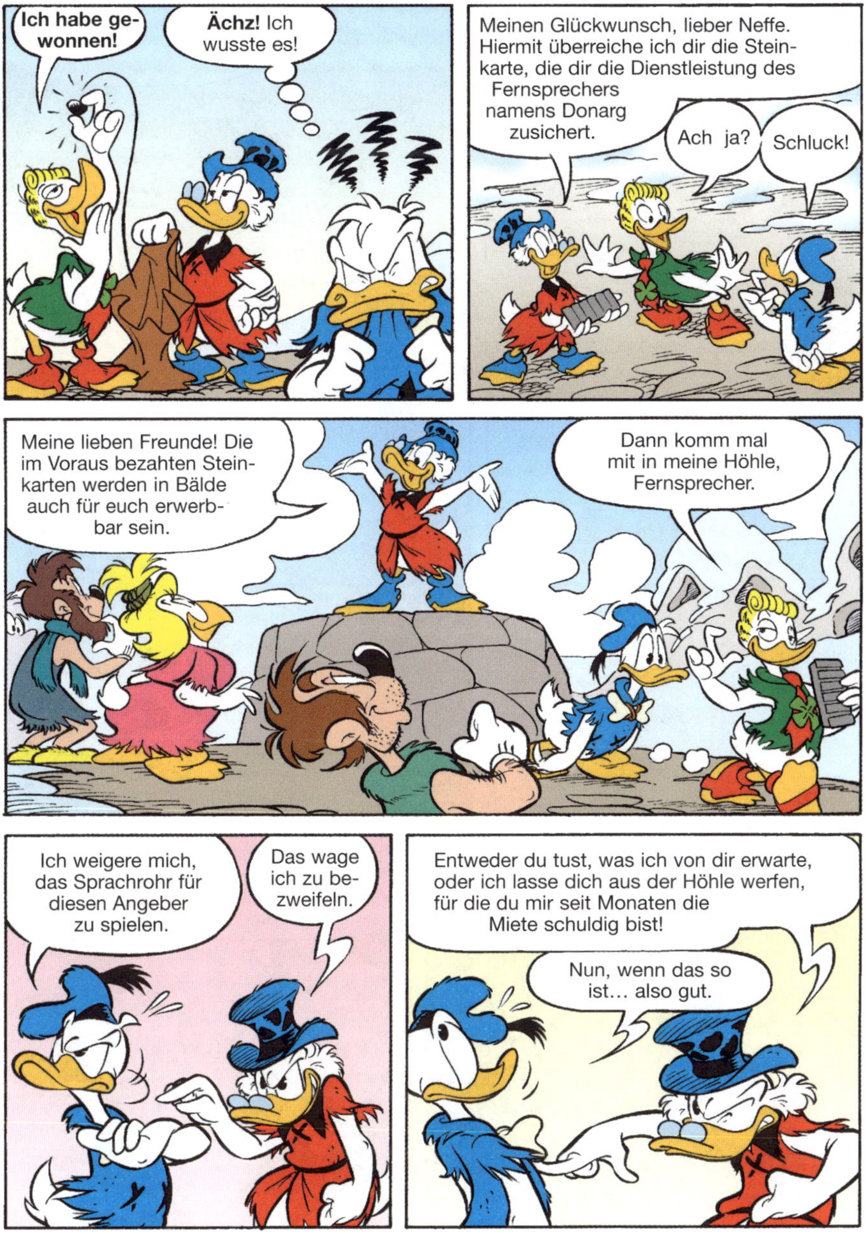

Ich habe gewonnen!
Ächz! Ich wusste es!
Meinen Glückwunsch, lieber Neffe. Hiermit überreiche ich dir die Steinkarte, die dir die Dienstleistung des Fernsprechers namens Donarg zusichert.
Ach ja?
Schluck!
Meine lieben Freunde! Die im Voraus bezahlten Steinkarten werden in Bälde auch für euch erwerbbar sein.
Dann komm mal mit in meine Höhle, Fernsprecher.
Ich weigere mich, das Sprachrohr für diesen Angeber zu spielen.
Das wage ich zu bezweifeln.
Entweder du tust, was ich von dir erwarte, oder ich lasse dich aus der Höhle werfen, für die du mir seit Monaten die Miete schuldig bist!
Nun, wenn das so ist... also gut.

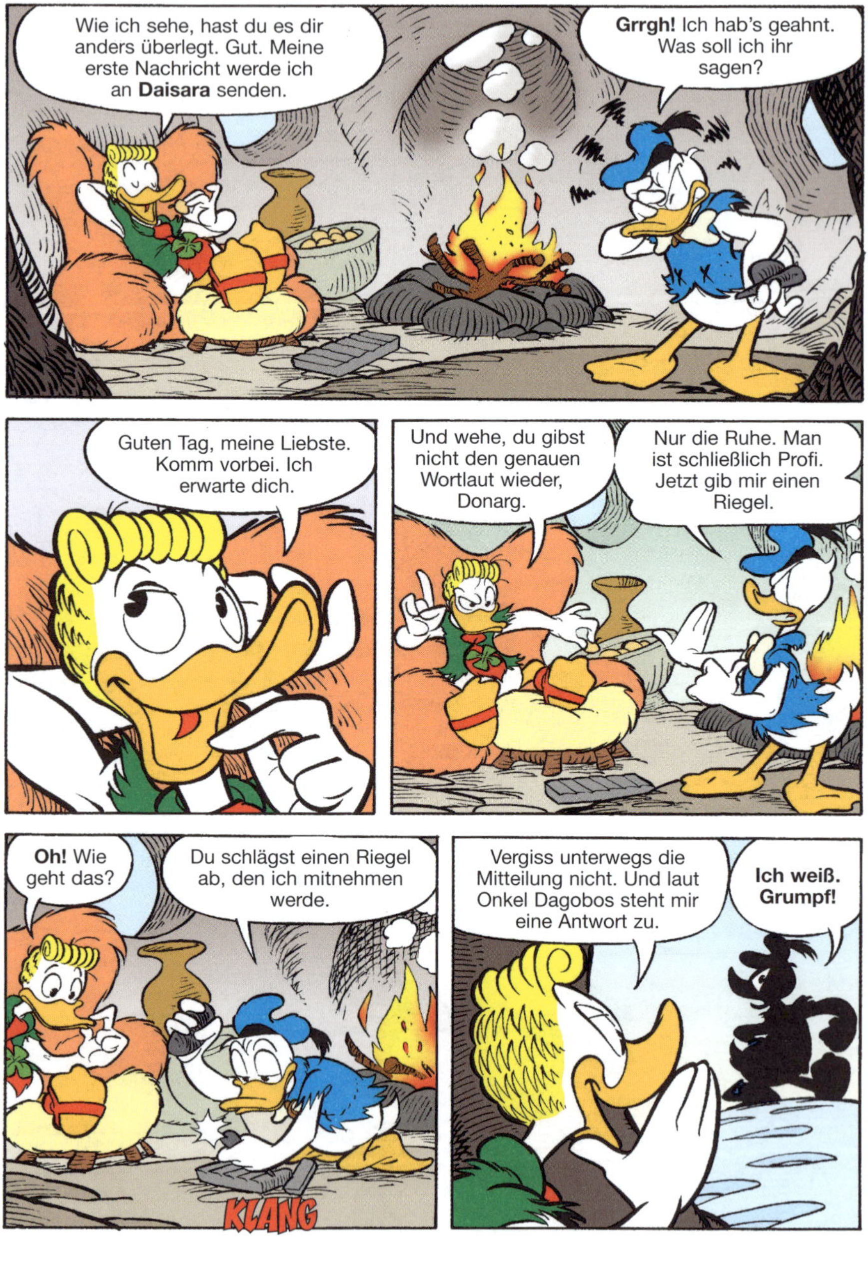
Wie ich sehe, hast du es dir anders überlegt. Gut. Meine erste Nachricht werde ich an **Daisara** senden.
Grrgh! Ich hab's geahnt. Was soll ich ihr sagen?
Guten Tag, meine Liebste. Komm vorbei. Ich erwarte dich.
Und wehe, du gibst nicht den genauen Wortlaut wieder, Donarg.
Nur die Ruhe. Man ist schließlich Profi. Jetzt gib mir einen Riegel.
Oh! Wie geht das?
Du schlägst einen Riegel ab, den ich mitnehmen werde.
KLANG
Vergiss unterwegs die Mitteilung nicht. Und laut Onkel Dagobos steht mir eine Antwort zu.
Ich weiß. Grumpf!

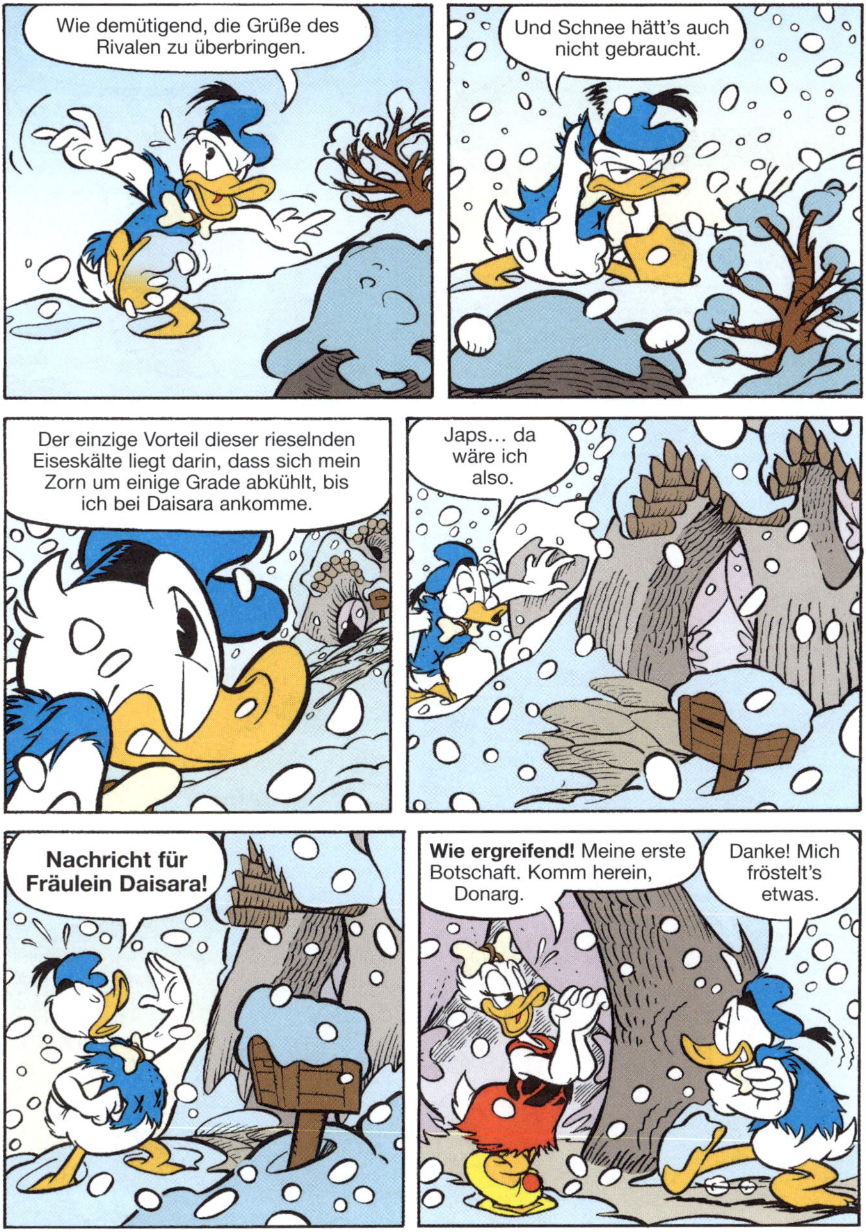
Wie demütigend, die Grüße des Rivalen zu überbringen.
Und Schnee hätt's auch nicht gebraucht.
Der einzige Vorteil dieser rieselnden Eiseskälte liegt darin, dass sich mein Zorn um einige Grade abkühlt, bis ich bei Daisara ankomme.
Japs… da wäre ich also.
Nachricht für Fräulein Daisara!
Wie ergreifend! Meine erste Botschaft. Komm herein, Donarg.
Danke! Mich fröstelt's etwas.

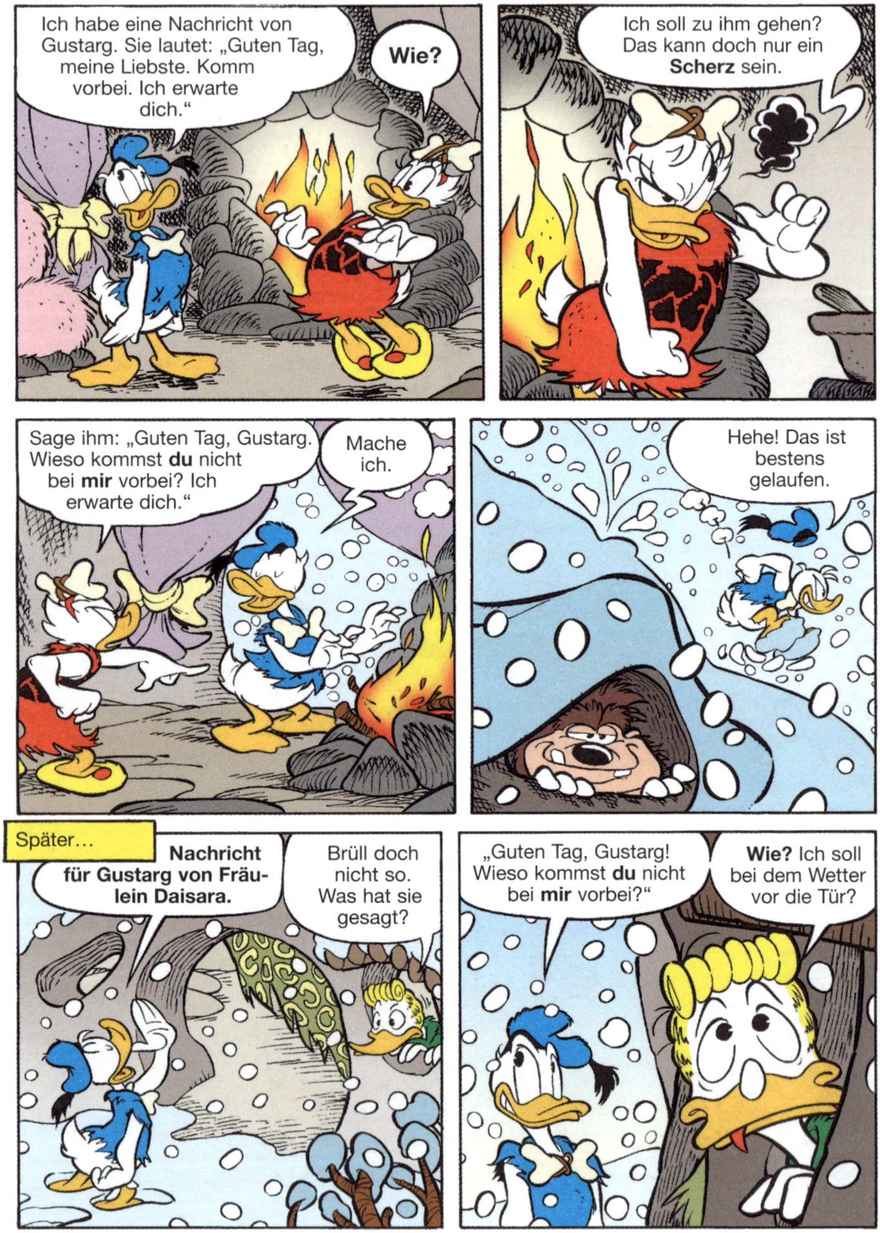
Ich habe eine Nachricht von Gustarg. Sie lautet: „Guten Tag, meine Liebste. Komm vorbei. Ich erwarte dich.“
Wie?
Ich soll zu ihm gehen? Das kann doch nur ein Scherz sein.
Sage ihm: „Guten Tag, Gustarg. Wieso kommst du nicht bei mir vorbei? Ich erwarte dich.“
Mache ich.
Hehe! Das ist bestens gelaufen.
Später…
Nachricht für Gustarg von Fräulein Daisara.
Brüll doch nicht so. Was hat sie gesagt?
„Guten Tag, Gustarg! Wieso kommst du nicht bei mir vorbei?“
Wie? Ich soll bei dem Wetter vor die Tür?

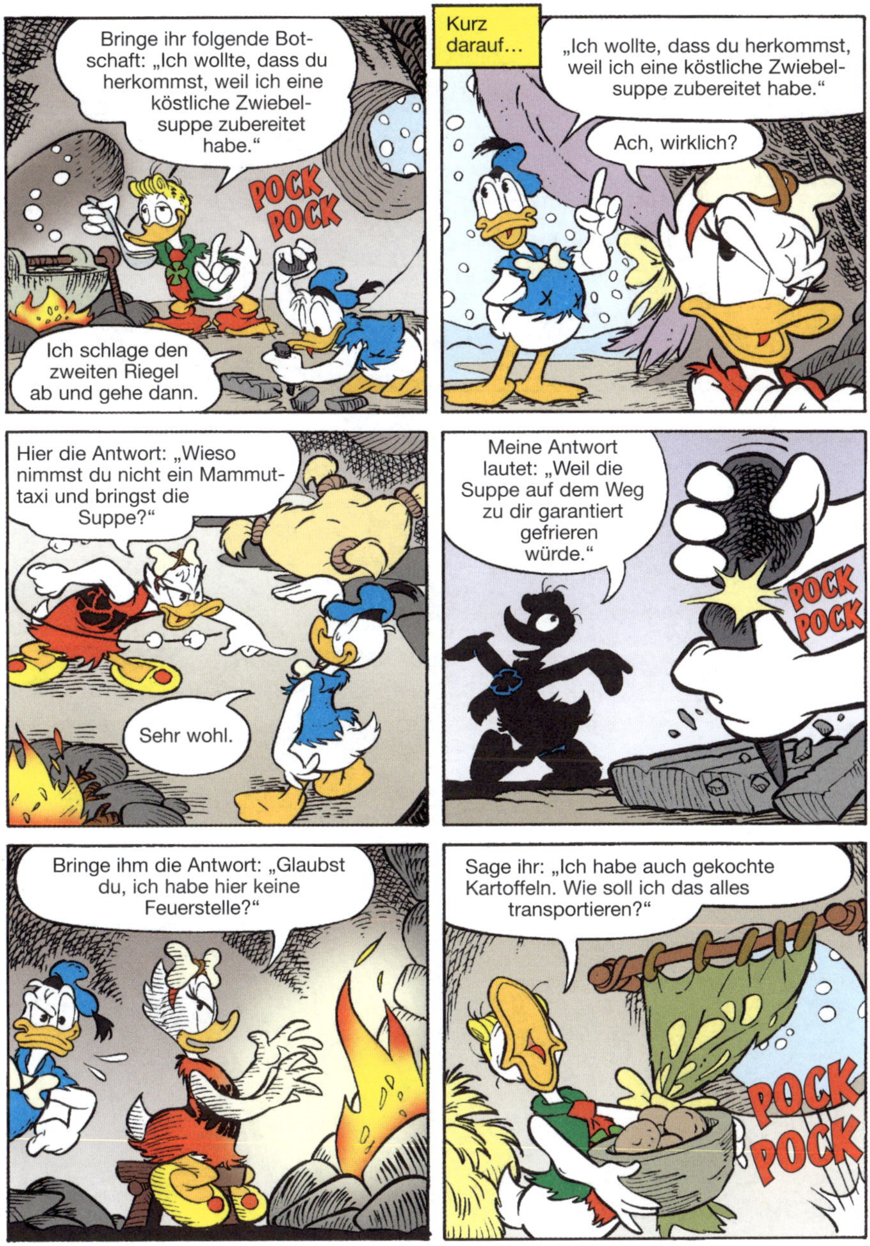
Bringe ihr folgende Botschaft: „Ich wollte, dass du herkommst, weil ich eine köstliche Zwiebelsuppe zubereitet habe.“
POCK POCK
Ich schlage den zweiten Riegel ab und gehe dann.
Kurz darauf…
„Ich wollte, dass du herkommst, weil ich eine köstliche Zwiebelsuppe zubereitet habe.“
Ach, wirklich?
Hier die Antwort: „Wieso nimmst du nicht ein Mammuttaxi und bringst die Suppe?“
Sehr wohl.
Meine Antwort lautet: „Weil die Suppe auf dem Weg zu dir garantiert gefrieren würde.“
POCK POCK
Bringe ihm die Antwort: „Glaubst du, ich habe hier keine Feuerstelle?“
Sage ihr: „Ich habe auch gekochte Kartoffeln. Wie soll ich das alles transportieren?“
POCK POCK

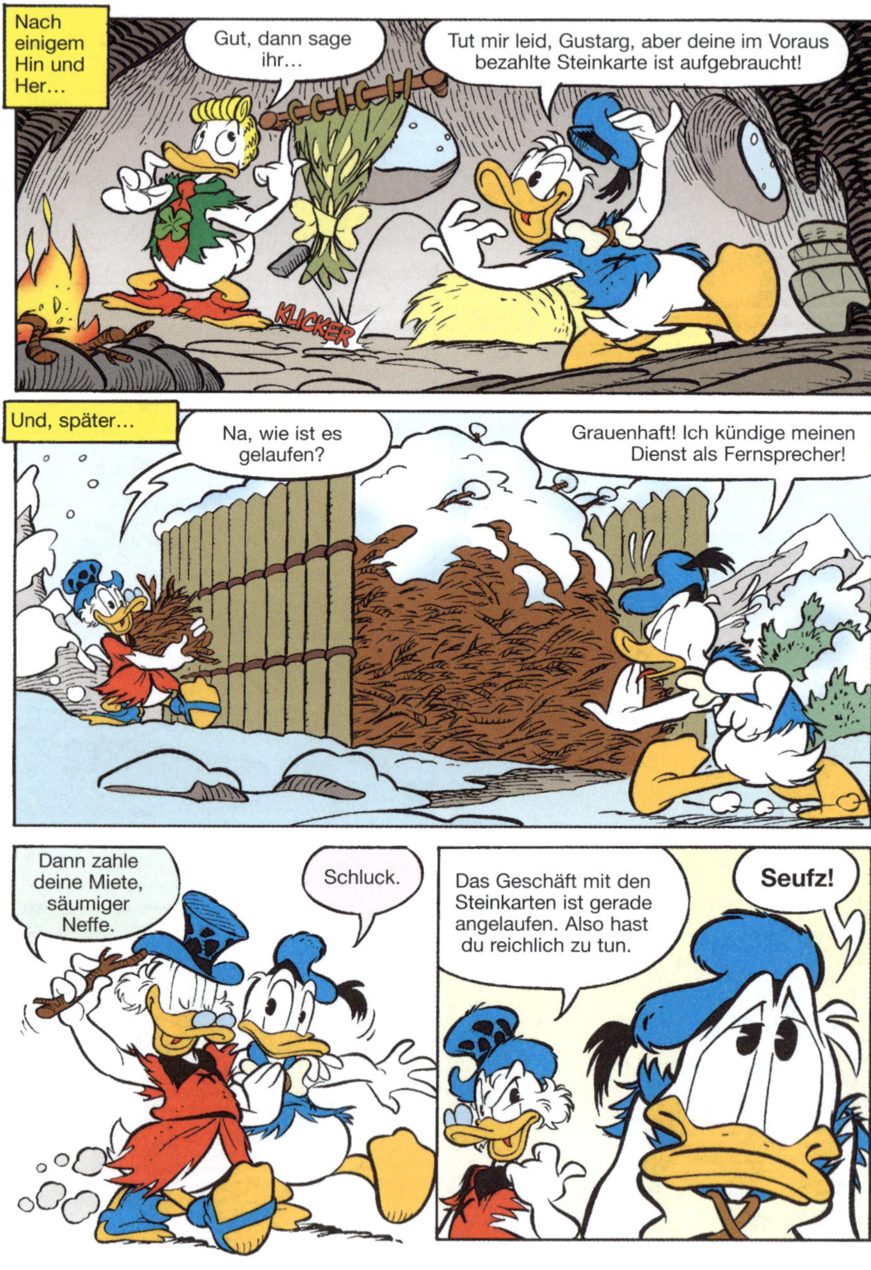
Nach einigem Hin und Her…
Gut, dann sage ihr…
Tut mir leid, Gustarg, aber deine im Voraus bezahlte Steinkarte ist aufgebraucht!
KLICKER
Und, später…
Na, wie ist es gelaufen?
Grauenhaft! Ich kündige meinen Dienst als Fernsprecher!
Dann zahle deine Miete, säumiger Neffe.
Schluck.
Das Geschäft mit den Steinkarten ist gerade angelaufen. Also hast du reichlich zu tun.
Seufz!

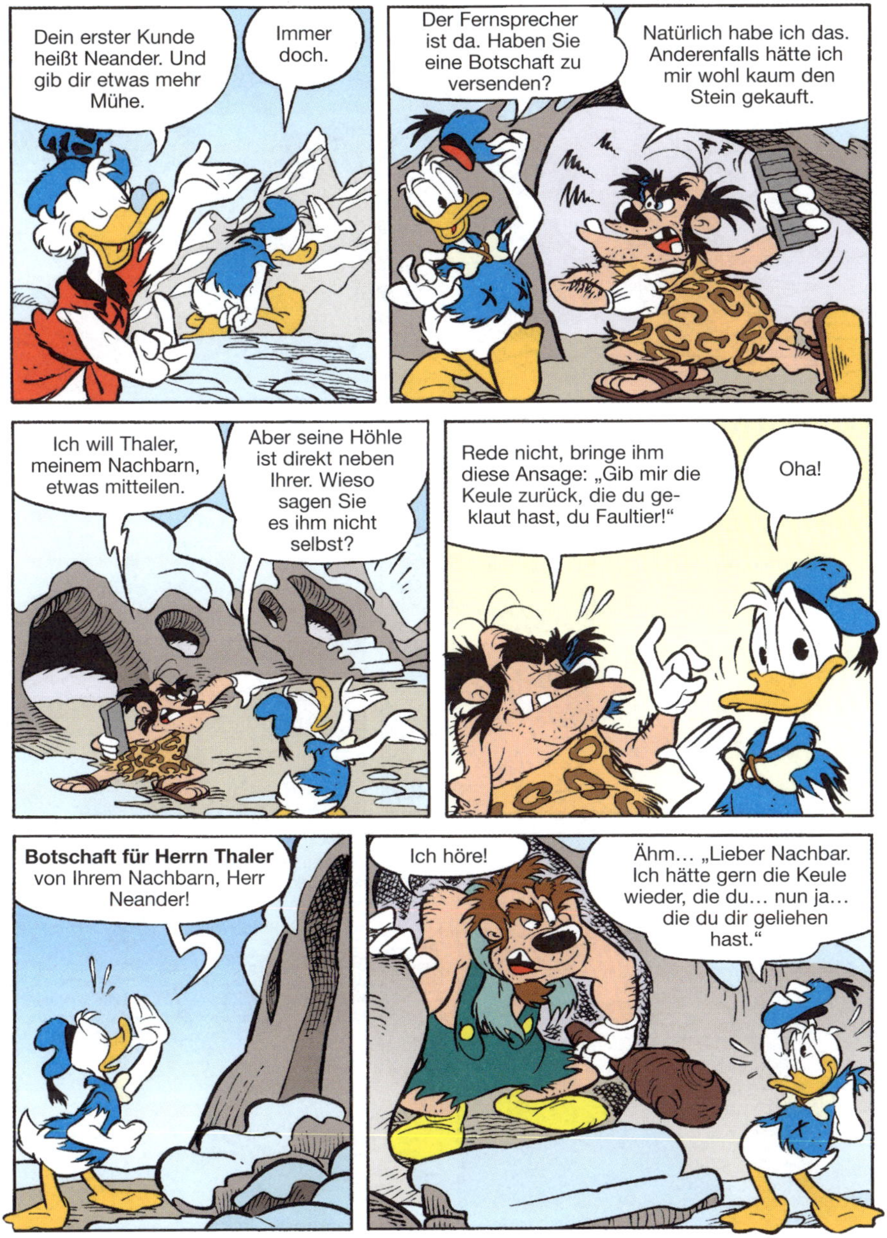

Dein erster Kunde heißt Neander. Und gib dir etwas mehr Mühe.
Immer doch.
Der Fernsprecher ist da. Haben Sie eine Botschaft zu versenden?
Natürlich habe ich das. Anderenfalls hätte ich mir wohl kaum den Stein gekauft.
Ich will Thaler, meinem Nachbarn, etwas mitteilen.
Aber seine Höhle ist direkt neben Ihrer. Wieso sagen Sie es ihm nicht selbst?
Rede nicht, bringe ihm diese Ansage: „Gib mir die Keule zurück, die du geklaut hast, du Faultier!“
Oha!
Botschaft für Herrn Thaler von Ihrem Nachbarn, Herr Neander!
Ich höre!
Ähm… „Lieber Nachbar. Ich hätte gern die Keule wieder, die du… nun ja… die du dir geliehen hast.“

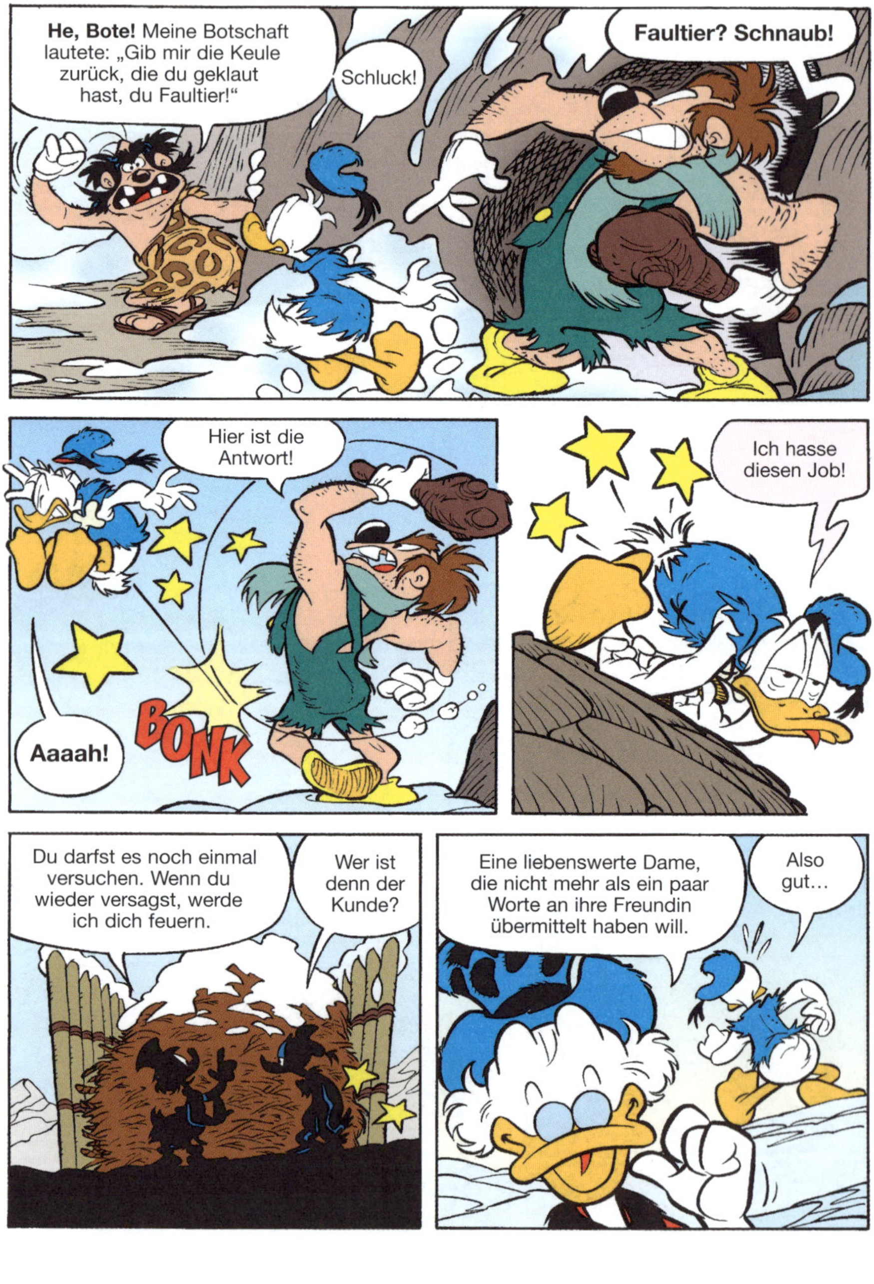
He, Bote! Meine Botschaft lautete: „Gib mir die Keule zurück, die du geklaut hast, du Faultier!“
Schluck!
Faultier? Schnaub!
Hier ist die Antwort!
Aaaah!
BONK
Ich hasse diesen Job!
Du darfst es noch einmal versuchen. Wenn du wieder versagst, werde ich dich feuern.
Wer ist denn der Kunde?
Eine liebenswerte Dame, die nicht mehr als ein paar Worte an ihre Freundin übermittelt haben will.
Also gut…

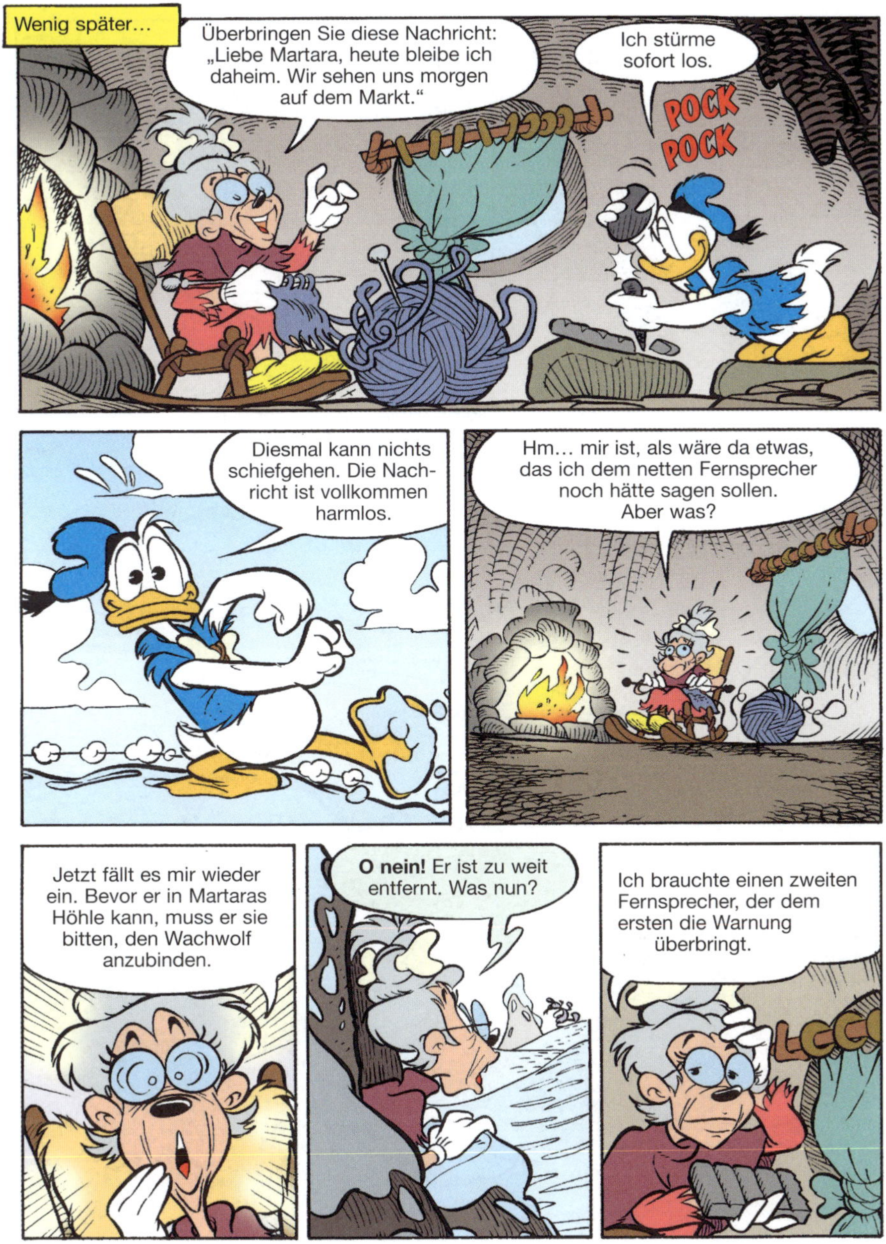
Wenig später…
Überbringen Sie diese Nachricht: „Liebe Martara, heute bleibe ich daheim. Wir sehen uns morgen auf dem Markt.“
Ich stürme sofort los.
POCK POCK
Diesmal kann nichts schiefgehen. Die Nachricht ist vollkommen harmlos.
Hm… mir ist, als wäre da etwas, das ich dem netten Fernsprecher noch hätte sagen sollen. Aber was?
Jetzt fällt es mir wieder ein. Bevor er in Martaras Höhle kann, muss er sie bitten, den Wachwolf anzubinden.
O nein! Er ist zu weit entfernt. Was nun?
Ich bräuchte einen zweiten Fernsprecher, der dem ersten die Warnung überbringt.

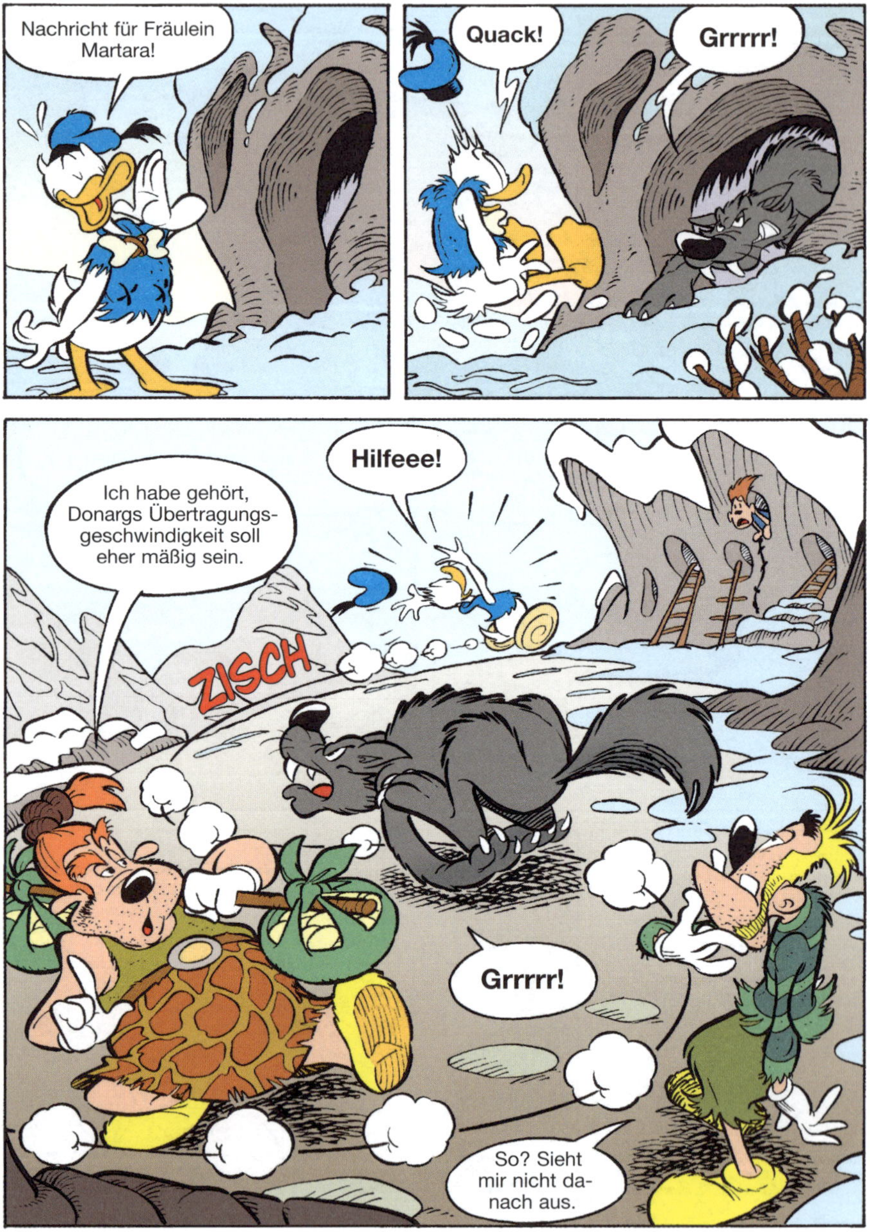
Nachricht für Fräulein Martara!
Quack!
Grrrrr!
Hilfeee!
Ich habe gehört, Donargs Übertragungsgeschwindigkeit soll eher mäßig sein.
ZISCH
Grrrrr!
So? Sieht mir nicht danach aus.

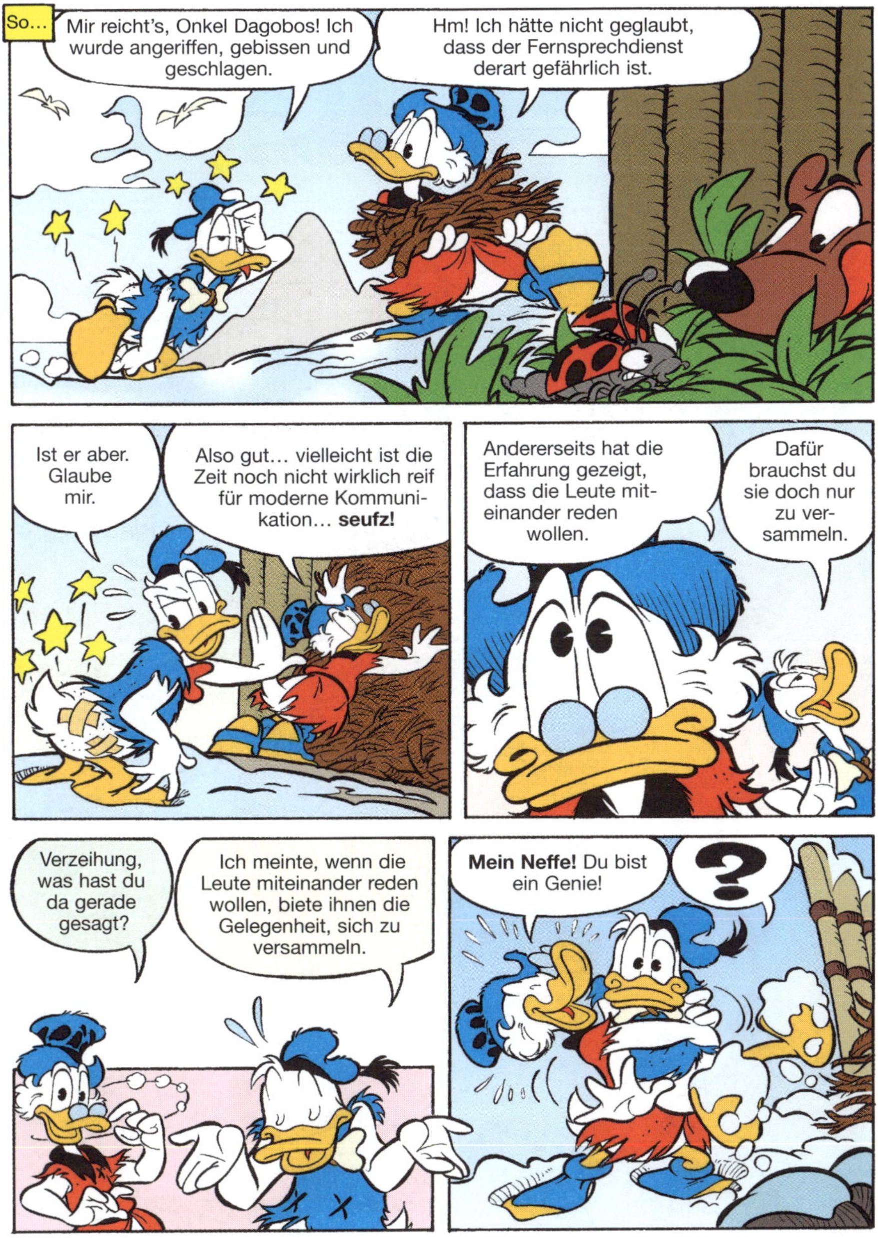
So…
Mir reicht's, Onkel Dagobos! Ich wurde angeriffen, gebissen und geschlagen.
Hm! Ich hätte nicht geglaubt, dass der Fernsprechdienst derart gefährlich ist.
Ist er aber. Glaube mir.
Also gut… vielleicht ist die Zeit noch nicht wirklich reif für moderne Kommunikation… **seufz!**
Andererseits hat die Erfahrung gezeigt, dass die Leute miteinander reden wollen.
Dafür brauchst du sie doch nur zu versammeln.
Verzeihung, was hast du da gerade gesagt?
Ich meinte, wenn die Leute miteinander reden wollen, biete ihnen die Gelegenheit, sich zu versammeln.
Mein Neffe! Du bist ein Genie!
?

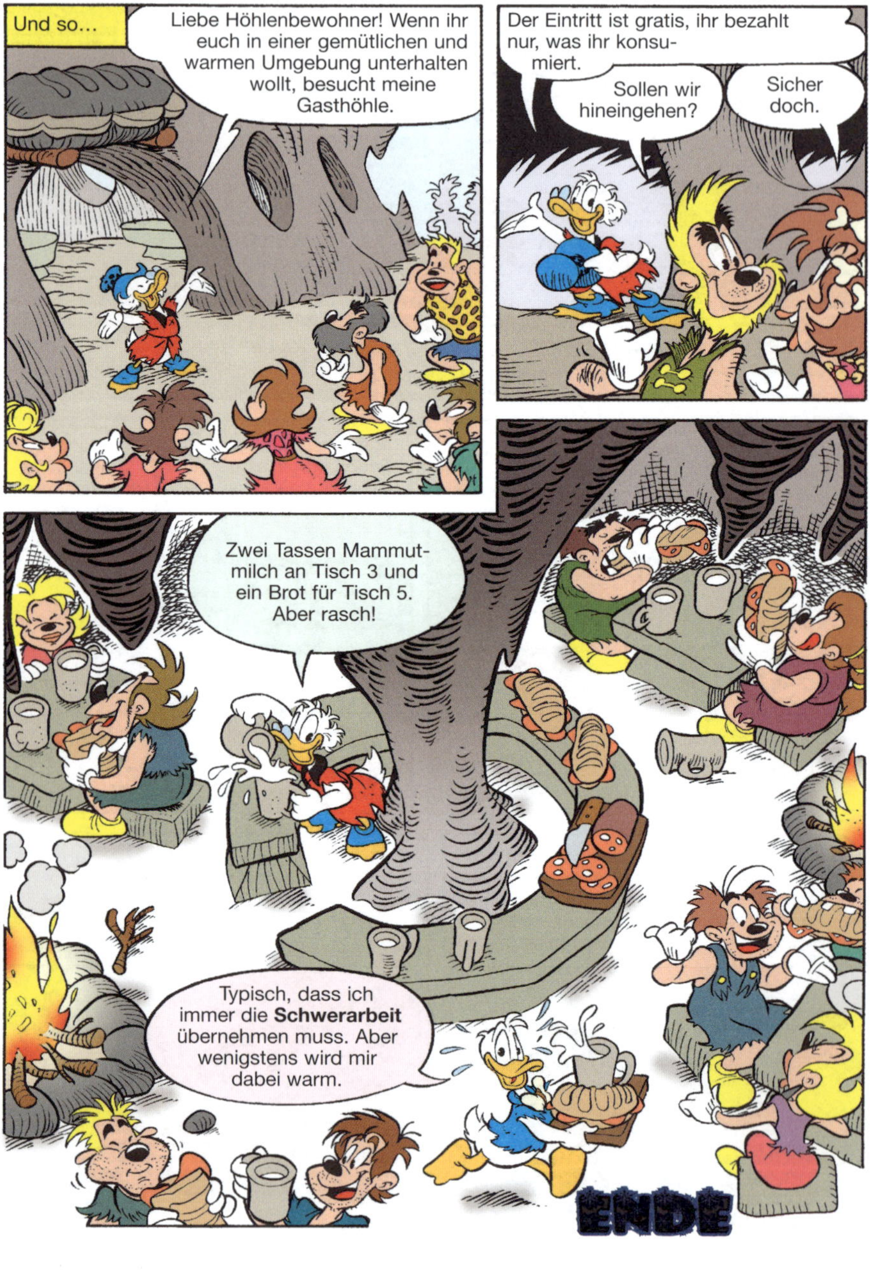

Und so...
Liebe Höhlenbewohner! Wenn ihr euch in einer gemütlichen und warmen Umgebung unterhalten wollt, besucht meine Gasthöhle.
Der Eintritt ist gratis, ihr bezahlt nur, was ihr konsumiert.
Sollen wir hineingehen?
Sicher doch.
Zwei Tassen Mammutmilch an Tisch 3 und ein Brot für Tisch 5. Aber rasch!
Typisch, dass ich immer die **Schwerarbeit** übernehmen muss. Aber wenigstens wird mir dabei warm.
ENDE

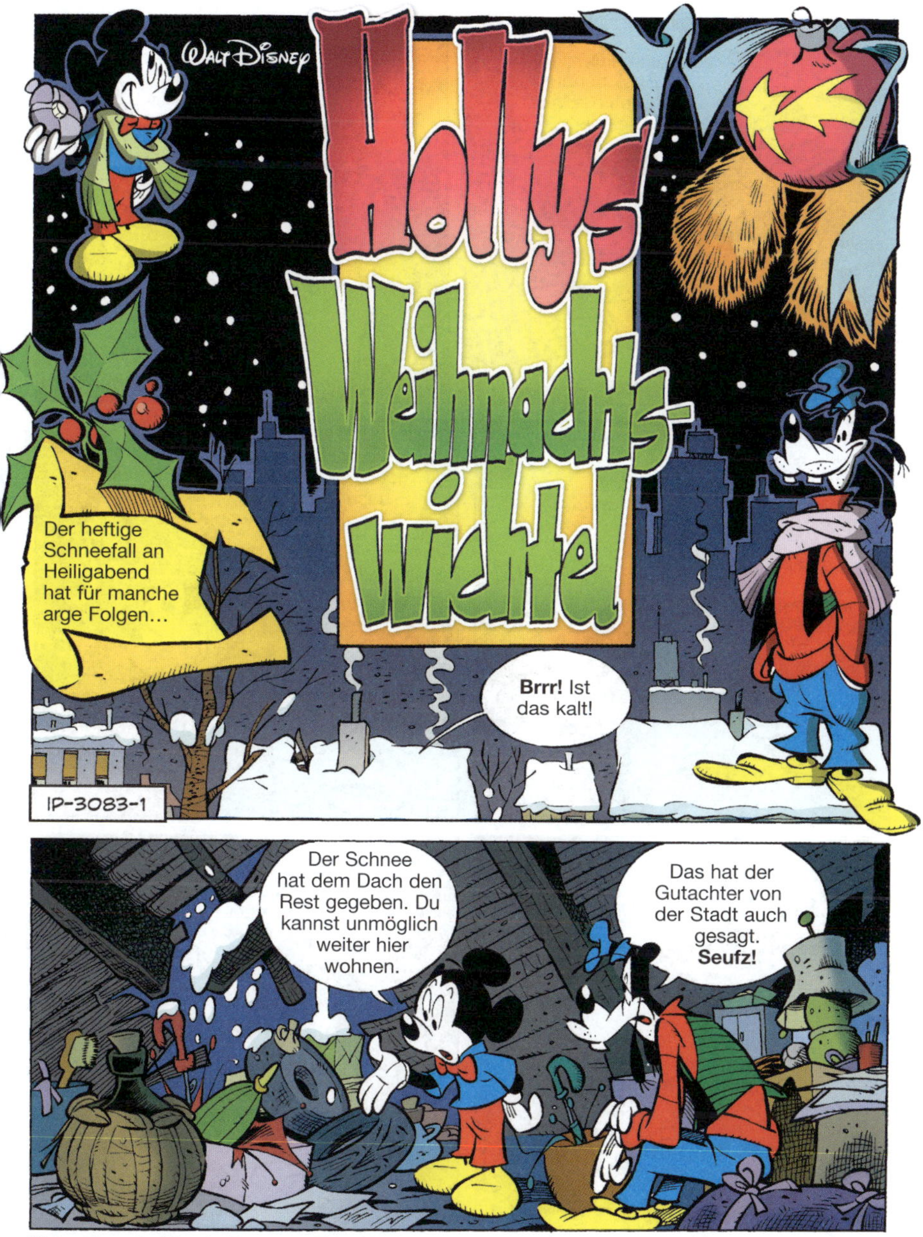

Pietro Zemelo (Story), **Giuseppe Zironi** (Zeichnungen)

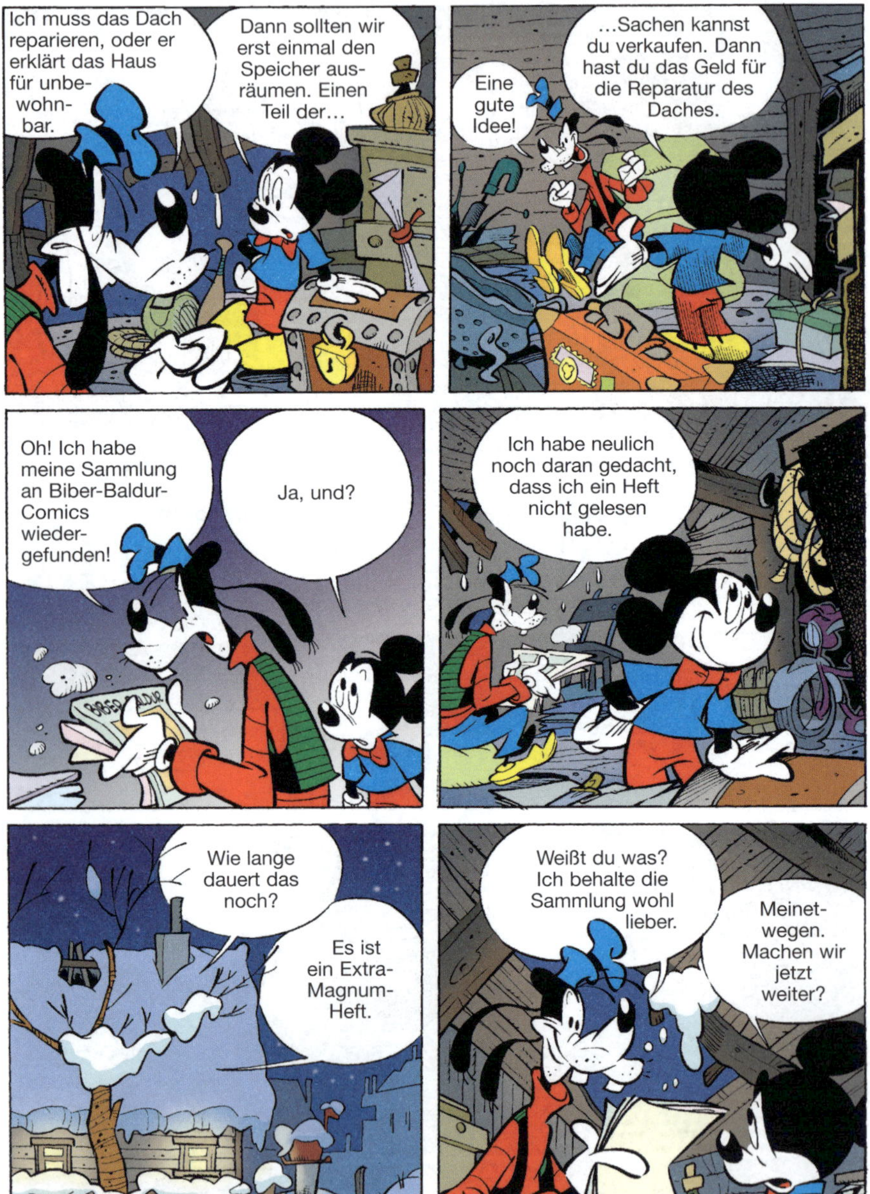
Ich muss das Dach reparieren, oder er erklärt das Haus für unbewohnbar.
Dann sollten wir erst einmal den Speicher ausräumen. Einen Teil der…
…Sachen kannst du verkaufen. Dann hast du das Geld für die Reparatur des Daches.
Eine gute Idee!
Oh! Ich habe meine Sammlung an Biber-Baldur-Comics wiedergefunden!
Ja, und?
BIBER BALDUR
Ich habe neulich noch daran gedacht, dass ich ein Heft nicht gelesen habe.
Wie lange dauert das noch?
Es ist ein Extra-Magnum-Heft.
Weißt du was? Ich behalte die Sammlung wohl lieber.
Meinetwegen. Machen wir jetzt weiter?

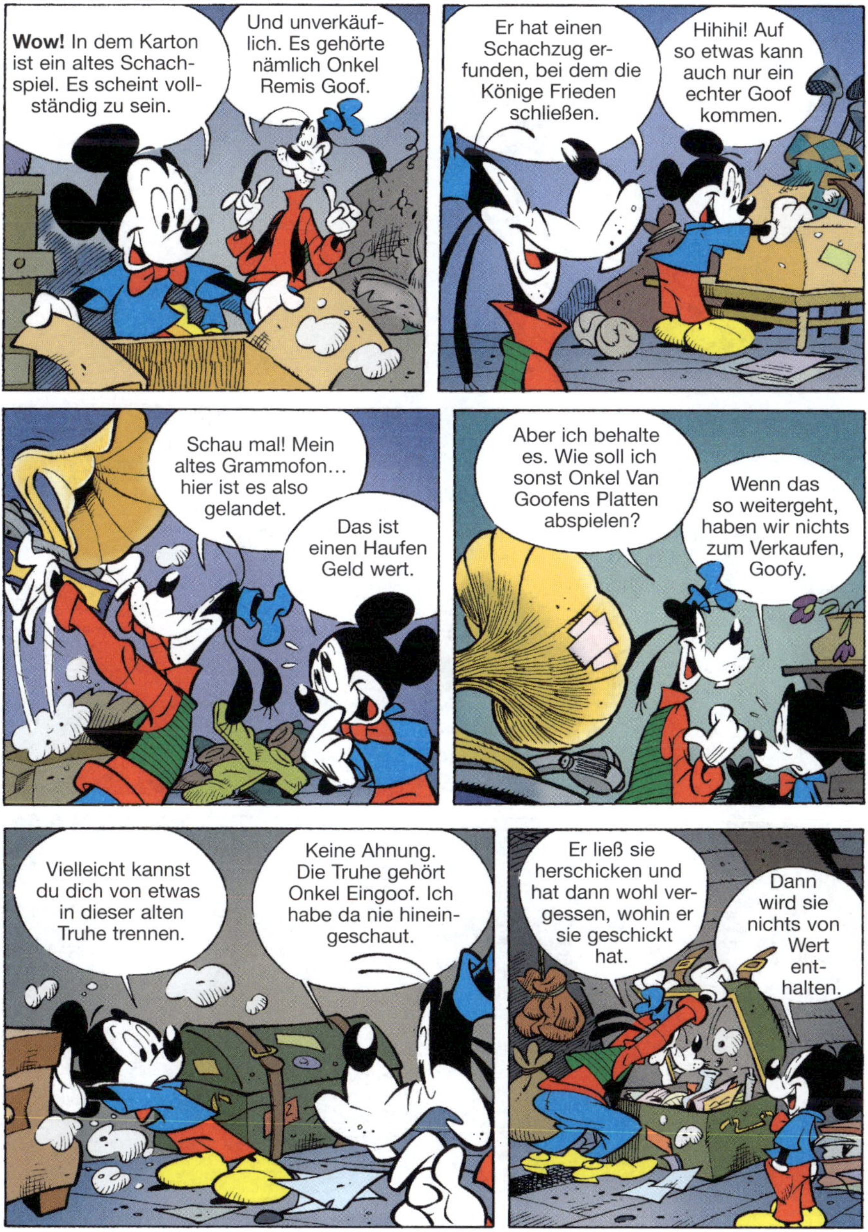
Wow! In dem Karton ist ein altes Schachspiel. Es scheint vollständig zu sein.
Und unverkäuflich. Es gehörte nämlich Onkel Remis Goof.
Er hat einen Schachzug erfunden, bei dem die Könige Frieden schließen.
Hihihi! Auf so etwas kann auch nur ein echter Goof kommen.
Schau mal! Mein altes Grammofon… hier ist es also gelandet.
Das ist einen Haufen Geld wert.
Aber ich behalte es. Wie soll ich sonst Onkel Van Goofens Platten abspielen?
Wenn das so weitergeht, haben wir nichts zum Verkaufen, Goofy.
Vielleicht kannst du dich von etwas in dieser alten Truhe trennen.
Keine Ahnung. Die Truhe gehört Onkel Eingoof. Ich habe da nie hineingeschaut.
Er ließ sie herschicken und hat dann wohl vergessen, wohin er sie geschickt hat.
Dann wird sie nichts von Wert enthalten.

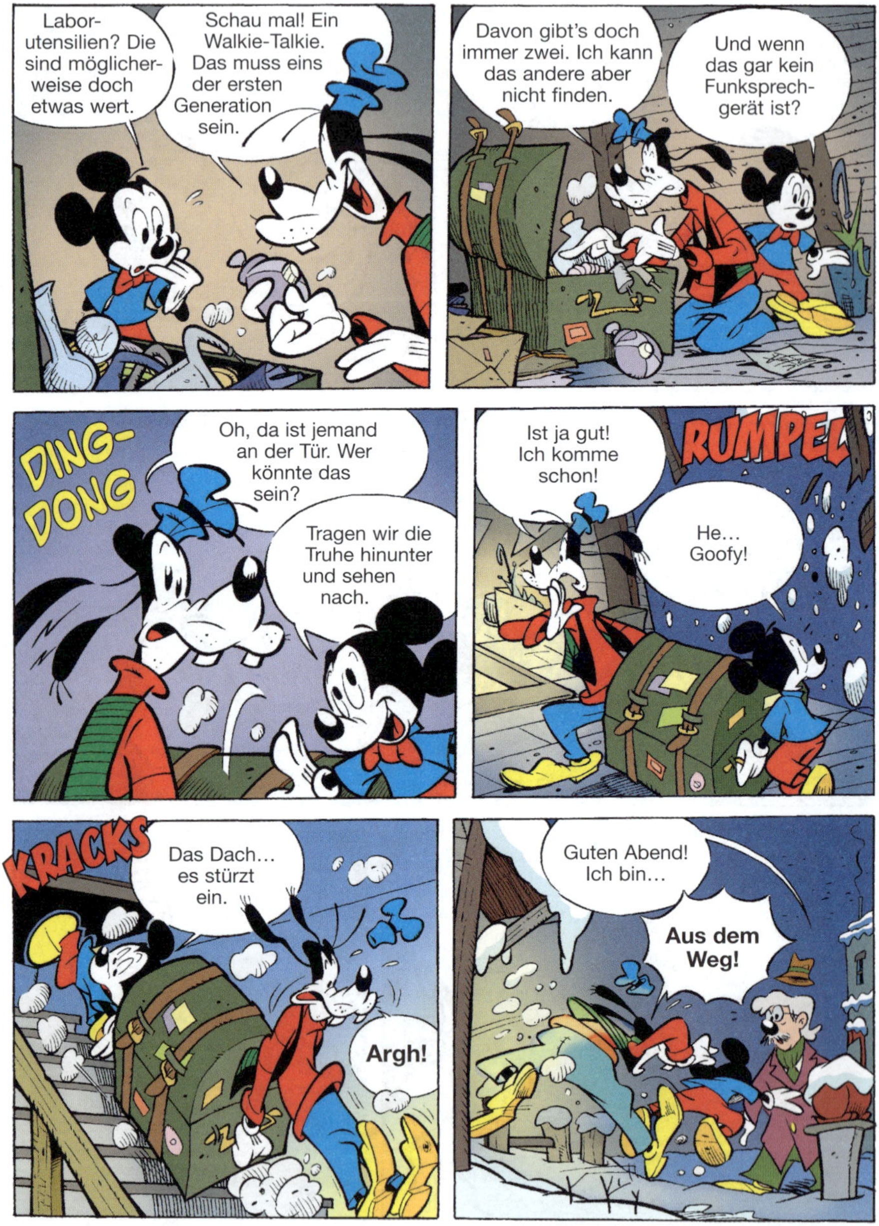
Labor-utensilien? Die sind möglicherweise doch etwas wert.
Schau mal! Ein Walkie-Talkie. Das muss eins der ersten Generation sein.
Davon gibt's doch immer zwei. Ich kann das andere aber nicht finden.
Und wenn das gar kein Funksprechgerät ist?
DING-DONG
Oh, da ist jemand an der Tür. Wer könnte das sein?
Tragen wir die Truhe hinunter und sehen nach.
Ist ja gut! Ich komme schon!
RUMPEL
He... Goofy!
KRACKS
Das Dach... es stürzt ein.
Argh!
Guten Abend! Ich bin...
Aus dem Weg!

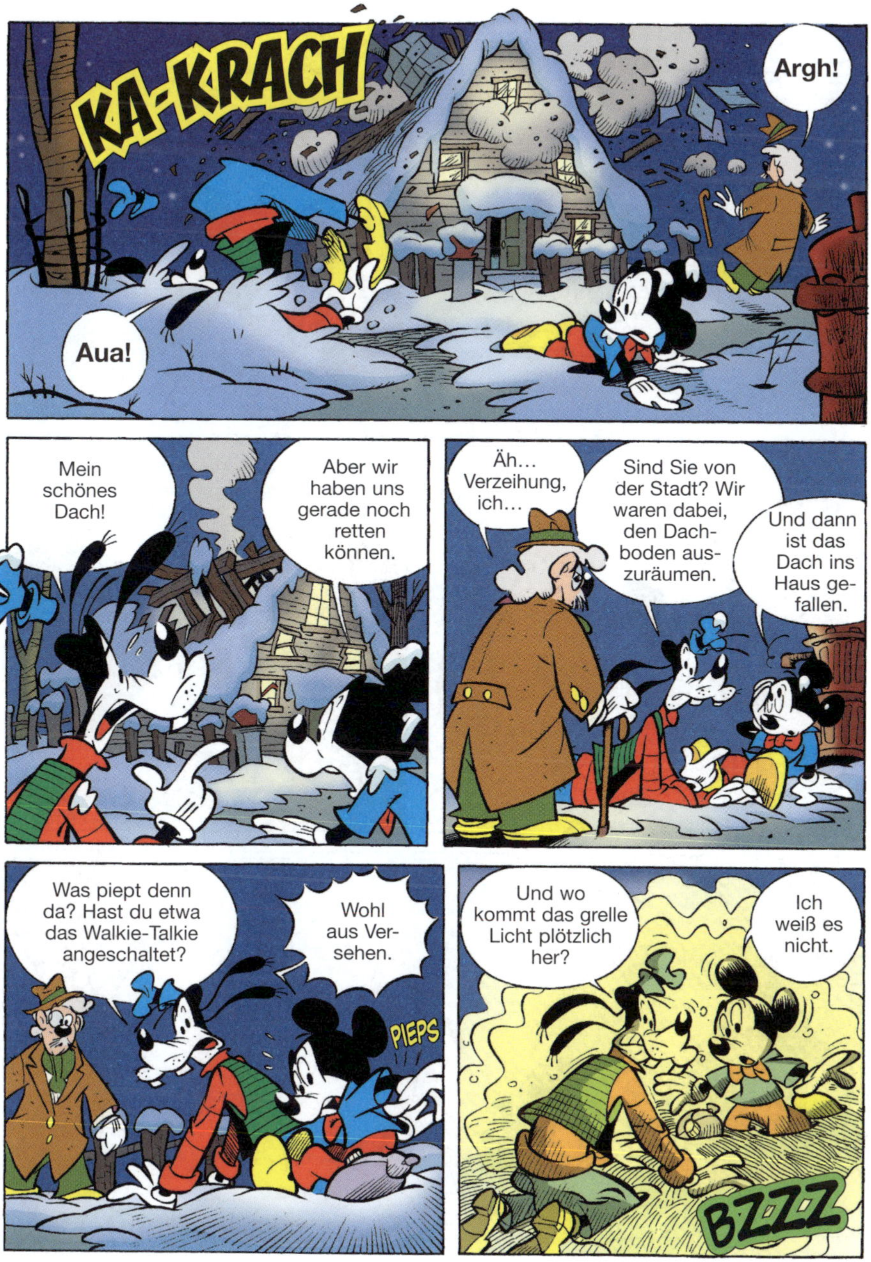
KA-KRACH
Argh!
Aua!
Mein schönes Dach!
Aber wir haben uns gerade noch retten können.
Äh… Verzeihung, ich…
Sind Sie von der Stadt? Wir waren dabei, den Dachboden auszuräumen.
Und dann ist das Dach ins Haus gefallen.
Was piept denn da? Hast du etwa das Walkie-Talkie angeschaltet?
Wohl aus Versehen.
PIEPS
Und wo kommt das grelle Licht plötzlich her?
Ich weiß es nicht.
BZZZZ

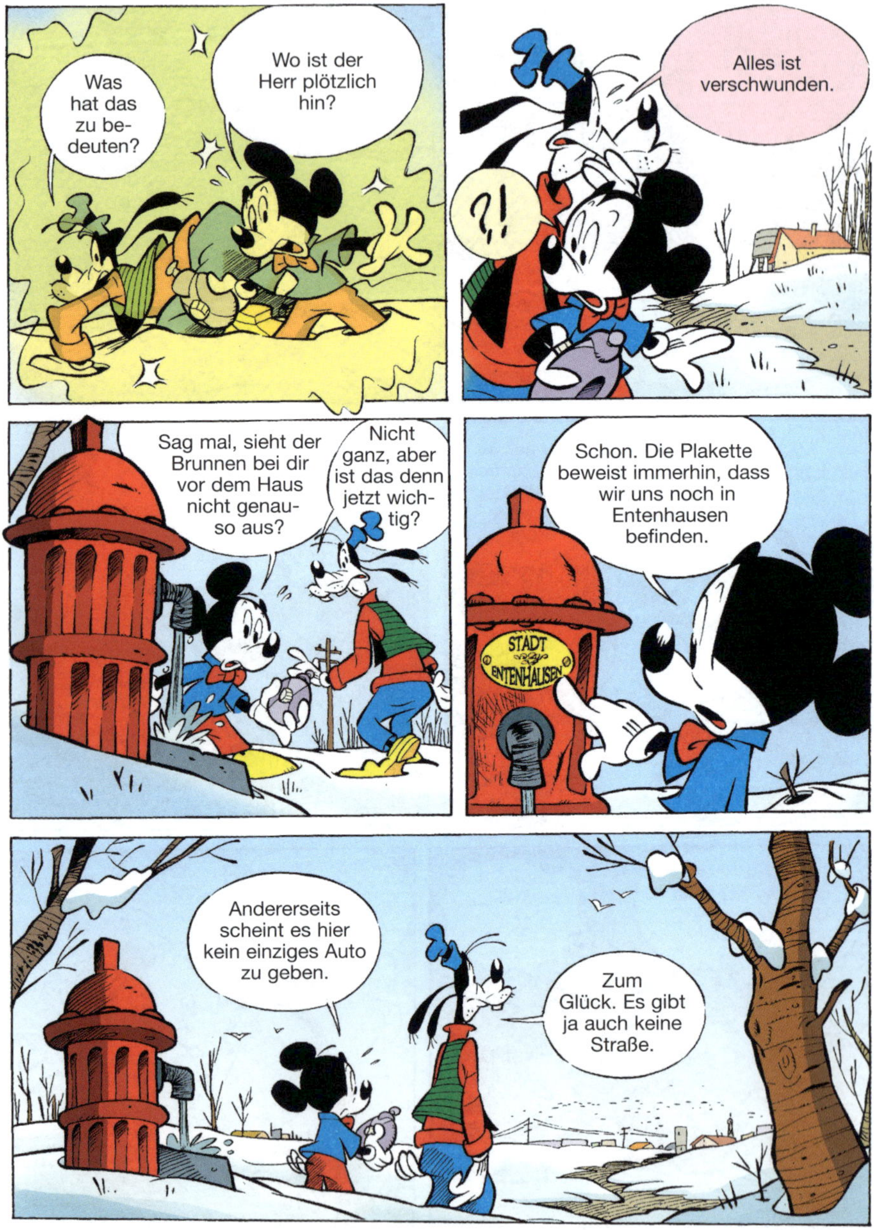
Was hat das zu bedeuten?
Wo ist der Herr plötzlich hin?
Alles ist verschwunden.
?!
Sag mal, sieht der Brunnen bei dir vor dem Haus nicht genauso aus?
Nicht ganz, aber ist das denn jetzt wichtig?
Schon. Die Plakette beweist immerhin, dass wir uns noch in Entenhausen befinden.
STADT ENTENHAUSEN
Andererseits scheint es hier kein einziges Auto zu geben.
Zum Glück. Es gibt ja auch keine Straße.

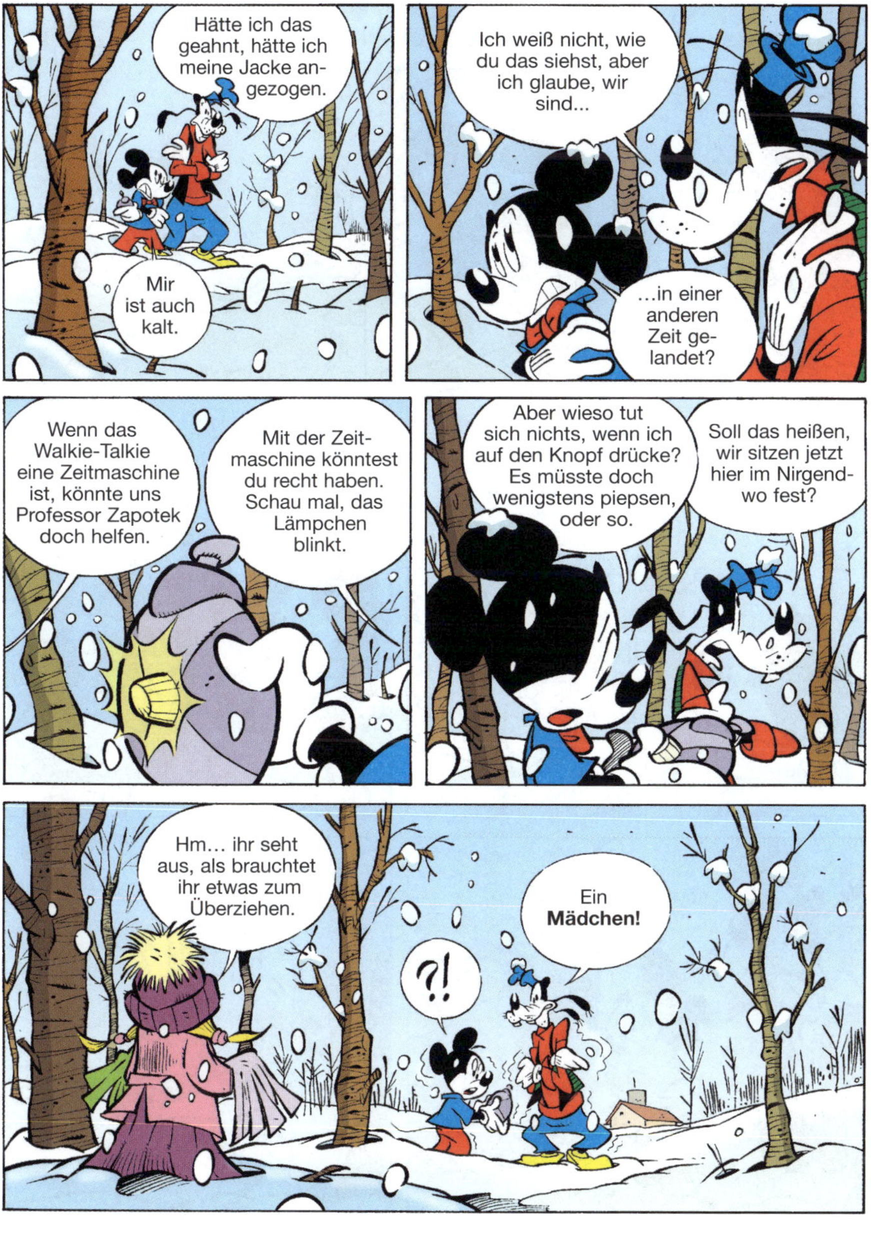
Hätte ich das geahnt, hätte ich meine Jacke angezogen.
Mir ist auch kalt.
Ich weiß nicht, wie du das siehst, aber ich glaube, wir sind...
...in einer anderen Zeit gelandet?
Wenn das Walkie-Talkie eine Zeitmaschine ist, könnte uns Professor Zapotek doch helfen.
Mit der Zeitmaschine könntest du recht haben. Schau mal, das Lämpchen blinkt.
Aber wieso tut sich nichts, wenn ich auf den Knopf drücke? Es müsste doch wenigstens piepsen, oder so.
Soll das heißen, wir sitzen jetzt hier im Nirgendwo fest?
Hm... ihr seht aus, als brauchtet ihr etwas zum Überziehen.
?!
Ein **Mädchen!**

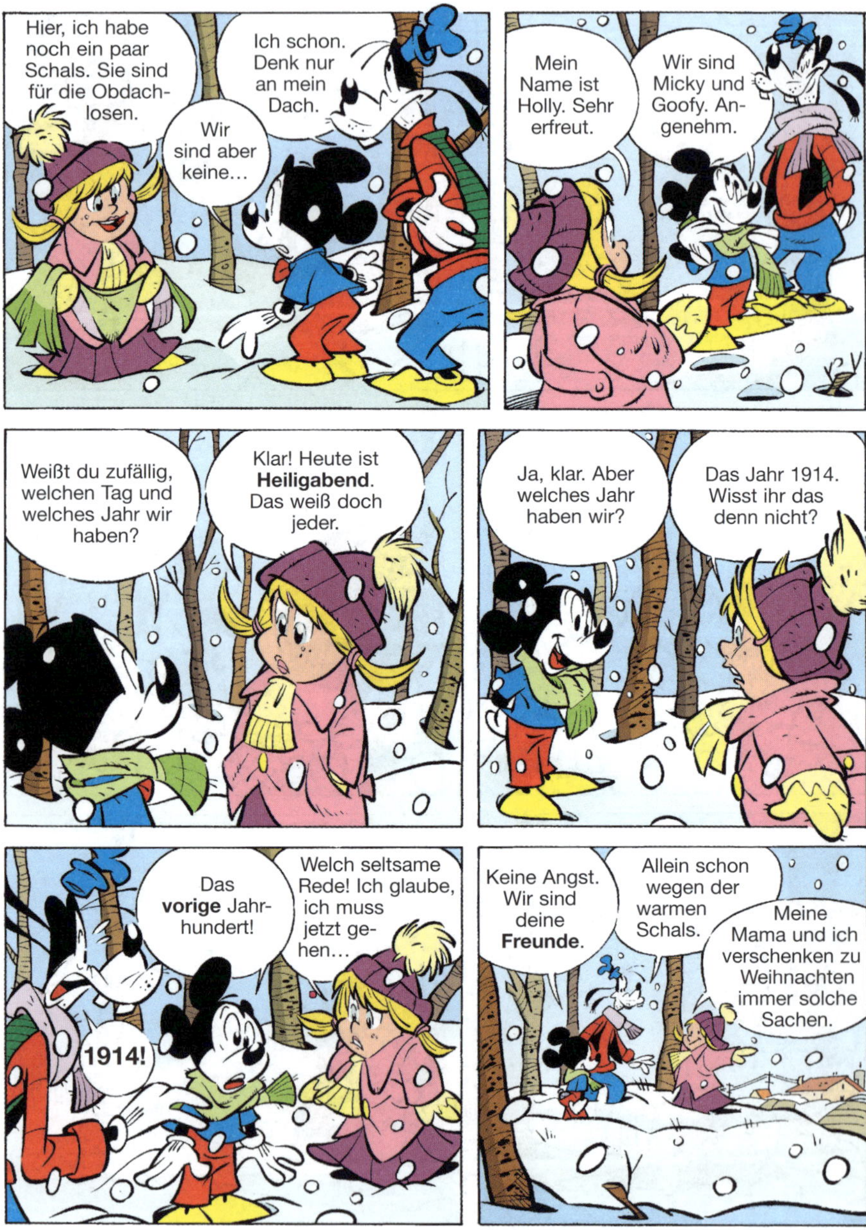
Hier, ich habe noch ein paar Schals. Sie sind für die Obdach-losen.
Wir sind aber keine…
Ich schon. Denk nur an mein Dach.
Mein Name ist Holly. Sehr erfreut.
Wir sind Micky und Goofy. An-genehm.
Weißt du zufällig, welchen Tag und welches Jahr wir haben?
Klar! Heute ist **Heiligabend**. Das weiß doch jeder.
Ja, klar. Aber welches Jahr haben wir?
Das Jahr 1914. Wisst ihr das denn nicht?
Das **vorige** Jahr-hundert!
1914!
Welch seltsame Rede! Ich glaube, ich muss jetzt ge-hen…
Keine Angst. Wir sind deine **Freunde**.
Allein schon wegen der warmen Schals.
Meine Mama und ich verschenken zu Weihnachten immer solche Sachen.

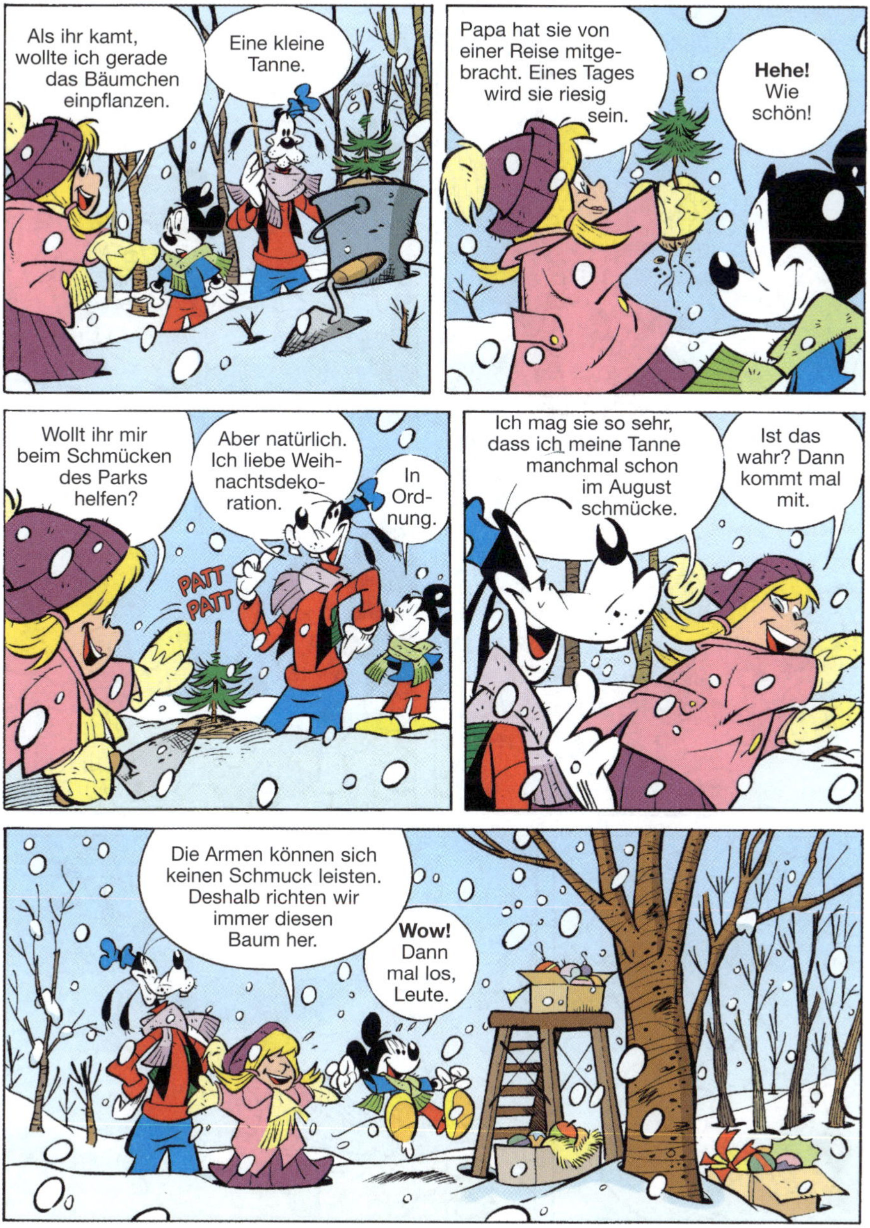
Als ihr kamt, wollte ich gerade das Bäumchen einpflanzen.
Eine kleine Tanne.
Papa hat sie von einer Reise mitgebracht. Eines Tages wird sie riesig sein.
Hehe! Wie schön!
Wollt ihr mir beim Schmücken des Parks helfen?
Aber natürlich. Ich liebe Weihnachtsdekoration.
In Ordnung.
PATT PATT
Ich mag sie so sehr, dass ich meine Tanne manchmal schon im August schmücke.
Ist das wahr? Dann kommt mal mit.
Die Armen können sich keinen Schmuck leisten. Deshalb richten wir immer diesen Baum her.
Wow! Dann mal los, Leute.

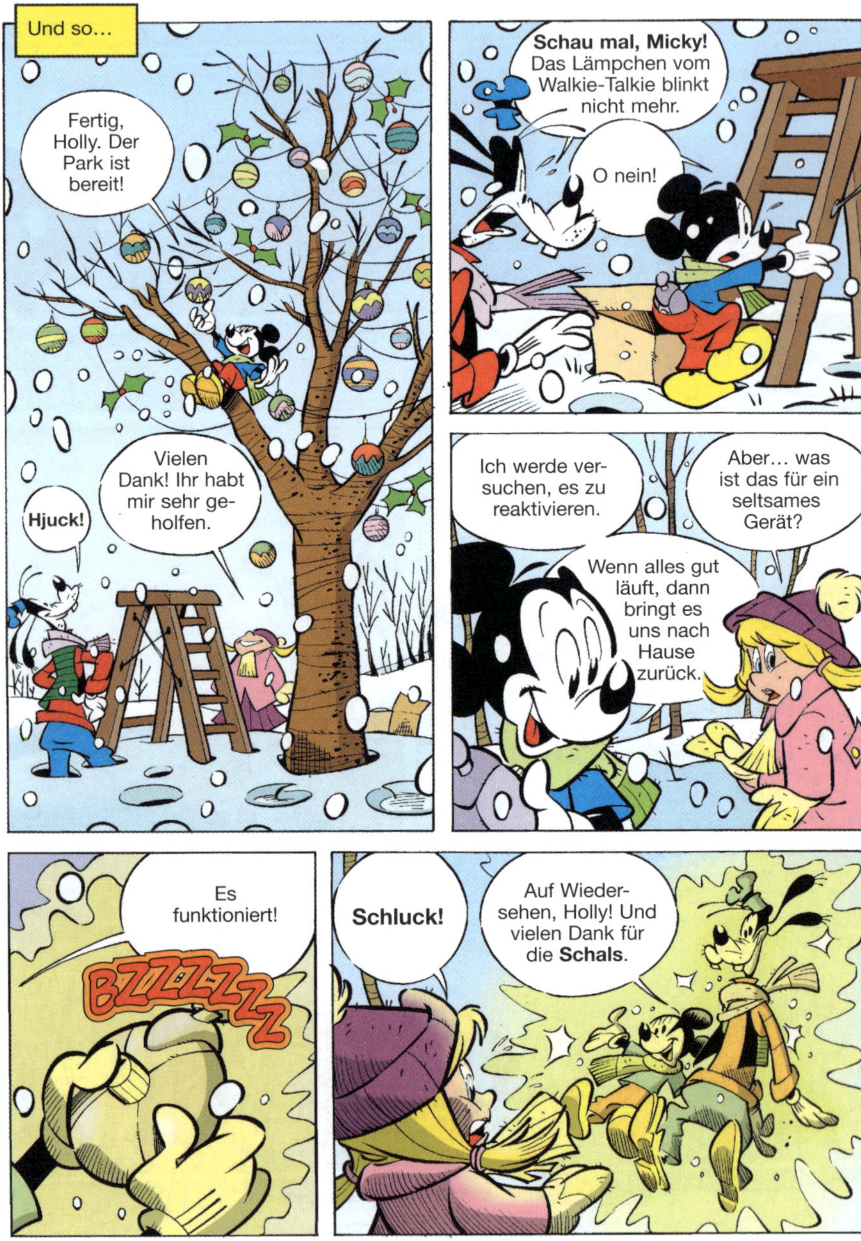
Und so…
Fertig, Holly. Der Park ist bereit!
Hjuck!
Vielen Dank! Ihr habt mir sehr geholfen.
Schau mal, Micky! Das Lämpchen vom Walkie-Talkie blinkt nicht mehr.
O nein!
Ich werde versuchen, es zu reaktivieren.
Aber… was ist das für ein seltsames Gerät?
Wenn alles gut läuft, dann bringt es uns nach Hause zurück.
Es funktioniert!
BZZZZZZ
Schluck!
Auf Wiedersehen, Holly! Und vielen Dank für die **Schals**.

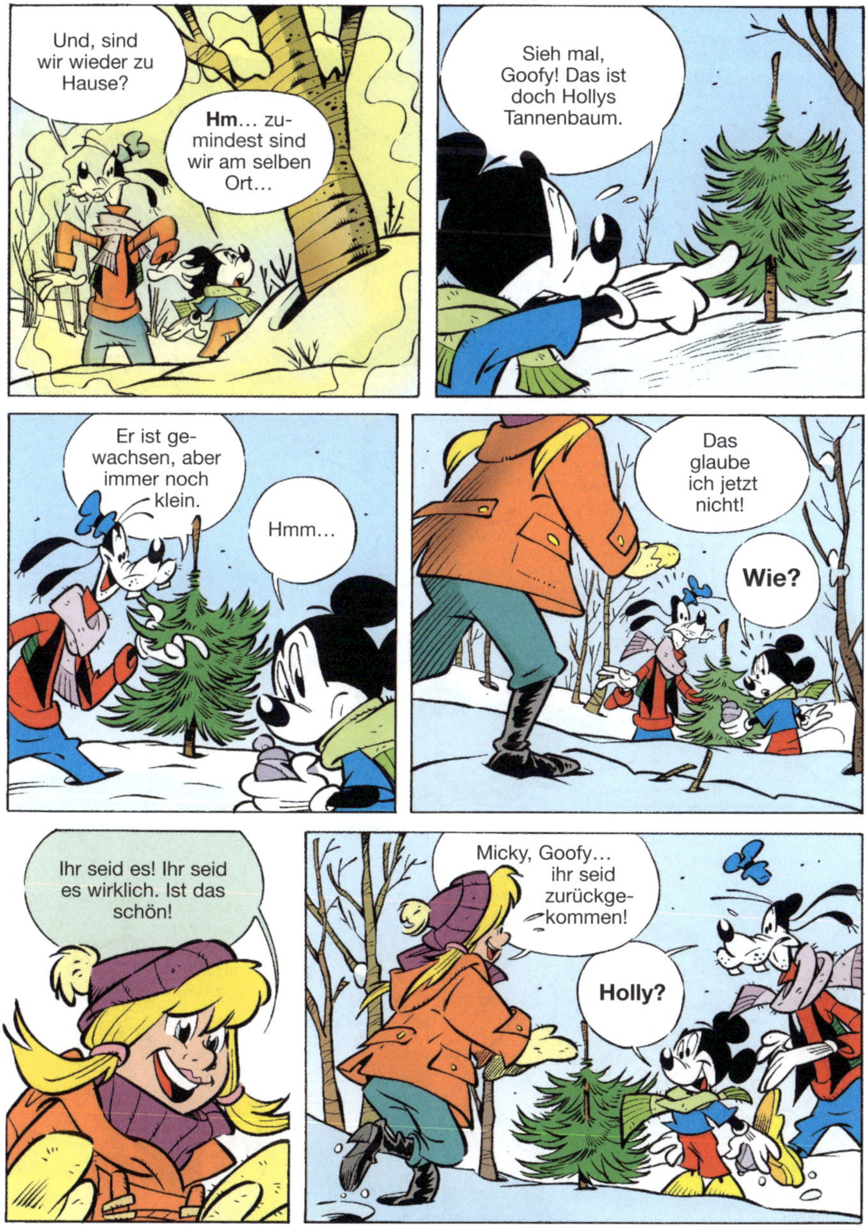
Und, sind wir wieder zu Hause?
Hm... zumindest sind wir am selben Ort...
Sieh mal, Goofy! Das ist doch Hollys Tannenbaum.
Er ist gewachsen, aber immer noch klein.
Hmm...
Das glaube ich jetzt nicht!
Wie?
Ihr seid es! Ihr seid es wirklich. Ist das schön!
Micky, Goofy... ihr seid zurückgekommen!
Holly?

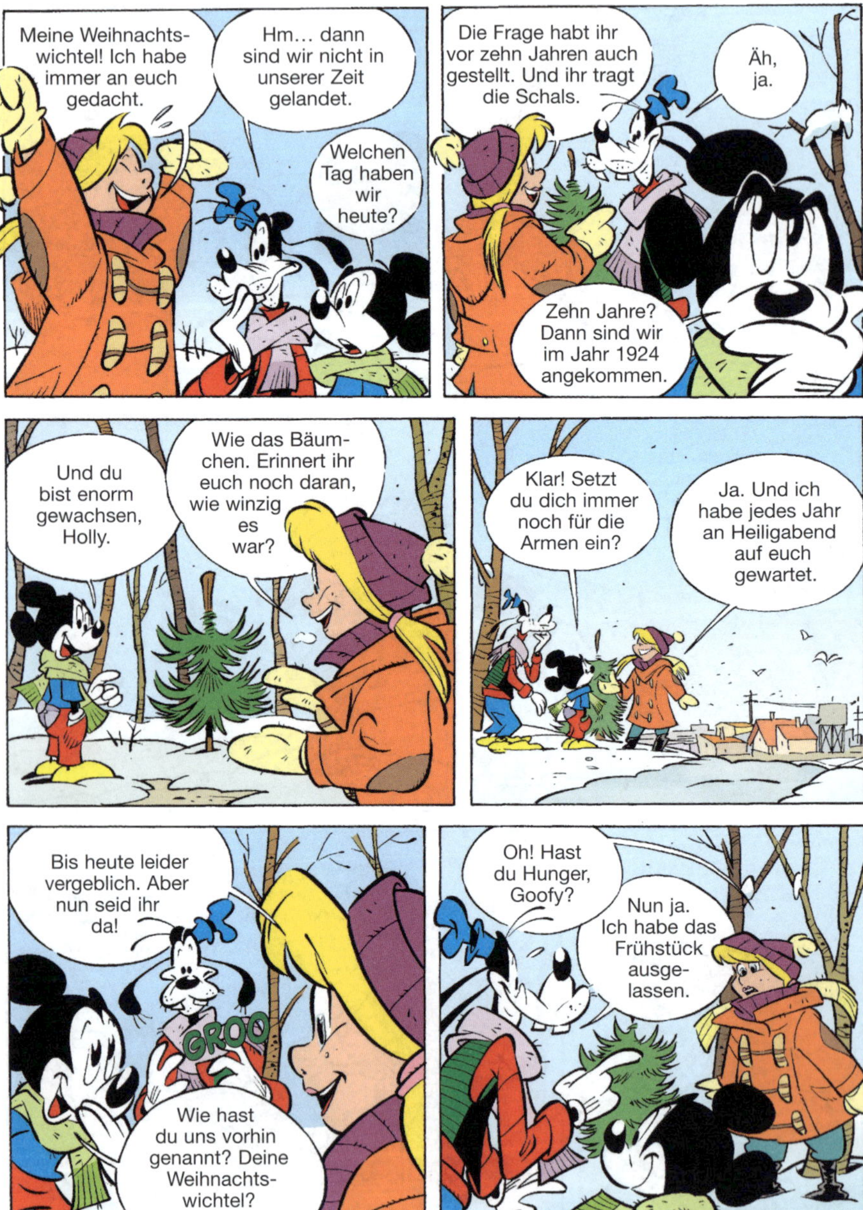
Meine Weihnachtswichtel! Ich habe immer an euch gedacht.
Hm… dann sind wir nicht in unserer Zeit gelandet.
Welchen Tag haben wir heute?
Die Frage habt ihr vor zehn Jahren auch gestellt. Und ihr tragt die Schals.
Äh, ja.
Zehn Jahre? Dann sind wir im Jahr 1924 angekommen.
Und du bist enorm gewachsen, Holly.
Wie das Bäumchen. Erinnert ihr euch noch daran, wie winzig es war?
Klar! Setzt du dich immer noch für die Armen ein?
Ja. Und ich habe jedes Jahr an Heiligabend auf euch gewartet.
Bis heute leider vergeblich. Aber nun seid ihr da!
GROO
Wie hast du uns vorhin genannt? Deine Weihnachtswichtel?
Oh! Hast du Hunger, Goofy?
Nun ja. Ich habe das Frühstück ausgelassen.

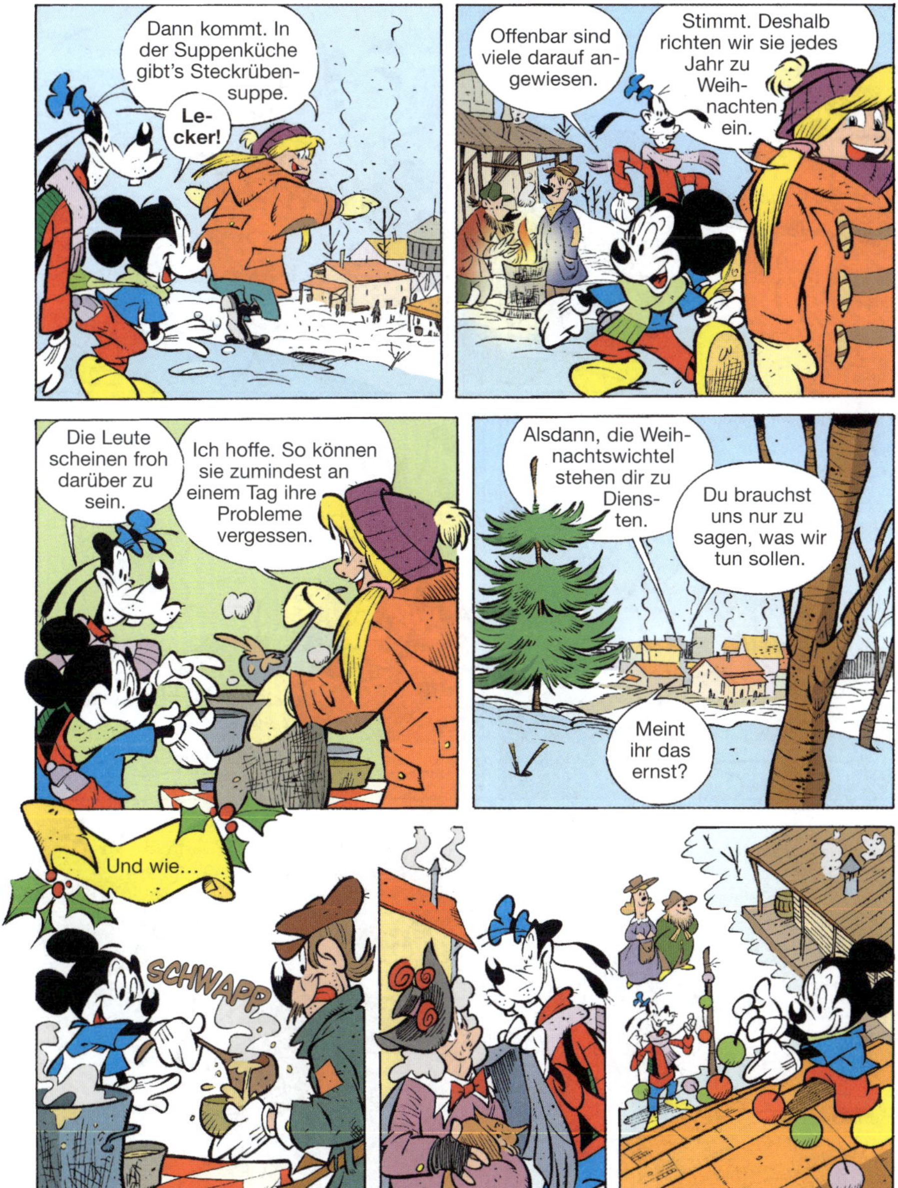
Dann kommt. In der Suppenküche gibt's Steckrüben-suppe.
Le-cker!
Offenbar sind viele darauf an-gewiesen.
Stimmt. Deshalb richten wir sie jedes Jahr zu Weih-nachten ein.
Die Leute scheinen froh darüber zu sein.
Ich hoffe. So können sie zumindest an einem Tag ihre Probleme vergessen.
Alsdann, die Weih-nachtswichtel stehen dir zu Diens-ten.
Du brauchst uns nur zu sagen, was wir tun sollen.
Meint ihr das ernst?
Und wie...
SCHWAPP

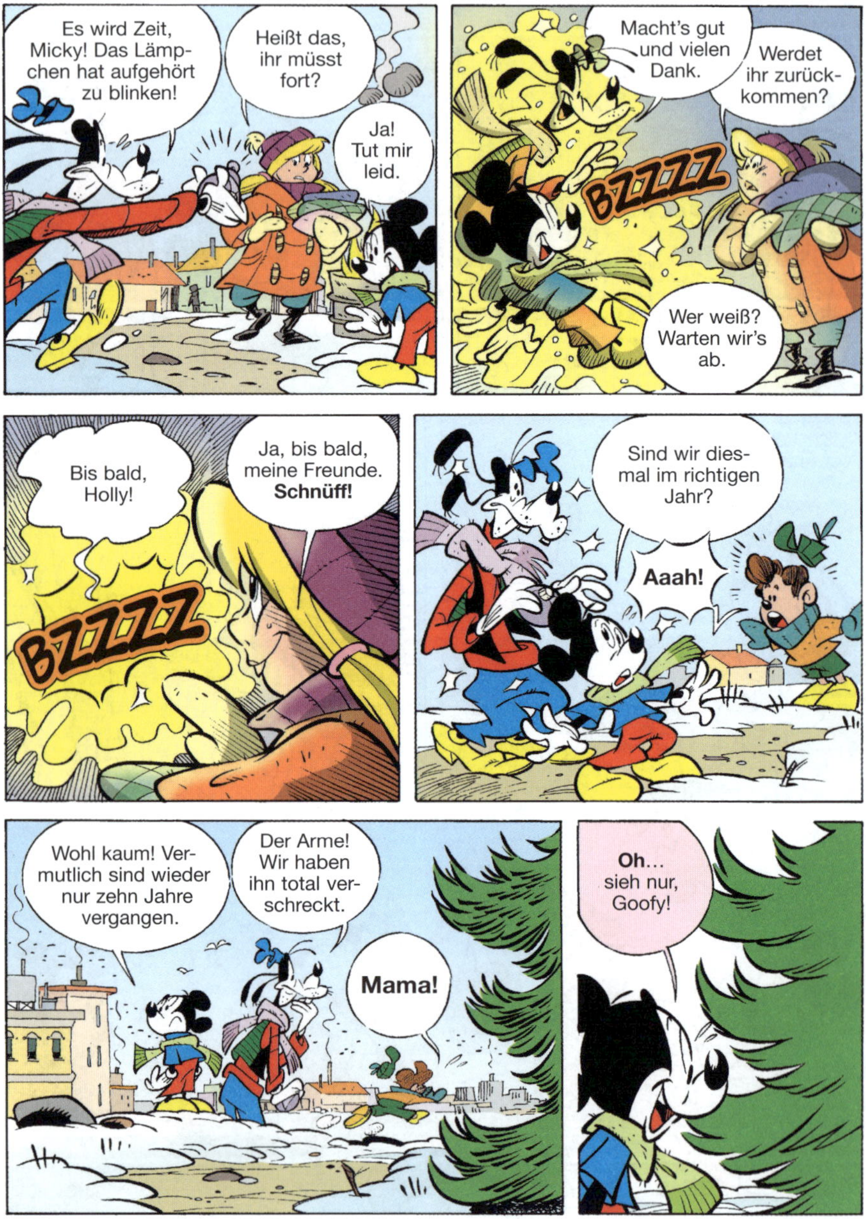
Es wird Zeit, Micky! Das Lämpchen hat aufgehört zu blinken!
Heißt das, ihr müsst fort?
Ja! Tut mir leid.
Macht's gut und vielen Dank.
Werdet ihr zurückkommen?
BZZZZZ
Wer weiß? Warten wir's ab.
Bis bald, Holly!
Ja, bis bald, meine Freunde. **Schnüff!**
BZZZZZ
Sind wir diesmal im richtigen Jahr?
Aaah!
Wohl kaum! Vermutlich sind wieder nur zehn Jahre vergangen.
Der Arme! Wir haben ihn total verschreckt.
Mama!
Oh... sieh nur, Goofy!

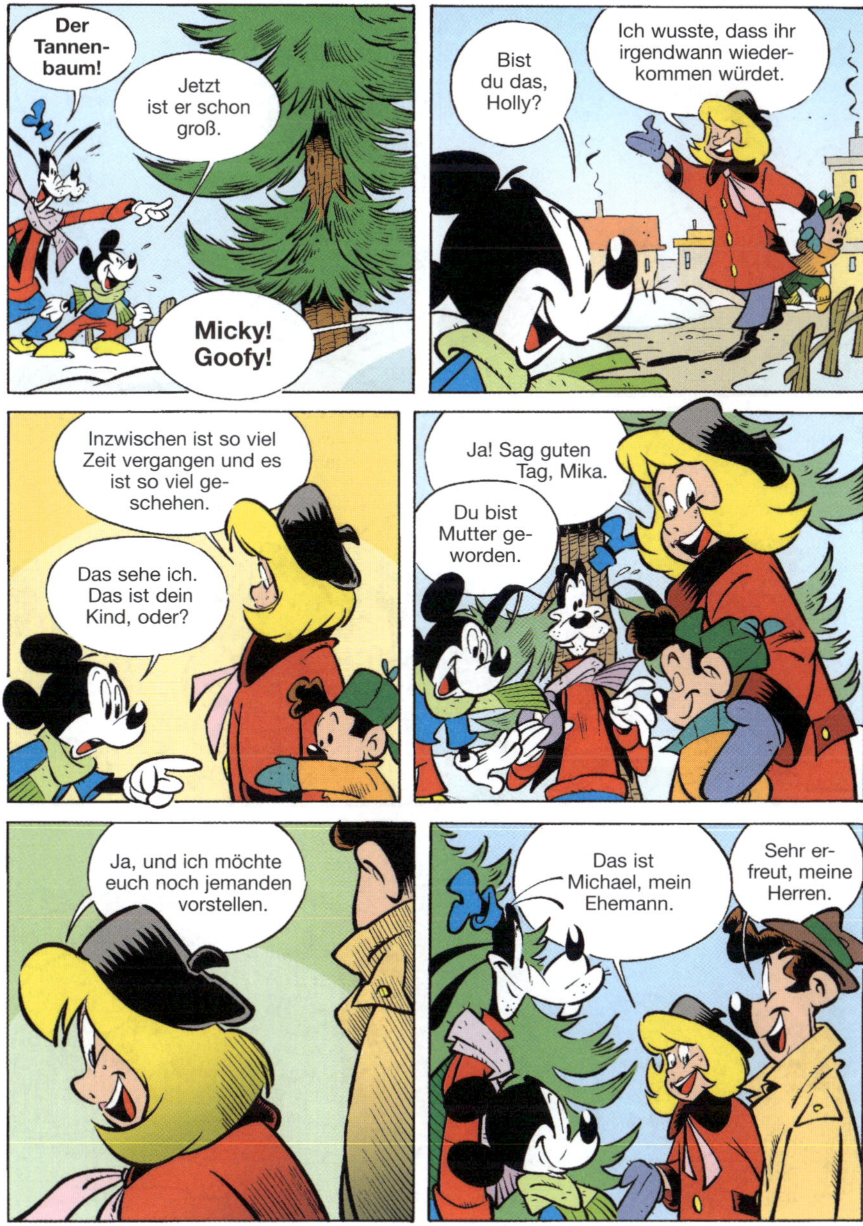
Der Tannen-baum!
Jetzt ist er schon groß.
Micky! Goofy!
Bist du das, Holly?
Ich wusste, dass ihr irgendwann wieder-kommen würdet.
Inzwischen ist so viel Zeit vergangen und es ist so viel ge-schehen.
Das sehe ich. Das ist dein Kind, oder?
Ja! Sag guten Tag, Mika.
Du bist Mutter ge-worden.
Ja, und ich möchte euch noch jemanden vorstellen.
Das ist Michael, mein Ehemann.
Sehr er-freut, meine Herren.

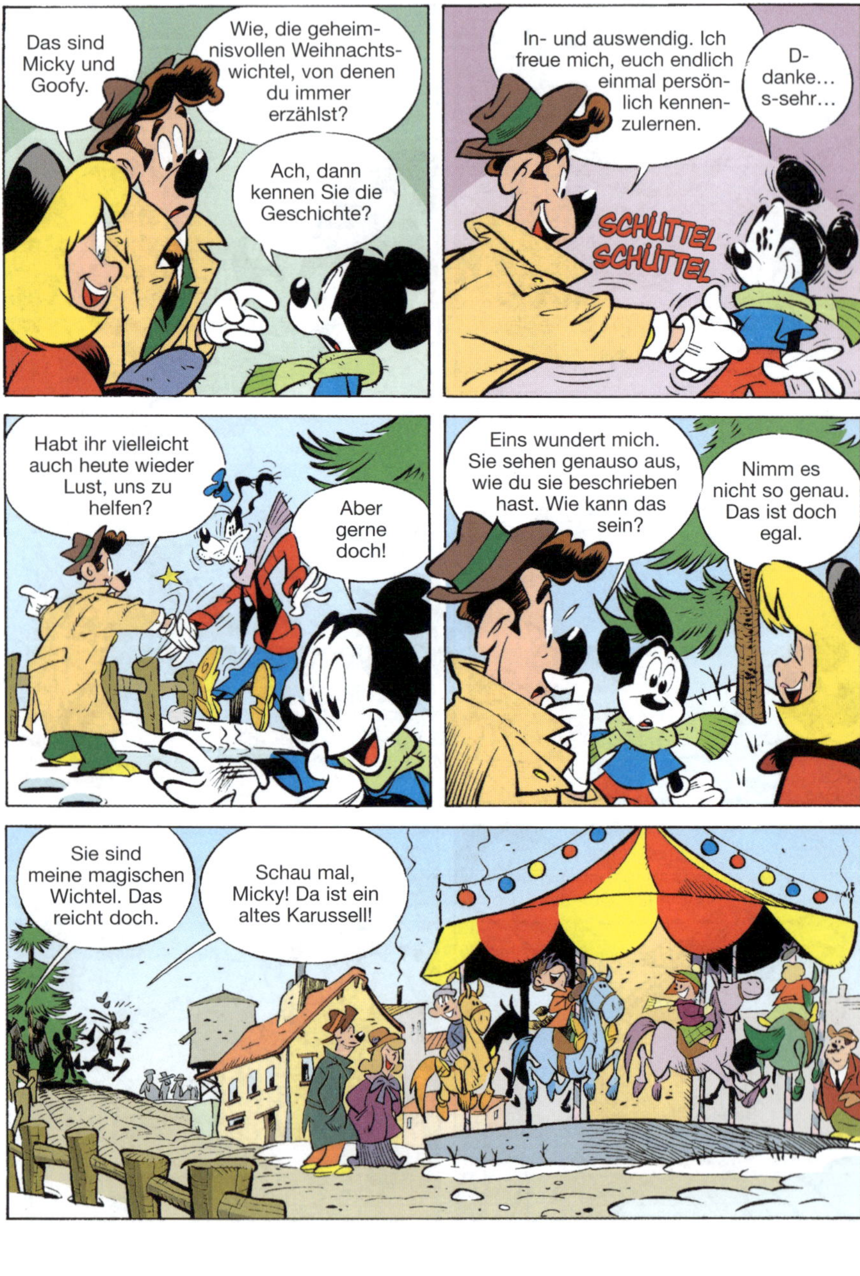
Das sind Micky und Goofy.
Wie, die geheimnisvollen Weihnachtswichtel, von denen du immer erzählst?
Ach, dann kennen Sie die Geschichte?
In- und auswendig. Ich freue mich, euch endlich einmal persönlich kennenzulernen.
D-danke… s-sehr…
SCHÜTTEL SCHÜTTEL
Habt ihr vielleicht auch heute wieder Lust, uns zu helfen?
Aber gerne doch!
Eins wundert mich. Sie sehen genauso aus, wie du sie beschrieben hast. Wie kann das sein?
Nimm es nicht so genau. Das ist doch egal.
Sie sind meine magischen Wichtel. Das reicht doch.
Schau mal, Micky! Da ist ein altes Karussell!

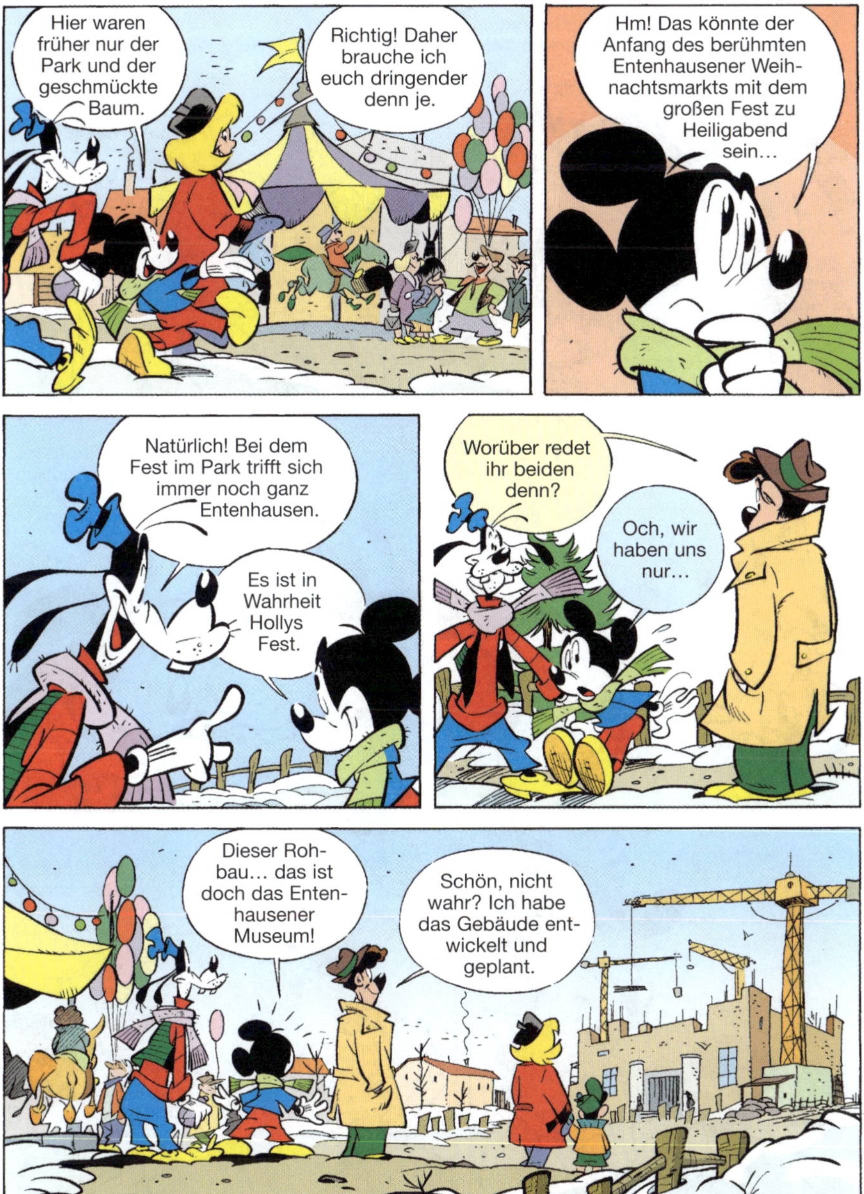
Hier waren früher nur der Park und der geschmückte Baum.
Richtig! Daher brauche ich euch dringender denn je.
Hm! Das könnte der Anfang des berühmten Entenhausener Weihnachtsmarkts mit dem großen Fest zu Heiligabend sein…
Natürlich! Bei dem Fest im Park trifft sich immer noch ganz Entenhausen.
Es ist in Wahrheit Hollys Fest.
Worüber redet ihr beiden denn?
Och, wir haben uns nur…
Dieser Rohbau… das ist doch das Entenhausener Museum!
Schön, nicht wahr? Ich habe das Gebäude entwickelt und geplant.

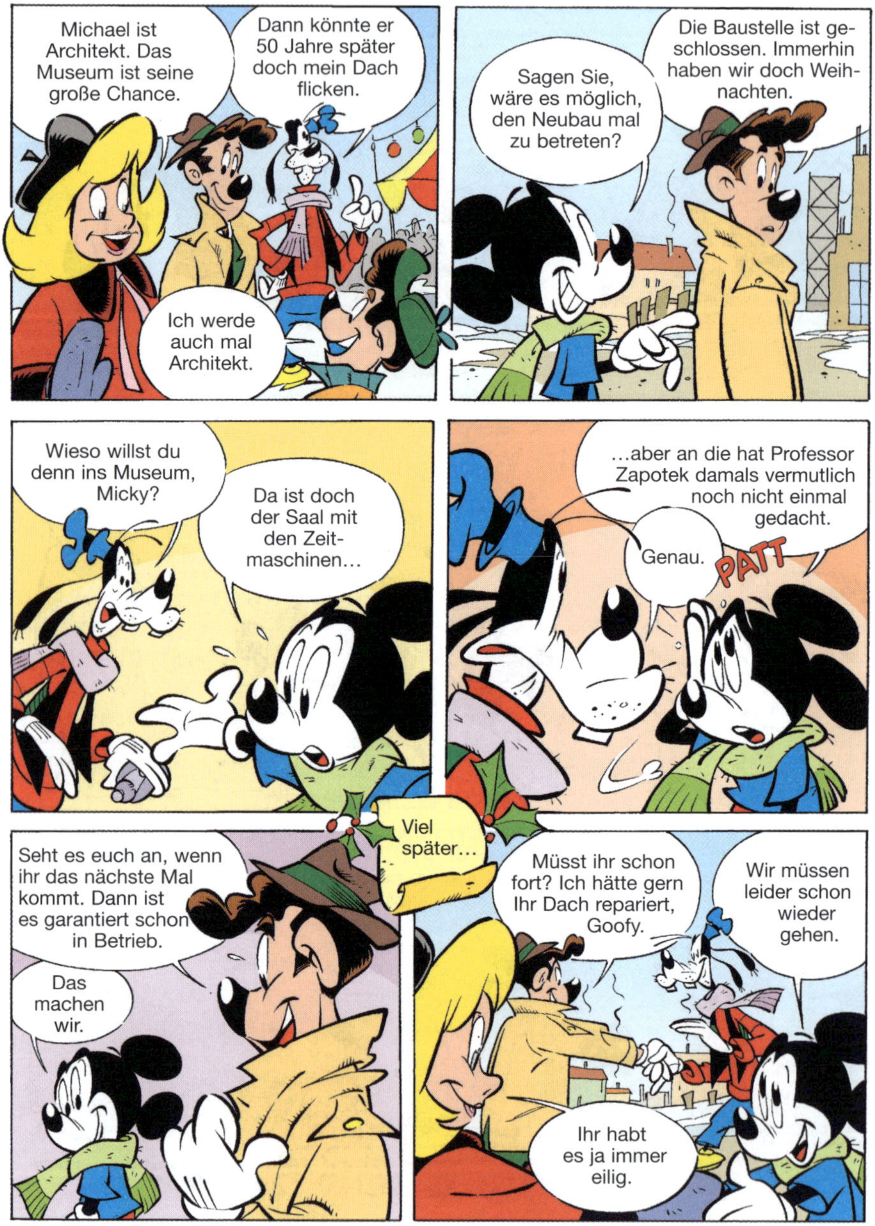

Michael ist Architekt. Das Museum ist seine große Chance.
Dann könnte er 50 Jahre später doch mein Dach flicken.
Ich werde auch mal Architekt.
Sagen Sie, wäre es möglich, den Neubau mal zu betreten?
Die Baustelle ist geschlossen. Immerhin haben wir doch Weihnachten.
Wieso willst du denn ins Museum, Micky?
Da ist doch der Saal mit den Zeitmaschinen…
…aber an die hat Professor Zapotek damals vermutlich noch nicht einmal gedacht.
Genau.
PATT
Viel später…
Seht es euch an, wenn ihr das nächste Mal kommt. Dann ist es garantiert schon in Betrieb.
Das machen wir.
Müsst ihr schon fort? Ich hätte gern Ihr Dach repariert, Goofy.
Wir müssen leider schon wieder gehen.
Ihr habt es ja immer eilig.

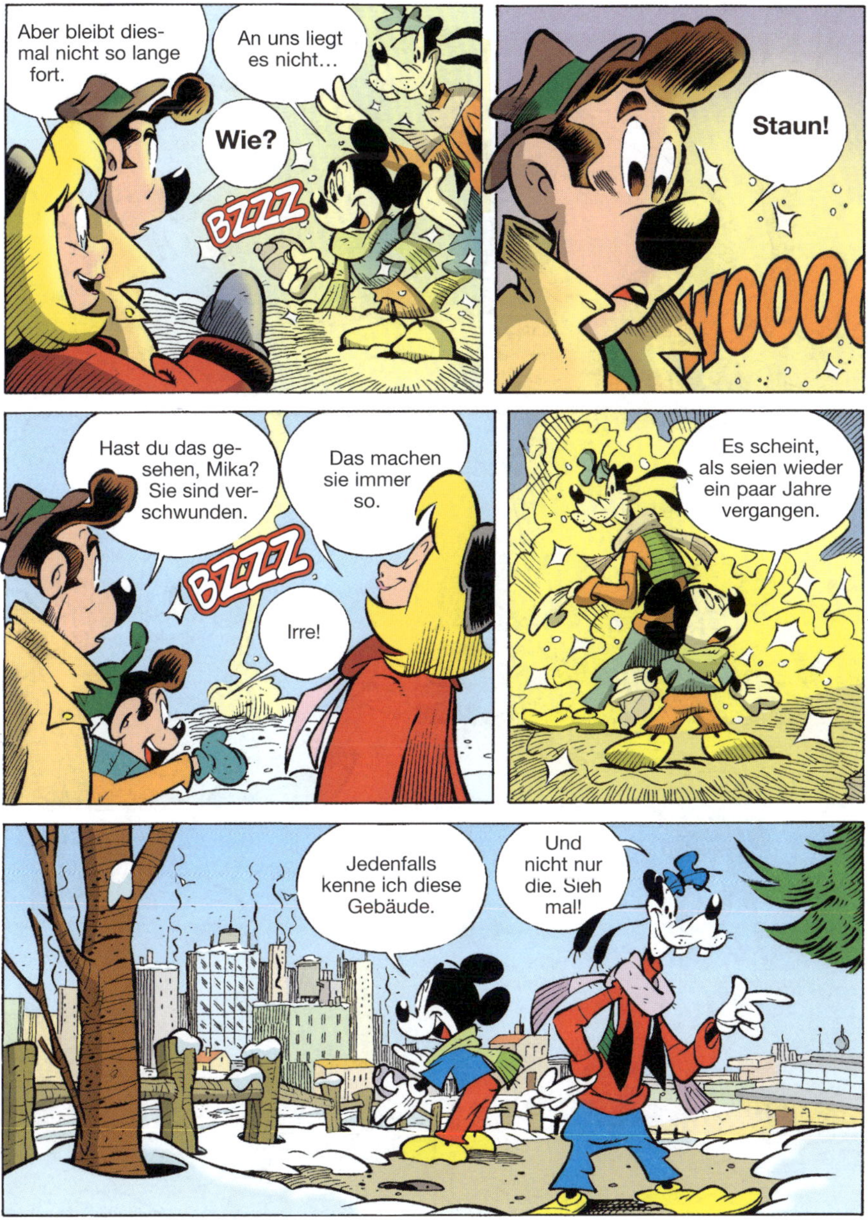
Aber bleibt diesmal nicht so lange fort.
An uns liegt es nicht...
Wie?
BZZZ
Staun!
WOOOO
Hast du das gesehen, Mika? Sie sind verschwunden.
Das machen sie immer so.
BZZZ
Irre!
Es scheint, als seien wieder ein paar Jahre vergangen.
Jedenfalls kenne ich diese Gebäude.
Und nicht nur die. Sieh mal!

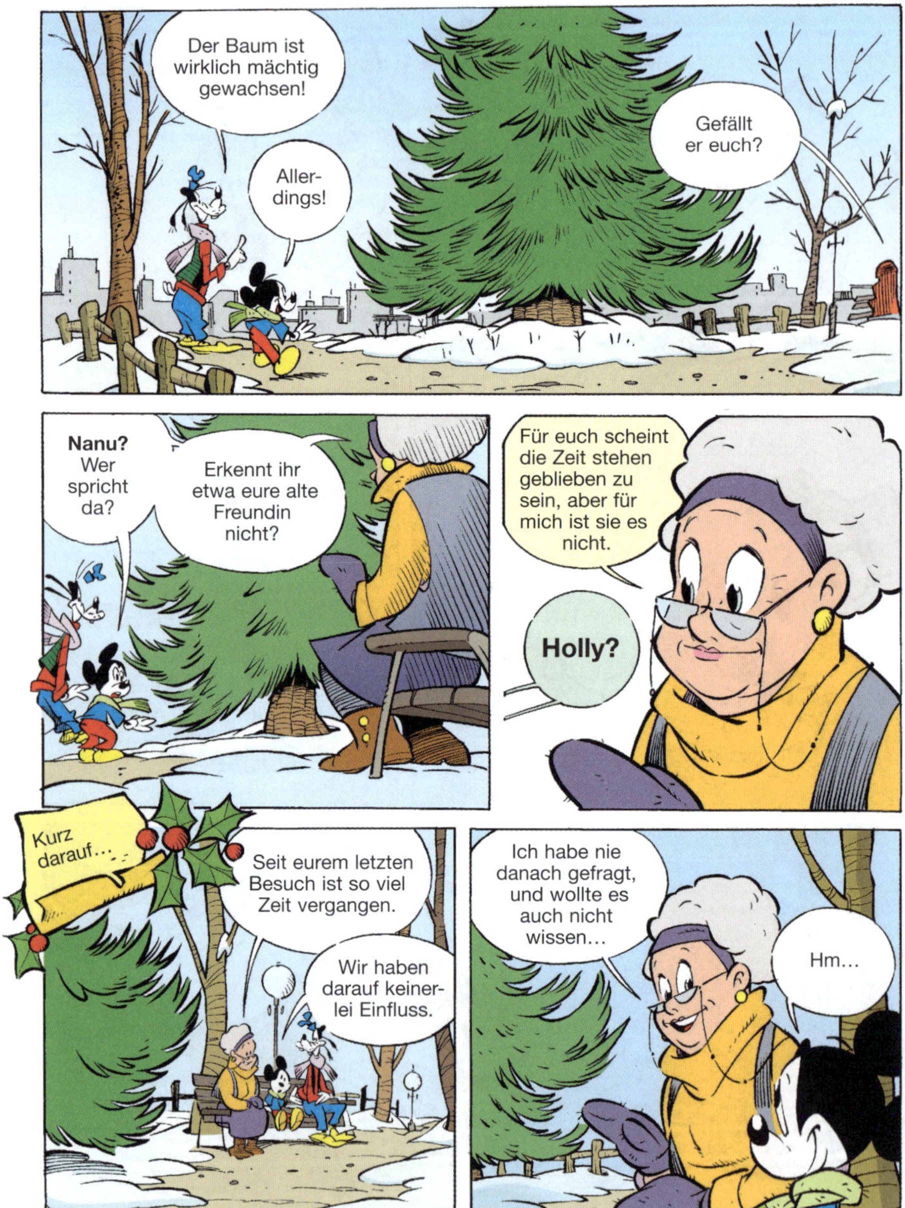

Der Baum ist wirklich mächtig gewachsen!
Aller-dings!
Gefällt er euch?
Nanu? Wer spricht da?
Erkennt ihr etwa eure alte Freundin nicht?
Für euch scheint die Zeit stehen geblieben zu sein, aber für mich ist sie es nicht.
Holly?
Kurz darauf…
Seit eurem letzten Besuch ist so viel Zeit vergangen.
Wir haben darauf keiner-lei Einfluss.
Ich habe nie danach gefragt, und wollte es auch nicht wissen…
Hm…

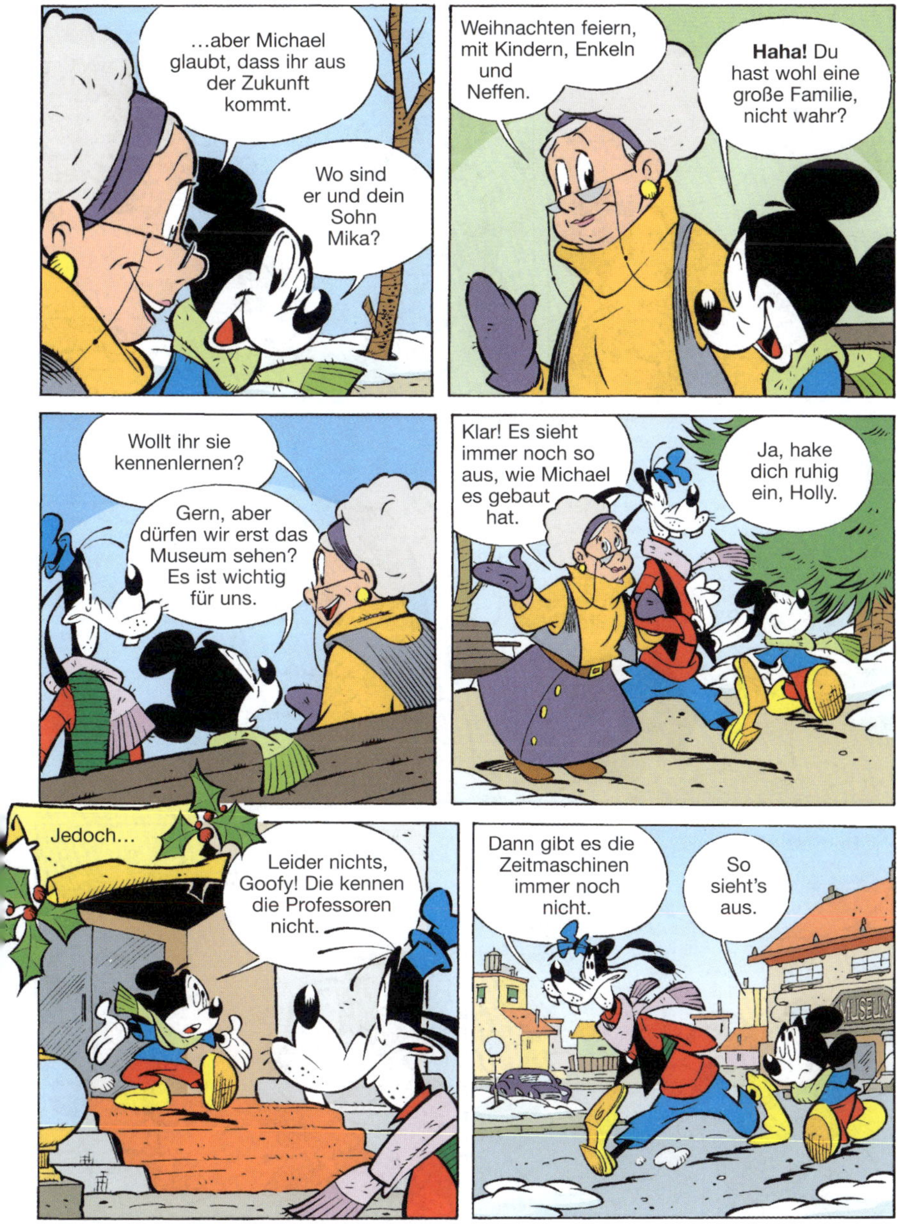

...aber Michael glaubt, dass ihr aus der Zukunft kommt.
Wo sind er und dein Sohn Mika?
Weihnachten feiern, mit Kindern, Enkeln und Neffen.
Haha! Du hast wohl eine große Familie, nicht wahr?
Wollt ihr sie kennenlernen?
Gern, aber dürfen wir erst das Museum sehen? Es ist wichtig für uns.
Klar! Es sieht immer noch so aus, wie Michael es gebaut hat.
Ja, hake dich ruhig ein, Holly.
Jedoch...
Leider nichts, Goofy! Die kennen die Professoren nicht.
Dann gibt es die Zeitmaschinen immer noch nicht.
So sieht's aus.
MUSEUM

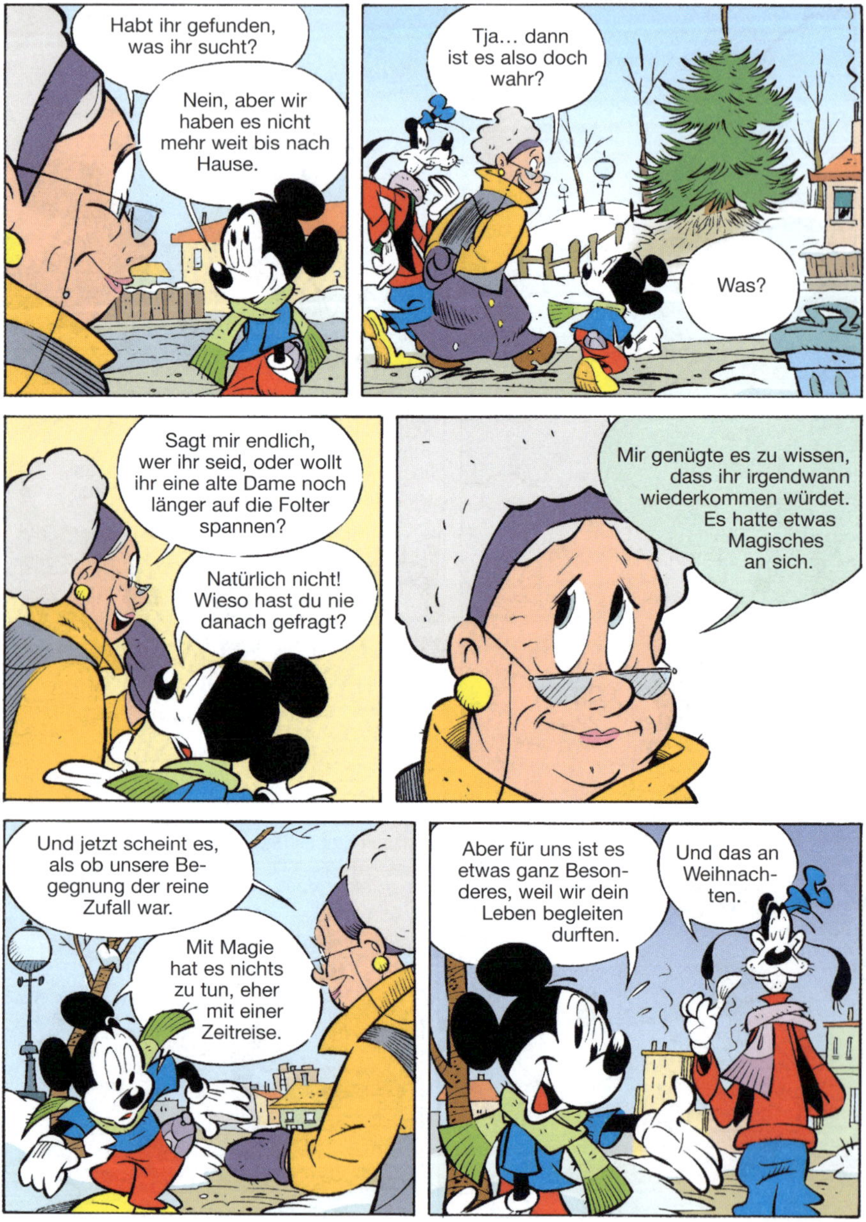
Habt ihr gefunden, was ihr sucht?
Nein, aber wir haben es nicht mehr weit bis nach Hause.
Tja… dann ist es also doch wahr?
Was?
Sagt mir endlich, wer ihr seid, oder wollt ihr eine alte Dame noch länger auf die Folter spannen?
Natürlich nicht! Wieso hast du nie danach gefragt?
Mir genügte es zu wissen, dass ihr irgendwann wiederkommen würdet. Es hatte etwas Magisches an sich.
Und jetzt scheint es, als ob unsere Begegnung der reine Zufall war.
Mit Magie hat es nichts zu tun, eher mit einer Zeitreise.
Aber für uns ist es etwas ganz Besonderes, weil wir dein Leben begleiten durften.
Und das an Weihnachten.

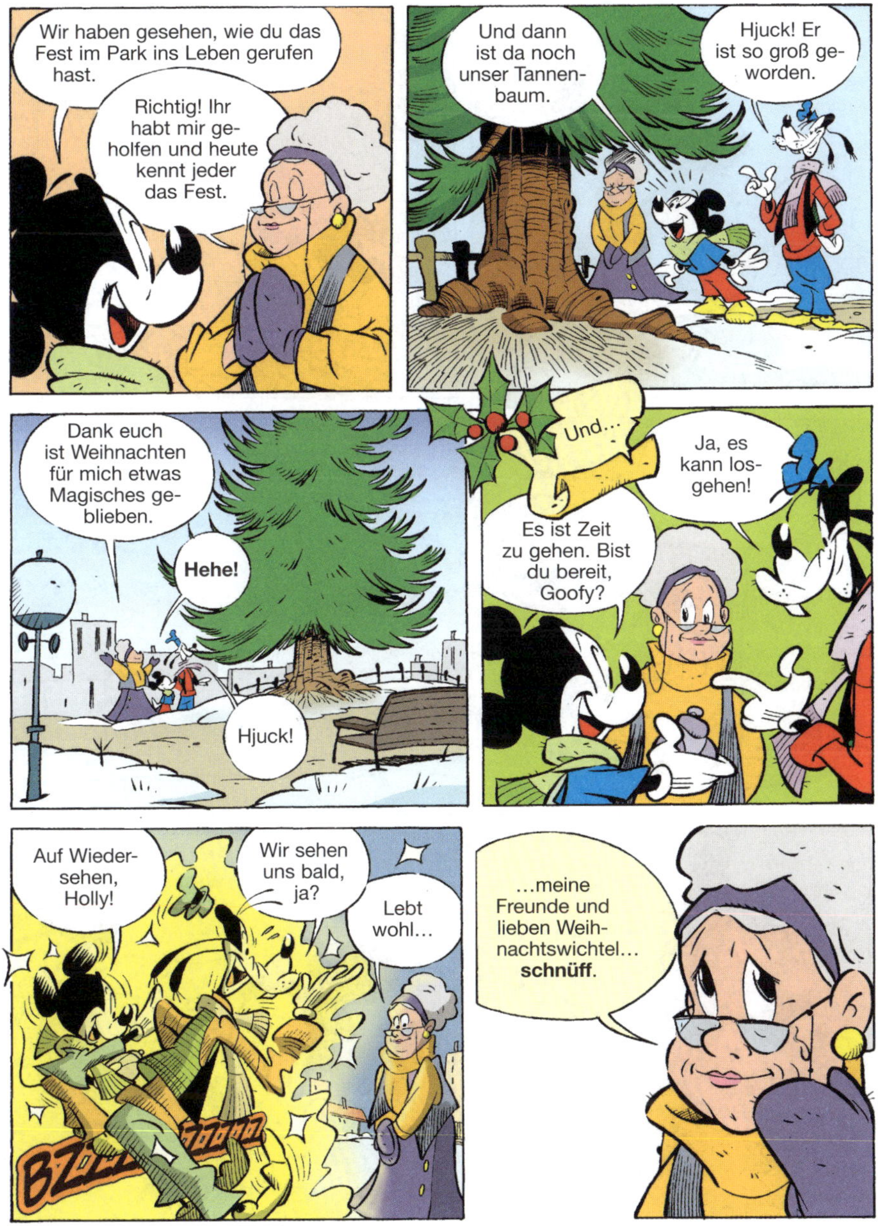

Wir haben gesehen, wie du das Fest im Park ins Leben gerufen hast.
Richtig! Ihr habt mir geholfen und heute kennt jeder das Fest.
Und dann ist da noch unser Tannenbaum.
Hjuck! Er ist so groß geworden.
Dank euch ist Weihnachten für mich etwas Magisches geblieben.
Hehe!
Hjuck!
Und...
Es ist Zeit zu gehen. Bist du bereit, Goofy?
Ja, es kann losgehen!
Auf Wiedersehen, Holly!
Wir sehen uns bald, ja?
Lebt wohl...
...meine Freunde und lieben Weihnachtswichtel... **schnüff**.

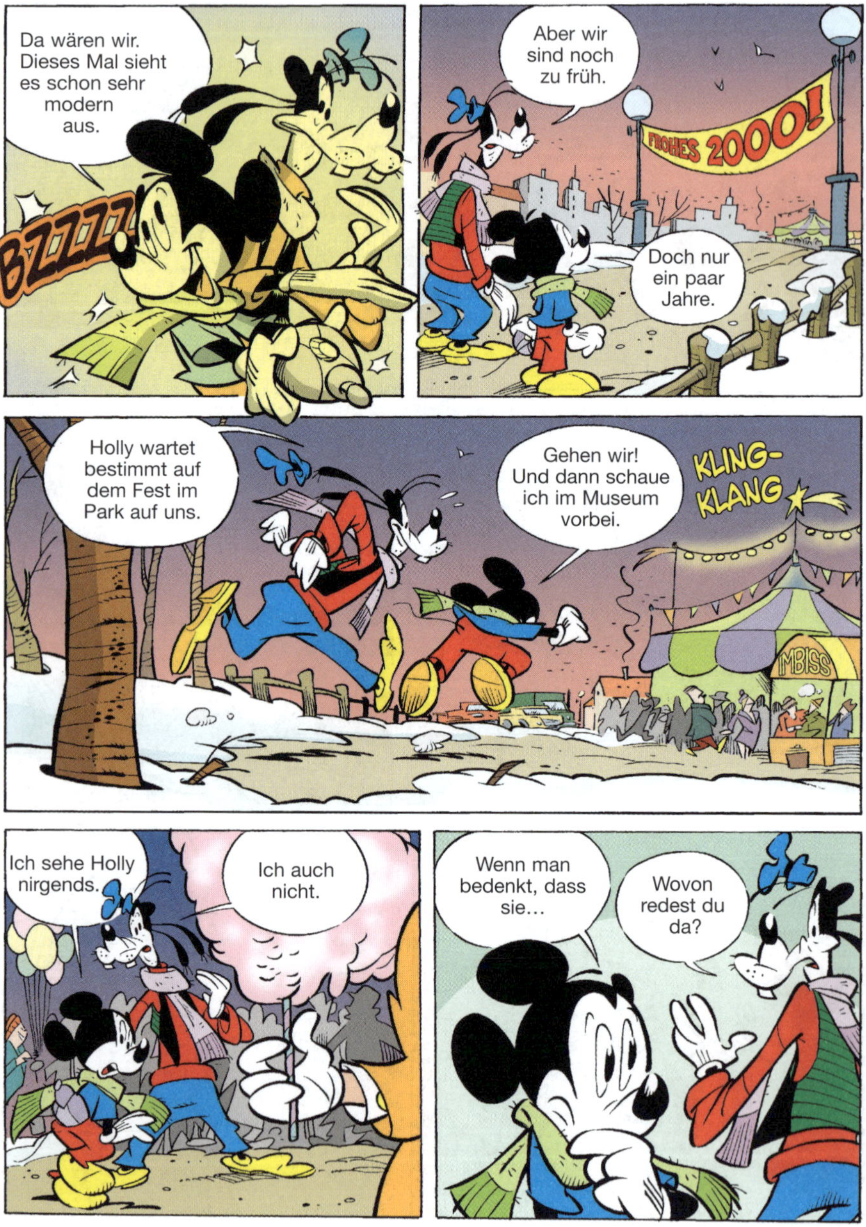
Da wären wir. Dieses Mal sieht es schon sehr modern aus.
BZZZZZ
Aber wir sind noch zu früh.
FROHES 2000!
Doch nur ein paar Jahre.
Holly wartet bestimmt auf dem Fest im Park auf uns.
Gehen wir! Und dann schaue ich im Museum vorbei.
KLING-KLANG
IMBISS
Ich sehe Holly nirgends.
Ich auch nicht.
Wenn man bedenkt, dass sie…
Wovon redest du da?

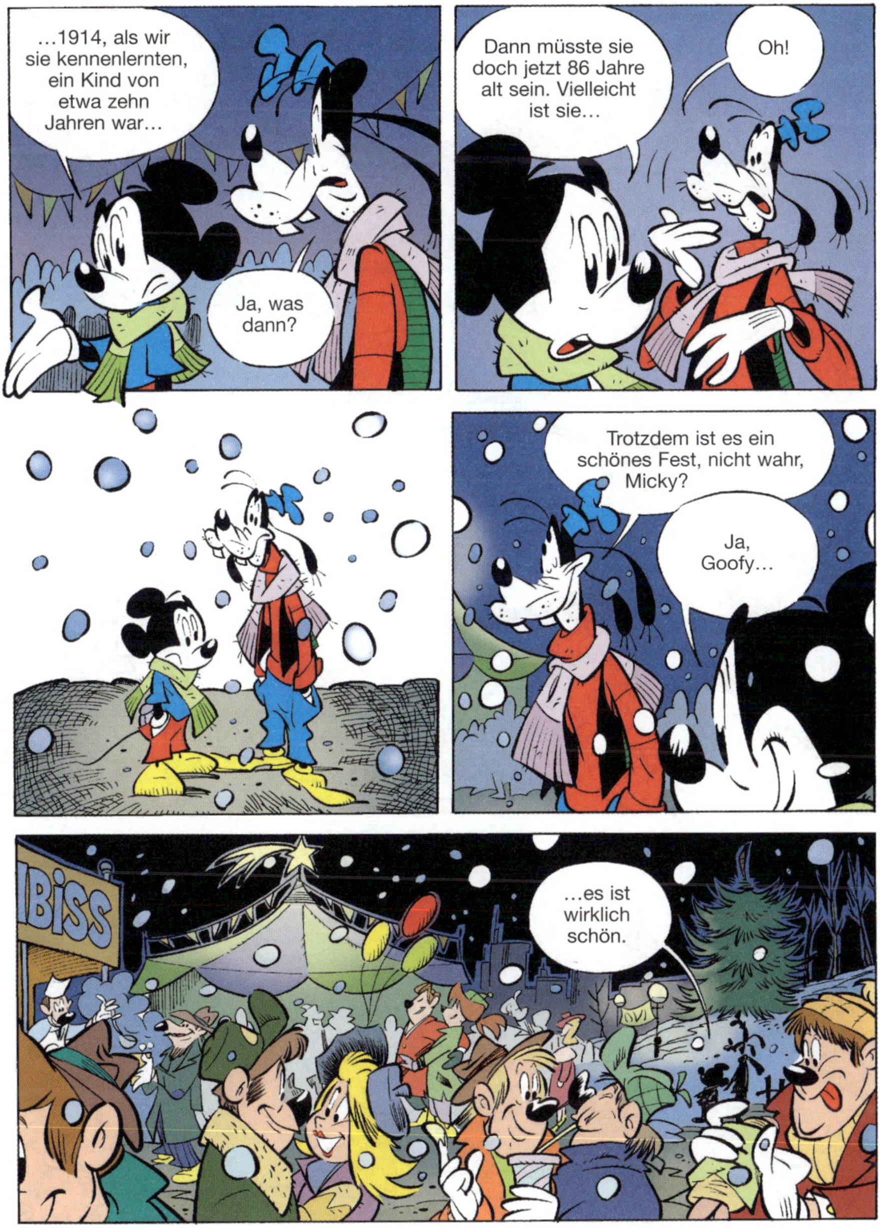
...1914, als wir sie kennenlernten, ein Kind von etwa zehn Jahren war...
Ja, was dann?
Dann müsste sie doch jetzt 86 Jahre alt sein. Vielleicht ist sie...
Oh!
Trotzdem ist es ein schönes Fest, nicht wahr, Micky?
Ja, Goofy...
...es ist wirklich schön.

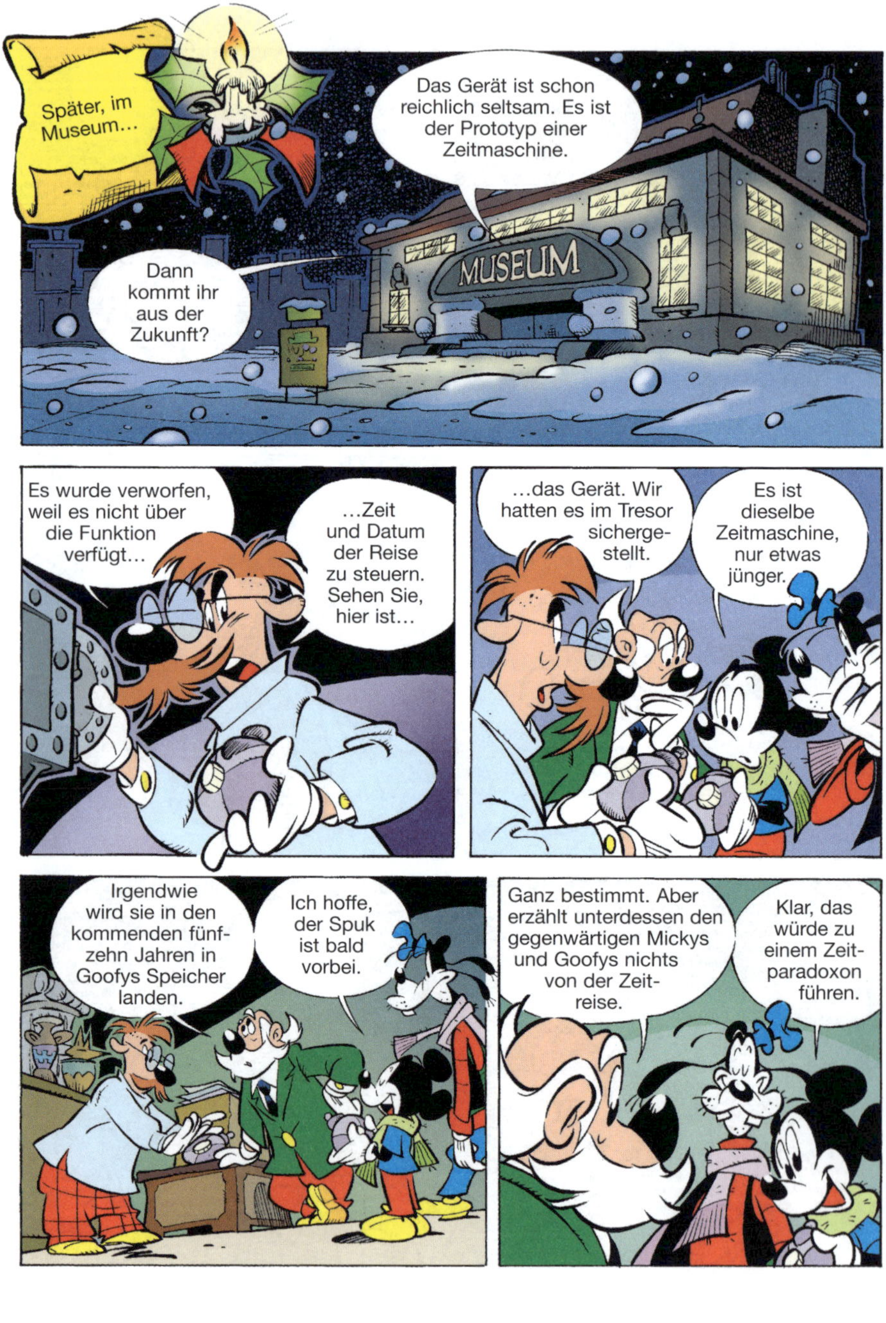

Später, im Museum…
Das Gerät ist schon reichlich seltsam. Es ist der Prototyp einer Zeitmaschine.
Dann kommt ihr aus der Zukunft?
MUSEUM
Es wurde verworfen, weil es nicht über die Funktion verfügt…
…Zeit und Datum der Reise zu steuern. Sehen Sie, hier ist…
…das Gerät. Wir hatten es im Tresor sichergestellt.
Es ist dieselbe Zeitmaschine, nur etwas jünger.
Irgendwie wird sie in den kommenden fünfzehn Jahren in Goofys Speicher landen.
Ich hoffe, der Spuk ist bald vorbei.
Ganz bestimmt. Aber erzählt unterdessen den gegenwärtigen Mickys und Goofys nichts von der Zeitreise.
Klar, das würde zu einem Zeitparadoxon führen.

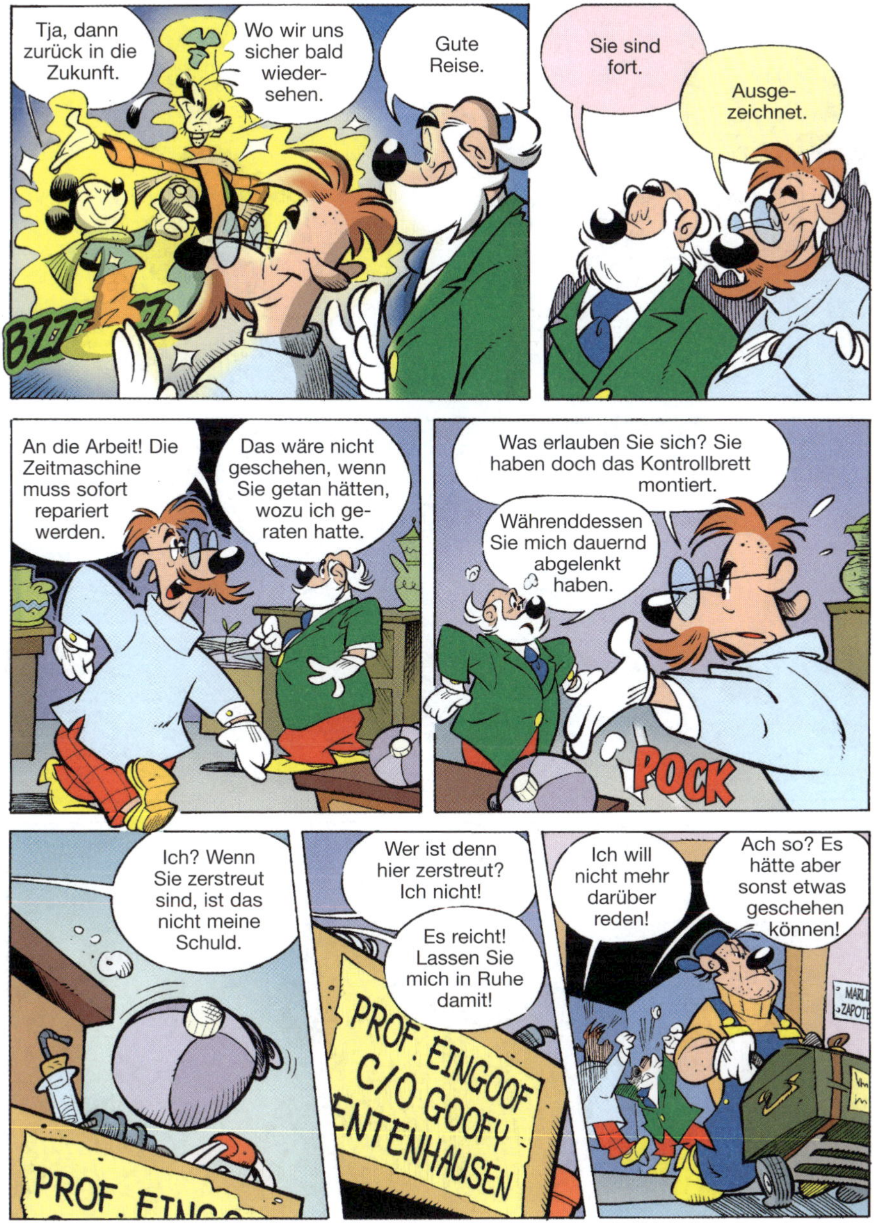
Tja, dann zurück in die Zukunft.
Wo wir uns sicher bald wieder-sehen.
Gute Reise.
BZZZZZ
Sie sind fort.
Ausge-zeichnet.
An die Arbeit! Die Zeitmaschine muss sofort repariert werden.
Das wäre nicht geschehen, wenn Sie getan hätten, wozu ich ge-raten hatte.
Was erlauben Sie sich? Sie haben doch das Kontrollbrett montiert.
Währenddessen Sie mich dauernd abgelenkt haben.
POCK
Ich? Wenn Sie zerstreut sind, ist das nicht meine Schuld.
PROF. EING
Wer ist denn hier zerstreut? Ich nicht!
Es reicht! Lassen Sie mich in Ruhe damit!
PROF. EINGOOF C/O GOOFY ENTENHAUSEN
Ich will nicht mehr darüber reden!
Ach so? Es hätte aber sonst etwas geschehen können!

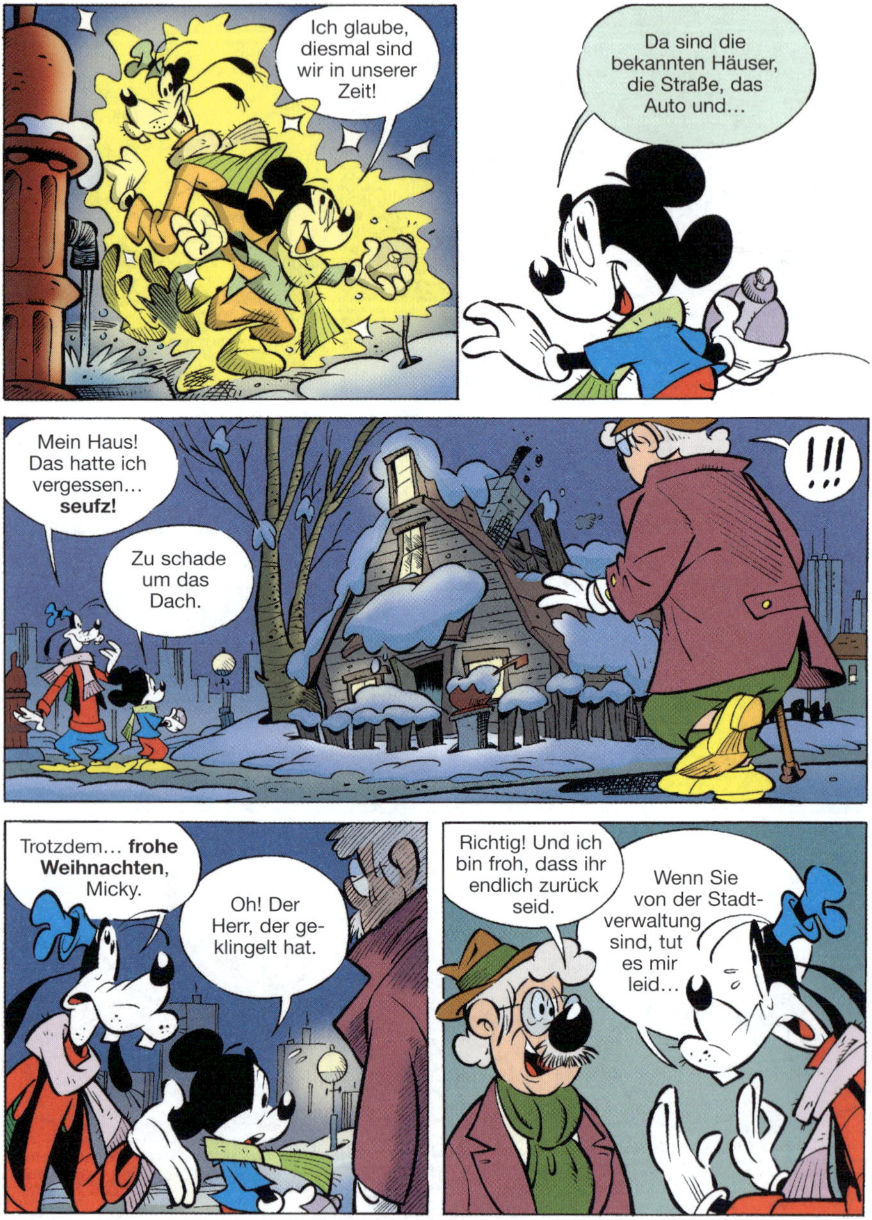
Ich glaube, diesmal sind wir in unserer Zeit!
Da sind die bekannten Häuser, die Straße, das Auto und…
Mein Haus! Das hatte ich vergessen… **seufz!**
Zu schade um das Dach.
!!!
Trotzdem… **frohe Weihnachten**, Micky.
Oh! Der Herr, der geklingelt hat.
Richtig! Und ich bin froh, dass ihr endlich zurück seid.
Wenn Sie von der Stadtverwaltung sind, tut es mir leid…

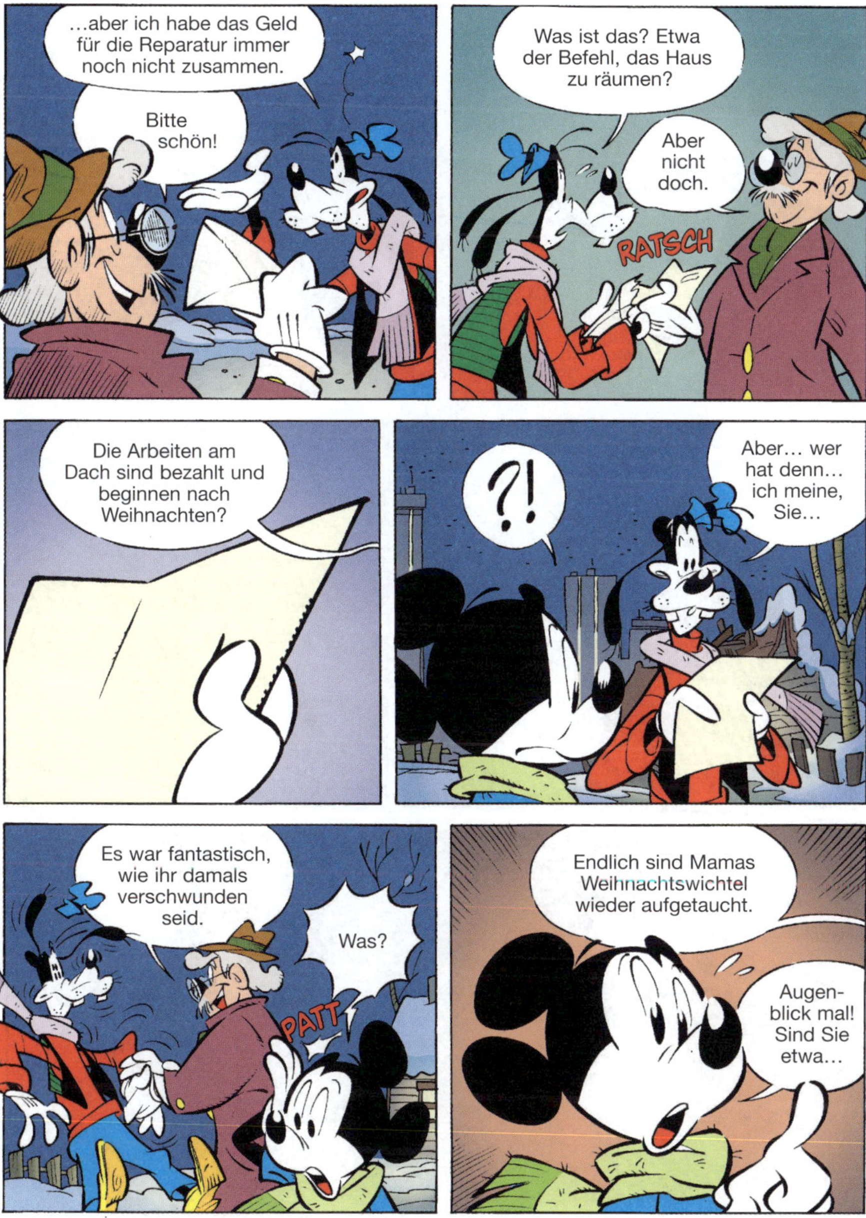
...aber ich habe das Geld für die Reparatur immer noch nicht zusammen.
Bitte schön!
Was ist das? Etwa der Befehl, das Haus zu räumen?
Aber nicht doch.
RATSCH
Die Arbeiten am Dach sind bezahlt und beginnen nach Weihnachten?
?!
Aber... wer hat denn... ich meine, Sie...
Es war fantastisch, wie ihr damals verschwunden seid.
Was?
PATT
Endlich sind Mamas Weihnachtswichtel wieder aufgetaucht.
Augenblick mal! Sind Sie etwa...

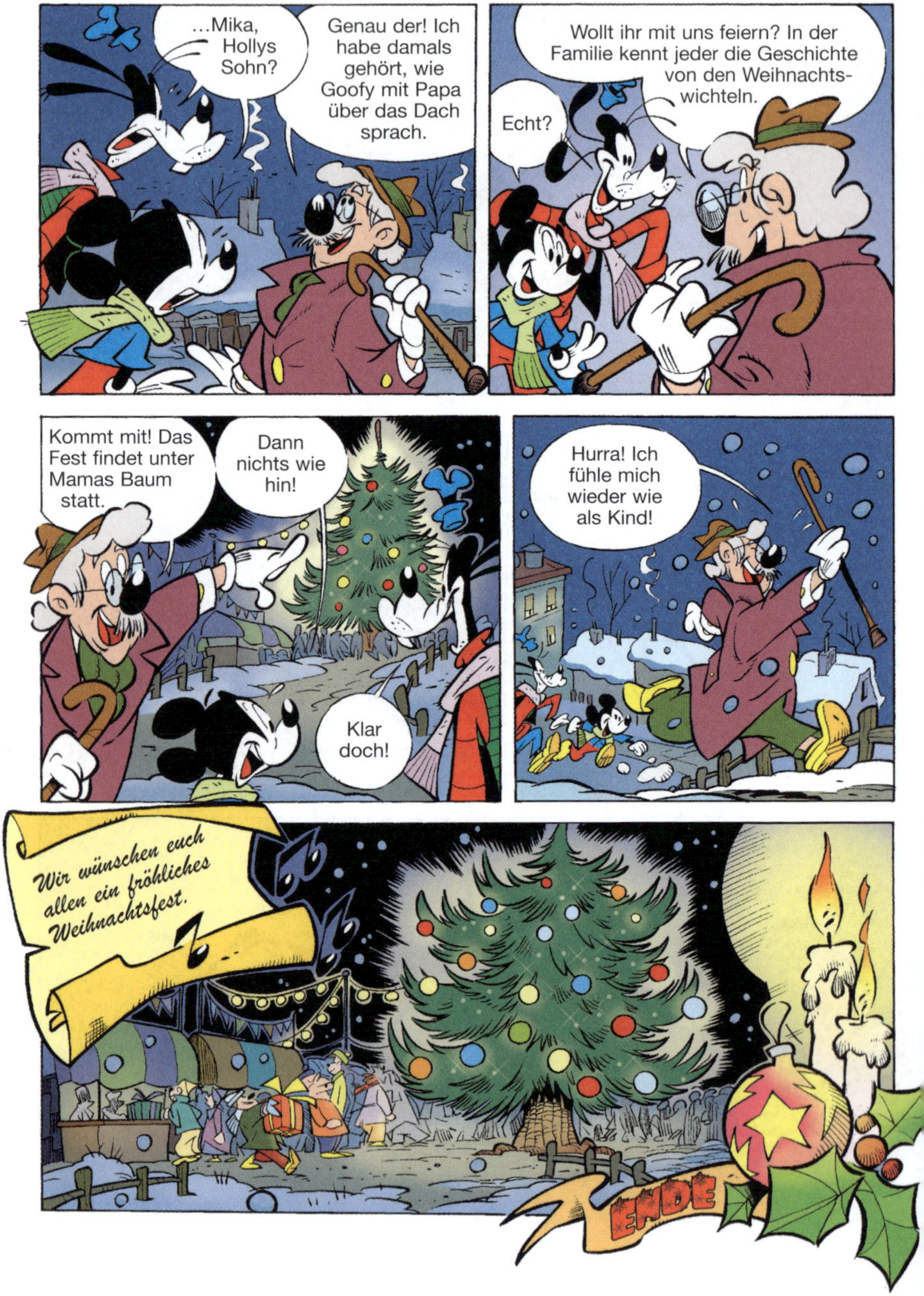
...Mika, Hollys Sohn?
Genau der! Ich habe damals gehört, wie Goofy mit Papa über das Dach sprach.
Wollt ihr mit uns feiern? In der Familie kennt jeder die Geschichte von den Weihnachtswichteln.
Echt?
Kommt mit! Das Fest findet unter Mamas Baum statt.
Dann nichts wie hin!
Klar doch!
Hurra! Ich fühle mich wieder wie als Kind!
Wir wünschen euch allen ein fröhliches Weihnachtsfest.
ENDE

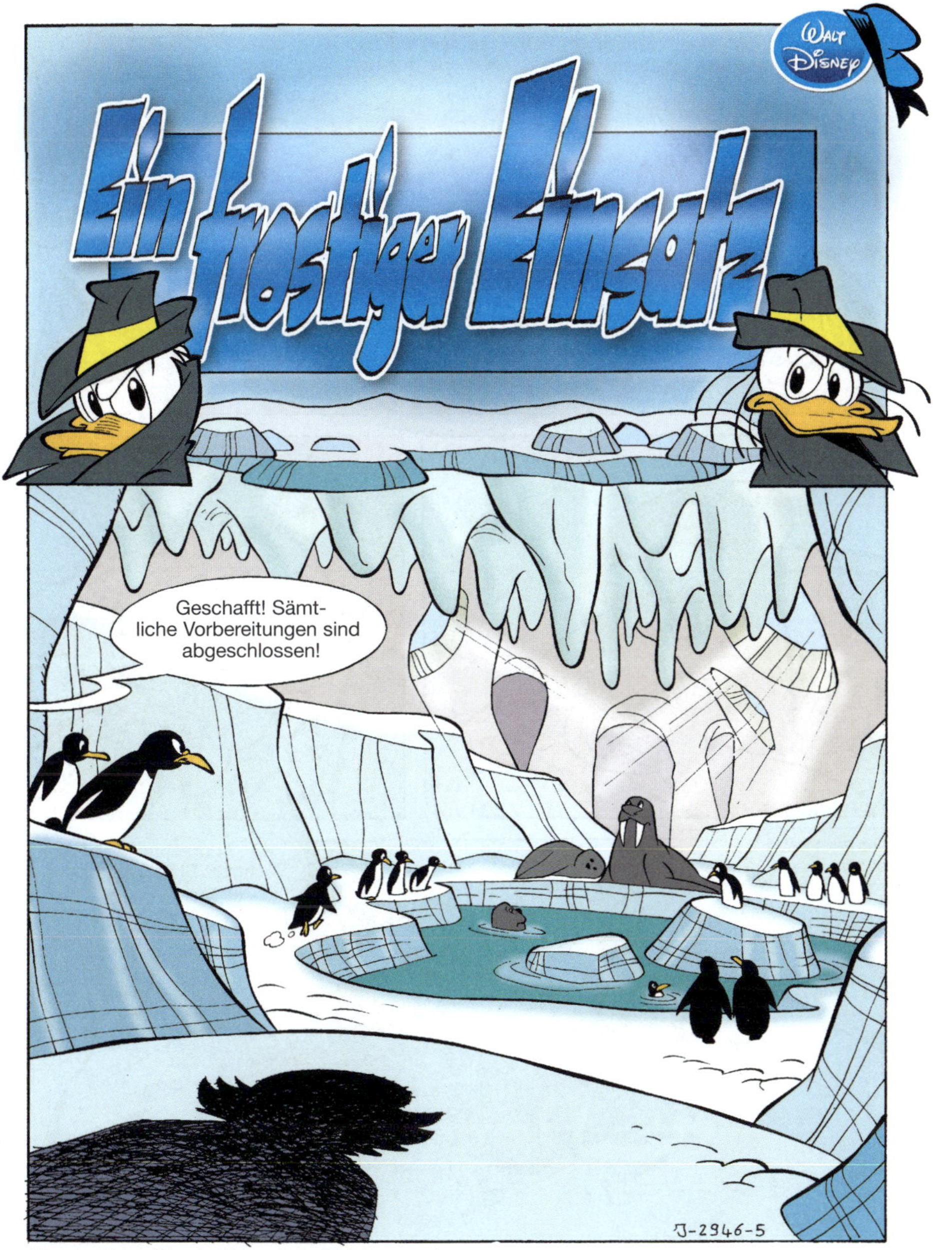

Giorgio Figus (Story), **Ettore Gula** (Zeichnungen)

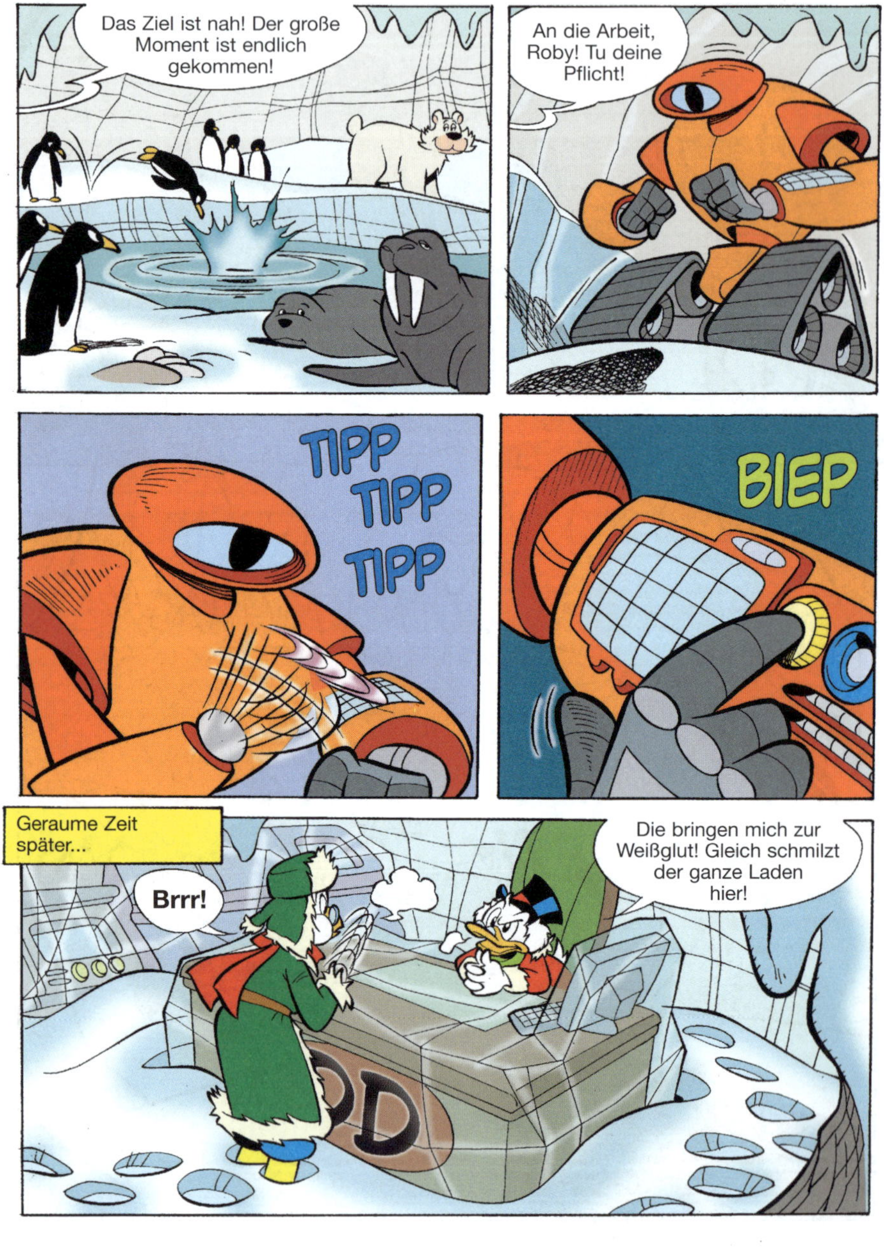
Das Ziel ist nah! Der große Moment ist endlich gekommen!
An die Arbeit, Roby! Tu deine Pflicht!
TIPP TIPP TIPP
BIEP
Geraume Zeit später...
Brrr!
Die bringen mich zur Weißglut! Gleich schmilzt der ganze Laden hier!

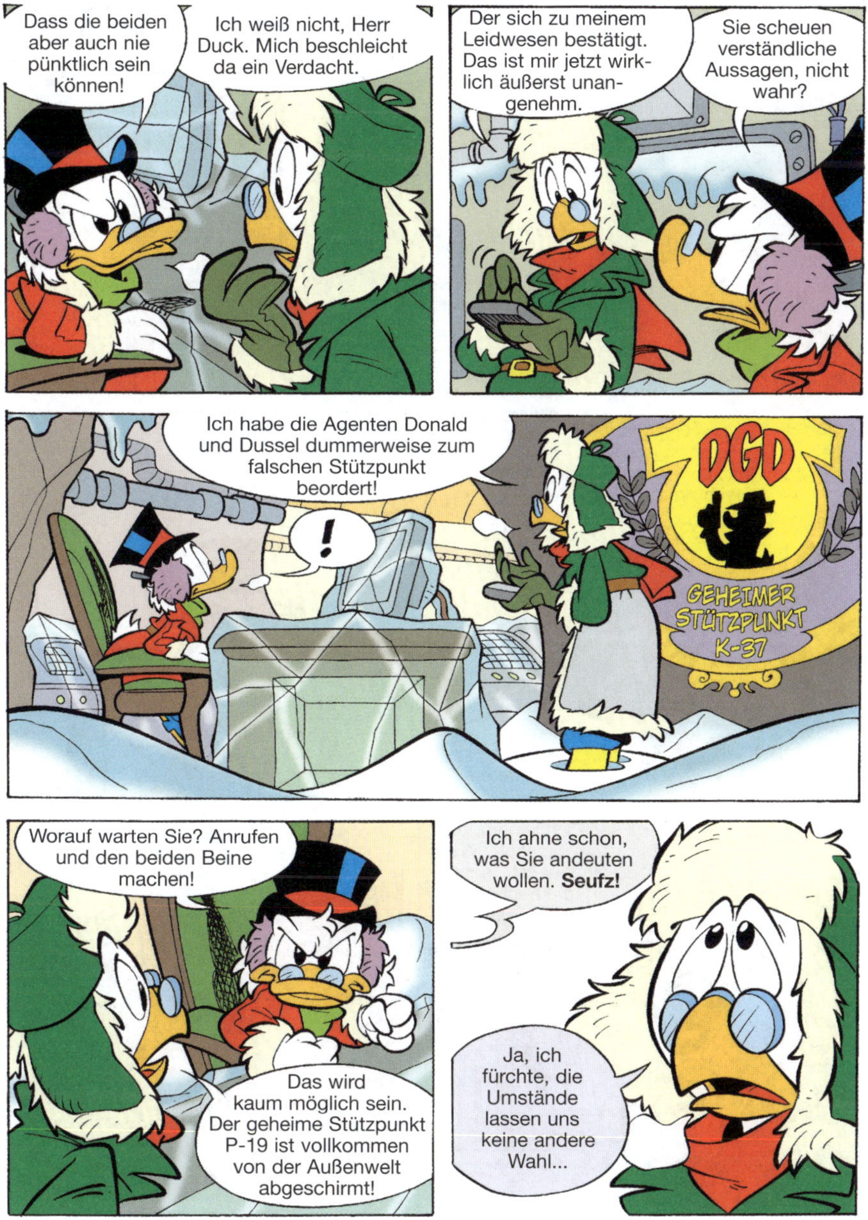
Dass die beiden aber auch nie pünktlich sein können!
Ich weiß nicht, Herr Duck. Mich beschleicht da ein Verdacht.
Der sich zu meinem Leidwesen bestätigt. Das ist mir jetzt wirklich äußerst unangenehm.
Sie scheuen verständliche Aussagen, nicht wahr?
Ich habe die Agenten Donald und Dussel dummerweise zum falschen Stützpunkt beordert!
!
DGD
GEHEIMER STÜTZPUNKT K-37
Worauf warten Sie? Anrufen und den beiden Beine machen!
Das wird kaum möglich sein. Der geheime Stützpunkt P-19 ist vollkommen von der Außenwelt abgeschirmt!
Ich ahne schon, was Sie andeuten wollen. **Seufz!**
Ja, ich fürchte, die Umstände lassen uns keine andere Wahl...

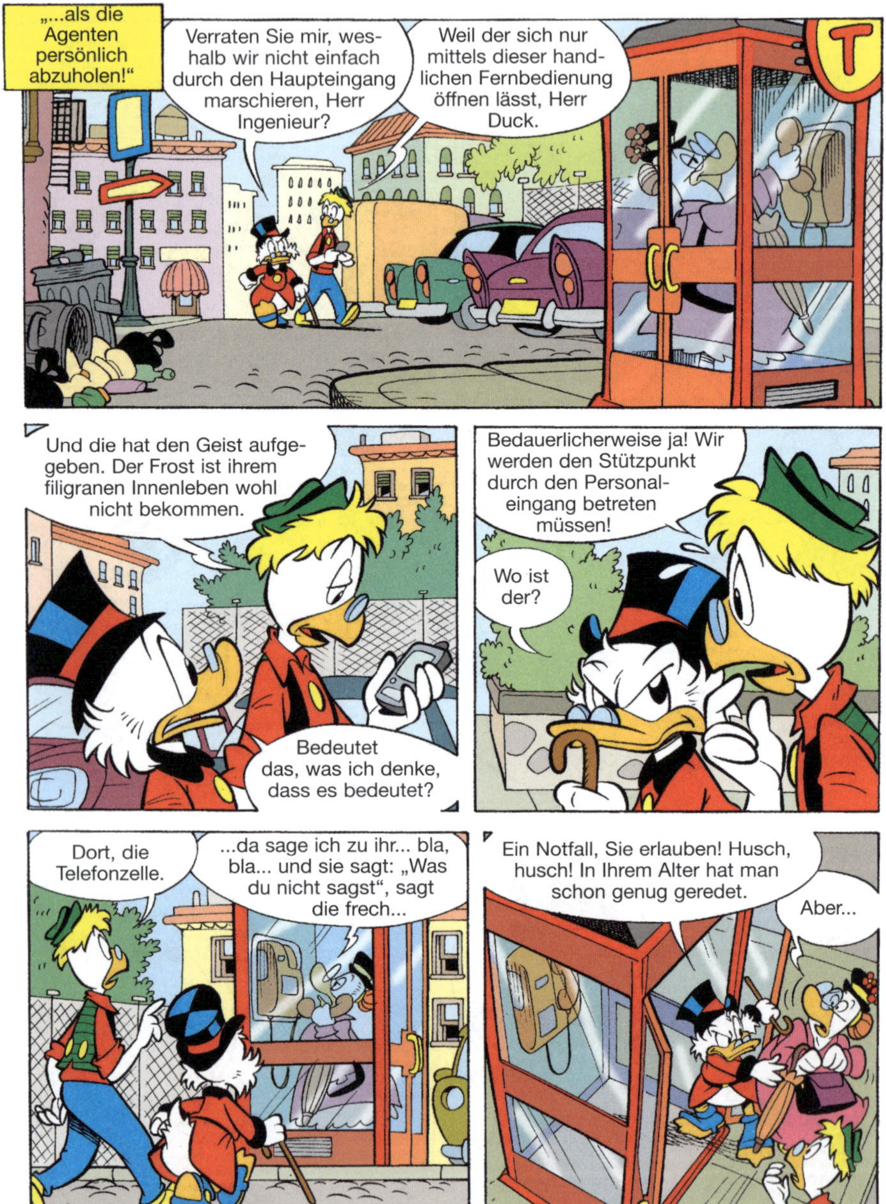
„...als die Agenten persönlich abzuholen!“
Verraten Sie mir, weshalb wir nicht einfach durch den Haupteingang marschieren, Herr Ingenieur?
Weil der sich nur mittels dieser handlichen Fernbedienung öffnen lässt, Herr Duck.
Und die hat den Geist aufgegeben. Der Frost ist ihrem filigranen Innenleben wohl nicht bekommen.
Bedeutet das, was ich denke, dass es bedeutet?
Bedauerlicherweise ja! Wir werden den Stützpunkt durch den Personaleingang betreten müssen!
Wo ist der?
Dort, die Telefonzelle.
...da sage ich zu ihr... bla, bla... und sie sagt: „Was du nicht sagst“, sagt die frech...
Ein Notfall, Sie erlauben! Husch, husch! In Ihrem Alter hat man schon genug geredet.
Aber...
T

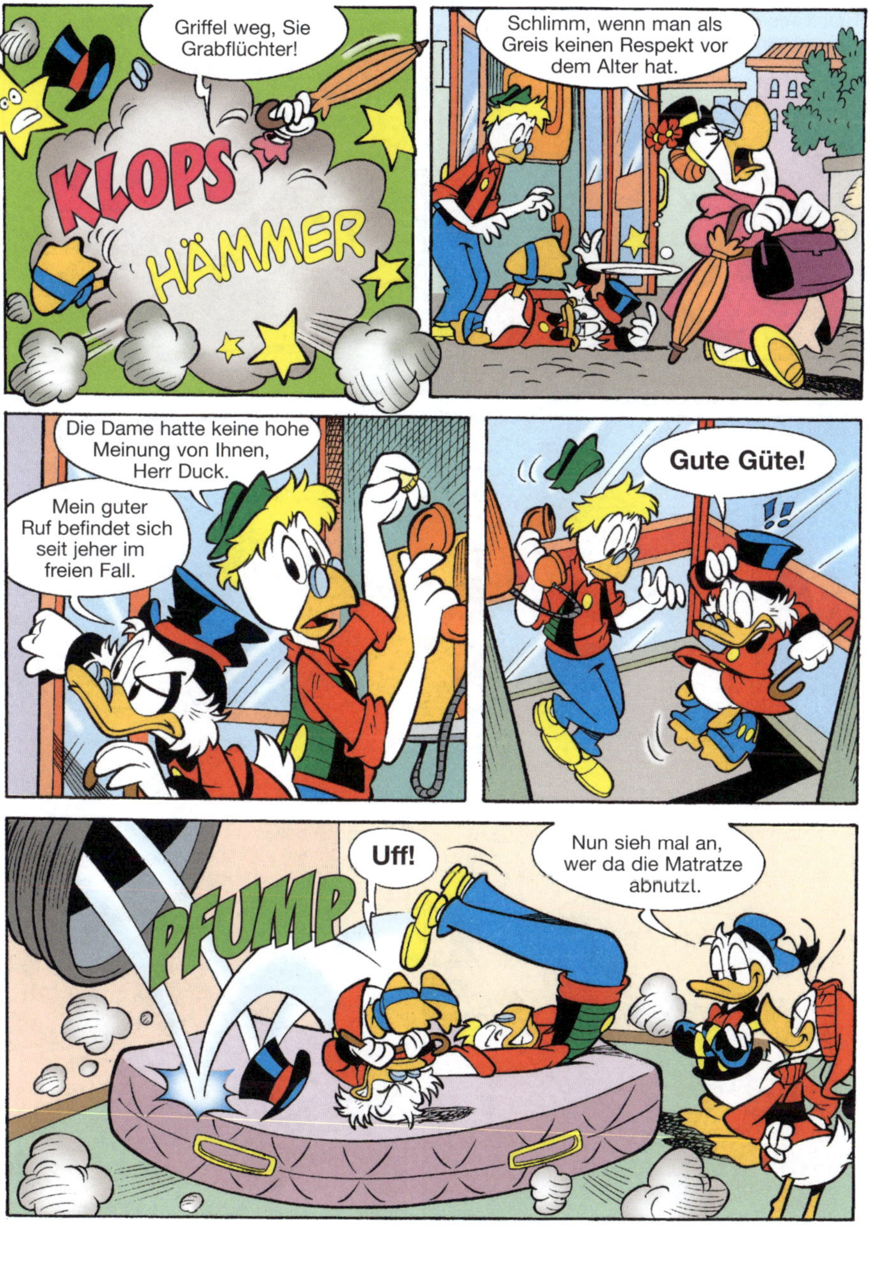
Griffel weg, Sie Grabflüchter!
KLOPS
HÄMMER
Schlimm, wenn man als Greis keinen Respekt vor dem Alter hat.
Die Dame hatte keine hohe Meinung von Ihnen, Herr Duck.
Mein guter Ruf befindet sich seit jeher im freien Fall.
Gute Güte!
Uff!
PFUMP
Nun sieh mal an, wer da die Matratze abnutzt.

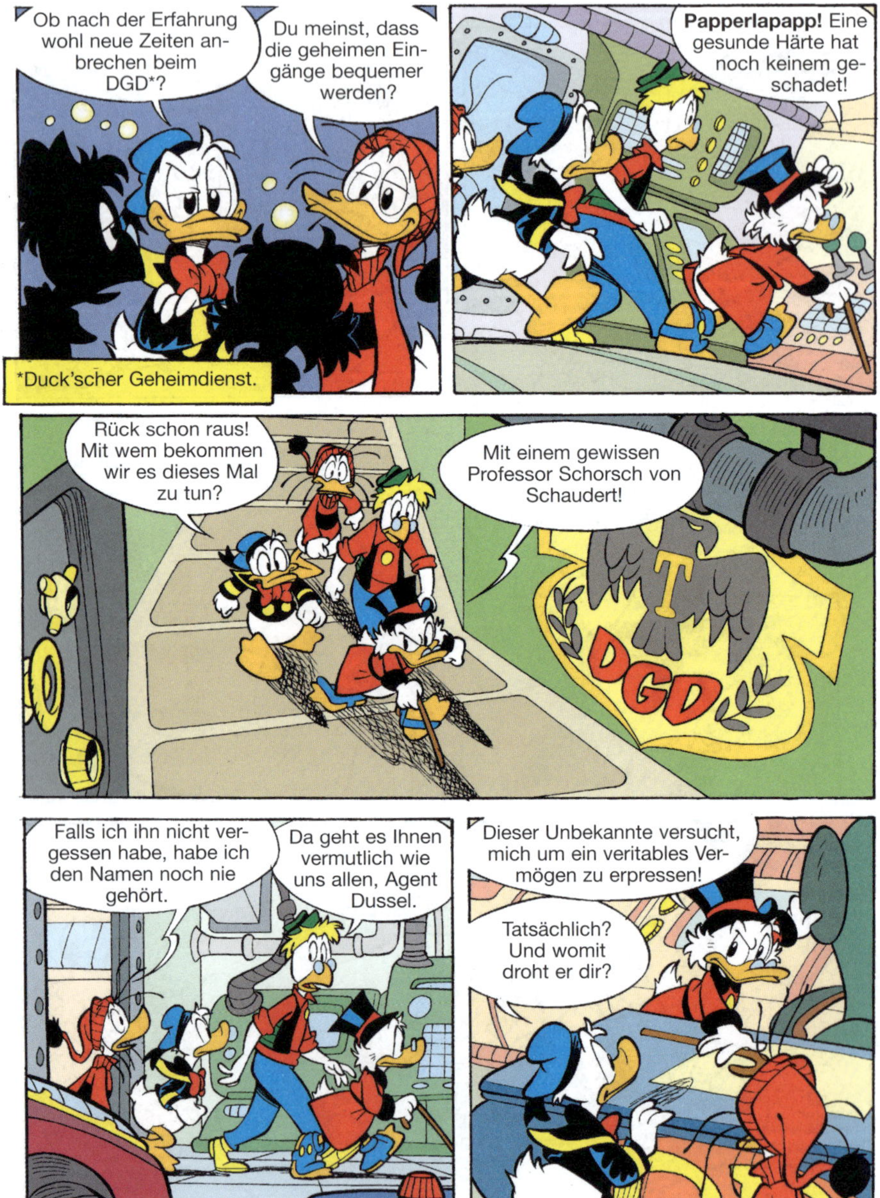
Ob nach der Erfahrung wohl neue Zeiten anbrechen beim DGD*?
Du meinst, dass die geheimen Eingänge bequemer werden?
*Duck'scher Geheimdienst.
Papperlapapp! Eine gesunde Härte hat noch keinem geschadet!
Rück schon raus! Mit wem bekommen wir es dieses Mal zu tun?
Mit einem gewissen Professor Schorsch von Schaudert!
DGD
Falls ich ihn nicht vergessen habe, habe ich den Namen noch nie gehört.
Da geht es Ihnen vermutlich wie uns allen, Agent Dussel.
Dieser Unbekannte versucht, mich um ein veritables Vermögen zu erpressen!
Tatsächlich? Und womit droht er dir?

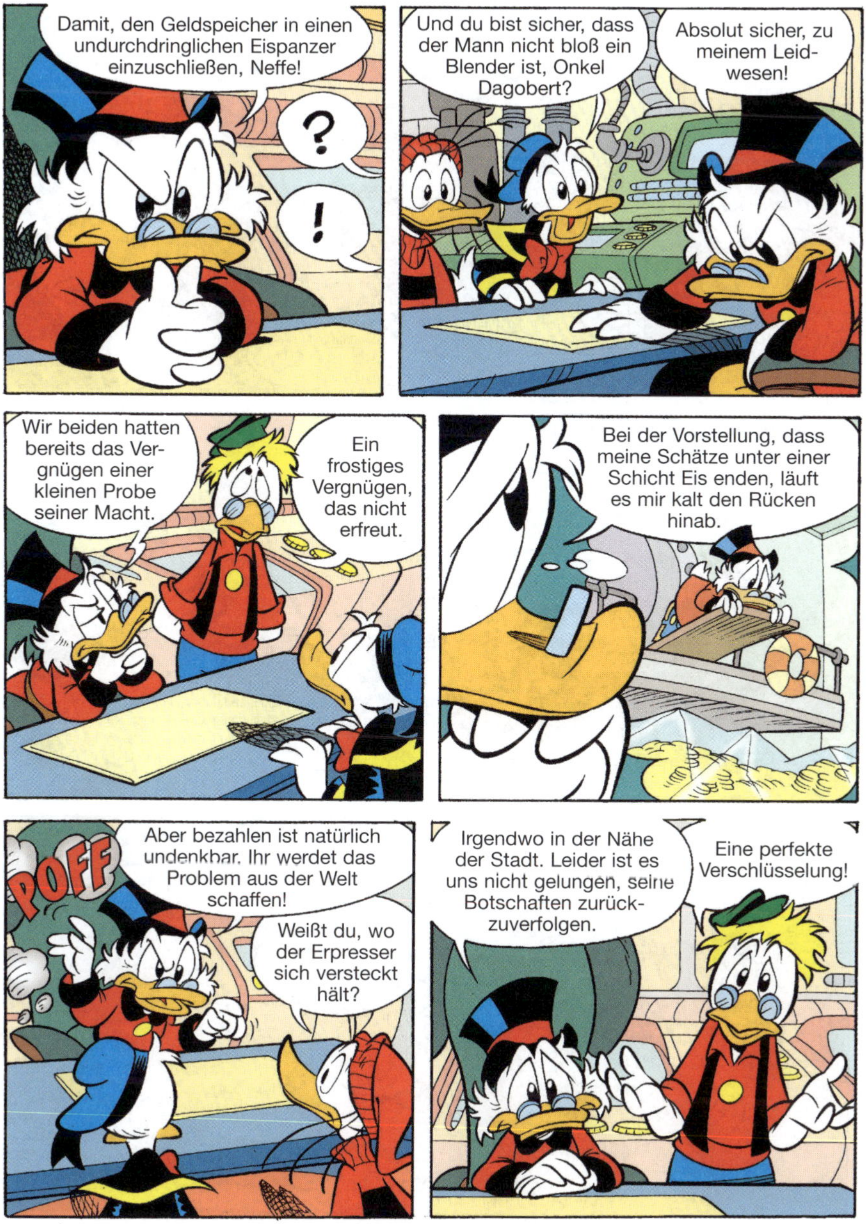
Damit, den Geldspeicher in einen undurchdringlichen Eispanzer einzuschließen, Neffe!
?
!
Und du bist sicher, dass der Mann nicht bloß ein Blender ist, Onkel Dagobert?
Absolut sicher, zu meinem Leidwesen!
Wir beiden hatten bereits das Vergnügen einer kleinen Probe seiner Macht.
Ein frostiges Vergnügen, das nicht erfreut.
Bei der Vorstellung, dass meine Schätze unter einer Schicht Eis enden, läuft es mir kalt den Rücken hinab.
POFF
Aber bezahlen ist natürlich undenkbar. Ihr werdet das Problem aus der Welt schaffen!
Weißt du, wo der Erpresser sich versteckt hält?
Irgendwo in der Nähe der Stadt. Leider ist es uns nicht gelungen, seine Botschaften zurückzuverfolgen.
Eine perfekte Verschlüsselung!

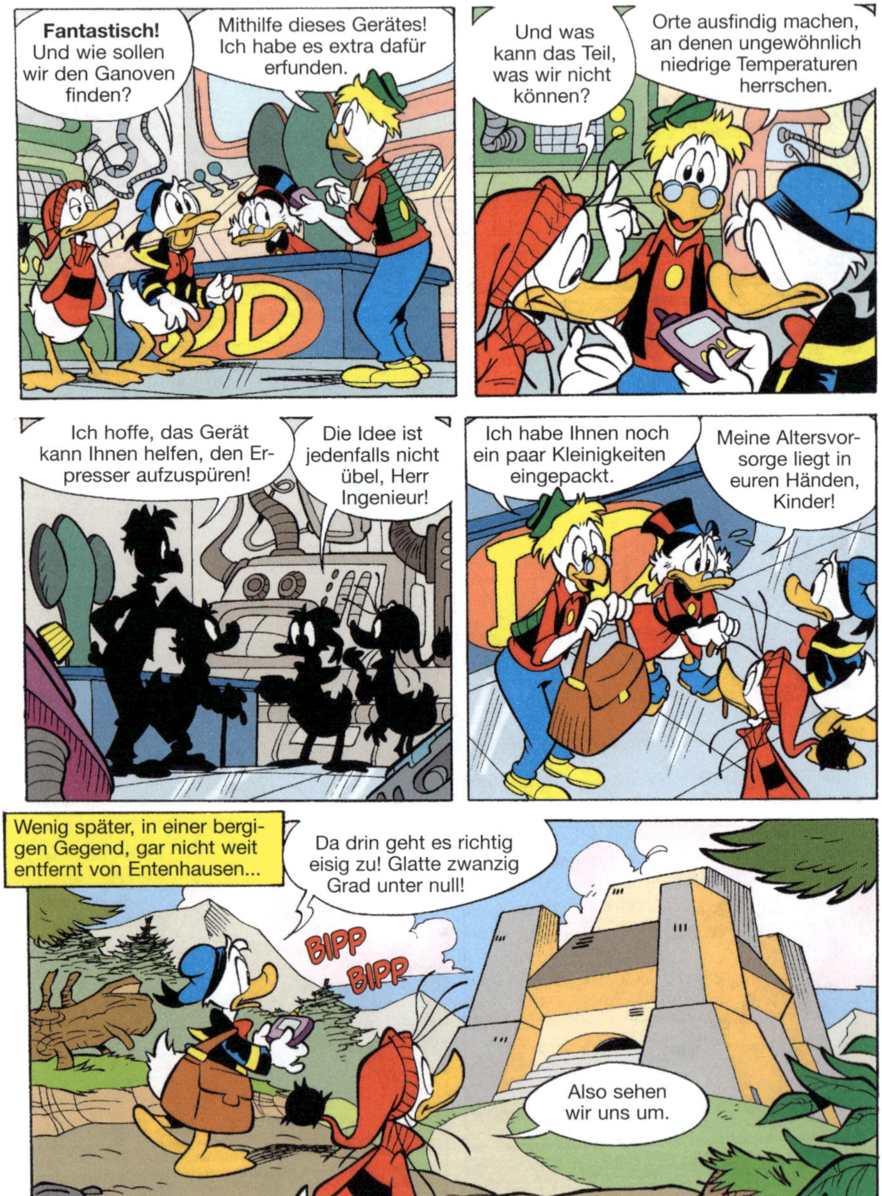
Fantastisch! Und wie sollen wir den Ganoven finden?
Mithilfe dieses Gerätes! Ich habe es extra dafür erfunden.
Und was kann das Teil, was wir nicht können?
Orte ausfindig machen, an denen ungewöhnlich niedrige Temperaturen herrschen.
Ich hoffe, das Gerät kann Ihnen helfen, den Erpresser aufzuspüren!
Die Idee ist jedenfalls nicht übel, Herr Ingenieur!
Ich habe Ihnen noch ein paar Kleinigkeiten eingepackt.
Meine Altersvorsorge liegt in euren Händen, Kinder!
Wenig später, in einer bergigen Gegend, gar nicht weit entfernt von Entenhausen...
Da drin geht es richtig eisig zu! Glatte zwanzig Grad unter null!
BIPP BIPP
Also sehen wir uns um.

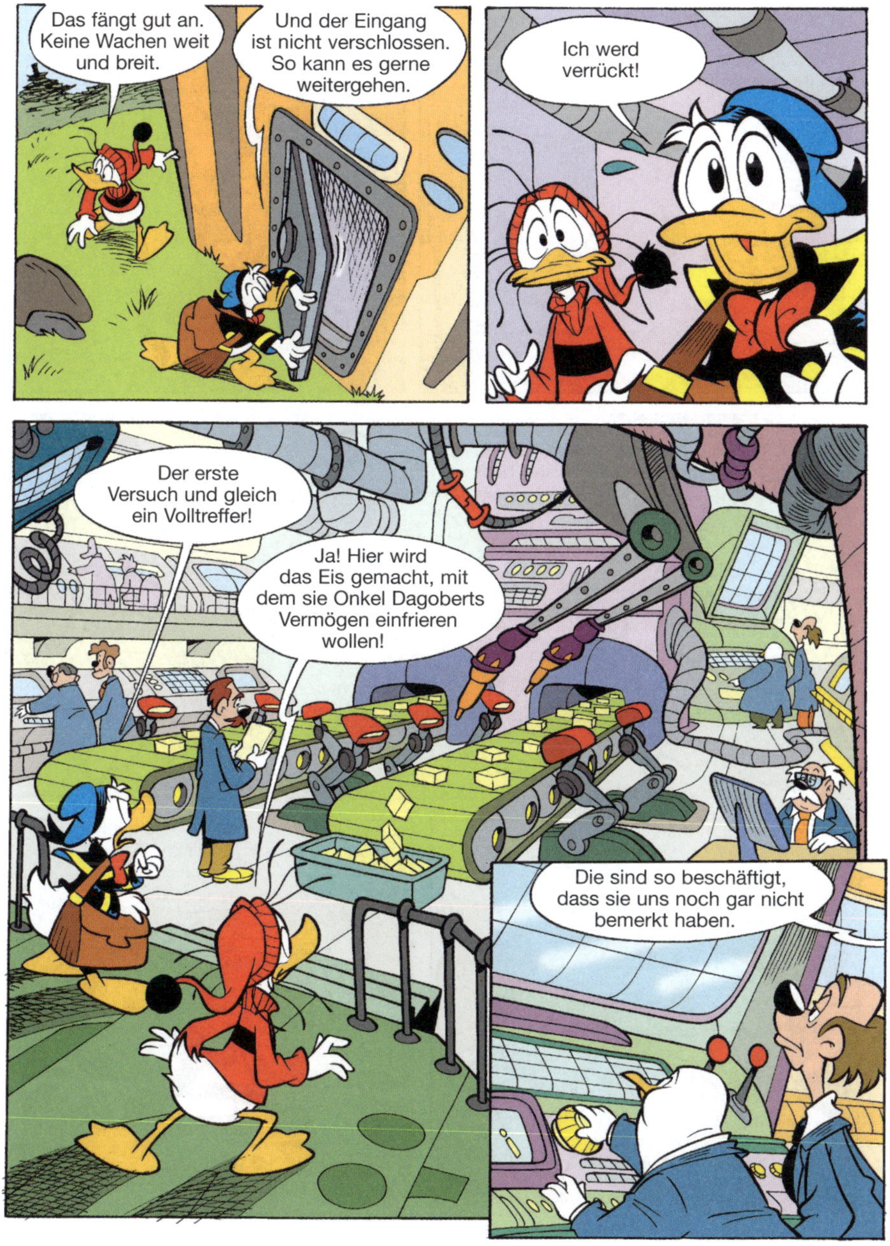
Das fängt gut an. Keine Wachen weit und breit.
Und der Eingang ist nicht verschlossen. So kann es gerne weitergehen.
Ich werd verrückt!
Der erste Versuch und gleich ein Volltreffer!
Ja! Hier wird das Eis gemacht, mit dem sie Onkel Dagoberts Vermögen einfrieren wollen!
Die sind so beschäftigt, dass sie uns noch gar nicht bemerkt haben.

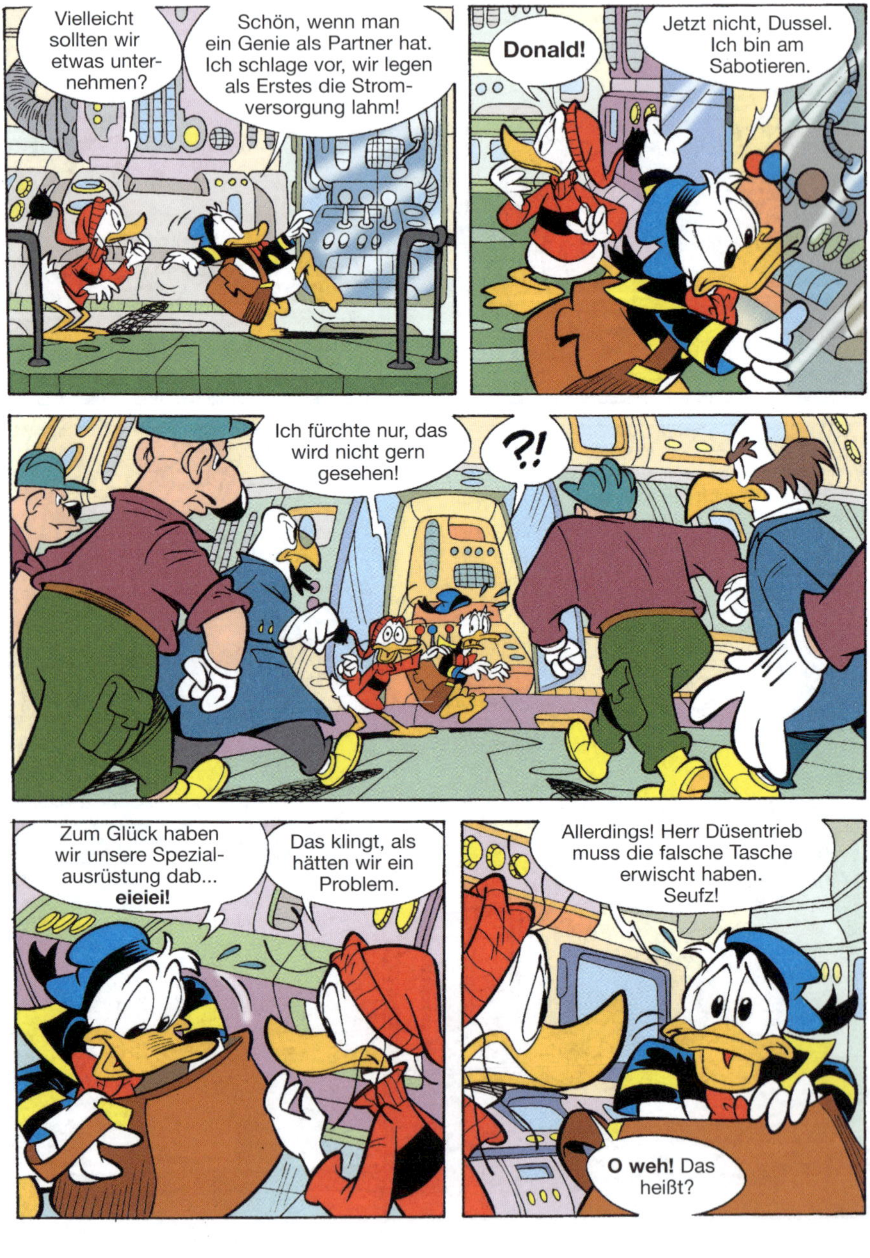
Vielleicht sollten wir etwas unternehmen?
Schön, wenn man ein Genie als Partner hat. Ich schlage vor, wir legen als Erstes die Stromversorgung lahm!
Donald!
Jetzt nicht, Dussel. Ich bin am Sabotieren.
Ich fürchte nur, das wird nicht gern gesehen!
?!
Zum Glück haben wir unsere Spezialausrüstung dab... eieiei!
Das klingt, als hätten wir ein Problem.
Allerdings! Herr Düsentrieb muss die falsche Tasche erwischt haben. Seufz!
O weh! Das heißt?

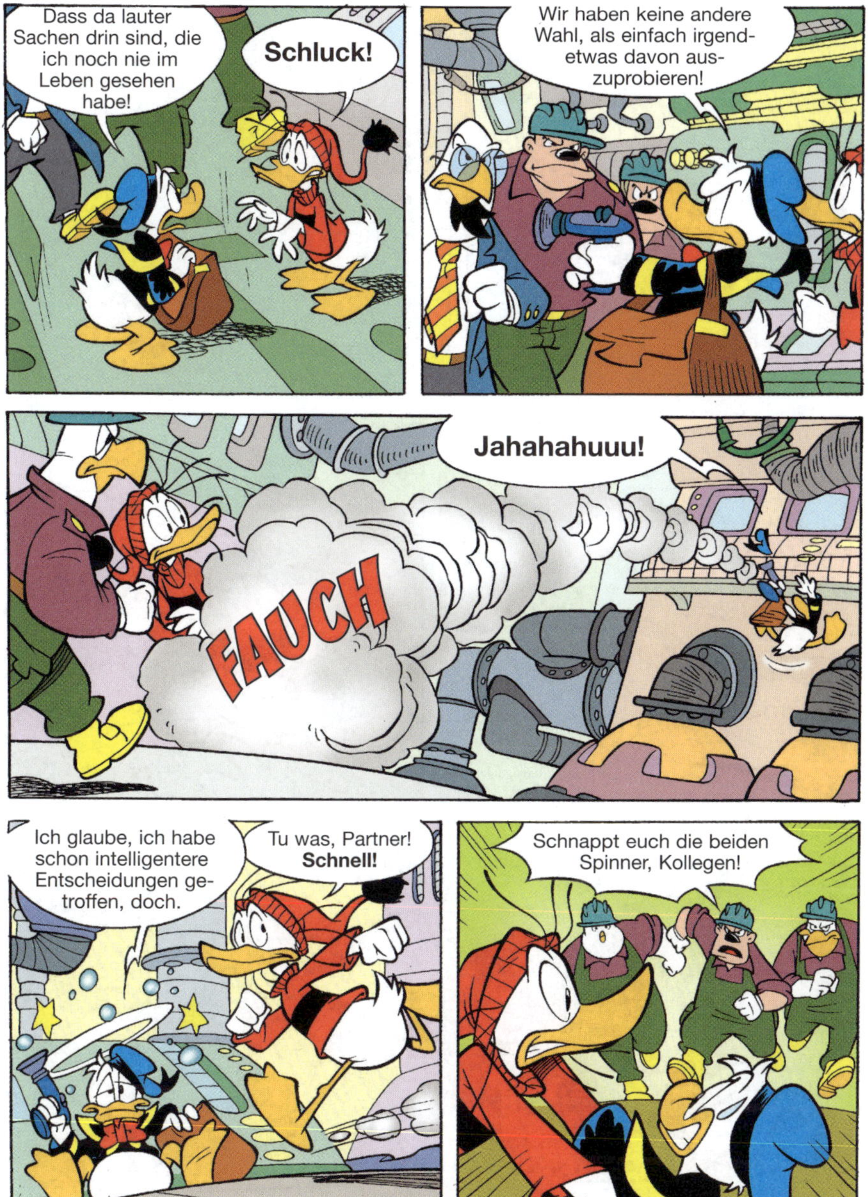
Dass da lauter Sachen drin sind, die ich noch nie im Leben gesehen habe!
Schluck!
Wir haben keine andere Wahl, als einfach irgendetwas davon auszuprobieren!
Jahahahuuu!
FAUCH
Ich glaube, ich habe schon intelligentere Entscheidungen getroffen, doch.
Tu was, Partner! Schnell!
Schnappt euch die beiden Spinner, Kollegen!

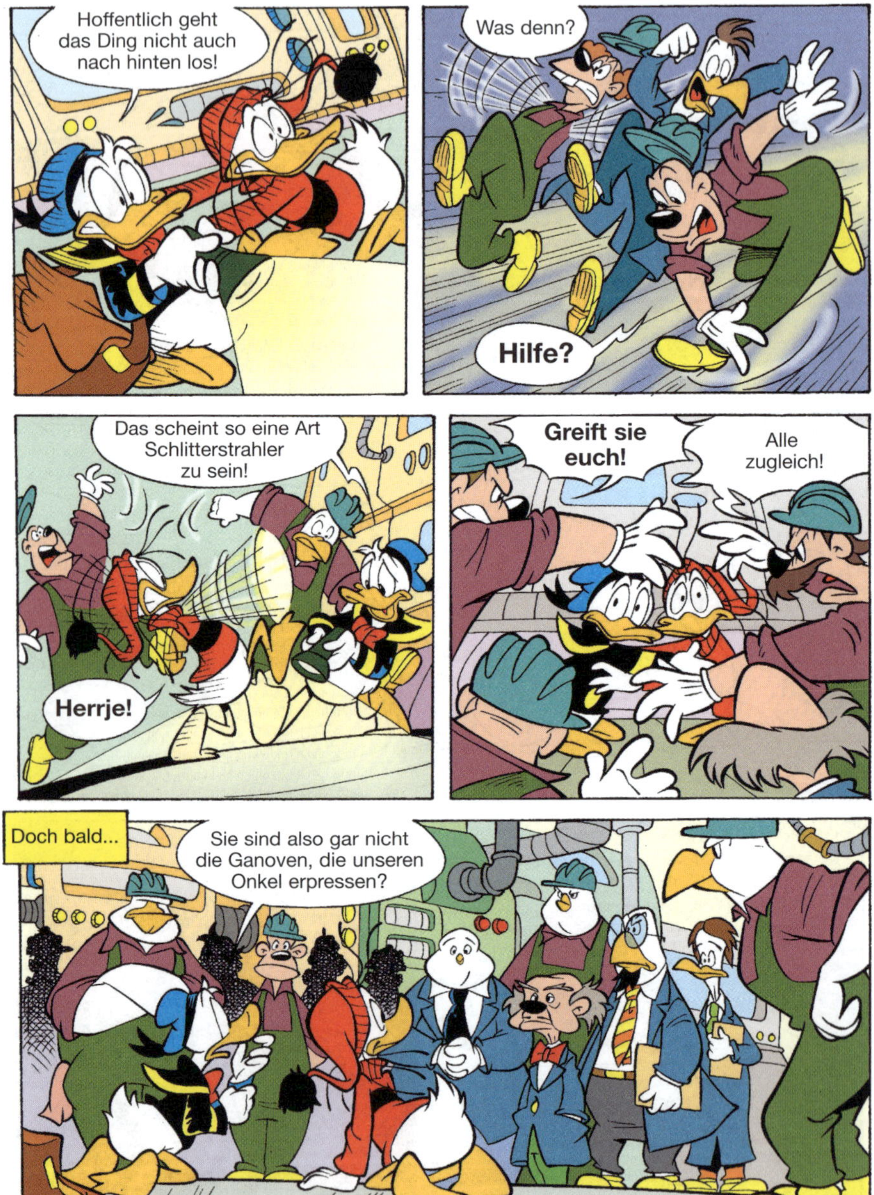

Hoffentlich geht das Ding nicht auch nach hinten los!
Was denn?
Hilfe?
Das scheint so eine Art Schlitterstrahler zu sein!
Herrje!
Greift sie euch!
Alle zugleich!
Doch bald...
Sie sind also gar nicht die Ganoven, die unseren Onkel erpressen?

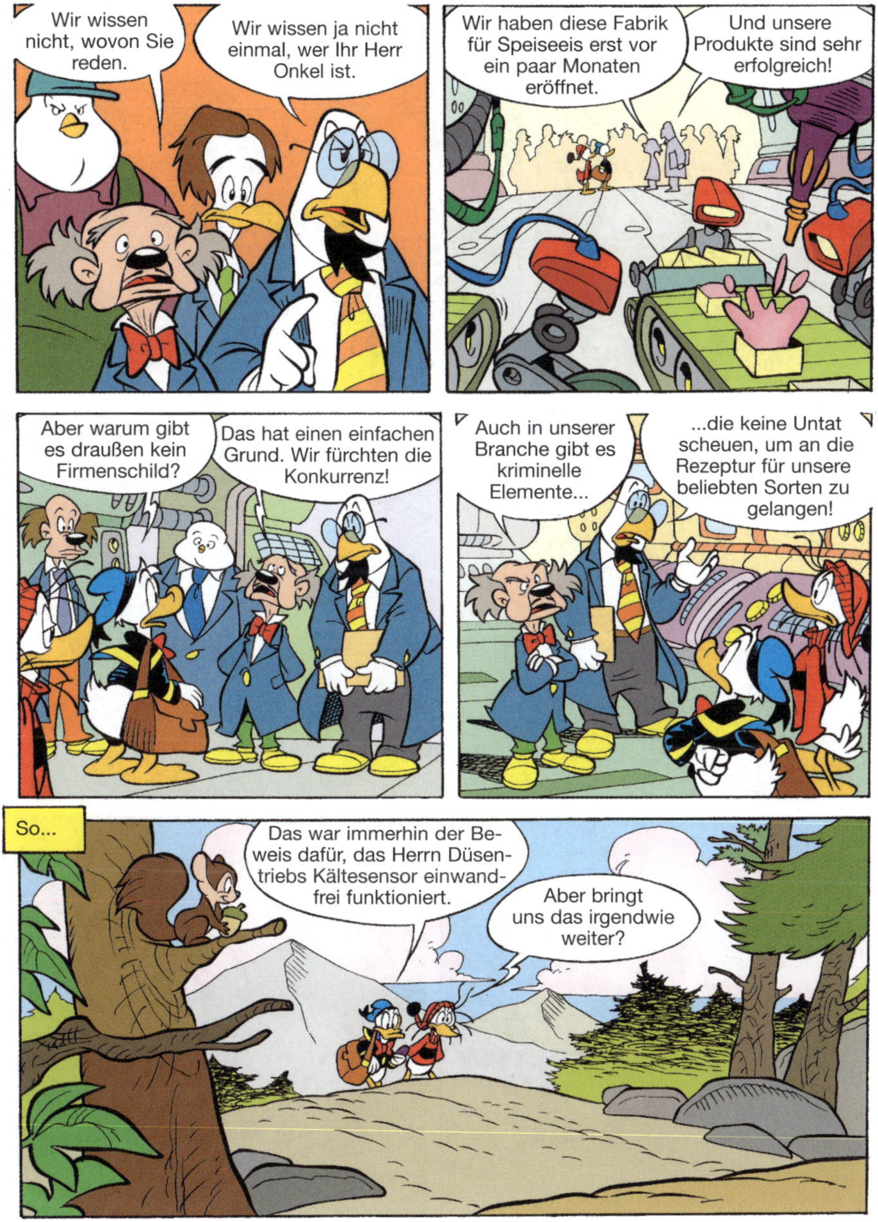
Wir wissen nicht, wovon Sie reden.
Wir wissen ja nicht einmal, wer Ihr Herr Onkel ist.
Wir haben diese Fabrik für Speiseeis erst vor ein paar Monaten eröffnet.
Und unsere Produkte sind sehr erfolgreich!
Aber warum gibt es draußen kein Firmenschild?
Das hat einen einfachen Grund. Wir fürchten die Konkurrenz!
Auch in unserer Branche gibt es kriminelle Elemente...
...die keine Untat scheuen, um an die Rezeptur für unsere beliebten Sorten zu gelangen!
So...
Das war immerhin der Beweis dafür, das Herrn Düsentriebs Kältesensor einwandfrei funktioniert.
Aber bringt uns das irgendwie weiter?

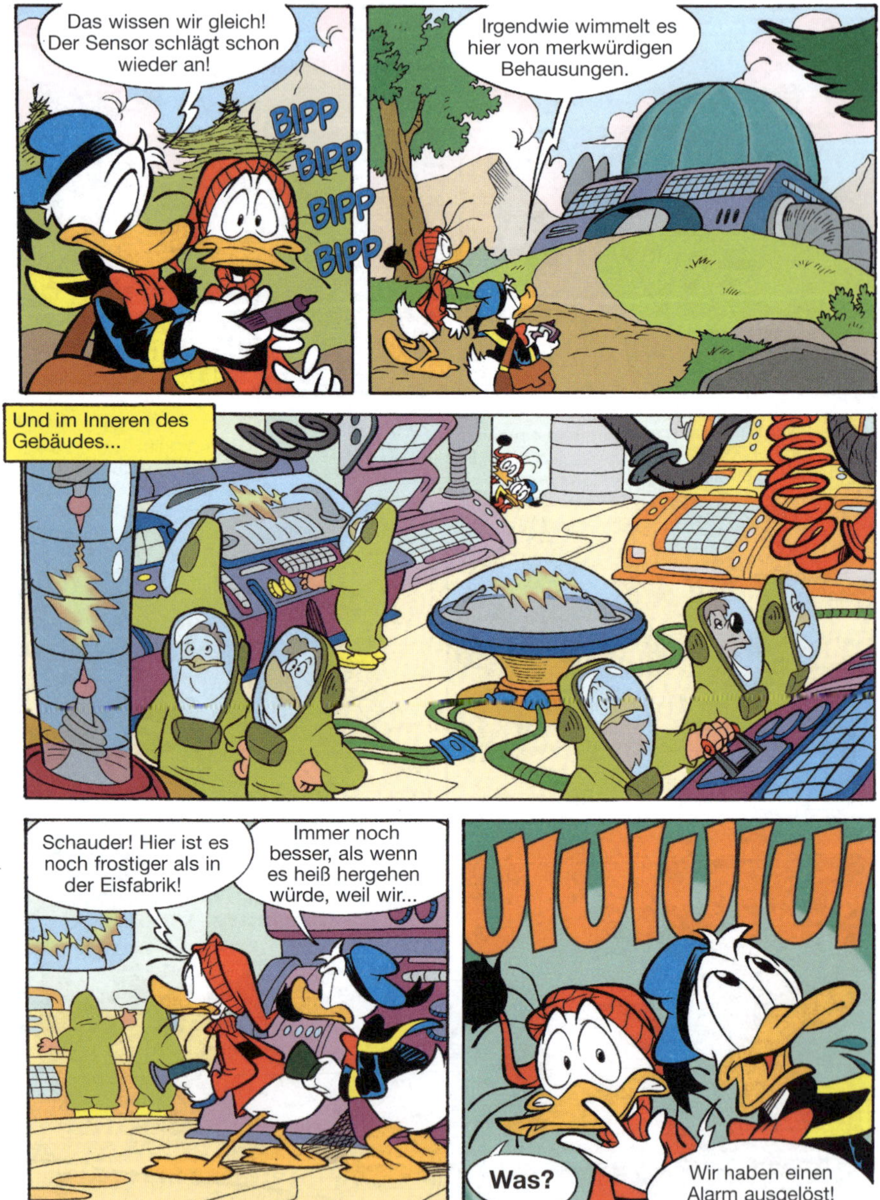
Das wissen wir gleich! Der Sensor schlägt schon wieder an!
BIPP BIPP BIPP BIPP
Irgendwie wimmelt es hier von merkwürdigen Behausungen.
Und im Inneren des Gebäudes...
Schauder! Hier ist es noch frostiger als in der Eisfabrik!
Immer noch besser, als wenn es heiß hergehen würde, weil wir...
UIUIUIUIUI
Was?
Wir haben einen Alarm ausgelöst!

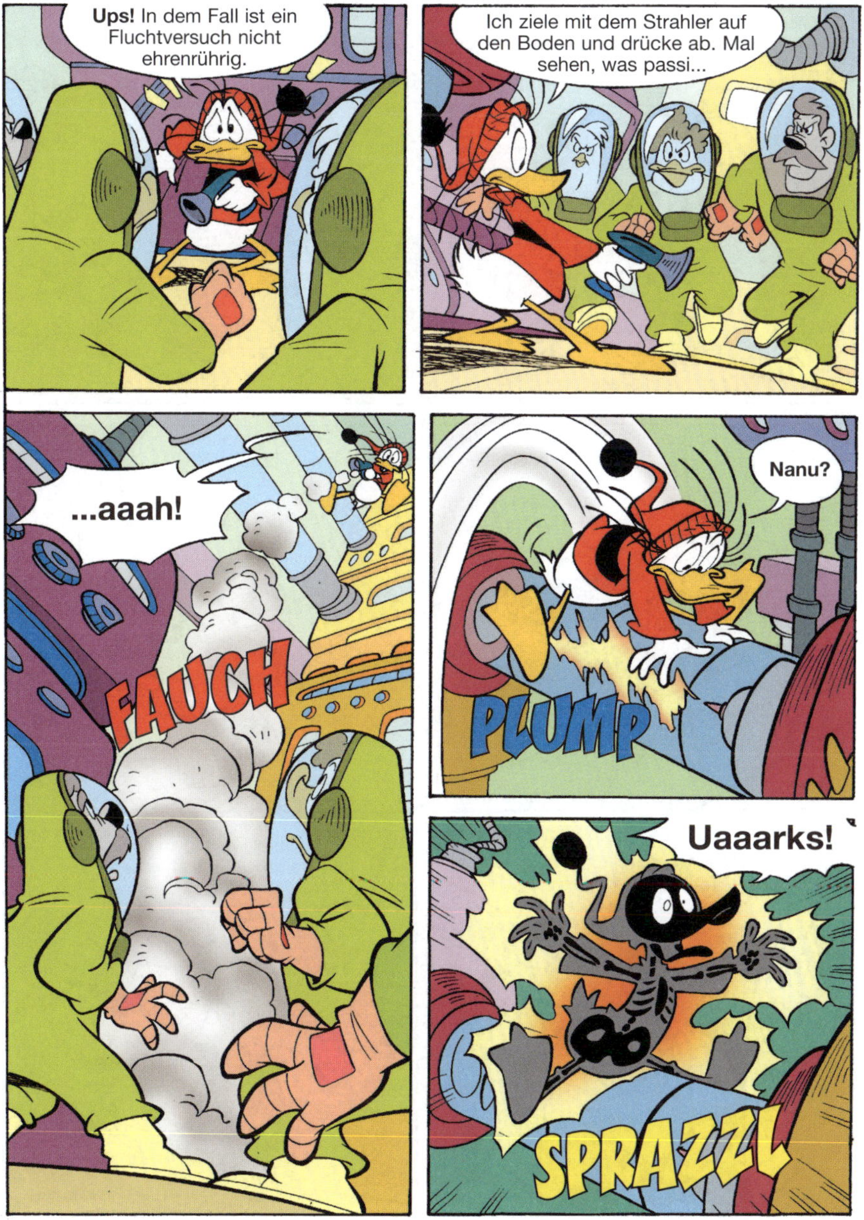
Ups! In dem Fall ist ein Fluchtversuch nicht ehrenrührig.
Ich ziele mit dem Strahler auf den Boden und drücke ab. Mal sehen, was passi...
...aaah!
FAUCH
Nanu?
PLUMP
Uaaarks!
SPRAZZL

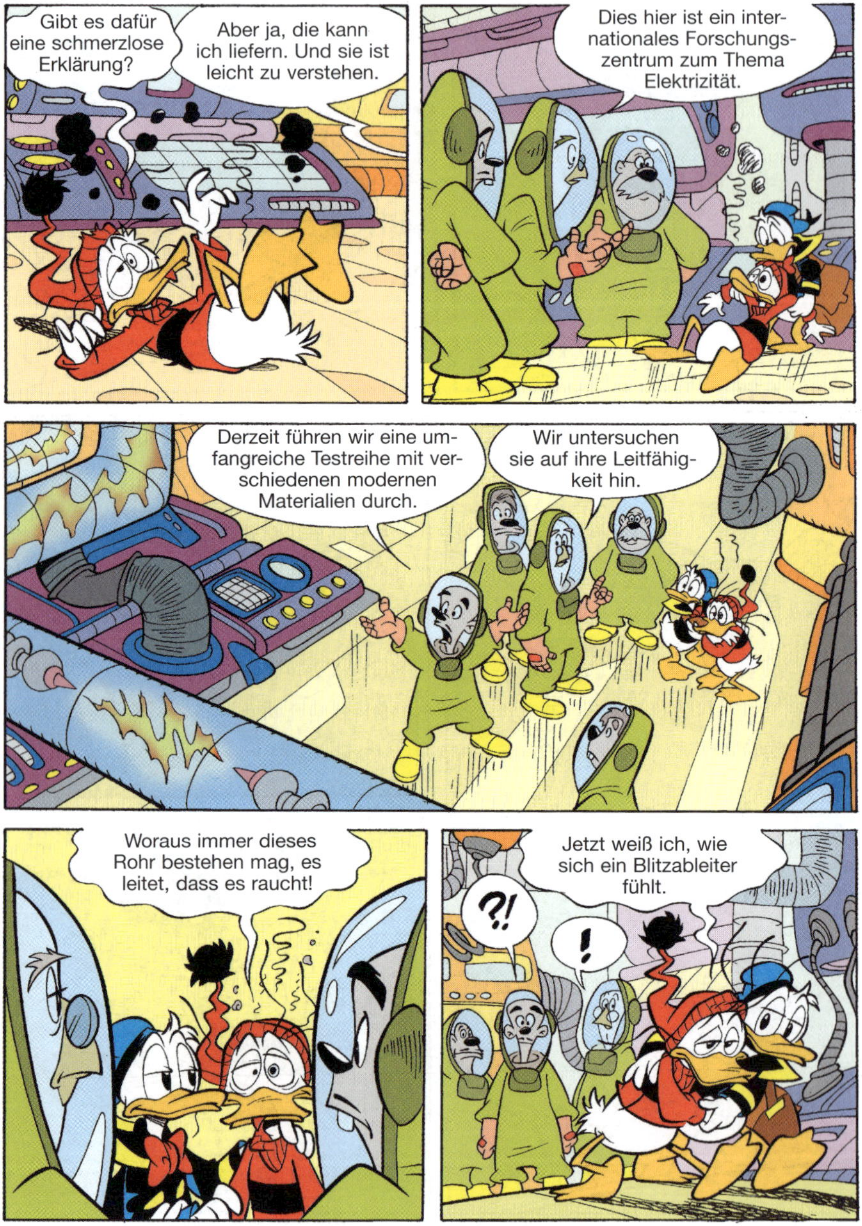

Gibt es dafür eine schmerzlose Erklärung?
Aber ja, die kann ich liefern. Und sie ist leicht zu verstehen.
Dies hier ist ein internationales Forschungszentrum zum Thema Elektrizität.
Derzeit führen wir eine umfangreiche Testreihe mit verschiedenen modernen Materialien durch.
Wir untersuchen sie auf ihre Leitfähigkeit hin.
Woraus immer dieses Rohr bestehen mag, es leitet, dass es raucht!
?!
!
Jetzt weiß ich, wie sich ein Blitzableiter fühlt.

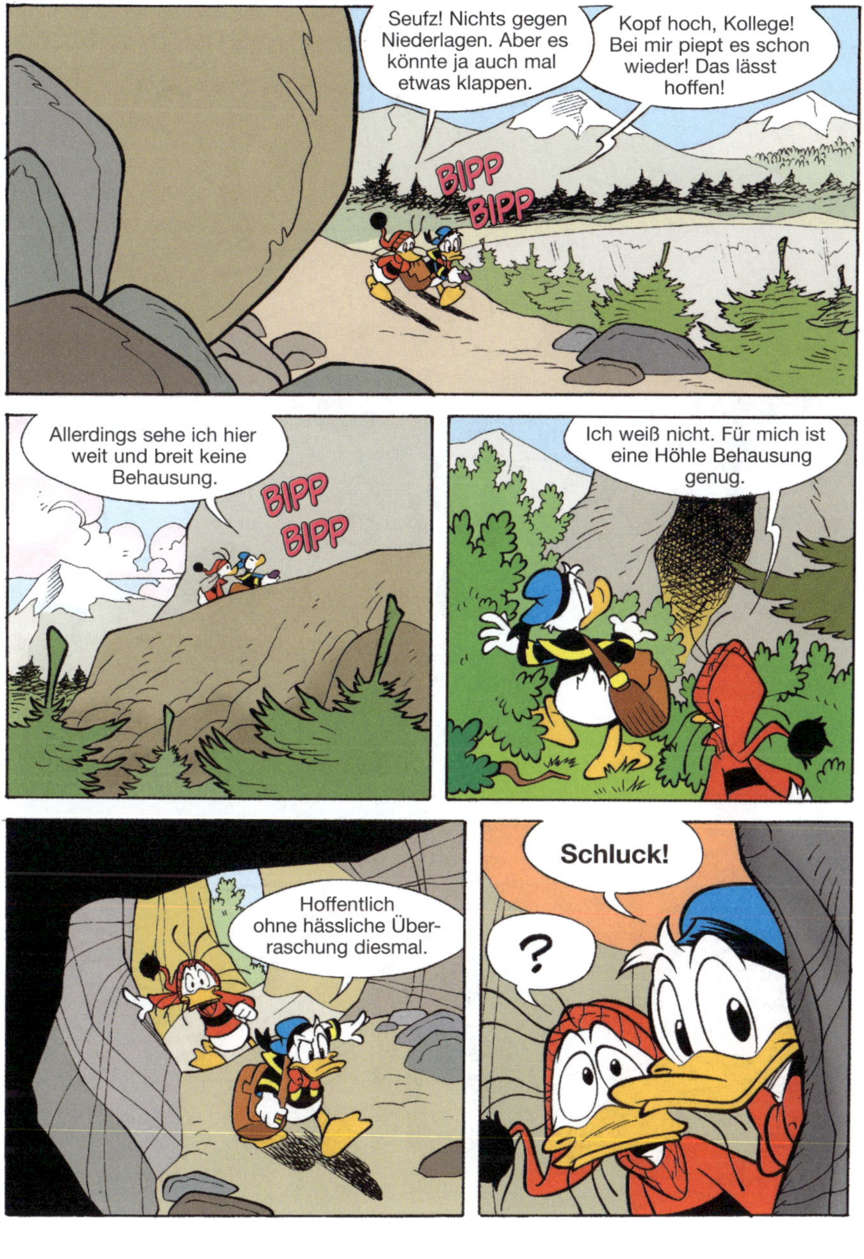
Seufz! Nichts gegen Niederlagen. Aber es könnte ja auch mal etwas klappen.
Kopf hoch, Kollege! Bei mir piept es schon wieder! Das lässt hoffen!
BIPP BIPP
Allerdings sehe ich hier weit und breit keine Behausung.
BIPP BIPP
Ich weiß nicht. Für mich ist eine Höhle Behausung genug.
Hoffentlich ohne hässliche Überraschung diesmal.
Schluck!
?

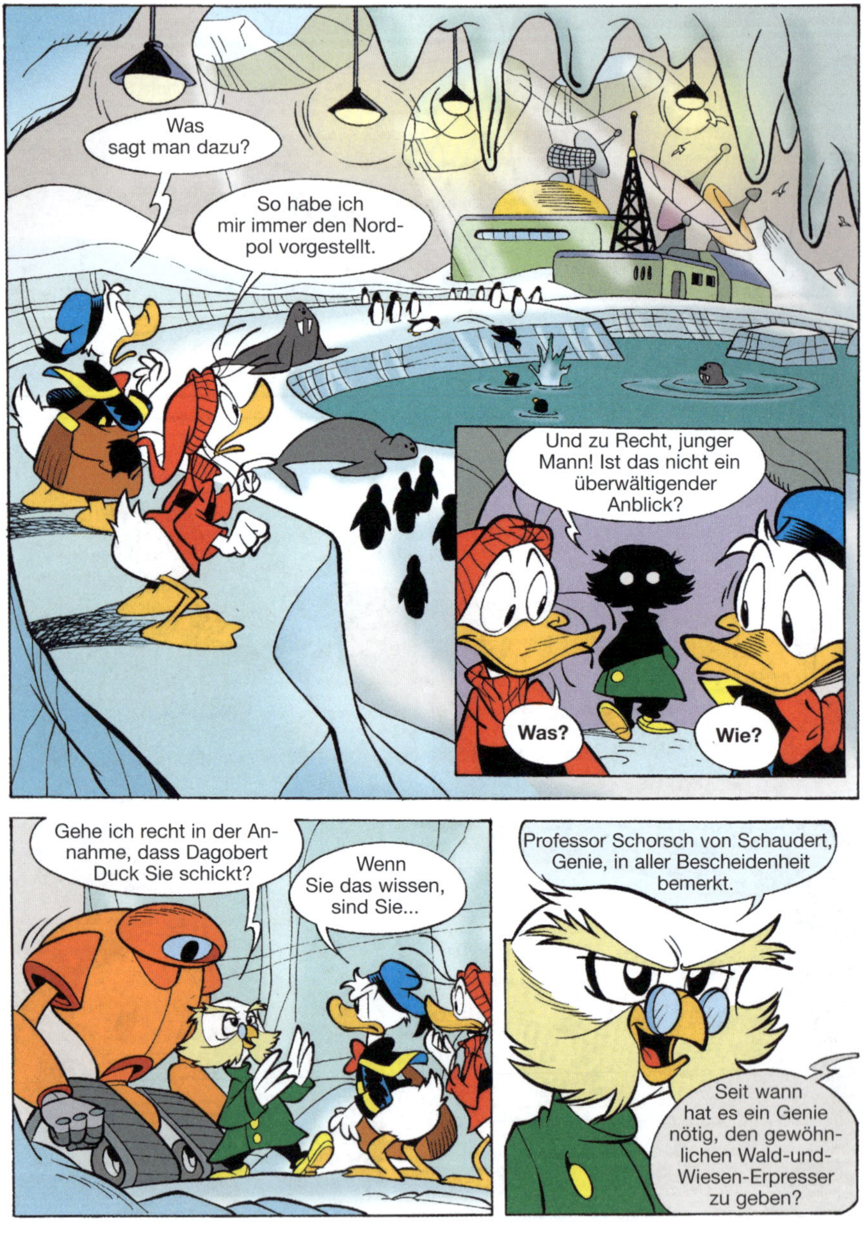
Was sagt man dazu?
So habe ich mir immer den Nordpol vorgestellt.
Und zu Recht, junger Mann! Ist das nicht ein überwältigender Anblick?
Was?
Wie?
Gehe ich recht in der Annahme, dass Dagobert Duck Sie schickt?
Wenn Sie das wissen, sind Sie...
Professor Schorsch von Schaudert, Genie, in aller Bescheidenheit bemerkt.
Seit wann hat es ein Genie nötig, den gewöhnlichen Wald-und-Wiesen-Erpresser zu geben?

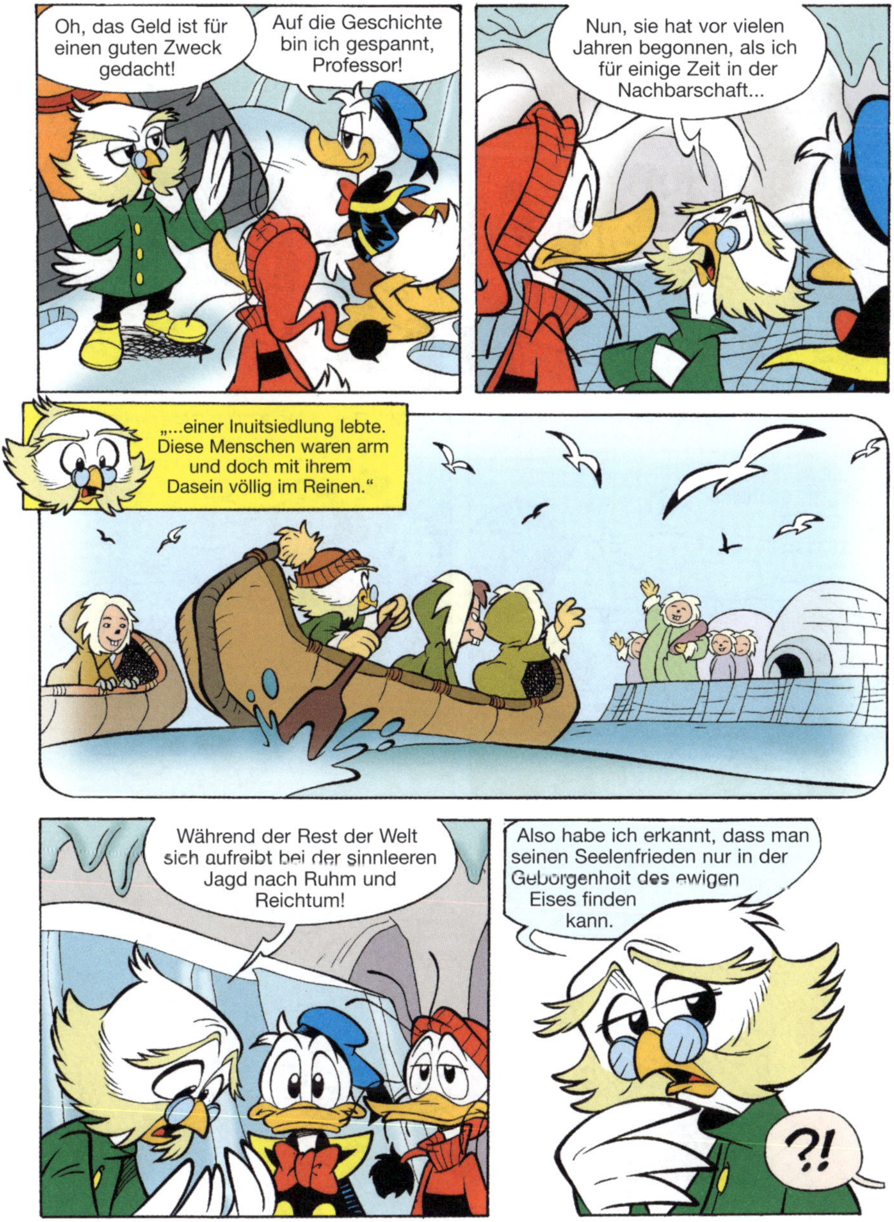
Oh, das Geld ist für einen guten Zweck gedacht!
Auf die Geschichte bin ich gespannt, Professor!
Nun, sie hat vor vielen Jahren begonnen, als ich für einige Zeit in der Nachbarschaft...
„...einer Inuitsiedlung lebte. Diese Menschen waren arm und doch mit ihrem Dasein völlig im Reinen."
Während der Rest der Welt sich aufreibt bei der sinnleeren Jagd nach Ruhm und Reichtum!
Also habe ich erkannt, dass man seinen Seelenfrieden nur in der Geborgenheit des ewigen Eises finden kann.
?!

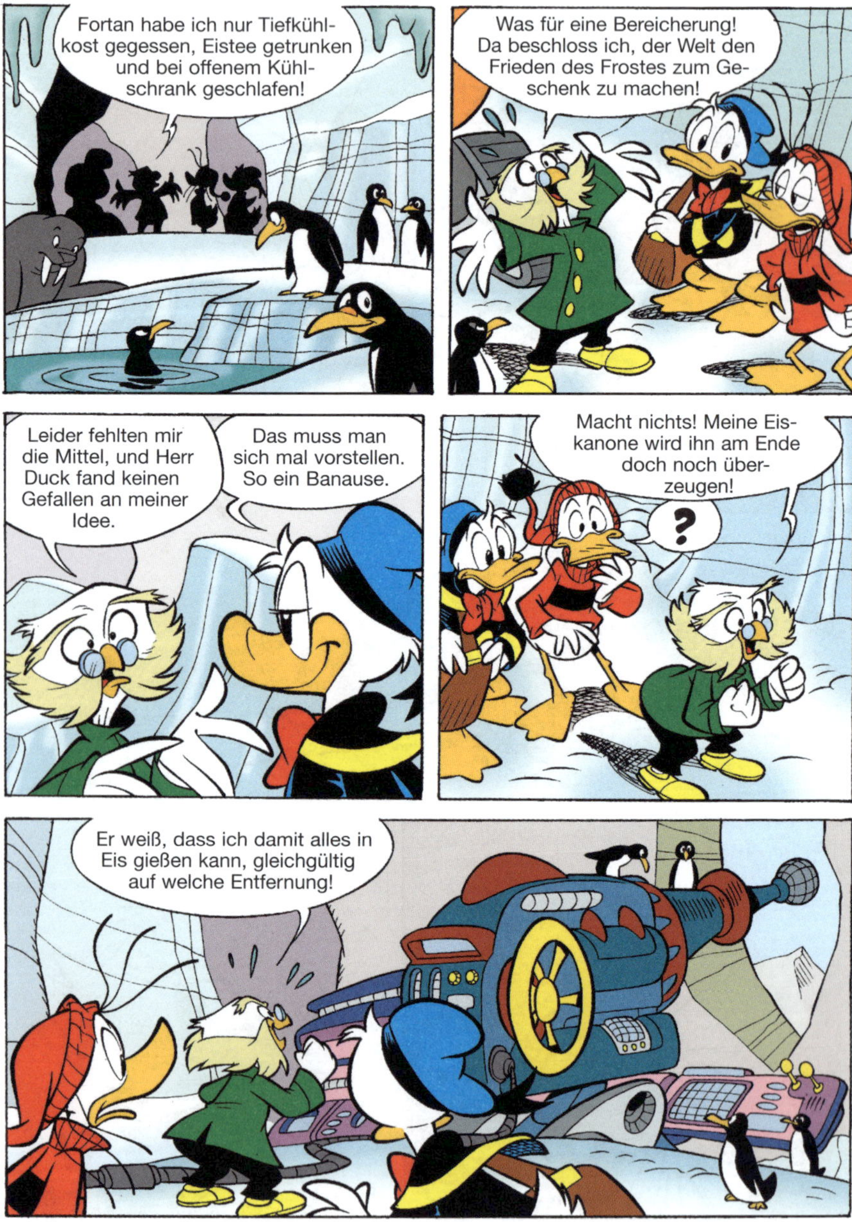

Fortan habe ich nur Tiefkühlkost gegessen, Eistee getrunken und bei offenem Kühlschrank geschlafen!
Was für eine Bereicherung! Da beschloss ich, der Welt den Frieden des Frostes zum Geschenk zu machen!
Leider fehlten mir die Mittel, und Herr Duck fand keinen Gefallen an meiner Idee.
Das muss man sich mal vorstellen. So ein Banause.
Macht nichts! Meine Eiskanone wird ihn am Ende doch noch überzeugen!
?
Er weiß, dass ich damit alles in Eis gießen kann, gleichgültig auf welche Entfernung!

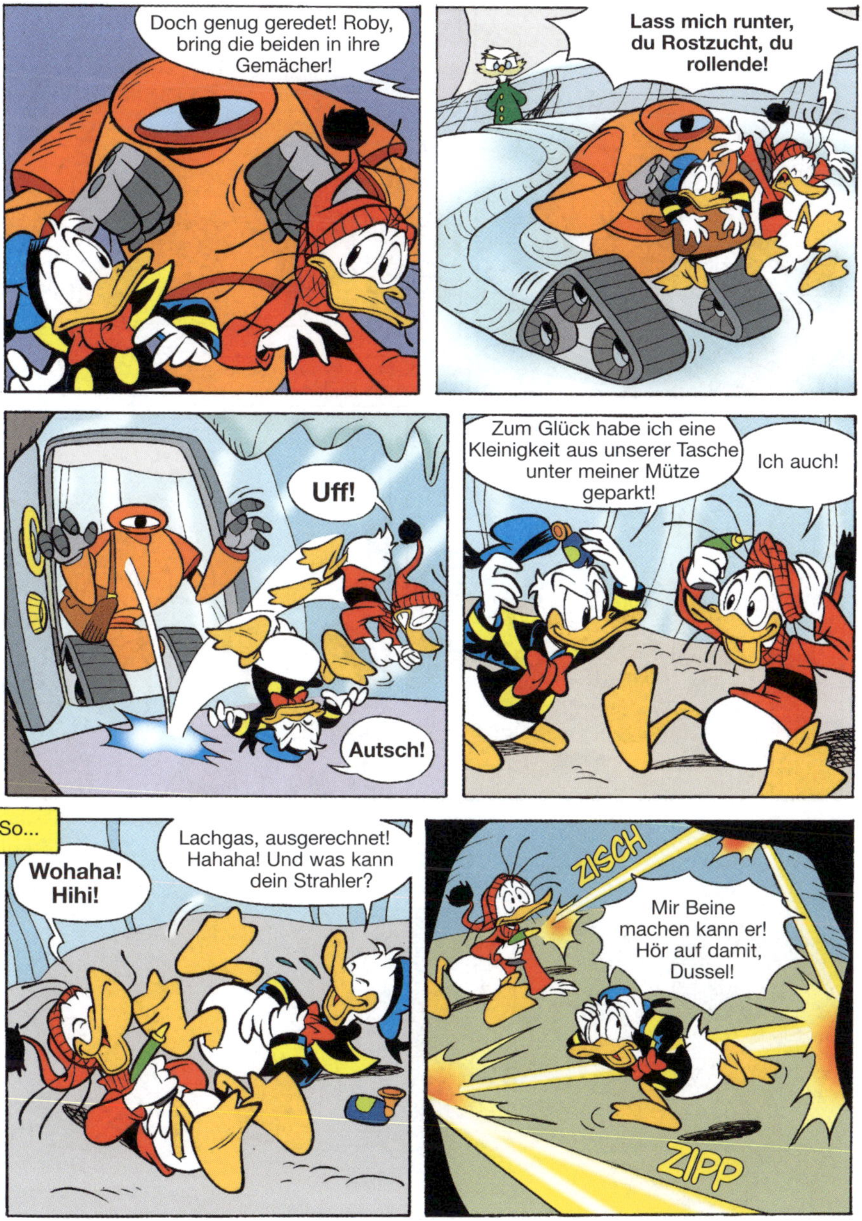
Doch genug geredet! Roby, bring die beiden in ihre Gemächer!
Lass mich runter, du Rostzucht, du rollende!
Uff!
Autsch!
Zum Glück habe ich eine Kleinigkeit aus unserer Tasche unter meiner Mütze geparkt!
Ich auch!
So...
Wohaha! Hihi!
Lachgas, ausgerechnet! Hahaha! Und was kann dein Strahler?
ZISCH
Mir Beine machen kann er! Hör auf damit, Dussel!
ZIPP

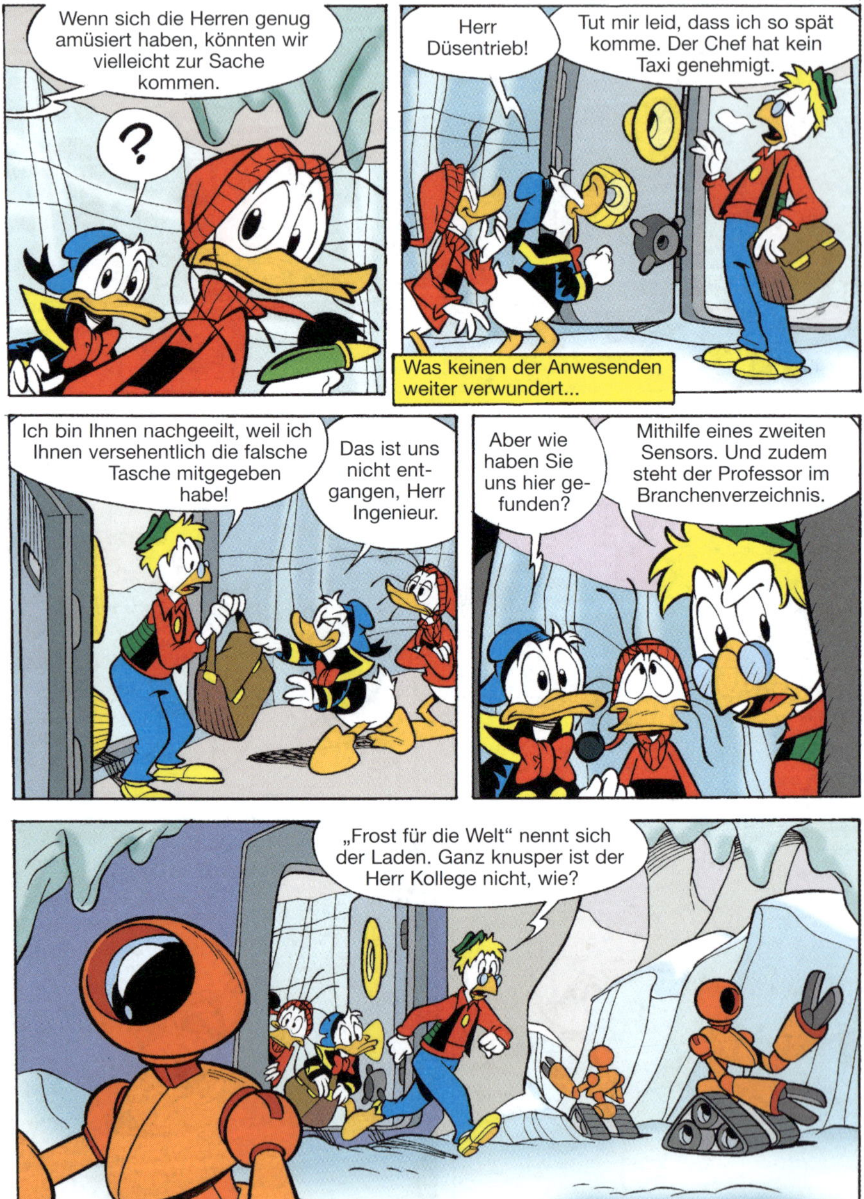
Wenn sich die Herren genug amüsiert haben, könnten wir vielleicht zur Sache kommen.
?
Herr Düsentrieb!
Tut mir leid, dass ich so spät komme. Der Chef hat kein Taxi genehmigt.
Was keinen der Anwesenden weiter verwundert...
Ich bin Ihnen nachgeeilt, weil ich Ihnen versehentlich die falsche Tasche mitgegeben habe!
Das ist uns nicht entgangen, Herr Ingenieur.
Aber wie haben Sie uns hier gefunden?
Mithilfe eines zweiten Sensors. Und zudem steht der Professor im Branchenverzeichnis.
„Frost für die Welt“ nennt sich der Laden. Ganz knusper ist der Herr Kollege nicht, wie?

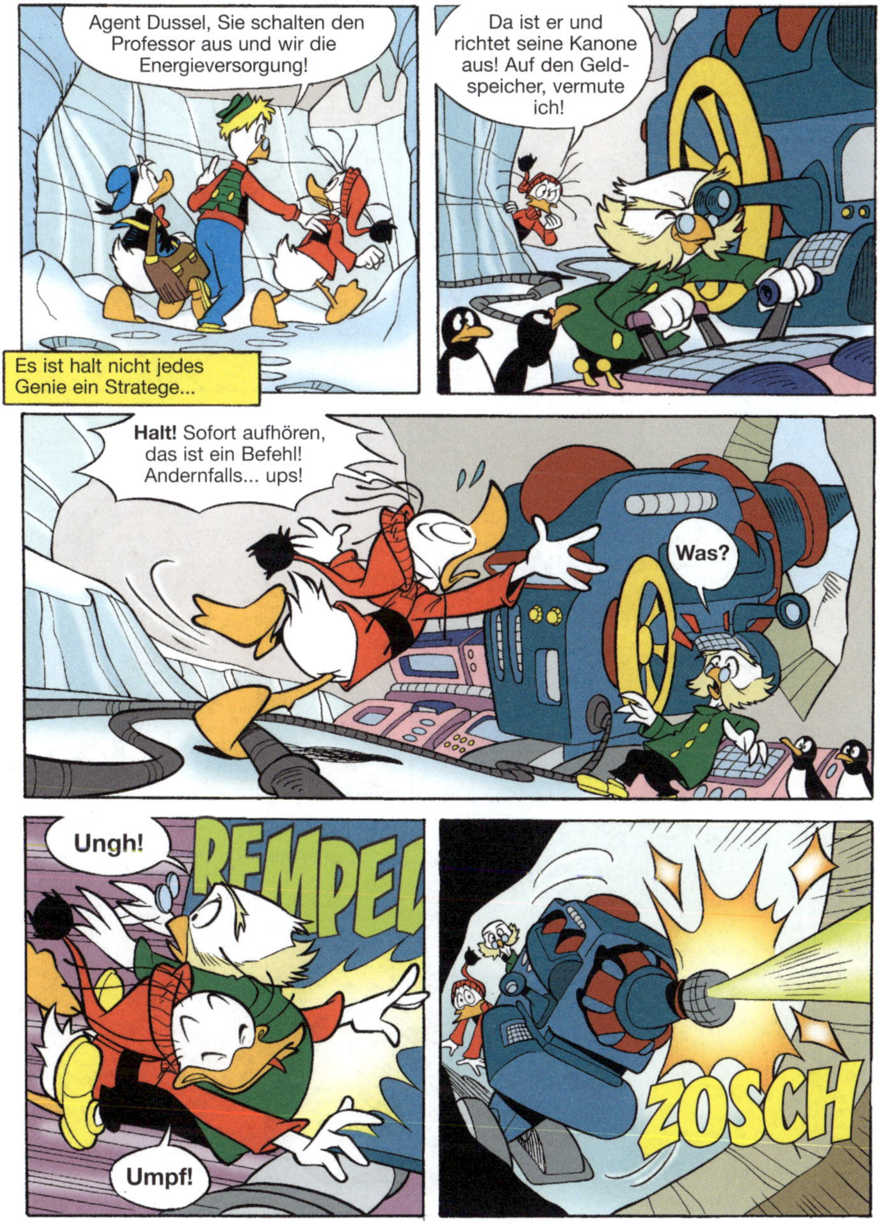
Agent Dussel, Sie schalten den Professor aus und wir die Energieversorgung!
Es ist halt nicht jedes Genie ein Stratege...
Da ist er und richtet seine Kanone aus! Auf den Geldspeicher, vermute ich!
Halt! Sofort aufhören, das ist ein Befehl! Andernfalls... ups!
Was?
Ungh!
REMPEL
Umpf!
ZOSCH

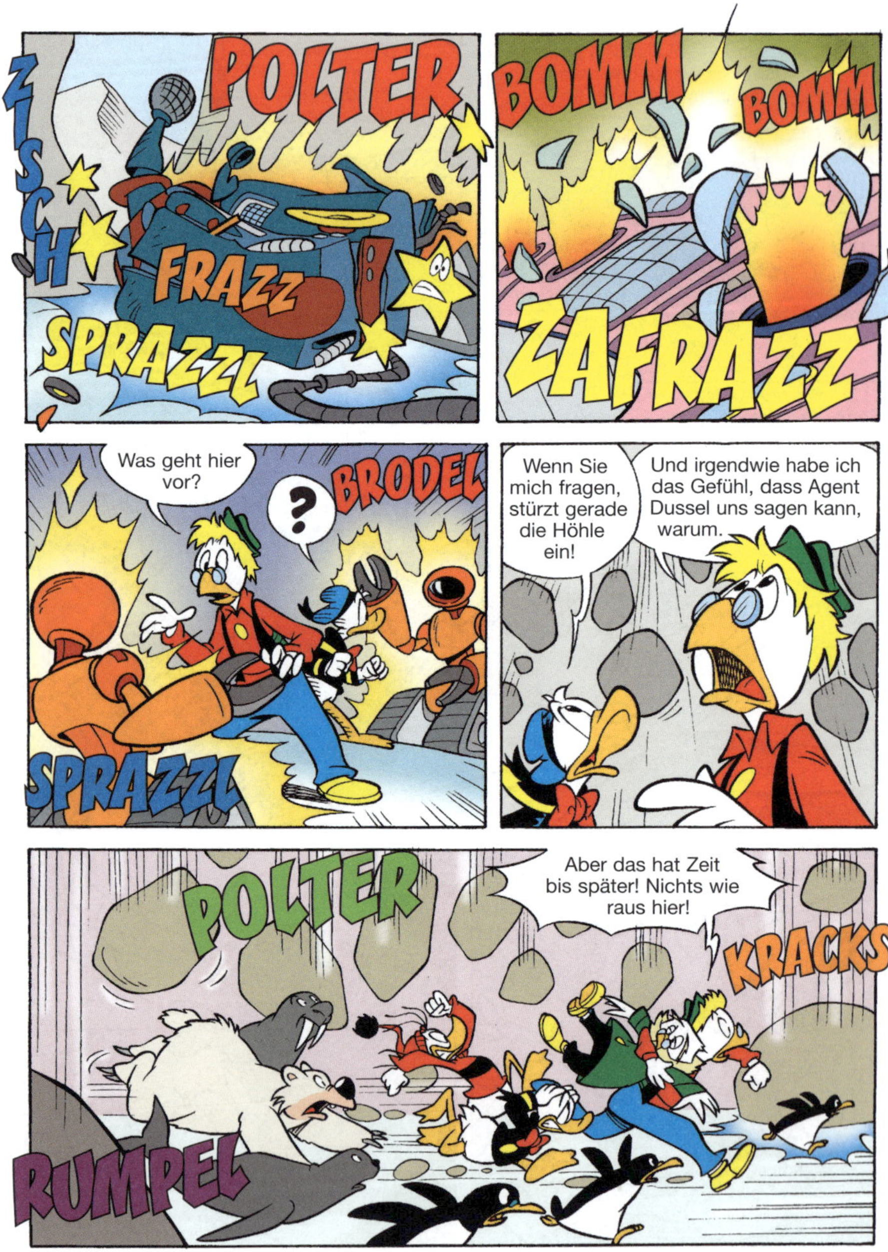
ZISCH
POLTER
FRAZZ
SPRAZZL
BOMM
BOMM
ZAFRAZZ
Was geht hier vor?
?
BRODEL
SPRAZZL
Wenn Sie mich fragen, stürzt gerade die Höhle ein!
Und irgendwie habe ich das Gefühl, dass Agent Dussel uns sagen kann, warum.
POLTER
Aber das hat Zeit bis später! Nichts wie raus hier!
KRACKS
RUMPEL

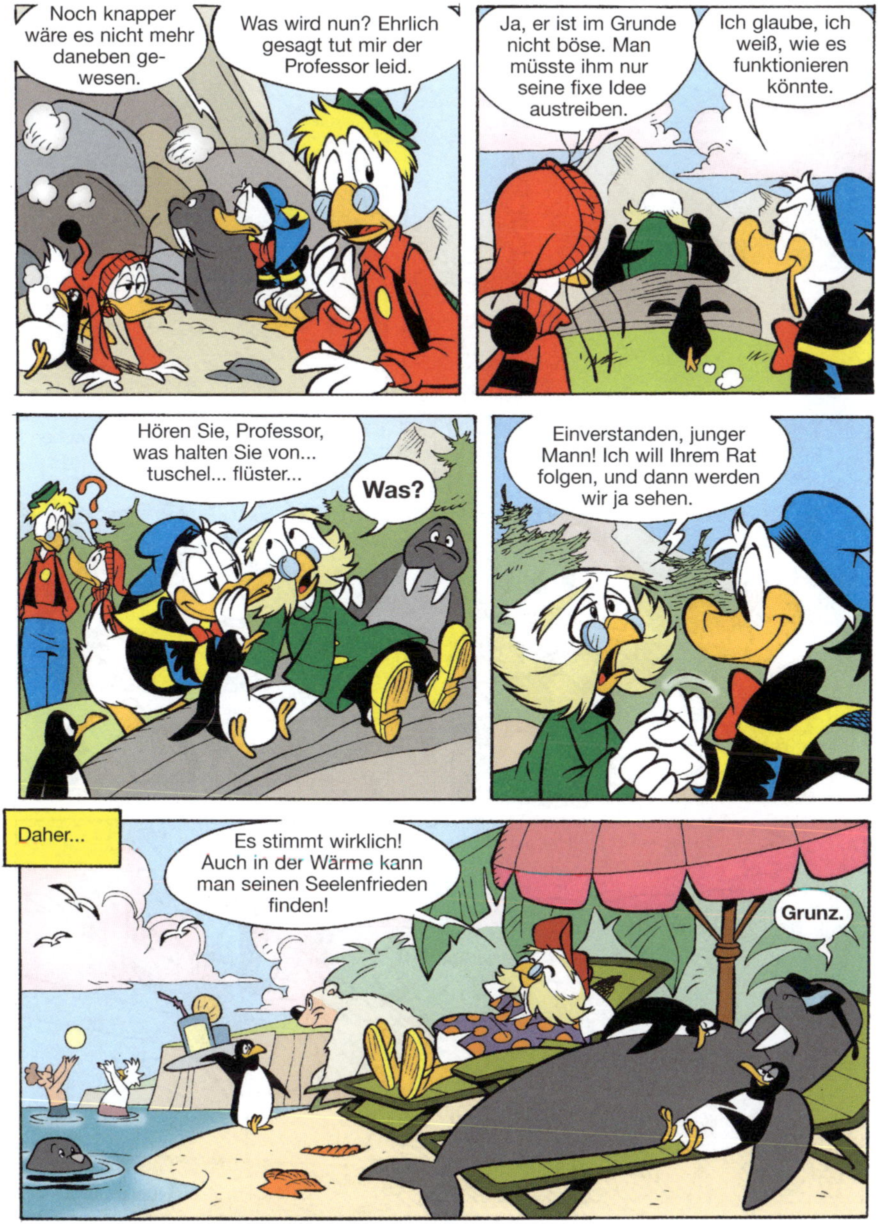

Noch knapper wäre es nicht mehr daneben gewesen.
Was wird nun? Ehrlich gesagt tut mir der Professor leid.
Ja, er ist im Grunde nicht böse. Man müsste ihm nur seine fixe Idee austreiben.
Ich glaube, ich weiß, wie es funktionieren könnte.
Hören Sie, Professor, was halten Sie von... tuschel... flüster...
Was?
Einverstanden, junger Mann! Ich will Ihrem Rat folgen, und dann werden wir ja sehen.
Daher...
Es stimmt wirklich! Auch in der Wärme kann man seinen Seelenfrieden finden!
Grunz.

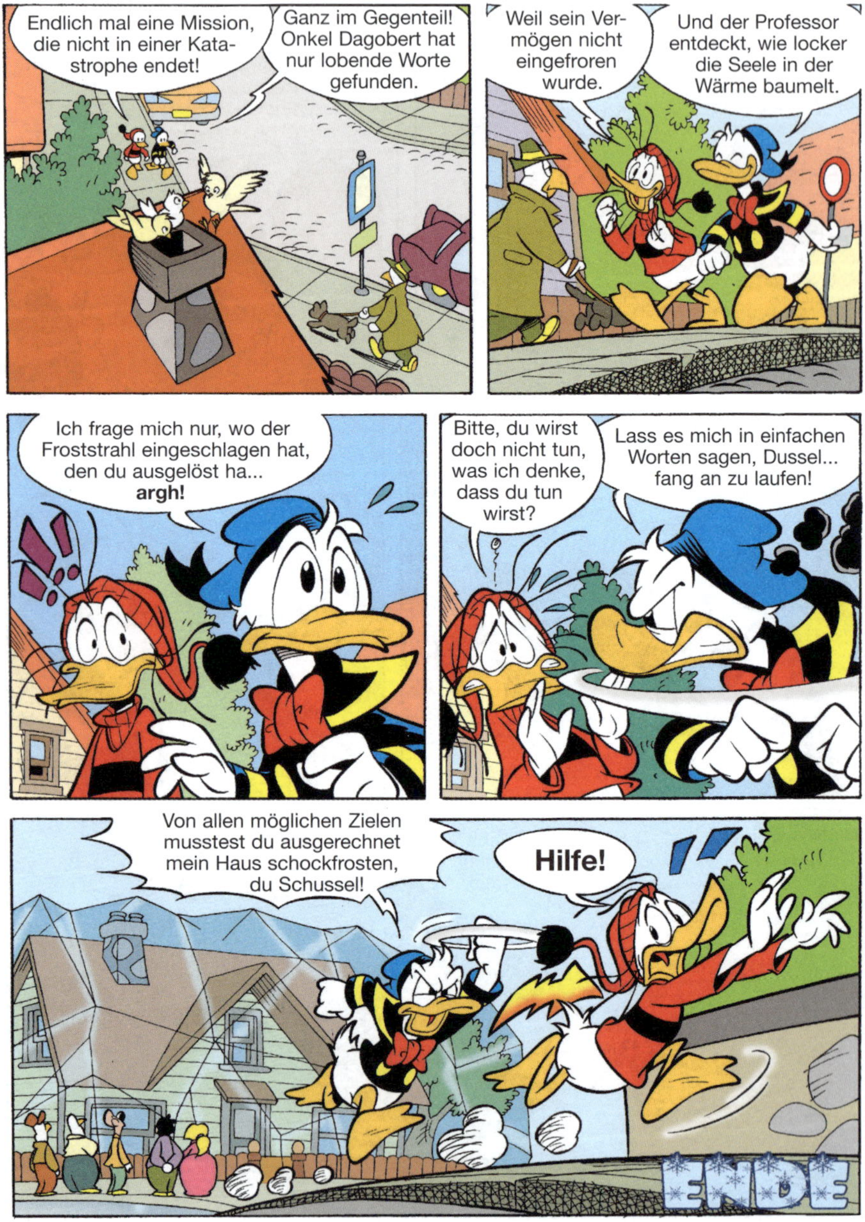
Endlich mal eine Mission, die nicht in einer Katastrophe endet!
Ganz im Gegenteil! Onkel Dagobert hat nur lobende Worte gefunden.
Weil sein Vermögen nicht eingefroren wurde.
Und der Professor entdeckt, wie locker die Seele in der Wärme baumelt.
Ich frage mich nur, wo der Froststrahl eingeschlagen hat, den du ausgelöst ha... **argh!**
Bitte, du wirst doch nicht tun, was ich denke, dass du tun wirst?
Lass es mich in einfachen Worten sagen, Dussel... fang an zu laufen!
Von allen möglichen Zielen musstest du ausgerechnet mein Haus schockfrosten, du Schussel!
Hilfe!
ENDE

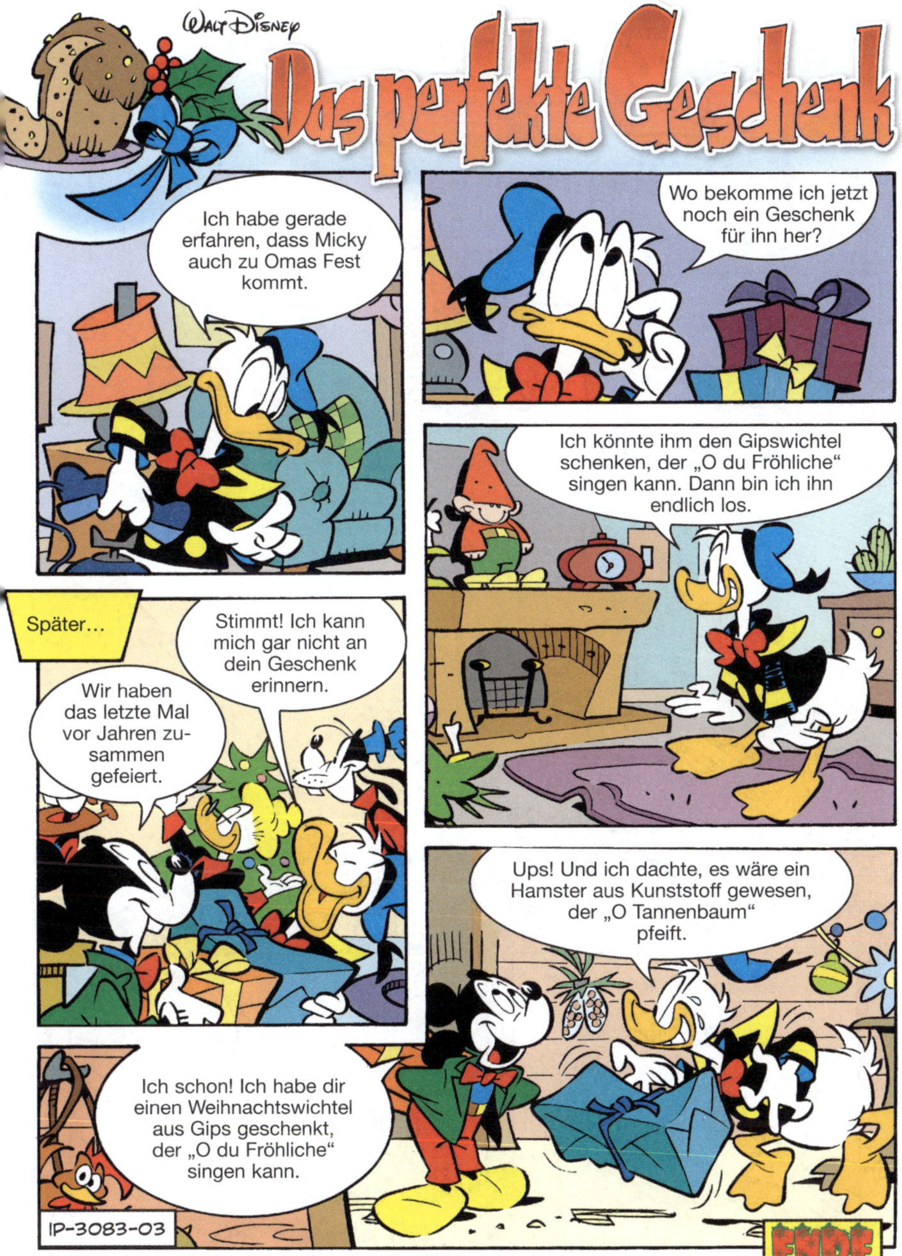

Massimo Marconi (Story), **Massimo De Vita** (Zeichnungen)

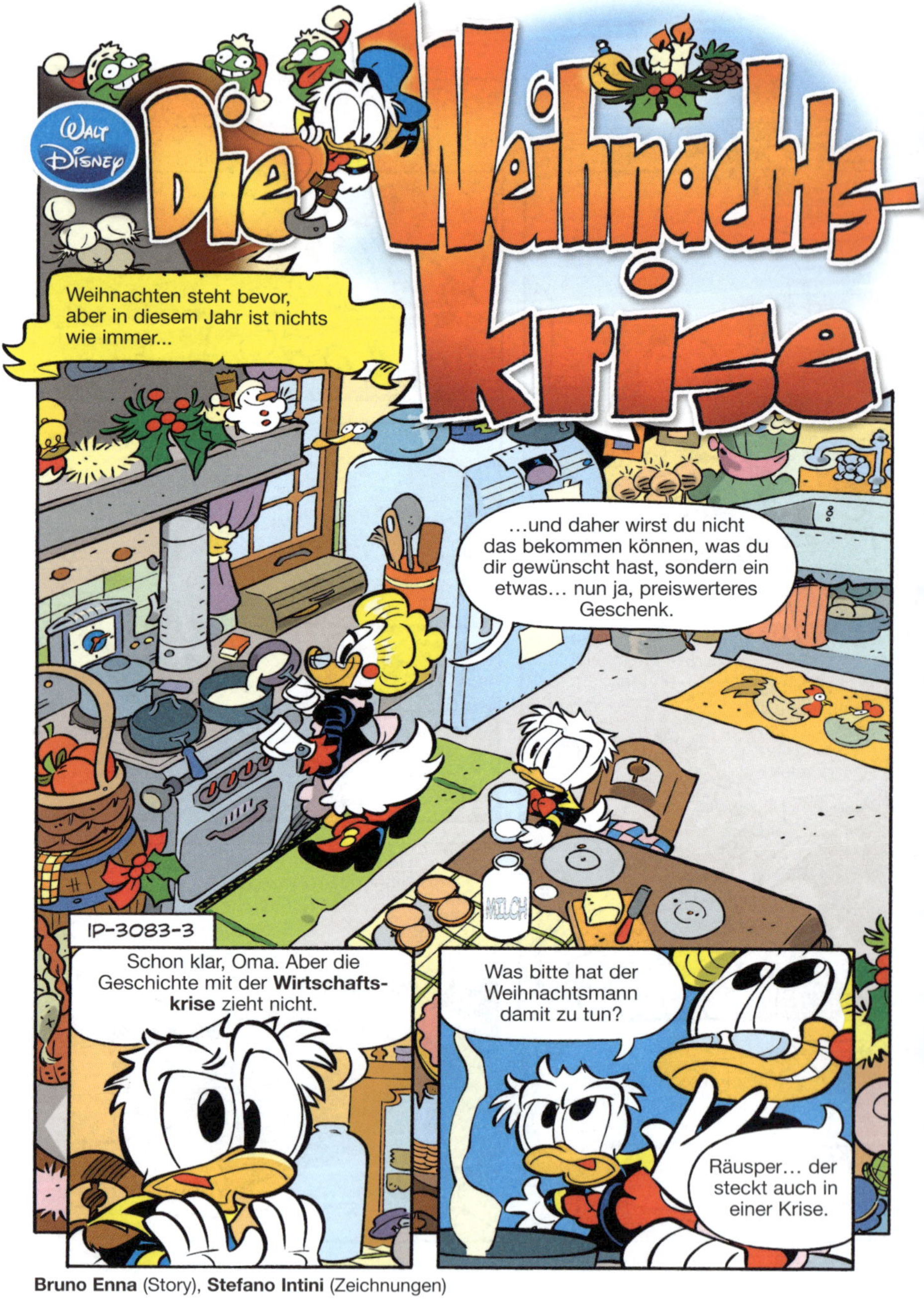

Bruno Enna (Story), **Stefano Intini** (Zeichnungen)

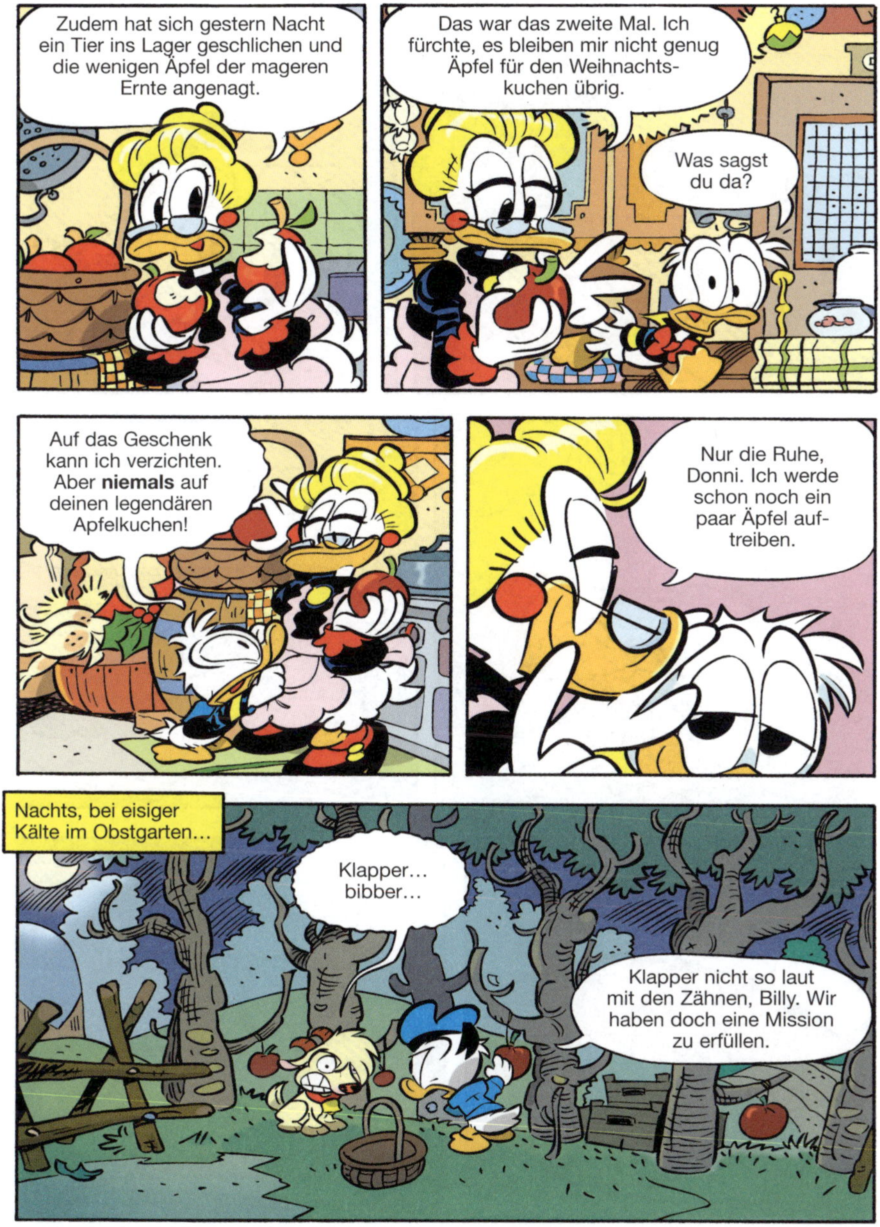

Zudem hat sich gestern Nacht ein Tier ins Lager geschlichen und die wenigen Äpfel der mageren Ernte angenagt.
Das war das zweite Mal. Ich fürchte, es bleiben mir nicht genug Äpfel für den Weihnachtskuchen übrig.
Was sagst du da?
Auf das Geschenk kann ich verzichten. Aber **niemals** auf deinen legendären Apfelkuchen!
Nur die Ruhe, Donni. Ich werde schon noch ein paar Äpfel auftreiben.
Nachts, bei eisiger Kälte im Obstgarten…
Klapper… bibber…
Klapper nicht so laut mit den Zähnen, Billy. Wir haben doch eine Mission zu erfüllen.

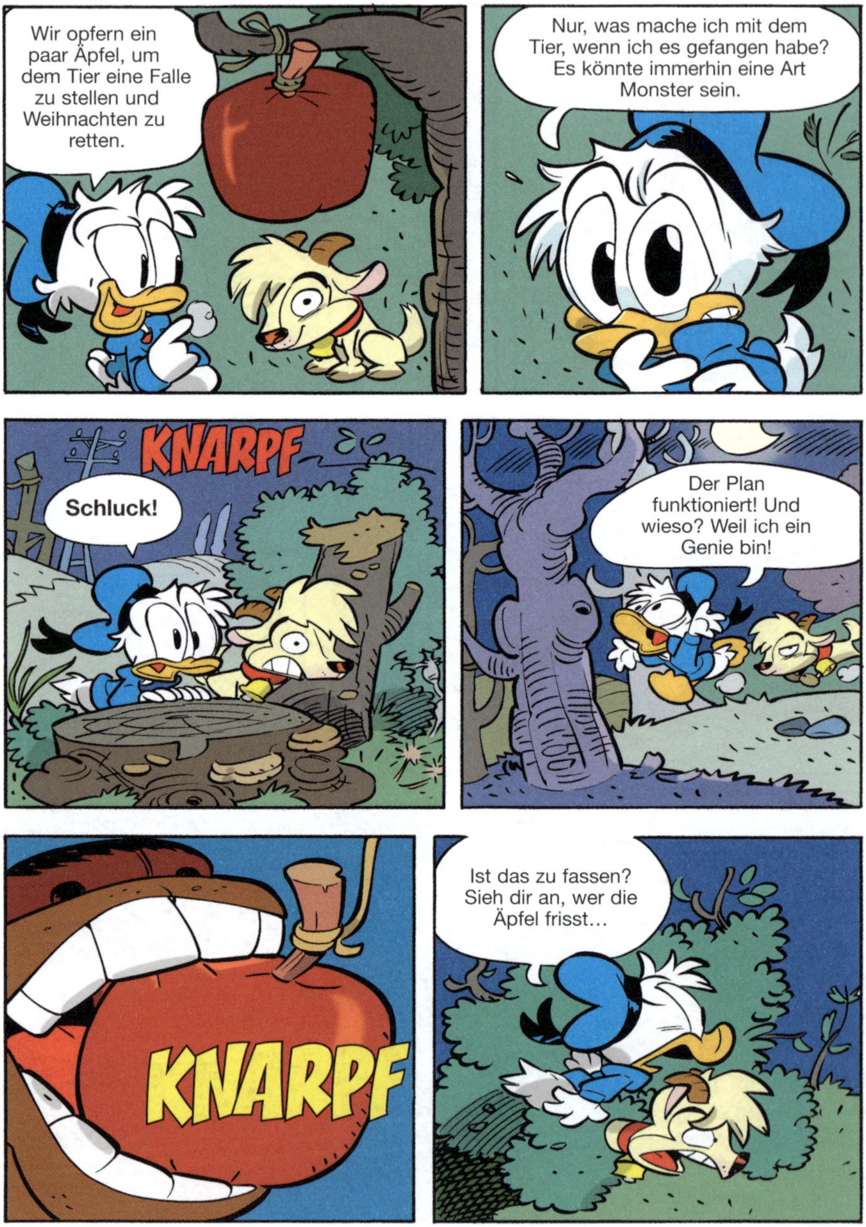

Wir opfern ein paar Äpfel, um dem Tier eine Falle zu stellen und Weihnachten zu retten.
Nur, was mache ich mit dem Tier, wenn ich es gefangen habe? Es könnte immerhin eine Art Monster sein.
KNARPF
Schluck!
Der Plan funktioniert! Und wieso? Weil ich ein Genie bin!
KNARPF
Ist das zu fassen? Sieh dir an, wer die Äpfel frisst…

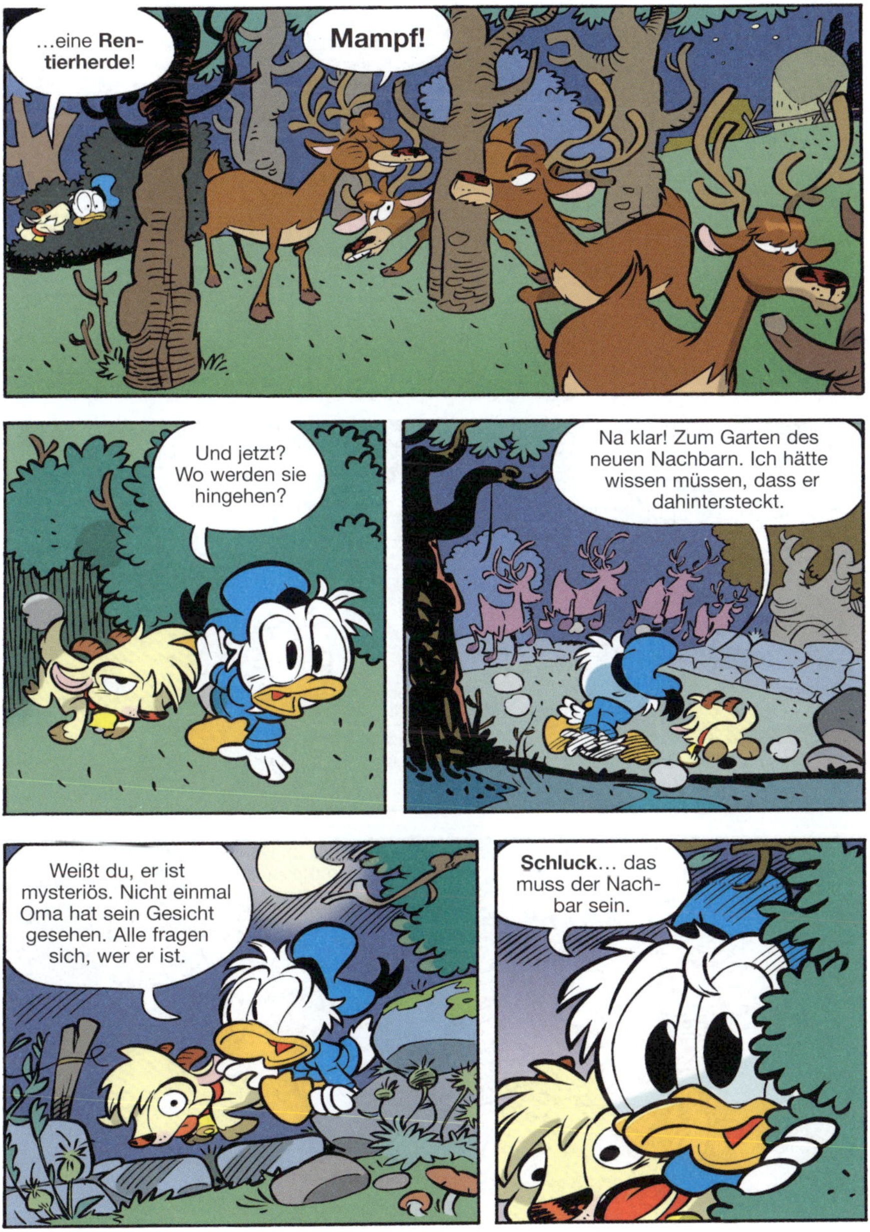

…eine Rentierherde!
Mampf!
Und jetzt? Wo werden sie hingehen?
Na klar! Zum Garten des neuen Nachbarn. Ich hätte wissen müssen, dass er dahintersteckt.
Weißt du, er ist mysteriös. Nicht einmal Oma hat sein Gesicht gesehen. Alle fragen sich, wer er ist.
Schluck… das muss der Nachbar sein.

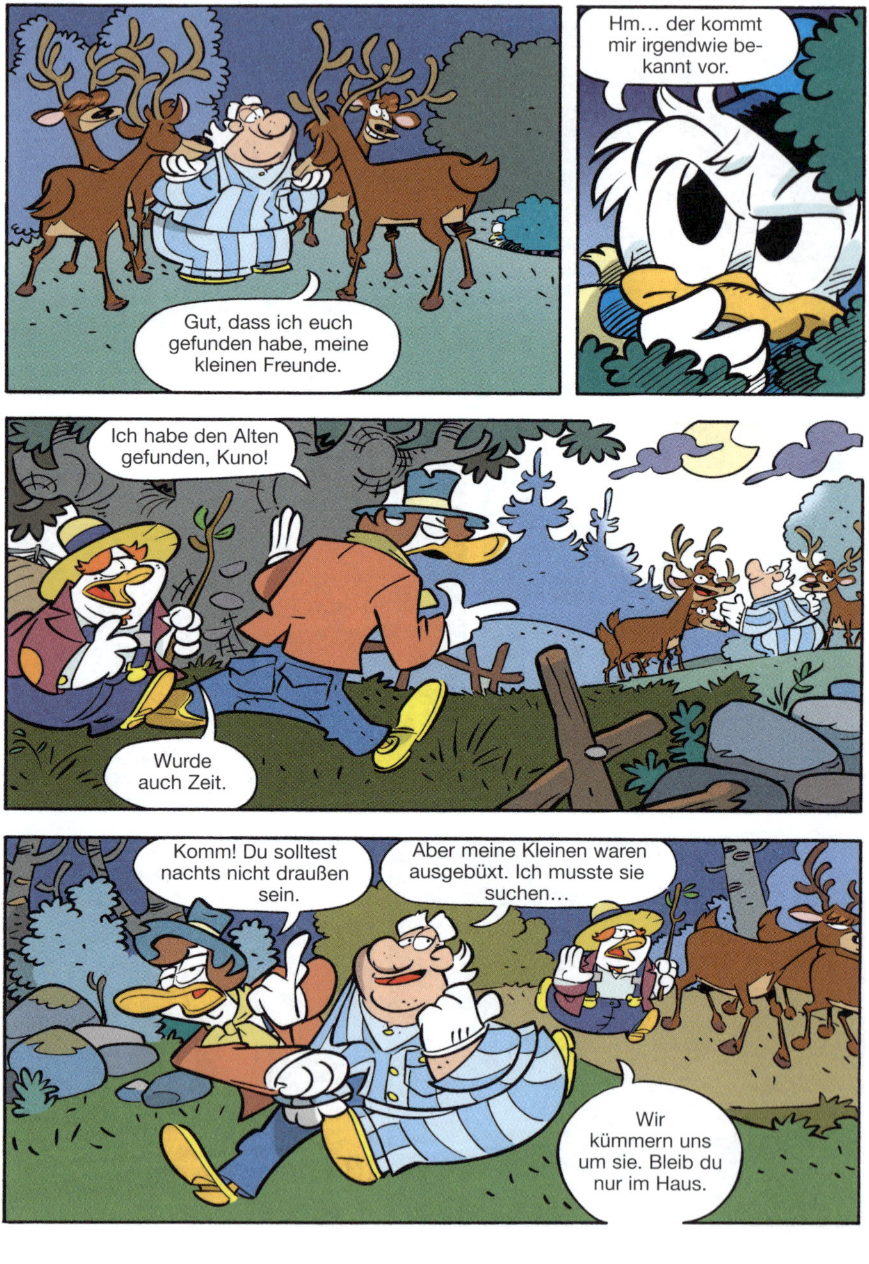
Gut, dass ich euch gefunden habe, meine kleinen Freunde.
Hm… der kommt mir irgendwie bekannt vor.
Ich habe den Alten gefunden, Kuno!
Wurde auch Zeit.
Komm! Du solltest nachts nicht draußen sein.
Aber meine Kleinen waren ausgebüxt. Ich musste sie suchen…
Wir kümmern uns um sie. Bleib du nur im Haus.

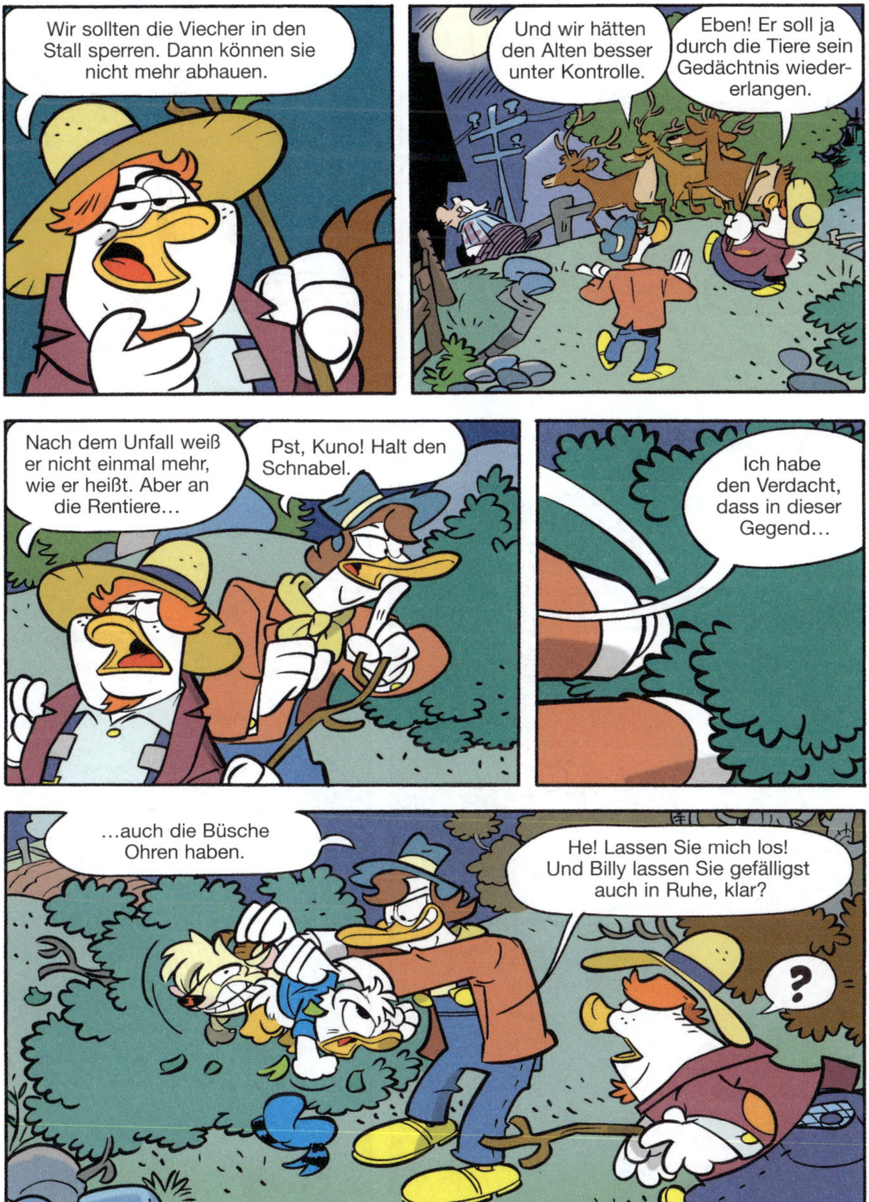
Wir sollten die Viecher in den Stall sperren. Dann können sie nicht mehr abhauen.
Und wir hätten den Alten besser unter Kontrolle.
Eben! Er soll ja durch die Tiere sein Gedächtnis wieder-erlangen.
Nach dem Unfall weiß er nicht einmal mehr, wie er heißt. Aber an die Rentiere…
Pst, Kuno! Halt den Schnabel.
Ich habe den Verdacht, dass in dieser Gegend…
…auch die Büsche Ohren haben.
He! Lassen Sie mich los! Und Billy lassen Sie gefälligst auch in Ruhe, klar?
?

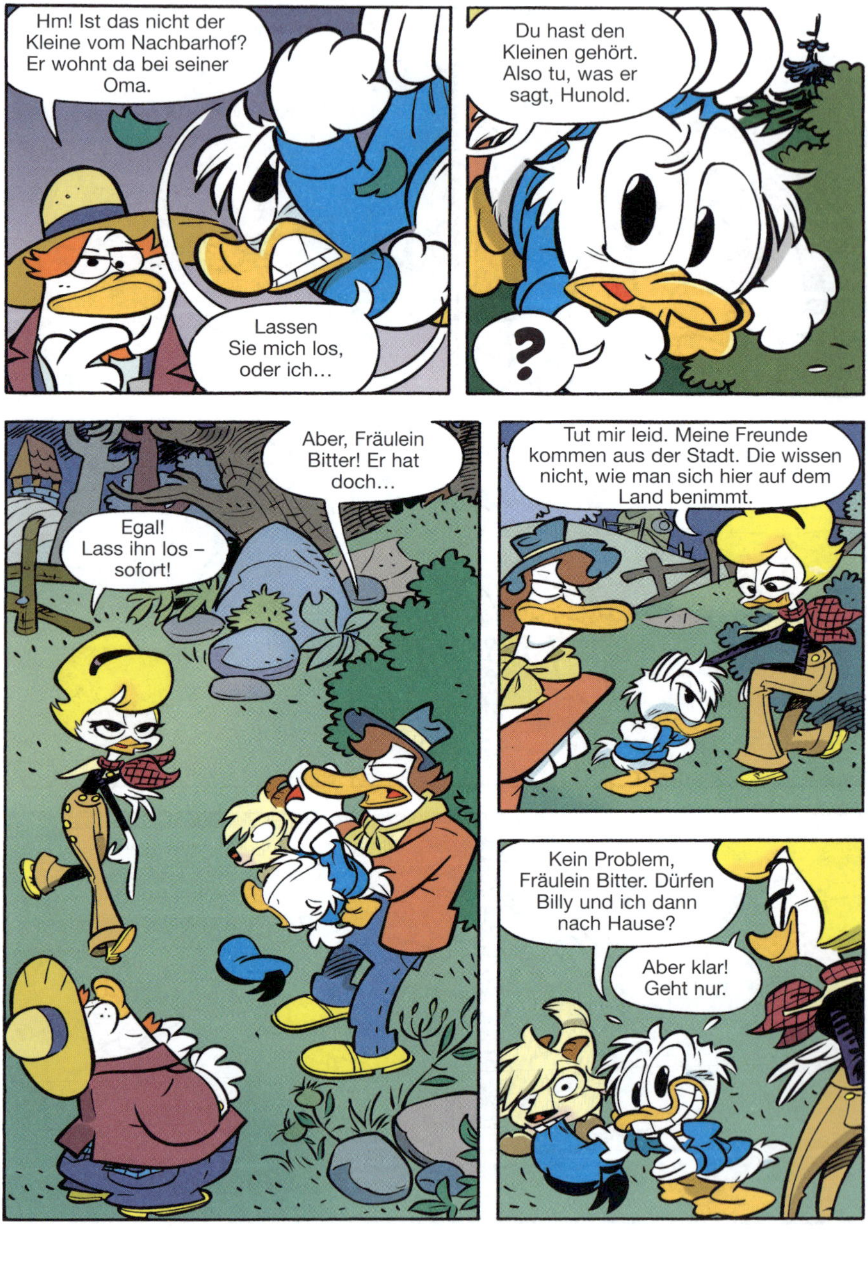
Hm! Ist das nicht der Kleine vom Nachbarhof? Er wohnt da bei seiner Oma.
Lassen Sie mich los, oder ich…
Du hast den Kleinen gehört. Also tu, was er sagt, Hunold.
?
Aber, Fräulein Bitter! Er hat doch…
Egal! Lass ihn los – sofort!
Tut mir leid. Meine Freunde kommen aus der Stadt. Die wissen nicht, wie man sich hier auf dem Land benimmt.
Kein Problem, Fräulein Bitter. Dürfen Billy und ich dann nach Hause?
Aber klar! Geht nur.

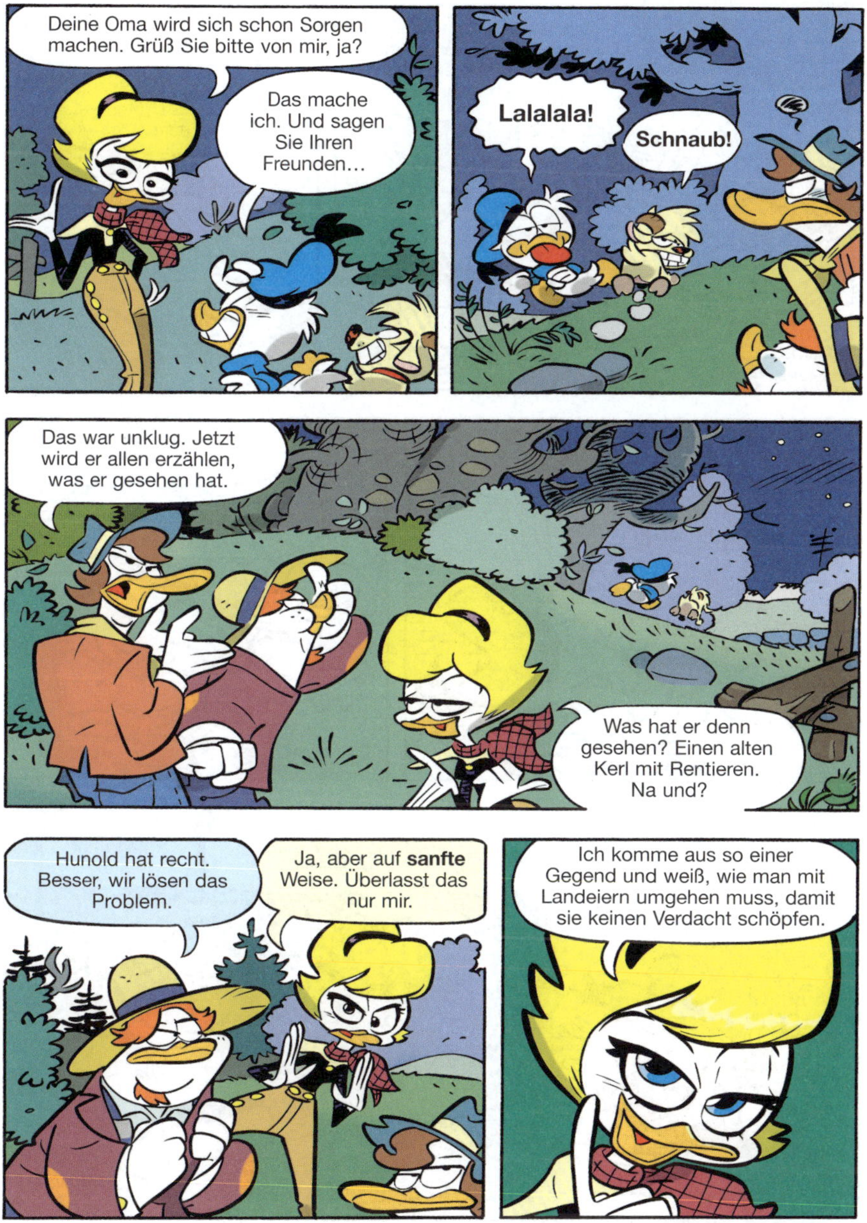

Deine Oma wird sich schon Sorgen machen. Grüß Sie bitte von mir, ja?
Das mache ich. Und sagen Sie Ihren Freunden…
Lalalala!
Schnaub!
Das war unklug. Jetzt wird er allen erzählen, was er gesehen hat.
Was hat er denn gesehen? Einen alten Kerl mit Rentieren. Na und?
Hunold hat recht. Besser, wir lösen das Problem.
Ja, aber auf **sanfte** Weise. Überlasst das nur mir.
Ich komme aus so einer Gegend und weiß, wie man mit Landeiern umgehen muss, damit sie keinen Verdacht schöpfen.

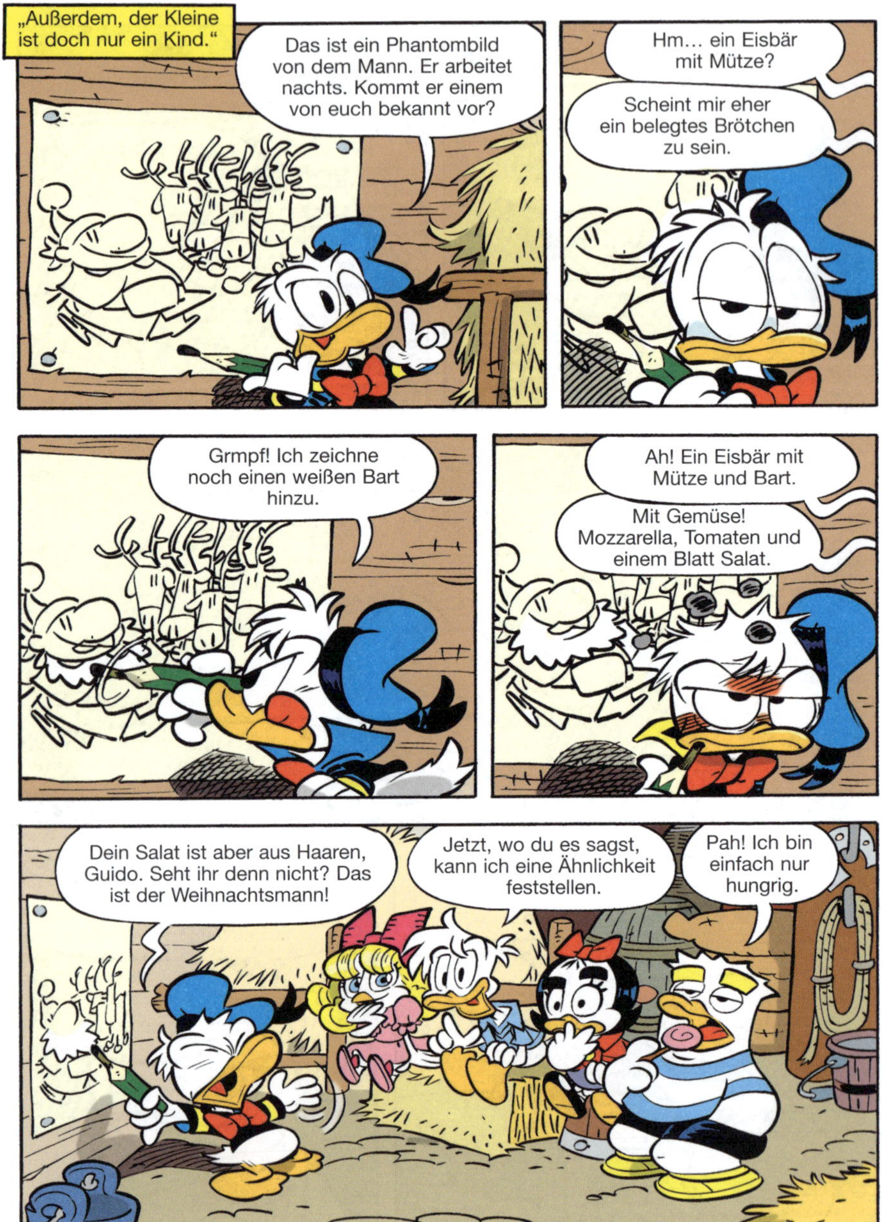
„Außerdem, der Kleine ist doch nur ein Kind.“
Das ist ein Phantombild von dem Mann. Er arbeitet nachts. Kommt er einem von euch bekannt vor?
Hm… ein Eisbär mit Mütze?
Scheint mir eher ein belegtes Brötchen zu sein.
Grmpf! Ich zeichne noch einen weißen Bart hinzu.
Ah! Ein Eisbär mit Mütze und Bart.
Mit Gemüse! Mozzarella, Tomaten und einem Blatt Salat.
Dein Salat ist aber aus Haaren, Guido. Seht ihr denn nicht? Das ist der Weihnachtsmann!
Jetzt, wo du es sagst, kann ich eine Ähnlichkeit feststellen.
Pah! Ich bin einfach nur hungrig.

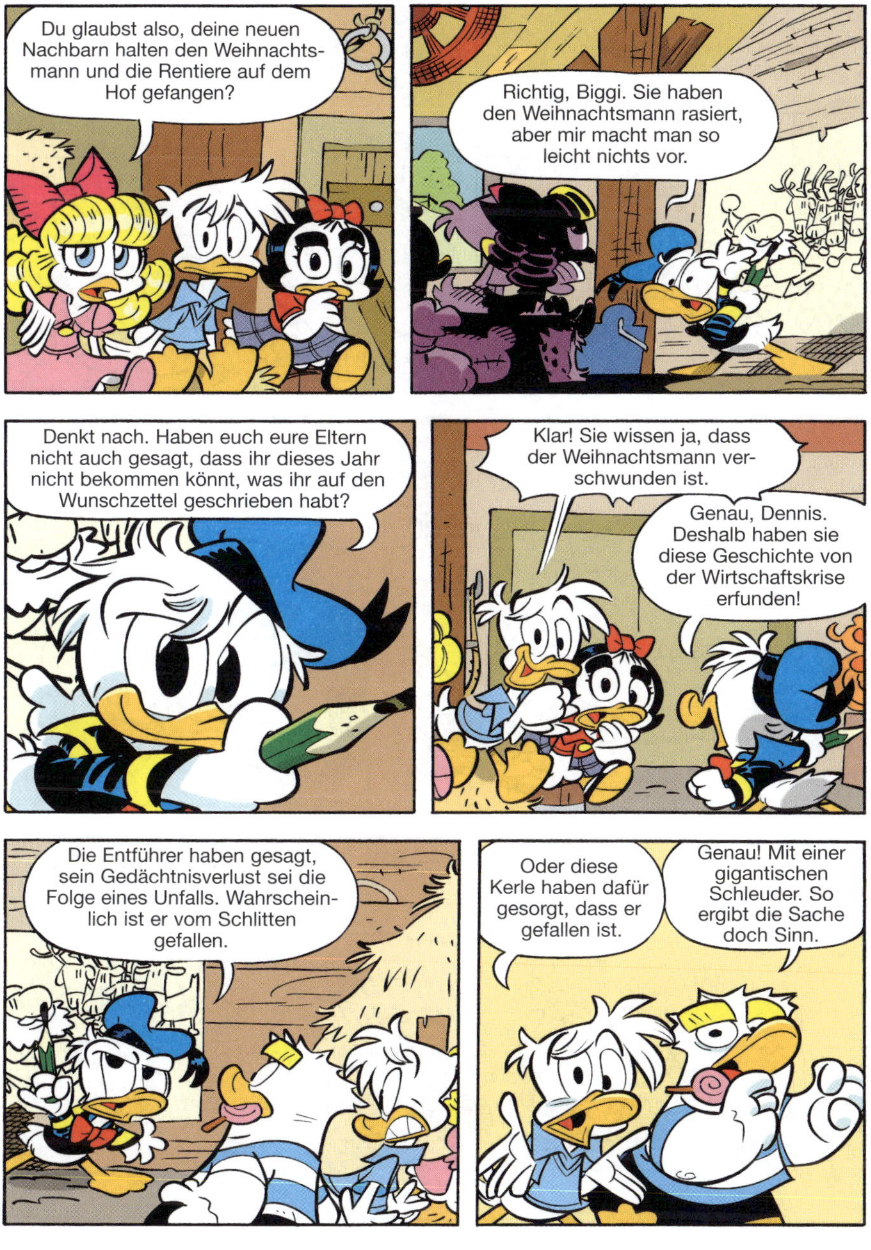
Du glaubst also, deine neuen Nachbarn halten den Weihnachtsmann und die Rentiere auf dem Hof gefangen?
Richtig, Biggi. Sie haben den Weihnachtsmann rasiert, aber mir macht man so leicht nichts vor.
Denkt nach. Haben euch eure Eltern nicht auch gesagt, dass ihr dieses Jahr nicht bekommen könnt, was ihr auf den Wunschzettel geschrieben habt?
Klar! Sie wissen ja, dass der Weihnachtsmann verschwunden ist.
Genau, Dennis. Deshalb haben sie diese Geschichte von der Wirtschaftskrise erfunden!
Die Entführer haben gesagt, sein Gedächtnisverlust sei die Folge eines Unfalls. Wahrscheinlich ist er vom Schlitten gefallen.
Oder diese Kerle haben dafür gesorgt, dass er gefallen ist.
Genau! Mit einer gigantischen Schleuder. So ergibt die Sache doch Sinn.

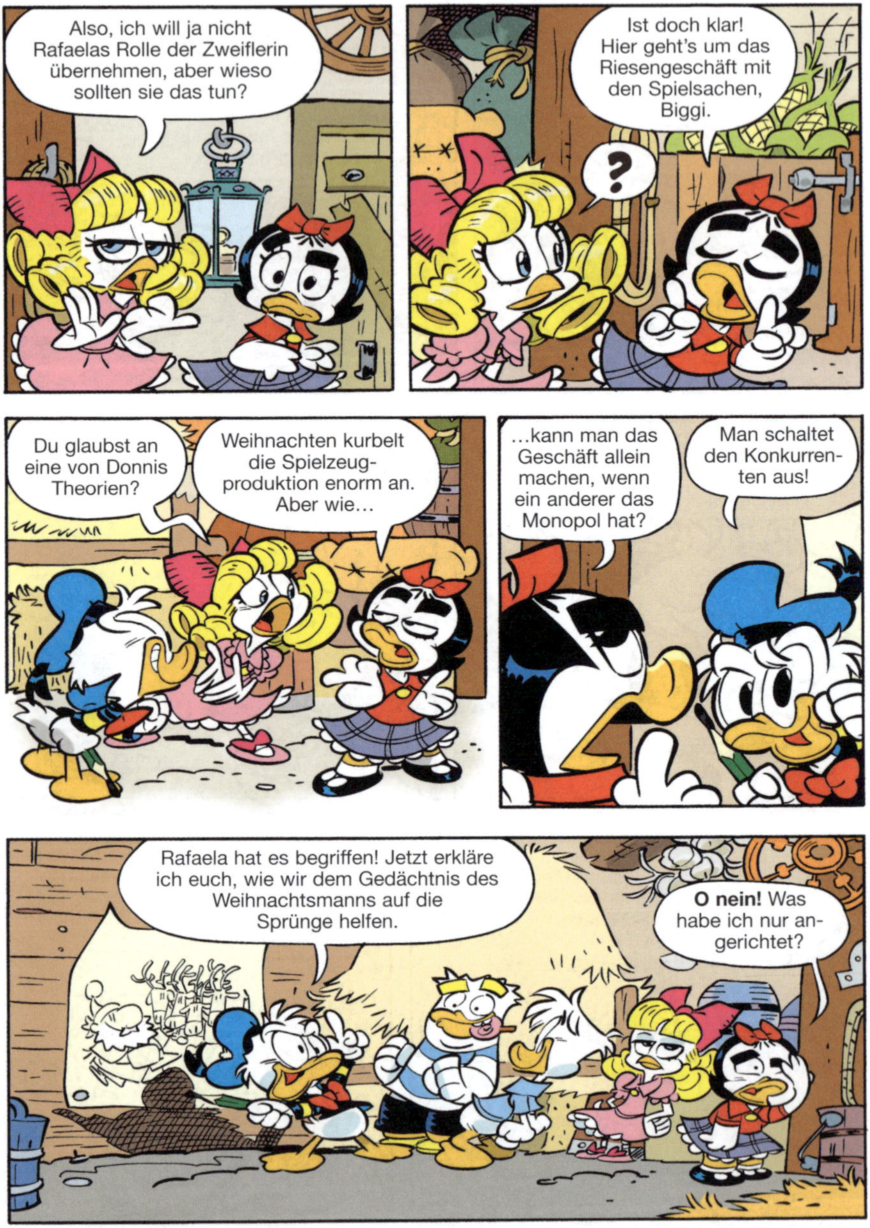
Also, ich will ja nicht Rafaelas Rolle der Zweiflerin übernehmen, aber wieso sollten sie das tun?
Ist doch klar! Hier geht's um das Riesengeschäft mit den Spielsachen, Biggi.
?
Du glaubst an eine von Donnis Theorien?
Weihnachten kurbelt die Spielzeugproduktion enorm an. Aber wie…
…kann man das Geschäft allein machen, wenn ein anderer das Monopol hat?
Man schaltet den Konkurrenten aus!
Rafaela hat es begriffen! Jetzt erkläre ich euch, wie wir dem Gedächtnis des Weihnachtsmanns auf die Sprünge helfen.
O nein! Was habe ich nur angerichtet?

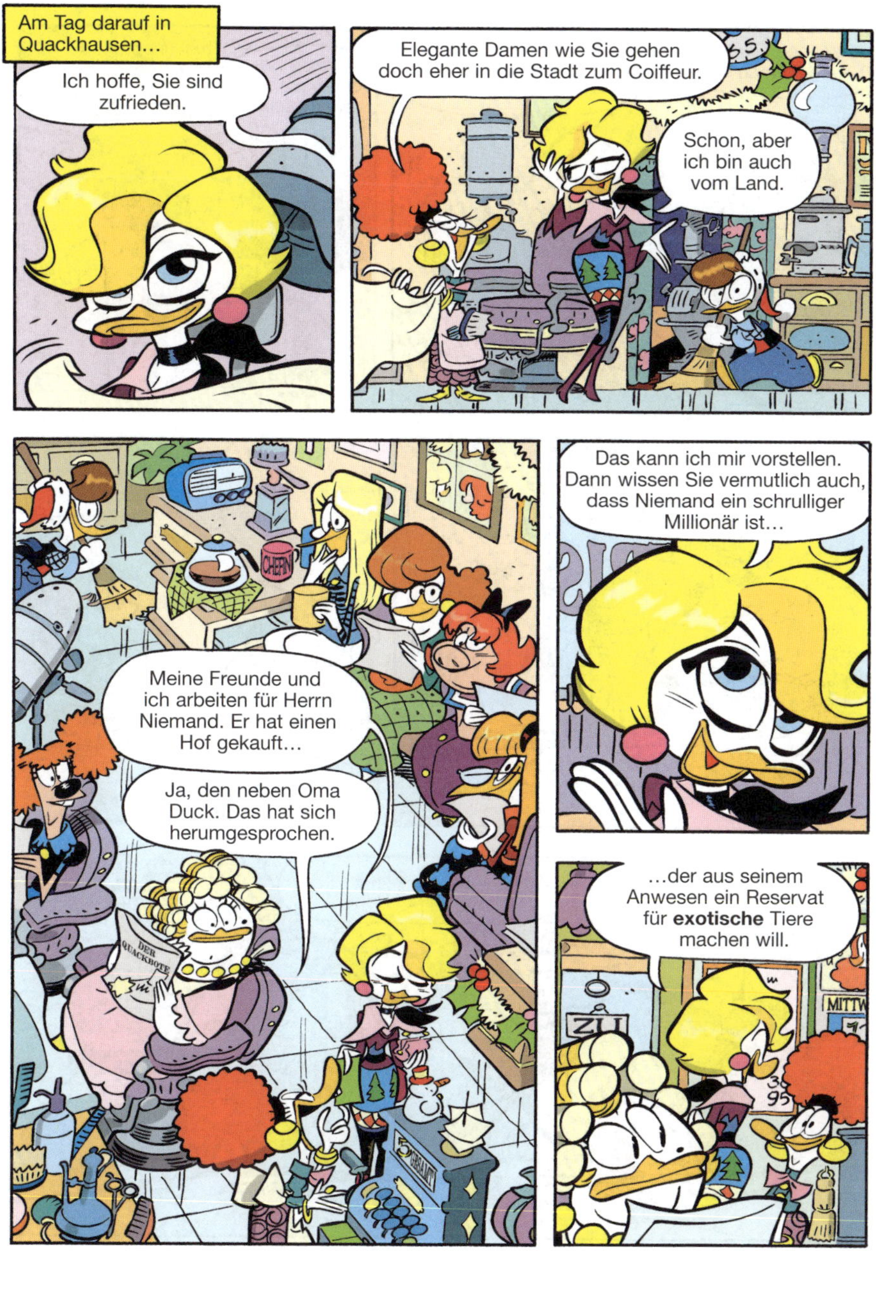
Am Tag darauf in Quackhausen…
Ich hoffe, Sie sind zufrieden.
Elegante Damen wie Sie gehen doch eher in die Stadt zum Coiffeur.
Schon, aber ich bin auch vom Land.
CHEPIN
Meine Freunde und ich arbeiten für Herrn Niemand. Er hat einen Hof gekauft…
Ja, den neben Oma Duck. Das hat sich herumgesprochen.
DER QUACKBOTE
GESAMT
Das kann ich mir vorstellen. Dann wissen Sie vermutlich auch, dass Niemand ein schrulliger Millionär ist…
…der aus seinem Anwesen ein Reservat für **exotische** Tiere machen will.
ZU
MITTW

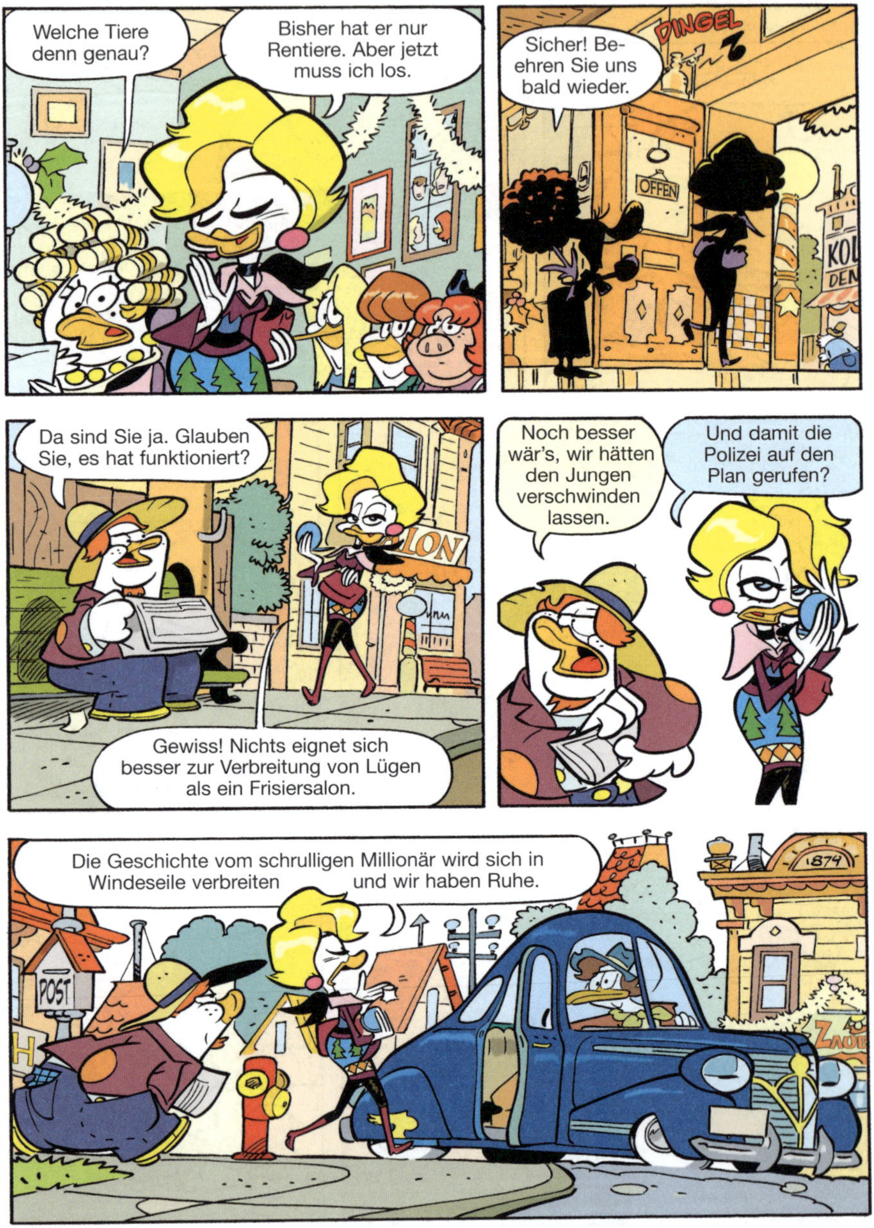
Welche Tiere denn genau?
Bisher hat er nur Rentiere. Aber jetzt muss ich los.
DINGEL
Sicher! Beehren Sie uns bald wieder.
OFFEN
Da sind Sie ja. Glauben Sie, es hat funktioniert?
Gewiss! Nichts eignet sich besser zur Verbreitung von Lügen als ein Frisiersalon.
Noch besser wär's, wir hätten den Jungen verschwinden lassen.
Und damit die Polizei auf den Plan gerufen?
Die Geschichte vom schrulligen Millionär wird sich in Windeseile verbreiten und wir haben Ruhe.
POST
1874

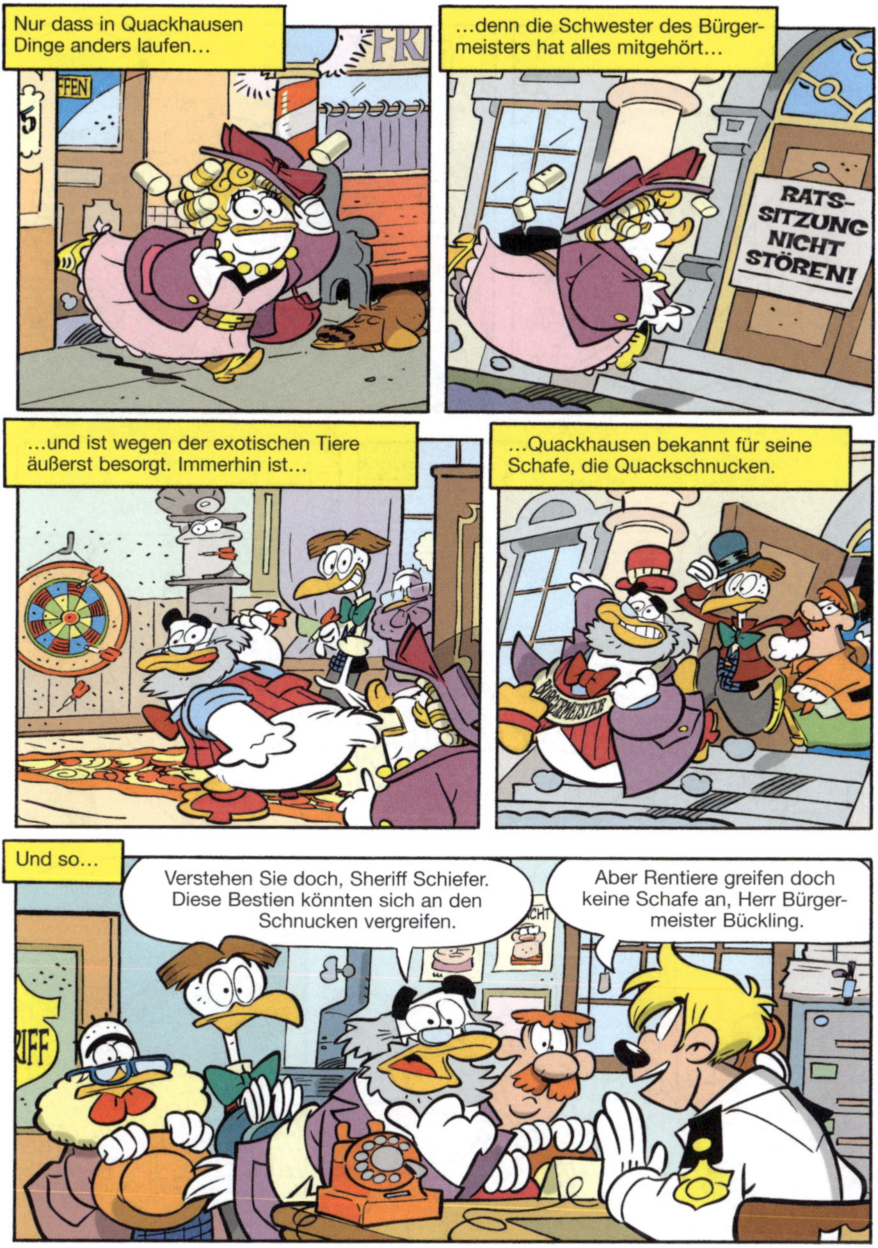
Nur dass in Quackhausen Dinge anders laufen…
…denn die Schwester des Bürgermeisters hat alles mitgehört…
RATS-SITZUNG NICHT STÖREN!
…und ist wegen der exotischen Tiere äußerst besorgt. Immerhin ist…
…Quackhausen bekannt für seine Schafe, die Quackschnucken.
BÜRGERMEISTER
Und so…
Verstehen Sie doch, Sheriff Schiefer. Diese Bestien könnten sich an den Schnucken vergreifen.
Aber Rentiere greifen doch keine Schafe an, Herr Bürgermeister Bückling.

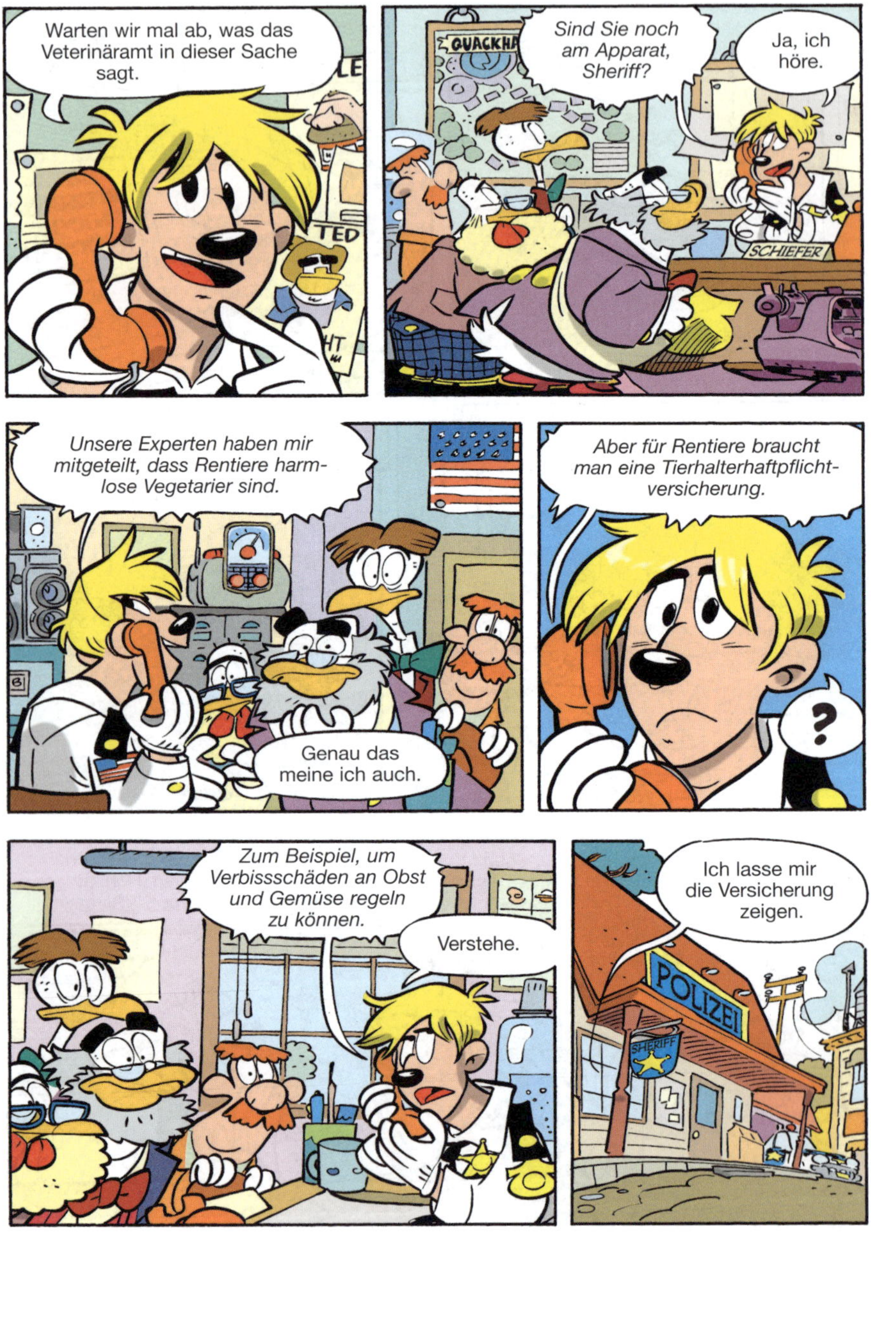
Warten wir mal ab, was das Veterinäramt in dieser Sache sagt.
QUACKHA
Sind Sie noch am Apparat, Sheriff?
Ja, ich höre.
SCHIEFER
Unsere Experten haben mir mitgeteilt, dass Rentiere harmlose Vegetarier sind.
Genau das meine ich auch.
Aber für Rentiere braucht man eine Tierhalterhaftpflichtversicherung.
?
Zum Beispiel, um Verbissschäden an Obst und Gemüse regeln zu können.
Verstehe.
Ich lasse mir die Versicherung zeigen.
POLIZEI
SHERIFF

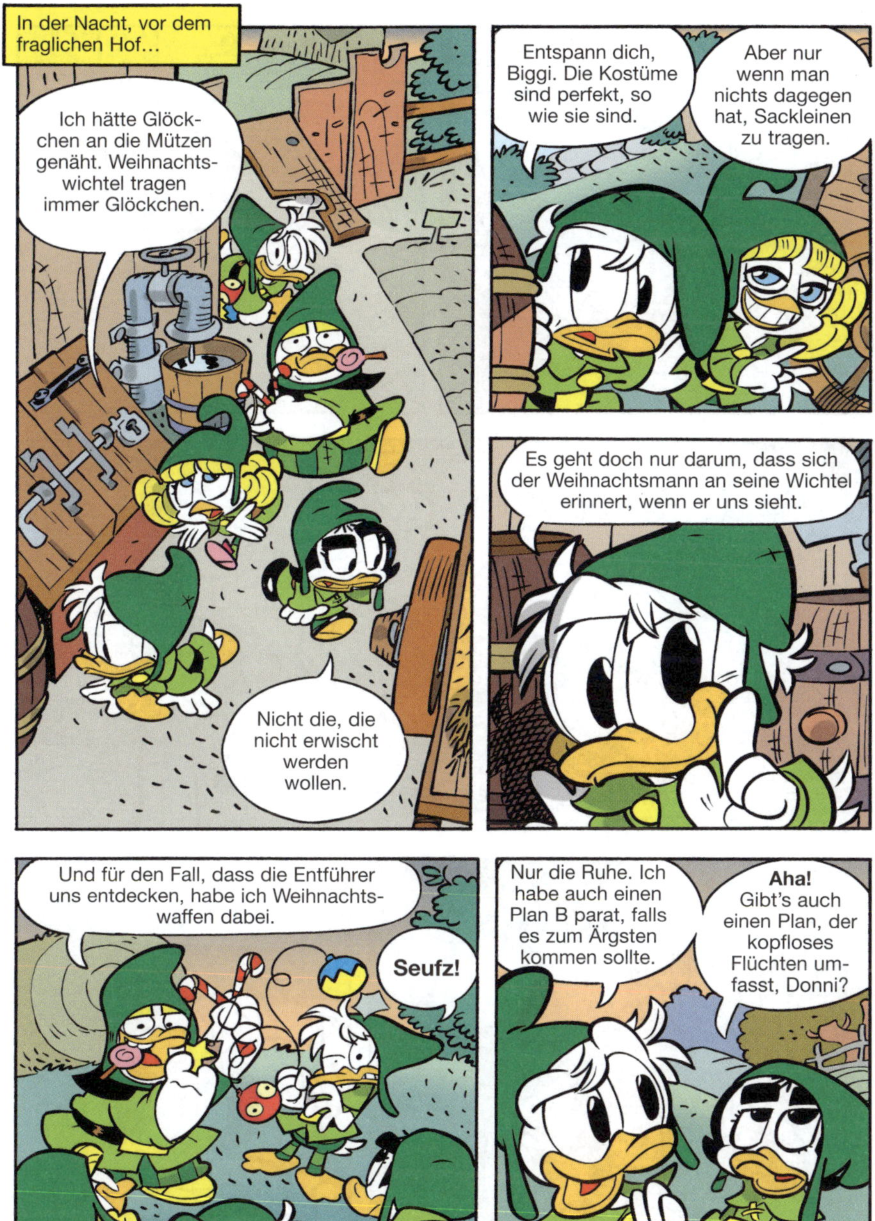
In der Nacht, vor dem fraglichen Hof…
Ich hätte Glöckchen an die Mützen genäht. Weihnachtswichtel tragen immer Glöckchen.
Nicht die, die nicht erwischt werden wollen.
Entspann dich, Biggi. Die Kostüme sind perfekt, so wie sie sind.
Aber nur wenn man nichts dagegen hat, Sackleinen zu tragen.
Es geht doch nur darum, dass sich der Weihnachtsmann an seine Wichtel erinnert, wenn er uns sieht.
Und für den Fall, dass die Entführer uns entdecken, habe ich Weihnachtswaffen dabei.
Seufz!
Nur die Ruhe. Ich habe auch einen Plan B parat, falls es zum Ärgsten kommen sollte.
Aha! Gibt's auch einen Plan, der kopfloses Flüchten umfasst, Donni?

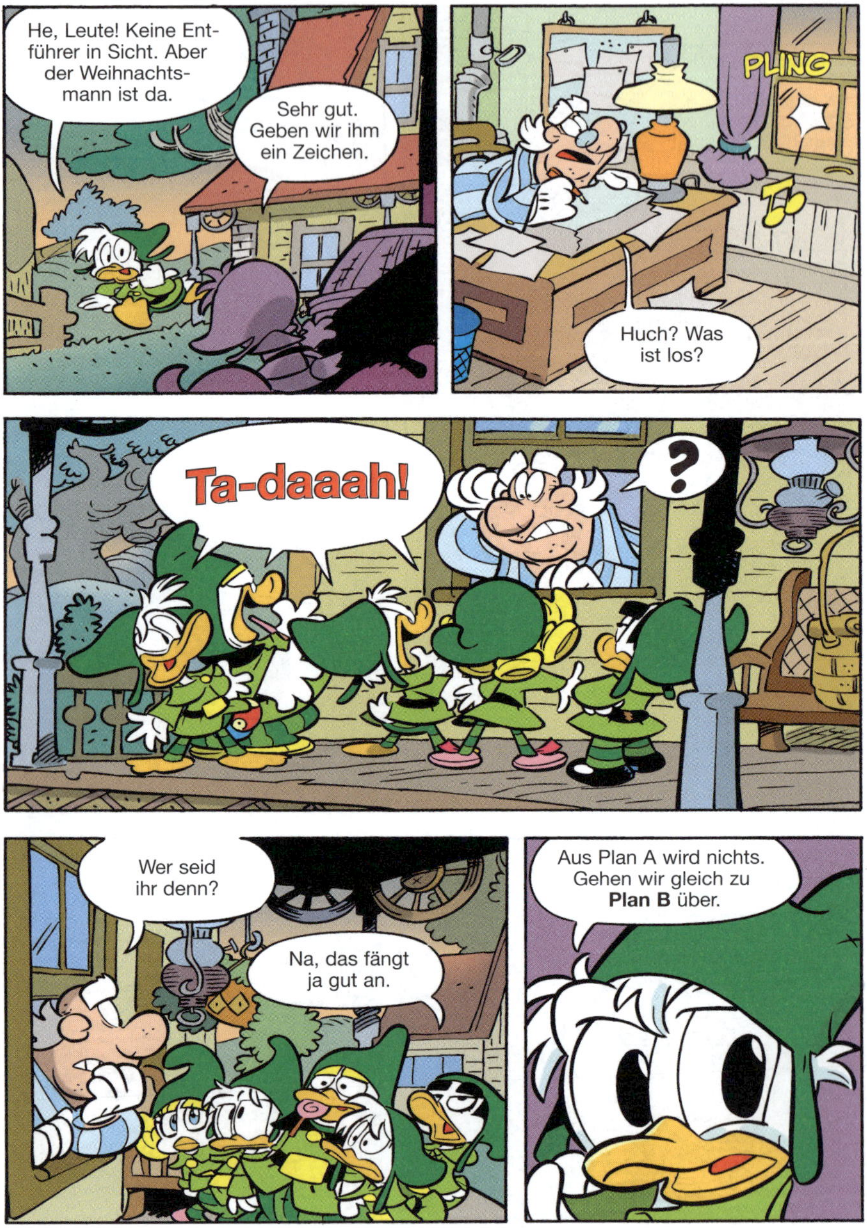
He, Leute! Keine Entführer in Sicht. Aber der Weihnachtsmann ist da.
Sehr gut. Geben wir ihm ein Zeichen.
PLING
Huch? Was ist los?
Ta-daaah!
?
Wer seid ihr denn?
Na, das fängt ja gut an.
Aus Plan A wird nichts. Gehen wir gleich zu **Plan B** über.

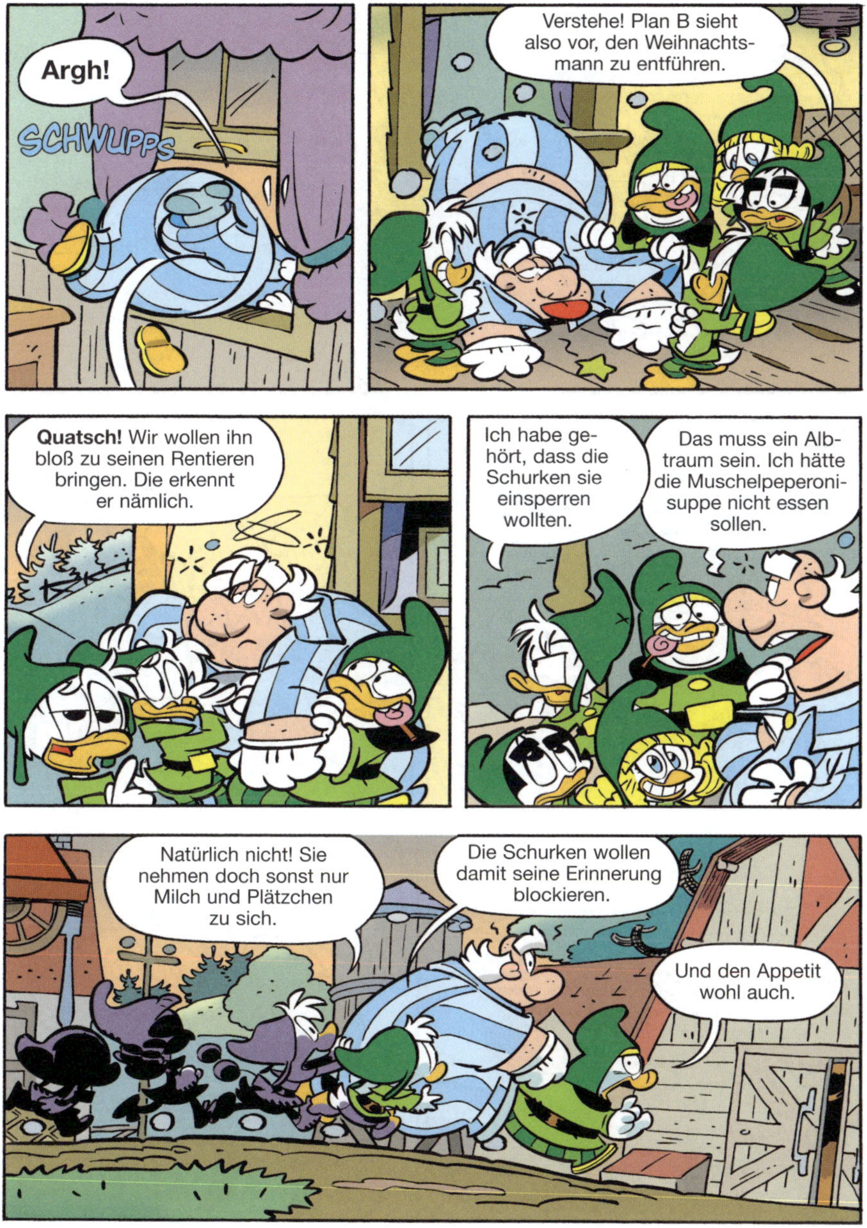
Argh!
SCHWUPPS
Verstehe! Plan B sieht also vor, den Weihnachtsmann zu entführen.
Quatsch! Wir wollen ihn bloß zu seinen Rentieren bringen. Die erkennt er nämlich.
Ich habe gehört, dass die Schurken sie einsperren wollten.
Das muss ein Albtraum sein. Ich hätte die Muschelpeperonisuppe nicht essen sollen.
Natürlich nicht! Sie nehmen doch sonst nur Milch und Plätzchen zu sich.
Die Schurken wollen damit seine Erinnerung blockieren.
Und den Appetit wohl auch.

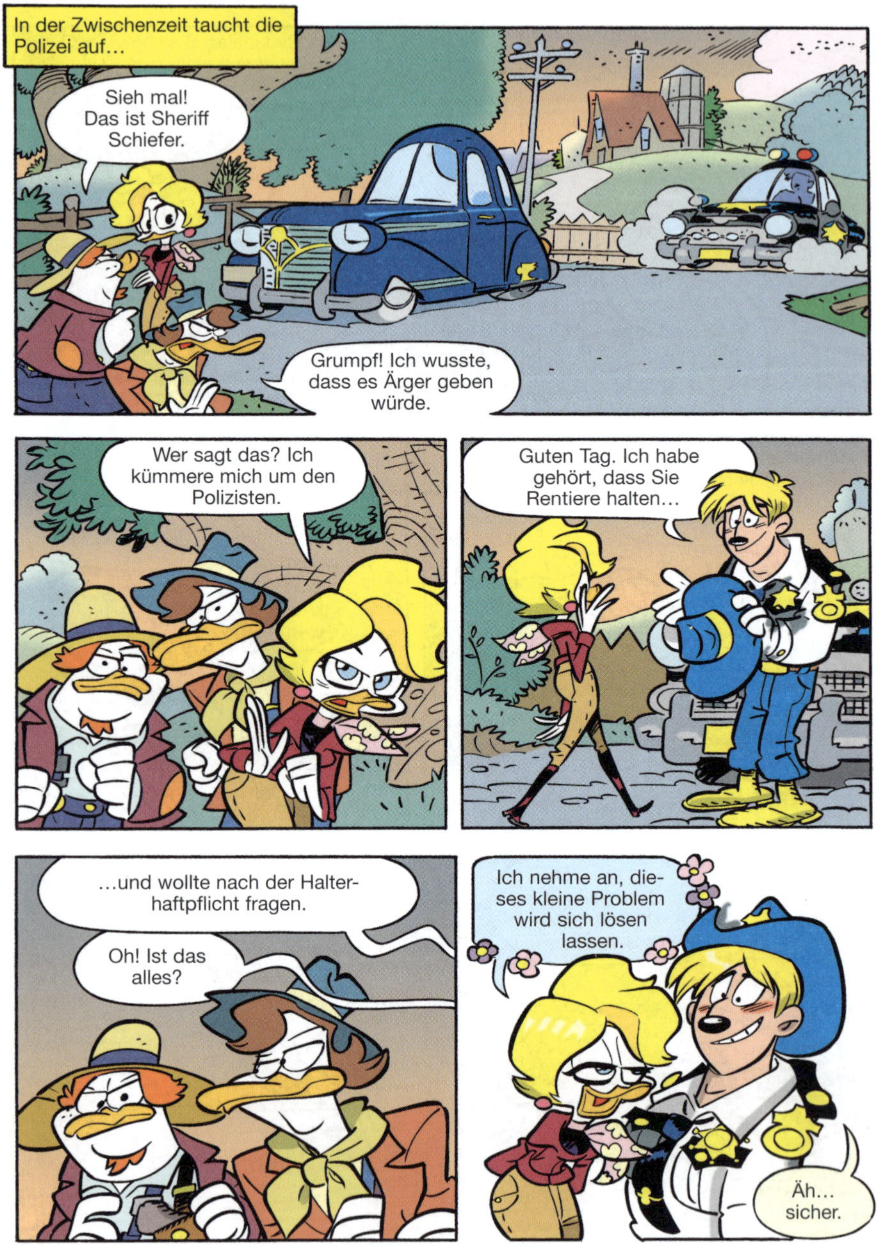
In der Zwischenzeit taucht die Polizei auf…
Sieh mal! Das ist Sheriff Schiefer.
Grumpf! Ich wusste, dass es Ärger geben würde.
Wer sagt das? Ich kümmere mich um den Polizisten.
Guten Tag. Ich habe gehört, dass Sie Rentiere halten…
…und wollte nach der Halter-haftpflicht fragen.
Oh! Ist das alles?
Ich nehme an, die-ses kleine Problem wird sich lösen lassen.
Äh… sicher.

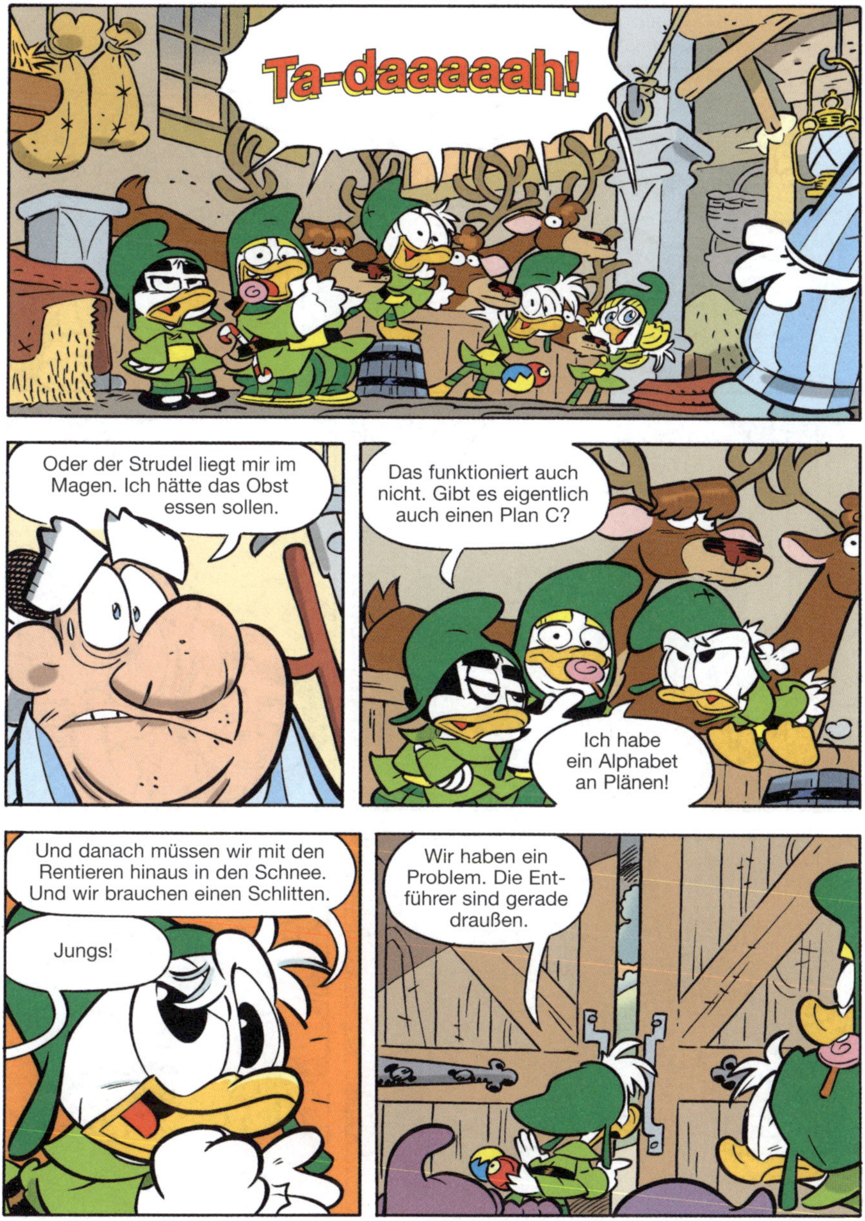
Ta-daaaaaah!
Oder der Strudel liegt mir im Magen. Ich hätte das Obst essen sollen.
Das funktioniert auch nicht. Gibt es eigentlich auch einen Plan C?
Ich habe ein Alphabet an Plänen!
Und danach müssen wir mit den Rentieren hinaus in den Schnee. Und wir brauchen einen Schlitten.
Jungs!
Wir haben ein Problem. Die Entführer sind gerade draußen.

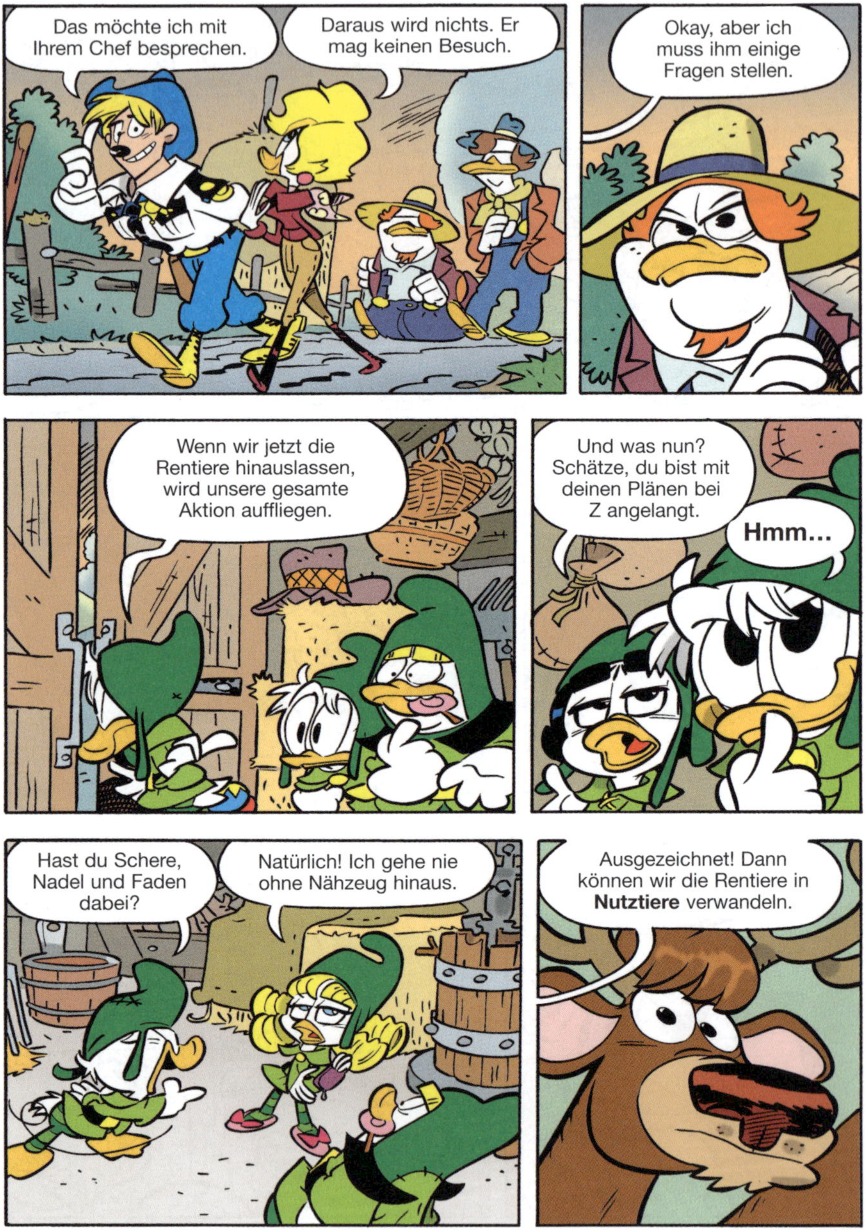
Das möchte ich mit Ihrem Chef besprechen.
Daraus wird nichts. Er mag keinen Besuch.
Okay, aber ich muss ihm einige Fragen stellen.
Wenn wir jetzt die Rentiere hinauslassen, wird unsere gesamte Aktion auffliegen.
Und was nun? Schätze, du bist mit deinen Plänen bei Z angelangt.
Hmm...
Hast du Schere, Nadel und Faden dabei?
Natürlich! Ich gehe nie ohne Nähzeug hinaus.
Ausgezeichnet! Dann können wir die Rentiere in **Nutztiere** verwandeln.

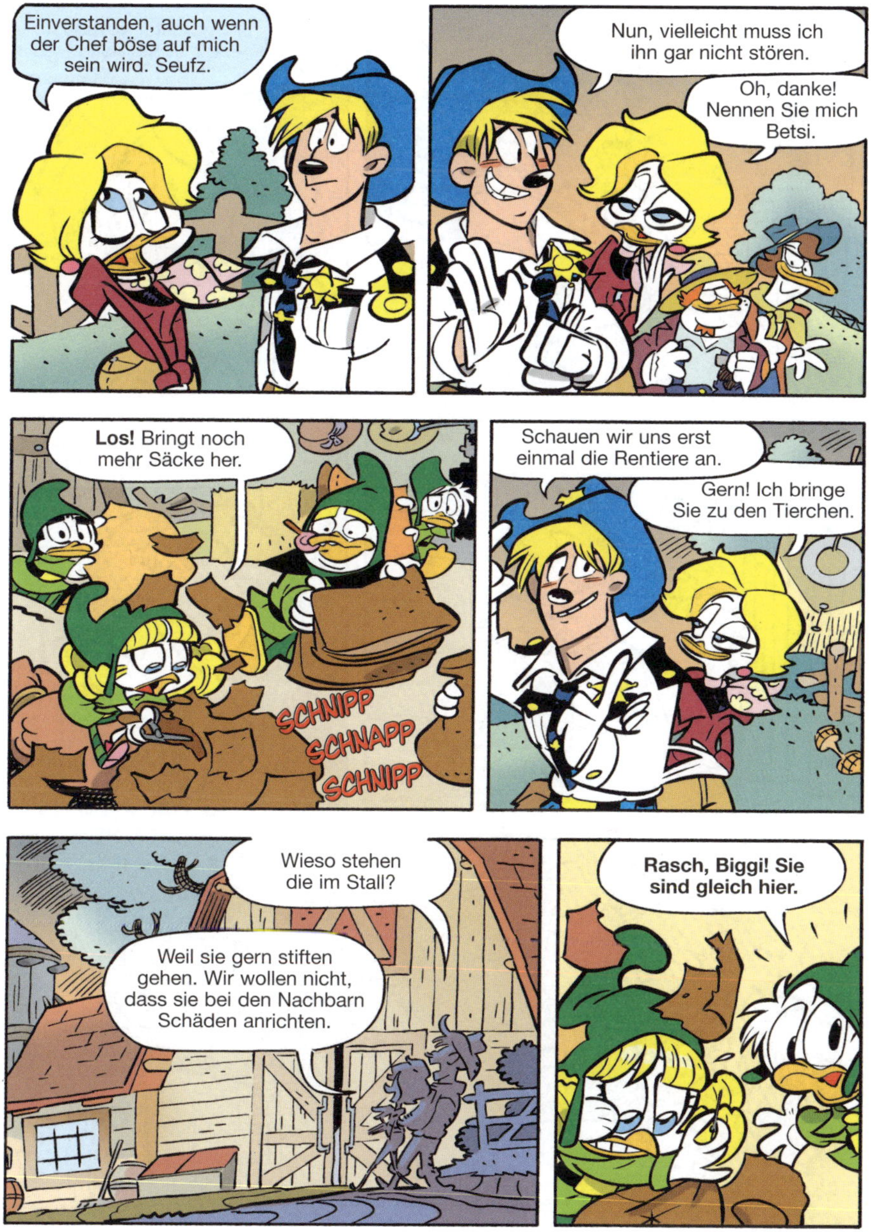

Einverstanden, auch wenn der Chef böse auf mich sein wird. Seufz.
Nun, vielleicht muss ich ihn gar nicht stören.
Oh, danke! Nennen Sie mich Betsi.
Los! Bringt noch mehr Säcke her.
SCHNIPP
SCHNAPP
SCHNIPP
Schauen wir uns erst einmal die Rentiere an.
Gern! Ich bringe Sie zu den Tierchen.
Wieso stehen die im Stall?
Weil sie gern stiften gehen. Wir wollen nicht, dass sie bei den Nachbarn Schäden anrichten.
Rasch, Biggi! Sie sind gleich hier.

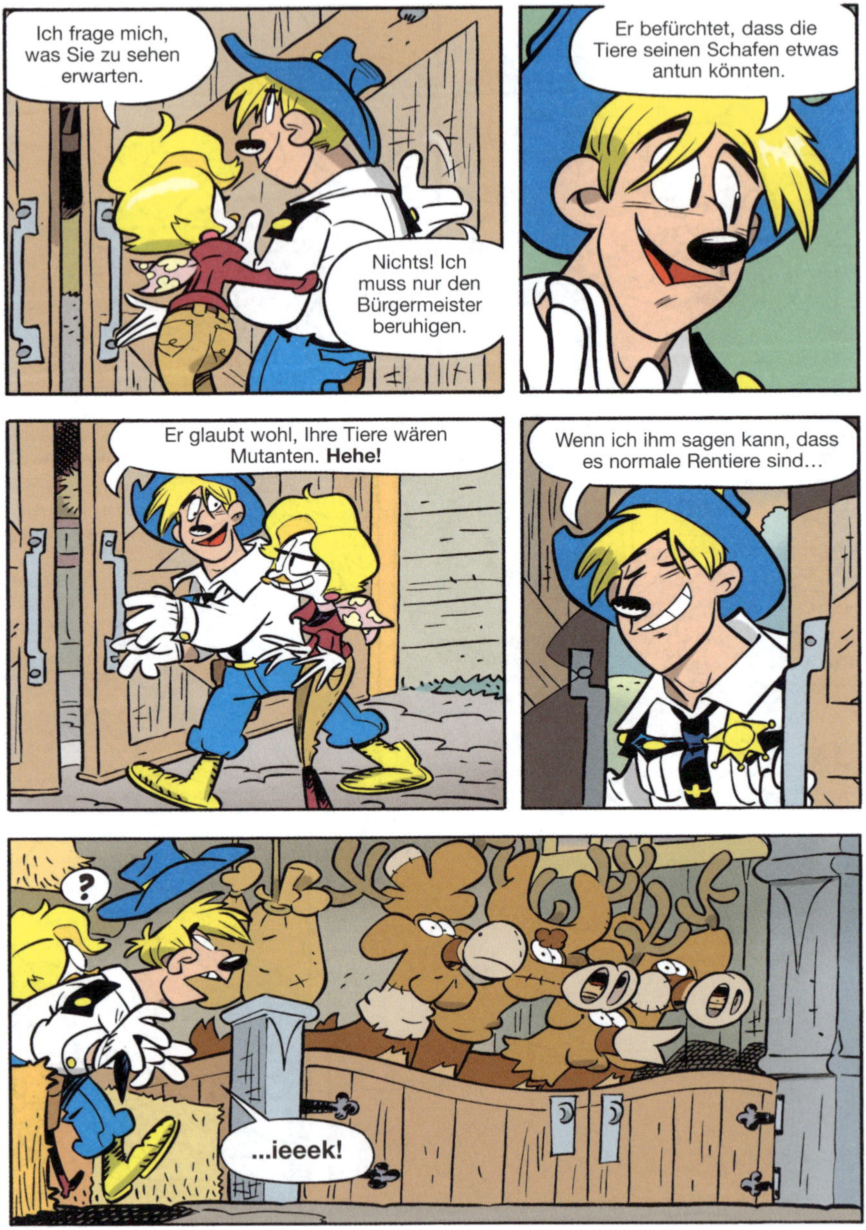
Ich frage mich, was Sie zu sehen erwarten.
Nichts! Ich muss nur den Bürgermeister beruhigen.
Er befürchtet, dass die Tiere seinen Schafen etwas antun könnten.
Er glaubt wohl, Ihre Tiere wären Mutanten. **Hehe!**
Wenn ich ihm sagen kann, dass es normale Rentiere sind…
?
...ieeek!

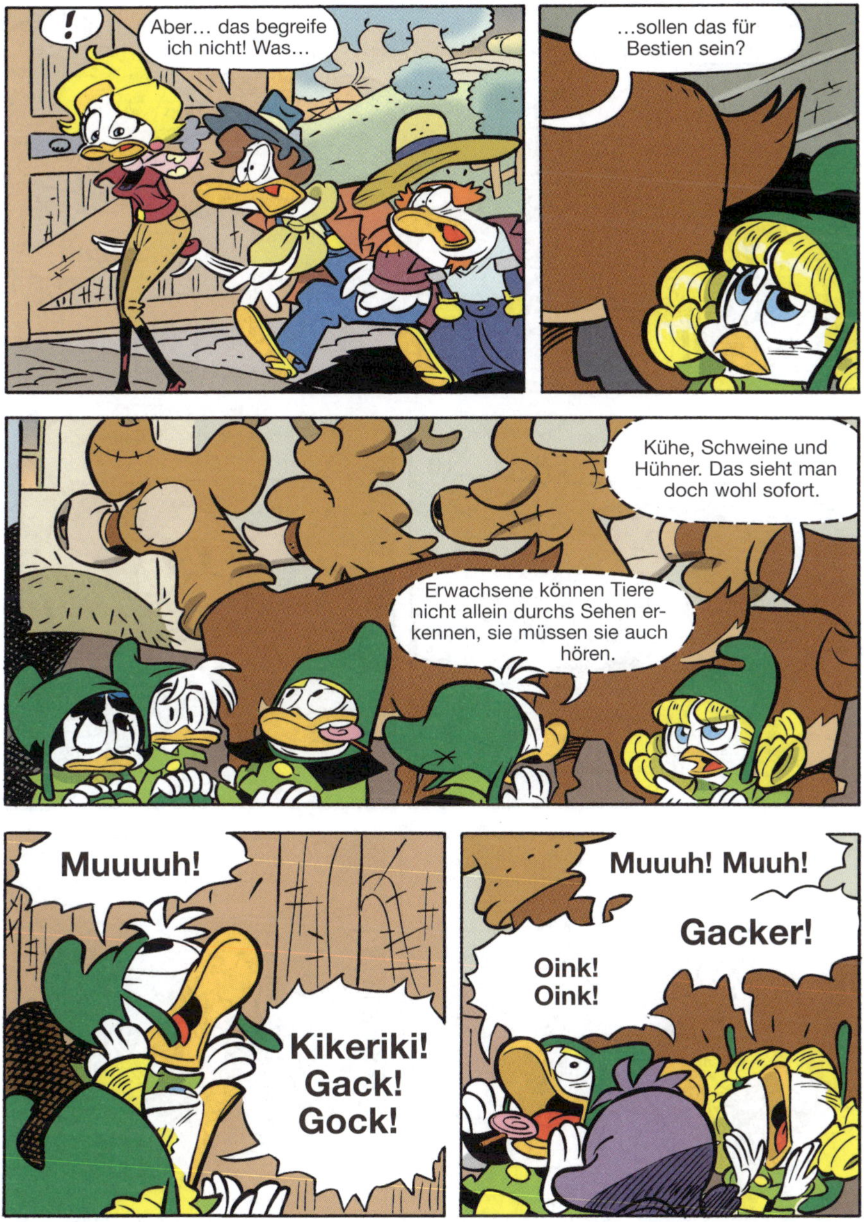
!
Aber… das begreife ich nicht! Was…
…sollen das für Bestien sein?
Kühe, Schweine und Hühner. Das sieht man doch wohl sofort.
Erwachsene können Tiere nicht allein durchs Sehen erkennen, sie müssen sie auch hören.
Muuuuh!
Kikeriki! Gack! Gock!
Muuuh! Muuh!
Gacker!
Oink! Oink!

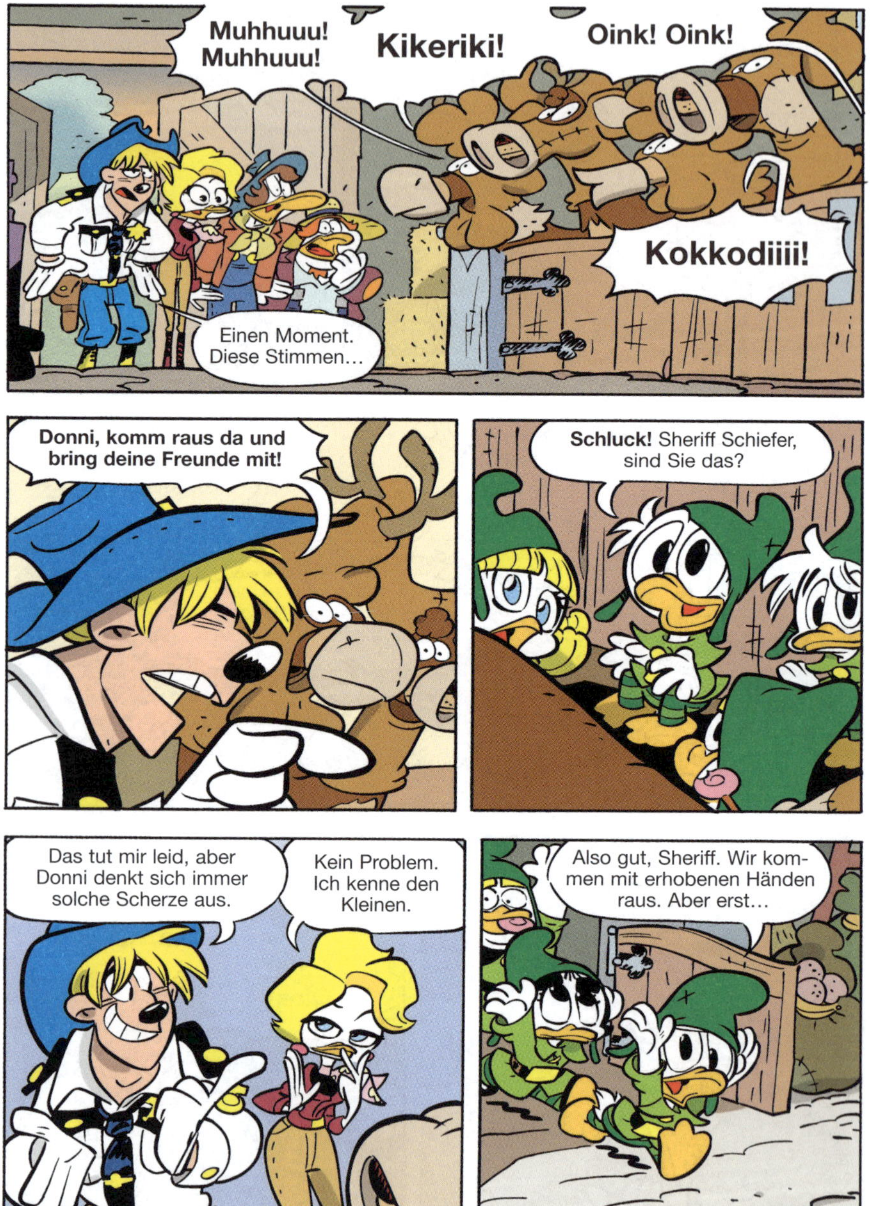

Muhhuuu! Muhhuuu!
Kikeriki!
Oink! Oink!
Kokkodiiii!
Einen Moment. Diese Stimmen…
Donni, komm raus da und bring deine Freunde mit!
Schluck! Sheriff Schiefer, sind Sie das?
Das tut mir leid, aber Donni denkt sich immer solche Scherze aus.
Kein Problem. Ich kenne den Kleinen.
Also gut, Sheriff. Wir kommen mit erhobenen Händen raus. Aber erst…

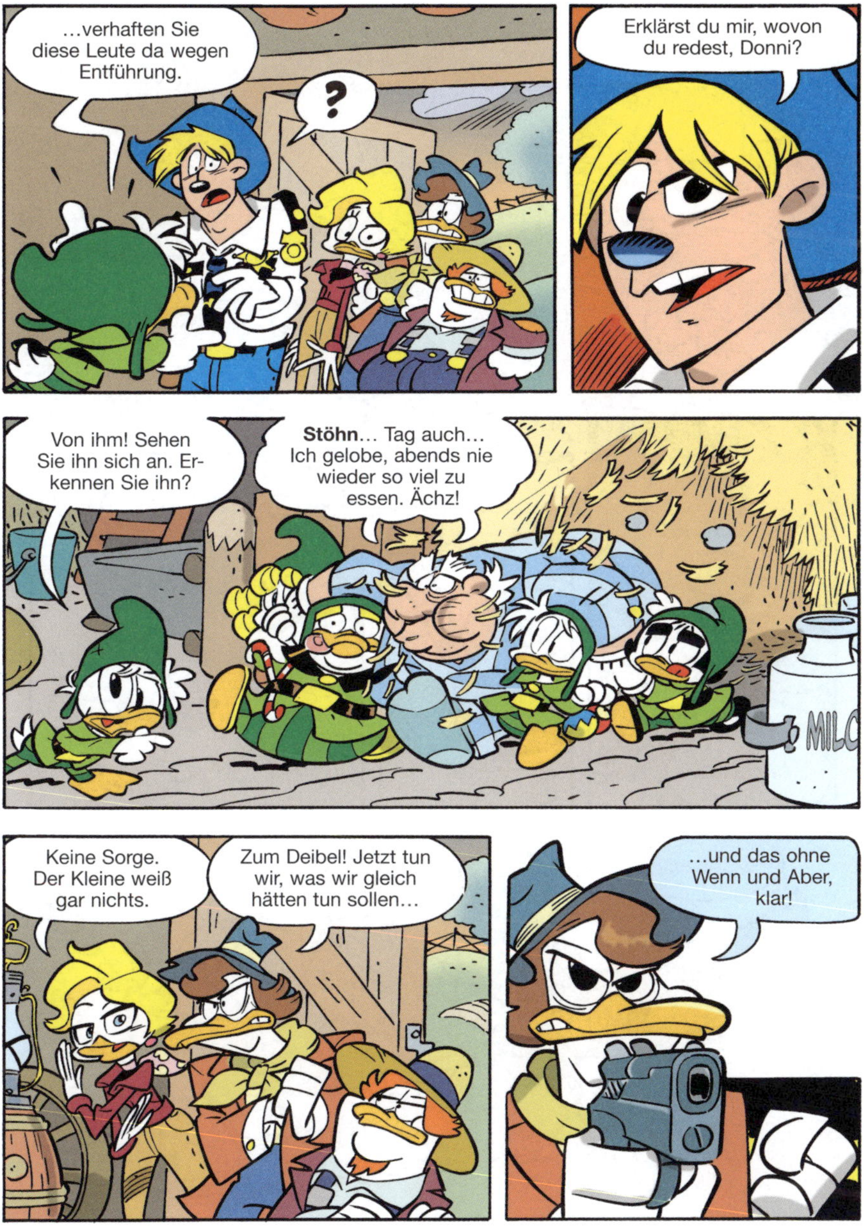
…verhaften Sie diese Leute da wegen Entführung.
?
Erklärst du mir, wovon du redest, Donni?
Von ihm! Sehen Sie ihn sich an. Erkennen Sie ihn?
Stöhn… Tag auch… Ich gelobe, abends nie wieder so viel zu essen. Ächz!
MILC
Keine Sorge. Der Kleine weiß gar nichts.
Zum Deibel! Jetzt tun wir, was wir gleich hätten tun sollen…
…und das ohne Wenn und Aber, klar!

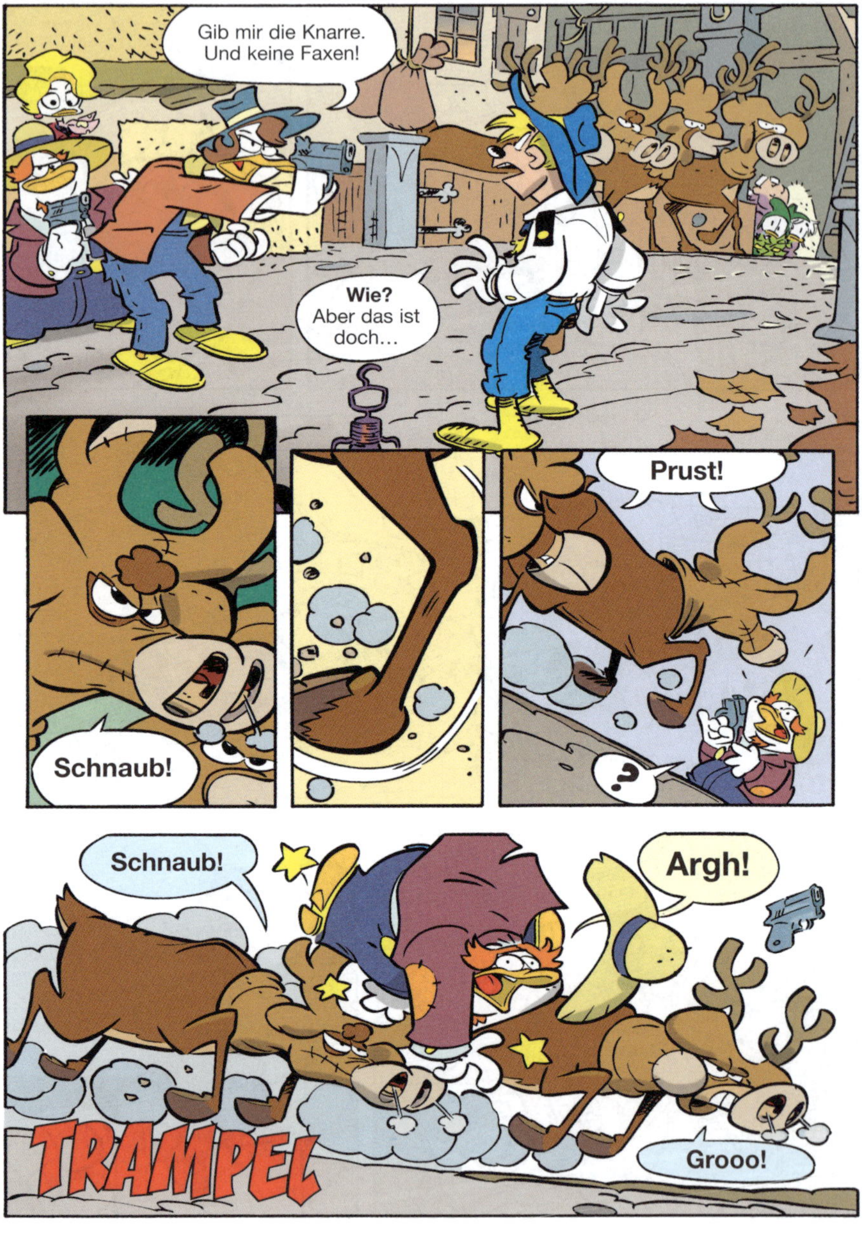
Gib mir die Knarre. Und keine Faxen!
Wie? Aber das ist doch…
Schnaub!
Prust!
?
Schnaub!
Argh!
TRAMPEL
Grooo!

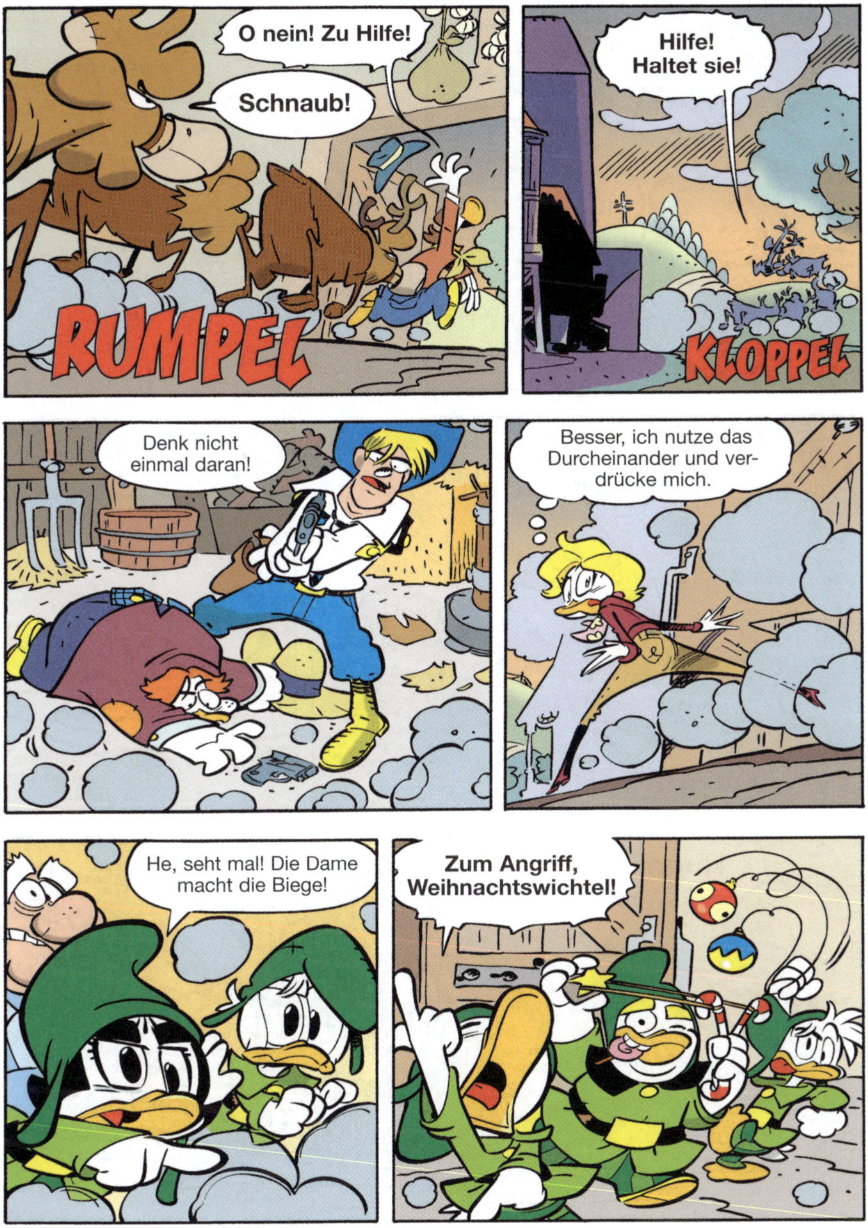
O nein! Zu Hilfe!
Schnaub!
RUMPEL
Hilfe! Haltet sie!
KLOPPEL
Denk nicht einmal daran!
Besser, ich nutze das Durcheinander und verdrücke mich.
He, seht mal! Die Dame macht die Biege!
Zum Angriff, Weihnachtswichtel!

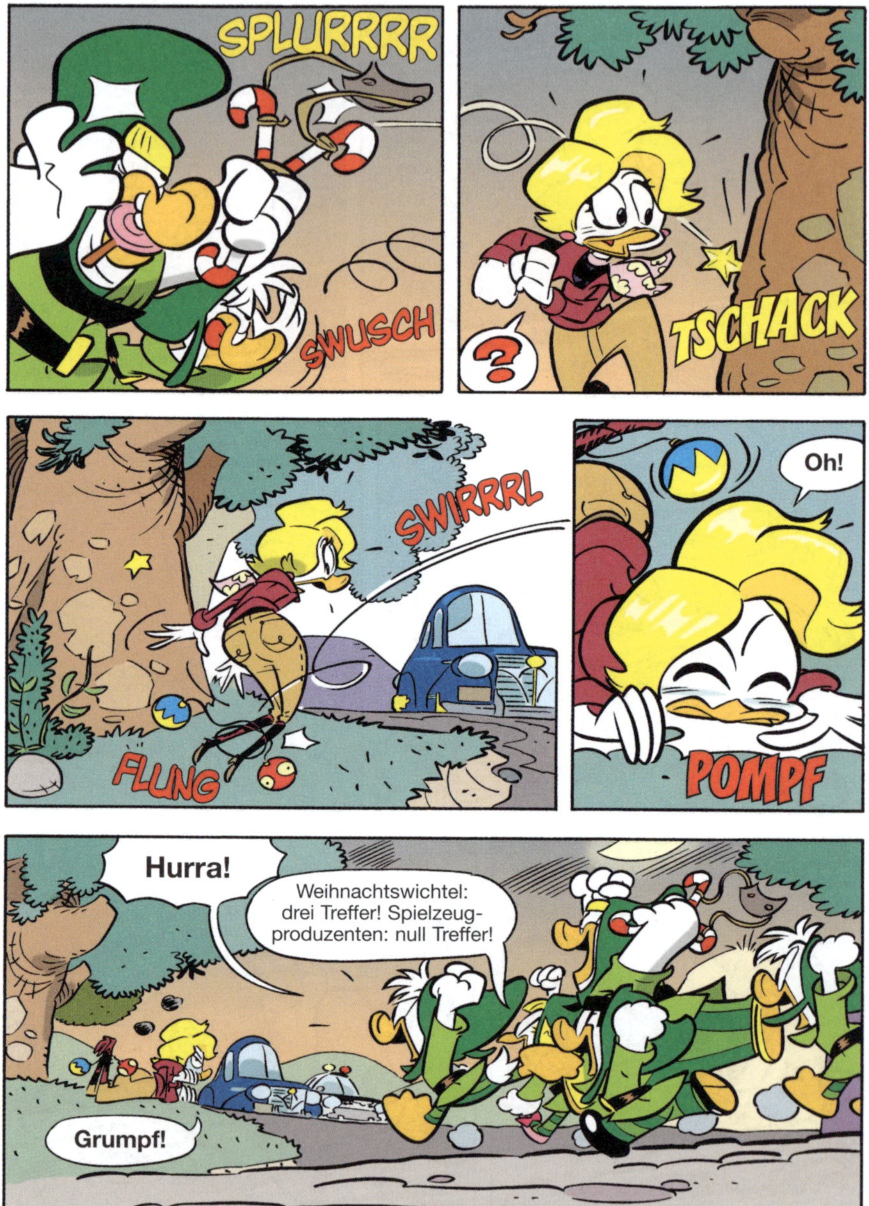

SPLURRRR
SWUSCH
?
TSCHACK
SWIRRRL
FLUNG
Oh!
POMPF
Hurra!
Weihnachtswichtel: drei Treffer! Spielzeugproduzenten: null Treffer!
Grumpf!

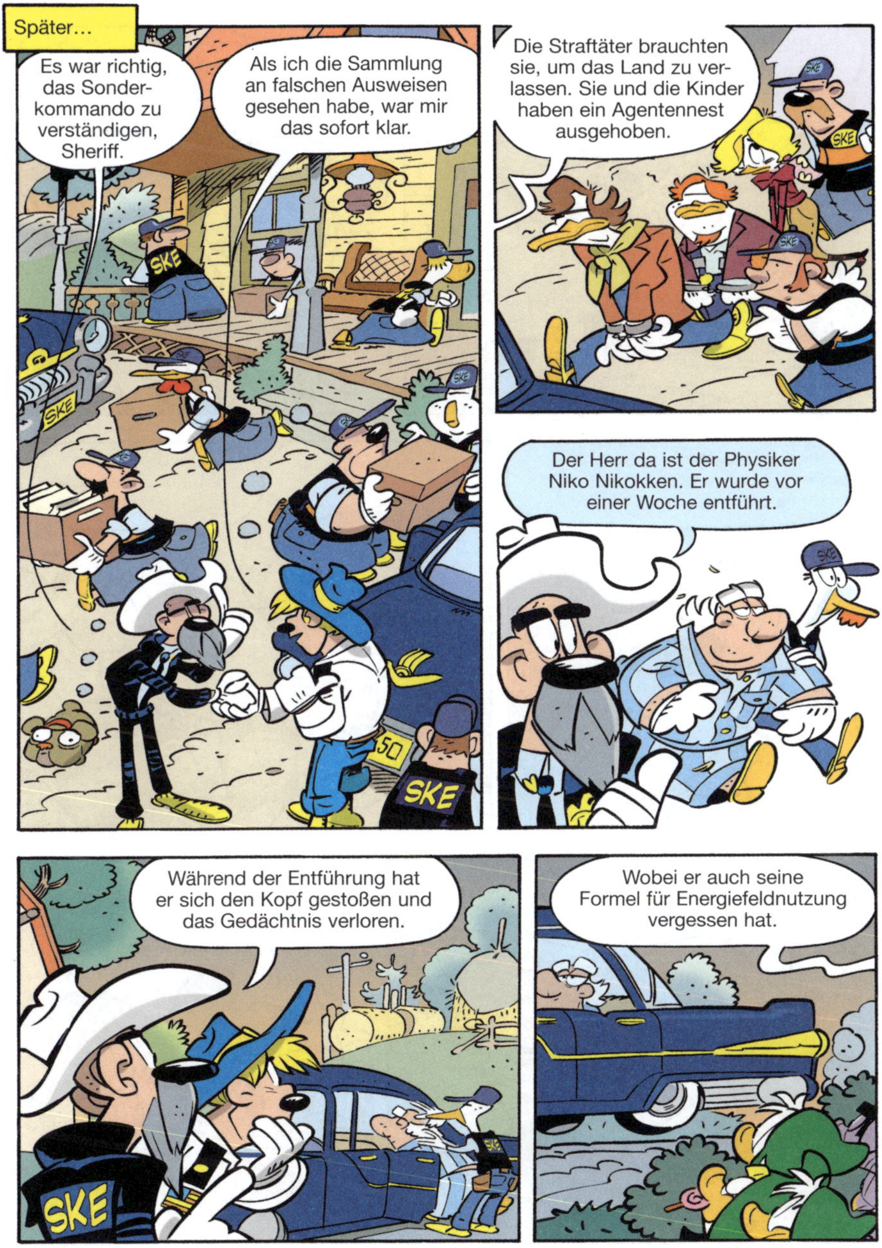
Später...
Es war richtig, das Sonderkommando zu verständigen, Sheriff.
Als ich die Sammlung an falschen Ausweisen gesehen habe, war mir das sofort klar.
SKE
Die Straftäter brauchten sie, um das Land zu verlassen. Sie und die Kinder haben ein Agentennest ausgehoben.
Der Herr da ist der Physiker Niko Nikokken. Er wurde vor einer Woche entführt.
Während der Entführung hat er sich den Kopf gestoßen und das Gedächtnis verloren.
Wobei er auch seine Formel für Energiefeldnutzung vergessen hat.

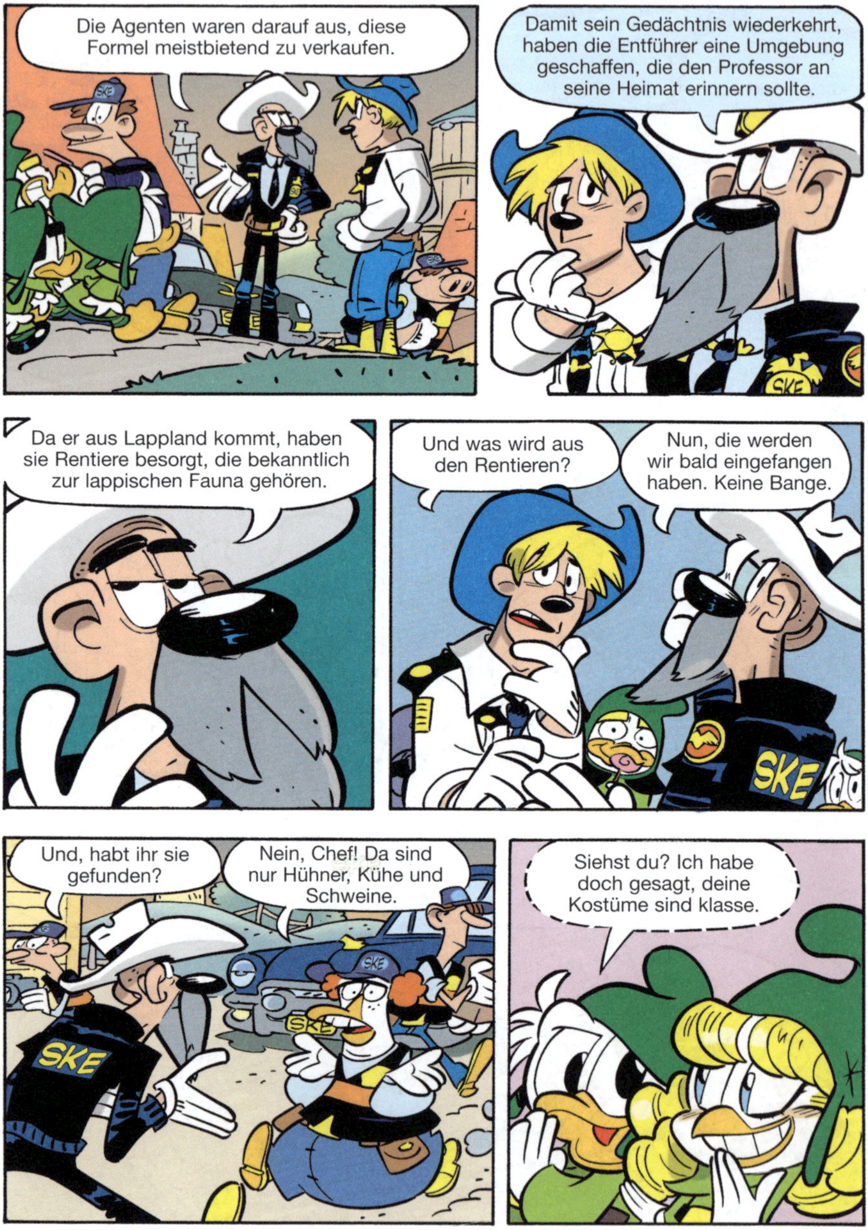
Die Agenten waren darauf aus, diese Formel meistbietend zu verkaufen.
Damit sein Gedächtnis wiederkehrt, haben die Entführer eine Umgebung geschaffen, die den Professor an seine Heimat erinnern sollte.
Da er aus Lappland kommt, haben sie Rentiere besorgt, die bekanntlich zur lappischen Fauna gehören.
Und was wird aus den Rentieren?
Nun, die werden wir bald eingefangen haben. Keine Bange.
Und, habt ihr sie gefunden?
Nein, Chef! Da sind nur Hühner, Kühe und Schweine.
Siehst du? Ich habe doch gesagt, deine Kostüme sind klasse.

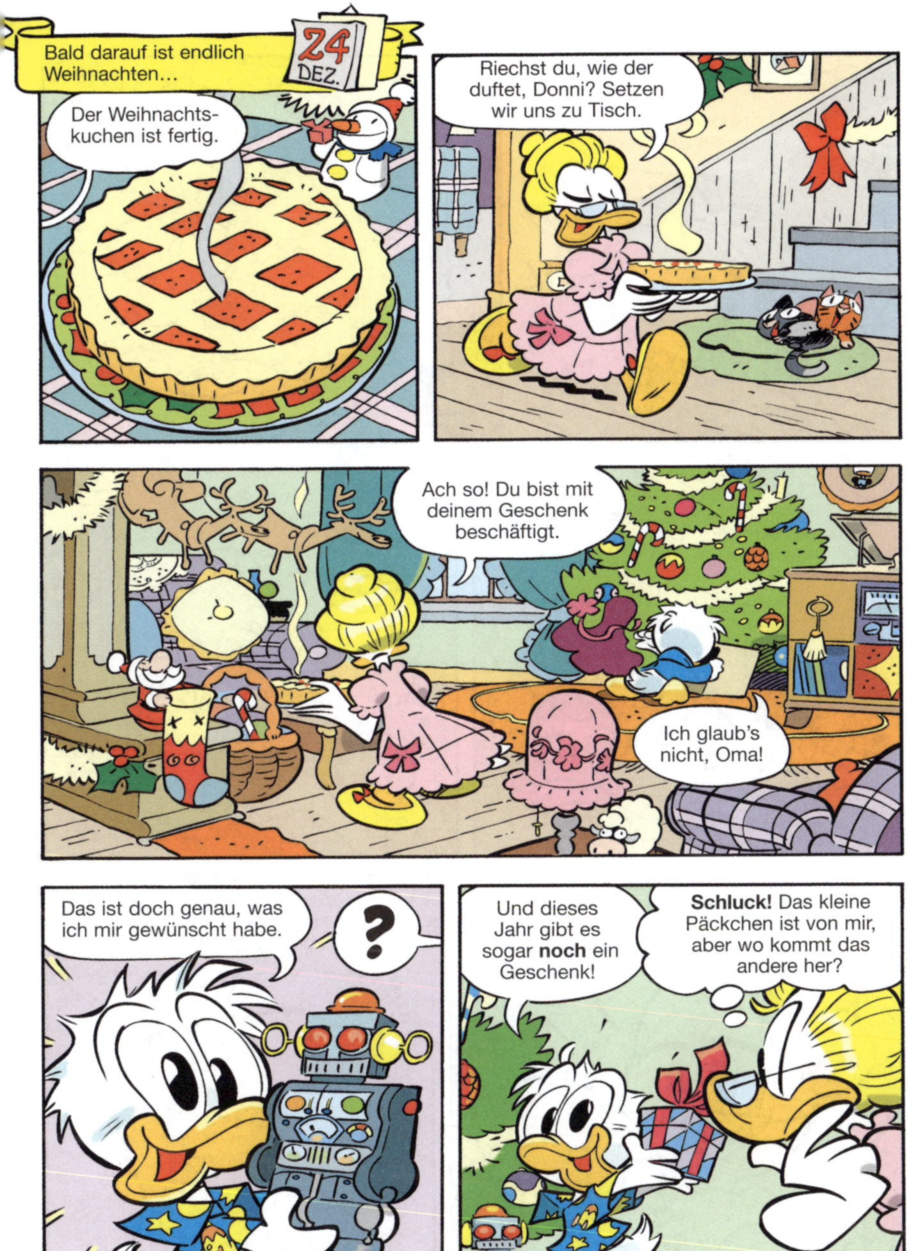
Bald darauf ist endlich Weihnachten…
24 DEZ.
Der Weihnachtskuchen ist fertig.
Riechst du, wie der duftet, Donni? Setzen wir uns zu Tisch.
Ach so! Du bist mit deinem Geschenk beschäftigt.
Ich glaub's nicht, Oma!
Das ist doch genau, was ich mir gewünscht habe.
?
Und dieses Jahr gibt es sogar **noch** ein Geschenk!
Schluck! Das kleine Päckchen ist von mir, aber wo kommt das andere her?

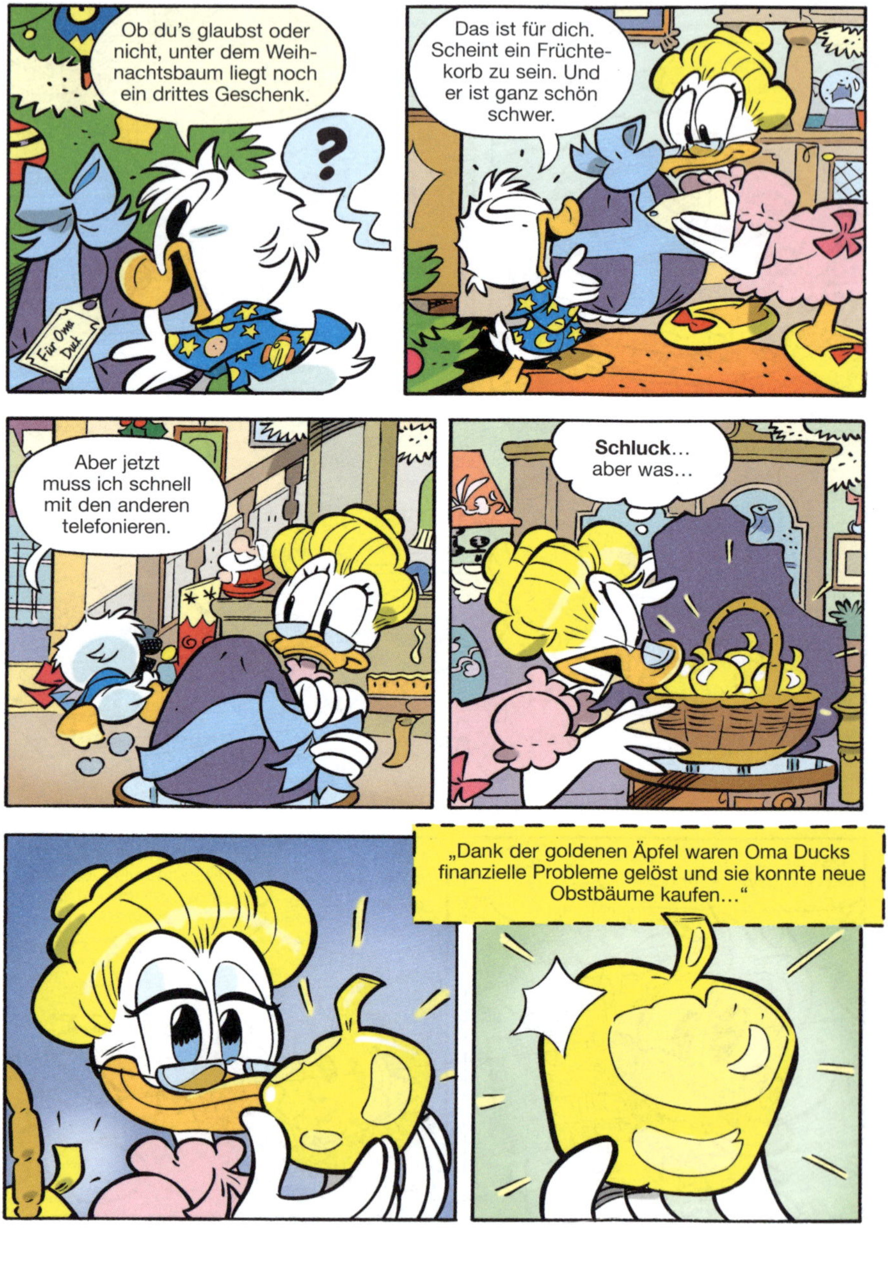
Ob du's glaubst oder nicht, unter dem Weihnachtsbaum liegt noch ein drittes Geschenk.
?
Für Oma Duck
Das ist für dich. Scheint ein Früchtekorb zu sein. Und er ist ganz schön schwer.
Aber jetzt muss ich schnell mit den anderen telefonieren.
Schluck… aber was…
„Dank der goldenen Äpfel waren Oma Ducks finanzielle Probleme gelöst und sie konnte neue Obstbäume kaufen…“

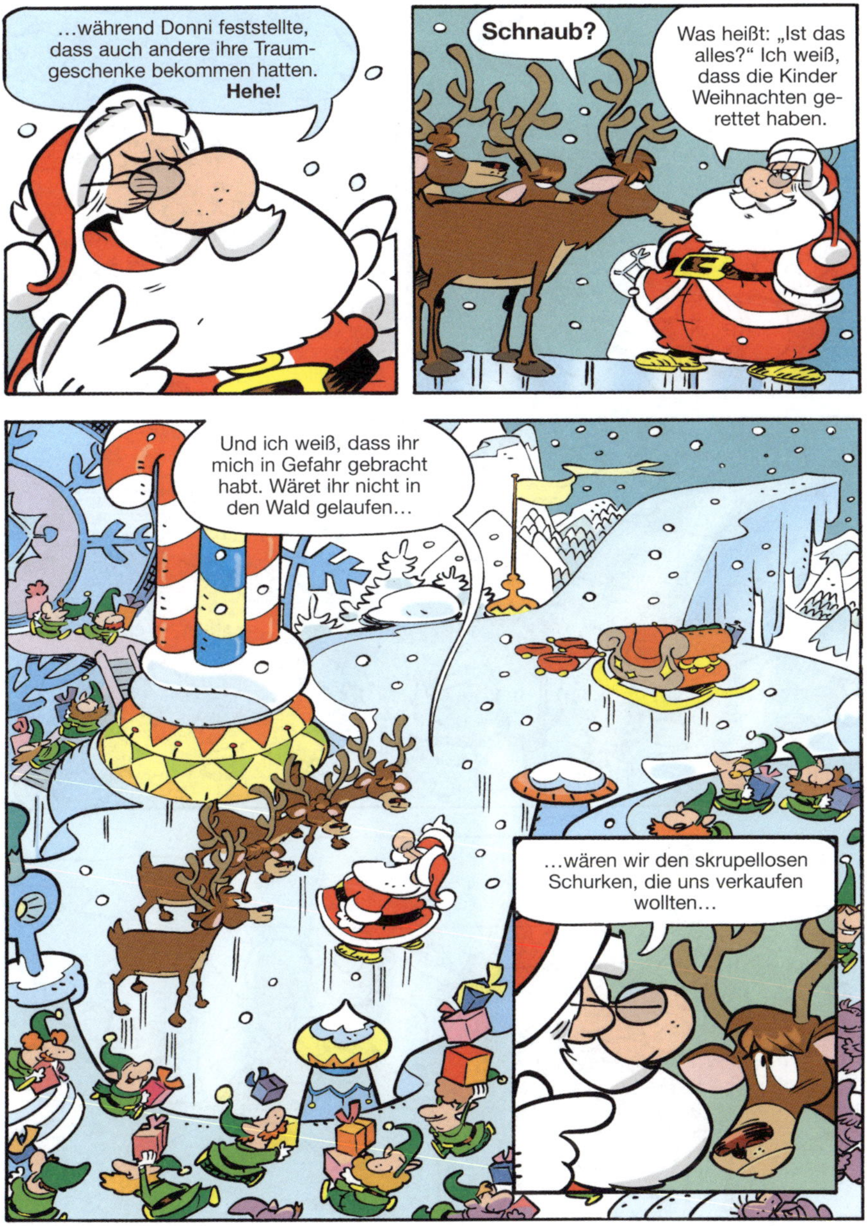
…während Donni feststellte, dass auch andere ihre Traumgeschenke bekommen hatten. **Hehe!**
Schnaub?
Was heißt: „Ist das alles?“ Ich weiß, dass die Kinder Weihnachten gerettet haben.
Und ich weiß, dass ihr mich in Gefahr gebracht habt. Wäret ihr nicht in den Wald gelaufen…
…wären wir den skrupellosen Schurken, die uns verkaufen wollten…

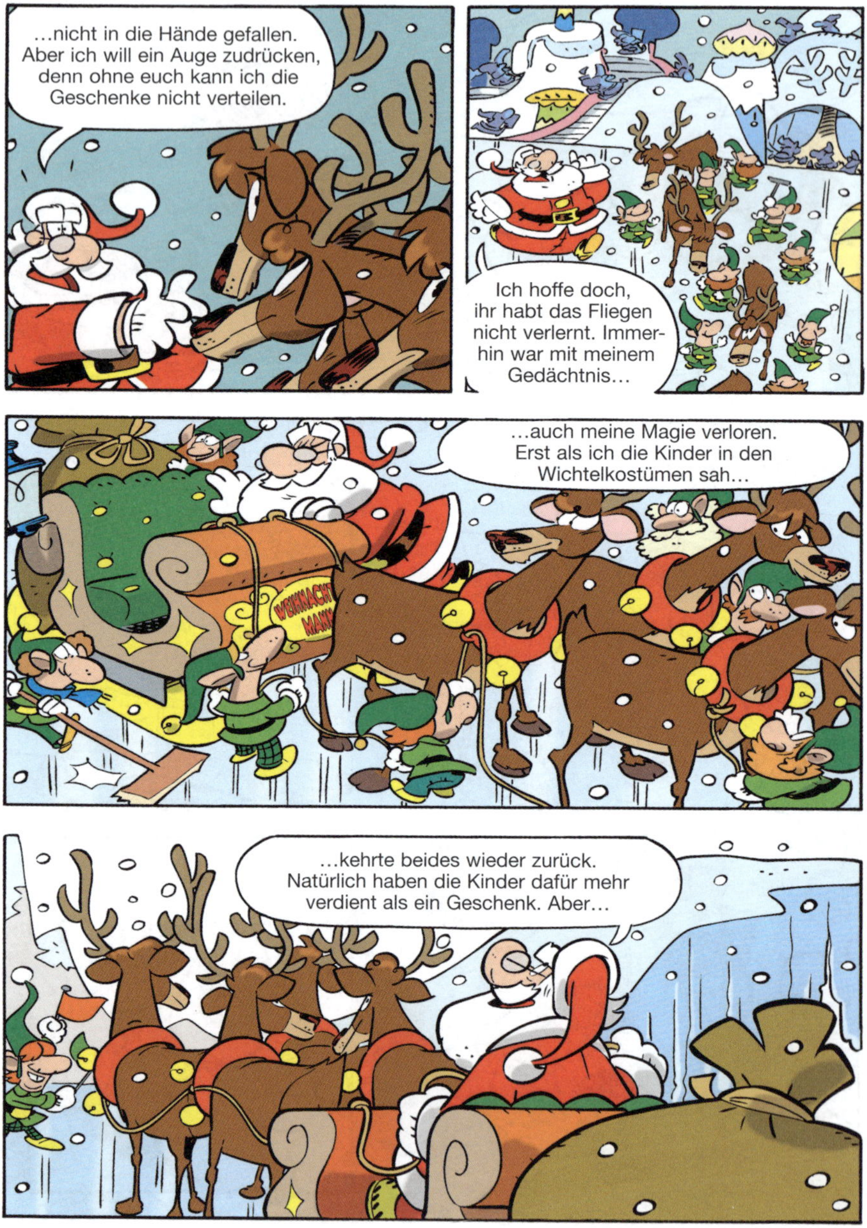
...nicht in die Hände gefallen. Aber ich will ein Auge zudrücken, denn ohne euch kann ich die Geschenke nicht verteilen.
Ich hoffe doch, ihr habt das Fliegen nicht verlernt. Immerhin war mit meinem Gedächtnis...
...auch meine Magie verloren. Erst als ich die Kinder in den Wichtelkostümen sah...
...kehrte beides wieder zurück. Natürlich haben die Kinder dafür mehr verdient als ein Geschenk. Aber...

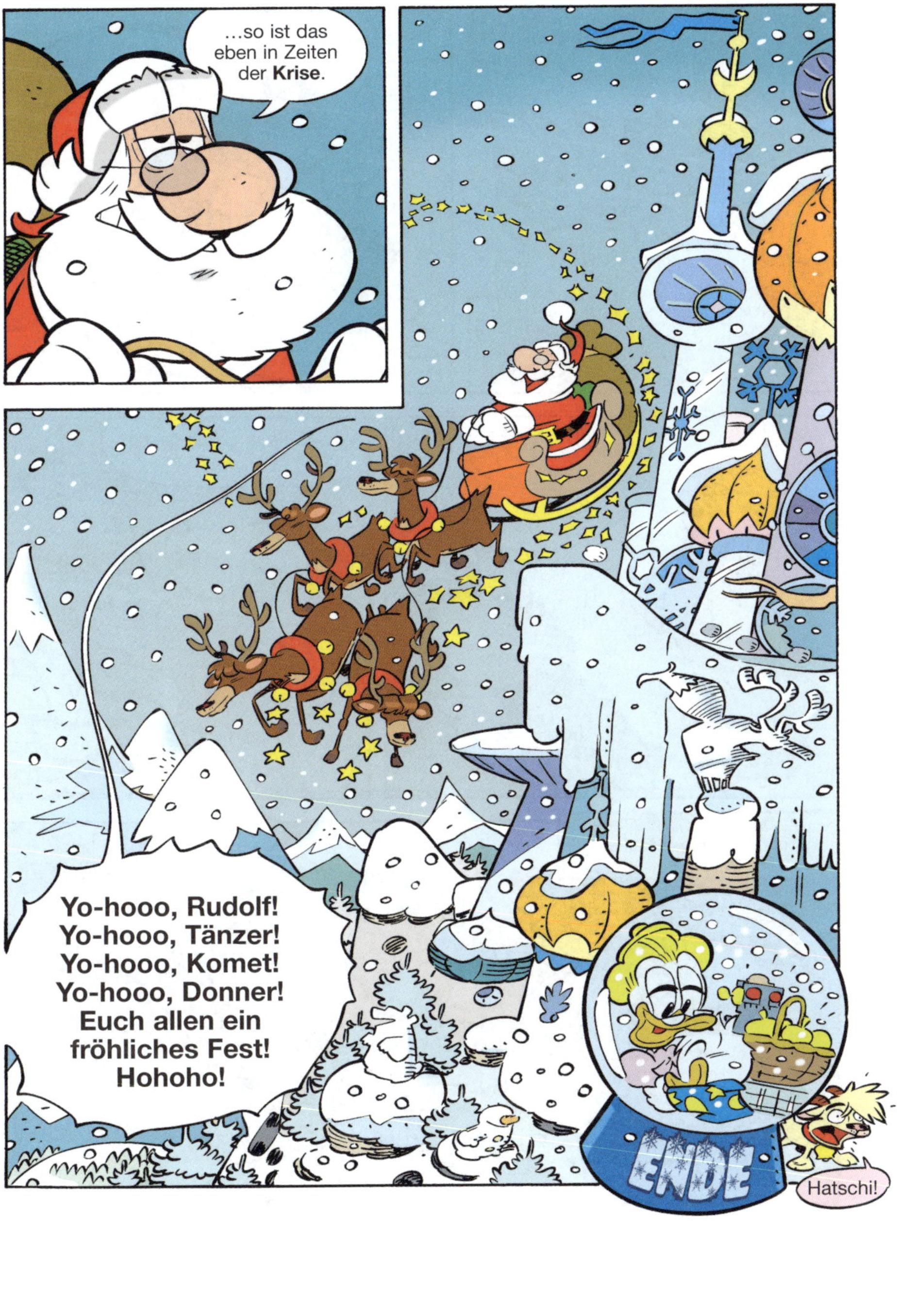
...so ist das
eben in Zeiten
der **Krise**.
Yo-hooo, Rudolf!
Yo-hooo, Tänzer!
Yo-hooo, Komet!
Yo-hooo, Donner!
Euch allen ein
fröhliches Fest!
Hohoho!
ENDE
Hatschi!

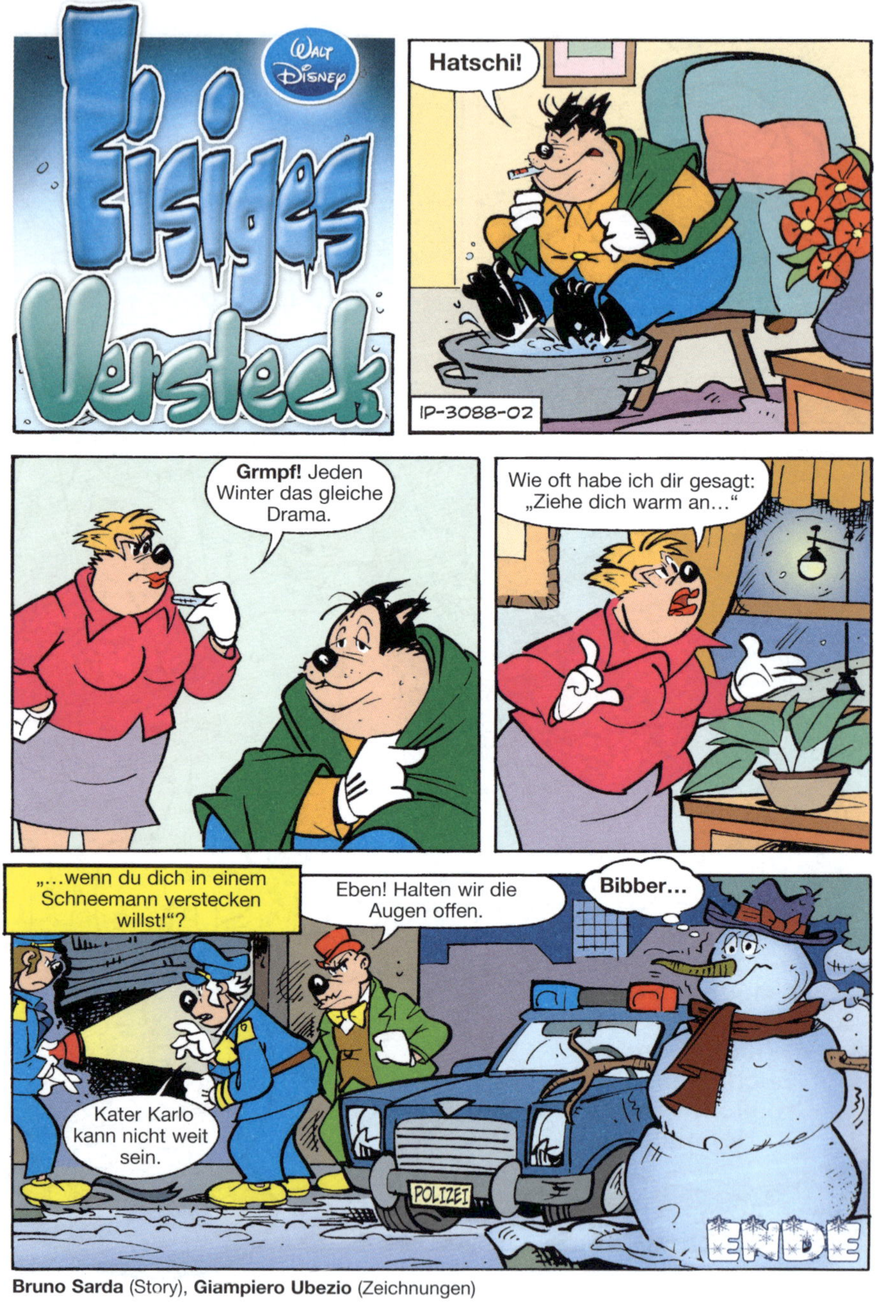

Bruno Sarda (Story), **Giampiero Ubezio** (Zeichnungen)

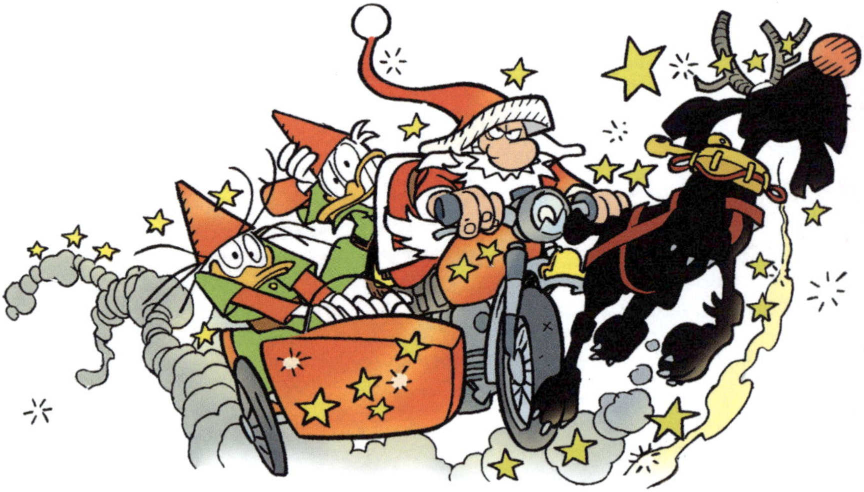